聊齋本紀

閻連科 著

——謹以此書獻給爲小說開天闢地的蒲先生

目錄

叁 康蒲故事

肆 書生路

伍 第三門

壹

到人間

一、康熙大帝

喂——故事門開了。

皇帝威風凜凜地走過來，抓住故事的門鑰匙，如同早朝時握住他的虎符、玉璽一樣。

一六八九年，康熙二十八年時，清聖祖平定了三藩之亂，收復了遠海臺灣後，又在沙俄邊境圍困了雅克薩城。城內的俄軍糧枯飲緊，大多被困而死，於是沙皇接受了大清的談判條款，《尼布楚條約》即將簽署，歲月間天下安康，盛世臨至，大帝的心境緣此好到日月朗朗，辰分清明。因為心境好，晚上在乾清宮睡到夜半時，皇上莫名想到少年時聽的一串狐故事，也就徐徐夢到一隻狐。那狐毛色銀紅，脊背整平，身子肥碩而修長，尾巴蓬鬆如一叢四月翠嫩的竹。且在第二天，帝從龍榻醒來後，狐狸的俊逸還如畫樣掛在他腦裡，又因狐狸在世間傳說中，多和俏騷女子連結在一起，如此皇上想，既然夢為人間的世事與人生，那就差派最好的畫師將這夢狐畫出來，準備下月三十五歲生日那一天，為朕實實在在的生日豪慶增歡娛，為民安國泰添興樂，也就在這天早朝時，將這意願給臣們娓娓道說了。

這時濟仁公公向皇上奏言說，天下畫家，唯有原籍山西太原耿畫師的畫藝最為了不得，少年有畫草室綠、描花廳香之功夫，之後日日修煉到中年，畫什麼多能畫出靈魂來，筆藝精湛到在紙上畫出幾隻鳥，室外必有一鳥在樹上因魂魄被人畫走而墜亡；如果在牆上畫排樹，院裡必有一到二樹的根鬚被人描去而枯乾。所以進言皇上把畫師重新召回宮，言不定這修煉到了老年的耿畫師，為皇上畫出夢中的赤銀狐，這狐就真的有著靈魂可從畫中走下來。

皇上看著公公笑了笑——

「這麼好的畫師怎麼會在宮外呢？」

公公就跪在帝皇面前說，先帝在世時，畫師是在宮裡的，可因為那時太后讓他畫了太后的貓，他沒有把握好畫筆的魂氣和鋒力，用筆過猛了，那貓的魂魄被畫筆攝走死掉了，畫師怕太后和先帝賜罪便藉故離開京城不知去了哪。

皇上想了想，似乎腦裡飄有這件事，便傳旨找遍天下也要找到耿畫師。要把耿畫師重新召回宮裡來，畫皇上夢中那隻赤銀狐。也就廣告大清，如緝罪一樣找遍天下，最終在古都洛陽找到了離開太原隱居半生的耿畫師。耿畫師那時已經在洛陽龍門山下隱居三十年。三十年裡他都在白居易的墓邊搭個小棚子，每天和白居易聊天飲酒，對詩說畫；然後又到洛水邊，臨摹復原佚失的東晉顧愷之的《洛神賦圖》，且還有人說他不僅復原了《洛神賦圖》，還將要在洛河重新畫出宇宙的祕密《河圖洛書》來。也就這時候，皇上的差人在白居易的墓邊把他帶走了，將他重新押請進了京都紫禁城。

皇上這次和耿畫師見面是在紫禁城的敬事房。

敬事房是康熙為宮內專設的管理皇帝、后妃、皇子、公主們日常生活及宮內陳設、衛生、守衛、傳召的宦官房。這宦房設在乾清宮和皇太后及太妃嬪們住的慈寧宮中間偏後一點兒。他們見面時，除了身邊的文臣、太監和侍女，再有就是仲春的陽光和敬事房院內滿院盛綠的柳葉兒。落日的餘暉從摺扇門中照進去，垂柳在那餘暉裡，悠悠飄飄夢樣掛在敬事房的屋門口。耿畫師這時被人押請進來了。那一年他已七十歲，鬍子白如皇帝夢中的狐狸背鬚般。一進敬事房的客事堂，耿畫師便額浸汗珠向皇上行了君臣跪拜禮。皇上這時緩緩端起桌邊的新釉杯，抿了一口泡至恰好的春芽茶，用好奇欣悅的語氣問：

「聽說你把《洛神賦圖》復原了？」

耿畫師不敢抬頭也不敢低下頭，只是脖子微微直一下，又慌慌忙忙彎下去，用蠅音哼一下，讓人聽不出是否定還是在肯定。

「是不是連《河圖洛書》也又畫將出來了？」

畫師沒有從皇上的聲音中聽出疑惑來。他試著又一次把脖子直了直，瞟一眼皇上想從中看出帝的心神和表情。可在他剛把目光走上時，皇帝在椅上把龍身動了動，朝旁邊看了看，又扭回頭來說：「朕不要你的《洛神賦圖》，宮裡已經有兩幅宋人的洛神賦作了；朕也不要你的河圖與洛書，朕的腦子就是天下星辰的宇宙和祕密，比那《河圖洛書》更為浩瀚和精密。現在朕唯一好奇的，是聽說你在紙上隨便畫棵草，屋裡就有一年四季的蘭花香；在絹布上畫隻大雁飛過去，天空中會因為你畫走了哪隻大雁的魂，那隻大雁便會飛著飛著從空中掉下來。」皇上說到這，欣喜微微地頓了頓，又抿一口茶，接著很溫和地問：

「這是真的嗎？」

耿畫師終於抬頭看了一眼皇上後，很輕微卻是很肯定地點了頭。

皇上心裡震一下，輕輕「哦」著道：

「臣們給你說朕我夢見的那隻赤銀狐狸沒？」

耿畫師：

「說過了。還望皇上能給奴才描繪得再細些。」

皇上道：

「現在你不用畫那赤狐了。你既然能把花香、樹脈和動物鳥雀的靈魂畫出來，那就在宣紙或絹布上，畫出朕的像，把朕的靈魂也畫出來，讓朕看看朕的靈魂到底什麼樣。」

說了這番話，皇上很認真地盯著耿畫師的臉。

耿畫師驚得直直地跪著看皇上。

這時候，敬事房出現了一瞬間的靜，如同出現了長有百年的黑夜般。宮裡的御臣、太監和侍女，都把目光落到皇上和耿畫師的臉上去。落日在敬事房猶如晨日間的光，美若檀木屏風或古磚壁上的天女壁畫樣。文臣太監們，先都以為皇上是戲言，及至把目光落到帝的臉上去，看見皇帝臉上平靜如故宮西邊北海裡的水，連一絲風皺波紋都沒有。既不見皇帝的臉上有疑惑，也不見言語裡有絲毫的揶揄和戲說，那平靜，如同皇上退朝前，吩咐臣們回去把什麼文書抄一遍，或把紫禁城裡的哪個石獅或石碑，從前庭移到後院去。說完了，皇上似乎朝事淨盡了，有些疲累了，該要休息了，最後瞟著濟仁公公淺冷涼薄地笑一下，交代他將敬事房的西堂收拾出兩間來，把宮裡最好的宣紙、白絹、顏料和各種毫絲筆，全都拿來任由畫師挑，然後從椅上站起來，在侍臣們的攙扶下，從耿畫師面前走過去，出了敬事房，往太后住的慈寧宮裡走去了，留下耿畫師依然跪在敬事房的客事堂，像一枚靈魂掛在曠野風中樣。且皇上走遠時，還又回頭對畫師很親切地大聲說：「慢慢畫，不用急，三天不行就一週，一週不行半個月，只要能趕上下月朕生日的國泰豪慶就行了。」

御臣和太監，就在紫禁城敬事房的西堂裡，給耿畫師騰出了兩間光線甚好的大房來，讓畫師吃住、繪作都在那房裡。有最好的絹布、宣紙、顏料和毫筆，還有最好的僮生、宮女的侍奉和應用，也就這樣過了一天又一夜，又一天和又一夜。到了第三天，濟仁公公等皇上起了床，漱了口，從從容容吃了飯，並清清爽爽喝了飯後茶，才謹慎地躬著身子到了皇寢殿的乾清宮，輕聲細語地報告說，耿畫師已經畫好了畫，請皇上過去看一看。

皇上吃驚地盯著公公的臉：

「這麼快？」

公公道：

「畫師怕皇上等不及，日夜不息地趕著畫。」

皇上嘴角又起了一絲笑：

「畫出靈魂沒？」

「畫出了。」公公輕聲答著把頭勾得更低些，前胸差點貼在宮地上。

「畫出了我怎麼還活在乾清宮？」說著皇上輕輕用腳在地上擰一下，像要用腳尖滅物的一動證明自己還活著樣。

侍奉皇上的太監和侍女，這時都慌忙把身子朝後退了小半步，將濟仁公公讓得離皇上更近點。濟仁公公也就大著膽，偷偷看了皇上嘟囔著說：「請皇上去看看也就知道了。」皇上便從喉嚨的根處哼一下，遲疑一會兒，起步朝寢宮外面走去了。不慌不忙的腳，將信將疑的臉，走著不時朝天空望一下，朝宮道兩邊和宮院裡的古槐、柳樹看一眼，想如果那畫上還畫有一隻鷹或雁，這時應該有鷹雁緣於被畫走了靈魂從空中掉下來；如果那畫上畫有紫禁城的槐和柳，這宮城裡就該有一棵槐柳正在枯黃和落葉。

也就到了敬事房西側為耿畫師騰挪出來的兩間畫房了。

畫房座西而面東，光線足得如宮女在人生之寂裡，有用不完的時間般。折合門，滿壁窗，一剛迎午的太陽越過紫禁城的一片琉璃瓦，落在這兩間畫屋裡，把屋子照得每一粒塵星都能看得清。能聽到屋裡塵星在日光裡飛著相遇時的碰撞聲，能看清兩粒塵星撞在一起後，彼此被撞得四星八瓣、成為更小更小的星點兒。耿畫師畫的像，掛在畫屋迎面正牆上。是一整張宣紙的對折大，二尺幾寸寬，三尺五的高，畫像在那紙的正中偏下位置上。這是耿畫師的半身自畫像。滿紙也僅是寥寥幾筆的線條和勾勒，把那全畫的墨線連起來，線長也就丈餘間，且那多線的地方還都是耿畫師的長衫兒，餘筆才是耿畫師的頭和臉。畫眼的細筆如果當線繞，至多能在一根指頭上繞出一圈半。鼻子線彷彿半片槐葉的葉邊影。而那有些厚的山西人的唇，似乎就是冬天紫禁城裡枯落下來的一枚槐角兒。即便是畫師蓄長掛落的白鬍鬚，在那畫上也都是幾線淡墨淡影了，彷彿冬宮的哪兒野枯著的幾線草。

別的就沒什麼了。

除了畫面右下角不慎落上去的一滴墨，餘其連一絲景色都沒有，簡陋到除了白紙就是淡墨淺線條，整個畫面如臘月的一片冰湖上，沒有碼頭沒有岸，沒有湖邊的柳樹和村影，只有大極清白的冰結湖，湖的中心丟著一尾誰家棄落的漏水船，船的下身沉在冰下面，只有船沿露在冰湖上。

皇上一腳踏進敬事房的側西堂，看見正面牆上的畫，忽然又把進屋的一腳收回來，像耿畫師迎面走來把他朝外推了一把樣。也就在門口盯著那屋裡牆上耿畫師的像，慢慢臉上呈出青紫色，扭頭擰著聲色問跟在身後的公公道：

「畫師呢？讓他來見朕！」

公公說：

「畫師把他的靈魂給畫在畫裡了，畫完他就死在了那畫下，我擔心他的死屍髒了皇上的眼，昨兒半夜差人已經把他抬出了紫禁城。」

皇上怔了怔，又在那門口站一會，再次遠遠盯著那畫看。待有兩片落葉從樹上連續落至地下的功夫後，宛若畫師又把皇上從屋外朝著屋裡推，皇上開始慢慢起腳朝前走，進屋在那畫前兩步停下來，瞇眼閉著嘴，不說一句話，也不把目光朝屋裡別的地方瞅。直到最後將目光從畫面上方移至右下角畫師不慎落上去的一滴墨跡上，皇上才自語著問了一句話：「這墨真是不慎滴落上去的？」見公公點了頭，皇上皺皺眉，擰著目光最後看了公公一眼睛，一言不發地從屋裡走出來，站在敬事房夠寬夠大的院落間，朝天上看了一會兒，像看畫師自畫像天地間的巨大留白樣，對身邊的公公、太監、宮女們道：

「朕終有一死，這畫師倒永遠活著了。」

公公躬著身：

「皇上，這畫還留嗎？」

皇上想一會：

「朕若焚了這幅畫，它就真成《洛神賦圖》或《河圖洛書》了，那畫師就真的萬古不朽了。」

說了這兩句，皇上又囑公公把他的御印蓋在那畫右下角的滴墨上，將那畫拿去請宮裡的裱師好好裱一裱，收藏在宮裡最珍貴的畫屋裡，然後皇上就走了。

也就走了呢。可走了幾步他又折回來站在濟仁公公面前說：「知道吧？畫師是被你害死的，不是朕我害了他。是你在朕我六歲時，每天給朕講那些狐故事，現在都過了將近三十年，那些該死的狐狸每天晚上都跑到朕的夢裡來。」

說完皇上轉身走掉了。

這次是真的走掉了，給公公留了一臉蒼白色。

終於到了下一月，在大帝三十五歲壽辰的豪慶席宴上，皇上為了把豪慶的繁華記下來，又讓幾個畫師在宮宴廳裡觀看那國泰豪慶大場面，觀看各藩國和大清各省給皇上送的各種貴物紀念品。而皇上，一一謝著他們賜酒時，到那幾個畫師前，忽然想起什麼來，便讓人去取來耿畫師的自畫像，在那生日豪宴上，在那幾個畫師前，皇上讓眾人欣賞了那幅畫，並給畫師、御臣和各番國的使節們，講了耿畫師繪畫攝魂的故事後，又指著那畫右下角滴落上去的一滴墨，說你們真的以為這是畫師不慎落上去的墨汁嗎？這是畫師在這畫上畫的一個狐狸洞。狐狸洞一般都在墳墓上，這滴墨洞是這畫師留給我的咒，只不過被朕我識破看穿了，朕用御印把這墓洞堵上了。說完皇上在眾臣、使節面前大笑一陣子，叮囑那幾個畫師畫畫也要畫出人和物的靈魂來，然後皇帝的眉上擰著一個結，像擰著一個千年不破的諺語樣，沉默一會感嘆道：

「朕終有一死，這畫師倒永遠活著了。」

補記——

右下角滴墨上蓋著康熙御印的這幅名為《耿畫師》的自畫像，如今收藏在臺灣故宮博物院。康熙帝駕崩於一七二二年，《耿畫師》海移臺灣故宮是一九四七年。原來臺灣故宮的展出是分時段的，所有的收藏都會定期掛出來，可這幅《耿畫師》，三次展出都緣於人太多而發生踩踏事故和意外身亡的事，單是一九九八年雙十節的那次展，因為踩踏的意外就死了十二人，其中又有六人是大陸客，後來那次事故，成了聞名世界的「耿畫師重大慘靈事件」。

再後來，臺灣故宮就決定，永不向公眾展出這幅畫作了。

二、耿生與青鳳

皇上：「你還記得那年你給朕講的〈耿生與青鳳〉的故事嗎？」

濟仁公公怔著站在皇帝前。

皇上：「就是朕要登基的前一年，你陪朕在紫禁城的花園裡玩，給朕講的青鳳和她的姐姐畫皮女。還有一個故事是發生在潭拓寺。」

濟仁公公想想感慨道：「竟都過了三十年。那些故事都是在我六歲時，從老家我的表哥那兒聽來的。那表哥大我整十歲，自小滿肚子都是狐仙鬼故事。」

「等朕我心情好了你再給朕講一遍，」皇上笑一笑：「沒想到皇后嬪妃們，夜裡陪朕竟也人人愛聽這些民間狐故事。」

——從故宮圖書館二號藏櫃中《康熙起居志》的第一百七十九頁找到這幾句古譯今的對話時，《聊齋本紀》的故事不僅開了門，而且所有的窗戶都已打開了。之後故事中有關皇上與故事的對話和記載，均出自上、下卷的《康熙起居志》，為閱讀之方便，恕不再一一注明和細述。

時間倒流河樣嘩嘩流淌著。

順治十七年（一六五九年），耿畫師因為畫死了太后的貓，慌慌離開紫禁城，在潭拓寺裡躲了半年後，才靜無悄息回到太原城的東郊上，帶著家眷和細軟，在一天夜裡離開了城東郊的耿府院，從此音訊全無，蹤跡不在，連京城和州府的官人來找他，除了看見一院的艾棵、蒿草與野兔，再也不見了那個耿畫師。

說耿府人去屋空後，原是交代自家的侄兒讀書兼守著這院子。這侄兒名叫耿去病，生性大咧，說話行事都野莽。起初叔叔不知所蹤時，他還隔三錯五至去耿府看一看，後來日漸長久便不時時去了，甚或經月幾十天，也不朝那府第去一次。於是耿府大宅裡，就空闊閒置，任其牆壁生草、地面發荒，各種荊野花棵兒，在那院裡鼎旺茂盛，歡天喜地。單是正院和後院中的野榆和艾蒿，就粗可如臂，高齊人頭，五暮三朝間，還會有荒狼和村狗，在那宅院裡爭勢或鬥凶。接著這年夏，耿去病聽說那闊荒老院裡，門窗有時自己會打開，裡邊有樂聲笑語和呢喃音，如此他便在某日午飯後，從村裡朝著府第去。開門，入院，忽見從後院荒草間，鑽出兩隻赤毛狐，一大一小，四蹄皆白，大的在前急跑著，小的在後緊追著，喉嚨裡都發出驚恐吱吱的哀鳴聲。這時耿去病朝著狐狸望過去，看到村裡的一隻狗，從院牆的豁處飛奔過來，追著狐狸在後院像豹子追著野兔樣，三、五步就把後邊的小狐咬到了。

有一條青灰色的哀鳴聲，尖刺刺地叫著從耿去病的面前閃過去。

接下來，耿去病縱身起腳，一下踢在狗身上，那狗嘴裡叼的小狐狸，便從半空落下來，縮著一團身子猶如篩糠般。趕走了那條狗，彎腰把小狐抱在懷裡邊，見牠後腿上有汨汨的血水流出來，也便轉身急急回到自己家，燒熱水，放鹽巴，給這狐狸進行了洗傷和包紮，餵了湯米粥，交給母親，自己去廚房給狐狸舀水喝。待他端著葫瓢從廚房出來時，發現那隻狐狸已經不在了。

跑得沒有蹤影了。

這時又有村人過來告知耿去病，說在他叔家的大宅後，確實聽到屋裡有說話碰杯聲。那時耿去病正在落日中吃著飯，一聽一怔放下碗，再一次朝著村外叔家的大宅去。從村裡到叔家相距二里路，當他到那兒，黃昏已鋪在宅府邊，初夜踏腳過來了。他就那麼橫著肩膀走進院落裡，從前院徑直至中院，又從中院到了正堂屋，果然看見正堂二樓上，靜在黃昏透有幾分光。耿去病本是膽壯的人，行事多是獨來獨往者，並不會見到屋裡有光就生出幾分怯弱來，於是撥開腳下的草，悄步走到屋裡去，又脫下鞋子提了朝著樓上爬，盡力不弄出一絲響動來。到了二樓上，看見裡邊側後的一間屋，原是叔叔的書藝室，有了親近的讀書人，才會迎進那裡論說談墨藝。現在那藝室，從門縫洩出來的光，宛若晨時從東方湧進去的曦陽樣。上樓後他又穿上鞋，慢慢朝那老屋走過去，彎腰趴在門縫上，看見屋裡的牆上和桌上，都掛點細手腕似的蠟，使老屋亮得如同白晝般。有個滿臉紅光的長者戴著帽，面南坐在一張八仙桌的主座上，一個婦人盤了黑秀髮，素潔端端坐在他對面。面東是一俊朗生，約有二十歲，存氣宇，露儒雅，很像要踏進科場一比高低的人。而面西右手邊，是個秀色妙齡女，歲在十五或十六，如此一家四口，依序依俗，分坐主次，每人面前都是光潔亮堂的大碟小盤兒，都是泛青竹筷和似喝未喝的琥珀酒杯子。桌上滿擺了雞鴨魚肉和時鮮蔬菜等，濃香裡帶著絲絲的不膩之爽氣，時蔬裡又有剛下田的青嫩和鮮美，每一個杯盤又都放置在它該放的位置上。好像一家人正在議論說著什麼話，突然受了驚動寂下來。

這時耿去病破門而入了，大笑著面向眾人道：

「這麼好的酒宴也不叫我一聲呀！」

屋裡的人，同時驚起來，大家慌慌躲著身子進了別的屋裡去，唯留長者站在桌邊上，厲聲說你這狂生到底何人耶，竟敢如此無禮地闖進別人家。耿去病也就臉上掛著笑，從桌上拿起一雙筷，夾起一塊白肉送到嘴裡去，並說：「怎麼是我狂生，怎麼是我無禮，這本是我家，你們不僅占住著，而且有了美餚也不請主家來吃飯，如此反倒我成狂生了！」

長者便盯著耿去病：「你是耿畫師的侄兒吧？」

「是呀是呀——」耿去病也便果真學著狂生的樣，大聲問長者為何人，怎麼就住進了他叔家的府第裡。長者便顯出歉疚來，說自己一家住在不遠處的西山下，見這兒空宅閒置，荒草萋萋，又知道房主避難在外，一時難以回來，而房子久不住人，會很快地朽腐倒塌，也就臨時搬來住著了，也算是替房東看管府宅和牆瓦。說著又慌忙給耿生滿了一杯酒，言了一些道歉話，說聽說耿畫師的侄兒您在看顧房子，當早去拜訪又忙著沒有去。這般這樣的，話都說開來，彼此善和溫良著，很快說到親熱間，長者又叫出家裡人，一一介紹給耿去病，先兒子、後婦人，說我姓胡名義君，這是我家公子叫孝兒。並說孝兒比耿生小兩歲，應該稱耿生為兄長。最後叫女兒出屋子，女兒卻只應不出門，聲音裡充滿羞澀和膽怯，末了還是長者給婦人一個眼色後，做娘的才走進一間屋子裡，生生地把女兒扯出來。

這一扯，一段姻緣與悲傷，便葛秧一樣扯拽出來了。那扯出來的胡家女足齡剛好十六，名青鳳，頭至男肩，腰如細柳，臉上閃著色澤紅潤的光，眉眼臉頰上，水嫩得一觸即破般。她從屋裡羞腳走出來，抬頭望一下耿生後，頓時屋裡飛過了一道閃電樣，即便很快低下頭，屋子裡卻再也無法真確寂然了。人都又依次坐下淺飲著，說些人世間的家長和裡短，討論耿畫師的畫藝如何了得了不得，可如宋時張擇端樣畫出人的魂魄來，還又說些時令和季節，種種與收收，大家邊吃邊喝、邊喝邊說著，而耿生之目光，卻痴痴怔怔，一刻也沒有離開過對面坐的青鳳女。期間喝酒時，他假藉酒力在桌下用腳去暗碰青鳳的繡鞋和腳趾。青鳳在桌下雖然慌忙把腳收回去，可在桌面上，不見她有惱怒異樣來，於是耿生大了膽，藉了酒力脫口說了一句更為狂放荒唐的話：

「這輩子若能娶青鳳為妻，就是到京城為官我也不去了。」

胡姓一家人，再次為耿生的狂蕩感到愕然與驚詫。而這時，青鳳雖臉有緋紅色，目光卻問詢一樣落在爹娘身子上。而那為娘的，恰時一把拉起青鳳推說天色不早了，該要夜睡了，便扯著女兒起腳朝著樓下去。繼而父親和兒子，也都在耿生「我說的是實話呀！我說的是實話呀！」的醉言中，一邊勸他少喝些，一邊也都告辭離開了。

轉眼間，席宴上只還有耿生孤孤一個人。這時他忽然有些醒，望著一桌的狼藉和空曠，聽著胡姓一家走下樓梯的腳步聲，有幾分後悔倒流水似的漫在心頭上，站著愣一會，不自覺地笑一下，朝自己臉上輕輕摑了一耳光，也便丟下空屋和盤盞，撩起叔叔常睡的臥屋幔，進屋倒在床上了。而在這倒床後的似睡非睡間，耿生睡眼矇矓著，忽然聽到屋門響一下，似乎看到青鳳姑娘站在他床前。驚著坐起來，揉揉眼果見青鳳就在床前邊。眼前的屋內只有他們倆，且她臉上的羞怯少在了，一臉都是成熟女子的誠懇和平靜，一臉都是平靜中的深意和韻味。於是耿生下床趿了鞋，想要擁她上床去，她卻朝後躲退了一步用眼止住他。

「真的是你嗎？」他問道。

「是我呀。」她笑著。

「你沒走？」他又問。

她收笑停頓一會兒：「欠你的總是要還的。」

他越發不解地望著她的臉。她的臉像一巾染了暈的絹。時間已是後半夜，屋子裡有淡淡的清新和夜花正濃時的香。他在那香裡，揉了一下眼，問她你欠我什麼呢？她便猶豫著，道我說出來怕會嚇著驚著你，從此你便恨上我。

耿去病哈哈大笑一聲道：「天下沒有耿生我怕的事，哪怕你是鬼！」

青鳳又想了一會兒，說倘若你不怕，我就直言了。也便說我們一家非鬼非人是狐狸，住在就近西山的一棵柳樹下，看這畫師家宅大屋子空，也便由爹娘帶著常來這兒遊散和食宿。

今天她和姐姐紫鳳在村頭上，被村裡一條壯狗追著咬，姐姐跑得快，不知逃到哪兒和家人失散了，而她自己幸虧耿生搭救保住一條命。說為了耿生的搭救並用鹽水為她洗了傷，且在酒桌上，還男人樣不遮不掩喜自己，今夜她才折身回來陪伴耿生這一宿。

說著她朝耿生移過去。在耿生的恍惚喜悅裡，她從自己頭上取下銀製簪，吹熄紅蠟燭，把頭靠在了耿生肩膀上。

如夢之纏綿，如雲之繚繞。一夜的耳邊低語，一夜的男歡女樂，在夏夜的窗月裡瘋瘋癲癲，喜極而泣，泣極而喜，緣此所有的人生之黯淡，都有了月光和明亮；所有的世事模糊裡，又都有了清明的溫潤和篤定，事後連男女間不能言說的每一個細枝和末節，他都清晰得如同眼前般，然而真的睜眼醒過來，屋裡和床上，卻空得除了他什麼都沒有，彷彿一場夢一樣。

第二天日照窗櫺時，耿去病猛地從床上坐起來，又一次為昨夜的床事疑惑著，又忽然看到自己手裡握著一個銀製髮簪子，簪柄上刻著康熙某年某月某日夜——正是他和青鳳昨兒一夜恩情的日子和紀念。想起青鳳在晨亮中穿衣離開時，說的「兩世肉身，不同天地；情還了，心盡了！」的離別話，不覺間困頓起來，不期而至的空虛和落寞，雷電一般擊在他身上。

怔一會又莫名笑一笑，竟也有了兩行淚珠掛在眼角上。

為了能和青鳳再次見一面，耿去病第二天夜裡又一次住在了那間屋子裡。

第三天、第四天，見青鳳不再到這兒和他見面時，他反倒徹底從村裡搬到了叔叔家。說是來叔叔的畫屋讀書備科考，其實也就是每天每夜等青鳳。可這一日日，一夜夜，青鳳再也沒來過。胡姓一家再也沒有在這深宅大院出現過。院裡的艾棵和蒿草，都已從夏日到了秋時裡，從旺茂到了枯黃裡。螞蚱和野雀，也都從院裡的草間和石縫，日日地少著無力著。就是他每天午後或黃昏，總是到後院、村頭、林地尋跡和走動，也再沒見過有狐狸和村狗的出沒和追攆。

耿去病每日都拿出那個銀簪看，反反覆覆念讀簪背上刻的年月和日子。百無聊賴時，常常獨自到西山下盲目地走著找尋著。有一天，走到西山下的一片荒地躺下來，躺下也就睡著了。睡著了隱隱約約做了一個夢，夢醒來頭腦中卻只留著一句模模糊糊的話：

「想我了，你學你叔叔把我畫下來。」

坐在夕陽中，想著這句話，零星覺得是夢中青鳳和他匆匆見過面，慌慌張張給他說過一排兒話，可惜夢醒那話都丟了，只有這一句還留在腦子裡。於是又望著一直握在手裡的銀製簪，想著要離開，扭頭一望才發現，自己一剛躺下時，以為是頭枕著一堆黃土睡，這時也才看清楚，不是一堆黃土而是一個暮秋間的塌陷老墳墓。墳頭上枯草叢叢，蟲鳴聲聲，倘若不是墳前還有一棵歪脖老柳樹，任誰也難以看出那是一座墳。耿去病盯著那墳望了很久，才回去了。回到空宅大院裡，他開始把自己關在叔叔的藝室畫屋裡，鋪開紙張，研墨作畫，細細緻緻地在紙上畫著他頭腦中的青鳳女，可因為自己筆力不足，畫功欠佳，一頁頁，一張張，所畫的青鳳永遠不是他頭腦中的那個婀娜和風流。他畫鼻不似鼻，描目不成目，最後只好把幾張草畫揉揉扔到一邊去，索性不再畫青鳳，而開始一筆一畫地畫狐狸。畫狐狸的銀灰毛皮和勾人魂魄的迷人眼，畫狐狸如同身長的蓬毛尾，一頁頁，一幅幅，先還並不像，可畫著畫著就像了。自黃昏畫到天亮後，從一堆畫稿中挑了幾幅狐狸畫，再次到西邊塌陷著的孤墳處，把那些狐畫都一一點火燒在墳前邊。

　　也就成了一種營生、一種寄託了，每天每天畫，每天黃昏挑幾幅畫得好的到那墳前點燒和祈禱，有時還故意燒在那墳墓塌陷出的洞口上，使畫灰燒盡後，落在墓洞裡。這樣過了半個月，在那墳前燒了幾十幅，忽然有一夜，耿生又在畫狐狸，聽到門響抬起頭，看見有一惡鬼站在門口上。那鬼瘦高有力，頭髮凌亂，一臉漆黑，滿嘴黃牙，且還有兩顆牙又長又歪，尖尖利利長在嘴唇外。惡鬼朝著耿生走過去，一把奪了他手中的筆，撕了桌上的畫，摔在地上尖著嗓子吼：

　　「你若再不斷地畫狐燒在我家門口上，我敢一口把你吞進肚子裡！」

耿去病盯著惡鬼道：「那剛好，我早就不想再活啦。」

惡鬼便又張著血口瞪著眼，若要當真吃他樣。

而耿生，這時猛地從硯臺池中抓起一把墨，快速地塗在自己鼻臉上，也張著大嘴露出白牙來，吼吼吼地叫著迎著惡鬼一步步地走過去。他們兩個就那麼站在屋中央，彼此相距二尺遠，你瞪著我，我瞪著你。你張大嘴，我也張大嘴。你從喉嚨裡發出奇奇怪怪的吼，我也從喉嚨發現奇奇怪怪的吼。最後那惡鬼從牙縫裡擠出一句話：

「你要再學我，我真吃了你！」

「吃了吧——吃了我也就免受這思念之苦了。」耿生說著用鼻子輕輕哼一下，「可如果你沒吃了我，到頭來我把你吃了，那就不是鬼吃人，而是人吃鬼。那時我耿生就有了人鬼術，想做人了去做人，想做鬼了去做鬼——我就可以在人世鬼世來去自由，天上地下地去找我的青鳳了。」

話到這，這對兒人鬼站在那，忽然間僵著不動彈，像都在等著對方張口血咬樣。就這麼過了一會兒，又過一會兒，那鬼忽然長長嘆口氣，沮喪地轉身嘟囔著什麼走出去，踢踏到樓屋門外站一會，扭頭朝門上狠狠踹一腳，罵了一句話，留下一地月光和秋草，連一個影兒也沒了。耿去病也從屋裡走出來，看看迷朦虛無的夜，又回屋門門躺下來，想著剛才發生的鬼人鬼事情，一臉茫然，雙目惆悵，到了子夜的似睡非睡間，又隱約聽到院裡響有腳步聲，於是悄悄下床藏到屋門後，從門縫看見飄來一束光，光到門前邊，然後那光的腳步停在門口上，有蘭花麝香的味道飄進來，一股股地從門縫朝著屋裡擠。

耿去病靈醒到這是青鳳女的體香味，他忽然打開門，一下把青鳳抱在懷裡邊。

青鳳受此一驚，手裡的蠟臺掉落在地上。她掙著身子朝後退一步，立刻轉身飄風要走樣，連身上的裙子都在空中飄起來。這時耿生忽然在門口跪下來，望著半空飄動的裙子道：「青鳳姑娘——我們畢竟有一夜恩情，就是天下常人，也還一夜夫妻百日恩，何況我們是兩界生靈，如此奇緣，你也竟能說走就走，這麼長時間，任我怎麼思念，都決然不來看我一眼啊。」耿生說著當真哭起來，淚像雨樣傾落著。這時門外飄動的裙子不再飄動了，青鳳實實在在立在耿生前，一樣地臉上落著淚，一樣地抽抽泣泣說，世間姻緣，皆由前世之命定。你救我一命，我還情周身，沒料到你表面是個狂書生，原來竟也如此地情深意重，對於狐鬼仙妖，也如此重情重義。她說你所思所念，所作所為，我們雖置兩隅世界，可我也看得清楚，念記在心。因為這念記，我也才在夢裡告訴你好好作畫，把我畫好掛在屋裡邊，也許我會從畫中走下來，時時夜夜，與你約會同宿，沒想到你不畫我，卻總是畫狐狸，還把那麼多的狐畫拿到墳上燒，害得我家每天落日時，院裡總有從半空落下被火燒了的狐狸毛皮和狐骨頭。有時一開門，還看見門口有許多被燒焦沒死的狐狸肉身子，使我們的日子日不為日，夜不成夜，人不人，鬼不鬼，於是家父便扮成惡鬼來嚇你，不要你再作畫，不要再在這荒宅府第住下去，沒想到你竟也可以扮惡鬼，和家父對視對峙大半天。那時家父本可以當真吃了你，可又念你對我一片真心，最終也就只好嘆口長氣回家了。說現在家父擔心，你的畫藝日漸精深，原來畫的狐狸只是草野近似，燒了會有那些死去狐狸的骨頭毛皮落在我家裡，而過些日子後，你畫狐真成狐，真的是了我們家的誰，再燒就會有真的狐狸被燒死，且那死的也許會是我們家的人。於是父母決定，我們要遠遠搬離這地方，讓你徹底死掉這份心，也好以別離來救那些無辜的同類們。青鳳說著淚水撲簌簌地掉在門口上，一會功夫面前的地板濕了一大片，且因為哭啼和抽泣，渾身抖得裙子都如掛在風中樣。

「從此一別，我們怕是再難相見了，」說了這句話，青鳳用錦巾擦了一把淚，似乎想要轉身離開時，耿生跪著快速地朝前挪兩步，一下抱住了青鳳的腿，扯著嗓子喚起來，說青鳳啊青鳳，就是你要真的離開我，也請你到裡屋讓我最後看一眼，最後感受一下我們為人一場的夫妻恩。說著哭喚著，連連求著搖著青鳳的腿。這時青鳳一臉蒼白色，急急朝身後看一眼，便拉起耿生同他上樓進了屋子裡。到屋裡自然是彼此相擁，吻分吻合，淚水漣漣地說些戀人們昏頭昏腦的生死話。

一個說：「你真的不能不走嗎？」

一個說：「我雖狐族，可也有狐族的家法和規矩。」

這個說：「你走了我當真就去死。」

那個說：「這萬萬使不得，人在人世體會不到人世的好，待你死了體會了，卻是萬劫不復如何也難有這人世之好了。」

耿生就緊緊摟住她：「難道不能再在人世陪我一夜嗎？」

青鳳用力搖著頭：「家父、家母、哥哥們，分頭去找我們的新家新址了，是把我留在家裡看門我才有機會出來會你這一面。」說著四處張望著，也任由耿生在自己身上動手和動腳，快速地替她解著衣扣和裙帶。然就在他們正要脫衣上床時，青鳳忽然捂著胸口僵在那兒了，臉上顯出一片青白色。她看見父親一臉震怒地站在她面前，臉上的皮肉一顫顫地抖著呈出青紫來：「該死的畜生——我剛離家你就來會狂生。擔心你這樣你果然就這樣，連半點族法家規都不顧了！」一邊吼叫著，又一把將青鳳從耿生懷裡揪出來，連著幾耳光，摑到青鳳臉上去，又扭頭朝耿去病的臉上、身上啐了一口痰，扯著女兒像提著一兜風，迅疾地從屋裡刮著奔出去。事情的快，如晴天忽至的雷雨樣，及至耿生靈醒過來後，青鳳已經被父親提著到了樓外不見蹤跡了。於是耿生追出去，跪在院裡的月光下，一邊聽著來自荒涼空無中一個父親對著女兒的辱罵聲，一邊對著空無一物的月光和寂冷，大聲地撕著嗓子喚：

「——罪過在我呀，你就放過青鳳姑娘吧！」

「——千刀萬剮你對著我，你就饒了青鳳吧！」

一夜靜荒。

一場虛空

院子裡入了秋的草黃中，既沒有蟲鳴之音，也沒有風吹草動，只有透亮翼薄的白月光，像床架上白色的帳帷在草間鋪著飄掛著。哪兒偶爾響出紗碰草的婆娑摩挲聲，如秋夜凝成的霜，輕輕地掛在草尖上，被空氣撫一下，微鳴著落在寂靜裡。耿去病就那麼跪在荒院內，呆痴至天亮，呆痴至日出，直至院外路上有了狗吠和耕牛下地的蹄腳音，才恍恍惚惚朝四周望一眼，從地上站起來，回屋舀水洗了臉，出院朝西山坡下急急走過去。到西山下的孤墳前，到那老柳旁小桶似的墳洞邊，見墳前的草地上，到處都是凌亂和被踩倒的野草和碎土，像有許多人在這急急慌慌走了一夜樣。而那原來周邊齊整的墳洞口，現在破破損損，參差不齊，彷若有過很多人或動物從那洞裡掙著身子逃走樣。

到這兒，耿生知道青鳳一家是真的走掉了。再也不回了。於是他就在那兒呆起來，莫名地蹲下兀自哭起來。哭到累了口渴了，無力地坐下看看天、望望遠處，起身回家燒了飯，吃了睡一覺，他做出了一個痴人驚天的舉措來——他從叔家的大宅搬出來，在這舊墳前邊蓋了兩間草屋子，砌了一個石院落，把那老樹和孤墳，都砌在院內日日地守著空候著。又從家中搬來了日常的炊具和用品，燒飯在這兒、種地在這兒，除了回家和母親說說話，再也和他人不語不來往，成了村裡的一個怪人異人了。村人都說他一定得了邪魔症，被狐仙鬼怪下了咒，不然怎麼會好好的村宅不去住、豪宅大屋空廢也不守，丟下老母偏到村外守著一個無名無姓的老樹和孤墳。而耿生，對此不言也不駁，只是每天守著那孤墳，等著青鳳一家會忽然回到這舊墳老家裡，比如忘了什麼要回老家尋找取回去，以求能和青鳳或青鳳的家人們，再謀有一面說些什麼、傳個什麼話。

就這麼過了一年又一年，到第三年的清明時，耿生正在那院裡為那野墳燒白掛著紙，焚香跪拜磕著頭，起身後看見青鳳的哥哥孝兒立在身後邊。耿去病臉色平靜，目光溫和，兩個人相視良久，頗有陌生又頗含時過境遷後的感念樣。彼此那樣看了一會兒，孝兒感嘆一聲道：「耿兄啊，你瘦得太多了。」耿去病也就望著遠處默下一陣回頭道：「青鳳還好吧？」孝兒便看著哪兒輕聲說，我妹妹十九周歲了，早到婚嫁年齡了，任天下媒人怎樣地說合與媒言，她都不肯嫁人離開家。說媒人給她介紹的有州官和舉人，有當朝正青春的狀元郎，還有常年來往於江浙南方的富賈和鹽商，說起來哪個都比你學問高，都比你家境修性好，也都比你禮仁有前程，可我妹卻偏偏非你不婚、非你不嫁。然父母偏見，說你粗莽狂野，死不同意，於是就這麼在家裡日日地僵持和吵鬧。說現在有個機會到來了，如果你能把握機會救了我父親，他自然會同意你和我妹的百年好合。說著孝兒在院裡四處瞅了瞅，搬過一個木凳讓耿生坐下來，自己坐在一條石凳上，告訴耿生說，他的父親最近在家，兩個月來日漸飯少，渾身無力，先還以為是年齡大了，限壽將至。然而在三天之前，方知道他不是壽限將至，不是有恙在身，而是聽說在中原洛陽的龍門山，有一位隱居畫家，那畫家神筆，精藝勝過張擇端和吳道子，畫人能畫出人的魂魄來，作書花草時，寥寥幾筆就能畫出草的清新和芬芳，如果他畫石頭，只要那顆石頭是擺在一雙鞋子上，那麼那石頭，就會在眾目睽睽之下，從左邊走到右邊去。說這個畫家不是別的人，正是耿生你的叔叔耿畫師。說耿畫師從京城畫苑逃出來，隱居在洛陽龍門山下邊，本就多年不畫人像和動物，以免人或動物的靈魂被他的畫筆攝去或取走，從而傷損了人或動物的壽限與生命，所以他就要麼不畫畫，要麼畫了只畫山水草木和石頭，多年都守著這畫規，然而這幾個月，不知為何他又從線條畫改為工筆畫，並從花草改為動物和鳥雀，且最近正在畫著一張老齡狐——而他畫的這張老齡狐，又不知為何偏偏越畫越像我家父親了，所以父親就慢慢生了病，開始茶水不飲，生命垂危。說現在唯一能救父親的只有你耿生。只要耿生你能儘快在他沒有畫完這張狐畫前，找到耿畫師，讓他停筆毀了這張畫，以救父親壽限未至又不得不死的無妄之禍災。

說完孝兒孤哀哀地望著耿去病。

耿去病也就那麼信信疑疑地望著他。

這時候，院裡孤墳邊的柳樹上，忽然有了松鼠在爬著。院子裡也忽然從門外跳進兩隻長得和鳳凰一樣的紅腹錦雞來。那對錦雞鳥，在他們面前站站又跳跳，覓了一會兒食，又飛著落到墳柳上。而在大門外，村裡去耕地的一對牛，正哞哞地揚著嗓，嚎叫著從田野回村裡。

耿去病聽了看了這些想了一會兒：

「我叔的狐畫還有幾日可畫完？」

「最多有三日。」

孝兒說著眉上有了愁，痴痴地看著耿生不動彈。於是耿生掐指算一下，說從太原到中原，就是騎馬揚鞭，日夜兼程，最少也得八到十天，這三日如何才能趕在他畫完狐前去讓他止筆廢了畫？孝兒就對耿生道，你若可應允，我就去備馬備糧物，然後讓青鳳走荒踏捷徑。說狐狸在荒野飛走比馬快幾倍，她應該能在三日之內趕到洛陽城，然後她會設法阻止畫師先不畫那像，留著最後幾筆等著你到了，和耿畫師說明景況救父親。並囑耿生說，見了耿畫師，請他萬千不能撕了燒了那少著最後幾筆的畫。撕了那畫家父就要終身殘疾了，不是斷腿就是少臂膀。而燒了那張畫，老人雖然還活著，但渾身會被燒得身無毛髮，皮無完膚，而生不如死了。說唯一毀畫而救家父的辦法是，讓耿畫師把那張絹畫泡到水裡邊，讓畫色慢慢褪了去，至畫布終成一塊和原來一樣的純白絹綢後，父親的魂靈和肉身，才會一日日地恢復到和原來一個樣。

「這麼說我能在洛陽見到青鳳了？」

「你們可以在見面的當日就完婚。」

有了這一問和一答，耿生臉上閃過一道耀眼的光，忽地從凳上彈起來。「你快替我備馬去！」說完他從墳前快步走進草屋內，收拾了行囊和衣物，出門看見有匹備好鞍子的白馬栓在大門口，也就急趕急地朝著那馬走去了。

朝著洛陽奔去了。

補記——

我家在洛陽西南不遠處，至今在我家與洛陽龍門之間的伊河邊，都還在龍門山下保存著順治時候耿生與青鳳的婚房舊址和傳說。去龍門石窟和白居易墓參觀的遊人們，都會沿著〈耿生與青鳳〉的故事去看他們結婚後，在那住了數十年的遺址石院和草屋。就是從《康熙起居志》中看，濟仁公公給康熙講的〈耿生與青鳳〉，故事的尾末也是在洛陽。然而到一六七二年，蒲松齡寫作《聊齋志異》中的〈青鳳〉時，這個故事卻被他全部停筆在太原東郊了。

三、畫皮

依然是太原城郊那地方——

過了正月十五後，王生要備鄉試了。家裡有一些文脈、人脈，打聽到了主考官家在太原城的哪，想去走拜一下主考官，以在鄉試考場上，給自己一點便利和門道。也就讓妻備了禮，一早朝著太原城裡去。

正月從鄉下到城裡的路道上，空氣冷得直哆嗦，哈在嘴前的白氣與霧絲一個模樣。也就剛出村，在路上走了一程，王生看到從路口走來一個少婦樣的人，腳下急得彷彿後邊有人在追著；氣喘噓噓的模樣，又像從哪往哪逃將著。書生心有別意了，忙追上女郎問人家，有什麼災難和不測，這酷冷天裡孤寒寒地去哪兒。那女郎也就立下來，回頭望著王書生：「你是一個書生過路人，一輩子只關心金榜題名，你何苦問這啊。」書生一看這女子，年齡十六、七，臉色淒白眉藏憂，望著他一身都是難言之苦隱。「你說吧，我是讀書人——讀書人才最是要入世幫人的人。」書生這樣說，女郎也就流著眼淚開了口，說自己叫紫鳳，從小和家人走失再也沒了家，剛過十六就嫁人成為妾，下廚燒飯，河邊浣衣，冬夜還為丈夫暖被窩。可沒想到自己這樣兒，丈夫還又賭又酒，每天輸錢都回來罵自己。大老婆也藉機打自己，說丈夫原來入賭總是贏，自我進家就贏少輸多了，說是我把晦氣帶到家裡了。說著女子撩起衣服給書生看，果然滿身都是青紫和瘀血，有的血痕還未乾，浸浸地沾在衣服上。

書生驚噎了，惻隱之心像春後冰融了的黃河水。

「你現在去哪兒？」

「無家可歸呢，」女子說，「今日一逃我也不知要去哪。」

這時書生慷慨仗義道，如果不介意，你可以先到我家養養傷。那女子自然是感恩點了頭，道了千言萬語的謝，跟著書生折回身，來到書生在村外的一所空院裡。那空院瓦屋小甬路，整潔且溫暖，是書生為自己每年科舉準備的一處書宅院，專門用功的一個僻靜處。於是就在這小院靜屋裡，書生為女子生了火，為她身上的瘀青擦藥、包了傷口，到了暮黑夜飯時，還親手為她炒了菜，溫了一些酒。二人邊吃邊喝著，女子不停地為書生夾菜和倒酒。至月高星稀後，村裡靜到只有寒風在外的走路聲，女子便收拾了碗筷和碟盤，含情脈脈地催書生起腳快回家，說不回家夫人會等得著急呢。

書生只好起身留戀地朝著門外走，走著又說我擔心你一人在這睡覺會怕啥兒。「怕是肯定怕，」女子柔聲細語著，「可再怕夫人在家等著你，我也不能把你留下來。」到了小院內，月光冰綢一樣鋪在院地上，二人四腳落下去，能聽見彼此腳下的薄冰碎裂聲。書生問：「你獨自睡覺會冷嗎？」女子說：「不怕身子冷，就怕心裡寒，今天遇到你王書生，是我長這麼大以來心裡最溫暖的一天了。」到了大門口，將門打開不得不走時，王書生又找著藉口把腳留下來：「我應該給你的傷口再敷一些藥，夜裡躺下睡著人的傷口是最易疼痛呢。」女子也就立在門裡哽哽咽咽道：「王書生，你是我見過的人中最為溫暖的人，我這心裡有你了，你就離開回去吧，再不回夫人會真的找到這兒來。」

書生這時膽大了，過去一把將女子抱在懷裡邊，爬在她的耳上呢喃說，他妻子不會找過來，只要他夜裡不回去，她就知道他是在書宅用功夜讀了。如此女子就趴在書生的懷裡說了更多溫柔話，說自己一見書生心裡就種下書生這顆種子了，感覺他是天下最為善良的人，也就果真是最為善良的，只是自己怕對不起嫂夫人，怕影響書生的攻讀和前程，才要催著書生快離開。說著又把頭朝書生懷裡拱，接著對書生恩恩愛愛著，說她是給人做過妾的人，看出來書生想在這兒留一夜，但得說好他只能在這留一夜。且在這一夜，二人只能做兄妹，不能同夫妻一樣，不然她就真的對不起了嫂夫人。書生答應著，說是自己真是遇到天女了，雖然給人做過妾，可卻如此地明白事理和良知。他們重新把大門閂起來，並用木棒把門緊頂著，牽手回屋閉了屋門後，他一下把女子擁在懷裡瘋吻著。女子一邊配合他的瘋吻和撫摸，一邊又對書生說，無論如何我們只能這樣了，不能越了男女最後的楚河和漢界。書生一邊答應著，一邊又將女子急急抱到床上去，熄燈後不顧一切地亂起來。女子是扭怩不從的，嘴裡不停地說著對不起了嫂夫人，可說著不從又慢慢誘了王書生。王書生畢竟是連續備考多年的讀書人，知道很多男尊女卑、三從四得、夫唱婦隨的道理和書上的話，一邊解著女子的衣扣兒，一邊把那話說得正月十五月圓樣。女子聽著那話兒，除了嘆息就沒不從不合的理由了，最後只能用手抓住王書生的手，很懇切地說：

「你救了我，我感恩於你，我們只能有這一夜好不好？」

王書生承諾著點了一下頭。

於是夫妻樣有了這一夜。可又哪兒是如夫妻一樣哦，是如新婚洞房的初夜一般兒。哪兒是洞房初夜哦，洞房初夜之男女，都會緣著人生初情時，不諳男女之趣樂，十有八九都是慌慌張張，潦潦草草，把人生最美好的身子和時間，如三歲孩童畫畫樣，好端端的素紙都給胡塗亂抹了。人生男女的好，王生的體會是壯男和少婦，二人都有男女之經驗，但又未到輕車熟路上，輪子落地就跑起來。有經驗，又有一些生疏感，正如他和女郎的這夜樣，自己在婚後有些厭妻時，她又為妾懂男女，卻又從來沒有被男人疼愛過，於是二人熟腳走生路，生腳配熟鞋，總是明白又非全明白，似乎經過又再經過時，才發現此前哪叫什麼經過呀，至多是聽人說過或遠遠看見過。有了這一夜，有了一次又一次，一場又一場，才真正懂得什麼叫經過和諳熟。就這麼一夜的神魂顛倒著，床動地動天動著，連從窗口透入的月光都如微風中晃動的燭光一樣搖擺晃動著，要死要活如要生要滅樣。明明深陷在極樂的淵裡猛然摔死了，可身子一落地，卻發現人還活著。明明知道自己還活著，可又覺得魂靈飄飄不知去哪，人死了魂都不在了。

就這麼地一次次。

一場又一場。

精竭到認為自己再也不會恢復體力必然氣盡死了時，他對她說了一句話：

「你讓我死了吧，我再也不想讀書考舉了。」

她緊緊抱著他，把嘴伏在他的耳朵上：

「王生啊，男人哪能不讀書考舉為官呢。」

又是抱，又是吻。精盡力竭時，還又有了一場男歡和女樂。終於到體力不支了。終於是抱著女子水蛇白兔合體的身子睡著了。一覺睡到來日太陽滾在窗楣上，睜開眼，摸摸空床頭，慌然翻個身，卻看見女子坐在床邊上，深情地望著他，一直拉著他的手。而床頭原來敬書擺硯的條桌上，卻擺著女子早就為他備好的早餐油餅、小菜和蒸雞蛋，還有為他補身子的一劑草藥雞骨湯。且她坐在床邊望他時，臉上的嫻靜如一盤月亮被日光照了樣，透紅的臉頰和櫻紅色的唇，碎白齊整的牙粒和挺挺直立的鼻梁骨，尤其她那總如月光下靜湖似的眼，實是書生這將近三十年，第一次見到這人世最為溫潤美好的女子了。

「你長得和佛裡的菩薩一模樣。」

女子聽到菩薩兩個字，身上哆嗦臉上驚一下：

「求你別說菩薩兩個字，我是凡人，哪能褻瀆菩薩啊。」

王書生就笑著拉了女子的手，一併吃了早飯後，女子賢淑地洗了碟盤和鍋碗，兩個人到院裡晒太陽，在避風處坐下說天地、世間和男女，到了日隱有風了，太陽地裡飄有冬寒了，他們又回屋關起門來烤炭火。在爐旁話暖手暖心暖了，白天也抱著滾到床上脫衣服，如膠似漆，相見恨晚，又慶幸終是人生有這麼一場兒女情。就這麼過了一整天，又瘋癲無忌地過了一整夜。終於到了第三天，糧盡了，菜茶也沒了，書宅所有能吃能喝的，都被他倆吃盡喝盡了，書生不能不離開院子去集市買菜買糧了。

集市離村子並不遠。書生提籃到了集市時，是第三天的近午間，一條街上都是賣肉、賣蛋與冬儲的白菜和蘿蔔，還有粉絲和北方人學著南方做的燻臘肉。因為念著女子獨自在家裡，書生並未挑東揀西地買，只是見了這個買這個，見了那個買那個。待一個籃子齊滿了，剛要離開鬧市的繁華回家去，忽然集鎮裡守著道觀的那個瘋道士，來到街上求人施捨問人要著錢，說自己很久沒有吃肉喝酒了，望施主們看在他時常為人降妖除魔的份面上，快給他幾吊零用讓他去買一碗半罐酒。這時他看見王書生，忙朝書生走過來，驚訝地站在王生面前怔了他一眼，急急把王生拉到街口的一棵枯樹下，問你是鎮南王村的王生嗎？

王生點了一下頭。

道士驚愕地端詳著王生的臉：

「你最近遇了什麼人？」

王生說：

「誰也沒有遇見啊，每天都在家為著鄉試攻讀哪。」

道士又盯著王生看一會，拉起他的右手看著他五個指頭的手指紋：

「你渾身都被邪氣纏繞著，怎麼會沒有遇見什麼人？」

王生想道士一定是想拉他謀些酒菜錢，也就沒和道士多說幾句話，把買菜剩下的零碎銅錢取出來，丟給道士回走了。然他走了幾步後，那道士又從他身後追上來，把銅錢全都塞到他手裡：

「你命都快沒了，我怎麼能要你的棺材錢！」

王生有些氣惱地盯著那道士。

「什麼都別說，」道士道，「你快跑步回家，到家後千萬別弄出響動來，趴到你家門縫上，也許還能趕上看見一些啥。」

王生三信七疑地朝道士冷冷笑一下。

「不用笑，」道士說，「如果我沒猜錯，她和你脫衣上床時，渾身都是青紫和瘀血。可一身瘀血她和你行那男女之樂時，為什麼她身上的傷瘀一點都不疼？沒有在床上喚叫一句『我疼啊——你輕點慢一點？』」

聽到這，王生怔在那兒了，臉上滿是驚愕和痴然，成了七信三疑後，他想再聽道士多說一些啥，道士卻大喚：「我餓了，我又沒酒了。」又伸手從王生口袋抓出那把錢，扭著身子邁著八字步，朝一個賣肉賣湯的店鋪晃過去。

王生在那呆呆怔一會，最後看著道士回頭朝他笑著得意地喚：「你快回去看個究竟吧！」之後道士走遠了，他起腳回家去，先是慢慢走，可走著想著那些床上的事，想到他和她在床上翻雲覆雨地折騰時，她一身瘀血竟真的沒有叫過一句疼，不覺間腳下的步子慢下來。慢下來又漸著快起來。到了鎮外人少的路上竟就跑起來。原來是想買了食物、蔬菜再到藥堂鋪子為她買些消腫止痛藥，這時就滅了去往藥堂鋪子的路程和行時，快急快急從集鎮回到村頭上。回到村頭攻讀備考的小院前，平復了喘息和呼吸，把菜籃藏在牆角處，手按著心跳輕推院落門，悄腳走進去，看見她不在院裡晒太陽，於是疑心降霜落雪一樣重起來，輕腳朝著屋門走過去。到那兒輕輕一推門，發現大白天屋門是從裡門上的，心裡轟嘩一下更加驚著道士的話，慌忙趴在屋門縫上朝裡瞅。

這一瞅，王生的腦子天崩地裂了，腿和腳下的院落都忽然晃得使他想要癱倒在地上。

果然看見屋裡有道士說的妖邪了。

看見她的綢襖裙褲堆在床邊上，身著一身黑色的壽衣舉著紫青色的臉，牙雖白潔卻獠牙猙獰著，有的靠外有的靠裡生，隨意差錯地長在闊嘴裡，有兩顆尖牙彷彿是穿過嘴唇長在唇外面，其餘禿的又只有半截如生咬了什麼斷了牙齒樣。她的鼻子是塌的，鼻孔翻露在上唇半空間，額門的顏色因為從窗口門縫進去的光，一會是深色，一會又淺青或黑灰。且更可怕的事情是，她身上的壽衣完全是在墳墓中被黃土和時間腐爛了的破衣服，身子一動會有布片和棉絮掉下來，且那壽衣背上用滾針繡上去的半個金絲「奠」字的針線都已脫落了，線頭線腳如一場風後的蛛絲垂在布片上。而她面前迎著窗光的牆壁上，正貼著一張半黃半白的人皮在光裡。那人皮有半隻胳膊從牆上脫下來，左手分岔開來的五個手指頭，指甲都還掛在指皮上。為了讓手指服服貼貼像畫布一樣兒，她用幾個竹籤紮在那指皮和牆上，然後手持一管彩色的筆，在那人皮上用各種顏色描著和畫著。畫那人皮的挺直鼻梁時，那鼻梁上就有了潤白亮亮的光。畫那人皮上的嘴唇時，那嘴唇就有了血色和紅潤。待她畫那人皮上的眉毛、眼睛時，王生覺得自己的眉毛緊緊揪著跳幾下，再定睛去看那畫皮上的眉毛和眼，那畫皮的眉毛就柳葉一樣風動有情了，及至最後她握著彩筆在一個珠砂顏料盒裡點一下，將發亮的珠砂點在畫皮大而水潤的眼睛裡，那眼睛就滾滾動動有了湖色和光亮。最後她又在畫皮的頭髮上濃筆塗了一層瀑布似的墨，將畫筆慢慢放在裹了黃絹綢布的筆盒裡，朝後退兩步，端詳著畫皮上的女像看一會，待自己滿意了，將身上的壽衣三下兩下脫下來，上前走兩步，從牆上將畫皮揭下來，提著畫皮的兩肩抖一抖，像抖一件有了塵埃的風衣樣，最後把那畫皮在空中甩著旋了半個圓，披在自己肩膀上，身子又一旋，屋裡那妖邪厲鬼不在了，她就成了原來那個和他牽魂繞夢、如膠似漆的美女了，赤身裸體，渾身光潔，皮膚好得和月光樣，渾身上下連一絲青紫瘀血都沒有。接著她自己看了看自己裸體的美，獨自笑一下，拿起床上的衣服穿在身子上，轉眼成了王生初見她時的模樣兒。她好像在人皮上畫畫有些累著了，將筆管、壽衣、彩盒收起來，放在她來時的包袱行囊裡，從容地坐下端起功夫茶的小杯給自己倒了一杯水，慢慢地細口喝著茶，等著去集鎮買菜的王生走回來。

王生在門口驚呆了。

他木在正月的寒冷裡，額門上出了一層米粒似的汗。小心地朝後退著步，至半院輕輕轉過身，躡手躡腳朝著外面走。出了院落門，又悄悄把大門關起來，左右看看便瘋著一樣朝向集鎮跑。到集鎮上他沒有找到那道士，又蒼白著臉色朝鎮西的道觀裡去。那所道觀並不大，是一座借著山勢遇物賦形的二進廟。前院住著這道士，後院是道神和道士設在神面前的施捐箱，讓前來的施主自己往那箱裡施捐錢。王生快步地踏進前院時，道士剛從集鎮走回來。他在集市上募錢討買了一盤豬頭肉，一罐陳米酒，剛把那豬頭肉用蒜汁拌好擺在桌子上，大口地吃著和喝著，滿嘴滿臉都是豬頭肉的油。

這時王生進來了，撲通一聲跪在道士面前說：

「你救救我吧，我遇到的是一個畫皮鬼。」

道士看著王生哈哈笑一下，又狠狠喝了一大口的酒，夾起一塊豬臉肉，在半空看看搖搖放到嘴裡邊。

「信我嗎？」道士問。

王生點著頭。

「信了你去廚房給我燒上一盆熱水端過來。」

王生便慌忙找著道士的廚間去給他燒了一盆水。

「把我的鞋襪脫下來，幫我泡泡腳。」

王生幫道士脫下鞋襪來，端著熱水讓道士大白天裡泡著腳。

「給我的腳灰搓搓吧，我一個冬天沒有洗腳了。」

聽著道士的話，王生看著道士一邊喝酒吃著肉，一邊兩隻腳在水裡慢慢對搓著，很快那清凌凌的半盆水裡漂起了道士的腳灰和趾垢，於是他立在那兒遲疑著。道士又瞟了一眼王書生：「回去沒有看見女子身上有瘀血吧？看沒看見她的包袱裡都藏了一些啥？」這麼問幾句，王生思忖著，慌忙跪在地上幫道士洗著汙腳和垢泥，連道士腳指頭縫中的泥灰都給搓洗了。

洗完了腳，道士也喝完了酒，最後又讓王生去倒了洗腳水，幫他收拾了飯桌上的盤子和酒杯，還又幫他穿上襪子穿上鞋，將他的飯桌抹一遍，在桌上鋪開黃紙和筆墨，細細在那黃紙上畫了一柄劍，想一會寫了草書的咒語和道言，收起疊好裝入黃裱紙的信封內，囑王生不到時候千萬不要打開那信封，千萬不要念咒語，書生便依囑拿著那紙符回家了。離開道觀前，道士又諄諄囑他說，見了妖孽萬萬千千都要裝出和先前一模樣，一塊吃飯，一塊說笑，方寸一絲半毫不能亂，然後趁她不經意，將她口袋裡的手絹取出扔在大門外，她就會在落日時分出門去找手絹，這時你就趁她出門時，把這符咒貼在門口上，她回來便再也進不了你的房間去，從此她就不會再去纏你找你了，你便白白賺她三日人世最快活的事。

拿了這符咒，書生離開道觀回到家，從院外牆角提回自己的一籃菜，謊說自己在鎮街上碰到往屆一同鄉試的同場生，就在街上喝了酒，所以也就回晚了。女子並不在意王生的話，看他臉上也還那樣兒，聞聞他身上果然有些酒肉氣，也就如昨日前日樣，對他百媚嬌態，扭腰翹指，依然地親吻擁抱和說笑。依然地為他沏茶、洗菜和燒飯。然在燒飯洗菜間，擦手時她發現自己身上的手絹沒有了。那手絹是她以鬼為人離不開的物，每過兩個時辰不用那手絹擦擦臉，臉上就會慢慢布生一些荒草和墳墓間的灰。於是她開始四處找手絹，想到午後等不到王生回來她曾走出院子去張望，也就從廚灶朝著院外去找手絹。

王生一直在屋裡朝著院裡看。

他看見在落日中她朝院外走去時，知道她是去院外找他扔到院外的綢手絹，便慌忙從懷裡把道士給的符咒取出來，速速掛在門外門楣上，轉身進屋忙不迭地把屋門關上插了門，屏住呼吸等著女子走回來。

她便回來了。

在落日中走著用那手絹擦著臉，這時正月的落日裡泛著黃顏色，一院子都是黃亮都如劍在日下閃著的寒光和冷利。沒有人知道那光在她面前給她帶去了啥，就如沒人知道道士在符紙上寫的咒語是啥樣。她走著，在院裡忽然哆嗦一下子，抬頭看看落日後，臉上有了一層僵白色。然後她的腳步放慢了，走近門口臉上的白色越發濃起來，及至到了屋檐下，還有兩步遠，如有氣流將她朝後推一樣，身子僵怔一下子，臉上越發白得如同清明墳地上的紙，額門上也掛了一層汗，宛若夏天她在烈日下趕了一程路。她知道發生什麼變故了，抬頭望著繫在門楣外的黃信封，嘴唇便跟著有了哆嗦和跳動。再試著起腳往前走一步，又有一股力量把她朝後推了推，且在這一推間，她渾身的骨頭如同散架般，疼得她莫名地大聲喚出了一句話：

「——天殺呀！天殺呀！」

然後她又朝後退兩步，離那屋門遠一些，再次望著落日裡門楣上的黃信封，待身子疼得輕了些，人可以站穩身子後，她用嘶啞悲切的聲音問王生：

「有人救你了，我們的情緣血債都盡了。念起我這三天如你新婚夫人一樣給你人世的好，你能告訴我是誰在幫你嗎？」

這時王生本來在屋裡懼怕得渾身都在抖，在門後縮成一團兒，壓根不敢從門縫朝外看。然聽到這個聲音後，他的哆嗦有些輕緩了，面著屋門後的黑汙塵土說：「你走吧，我們無仇無冤，我只是一介書生啊。」到此門外便無聲息了。從門縫透過來的亮光裡，有繞繞點點的塵星在飄飛。望著那塵星，書生靜了一會兒，小心地趴到門縫上朝外看，看見女子在那門外院內甬路上，木木地立著不動彈，只是盯著門楣上的黃紙符咒封，看了一會嘆了一口氣，自語了「天要殺我！」的一句話，便沮喪地轉身朝大門那兒走去了。

她走了，可走至大門口，站了一會兒，她又忽然轉過身子來，回到她剛站過的地方大聲問：「王生啊——我走了。我們情緣盡淨了，我再也不會回來了。你可以不告訴我是誰在幫你，不告訴我那符咒上到底寫了什麼字，可你能告訴我那字是寫在紙上還是布上嗎？」

王生猶豫一會答：

「寫在紙上啊。」

女子臉上忽然露出一層笑，輕輕哼一下，把身上衣服脫下來，從頭皮的髮間開始著，像脫了一件貼身睡衣樣，帶著嘶嘶的聲響把身上的人皮揭下後，小心地放到甬路邊自己的一堆衣服上，轉瞬她就又成了那個青面獠牙、鼻孔朝天、猙獰醜陋的女鬼了。她又一次把身子朝後退一步，哼吼著從喉嚨發出一股撕裂尖厲的叫，喚著：「我知道他是哪個道賊了！」之後退兩步，猛地起身朝著屋門上撞，在一股氣流推著她朝後倒的一瞬間，她猛地跳起一把揪下了門楣上的符咒黃裱封，嘩嘩地將咒封撕成碎片兒，在手裡揉一揉，甩在地上用腳跺一跺，便又一把推開從裡門著的門，看見王生像篩糠樣倒在地上發著抖，她便對他說：「你已經做人做了三十年，輪也該輪到我來做人了。」說著一個箭步衝上前，撕開王生胸前的衣服縫，一把抓下去，只聽王生「娘呀——」一聲叫，他的心像染紅腐爛的桃子樣，滴著血，從他胸前帶起一捲胸皮肉，她就笑著張開血口吞吃葡萄般，把他的心一口吞到肚子裡，大喚著「我要做人啦——我要投胎做人啦——」然後彎腰提著他，如提一隻小雞鴿子樣，把他渾身筋肉都還跳抖的身子扔在床鋪上，用手撥著他的腰部和肩膀，讓他翻過身，面下背上後，將他的後衣撕開來，又一把從他後背用力抓下去，一下一下掏出他的脾臟和肝來，順手扯過她和他共同枕過的青枕布，兜著他的一兜肝臟離開了。

她走時，從屋裡的床上到院裡，一路淌著血，像一路都是春日開盛又被揉碎撒落的花瓣兒。

王生死後不久他的妻子發現了。

她是趁著天未黃昏去他攻讀的小院給他送米麵，發現丈夫血淋淋地趴在了床鋪上。原先丈夫離家去村外僻靜的院裡攻讀時，都是每隔一天或兩天，就要回家看看她，取些泡菜、糧食什麼的，自然回去也會和她有一番親熱一番愛。可他這次有三天沒有回去了。她去看他也是有些想他了，還在家燒水洗了澡，換上了只有過年才穿的新衣服，在身上塗了從娘家嫁來時帶的，由玫瑰、菊花、牡丹，以及用鹽換來的桂花油，經過碾磨擠汁做製成的散香精。然而一到小院裡，她看到甬路上有一滴滴捲著土塵的血滴兒，再看面前的正屋門，見一塊門板倒在屋裡邊，斷了的門閂落在屋中央，起腳驚叫著跑進屋子裡，就看見胸腔被挖得血淋淋的丈夫了。

她一下驚呆在了床邊上，兩隻手緊緊捂著嘴，接著又放手尖叫著朝床鋪撲過去，當看到丈夫後背上那個被掏空的黑洞時，又猛地頓住腳，嗚哇哇地哭著叫著轉身朝著屋外院外跑。

村裡人很快都到了小院裡。

有人在屋門口發現了那個被撕碎的黃裱封和寫著咒語的紙，知道這是鎮西那個瘋道長的法符和事端，便趕快讓王生的妻子拿著那咒紙朝集鎮西的道觀去。這時黃昏到來了，道觀在最後的落日中，像平常人家升著炊煙的小院樣。她急急地走進去。道士正在後院舞著他的拂塵做法事，見王生的妻子撲著身子衝進來，聽她哭喚著說了王生的死，又看了她帶來的被妖孽撕碎的符咒紙，臉上掠過一層憂鬱色，自語著嘟囔了一句話：「原來她已經從狐狸修至鬼人了。」一說罷就跟著王生的妻子朝王村王生家的小院趕。到那兒，天已徹底黑下來，點了蠟燭和罩燈，道士把王生的屍體翻著身子看一遍，還把目光落在王生胸前的血洞上，用手指從血洞裡夾出一粒棗似的血肉看了看，重又把那血肉放回去，抬頭望著滿屋子的村人道：「我要把符咒寫在綢上就好了，這狐鬼就沒有力量能衝破咒力撕了咒紙了。」說著他又在臉上露出笑，讓大家都回到家裡睡，說這妖孽今夜還會來，因為她摘吃王生的心臟時，落手慌張那心臟掉了一塊兒。說她是要吃人的全心全臟才有可能投胎為人的鬼，心臟少一塊，她就無法投胎為人了。並對村人和王家保證說，這一次他絕對不會再失手，一定會把這妖孽捉了讓她再也不會到人間。

村人就都陸續回去了。

月亮升將起來著，滿院子都是月光和星白。屋子裡還有在牆縫熬過寒冬的蛐蛐鳴叫聲。有黃鼠狼從村頭走過來，在院裡走出尋找雞窩的蹄腳聲。王生的媳婦因為有道士在，膽子慢慢壯起來，加之那時太原城郊的鄉村人，和大清其他地方的人一樣，經歷生死是樁很平常的事。便依著道士的指點和安排，在屋裡設了靈堂和屍鋪床，豎了靈幡並在大門口燒了紙錢灰。一切都如王生死了在準備他的後事樣。到最後要把王生的死屍往屍鋪床上抬著時，王生的妻子忽然發現他身上還有微細一股體溫在散著，將手撫到他的胸口上，也隱隱還有一尾尾的跳，便驚驚怔怔看著道士說：「我男人還有一絲心跳呀。」道士臉上平靜著，說人在三歲時的拳頭有多大，他這輩子的心臟就有那麼大。說王生三歲時，拳頭握起來如不大不小的一枚地瓜樣，這輩子他的心臟就如大的馬鈴薯小的地瓜了，屬於人中的大號心。因為王生的心臟大，在胸裡和皮肉筋骨牽扯多，所以那妖孽一手下去沒如往常一下把人心全摘走，被筋肉扯留下來還有小棗似的一塊兒。說王生現在那一尾尾的心跳聲，就是因為胸膛裡留下了那棗似一粒心肉兒。

「人還有救嗎？」王生妻子問。

「無非比別人晚死幾個時辰吧。」道士淡著答。

這時王生的妻子扭頭盯著男人看一會，忽然上前一步跪下來，死死地抱住道士的腿，求道士救救她男人，說既然還有心肉在，道士就一定有辦法讓他男人活過來。說他若救了她男人，她願意把家裡的房產、宅院、土地全都捐給道觀和道士。說有了這捐施，道士這輩子都不用再為捐助化緣了，再也不用到集市上為一頓飯和一壺酒，去求人施捨了。這時道士也就看著王生妻子的臉，又朝院外的天地瞅了瞅，扭身拉過王生讀書的椅子塞到屁股下，重又盯著王生媳婦的臉，看了很久、想了很久嘆了一口氣。

「你今年多大啦？」他問她。

「不到二十四。」王生妻子答。

「和王生結婚有幾年？」

「十七歲那年嫁過來。」

「一直沒有生養嗎？」

王生的妻子「嗯」一下，大膽地抬頭瞟著道士看一會，目光裡有各種意思在裡邊。

「如果我救了你男人，」道士嘴角掛了一絲很奇怪的笑，「除了你說的房產和地產，你還能給我一些啥？」

她就把目光股股線線、一絲不留地直直落在道士臉上去，直到屋裡院裡沒有一絲響動後，她用很清晰的聲音問他道：

「你還要啥兒？」

道士說：

「我要你。」

她臉上飛過一層緋紅色，默了一會很肯定地點了一下頭：

「我給你。」

道士怔一下，把屁股下的椅子朝後挪了挪：

「那我現在就要呢？」

她又盯著道士看一會，沒說話起身朝床鋪走過去，到床前把丈夫的死體往床裡推了推，拉過被子把死體蓋了蓋，又從一個箱裡取出一個新單子和一床新被子，把單子鋪在屍體床外邊，將被子疊成被窩狀，再把死體頭邊的枕頭從床的那頭挪到這一頭，然後不慌不忙地從道士身邊走過去，把屋門關起來，將屋中央的一爐炭火朝床邊挪了挪，將床那頭的蠟臺朝這邊床頭擺放著，待一切都收拾妥當了，又回到床邊坐下來，臉上顯出平靜和坦然，把手放在脖子下的衣扣上，望著一直坐在屋裡不動的道士說：

「你來吧。」

道士把身子在椅子裡擰著動了動，讓身子又在那椅裡靜下來，如樁樣把身子重新夯在椅子裡，重又盯著她的身子和臉，很認真地對她說：

「我這輩子自小出家還沒碰過人世間的女人呢，除了這一夜，我想救了你男人，讓你夜夜都陪我。」

女人眼睛瞪大了，直直地盯著道士看了很大一會兒，咬著嘴唇朝道士承諾著再次點了頭。

「你不喜愛你的男人嗎？」他問她。

「不愛我就不用求你救他了。」她說道。

「你不怕他活了回來知道你和我通姦休你嗎？」

「只要他能活，」她用很慢很硬的聲音說，「日後隨他刀刮處置我。」

道士這時就把目光朝別處扭著看了看，又把目光收回來，想想壓著嗓子說：

「你知道王生對你不忠嗎？他平常去集市上嫖過妓，這三天不是在這攻科舉，是和這妖孽變的女子在這屋裡床上瘋了三天男女間的事。」

王生妻子的臉上蕩過一層灰，立刻又平靜下來對道士：

「他是男人啊——以他的家境和長相，又是這遠近聞名的讀書人，他和我結婚七年我沒有給他生出半兒和一女，這七年他沒有打過我，沒有罵過我，沒有納妾冷過我，就是偶爾出門嫖嫖妓，和這妖女瘋三天，你說這不都是世間男人經常做的事情嗎？」

道士不知該說什麼了，就那麼盯著王生的妻子看，慢慢起了身，到她面前站下來，拿手在她頭上摸了摸，在她臉上摸了摸。她開始解著脖子下的第一枚扣，移手去解第二枚的扣子時，他按住她的手，豎著耳朵聽了聽，又把手伸進床裡被子下，在王生胸口摸了一會兒，用很輕細的聲音對王生的女人說，他的心跳快沒了，只剩了最後一絲熱，妖孽馬上就到了，你一切都依照我說的去做就行了。然後他重新把王生的屍體蓋好藏匿好，自己很快地穿上為王生準備的壽衣和壽靴帽，過去把屋門敞開來，死人樣躺在門口的靈床上。王生的妻子就對道士說：「救了他我就是你的人。」說著很快地披麻戴孝把自己裝扮成寡妻孝婦人，到靈前燒著紙錢和北方葬禮上的紙紮物，哭著呢喃著，訴說著一些啥，沒人聽清她嘴裡都說了一些啥，只是不斷地在靈前撥著油燈上著香，不時地細細聽著門外的風聲和響動，把一切物事都弄得和真的為死人守靈樣，直到忽然聽到小院的大門吱呀響一下，有個人影閃進來，朝著屋門這兒飄盪著，王生的妻子才從死屍的頭前把香插好轉過身，看見是自家鄰居的老太佝僂著腰，拄著拐杖走來站在屋門口，手裡提個方藍小包袱，一直慢慢地探頭朝著裡邊望，她才啞著哭嗓對鄰居老人說：

「劉奶呀，你怎麼半夜還來這兒呢？」

劉奶就從門外拄著拐杖進了屋，四處瞅了瞅，說我是自小看著王生長大的，他打小吃過很多我烙過的餅，今兒沒想到，我活著他倒先走了。說半夜睡不著，就過來和這侄子告個別，給他送幾張我最後烙的餅。說著劉奶把拐杖靠在門邊上，將那小方包袱放在靈床下，跪在靈前給王生燒了一兜紙錢紙元寶，磕了三個頭，站起來彎著腰朝靈床走過去，想要最後看王生一眼睛。然就在她一手掀著王生臉上蓋的生白布，一手伸到屍體胸前去抓她漏掉的一滴心臟時，道士轟隆一聲從那靈床坐起來，一把抓住老太伸到他胸口的手，另一隻手疾快地在老太彎腰低頭的一瞬間，看到了她髮間藏著的那條人皮縫，從那縫邊抓住她的頭髮朝下一扯拉，她的老太畫皮便像一件衣服樣被扯將下來了。眨眼功夫間，靈床前站的不再是王生家的鄰居劉老太，而是那個抓吃了王生心臟的青面獠牙鬼。道士一手抓住這鬼手腕，一手提著那一塊腰布似的老太人皮畫。那畫鬼一邊掙著道士捉緝她的手，一邊盯著道士看一眼，驚著「啊！」一下，說聲「果然是你呀！」就把利齒血口朝道士的胸口那兒伸撞著，要把道士的心從他胸口吸咬撕出來。也就這一刻，道士把右手上的畫皮丟在靈床邊，一把抓起備在床邊的他的法器拂塵擋在胸前面，那鬼的獠牙便一口咬在了拂塵法器上，隨之屋裡便炸出一股青白紫烏的尖叫聲，她的一顆獠牙碎著落在了地面上。接著她惡惡盯著道士看，道士也不慌不忙地盯著她在看。兩個人就那麼看了一會兒，誰也不知道他們的目光之間到底發生了什麼事，時間也就過了銅錢翻身一會兒，那厲鬼慢軟軟地跪在道士面前了，像一個盜賊跪在一個武士面前樣。這時候，王生的妻子一直站在門口上，看到現了形的女獠鬼，嚇得朝後退一步，臉上顯出僵硬和青白，像自己也成了鬼一樣，直到那鬼朝道士跪下，道士說了一句話：「你有長進了，可以得寸進尺了。」王生妻子才明白，他們是早就認識的，早就有過交手禮讓的。

而這時，厲鬼跪著仰著臉，求道士再放她這一馬，說這是她最後求他放了她，從此她再也不會來禍害人世了。道士便淡淡笑一下，說想走了也行，請把她吞了的王生的心給吐出來。聽到道士讓她吐出王生的心，鬼就瞪了他一眼，回頭看了一直在邊上驚慌著的王生妻，問：「你是為她嗎？」然後那鬼就沒那麼不安驚恐了，臉上有了一層紫青色的笑，笑完盯著道士問：

「我要不吐你會怎樣？」

道士沒有立刻說什麼，而是順勢坐在了身邊的另外一把椅子上，始終一手握著鬼的手腕兒，一手把法器拂塵舉在半空中，很從容又很失望地說：

「我是念你修煉多年，快要投胎成人了，才沒把符咒畫在布上而寫在紙上的，你不知道我的用心嗎？」

「平常投胎我要投到窮人百姓家，」鬼說道，「在這樣的家裡，小時候我夏餓冬寒，長大了我為人做妾，你說我這樣投胎為人和畜生有什麼差別呢？」

道士默了一會兒：「那你還想咋樣呢？」

女獠鬼把聲音抬高道：「只要我吃夠九個人的心，我就可以投胎到達官貴人家裡去。」

道士怔一下：

「現在幾個了？」

鬼有些惘然遺憾的樣：

「這是第九個，可偏偏這第九個它少了一塊兒。少一塊我就不能生在官貴家裡了。」

至此道士把鬼的手腕捏得更緊了，將右手裡的拂塵也在空中舉得更高了：

「這麼說你已經害死了九個人？」

鬼把自己的脖子梗得更硬更理直氣壯著：

「這九個都是害過我的人。」

道士又一次直直地盯著鬼的臉：

「王生他害過你什麼？」

鬼略微想一會，把牙咬起來：

「他是害得我家最慘那一個。」說著她還扭頭去屋裡找著瞅了瞅，將目光在窗前的床上落了落，收回目光對道士和王生的妻子說，三年前，我還為狐族，王生去州府科考在路上休息時，正好坐在她家門口上，說他去會考的同伴在樹下，看到樹腰上有碗口似的一個樹洞兒，大夥誰都沒有說啥做啥兒，只有王生在歇息完了離開時，順手把屁股下的石頭搬起塞進了那個樹洞裡，還又搬起另外一塊石頭把那石頭朝洞裡砸了砸。說到這兒她把頭低下去，過一會接著再說時，聲音變得啞起來，像去哪哭了一場回來樣，眼角還有了兩滴淚：「那時我剛好離家去給孩子們找食物，回來我的六個孩子都被悶死在了樹洞裡。」到這兒，她又一次把頭低下去，又一次抬頭嘶啞著嗓子喊：「那是我的六個孩子呀！」然後盯著道士目光裡冷出來的光：「那六個孩子也都是你的孩子呀！」吼出這句話，她看著道士咬著自己的下嘴唇，直到嘴唇上有血浸出來，才流著淚把目光望到別處去。

道士不再說啥了，只是用目光瞟著面前的她，嘟囔著問了三個字：

「六個嗎？」

她點了頭，又將目光扭到躺著王生死屍的床鋪上，惡狠狠地盯著看一會，再次回頭瞟看著道士的臉，把被道士緝捉的手腕朝下掙了掙，像道士把她的手腕捏疼了，她想把手腕抽回去。

道士真的鬆了手。

她有些奇怪地看著道士的臉。

道士把手裡的拂塵法器扔到了身邊靈床上。

她有些不解地看看從地上站起來。

道士問：「你那麼想投胎到達官貴人家裡嗎？」

她說道：「若能投到貴人家，是女的我會是千金，嫁到門當戶對的家裡為夫人，是男的我會熟讀聖賢書，一路鄉試、會試到殿試，最終金榜題名成為進士前三甲。」

道士這時不再說啥了，他最後在屋裡掃一眼，看看一直怔在門口的王生的妻，又看看躺在床上蓋在被下王生的屍，緩緩地從凳上站起來，拉一把靈鋪床上的亂床單，把靈床上的拂塵零雜都收拾到一邊去，從容地再次躺到靈床上，面對著房頂像對著天空說話樣：

「你取走我的心，用我的來換王生的。」

道士的聲音不大也不小，平靜得如這時門外的月光星輝樣，說完他看了一眼站在靈床邊的她，為了讓她信著他的話，還把收拾到椅子上的拂塵重又拿起來，遠遠的扔到屋角裡。

屋子裡這時奇靜下來了，連從門外走到靈床下月光的流聲都能聽得到。王生的妻子似乎明白什麼了，她臉色慘白地看著道士和厲鬼，驚恐似乎不在了，只有想不到的意外在她臉上掛著。她就那麼呆怔一會兒，忽然過去跪在了靈床下，不知是為了感謝道士還是乞求道士不要這樣兒，就那麼不知所措地跪著望著道士的臉。而這時，厲鬼也有些不知所措了，先是怔了怔，後來有些不相信地盯著道士問：

「你真要這樣嗎？」

道士點了一下頭。

她問他：「為了誰？」

道士說：「為了我。」

她又問：「你為啥兒不說為了道法呢？」

道士說：「我為了我！」

問：「你為什麼不說為了王生和他妻子呢？」

說：「我是為了我。」

問：「你為什麼不說你再也不想瘋子一樣到集市上過乞食討酒的日子了？」

說：「我是——完全地為了我。」

她默了一會咬咬牙：「那我成全你！」

道士也默了一會兒：「求你成全我。」

她臉上便比原來更為烏青了，像有一臉瘀血憋著出不來，漲得這兒鼓一塊，那兒鼓一塊，宛若那臉上滿是青棗青柿子。月光已經在屋裡鋪得更遠更寬了，有一片光亮爬到了靈床腿腳上。道士一直在等著厲鬼朝他胸口下手去。鬼就一臉青烏地豎在靈床邊，兩隻眼裡憋出兩行血，遲緩緩地從眼眶流出來，凝掛在臉頰上的兩個青包頂尖上。

道士說：「你下手吧，再晚就來不及了呢。」

她說道：「是你在逼我。」

道士聲音更緩更輕些：「是我請你哪。」

她就把腳步朝前挪了小半步。道士最後把眼睛閉上了。厲鬼終於伸出雙手來，十個指頭變得和耙齒一樣，指甲又尖又長，滿指甲縫都是墳墓裡的老塵土。王生妻子的臉上成了慘白色，嚇得張著嘴，不知該把目光落在哪，就把雙眼空洞地望到一邊去。就這時，厲鬼咬了一下牙，大聲尖利地「啊！」一下，把雙手朝道士的胸口那兒狠狠抓下去。然就在她的指甲碰到道士的胸口時，她的手指拐彎了。她又縮手把自己尖利的右手快速收回來，朝著自己的胸口用力抓下去。這一抓的快，都是在那一「啊！」的尖叫之間完成的。隨著這聲叫，她自己倒在了靈床下，之後她的胸前就有了碗口似的血洞兒，有一片九顆熟桃似的心，血淋淋地從她胸口滾出來，散落在她的身邊翻著跳動著。

道士感到了有帶風的手指落在他的胸口上。他用力咬牙不讓自己叫出聲音來，可他還是聽到那刺疼刺疼的尖叫了。及至明白那叫聲不是自己發出的，便聽到厲鬼對他說的最後一句話：「那些畫皮都在那個包袱裡——請你把我送回我的老家吧。」道士慌忙睜開眼，朝著床下望，也就看到一股青煙飄著朝屋外飛去了。而在那青煙散失的床下邊，厲鬼已經不在了，臥著一隻又瘦又乾、毛髮脫落、渾身都是結痂和傷口、並有一隻斷腿垂在身後的如一堆枯柴乾草似的灰狐狸。

皇上：「畫皮女的老家在哪兒？」

濟仁：「太原東郊的山坡上。就是將狐狸從西郊送到東郊和她的家人埋在一個墳堆裡。」

皇上：「那道士和王生送了嗎？」

濟仁：「回皇上——他們送了呢。把她和她家人埋在一起了。」

皇上默了一會兒：

「你喜歡〈畫皮〉這個故事嗎？」

「回皇上——奴才喜歡這故事。」濟仁道：「奴才夜裡睡不著，常在心裡想著這故事。」

「朕倒更喜歡你先前講的〈畫壁〉那故事。」皇上說：「那〈畫壁〉中的披髮少女，脫俗如仙，更可朕的心。可惜那畫師不在了。他若在，朕應該令他給朕畫那畫壁上的披髮女，而不該令他把朕的靈魂畫出來。」

公公望著皇上想了一會兒：

「故事都是書生們編寫的，皇上哪能當真呢。」

皇上道：

「朕讓它是真的，它就一定是真的。朕沒有這個能力哪能是大清皇上啊！」

四、畫壁

明朝之後，中國的科舉確立為鄉試、會試、殿試三層級。

這又到了殿試大期時，全國奔湧功名的人，過了會試的書生們，行囊裡都裝滿書生氣，日夜兼程到京都等待殿試去中榜。是年三月間，從浙江天台來殿試的孟龍潭和朱舉人，緣於比別的士子早著日子到京都，讀書累了便合資租馬車，到京外正西幾十里的潭柘寺裡去遊玩。

潭柘寺建於西晉永嘉元年（西元三〇七年），比京都還早著近千年，所以京都人都說世間先有潭柘寺，而後才有京都城。歲月踏踏踢踢走過來，讓潭柘寺變得殿宇空闊、磚瓦生苔著，清寂到三月的柳絮飄飛裡，總會在寺院響出空鳴綽綽的寂寥聲。孟龍潭和朱舉人，這天近午時，坐著馬車到了潭柘寺，踩著柳絮楊花和古松柏的落葉針，入進了一院又一院，見神許諾，遇塑叩頭，到了第三進的寺院後，聽見有空蕩蕩的木魚聲，也就踏著鳴音寂靜走，到後院的佛堂高屋內，看見屋裡有位年長他倆的青年僧，法號為德清，一會敲著木魚哼經文，一會用捆在竹杆上的蘆葦掃著正牆上的一幅巨闊壁牆畫。壁畫上畫有一排穿袈裟的跪地僧。跪地僧們讀經誦歌，專心致志，而在他們專心致志的正對面，又繪有一排撒花天女們。天女們櫻桃小口，飄裙笑微，尤其在那正央間，有一位披髮少女，裙子在風中撩起，和垂柳的細枝牽扯掛拉，露著一截兒粉嫩肉腿，相當的撩人和逗弄。且在她的腿邊樹下面，還站臥著十幾隻狐狸、白兔和金絲猴；柳樹上又落著幾隻紅腹錦雞鳥，整個的畫面靈動活潑，適春生香，在這千餘年的舊殿老屋裡，像一團寒寂中劈啪作響的烈火樣。青年僧就在那壁畫下舉著蘆葦撢，掃著那畫壁上的塵浮土，卻又不見那畫上真有土塵飛起來，似乎是每天為了給自己找些可營生的事，才把木魚擺在一張桌子上，敲幾下，唱幾聲，拿著撢子掃一掃，盯著那壁畫看一會，直到瞄見有客人進了屋，才放下撢子拜了禮，說了喜迎施主的謝客話。

而這時，孟龍潭和朱舉人，進屋和僧人點頭還禮後，被迎面牆上的壁畫所吸引。他們看那畫上的跪僧和袍衣，看那柳樹和柳樹上的紅腹錦雞鳥，最後都把目光落在畫壁上散花天女的身上和臉上，想入非非地望著天女的衣著和膚色，笑意和眼波。青年僧見客人都死死盯著畫壁看，也就過來站在孟龍潭的身邊上，說這是一年前，有位宮裡的畫師避難在廟裡住了半年畫上的。說那畫師畫完這壁畫，就離寺去畫他的人生了。孟龍潭仔細聽著、盯著那畫壁看。朱舉人一邊細耳在聽著，一邊目不轉睛地盯著牆上那位被風撩起裙子的披髮女，發現她似乎朝他笑了笑，還給他眨了一下眼。於是朱舉人也朝她笑一笑，對她眨了眼。他這一笑一眨眼，忽然又見那少女朝他點個頭，拋遞一道眼波兒，彎腰朝身邊的一隻胖嘟嘟的狐狸身上拍一下，那狐狸就從狐狸畫群中溜出來，到了舉人身邊上，用頭輕輕碰了一下朱舉人的腿。舉人吃驚地回頭望一下，看見那披髮少女正站在自己身後不遠處，躲著中年僧和孟龍潭，朝他暗暗招著手。於是朱舉人跟著小狐狸，悄悄朝那少女走過去，先是跨過一道紅漆金邊門，又穿過一道畫了洛神、西廂故事的長廊和門庭，再到層層樓閣裡參觀一番後，少女把他領到一座殿堂西邊的偏屋裡，借著窗色很嚴肅地問了他幾句話。

「如果一個是皇上欽定的狀元郎，一個是如花似玉的我，二選一你選哪一個？」

舉人嘆口氣：

「這是我九年來第三次進京科舉了，前兩次會試都是好文章，卻都榜上無名落下來，這一次胡亂寫了文章卻榜上有名了，你說考臣們哪會多看一眼我的文章呢。」

她又問：

「一邊是黃金駙馬，一邊是和我的清貧日子，二選一你選哪一個？」

朱舉人苦笑一下子：

「我在夢裡夢到過黃金和駙馬，可在日子裡，幾次想請我們老家的縣衙吃頓飯，人家都未曾賞過臉。」

她繼續：

「一邊是山珍海味、妻妾成群和長命百歲，一邊是你和我只做三天的夫妻後，便要各奔東西，再無相見，二者必選其一你選哪？」

他默著想了一會兒：

「人生苦短僅寸長，別說三天夫妻，哪怕只有一夜夫妻，只要你能好到讓我至死記住你，現實裡沒你心裡總有你，世上再好的仕途和人生，我也都將捨棄不要了。」

再沒多說一句話，少女朝舉人慢慢走過來，臉上的笑，變成了柔潤撩人的光。她把頭抵在舉人胸口上。舉人把她攬到了懷裡去。滿屋子都是蘭花麝香味。好像到了夜裡樣，一世界都是從窗口鋪湧進來的月色和滿天星的朦朧白。初春的夜草在窗外擺動著，一群群的螢火在草間飛出伴鳴聲。有山溪的流響不知從哪傳過來，好像還有牧笛似的音樂飄在夜色裡。他就和她在床帳內，你嘴對著我的耳眼說，我嘴對著你的耳眼說，兩個人緊緊地擁著廝守著。直到天亮了，他乏力睡去了，她下床入廚給他煮粥煮雞蛋，還做了幾樣小菜讓他吃。等他一覺醒過來，看見她坐在床邊上，望著他不說一句話，只是一臉掛著柔俏俏的笑，然後給他端來洗臉水，遞上滿帶花香的錦織擦臉巾，又拉他到擺好飯菜的一間屋裡去吃飯。他喝了一口粥，覺得那粥黏稠又爽口，呈著金黃色，且粥液一入口，像麝粉落在傷口上，不僅香味濃，而且周身舒泰，渾身輕鬆得想要飛起來。「這是什麼粥？」他問她。「就是普通百姓家的小米粥，」她說道，「只不過煮粥燒的火不是一般的木柴和燃草。」

他痴疑疑望著她的臉。

「燒的是你們鄉試、會試、殿試時士子們的科考紙。」

他怔了一下子。她莞爾笑一下。他慌忙又喝幾口粥，用筷子去小碟夾那鹹菜和花生米，卻吃出粗鹹菜中有著魚香味，花生米中有股肉乾味。他說這小菜的味道我家從來沒吃過。她把菜碟盤子朝他面前推一推，說鹹菜還是百姓家的醃鹹菜，花生也是普通沙地中的土花生，只不過在拌菜炒這花生時，我把你們最常背誦的唐詩宋詞切成細絲在水裡泡一泡，又用那水泡了花生拌了鹹菜絲。然後又說了很多別的話。飯後就在潭柘寺的院裡走，在銀杏林裡牽著手，還到潭柘寺外的山野跑著叫喚著。山野上沒有別的人，只有不知是誰家的牛羊在新發的草地吃著草。他們就在那牛羊邊上坐著說著體己話。想到啥兒說啥兒，想做啥兒做啥兒，哪怕在曠野草地也去行那男女間的事。到了中午從山野回到他們的房子裡，她給他煮著米飯炒著菜。燒火需要引火時，找不到引火他就把他備考的線裝四書遞給她，她也就把那四書中的《大學》、《論語》當做引火燒掉了。炒菜時順手拿過《詩經》和《春秋》，隨便撕下一頁切碎和淘洗過的青菜拌在一起倒進炒菜鍋。吃飯時發現午飯和早飯竟然完全不一樣，白米飯的香裡有女子撲粉的香爽氣，炒菠菜的菜葉滿是河之洲上那塊陸土長出的綠植和鮮美。吃完了飯，還相擁睡了一個午歇兒。下午相對著喝茶和說話，晚間又用《孟子》、《中庸》和《周易》、《禮記》點火燒了飯，夜裡月剛升起來，二人就脫衣擁著進了帳幔裡。

很快到了第三天。

這三天每時每刻他都和她在一起，有片刻他不拉著她的手，他就覺得心裡空落如荒野山谷般。然而三天的愛限終是到來了。而他卻忘了時間、忘了她和他只能相守三天的時限了。第三天午後他在床上抱著她，兩個人相擁在一起，他看見她臉上有一薄愁雲如他們雲白色的床帳樣，正要問她為什麼，門口有了一片她姐妹們的說笑聲，忽然就吵著鬧著擁進來，把她從床上扯下去，並扔給他一件衣服讓他遮著下半身，然後把她拉到門口光亮處，指著她微微隆起的肚子說：「呀——這就懷上了！」又都盯著她羞紅的臉和披在肩頭黑烏烏的髮：「你都已是婦人啦，還要裝成一個姑娘啊！」就有伴兒從哪拿來了髮簪和耳環，不由分說地笑著給她盤了頭，把耳環掛在她的兩邊耳垂上。前後不過幾分鐘，她就成了一個少婦的樣，髮髻如雲地舉在半空裡，鳳釵閃著光亮插在髮髻間，人在姐妹中似乎比原來大了一兩歲，臉如正變熟的芒果或蘋果，越發地顯出將熟少婦的美。這時候，有個總愛逗弄別人，似姑娘又似婦人的大姐摸摸她的臉，又撫撫她微鼓凸凸的肚，在她額上親一下，把她朝舉人身邊推過去，招呼著她的姐妹們：

「我們快走吧，再不走他倆就恨上我們啦！」

都嘻嘻哈哈地瘋著跑掉了。

屋裡又只剩下他和她，也便彼此看一眼，過去關了房屋門，不自覺地又擁在一起，親吻得四唇結在一塊樣，倒在床上如膠似漆到沒有彼此、沒有時間、沒有天地和萬物，甚至床都不在他們身下了。然就在他們忘了時間、天地、萬物時，忽然從樓道傳來一陣踏踏踏的皮鞋聲，和提在手裡碰撞響出的繩索聲，接著是一片男女吵吵雜雜的嚷嚷聲。這聲音穿堂風樣帶著寒氣吹進來，他們在屋裡瞬間僵著不動了。這一刻，她偎在他身邊，臉白如過冬夜露結的冰。過一會她慢慢從床上走下來，悄悄過到窗口爬到窗上朝外看，見一個高武豪壯穿金甲的人，一手拿著鎖鏈一手拿著鞭，讓她的姐妹們在他面前站成一排兒，用指尖點著人頭粗粗數了一遍喚：

「都到齊了嗎？」

沒人答。他又提高嗓門吼：

「都到齊了嗎?!」

這時那年齡稍大的，把她頭髮盤成髻兒又給她插了鳳釵的大姐壯著膽子說：

「都到了，一個都不少。」

「你們要敢少一個，有誰偷跑到凡界不回來，我會讓你們所有的女子都套上鎖鏈吃鞭子。」說著那金甲男人在大家面前走幾步，重又站住腳，盯著面前的女子們，「你們不到凡界去，可你們誰敢把凡人帶到這兒藏起來，你們所有的，也一樣都上鎖鏈吃鞭子。」聽到這，她從窗口急急轉身走回來，把床頭他的衣服拿來匆匆塞給他。「我們三天的愛限到時了，」她含著眼淚慌慌張張說，「不能不分了，我對你說的三點你都記住沒？」

他胡亂地穿著衣服朝她點個頭。

她問他：「一？」

他說道：「千千萬萬要收好和尚給的禮。」

她又問：「二？」

他又說：「出寺一定要坐宮廷的馬車回城裡。」

最後她就盯著他：「三？」

「出門看見有紙上寫著兩個字，那兩個字就是你我孩子的名，見了那紅紙你要收起來，永遠裝在口袋裡。」

她聽完他的回答最後朝他點了頭，匆三忙四地把他推到床下邊，讓他聽到什麼動靜都不要大聲出氣說話兒，誰問什麼都不要接話兒，直到那聲音動靜止息了，再從床下爬出來。說完他朝她驚慌應允地嗯嗯著，她臉如死灰地朝著門外跑出去。也就在她剛離開屋子的喘息間，她的腳步朝著東邊響，西邊跟著踏踏咚咚傳來一片雷震似的腳步聲，且那腳步不是一個人，而是一群人。他們的皮鞋底上都釘著鋼釘樣，走路把屋子、床鋪都踢盪出了搖動和吱呀，且每個人手裡都提著鎖鏈、鞭子和錘子，走著叫罵著，說有凡人到這樓屋庭院了，連院子裡的狐狸、貓兔身上都沾有人世凡物的庸俗氣，於是到處找著大喚著：「誰藏凡人啦?!誰藏凡人啦?!」喚著罵著腳步停在了躲有舉人的屋門口，奇靜一會兒，那幾個穿金甲的漢子便手持鞭子、鎖鏈、錘子從外面衝進屋子裡，門後、牆角、床上、櫃裡一挨一地翻著和找著。舉人在床下嚇得嘴角直哆嗦，雙手死死地揪在胸口衣服上，連自己是從哪到了這兒的回路都忘了。這時有雙大腳朝床邊走過來，正要彎腰朝床下去看時，有個女子在門外大喚了一句話：「誰藏在這兒啊！」那些人聽了就都朝門外跑過去。

那雙大腳也走了。

然後各種聲音遠去了，屋裡劈里啪啦靜下來。

孟龍潭一直在佛堂和僧人看著牆壁上的畫，聽他介紹那畫壁的來歷和畫上的僧人、天女、鮮花、狐狸、白兔、柳樹和孔雀的故事和意蘊，這時忽然一轉身，發現朱舉人不在身邊上，四下瞅了瞅，問和尚舉人去了哪，那守堂的和尚對他笑一笑，朝畫壁那一群天女和狐狸瞟一眼，笑著對著畫壁喚，「你的遊伴等你很久了。」這時孟龍潭跟著和尚的目光又再次落在畫壁上，看見畫壁上那群天女間，那個披髮少女的頭髮忽然盤在了頭頂上，盤髮上插著一柄銀簪子，耳朵上還有一對雙珠環，樣子已經不是先前的少女了，而是一臉快樂足滿的少婦樣。孟龍潭盯著那變了少婦的美像疑惑著，又聽到身後的小門響一下，朱舉人從那小門走回來，雙手揪在胸前衣服上，滿臉都是惶然和驚愕。驚愕裡又有喜悅像剛做了一場春夢樣，一臉興奮又難以說出口，還有從夢中醒來的遺憾和不解。

這時德清和尚看見他回來，臉上掛笑說：「回來了？走——我再帶你倆到寺廟的別處看一看。」他們便跟在和尚身後邊，去參觀潭柘寺的藏經樓和施主們捐給廟裡的書畫和玉器。路上孟龍潭又問朱舉人剛才去了哪，他悄悄把和畫上那披髮少女三天相愛的事情告訴孟龍潭。

孟龍潭猛地立腳盯著朱舉人：

「真這樣？」

朱舉人斬釘截鐵道：

「真這樣。」

藏經樓和捐贈室也都參觀完畢了，孟龍潭有心回到那畫壁前再看一下披髮少女變成舉髻插簪的少婦像，以佐證朋友說的是實情，這時和尚從哪拿出了兩套崇禎讓禮部重新注釋的四書和五經，把四書給了朱舉人，將五經給了孟龍潭，讓他倆回去交換著看，說這新注的四書五經和先前的經典有許多不一樣，且新注的經書別的士子還沒有，而殿試的所有考題都可能以這新注為對錯，你倆先一步看了就一定能比別的士子考得更好些。

也就接了那套書，謝著從潭柘寺裡出來了。

時候已經到了錯過午飯時，寺外的馬車正在路邊一棵柳樹下。馬在吃著草，趕車的師傅在路邊吃著他帶來的乾糧和茶水。見了二位書生從廟裡出來後，師傅收拾了車馬讓他倆上車準備回城去。三月末的潭柘寺，老房老瓦在山脈荒野間，像人立在一天天的日子深處樣。路兩邊的小麥地，麥苗綠成黑顏色，附近村莊裡的牛羊在路邊坡上吃春草。馬車要走時，孟龍潭在車上翻著和尚送給他的書，朱舉人望著寺廟，還沒有從他和畫壁女子的愛裡走出來，一臉都是寺磚老瓦上的土灰和黯淡。這時那趕車師傅在車前，坐著扭過頭，從口袋取出一張巴掌大小的紅紙來。師傅把那紅紙遞到朱舉人的手裡去，說他們去寺裡遊玩時，他在寺門口碰到一個算卦的老先生，他用幾吊錢算了這一卦，結果算卦先生從口袋裡取出這張小紅紙，順手在上邊寫了這兩個字，沒有收他的卦費，就讓他把這兩個字交給朱舉人。朱舉人接過那張紅紙看，見那紙上寫的是「恆忘」兩個字，也就靈醒到，「恆忘」是他和她孩子的名，是她讓他恆恆久久忘了她。於是他又盯著趕車師傅看，看見那馬車的架板上，到處都是黃銅釘和插安車棚的插口和楔銷，連趕車師傅車鞭杆的手握處，都包了一層細黃銅，銅皮上刻出龍身和鳳飛。於是朱舉人有些洞明了，想到他和畫壁上的她，在凡間也就見面一時半刻鐘，可在那畫壁的時間裡，愛限是三天，其愛的刻骨等於三個月，連她的肚子都隆起來了，孩子的名字都有了。於是他又想起他們分手時，她交代他的三件事。他把和尚送他的四書提在手裡看了看，盯著趕車師傅問：

「你這車是宮裡的御用馬車吧？」

「御用說不上。」趕車師傅舉著鞭子扭頭大聲說，他家從崇禎二年就開始在宮裡趕車了，可宮裡一年用不了幾次這馬車。說皇上和娘娘，出宮用車組隊了，他的車從來都是在最後拉拉糧食、炊具和雜物。所以他的馬車是末車，才敢沒事用這馬車悄悄出城掙幾吊銅錢補貼日子用。「馬是每天都要遛遛的，」師傅最後解釋道，「我這出車也就為了遛遛馬。」

朱舉人在車上聽著呆住了。這時剛好孟龍潭又大聲笑著望著天，說這和尚給我這新釋的五經太好了，果然和此前許多的解釋都不同，今年殿考若果真用這新的解釋為對錯，那我倆就包準都比別的士子考得好。說著去要朱舉人手裡的四書看，並大聲說這是上天送給我倆的一份厚禮啊。

朱舉人的臉上便飄著一層濁黃雜混色，想厚禮我有了，宮車我坐了，恆忘的意思也都洞明了，這是不是暗示我今年的殿試一定能考好，並成為京城宮裡的官僚飛黃騰達呢？不是這樣她怎麼會讓我把她永遠忘了呢？這麼思忖著，把手裡的《大學》、《論語》、《孟子》、《中庸》遞給孟龍潭，自己看著天，看著遠處京郊三月的龍山脈，又看著面前春日中的楊柳樹，讓馬車在路上叮噹閒散地回走著。沒有誰再說啥兒，寧靜像春天宮中無人無影的樹蔭樣。像紫禁城裡青磚房下一個宮女孤零零的腳步聲。有麻雀從馬車後邊追到前邊去，飛遠了又落在路邊等馬車。有路上的野草被馬蹄和車輪踩踏軋倒後，等車過去它想起來它就直起腰，不想起來它就像腰斷骨折一樣倒下去。

好像還有草斷以後它望著馬車走去後的嘆息聲。

有野兔從馬車前面橫跨著馬路跑過去。

又有一隻蝴蝶不知為何在空中飛著飛著落下不會再飛了，翅膀如斷了一模樣。

別的沒有什麼了，都正常得和磚在牆上、皇上在宮、禮部的人正在為殿試忙著樣。就這時，車快到前邊的一棵大樹下，朱舉人坐在車上一動不動、不言不語著，臉像天空一樣空曠掛著白。馬車從潭柘寺的石牌樓下朝著前邊走，走了千餘步，也許有二里，到了一邊是麥田、一邊是膝深的荒草野地邊，一直不言不語的朱舉人，突然看見有隻胖嘟嘟的小狐狸，從路的這邊跑到了路那邊。他疑心這隻狐狸正是從畫上下來過的那隻小狐狸，於是突然從車上站起來，大喊著讓馬車停一下。就在趕車師傅「馭——」的一聲收韁停車時，朱舉人什麼都沒說，又把孟龍潭翻過的五經拿過來，從車上甩到車下草地間。這一甩，那草間先是有鳥突然飛到半空裡，接著那隻狐狸被驚了出來了。狐狸朝著草地深處跑。而同時，好像已經在樹後等了很久的一個獵人單腿跪在樹邊上，把銃子槍對著草地上一跳一躍的狐狸瞄準了。那狐狸似乎是被獵人趕著不得不藏在草地間，這時牠被朱舉人從車上扔下的經卷砸一下，一箭飛出來，在白光裡閃著金黃的背脊跳躍著。獵人是有一槍一身狩獵經驗的，他不瞄準那狐狸，只瞄準狐狸飛躍而起的半空裡，等那狐狸的背光閃電一樣在他眼前閃耀那一刻，他勾動板機了，使他的鐵沙散彈剛好飛到躍至半空的狐背上。然就在那狐狸又一次落下躍起那一刻，在獵人勾動板機時，朱舉人從車上跳下了，身子也如光影一閃落在了路邊樹下的槍口上。

隨著「砰！」的一響轟鳴聲，獵人的槍管放下了。

朱舉人尖叫一下倒在了柳樹下，而那隻胖嘟嘟的金狐狸，便閃電一樣逃走了。

朱舉人昏迷過去了，魂魄不在了。

孟龍潭知道是他回到畫壁去和那個成了少婦的天女約會成就夫妻了。回到城裡的第七天，先帝聖諭開始殿試了。殿試的結果果然是禮部使用了四書五經的新注為對錯，孟龍潭考了前三甲。然而在揭榜後，先帝要宴請禮部和各榜士子的前一日，帝又把孟龍潭的名字畫掉了。讀卷大臣試著去問先帝為什麼，先帝說，我為龍，他倒為龍潭，是不是因為有他才有了吾皇上？

孟龍潭就這樣又被大考除名了。

四月末孟龍潭又回到潭柘寺，找到那德清和尚，彼此站在畫壁下，說希望僧人能讓他如同朱舉人，到畫壁裡隨便和哪個女子結婚過日子。可僧人卻告訴孟龍潭，說畫壁的畫師姓耿，不知現在在哪兒，說那些畫上凡有魂靈的狐狸和天女，都已經和凡世有了婚姻了，如果孟士子真想和朱舉人一樣到那畫壁中，和哪個天女約會過日子，需要孟士子去把耿畫師重新找回來，再在畫壁上給那些沒有靈魂的天女、狐狸和白兔添幾筆，讓牠們也有靈魂，我就可以讓你和朱舉人一樣走進畫壁去。

孟士子哪能找到耿畫師，最後也就在潭柘寺裡出家了，和大自己幾歲的僧人一道，每日間，有事沒事都盯著那畫壁看，守著畫壁像守著人的靈魂樣。

貳

熱河夢

喀喇沁王騎擾漢邊是一六九七年，沁邊殺亂始於二年後的一六九九年。一七〇〇年（康熙三十九年）春夏交接時，率十萬大軍紮營在喀喇沁河的對岸後，康熙帝給喀喇沁王下的戰帖是：「要麼退兵五十里，要麼血流五十里。」而喀喇沁王給帝回的密信字數少一半，寥寥只有七個字：「請把公主嫁給我。」之後整整半個月，那邊蒙騎橫刀，這邊兵士引弓，槍矛相惡，劍拔弩張，而雙方騎馬的傳令侍衛們，則反覆地從河的這邊到那邊，又從那邊到這邊，來來往往的密件帶著粉紅色，最終也只有如下幾句話：

——你擾我邊民，殺我百姓，就是為了一個公主嗎？

——難道你大清的公主不值得我喀喇沁王大動干戈嗎？

——公主與蒙聯姻，朕答應又如何？不答應了又如何？

——答應了，我保你大清江山在喀喇沁河流域百年安平；不答應了，我送你蒙漢邊境百年動盪無安。

一場十萬大軍起兵出關的塞外平叛役，最後虎頭蛇尾的收場是，帝把十六歲的十三個公主送往喀喇沁河畔最大的帳篷去和親，之後帶著不知有多少兒女的喀喇沁王的四個公主，從喀喇沁河畔撤兵回到熱河上營憩息歇馬間，在兵定人安、螢火飛舞的夜草原，帝在營帳做了一個夢，夢見有許多草原上的獾狐麝，眼裡都發出藍盈盈的光，從草原的四周跑過來，圍著皇上從喀喇沁河帶回的四個公主帳，一齊發出嘰嘰汪汪的叫。那四個公主聽到這叫聲，便都化作狐麝跑進動物群，消失在了茫茫無際的草原上。

來日從夢中醒來後，康熙急急派人到公主帳中看那四個公主在不在。去的侍衛很快回來說，四個公主因不願離開母親和喀喇沁河，昨夜一起刎頸自殺了。皇上聽了驚在營帳內，一邊想著那四個公主的死，一邊想著昨夜夢裡一群狐獾救公主的事，覺得夢有些蹊蹺和彎繞，便讓侍衛到熱河一帶找尋圓夢師，幫他圓驗夢中的狐麝和四個公主的死。

傍晚在熱河上營的帳篷裡，侍衛找到了那個家喻戶曉的圓夢師。圓夢師四十餘歲，一身儒服，那時候他正和情人喝著酒，被侍衛領帶到了皇上面前去，聽了皇上說的夢，圓夢師說那幾個公主其實沒有死，她們到大漢民間去找恩愛了。接著圓夢師給皇上講了書生與狐族的一樁姻緣事。

五、孔生緣

一六八二年，聖人的後裔孔生孔雪笠，為人聰穎，讀書甚好，可卻從十二歲開始，一直鄉試到二十歲，年年落榜如石落湖水樣。二十歲的三月初，濟南府的榜牆上，又張榜告示中榜名單了，孔雪笠這次又見自己的名字不在榜牆上，便朝那榜牆惡惡吐口痰，朝那牆上踹幾腳，回家收拾行囊去雲遊四方了。

踩著日月和季節，初秋時他到了浙江天台縣，在一處空宅大院前，聽到有朗朗讀書聲。想那大宅也許是學堂，再往前走就見一條小路上，丟有幾本《論語》、《春秋》等，都是新刻新印書，還有濃烈的油墨香，另外一本是《琅嬛記》，捲邊破頁兒，在荒路上落滿草枝和塵土。孔生拾起《春秋》和《論語》，順手扔在路邊上，又拾起那本《琅嬛記》，拍拍塵土和捲頁，提起袖筒拂拂土，邊走邊看那故事，臉上不時有笑容露出來。

到了一個十字路口上，再見地上扔了一片書，有《中庸》、《大學》、《尚書》、《禮記》等，是一整套的四書和五經。在那四書、五經裡，還夾有《搜神記》和在民間流傳甚廣的《狐仙傳》。孔生站在那兒朝著四周望，見左邊遠處是空靜無人的菩陀寺，右邊是一方稻田和林木，正前是條河流與上千年的石拱橋，橋前有著雀鳥和兔獾，其餘就是流水和風聲，孔生立在那，夢樣不知所措著，想說什麼沒能說出來，想抬腳離開又知不該輕易走了你就是他們朱家的一個女婿了，是他朱生的一個妹夫了。

只撿經典扔那野故事，唯有孔生一個是扔了經典撿了《狐仙傳》和這《琅嬛記》，所以孔生的，就是他家三個妹妹中的一個女婿了，然這條路上每天都有書生走過去，可每個書生都是些書，藏起來看路過這兒的書生們，有誰不撿經典只撿這些鄉野故事集。說只撿鄉野故事（忘），身邊的丫環叫香奴，他們被家父、家母派到這兒整整半個月，就是為了悄悄扔掉這

朗俊生大聲笑著說，過來把那三本書重又拾起來，塞到孔生手裡去，說他姓朱名恆旺

「我們等你很久了。」

汗，一臉熱紅像自己偷情被人捉了般。

那被扔的經典書，有的漂在水裡邊，有的掛在路邊野棵上，於是額門上嘩嘩出了一層書生

孔生看見他們木在那兒了，懷裡的《琅嬛記》和《狐仙傳》，全都掉落在地上，扭頭看彷若自己偶遇了男人，但那個男人卻是賤德者。

終於捉到了一個不德不義的賊，所以臉上才有輕鬆釋然的笑。而丫環的笑裡還有羞澀的紅，微笑。小丫環細腰如柳，胸脯滿的要把裙裝炸開來，整個人兒美到絕世間。他們望著他，像他年齡、身高差不多的朗俊生，後邊跟著一個十三、四歲的小丫環。朗俊生高眺挺拔，一臉傳》吹吹拍拍留在手裡邊。然在他做完這些若無其事要走時，一抬頭，看見面前站著一個和空曠和寂然。於是孔生收回目光來，拾起那些經典丟進稻田裡，而把《搜神記》和《狐仙

去。這季節天台縣到處都是果物和花草，蝴蝶在空中飛著身後會跟有一群蜜蜂。遠處菩陀寺的大門口，有個和尚出來把手棚在額上朝著這邊看。而這邊，孔生立在那兒不言不動彈，朱公子又朝他笑笑說：

「不願嗎？不願你就錯失你這一世姻緣了，將再也無法見到天下的女子到底有多美。」然後他給身邊的丫環遞個眼色兒，丫環便上前接過孔生的行李包，用手碰了一下他的手指頭，悄悄拉了一下他的長衫子，示意他跟著他們走。然在她碰他的手指時，他的身上酥軟一下子；她拉他的長衫時，他的腿便跟著軟得差點跪到地上去。

朱公子和丫環轉身走去了。

孔生遲腳兩步跟在他們身後邊。過了那千年的拱橋和千年河，河這邊越發的空寂和遼闊。樹木深起來。草植黑起來。常有花狐、松鼠、刺蝟從他面前慢慢悠悠走過去。朱公子在前面，後邊是香奴，再後是孔生。孔生看著面前的香奴像看著一隻剛剛長成離窩的孔雀鳥，每走幾步路，她都要回頭看看他，說上一句「你快些」，聲音細嫩如雛鶯叫一樣。如此七拐八折一程子，到了一棵大樹下，那樹幾人抱不住的粗，樹冠蓬闊，枝葉密厚，像是北方柳，又像南國櫻，站在樹下舉目望不到天，朝陽的南邊還有一排垂枝簾子一樣擋在路口上。就在這樹下，孔生看著香奴從垂枝縫裡過去了，轉眼身影被垂枝遮得不見了。

「這是什麼樹？」孔生目追著香奴的身影問公子。

「前面就到我家了。」公子說：「我得最後問你幾句話。」

孔生盯著公子的臉。

「一千兩黃金和一個女子讓你選一你選哪一樣？」公子問。

「女子要和剛才的香奴一樣好，天下沒有書生會選黃金不選香奴女。」

「一個狀元一樁好姻緣，讓你選一你選哪一樣？」公子接著問。

「姻緣要是剛才的香奴了，」孔生又朝擋了香奴的枝簾看了看，「二選一誰都選香奴。」

朱公子望著孔生朗聲大笑道：「你真覺得香奴那麼好？」

「朱公子，」孔生很認真地看著公子地臉，「咱們都是正當年的青年，你大我兩歲應該比我見識多，見識多難道你不明白香奴是絕世奇顏嗎？」

公子微笑默言一會兒，上前一步拉起孔生的手，之後徐徐告訴孔生道，我長你兩歲為兄長，既然為兄我就不再瞞你了。說家父、家母看上你，是聽說你是聖人的後裔文章好。文章好、沒有中榜，又敢朝濟南府的榜牆上吐痰踹幾腳，且在第一次見到路上扔的經典時，首先拾起你先祖的《論語》扔掉了，所以家父認定你是他要找的女婿了——你就成了天下最有情緣的書生了。然這情緣到底有多深，那要看你後面的言論和作為。朱公子沒有告訴孔生說家父是如何知道這些的，但他最後說了一句：「天下緣，有時只有側門才能走到大道上。」說完這句，他牽著孔生朝著香奴走過的樹簾走過去，和香奴一樣撩著簾枝從那稠枝密葉間，幾步穿過枝葉簾，豁然看見面前一片園林地。幾畝大的園林裡，到處都是見圖見章的花木、流水和木橋。木橋那邊是幾株合歡樹，滿樹紅花像是天空燃了火。他想起古詩中的「錢塘江上是奴家」的句子來，可又覺得這兒的合歡不是一株是幾株，便沒吟出後面的「門前一樹馬纓花」，只是跟著公子朝前走，不時地扭頭去看園林一丈多高的磚圍牆，去看身邊的美人蕉和紫皮竹，便見一片竹蕉後，是一所天井二進院。二進院的紅漆門前臺階上，站著一對中年夫妻一直朝著這邊張望著，像是出門迎著他們樣。男的四十有幾歲，高俊而儒雅，一看便知是公子說的家父朱舉人。女的雍容華貴，靜如夜開晨燦的連朵牡丹般。孔生想到她是朱夫人，可她哪兒都是少婦的樣，這讓孔生一眼見了直想張口叫姐姐。

他跟著公子朝舉人夫婦走過去。

舉人夫婦也從門前臺階上走下來，近了公子向孔生介紹父親、母親時，孔生忽然想到公子說的「天下緣，有時只有側門才能走到大道上」，所以他在躬身朝著舉人禮拜時，又突然丟下舉人半轉身，對著夫人把首禮拜給夫人後，說了一句「師母好！」之後才對著舉人拜了次禮，才說「先生好！」

他竟然拜禮先拜女的，而非首禮拜男人。

舉人夫婦全都怔住了。然在這一怔二拜間，朱舉人朝自家公子看一眼，臉上顯出一層滿意的笑，吩咐大家都到書房喝茶去會話。公子便領著孔生踏進天井院，從一蓬葡萄架下走過去，大家進了廂房朱舉人的書房內。書房是青磚雕花窗，後牆下有兩個書架和藝品擺設框，屋中間擺了一張大書桌，桌上除了筆墨紙硯和《黃帝內經》的醫藥籍，還有舉人剛寫的聯句墨字作，是一副聯句，寫了上句，下句斷在那兒了。大家進了書房都立在那兒看那上聯句，字跡的橫豎纖細而有力，是宋徽宗的瘦金體，內容是「四書五經書生路」的七個字。就在大家對著這七字上句品味說道時，不知是誰說了一句：「請孔生試筆下句吧。」然後大家就把目光都落到孔生身上去。這時孔生看見屋裡除了他們還又多了兩個人，一個是舉人家的老僕人，手裡端著茶托站在門口上，另一個是丫環小香奴，書僮一樣正舉著一管毛筆朝著孔生遞。

孔生知道到書房不是為了喝茶會話了，而是為了讓他試筆寫聯句。於是他朝大家看了看，接過香奴手裡的筆，想那下聯時，卻想到了來時路上拾的《狐仙傳》，很快蘸墨寫了下聯句：

七狐八仙桃花源

人都對著這下聯品味兒，覺得這七字不夠嚴正有意境，可和上句「四書五經書生路」連吟連讀時，終還是能品出別味別意來。朱舉人對這下句疑著扭頭去看夫人的臉。夫人臉上滿是笑意和欣然，舉人就朝孔生默默點了頭，再把目光落到那下聯墨跡上，這才注意到，孔生的墨字不僅也是瘦金體，而且有的撇捺處理得比自己的筆鋒走勢更為柔滑和有力，用墨的濃淡更為講究和得體，也就如夫人一樣臉上有了笑。

「就在這兒用茶嗎？」老僕這時問。

不等主人答話兒，香奴緊跟緊地驚著聲：「相親不拜先祖了？」

於是大家就都嚷嚷著，說孔生既然來赴緣，就應該先給祖先招呼一聲哦。就都又擁著孔生到了對廂屋。對廂和書房一個樣，青磚雕花窗，迎牆下擺了條案和香爐。條案下是跪拜的蒲團綢墊兒，一看便知這是朱家專門設的敬拜堂。大家進了這屋立刻靜下來，沒了一點的聲音和流語。孔生是跟著公子的腳步進了拜堂的，可是一進門，看見迎門牆上掛的不是朱家的祖像和亡靈牌，而是貼著他祖先孔子的像。而在孔子像的旁邊，又貼著和聖像一樣大小的塗山九尾狐的神狐像。那神像女髮飄飛，豐身潤羽，九條狐尾如九條彩虹般。

這是孔生第一次見到有人敬拜九尾狐，且把那狐神和人神孔子並列著。孔生覺出了事情的恍惚夢異了，痴怔怔立在像前不動彈。夫人把點著的一炷香遞到孔生手裡去。香火上的煙線升起來，有晨光透進窗櫺的響聲在那靜寂裡。手捧著那燃香，孔生不知該去把香插到祖先聖人前，還是插到狐神前的香爐內。他想再要一炷香，第一燃插到先祖聖人前的香爐裡，第二燃插到狐神前的香爐裡。然就在他轉身再去討香時，香奴在他背後又悄悄捅了一指頭。

孔生從香奴的眼波裡讀出什麼了。他起腳從聖人的像前走過去，把那柱香插在了九尾狐的神像前，躬拜了手禮叩頭禮，才到自己的先祖聖人面前跪下來。

「錯了吧，」朱舉人突然大聲說：「我們讀書人，到哪都應先跪聖人再跪別的神。」

「先祖我在家時每天都跪拜，」孔生望著舉人道：「而塗山聖女使禹通夫婦之道於台桑，這才讓我們後人懂得女人實乃男人之神聖，是我們的聖母，我怎能不把第一炷香插到聖母面前呢。」

到這兒誰都不再說話了。

夫人的眼裡竟然有了淚。就在這片刻的淚眼靜寂間，院裡忽然有了一串凌亂嘰喳的腳步和說話聲。大家回過頭，都看見屋裡和院子裡，轉眼擠了十幾、二十幾個的婦人和孩子們。婦人們個個都是一身貴氣一臉欣喜的笑。孩子們多是女童都如黃鸝、孔雀、蝴蝶樣，十三、四或者七、八歲。他們從人群朝屋裡擠著大聲喚：「讓我看一看！讓我看一看！」而那站在門外的少女少婦們，卻在院裡對著屋裡的舉人、夫人和公子道：

「讓他出來吧！讓他出來吧！」

這時孔生才明白，他把香插在九尾狐的神像前，是把一個女兒國的大門推開了。心裡喜懵懵跳得通通響，想扭頭問一下公子和香奴，眼下到底發生了什麼事，卻看見一個十四、五的姑娘蹦蹦跳跳從女兒國的人群擠進來，那漂亮像霞光照在門口上，接著從那光裡大刺刺地散出一股香味來，她便推著那香味，一腳從門外跳到門裡邊，瞟一眼孔生後，突然蹲在地上咯咯地笑起來，笑得亮堂而刺耳，彷彿一條光帶在人們頭上閃著抽動著，及至夫人過來在少女的頭上搗了一指頭，又在她通紅鮮嫩的臉上輕輕擰一把，對她狠狠說了一句啥，她便起身對著夫人和人群大聲說：

「也就這樣嘛！這輩子就是打死我，你們也別想讓我找男人！」

然後人群裡便隨著她的話，又響起了一陣轟隆咯咯的大笑聲，彷彿一片片大小不一的玉塊玉粒兒，從天上碎碎落落撞著掉了下來樣。

孔生望著那一片在半空呈著粉紅色的笑，正滿臉浸汗不知如何是好時，朱公子從邊上爬到他的耳朵上：「這愛笑的是我的三妹叫嬰寧。外面的人都是我家鄰居和親戚。今天你見的，除了香奴年齡尚小不能嫁，等一會兒你見了我大妹、二妹後，她們三個你想娶誰，父母都會答應的。」孔生扭頭去看朱公子，卻看到香奴正一臉紅潤地從公子身邊朝著門外擠，待她到了嬰寧身邊上，因為嬰寧笑得沒有力氣了，她一把抓住香奴抱住香奴的肩，等身子站直了，力氣回來了，又讓聲音翻過香奴的肩膀和髮梢，嗓子亮到讓兩進的院子都是鴿哨聲：

「大姐——阿松！二姐——嬌娜！你們都來看看這個孔生到底有哪好，反正我是沒有瞧上他。」

隨著嬰寧扯著嗓子的叫，人們都又扭頭朝著二進院的正堂屋裡瞅。瞅了半天不見有人走出來，就又聽到嬰寧對著那邊抱怨道：「喜歡人家又不敢出來看，難道還要我把這男人推到你倆懷裡嗎？」喚著回頭瞅一眼孔雪笠，又看看一臉笑的父親和母親，嬰寧便又一把拉起孔生的手，大步地朝著二進院的正堂走去了。

她要把他拉去推到大姐阿松、二姐嬌娜的懷裡去。

圓夢人是帶著酒意給皇上講了這個〈孔生緣〉的粉豔狐故事。先講時皇上用眼乜斜盯著他，及至皇上耐心聽完了，還又賞了他白銀五十兩。待圓夢人從營帳走了後，侍衛問皇上，為什麼要給圓夢人的胡扯賞白銀？皇上道：「哪兒是胡扯，是他告訴朕，喀喇沁王若來討要他的女兒時，我們該告訴喀喇沁王他的女兒去哪了。」

六、嬌娜

熱河上營是個散落在草原上的小村莊，那兒草原茂盛，涼爽宜居，常有紫氣升騰在山脈、河流的接壤處。因為這一年，京都酷熱，宮裡報說還有百姓熱死在了東直門和西直門，為了避暑，皇上讓大軍退回到了長城邊，又把皇后、御醫及一應宮人接到了熱河來避暑。就是這年避暑間，康熙動念要在上營建造之後會被雍正更名為承德避暑山莊的熱河行宮了。在動念築建行宮這一夜，皇上沒有夢到行宮的繁榮什麼樣，卻奇怪地夢到一片荒野中，有一龍、一劍、一女子。他好奇夢中的恍惚和寓言，也是為這避暑的閒趣和情致，差侍衛又找來了那個活躍在邊地的圓夢師。

皇上向圓夢師又說了自己的夢，並在夢隙、夢斷處，加入了自己的想像和邏輯，而圓夢師便接著上次給皇上講的書生狐故事，又給皇上講了一個續著上故事的下故事。

秋正中的一天裡，孔生和阿松結婚了。

那天見到香奴時，他以為香奴是人世之絕顏。見到嬰寧時，覺得嬰寧是人世最為純素漂亮、纖塵無染的一汪咕嘟嘟的泉。然以為嬰寧是天下最好時，到正堂朱夫人將嬌娜、阿松半推半拉扯將出來了，如此才發現，十六歲的嬌娜臉如銀月，垂髮如瀑，整個人兒都如剛剛初開的花，和嬰寧一樣走到哪兒身上都有蘭桂香。而在他悄悄捕嗅那香時，舉人讓他們姐妹給孔生續上喝過的水，老僕便端著茶托進來了，將茶托遞到阿松、嬌娜前，等著她們姐妹去續水，不料這時嬌娜和阿松，你看看我，我看看你，就在這彼此相看的猶豫間，嬌娜從茶托上端起一壺水，躬身遞到阿松手裡去，叫了一聲「姐」，又說了一句「你是姐你是大妻呀！」

這樣阿松就羞紅著臉去給孔生倒水了。

孔生就和阿松結婚了。

婚房是孔生初進天台縣時，遇到的那所如學堂樣的大府第，那府第是朱舉人的同場考生孟龍潭的家。至今這些年，孟龍潭人無去向，聲無音訊，房子一直有他的同生兄弟朱舉人在護養，現在那房就成了阿松和孔生的新房了。在那宅府新房中，孔生學問好，又不策計鄉試考，就在那宅院招下本村、鄰村準備鄉試的孩子們，教授他們經典或背些唐詩和宋詞，收點學費和糧物，日子過得清閒而悠然，白天有賢淑的阿松燒飯、炒菜侍奉著，到夜間早早關門熄了燈，和阿松躺在床上恩愛纏綿著。

結婚第一夜，纏綿之後他對阿松說：「我的天，你一定是仙不是人，是人哪有這非人世的仙味啊！」

結婚第二夜，纏綿之後他對阿松說：「你是非人你是狐狸吧，是狐你就把我帶到狐族讓我死在你們狐群裡。」

結婚第三夜，纏綿之後他連連咂著嘴：「和你這樣兒，那和嬰寧、嬌娜一起會是什麼樣？」他對阿松連連這樣說著問著話，眼裡有著直勾勾的光，為了不讓他再在床上提到妹妹嬌娜和嬰寧的名，阿松就在他一身汗水時，讓自己阿娜的身子微有涼意散出來。待他身上稍微冷涼了，她又讓自己的身子散發溫暖起來，宛若他在北方天寒時，她把一盆炭火端在他面前。再或者，他索性就是一個冰柱子，她索性就是一桶一池的溫泉水；他縱身一躍進入她的水池裡，他就周身溫熱輕快了，各個關節都鬆開散落舒展著，人欲醉欲仙果真想要死了去。

他明白傳說中的狐女如仙是怎樣一樁事情了。

這樣過了三個月，他們又在床上恩愛時，孔生身上出了滿身汗，阿松在他身下開始散著涼氣使他一瞬間，滿身的汗便落盡了。汗落了他又覺得冷，於是她又伏在他的身上散著滿身、滿床、滿屋子的熱氣來，使他又迅速從冷的寒裡跳入火裡般。他們就這樣在床事裡邊癲狂遊戲著，從冷到熱、又從熱到冷，往往返返，沒完沒了，從天黑一直到天亮，然後孔生感冒了，發燒到日夜昏迷醒不來，任阿松如何在他頭上敷水巾，熬退燒的草藥給他喝，也還是不能讓孔生從沉昏迷睡中醒出來。

最後阿松只得羞著臉，去把妹妹嬌娜叫來問病和治療，因為家裡除了家父甚懂草藥外，就是嬌娜跟著父親有了許多草藥去病的章法和學問。嬌娜就來了，在姐姐臥房問了姐夫的病因和他們一夜冷熱遊戲的事，知道是姐姐和姐夫過度癲狂了，狐人對這種癲狂以為是常事，可人族如果癲狂過頭了，就必會生病發燒乃至心跳速急死在床笫間，如此她對姐姐責怪說，你不要他的命了嗎？你要一輩子獨居守寡嗎？慌忙掀開被子看，見孔生不僅發燒沉在昏迷裡，且滿身都是紫血泡，還有血泡凝結起的肉瘤兒。尤其是下身，在他的私處裡，那燒起的水泡如開水燙過般，鼓起的紫紅肉瘤彷佛秋天將熟未熟的火柿子。

嬌娜嚇得「哦！」一下，本能地朝後退了小半步。

阿松也嚇得在床邊捂著嘴。

「能治嗎？」阿松從指縫擠著聲音問。

「我試試，」嬌娜說，「原來人世的男人竟然這麼醜。」

姐妹說了這幾句，嬌娜便從手腕卸下她的金鐲子，又取出父親給人治病用的小佩刀。把金鐲握在手裡邊，在孔生身間的水泡上，轉著鐲子朝下按，那些高過鐲子的水泡慢慢低下去。水泡裡的濁水有的清烏有的渾濁著，就都麥管樣被吸進了她的鐲子裡。由於水泡多，有濁液從鐲子上滴漏到孔生身上和床上，屋裡立刻散發出一股重滯滯的腥臭味。阿松便慌忙從自己身上抽出錦繡手絹擦去那黏液，擦了一把又一把，待這些燎泡般的水泡吸盡了，那些原來塌下去的泡皮又都皺在孔生身子上，嬌娜又用自己的手指肚兒去那皺皮上撫著推碾著，在每片水泡皮上推碾三幾下，那泡皮就和他身上的皮膚一模一樣、完好如初了。待這些水泡和泡皮處理完好後，她又用佩刀去割除孔生身上凝結的膿塊肉瘤兒。阿松望著佩刀臉呈半白色：「會疼嗎？」「哪能不疼呢。」嬌娜說。阿松慌忙拉著妹的手，「他是你姐夫，不是村裡的常人常病啊。」嬌娜也便想一想，朝姐點了頭，拿手在要切除的瘤上捂一會，然後再將佩刀慢緩緩地朝著肉瘤推過去。佩刀碰著那肉瘤時，肉瘤會如葡萄遇了要摘它的手，發抖一樣哆嗦幾下子，之後響出一聲低脆啦啦的劈啪聲，便有黑色的濃血流出來。屋裡頓時有了更濃重的惡臭味。嬌娜又用那鐲子去吸黑血水。阿松用手絹、白布去他身上、床上擦。有的膿塊瘤子因為凝結過重佩刀割破也擠流不出血，她就索性把那瘀結的肉瘤割下來，像在一串葡萄上摘掉那顆腐爛壞死的葡萄樣。這一割摘，會從那膿血瘀結中，散出動物內臟腐爛的腥氣和臭味，如整個房屋都掉落在了一池臭泥淤汙裡邊了。而嬌娜和阿松，這時顧不得腐臭的氣味有多大，就那麼割了這個割了那個，摘了這粒摘那粒，直到床邊的一個盤子都被孔生的腐皮爛肉裝滿了，才把他渾身的水泡、膿腫全都除乾淨，也包括他私處醜物邊上的兩個濃瘤兒。最後姐妹打開屋窗讓屋裡跑著味，端著那一盤爛肉到院裡，在一棵胳膊粗的香樟樹下挖了坑，把那爛肉倒進去，嬌娜也順手把吸完孔生身上瘀血汙液的金鐲、繡絹都丟進那坑裡。

姐姐說：「不要了？」

妹妹說：「沾著人髒了。」

也便用鐵鍬將那汙坑埋起來。抬頭看上午的日光將近平南時，嬌娜嘟囔著，「原來人竟這麼髒！」姐姐道，「他是有病呢。」接著聽見了從屋裡傳來孔生醒來的嘆息和呢呢喃喃的說話聲，姐姐慌忙又朝屋裡去，嬌娜拉著她問了一句話：

「看出來他有賤氣你還那麼愛他嗎？」

姐姐盯著妹的臉：

「你沒有和人結婚你不懂，他是我這輩子要生死相依的男人呀。」

妹妹就用懷疑的目光看著姐：

「那麼愛他你還那麼魔迷他，你不知道這樣人裡的男人會沒命啊？」

姐姐低下頭，用收小的聲音對妹妹：

「我想懷孕了，我想和家父家母一樣有後代。」

阿松說著很快從院裡朝著屋裡去。嬌娜跟在她後邊，回到臥室一看孔生並未真正醒過來，只是剛才在夢裡，嘟囔了什麼在床上舒舒服服翻個身，便又響著鼻息呼嚕睡著了。他在床上橫三豎四著，連枕頭都被他睡落到了床下邊。阿松去把地上的枕頭拾起來。嬌娜追到床邊輕聲問：「姐，你懷上了？」「也許吧。」阿松笑著有些模糊地說。「是男是女呢？」嬌娜臉上這時也有了一層窗光似的笑。而阿松，臉上的笑就如打開窗子閃進來的日陽般：「那誰知道呢。」姐妹兩個這樣一問一答著，又都聞到滴漏在孔生身上、床上血液汗水的腥臭氣息了，味道大得彷彿鄉野村頭長年不流不動的汙水塘，連阿松也不得不用手或手絹在鼻前搧著那臭味。

嬌娜說，「這就是人世間裡的男人味。」

阿松說：「你姐夫沒病時，身上沒有這味兒。」

嬌娜也就又朝床上的孔生看一下，見他確實睡著了，不僅臉朝床裡閉著眼，鼻子裡還發出過度勞累的鼾聲來，連嘴角都還流著熟睡的口水和泡沫，也就又去把窗子關起來，拉上絲窗簾，在床前把自己的裙袖朝上拉了拉，又索性當著姐的面，把裙扣解開來，露出一點胸前的乳溝和奶峰，之後那屋裡便很快彌漫出一屋子蘭香桂花味。香味濃得如八月靜夜桂花園裡的味道樣，白豔豔，粉淡淡，在屋裡散著鋪開來，宛若一股慢慢散開帶著光和香的風一樣。

屋裡、床上、孔生身上的臭味迅速被這桂香蘭香遮掩不在了，只剩下那光亮的香味在屋裡漫著飄飛著。之後嬌娜要離開，阿松出門送嬌娜，到了院落裡，都看見那棵香樟樹，忽然從胳膊粗變得碗粗了，樹冠蓬大密實如不透風的傘。姐妹兩個都驚得站在那樹下，一會抬頭看看滿蓬滿冠的烏樹葉，一會看看香樟樹下她們剛剛挖的坑。嬌娜說：「人的髒真是肥沃啊！」阿松笑一笑，問嬌娜你身上為何會有去汙濁的蘭桂味？而嬌娜，也跟著笑笑問姐姐，你不是也有一身可冷可熱的功夫嗎？阿松便對嬌娜說，她在成為狐狸前，前世是蒙古草原上的貛，後來到了中原又到中原和鄂地相交的雞公山，那山的一邊是北方中原的冷，另一邊是南方四季的熱，牠們生活在那山上，起腳是南方，回腳在北方，也就有了這體內熱時可冷、冷時可熱的功夫了。於是嬌娜也對姐姐阿松說，原來你為貛，能冷會熱是因為南北交界那座山，可我的前世是喀喇沁河邊的麝，由麝到中原轉世成狐後，隨著父母不知從哪到了這天台縣。

姐妹兩個又說了一些別的啥，最後話題又回到人世男女上，姐姐交代妹妹說，以後不要讓姐夫聞到你和嬰寧身上那醉人迷魂的香味兒，聞到他人會變得越發賤起來。

嬌娜道：「姐姐你放心，妹我知道了人世男人啥樣了！」

幾天後，孔生到底還是知道了他臥房、床上、身上半月不散的蘭香是嬌娜留下的。他的心被嬌娜和那香味帶走了。他在屋裡沒人時，會滿屋聳著鼻子追著那香味跑著聞。和妻子躺在床上時，他會求著阿松說，我都知道你是狐族了，我都願意一生和你相守了，你也把你身上的蘭香發散出來吧。可是阿松身上終是沒有那香味。阿松不得不把嬌娜來給他治病散香的過程全說了。

孔生迷著嬌娜身上的香味了，之後他有事沒事都往岳丈家裡跑，千方百計想要和嬌娜在一起。嬌娜便千方百計躲著孔生和姐姐，只要聽說姐姐、姐夫要回娘家，不是拉著嬰寧上山去採藥，就是到村外林地去戲耍，直到姐夫們離開走掉後，她們才又回到家裡去。

就這樣過了幾個月，春天來了又去了，夏時雨季到來了，有一天孔生正在宅府裡教授私家的學生研讀和習作，朱公子突然從自家園林那兒氣喘吁吁跑過來，把阿松和孔生叫到院裡已經小桶粗的樟樹下，說家裡要遭劫難了。原來嬌娜和嬰寧一日外出，不知在哪個廟裡玩耍觸怒了哪個神，說過一會兒家裡的上空會雷雨交加、電閃雷鳴，那時怕家裡該有人要遭著電擊雷劈了。說先前遇到這樣的劫難時，都是父親挺身救大家，可現在父親年長了，難抵這次劫難災力了。說妹夫如果願意冒死救大家，也許他們一家大小還有望存活在人世，如果擔心被雷擊，就請妹夫帶著妹妹趕快離開這，回到自己老家山東去。

「怎樣才能救？」孔生臉白著。

公子道：「只要你看到電閃雷鳴時，把一柄劍高高舉起在天空就行了。」

孔生便拉著朱公子，急急地出府朝著幾裡外的園林跑。說我既是你家狐族的婿，就應該生死相守在一起，哪能遇了劫災就自顧自地離開這。他讓阿松留在宅府照顧那些學生們，自己和公子朝西急走急跑著。天空原是日陽燦爛的，這時忽然有雲飄動了。東西南北的雲朝著一塊聚，如四處的黑沙都朝一塊磁石奔流樣。到園林的老樹邊，看那烏雲的厚重已經成形了，有颶風開始從天空捲著烏雲朝西滾。他們飛奔著，穿過大樹下的枝簾往家跑。東南的方向突然有雷閃，雷聲像天裂一樣炸開著。閃電從天裂的縫隙掙出來，在雲下彎彎曲曲扭成捲。在那雷閃下，巨墨似的雲團海水一樣朝著這邊滾。雨滴箭枝一樣射在荒野上。因為都年輕，腳下有力跑得快，公子和孔生便在又一次的電閃雷鳴前，搶著雨箭飛奔進了園林裡，看見家父和家母，還有嬌娜、嬰寧和香奴，及家裡的老僕都在前院門口焦急地等他們。每個人的臉上都是慘白色，都一臉汗珠如水洗樣。這時天空因為烏雲黑得如夜般，人的驚慌慘白只能藉著滾捲的雷閃才能看得見。就在這電閃雷鳴裡，朱舉人從門裡跑出來，迅速把一柄長劍塞到孔生手裡喚——

「就是倒下也要舉著劍！」

喚了這一句，他把孔生朝園子中央猛地推一把，又拉著公子和阿松朝著屋子裡邊跑。

孔生豎直站在園子正中央。他像一棵沒有枝葉的樹，手裡的長劍有三尺五寸長，一寸多的寬，劍尖上不是刃鐵而是純金色。朱舉人把全家都帶進屋裡去，所有的門都關死閂起來，大門後邊還有木杖頂撐著。孔生不知道會發生什麼事，他只是那麼舉著金尖劍，惘然地看著天空看著頭頂上。好像他只比烏雲閃電的腳步快了沙漏流落兩粒那麼長時間，烏雲就滾到園林正頂了。雨水不再是斜著身子飄過來，而是從頭頂直直砸下來。面前彷彿一道雨牆樣。腳下的雨水像海裡的浪子推捲著。這時候，正頭頂又一次劃出一道火龍砰砰哢哢扭動著，將身子左右旋轉扭結成巨形麻花狀，繼而那房梁粗的麻花火柱又拉直開，在孔生頭頂劈劈啪啪炸響著。火龍扭成直柱時，那閃柱光滑得如同玉石樣；成為麻花時，宛若那閃的身子有了無數的碎片和尖刺，被那閃柱扭碎落下來。他聽到了那柱火的碎片碰到雨水嗞嗞嗞的尖叫聲，和鐵匠把燒紅的鐵塊丟在水裡淬火的響聲一模樣。就是這一瞬，孔生覺得劍尖被閃雷擊中了，有一股電流震顫著，迅速從劍柄傳到他身上。明明是一股天力從上朝下推著他，可他卻覺得那天力，是從地下發生出來的，把他從園林中間的石鋪路上拋在空中了。渾身是麻狀，頭卻疼得像是腦漿被抓了。他不知道這時手裡的劍是直豎還是被擊掉在了園林裡，只是惘然地記著岳丈的話，把握劍的右手捏成劍握拳，似是而非地將胳膊舉在半空裡。好像臉是對著半空的，又好像他身子被拋在半空時，扭頭朝邊上的兩進大院瞅了瞅，看見原來那古磚古瓦的天井大院不在了，面前是一座巨大的老墳墓。墳墓全是用古磚砌起來的，圓圓一圈和園林的圍牆一樣高。墓前有著一棵老古樹，那樹下有一扇門似的一個凝黑黑的洞。他盯著那樹和黑洞看。頭頂又有了一聲霹靂炸開來。又一次地動山搖、狂風大作了。又一次有閃電擊在他頭上，讓他腦漿崩裂，周身疼痛，在撕心裂肺的尖叫裡，他知道他被閃電抓著身子舉在天空朝著地下摔，如一個燒燃的巨人抓住一隻燕雀朝著火堆甩去樣。在他身子快速落地時，他看見那棵老樹被連根拔起來。看見在霹靂的響聲中，那條火龍生出十餘條的長臂來，每條伸縮自如的長臂前，都是尖利發光的手指和劍樣似的長指甲。他看見緊挨著抓他的長臂邊，另一條長臂快速地伸進墓洞裡，又快速地縮回來，似是抓住了什麼閃著光。這時孔生已經被甩落在了地面上，就在他身子著地那一刻，他隱約看到那條長龍臂，抓到的好像是嬌娜。他聽到了嬌娜在天空掙著身子的尖叫聲。不知這時自己心裡想了啥，只是覺得這時應該把劍指在半空裡，也就在身子被甩在地上彈跳時，借了那個肉身彈跳的力，又把身子僵直在了地面上，惘然地將右手舉在半空中。

又是一聲霹靂的響。

又是一道閃電在空中炸裂扭動著。

再後孔生看見有什麼東西從空中落下來，他就什麼也不再知道了。

當孔生隱隱覺得渾身有慢疼轉到巨疼醒來時，他是躺在岳父家的廂屋床鋪上。那時已經雨過天晴了，陽光從窗子透過來，到處都是清新和明亮。妻子阿松正在床邊給他餵著湯，床邊站著一片岳父家的人，看著睜開眼的孔生都說著感謝他的話。說一家人能存活在一起，多虧了孔生自始至終都把那劍尖指著閃電和天空，就是連續兩次被雷擊，身子倒在地上也沒有讓劍從手中掉下去，總是讓劍直豎著，這就化解了雷電交加的擊打力，讓閃龍把幾條長臂伸到家裡時，只有一條長臂把嬌娜抓走了，別的長臂都沒抓到人。孔生聽著朝床前人群看，見嬰寧在父親身後開心地笑，香奴在嬰寧身邊感激地望著他。家人都在床邊上，只有嬌娜不在這，孔生便驚得忽地坐起來，「嬌娜去哪了？」驚著問一句，家母便過去笑著說，嬌娜被抓了，可那時你被雷擊後，竟還可以縱身一躍把劍舉起來，那抓嬌娜的龍臂又正好碰在你的劍頭上，於是嬌娜也被救了，只是受了驚嚇在另一間屋裡躺著哪。

如此皆大歡喜了。

一場劫難過去了。

過幾日孔生康復後，一家人設宴歡歡喜喜做了祝福和宴慶，孔生就和阿松回到了自家宅府裡。離開時看見園林前邊那棵老樹倒在路口上，桶粗的樹根裸在天底下，一片白嘩嘩的樹枝、樹茬落在草地上，不免倒吸一口冷氣後，走路腿還微微的軟。好在後來很長日子沒有雷電雨，就是偶爾落些南方常見的毛毛雨，電閃雷鳴的事情再無發生過。

日子又歸平靜了。

這一天如往日一般，吃飯、教授，和阿松日日相廝守，似乎並無別的大變化。先前阿松覺得自己身子受了孕，卻又不見肚子隆起來，也就明白是假孕，明白自己一時難有孕身子，也還依舊每天每夜都討著丈夫身子的好。這樣又到秋天了，天台縣那兒依舊到處都是黃葉和鮮花，嬌娜從家裡到了這邊姐夫家，想約姐姐擇日去秋遊，沒想到姐姐不在家，只是姐夫一人在家裡。問姐姐去哪了，孔生說姐姐一早去外村看一個專醫不孕症的大夫了。嬌娜哦一聲，說不孕不一定就是姐姐的事，說不定是姐夫你的緣由哪。孔生一臉正經道，不孕自古都是女人之因由，天下哪有因為男人不受孕的理。二人為此爭起來。緣於是姐夫和小姨子在論道男女受孕的事，緣於說的都是男女之情和受孕，話題裡有很多羞敏處，於是二人忽然又都紅了臉。忽然默下來。忽然你看我，我也看看你，彼此誰都不說話。如此過一會兒，嬌娜再一次說了感謝姐夫幾個月前執劍舉天救她的話，說若不是姐夫的救，她早就死了早就不在人世了。說完藉故往外走，在走出屋子時，孔生忽然拉住她的手，表白了自己自見她第一次，就喜到有夢必有嬌娜在夢裡，尤其和阿松結婚後聞到過嬌娜身上的香，就日日夜夜做夢在那夢裡找聞那香味。說人間一夫娶姐妹，雖不是常常有的事，但也不是什麼稀罕事。說他不敢奢望自己娶了阿松又娶嬌娜，但只要讓他再聞一下她身上的香味也就知足了。

嬌娜把手從孔生手裡掙出來，青著臉盯著孔生道：

「阿松是我親姐姐，你們人可以這樣亂倫別以為我們也行哪！」

孔生怔在門口上：

「我救你真是白救了，早知你這樣絕情我就不該冒死救了你。」

嬌娜無言以對的直立著。

孔生又過去拉起她的手。

嬌娜任他拉一會，看他又把自己朝他懷裡扯拽時，將孔生朝後推一把，轉身怒怒地朝著屋外走，並順手用力把屋門關帶上，讓屋門響出幾個月前雷劈似的聲音來。然而到了大門口，她不知為何又把腳步淡下來，站一會，轉過身，見孔生沒從屋裡追出來，滿院子只有未及收拾的花草和那棵瘋長著的香樟樹，她臉上的怒氣慢慢薄下來，遠遠地盯著那棵香樟樹，過一會兒臉上沒有青色了，反倒有了紅緋在那臉上飄掛著。

孔生在嬌娜關了屋門離開後，無趣地在那門後呆怔著，想「這哪是人的樣兒呀，是人還在乎這麼一點事！」想著回身進了臥室坐在床檐上，怔怔發著呆，這時屋門又開了，抬起頭看見嬌娜返身走回來，從客廳直接進到他和阿松的臥房裡，定腳豎在他面前，既沒先前的怒怨在臉上，也無風吹雲散的晴朗在臉上。

他看著她。

她也看著他。

「你回來幹什麼？」

「我姐什麼時候會回來？」

孔生說：「很遠的路，日落之前趕回來。」

嬌娜朝窗口望一下：

「你是只想聞那香味嗎？」

孔生怔一怔，不知該要怎樣回答她。

「你救過我的命，我不光把渾身的香味給你聞，我也把我的身子給你看一看。」

說了這一句，嬌娜轉身把屋門、臥門全都關起來，果然站在孔生面前朝床邊的桌上看了看，開始解著她的裙帶和扣子。當她把裙腰的扣子解開來，發現自己的身子不是正面對著孔生的臉，反又把身子轉來正對著。依然是臉上既無怨氣和惱怒，又無興奮和羞恥，平靜得如同靜湖碧水樣。解扣子時屋裡有一絲窸窣聲。當脖下的肌膚露出一點時，她朝他瞟了瞟，開始有一股香味從她胸前散將出來了。似乎那香味是種淡紅色，帶著春日三月的暖。接著是第二、第三枚的錦線扣。慢慢的雙乳袒露出來了，像兩團高高挺挺凝白玉脂的雲團兒，乳溝那兒有雲絲掛著飄扯著。從那兒出來的香味宛若秋果味，使得屋室裡的淺香變得濃重起來了。屋裡的香味隨著她貼衣扣的個個開解再次重起來，先是草野植物的蘭香味，接著那蘭香裡又被各味的香料混合著，使得滿屋開始有被日光晒暖混淆了的十幾二十種的果香味，還有從哪飄來的沉香和麝味。原來阿松的皮膚都是靜夜裡的月光色，而嬌娜的皮膚竟是紅白玉蘭花的混合色。她把她的衣服全都脫下了，渾身連一絲一線都不掛。孔生一整完全地被嬌娜的裸美震呆在了床沿上。從她身上散發出來的香味兒，你以為是帶著夜露潮潤的蘭味兒，其實是帶著熱暖噎人的桂香味。可你以為是桂香，它又是帶著月色清露的果園香。而你覺得是果香時，那香又成月夜田野上一片野菊黃香了。孔生在床上把身子動了動，可又怕身子動了驚著什麼樣，只是朝床前挪了一點兒，便又僵著不敢再動了。

時間花香一樣飄走著，也花香一樣團團聚聚凝固著。

「除了這些香，」嬌娜盯著孔生的臉：「你還想聞些什麼香？能說出來的我都給你。」

孔生把目光痴痴怔怔抬起落在嬌娜臉上去。

嬌娜的臉上平靜得連一點反應都沒有。

他從床上站將起來朝她走過去。

她朝後退了小半步。

他又朝她走過去，她突然從桌上她的裙邊拿過一把姐姐阿松的剪。她將那剪子緊緊握在手裡邊，目光冷冷看著他。他只好立下來，不是怕，只是被這意外驚著了。他看見她因為渾身散著香味兒，使她的皮膚成了開盛的花瓣那顏色，宛若一碰會有花瓣落下來，會使她的皮膚掉在地上一塊幾塊兒。他想去摸那皮膚花瓣兒。他又朝她挪近著。她又狠狠盯他一眼睛。他立下不知說了一句什麼話，就又再次朝她靠近著。她看他距她還有半步遠，一抬手就能把她抱在懷裡時，她便握著剪子跳起了舞。起舞扭身子，剪上剪下翻飛著，動作並不快，可那剪刃在日光裡生有寒閃閃的光。原來她站著時候身子像雕刻過的玉柱子，每一個部位都是美的冷潔的，彷彿渾身還有從月夜河水中走出來的一身冷水滴。然她赤裸著身子舞將起來後，他才看到她的身上沒了冷水珠，全是潔白的香汗滿掛著。原來她的身子不光是哪兒裸露哪兒有香味，還是哪兒動起來，哪兒會有更濃更烈的香味湧出來。一個屋子的香味像一春的花香都聚在這間臥室裡。窗臺上、門檐上，桌角或牆角，那兒都擺著掛著她身上的隱祕和香味。他聞到她揚起胳膊時，屋裡是淺黃色的香；舞著轉身時，屋裡是四月牡丹盛開出的烈紅香。而她點起腳尖時，屋子裡又有土地從冬日醒來的草植味，而舞著抬腿時，滿屋又是玉漿滴落的月露香。

她不停地扭著身子跳著舞。

剪刀在她手裡翻飛起落著。

那柳腰和冬兔躥春飛躍起伏的胸，還有她飄流如飛的頭髮一會在胸前，一會在腦後。原來她的披髮是被簪子扭成的，現在那玲瓏玉簪不知何時落在地上了，頭髮散開來，香汗順著她的頭髮流到她的前胸後背上。

屋子裡熱得很，也許這時是時辰近午了。

她就那麼一直一直跳。有時他朝前近一步，剪刀正好舞到他的前邊來。他朝後退一步，她正好轉著身子背著他。滿地都是她的汗珠子。每一泣汗珠上，都帶著紅白或者藍紫色的體香味。有幾粒汗珠從她的臉上甩在床頭和阿松的梳妝臺上去，那體香就追著她的熱汗落在床頭或梳粧檯的香盒邊。

這樣跳著跳著她的舞姿慢下來。

她終於力氣耗盡了。

待她最後喘著停下舞姿時，她看見他站在她面前，正朝她一腳尖一腳尖地靠過來。這時候，她肅肅正正立下盯著他，聲音不高不低、一字一頓地對他說：

「姐夫——欠你的我都還你了，現在我該把欠我姐的還她了。」

說完這一句，她把手裡的剪刀朝著自己胸口用力捅一下，臉上露出異常燦爛的笑，像蘭草、桂花、玉蘭都在晨光之下同時開著樣，她便癱倒在了他面前。繼而隨著她裸身的扭頭和收縮，面前她的裸身不在了，出現了一隻胸口流血的紅狐狸。而隨著那狐狸流血苦痛的叫，狐狸的身子也又不在了，而成了一隻身體圓潤、毛髮光亮的麝。麝死在嬌娜雪白繡花的貼身睡衣上，而那擺在凳上的裙，剛好滑落下來蓋在麝身上。

皇上問：「這個豔粉狐故事，和我夢中的一龍、一劍、一女有什麼關係呢？」

圓夢師：「孔生暨劍化解、奪走了天女應歸龍的美，皇上為龍即便不缺天女的容顏和玉體，也該從此廢除書生們作文說話使用『書生舉劍』和『劍化龍力』這樣的成語典故了。」

皇上喝口茶，淡淡笑一下：

「朕我在北方蒙地草原上做的夢，那些故事怎麼會發生在南方天台縣？」

圓夢師想了一會兒：

「天台縣山水神秀，為佛宗道源，是和合文化的發祥地、五百羅漢的應真地、詩僧寒山的隱居地、劉阮桃源的遇仙地、筆聖王羲之的書法悟道地，所以那些書生、仙道、鬼異才都要聚到天台那兒去。」

皇上想著圓夢師的話，末了又賞了他白銀五十兩。之後在中國語典中，就再也沒有「書生舉劍」和「劍化龍力」的一類語典了。

七、嬰寧

自打嬌娜香盡後，孔生因為無臉再見岳丈和岳母，便從天台縣搬回老家山東了。阿松在天台安葬了妹，也終是原諒了過去那些事——「人就是那樣兒，不是那樣賤汙就不是了人。」家父總是這樣勸阿松。「回去吧，回去不是諒解孔雪笠。而是諒解人。諒解這人世。」家母再三這樣說，「不是人要過我們的狐日子，是我們想過人家的人日子。」如此過了一些日月後，阿松就懷著「人裡為什麼少有家父這樣的人」的疑問回了丈夫孔生家。

朱家也漸漸從悲裡走出來。

嬰寧長大了，渾身的哪兒都和當年姐姐嬌娜一模樣，在人前多姿纖細如垂柳，而在夜臥時，脫下衣服來，渾身圓得猶要崩開來。她的人軀已經成熟了，心智卻還樸如一樹紅棗中憋住不長的一粒小棗兒。父母勸她有合適的後生選定嫁了去，說嫁了才不枉這千辛萬苦為一次人。

「我才不嫁呢，」嬰寧笑著說，「嫁了我身上的香味就被賤人吸走了。」

「不給男人聞香你要那香味幹啥呢？」母親笑著問。

「可他們是用賤氣來換我的香味兒。」嬰寧說。

「有時人賤才可愛。」母親開導她，「嫁一棵紫檀它不賤，可你願意嗎？」

「願意啊——」嬰寧大聲道，「紫檀樹比瑪瑙琥珀還金貴。」

就到又一年的三月了。嬰寧和香奴結伴去春遊，採了一堆帶香味的花在黃昏時候回到家，夜裡就有村裡的媒人找到朱舉人，說紫氣東來，舉人你大喜臨頭了，今天有一位從陝西臨潼到姑蘇赴任的四品官人路過這，官人家的孩子王子服，少年秀才，有上等文章，也是遲早要成為舉人、進士的。他路上見了嬰寧驚著了，下轎不肯再走了。說從臨潼到西安，從西安到中原，路上見了多少女子都沒有嬰寧好，身材婀娜，一笑花開，抿嘴時含苞欲放，張口時有鶯鸝之聲，就是在人群裡放肆大聲地笑，笑得蹲下去，也不失體態不見野，所以王公子便不肯跟隨父母再到姑蘇去，一定要留下娶了嬰寧再離開。父母也就只好落轎停下來，打聽了姑娘家的家世和府宅，重金差著媒婆來說娶。

巧的是朱舉人聽說王子服的父親叫王成燦，後來一打聽，竟是當年朱舉人在京赴考時，同場的考生考得最不好的那一個，不知如何就榜上有名了，到陝西臨潼為官十八年，年年都覺得陝西土厚利益薄，便經斡旋後，品爵不僅從六品到了四品上，還奉詔要到富甲的姑蘇去升任，於是卑視王家不應這門親。不應又不能不答應，也就只說女兒傻，配不上王家未來一定會飛黃騰達的王公子。最後在媒人的巧舌裡，答應說兩家人可以見一見，如果王家不覺得自家女兒傻，可以讓王家把姑娘娶走帶到姑蘇城。

王進士便在一個會館設宴請了朱家一家人。

父母和嬰寧，赴宴走入會館時，嬰寧拉著父母大步晃晃到了席桌邊，見正迎門的主座是太師椅，椅上還鋪有綢黃墊，而別的椅子都是單簡靠背椅，就嚷嚷這把椅子好，也就一屁股坐在了主座席位上。朱舉人一邊說著讓嬰寧讓座位，一邊又沒有那麼嚴厲似乎含有默許樣。「這有什麼哪，坐哪都是吃飯嘛！」嬰寧大大咧咧著，不看父母卻喊著讓把好湯好菜趕快端上來。而四品的主家王進士，從來沒有見過如此不知禮的人，看局面亂下來，規矩不成規矩了，只好青著臉，大度地讓嬰寧坐在主座上，自己坐在了次席位。再說那嬰寧，不僅沒有三綱五常的見面禮，且在桌上半點規矩都不懂，看那一桌上好的魚肉和春生菌菇菜，嘴裡不停地說著「可以吃了吧？可以吃了吧？」朱舉人只好一邊給嬰寧遞眼色，一邊向進士官人說，孩子在鄉野荒慣了，完全不懂綱常習規了，請進士一家多多見諒和理解。王進士想，這樣也倒好，橫豎是要讓兒子相看這嬰寧，如此倒讓兒子可以死掉這樁婚姻心。也就笑著說孩子還小可理解的話，應允宣布開了席，讓大家動起湯勺動起筷。王進士和朱舉人，邊吃邊聊著當年在京考試的事，他還告訴朱舉人，說孟龍潭那年金榜題名前三甲，因為名字葬送了前程和仕途，不得不出家為和尚。舉人聽了就怔著。進士說：「可惜了。」舉人卻又說：「也未嘗不是一樁好事。」於是說到兒女的婚事上，大家看嬰寧臉不紅，面不羞，只管不停筷地去桌上挑揀嫩燒的海魚和剛採來的菇，還邊吃邊對母親說：

「這麼好吃呀，下次有好吃的你們還要把我帶出來。」

王進士夫婦便一直皺著眉頭看嬰寧。而他們的兒子王子服，坐在父親邊，雙目落在嬰寧的臉上一動不動著，筷子在手裡像作詩著文時，忘了詞句只好把筆僵在手裡樣。

「姑娘多大了？」進士的夫人破著僵局問。

「剛過十六歲。」嬰寧母親答。

「年齡倒還好，比我家子服小三歲。」夫人說著望著丈夫王進士。

王進士想了一會兒：

「琴棋書畫都會一點吧？」

朱舉人十分歉疚樣：

「長相靈，可就是學不進。」

進士的夫人又直接問嬰寧：

「家裡的針線燒飯會不會？」

嬰寧放下筷子看了一圈人：

「我從來不愛學這些。」

夫人問：

「那你愛什麼？」

嬰寧道：

「我愛採花和插花，你們娶我必須要我待在一年四季都有花的那地方。有冬天落葉的地方我不去。」

所有人都把目光都落在公子王子服的臉上去。朱舉人夫婦尷尬著，臉上猶如一層帶霜發黃的落葉般。王進士夫婦臉上倒輕鬆，看著兒子臉上有了「你覺得這行嗎？」的問，可是沒想到，兒子王公子，倒把筷子放下來，很如意地說：「姑蘇那兒一年四季都是花，到那兒我們可以在自家的庭院到處都種花。」

一時便都無話了。

彼此都在看，彷彿公子的話超出了所有人的意料般，連嬰寧自己也沒想到。於是她把目光落到父母臉上去，兩眼都是「怎麼辦？」的問。這時王進士夫婦從嬰寧的臉上看到的不是「怎麼辦？」而是她對父母說：「不錯吧，我就嫁去吧。」於是這對夫婦有些著急了，王進士在桌下用手拉一下夫人的裙，夫人索性直來直去道：

「你就前世是朵花，轉世成了人，人也不能和花過上一輩子。」

嬰寧說：「我就是要和花過上一輩子。」

夫人說：「我兒子現在是秀才，將來是舉人或進士。他娶妻是要好好侍奉他歇息和吃穿，促他用功讀書中舉的。」

嬰寧說：「做飯你們不請家奴僕人嗎？可睡覺，我不習慣和生人躺到一張床上去。結了婚公子最少要等二年和我熟成一家了，才可以和我睡到一塊兒。」

一桌人都被嬰寧的話給驚至愕然了，連會館的廚師來上菜，聽了腳步都定在了宴堂屋門口。

一樁相親的婚宴也就這樣結束了，從天東地西說，王進士家也不能給公子娶一房這樣沒有規矩、且還時時痴傻的野姑娘。然而公子王子服，卻越發喜著嬰寧了，席散後在會館裡睡著不起來，不說話，用飯時也不起床吃飯去。到了第二天，公子似乎生病了，低燒呢喃，有時臉上會有痴痴的笑。那樣子，完全是一種花癔症，然而清醒時，又會含淚對著父母說，請父母升任去姑蘇，自己就住在這兒要等和嬰寧完婚後，再去姑蘇找父母。王進士家只有這一房獨生子，哪捨得將公子獨自一人丟在天台縣。可到姑蘇去升任，是有時間限定的，已經在路上邊走邊遊過去許多時日了，再也不敢誤日耽時在天台了，於是也就在會館焦急三天後，決定無論如何要把嬰寧娶下來，等公子對女人的新鮮過去了，再給公子續妾娶二房，或者索性給對方一些金銀休了她。這樣夫婦商定後，王進士便主動到了朱舉人家。

朱舉人一家覺得嬰寧與王公子的事，那扇門已經閉關了，一頁曆書也都掀將過去了。這天朱舉人又在家裡和兒子翻晒春草藥，一抬頭竟然看見媒婆和王進士，提著禮盒笑吟吟地站在院門口。慌忙將進士迎進客堂裡，讓兒子去泡茶和倒水。王進士便入府在客堂，四處看看打量著，看牆上掛的中堂畫，看桌上擺的線書《搜神記》和手抄《狐仙傳》，還看了掛在牆上用以辟邪的長劍和字元，末了對舉人笑笑說，這屋裡陰潮重，要把窗子經常打開通通風。朱舉人也便笑著點著頭，說南方的天氣比不得北方乾燥那種好，雨季一來潮濕就湧將上來了。也便去把面向院落、園林的窗子推開來。

王進士又從推開的窗裡聞到濃烈一股黴腐了的植物味，如雨天數月不見陽光的森林味，也就看看院裡攤晒的春草藥，開口說了正題正活兒。說公子迷上朱舉人家的千金了，三天來不吃不喝，時常昏迷。昏迷中所有的糊話都是念叨他在路上無意碰到的那個天仙嬰寧女。說嬰寧在路上走著隨手扔了一朵梅花在路邊，那梅花都枯了，味卻幾日不散還在那花上。說朱公子七天來睡覺都是抱著那枝枯梅睡。說他家公子說，嬰寧一點都不傻，那天到會館的胡說胡作，都是因為不同意這樁婚姻故意裝出來的。說到這，王進士嘆了一口氣，自己喝了桌上的茶，還起身主動去給朱舉人續上杯，最後有些哀求地盯著朱舉人。「希望舉人為了公子的痴情能答應這門親，」進士說，「讓公子儘快成婚，我也好儘快到姑蘇去赴任。」

朱舉人思忖一會兒，最後很認真地問，「能讓公子入贅我家嗎？」問著向王進士解釋道，自家雖然兒女雙全，但自己一向重女不重男，可目下老大阿松嫁走了，老二嬌娜謝世了，只有這老三嬰寧在身邊，他不希望最後一個女兒出嫁太遠，因為路程回不了家。

進士笑了笑：「你想要什麼聘禮只管說，土地、金銀、綢緞和馬匹，只要說出一個數目來。」

舉人道：「我嫁女兒一根彩線、一錢銀兩都不要。」

「別忘了我家公子是秀才，」說著進士嘴角的笑不在了：「而你家嬰寧長相雖然好，她可是點滴情理都不曉的人。」

「公子若不是秀才就好了。」朱舉人瞟了一眼王進士，「我家重的是凡人和日子，一向不重勢力和仕途。」

進士聽出朱家的拒婚意思了，把身子在椅上擰了擰，慢慢坐起來，用不高不低的聲音說：「朱舉人——朱明慶，你忘了順治末年我們有次在京都會考時，那時明勢已去，清勢剛至，你喝了一點酒，曾說過愛新覺羅家族的渾話嗎？你說『天下烏鴉一般黑，誰當皇上我們書生都是奴』。」說到這進士停下來，扭頭盯著朱舉人的臉，見舉人臉上的輕鬆沒有了，有層惶笑僵在那臉上，如一層黃葉凍在冰面樣，然後進士又用不緩不急的聲音說：「如今大清，盛世開啟，聖清祖年少英才，你可知道這時我把你當年的私語稟報給皇上你是什麼罪？」

王進士又一次著盯著舉人問，見朱舉人手裡的茶杯懸在半空間，剛倒進杯裡的茶水晃著濺出來，便又壓低了聲音冷冷說：「我雖身為四品，你雖鄉野舉人，可我們畢竟都是讀書人，望舉人不要為一個女兒就逼我丟下氣節，去請皇上給你全家賜罪賞死的事。」

說完這幾句，進士臉上又露出一層笑，做出準備離開的樣，把面前的茶杯朝桌裡推了推。

朱舉人這時也從凳上站起來，做出送客走人的樣子來：

「難道進士讀了那麼多的書，會背離書的頁節字骨嗎？」

王進士：

「我是大清重臣，比起忠於聖祖，那些書理又算什麼呢！」

朱舉人：

「我要答應把女兒嫁給公子呢？」

「不到不得已，天下沒有人會去告發他的親家吧。」

「我若不答應？」

「那我就為了我兒子，也為了大清不得不去告發了。」

朱舉人也就把手朝門口揚一下，做出請人離開的動作後，用輕語重調道：

「你為你公子，我為了我女兒，那就請大人隨便吧。」

之後彼此都在正堂默一會，王進士起步離開了。這時候外面的日色沒有來時那麼光明和亮透，朱家院內竹席、布單上晒的草藥間，有雲的淡影落下來，那種來自雨天腐草的氣味越發的濃重和稠密，像朱舉人家的二進天井院，都被潮濕的水氣包裹著。且在那腐潮氣息中，他還聞到有一股動物的毛髮味。正在他為這個氣味感到怪異時，朱家的嬰寧出現在了門口上，那種動物氣味又忽然褪走了。院裡門口又有了春日間的草味和花香。王進士盯著嬰寧看。三天前他在宴桌上看到的是她無規無矩的粗野和陋習，而今天，他見她立在他面前，除了長相的俏麗和單純，如隨便在哪兒——路邊、石縫，再或人走屋空的牆角下，只要有些日照就隨意紅黃的一朵野花般——臉是白淨清純的，兩隻眼的靈，活脫如一雙看見春葉的鹿眼兒。無論如何說，她總讓人從她身上看出一些樸野味，然這樸野又是那種春初長成的鹿兒、羊羔的活潑與意歡，且真真實實她身上還有一股烈烈迷人的香，如在村口聞到來自誰家院落的黃杏桃味兒。他是經見過太多女人的人，於是望了嬰寧一會兒，進士開始理解自家公子為何一見她，就有花癔症的因由了。兒子是被這女兒樸野的香味迷惑了，如庭室裡的植木迷戀野陽樣。就那麼看著面前這個頭髮凌亂、衣服欠整的鄉野女子，王進士又一次想到娶了她也當休了她，哪能真的允許家府裡有一位這樣不讀詩書、不學琴棋的鄉野女子。

也就把目光從嬰寧臉上挪到別的地方去。

看到他目光移走時，嬰寧對著家父尖著嗓子叫：「家父啊，你怎麼能不讓我嫁給王公子，畢竟我都十六周歲了！」不等為父的舉人說什麼，嬰寧又把眼睛瞪得大起來，回頭看著王進士，說你們在堂屋的談話我都聽到了，知道公子為我得了花癔症，不和我成親這病也難好起來。說去年鎮上有個後生見我後，得了花癔症成了花瘋子，現在每天都在集鎮大街上走著叫著我的名；前年鄰村的秀才和我說了幾句話，請人來說媒，家父不答應，那秀才回家得了花癔症後，聽說前幾天已經病死了。說現在又有這王公子，我不能因為自家俏香就害人一個又一個。說既然大人親自到我家來提親，大人說的田地、綢緞、金銀家父都不要，那我就只有一個條件，若大人應允了，就是家父家母不讓我出嫁，我也願意私奔跟著公子到姑蘇。

所有的人都被嬰寧的話給驚著了。家母不知何時從屋裡出來站在舉人身後邊，哥哥、香奴、老僕和媒人，都來站在進士側邊上。在這第二進院子的正中央，所有的人都望著嬰寧和王進士，像一齣戲臺下的都望著臺上的。進士朝所有人的臉上掃一眼，讓嬰寧說出她是什麼條件才肯和公子成親去姑蘇。嬰寧便最後又一次把目光裸裸搭在大人臉上去，抿了一會嘴，又看了家父家母一眼道：

「家父不愛科舉的秀才和舉人，可我愛著呢。要我和公子成親同床睡，我要公子和大人都簽字畫押給我寫出一份字據來，得保證明年公子科舉必須金榜題名中舉人，若不能中舉我就是和公子同床成了親，一年後我還會離開公子回到家父家母的身邊來。」

聽了這番話，王進士嘴角掛了笑，宛若豎耳聽雷時，卻聽到了雨過天晴的雀叫聲。聽見了種子在日光下的發芽聲。

王公子和大人夫婦果然在一份字據上，寫了保證下年公子必能中舉的話，並在那字據上，三人都簽字畫了押，以這份字據為彩禮，送給朱家把嬰寧娶走了。

成親是在天台縣那個會所行的婚禮和儀式，以一紙保證中舉的文書為彩禮，這在大清是罕見僅有的一樁事，所以成親那天城鎮、鄰村稍有頭臉的，都被請到會所來吃酒。

行禮時單是鞭炮就放了兩馬車。

席宴的桌子會所的屋裡、院落擺不下，又沿著馬路擺了二里長。

席宴之後嬰寧就在紅綢布的蓋頭下，和臉上一直笑著的公子被人攙扶著，起腳踩上了新婚馬車踏，跟著進士家的馬車去往姑蘇了。可在一年後的這個季節裡，天台縣依然四處花開，遊人出門賞花閱春時，嬰寧又坐著一輛馬車回來了。那時朱家一家人，正在家裡吃午飯，大門虛掩著，忽然門一響，就見嬰寧手裡拿著回來路上順道採的各種花束出現在門口。她走時什麼樣，回來還是什麼樣，滿臉都是東一坨兒西一片的笑，像嫁走不是一整年，而是一天一個時辰樣。

一家人都驚著看著她。

「你怎麼回來了？」

「坐官家馬車呀！」

「你丈夫公子呢？」

「一個月前在蘇州會考時，他在考場寫詩做文章，他父親在外通融判卷的考官被人告發了，四品也被削職了。如今他落榜，我就依著字據回來了。」

一家人又都驚著了。驚著又問道：

「一日夫妻百日恩，你都和王子服成了一年親，怎麼能在丈夫遇難時候說回就回呢？」

嬰寧就在屋裡放著抱回來的花，又上前端起桌上誰的湯碗咕咕喝著道：

「他王家本沒有中舉考進士的命，上輩下輩都是通過通融才金榜題名的。在這一年裡，我陪王子服睡了上百次，他聞遍了我身上所有地方的香，現在癔病全好了，我這一離開，王子服就該當真用功讀書了，下年換個名字重新考，我算好他會成為真進士。是我給他們王家帶去了金榜呢，說不定還是一個狀元郎。」

又過了一年後，王子服就真的改名又去考，真的會試以後進京去殿試，新名掛在了榜首上。

八、俠女

阿松因為難產死去了。

孔雪笠從此覺得日子進了一條沒有光的胡同裡，讀書如嚼蠟，吃飯若喝水，若不是母親還在這世上，他倒覺得跟著阿松一起走了好。如此沒事就到阿松的墳上呆坐著，看那新墳變舊墳，新草變舊草。到了一日間，因為苦悶又去妻子的墳上發呆時，想應該重回天台縣，至少去岳丈家稟告一下阿松的死，可又想到母親年邁多病，一時難以離開，不免長嘆一聲，坐在阿松的墳前掉了淚，感嘆人生之虛無，如丟在荒野的老書頁，過去的事情如那紙上的墨字樣，除了自己懂其意味外，餘皆誰人對那文字、故事都無興趣。他坐著，黯然傷神掉著淚，黃昏之前回了家，一進門見有個少女從母親的屋裡走出來。那少女文雅秀麗，不高不矮，穿著北方人只有酷冬才穿的棉織襖，鞋上有走過遠路起針翹線的毛邊兒，且褲上還有走過草地扎上去的乾草。若少女不是一臉風雨的黑紅和瘦削，左臉頰上還有一塊傷疤兒，他還以為她就是幾年前相遇在岳丈家的香奴呢。

那女子看見孔雪笠，在院裡瞟瞟他，既無熱情，又無好奇地不發一言走掉了。

孔生進屋問母親她是誰，母親說對面荒宅院落裡，有一對母女住來幾日了。說她們母女討天荒，見有著閒房也就暫憩著，日子過得淒苦而困頓，緣此三朝或兩日，她會過來借把鹽，借個錐子或剪子，再或借上一管絲線和布腦兒。說若不是阿松剛死不到兩個月，兒子和這個女子續婚倒是一樁好姻緣，並說有了姻緣也可讓那對母女搬到家裡一起住。孔生倒沒有要和那女子續婚那意思，可也不厭對面又多出一對母女來，也就依著母親之善念，今天去給那對母女送點米，明天又去送點麵。送了少女也都接過去，可又從來沒有和他多說一句話，人和啞巴樣，至多就是接過東西點點頭。

又一次，天氣漸寒著，孔生去給那母女送了一床被，見那少女的母親年齡不算十分大，樣子不到五十歲，但又瞎又聾什麼都不知道，少女接過那被子，當時把被子蓋到母親身上去。母親問：「被子哪來的？」少女說：「對宅鄰家送來的。」母親點點頭，說了一句「好人家」，便不再續語說話了。而孔生就站在屋子裡，這時那女子回頭看著他，沒說「你坐吧」，也沒說「謝謝你」，看孔生像木頭看見木頭樣。

到末了，孔生只好無趣地從那母女身邊走掉了。

日子就這麼一天一天過，如樹葉一片一片從樹上落下落般。天越發冷起來，年長的老人很少出門了，一早一晚都困在屋子裡，烤火或團在床上被裡聚著暖。孔生也還那樣兒，不讀書、不問地裡的莊稼缸裡的糧，母親起炊煙，收拾家務和雜亂，他每天都去阿松的墳上發發呆，回來鑽進自己的屋裡躺下來，嘆一口長氣自語一些什麼話，甚至自己的母親時有發燒，母親不說他也不知道，都是對院的少女過來替母親燒飯和熬湯藥，給老人汲水、洗臉、洗衣物。這樣一來二去著，孔生的母親有一日，終於對那少女說：

「人世寒涼，你何不與我兒子成個親，這樣兩家的日子都暖和。」

這時少女正端著給孔生母親燒好的湯，聽了這話她不言不語把碗放在床頭走掉了。一走整三日，再沒有朝著這個院落踏進來，直到孔生又一次去那邊給她們母女送過冬的白菜和蘿蔔，兩家才又相來往。

有一晚，在秋末初冬的交口上，白天落了一點雪，夜冷孔生早早就睡了，躺在床上又睡不著，輾轉莫名地孤寒時，少女推開屋門走進來，站在他那又是臥房、又是書房的屋中央，臉上依然沒有溫熱也沒冷，也沒女子夜進男臥的羞愧色。她站在他床前，用目光迅速把屋子掃一遍，然後又把目光落到他的臉上和床上，看著他突然披著棉襖坐起來：

「你有事？」

她不答，把目光盯在牆上原來阿松常掛衣物的幾個木楔上。那楔上空無別的物。阿松的衣服都隨阿松陪葬了，只還有阿松過冬的一條粉紅長巾掛在那個楔子上。

他又問：「你要嗎？」

她搖了一下頭。

接著問：「你不冷？」

「冷。」她開口輕輕淡淡道：「因為冷我想來和你睡一夜。」

他便怔一下，自己也朝阿松那條長巾看一眼，憂鬱著慢慢對她說：「不是我不想，是我妻子死去剛半年，屍骨未寒我不想傷了她。」說著去床頭找著他的褲，想要穿了坐起來。可是一轉眼，少女竟像回到自己臥房樣，很快把屋裡的凌亂整一遍，把阿松的長巾收起疊好放進阿松生前常放衣服的箱子裡，又出門很快從外面端進一盆火。孔生看那草帽似的鑄鐵冬火盆，原是自己今天才從庫屋翻出來，送到對面讓她們母女過冬用，現在這火盆又出現在了自家屋子裡，且火盆裡的炭，正燃到旺時的無煙無塵間，讓屋子又亮又暖和，宛若他在天台時，和阿松過冬最冷、最愛、最激情的那一夜。

一切都來得太快了，讓孔生有些反應不過來。

他一直呆在床邊上，穿著睡褲如一段木頭般。

她端來火，關了門，把漏縫的窗簾拉了拉，回來就在床前脫起自己的裙衣和織褲，待身上只還有一個繡花荷兜後，又過來解著他的扣子替他脫衣服，推著把他推到被窩裡，吹熄了蠟燭就把他擁在懷裡了。

夜黑中她喚醒了他男人的渴望和慾念，就那麼如幾年前新婚夜裡和阿松一樣在床上瘋了一整夜，直到乏累了，抱著她像抱著一隻暖兔一樣睡著了。

然至第二天，在他醒來時，他的床上除了有溫暖不散的女人味，連她人的影兒也沒有。他慌忙起了床，到院裡不見她在院落裡，到廚房不見她在廚房裡，到母親的睡屋裡，看見那個鑄火盆，擺在母親床前邊，而母親的床頭還擺著一碗剛燒好的荷包蛋。

「她來過這兒了？」孔生問母親。

母親知道他說的她是誰，笑著說她一早來煮了雞蛋就走了，回那邊給她母親燒飯了。說著母親還拉著兒子的手：「她說她可以替阿松給我們孔家生個承續香火的人，是不是她答應和你成親了？」

孔生不答母親的話，掙手出門快步朝著對面院子去。到那三間草屋的矮牆院，她正從一間屋裡出來朝著另一間裡去，在院裡見了他，也就立下腳，臉上依然不見熱也不見冷，彷彿昨天一夜的情暖過去了，或者根本沒發生，所以她望著他如依舊望著一個不生也不熟的人。

「你有事？」倒是她先問了他。

孔生道：「把你和你母親都接到那邊同住吧。」

「我們不是昨兒夜裡說過了，你和我是沒有情緣的。我又是只能生不能養的人，昨兒也都和你同床了，每天你照顧我母親，我也照顧你母親，現在我倆都兩相乾淨、互不相欠了。」

說完她獨自朝著母親住的屋子去，把他丟在院裡像丟在曠野樣。孔生回到家，百思不解世上會有這麼冷人心的冰女人，也就悶著這兒坐一坐，那兒待一待，還又拿起書在屋裡隨手翻幾頁。熬到夜晚裡，滿身都是過去那一夜的躁情熱，心想決然不去念她了，可當月寒掛在中空時，村子裡沒了腳步聲，歇了狗吠聲，連院裡的星光月影都有冰裂的細微聲響後，他還是扛不住對她的念想和牽繞，躺在床上總是想到抱著她像抱著溫順有暖的阿松樣，也就心一橫，起床踩著冷月去找她。本就兩個院子只隔一條土沙路，幾步就到對院了。院裡的柴扉大門竟然沒有門，虛掩著一推就開了。他到她的窗前立下腳，輕敲幾下窗檽子，壓著嗓子咳幾下，又對著窗子悄然道：「是我——我是孔雪笠！」不見應聲木呆一會兒，末了朝那屋門走過去。屋門竟然一樣虛掩著，手一碰，吱啞一聲又開了。孔生警覺著，再次咳嗽一下摸黑走進去，在門口又高了嗓音說：「是我，我是孔雪笠——」不見回應又朝裡邊走，借著窗月在桌角摸到一段短蠟燭，點了後見屋裡空無人影兒，床上的被子都還如白天一樣疊在床裡邊。在屋裡站一站，四處打量一會兒，也沒找到有更值得看的東西在，就熄了燭火去到她娘住的那一間。到窗前想起手敲窗時，他又將手縮回來，把耳朵貼到窗上去。

聽到的動靜如樹葉在夜裡飄飛一模樣。

孔生心疑了，想要弄出一個究竟來，就索性把自己藏在院裡牆角的一堆柴後面，目光盯在矮牆院落的大門上。時間像掛在頭頂枯樹枝上的細風般，豎著耳朵能聽到時間從面前過去的吱吱聲。旬月為上半月，彎弦一勾的月亮在村頭，模糊的雲影飄在月光上。就那麼苦苦守著光影等，到了下半夜，人將睡去時，柴扉大門突然響一下，一個人影閃進來，匆匆進了少女屋子裡。亮了燈，有了輕輕微微的叮噹聲，細絲絲的脫衣聲，然後燈滅了。

一切歸為寧靜了。

第二夜，仍然是這樣。

第三夜，他沒去藏在對院柴垛後，吃過夜飯他早早去藏在對院外面的一棵樹後面，看她什麼時候從家裡出來往哪去，結果看到月剛起將在頭頂，村裡還有人的走動和狗吠，她就從家裡挑著人稀時候出來了。在門口左右看一看，見無人無動靜，便風急風急地起腳朝著村外走。到村外田野的路口上，一轉身，她人旋疾不見了，把隨後的孔生甩在路上像扔一粒石子落在鵝卵石灘樣。

孔生不再跟蹤少女了。

他決定要好好找她把話攤開來，如果她是每夜都去村外找了別的男人去，那就請她索性搬到別村離那男人近一些，如果是她夜裡去鎮街的妓院營生了，那就不要住到孔祖村裡辱了孔家子孫後代的聖名和潔譽。第二天，他去找她了，那時太陽剛升起，村人下地都扛著農具走出來，不下地的都在日光下面晒暖說聊話。這是他第一次走進這個院落空著手，不是去給她們母女送接濟。他在院裡再又咳一下，算是禮儀招呼聲，然後徑直進了她的屋。她的屋裡和他幾天前進來時候一個樣，床在裡牆下，被子疊在床裡邊，有個木箱放在床頭上，簡陋如村外的幾塊石上落有幾根柴枝般。她不在屋子裡。他想轉身走出去。然就在他要轉身時，他看見那有裂縫的木箱上，放著一個捲成捲兒的錦袋子。

猶豫著過去把那錦袋拿起來。

袋裡裝著一把幾寸長的小佩刀。孔生望著那佩刀驚住了。很快把佩刀從刀盒抽出來，看那鋒利雪亮的刀刃上，還掛著一絲未曾徹底乾的血。

他被那刀和血絲愣住了，正不知如何是好時，聽到門口有了腳步聲。很快把刀插進刀盒裡，將錦袋捲起來，放回原處站直身，一扭頭，看見少女一臉霜白地站在他身後，臉和目光的冷，都和那刀上的寒光一模樣。

「你連續幾夜都在盯著我。」她的聲音又細又尖利。

他囁嚅著不知該怎樣回答她。

「你放心，」她很鄙薄地望著對他說：「我在這兒沒情人，也沒去鎮街花柳巷裡賣身子。可我去哪做啥你別管，也別說出去。說出去，你我就不知道會有什麼結果了。」

她讓他從她屋裡走出去。讓他再也不要盯著她，說這樣對他好，對大家和這兩個院子、兩個老人都好些。說以後她不會晚上出去了，她母親身體愈來愈不好，她要安心留下照顧母親了。他就從她身邊擦著她的身子走出去了。那時有上午的陽光從窗櫺透進來，落在她臉上，彷彿被日光照透的一塊薄冰貼在她的臉上樣。她的樣子總讓他想到香奴的樣，可她又確實不是香奴兒。她比香奴高，也比香奴單瘦一點兒，臉上的皮膚也比香奴微黑微紅一點兒。香奴身上有一股春草初發的甘鮮味，臉上總有柔潤一層笑。而她的身上是一股秋草入冬的儲枯味，又一天到晚臉上都是冰顏色。這麼想著慢慢走出去，孔生若偷拿東西被人捉了又被放了樣，總有想朝自己臉上抽一耳光的念願升上來。就這樣到了屋門口，要出去時又突然被她叫住腳。

「我如果懷孕了，就再也不去找你了。如果沒懷上，會去找你再一夜。」

他愣愣地立在屋門口下面，依然不知該說句啥話兒。

也就這樣把日子又過回到了原來那樣兒，像他們中間什麼也沒發生過，誰對誰都不甚熟悉不甚了解樣。他還一如往日地去給她們母女送些米麵和油鹽。她也還是有事了悄然走到這邊院子裡，沒事就和母親在這邊的草屋矮院相守著。冬天和樹葉枯落一樣過去了。她的肚子隆將起來了。先是有些鼓，後來大隆大鼓著，就更是少見出門了，米麵飲水一應都是他去送。村裡人問他那個老院住了誰？他說家裡的親戚年初雨天房塌了，現在借住來這過個冬。就這樣他幾乎天天進入那院裡，可她卻總是隔著窗子和他說話兒，讓他把送來的米麵放這兒，把送來的油鹽放那兒。他問她你身子到底怎麼樣？她隔窗說需要你幫忙我會告訴你。算一算她已有身孕八個月，他擔心她和阿松一樣難產出事情，問她要不要去請接生婆，她卻隔窗大聲訓斥說，若讓人知道她在這兒生孩子，她和母親就沒命了，他家的子嗣也就沒命了。想進到屋裡去看看她，她又白天也把屋門從裡閂起來，也就只好每天不安地來給她和她母親送些吃的和用的，放在她讓放的地方去，又落寞寥寥地走出去。

一天又一天。

到了正夏至時，他上街買了兩把蒲扇和一袋降暑的綠豆給她們，一進院聽到屋裡有嬰兒哇汪汪地哭，嗓子亮得如泉從崖上跌下來。孔生驚喜地提著東西朝她住的屋子去，到那兒門是半開的，進去看見少女用一個頭巾包在她的額頭上，臉上顯出蠟黃和汗粒，人躺在床上虛脫一樣。而自家的母親正在那床邊用布包著渾身都是紅肉的小嬰兒，人比筷子長，胖得像人的胳膊樣。屋子裡有生過孩子的羊水味，甜淡腥濃如一片未長熟的青稞味。孩子的臍帶依照風俗埋在屋裡暗角下。生孩子用的熱水盆和火燒剪，都還擺在床前和桌上。看他走進來，母親笑著對他說：「是個男孩子，這下我們這支孔門有後了。」還把抱著的孩子遞給孔生看。孔生接過孩子，並沒有顯出對那孩子有太多的驚喜和親戀，而是抱著那團肉，走到床前望著少女的臉。

「你怎麼樣？」他問她。

「抱走吧，」她和從前一樣的不冷也不熱，臉上掛著畫在紙上再也不變的神情說：「快回去熬些米湯餵孩子。」

他更是不解地看著她。

她依然平平靜靜道：

「我是只能生不能養的人，只能用這個法兒感謝你孔生對我們家的好。」

母親就抱著那個嬰兒走掉了，立刻趕回去熬煮米湯餵養孩子了。待母親走到院子裡，她聽見從那邊屋子傳出她母親嘶啞飄忽的聲音問：「男孩女孩啊？」然後母親像對著天空一樣答：「男孩兒——」又有一聲從屋裡傳出來的話——「這孩子長大指不定他會成為舉人哪。」之後就是一片安靜了。就是孔生的母親從這個院落朝著那個院落走出去的腳步聲。

又幾天，少女的母親死掉了，沒想到那句「這孩子長大指不定他會成為舉人哪」是孔生聽到少女母親在這世上留下的最後一句話。她是睡到夜半寂寂靜靜死掉的，怕天熱腐屍來日少女就把她給埋掉了，埋在村外一個荒崗上。那時死人埋人是各村各莊的一件平常事，沒有引起多少村人的在意和議論，當孔生聽說趕過來，墳墓的土堆都已堆起來。餘事是孔生接著去做的，將墓堆的黃土堆得再高些，找來石頭在墓腳砌出北方院落迎牆似的小石牆，以使野風不能直直吹在死者身子上。又砍來一杆柳枝插在墳前邊，祈禱那柳枝活下來，有一木生命可相傳，如垂柳韌生韌長樣。

完了這些事情後，夕陽在那新土的墳上染出一片血紅色，在那一片血紅裡，少女坐在那墳前，臉上一點悲傷都沒有，且忽然還有孔生一年來未曾從那臉上見過的笑。

「你怎麼了？」他問她。

「你走吧。」她輕輕鬆鬆說，「將母親送終了，現在別人欠我的也該還我了。」

孔生便越發不解了，越發要問她許多話。還說到你母親已經謝世了，你舉目無親了，現在最好的去處就是和我回家裡，一起把咱們的孩子養大過日子。可少女卻無論孔生說什麼，都是對他說：「你走吧，你快走吧！」說著急慌著，聲音高起來，目光一直望著西去的落日和面前一片血海樣的紅，然後臉上卻又掛著愜意和輕鬆。

他想她染著瘋鬱了。

他過去拉著她的手：

「跟我回家去看看郎中吧。」

她把他的手推到一邊去：

「你走吧，我從來沒有像現在這樣覺得周身輕快有力過。」

他朝著四野黃昏中的一片紅色看了看——

「天要黑了啊！」

「我就是在等著天黑哪。」

他果然就走了，把她留在了村外荒崗野墳間。然他到村頭沒有回家去，而是藏在了可隱跡的村頭路角上。天色很快暮黑下來了。黃昏像門一樣關閉了。在黃昏入黑的縫隙裡，他看見她像一道風從田野刮進了村落去，接著月亮升起時，大地上漫滿清明和寂寥。這時候，她又從村落東看西看地走出來，胳膊彎裡夾著那個包有佩刀的錦袋兒，見人了朝樹後牆角躲一下，沒人了便風樣朝著村外走。到村口，她猶豫著四處打量後，朝山包和麥田夾著的一條大道上去，剛走沒多久，有從張村到李莊走夜路的人，她一見就從路上跳到麥田裡。孔生一直遠遠跟著她。她走他也走，她躲他就停下腳。就這麼出村又過一個村，因為前面的村子是大村，趕夜路的人隔三錯五不斷線，她就索性在麥田裡邊不出來，沿著麥隴一直朝前朝著鎮街的那個方向去。月中的滿月銀製金鑲樣，金黃正白的光，帶著清晰可見的紅暈暈的亮。小麥缺熟三、五天，夜香滾著潮潤漫在大道上。從路上望出去，那連成湖片的麥田像齊地邊界上的海。孔生看見在那海面上，有一條湧浪一直沿著麥壟朝前滾，像一條箭魚在水下朝前快游樣。他知道那湧浪是少女在田壟裡邊跑，也就順著夜路看著麥浪朝前急腳快走著。有時那浪會忽然停下來，靜一會看看四野空曠無人了，她就從那靜曠的麥田走出來，到路上快步朝前飛著般。這時候，他就慌忙藏起來，待她走遠了，再出來急腳追著她。就這樣她一會在麥田，一會在路上。他一會藏起來，又一會走出來。

他終於沒有被她甩下來。

夜時好像比白天過得快，沒多久月亮偏東臨著正頂了。濟南府郊的一個鎮子就到了。影影前面是一片房子和一亮一亮的燈。到鎮街口的一個牌坊下，她猶豫著在那牌坊柱邊站了一會兒。這鎮子孔生一點也不陌生，前些日子他還來趕集給她們母女買了蒲扇和綠豆。再往前的多少年，他還被一個秀才帶著去過鎮子上的花柳巷。他想她不會是去花柳巷的妓院做營生，但母親剛死哪能這樣兒，且她還胳膊彎裡夾著那個佩刀錦袋兒。

她在牌坊下站定一會兒，又起腳朝鎮街走去了，步入大街腳下忽然慢起來，變得和那鎮上的人家因睡不著閒晃沒有兩樣。

他也朝鎮街走過去，和沒睡的路人閒晃一樣。

兩丈寬的主街上，所有的住戶、店鋪都關著。偶爾有從門縫亮出來的光，如拉直的條帶一樣從門口朝向街面倒過去。有喝了酒的醉漢從哪走出來，看她是個女的去搭訕，還動手去她臉上摸。她用手一推，或用手一彈撥，那醉漢就倒在地上了。她頭也不回地走開去。他在後面追著她，到那醉漢身邊上，看醉漢爬在地上抬著頭，朝她伸著胳膊喚：

「我有錢，給你雙倍行不行？」

她不扭頭，徑直朝前走。

他跟來瞟那醉漢一眼也又走去了。

從鎮街的西口到東口，走了約有半碗飯的功夫後，她到了鎮東寨牆下的古門口，然後右拐朝一條胡同急走著。他也慌忙朝那胡同拐進去。胡同裡沒有一個人，一地的月光如同一地的水。她像一寸月光一滴水樣在那胡同不見了。他快步急腳地朝裡去，又慌慌忙忙停下來。在他憂心找不到她的身影時，他聽到前邊的一棵樹上有響動，慌忙把身子閃到一戶人家門樓下。在門樓下的黑影裡，他看見她在一棵樹的樹杈上，身子一躍動，如一隻貓樣從樹上跳到了一戶人家的院牆上，然後又一躍，從牆上落入那戶人家的院裡了，且落下去時連一點聲息都沒有。

他慌忙從邊旁人家的門樓影裡走出來，幾步到了她藏身的那棵大樹下。是棵一抱粗的古槐樹，枝葉稠密、樹影婆娑，他立在樹下看到滿地都是銀幣、元寶似的月光片。抬起頭，見那樹杈上放著一件什麼物，踮腳取下來，是她來時拿的那個錦袋兒。現在那錦袋裡什麼都沒有，空空地捲著夾在樹杈間。

他又把錦袋捲著放回原處去。

朝著樹對面的人家打量著，見面前是一幢新起的宅府大院子，門樓比兩邊鄰家的門樓高出半房屋，雙扇大門也寬許多。新漆門、黃銅釘，那門釘蓋子和拳頭一樣大。不消說，這是鎮上大戶人家的大宅府。孔生不知道這宅府大院住著何樣的商家或官人。鎮上有很多人家都和南方蘇杭有生意，還有幾戶人家都在外省的州府為官僚，最有勢的是三品，聽說是在福州的哪兒為朝政謀著一方天下的事。孔生抬頭看看門樓下的門額上，有金匾寫著「王府」兩個字。他不知道這王府是主人姓王才叫王府，還是官位到了王位才叫王府。

他過去輕輕推了王府的銅釘紅漆門，那門像一座山樣沒有動。他從門樓裡出來到圍牆下朝著圍牆看，見圍牆有兩人那麼高，新磚的硫磺味，濃得刺鼻子。他知道這是貴爵大戶人家的新房新院落，就立在那光光潔潔的圍牆下。一邊是這老鎮子的古寨牆，一邊是這青磚大院落，他夾在中間像她來時夾在兩壟小麥棵的中間樣。惘然著，迷惑著，正不知如何是好時，聽到從院落傳來了說話聲和腳步聲，慌忙又閃到門前那棵槐樹下，聽到吱啞一聲門響有人走出來。有人跟著送客人。那出來走的和送的，都約為六十歲的樣，都是穿著官府家的長衫服，像是為官卸任回鄉養老的樣子。他們在門口說了一會話，有輛馬車過來了，那走的上了馬車後，送的招招手，就又回去了。

他回去竟然沒有關大門。

孔生在黑影猶豫一會兒，大著膽子進了那王府的高大門樓內，閃在了入門即見的高大迎牆下，還見那迎牆正中的磚上刻有「泰山石敢當」幾個避妖邪的字。他就在那字前的一叢花間，又看見兩個公子一前一後從院裡走出來，立在孔生前邊不遠處，前面的問著後邊的，說科舉前怎樣才能見到考臣和出題卷的人，怎樣才能把禮送到那些監督每年考生的地方官和京城御院考臣們的手裡去。後邊的吞吞吐吐著，說自己是完全應考上去的，這些真的不清楚。不過也還是答應幫著前邊的問一問，試一試。前面的也就感謝著，硬要把什麼東西留下來。後面的堅稱不能收，說這是受賄罪，要蹲大監的。可那前面的，說我們是表親，如同一奶同胞樣，就是不為明年大考也不該空手來。便把手裡綢布包的一盒東西硬生生地放在了「泰山石敢當」刻字前的一個神龕裡，然後不急不慌走掉了。

後面的終是沒有拒下前面的，有幾分不安地出門送客人。他們似乎在門外還說了很多話，過了許久那後面送人的，才從門外返身走回來，閂了門，將神龕裡放的東西拿走了。那東西是金條，一盒共十根，沉得一拿手腕朝下墜。孔生一直躲在迎牆下的花叢裡，緊張得呼吸裡不是沒有呼氣就是沒有吸氣樣。他才剛大著膽子去摸那神龕裡的金條了，一下子明白了這科舉裡的骯髒和彎彎繞繞的事，心裡罵了一句啥，把那髒物又放在原地躲到別處去。公子從迎牆那邊朝著宅府裡邊走。這宅府和孔生的妻子阿松家的宅府一模樣，都是那樣大的房那樣深的院，且這宅府的房子比朱舉人家的宅府高許多，院子大許多，而且多一進，是高宅大院的三進府，巍峨凜凜宮殿一模樣。公子過了前宅朝正堂屋裡走，在院裡還喚著家父說，子夜了，讓父親趕快回屋睡。正堂裡的燭光明亮著，不久前他們在那喝茶謀事的茶桌、杯盞都還擺在桌子上，茶盤茶壺都如夜野的月光一樣靜在那。公子奇怪堂屋沒人了，家奴還沒有來收拾這茶桌和凌亂，也就嘟囔著進了正堂屋。然雙腳踏進去，他一下驚在了門口上。他看見跟隨侍奉父親半生的老家僕，軟癱癱地倒在茶桌邊的燭光下，血像水樣流著。他一隻腳在門裡，一隻腳在門外，驚著正要喚叫時，有把冰冷的短刀從他身後閃到前脖上，緊緊地擱在他的咽喉間。似乎那刀子只用一點點的力，他就會如老家僕一樣倒在血泊裡。

公子手裡的金條噹啷啷地掉落在了堂屋內，他的身子一下癱著跪在了金條邊。這時候，他看見父親和他一樣跪在堂屋中間老家僕的死屍邊，臉色蠟黃，虛汗如雨，手被反綁著，嘴被他自己的布衫塞起來。屋子裡茶桌上和立柱上的蠟燭已經燃去大半，亮光悠悠如鬼火樣。不知子夜過去多久了，夜在屋裡如在墓場一樣兒。公子哆嗦著，想要回頭望一眼，脖前的刀便朝他的咽喉皮裡進了一紙深，剛好破皮讓血流出來。看見血流著滴到他的夏衫上，跟著他的褲襠裡也有熱液流將出來了。他不知道身後是什麼人，動作快得比他聽說過的俠客動作快許多，三下兩下就從哪拉出一根繩索把他和他父親一樣反綁了，隨後朝他腰腿的哪兒輕輕踢一下，如木椽用力朝他腰肋撞一樣，他覺得自己內裡的五臟都在晃著顫動著。不知道他是被那一腳踢跳起來的，還是被身後的人如提一個布袋樣，提著將他丟在父親身邊上。一轉眼，他便和父親並排跪在一起了，如秦檜父子的泥塑跪著擺在一起樣。

鎮街上有隱隱的更聲傳過來。

隨著更聲悠悠響過去，屋子裡的一個矮凳從茶桌那邊如長了腿樣跑到這邊來，到跪著的父親面前停下時，突然屋裡有道寒光閃一下，一把短刀從空中飛過去，到老僕人的死屍面前一旋又一繞，老僕人的胳膊就從胳膊彎那兒被旋卸下來了。卸下來的胳膊是左胳膊，被一個影子拿來擺在那個矮凳上，那把短刀便如廚師的快刀切蘿蔔，在那胳膊上飛快飛快地削片切起來。那矮凳上被削切下來的胳膊片，如蘿蔔片樣靠著排在一起，血絲浸在凳面上。胳膊裡的骨頭如同白蘿蔔，骨頭外的肉片如同長得過粗過大的紅蘿蔔。這些胳膊片是紅蘿蔔包著白蘿蔔，轉眼有二十餘片斜斜排成一行時，那飛刀慢慢停下了。

有一個人影閃出來。

竟然是三年前這對父子都見過的天台縣朱舉人家的香奴兒。

她比以前長高了，單瘦了，臉上黝黑冷怨了。人還是那個輪廓明亮著，可皮膚卻比先前粗糙了。目光裡滿是滄桑和怨恨，彷彿那兩眼明亮的深處是不見底的井。她左手扶著矮凳上還沒有切完的半條死胳膊，右手握著那把帶著血絲的刀，盯著那對父子問：

「說說吧，朱舉人家滿門滅絕，那把火是你點的，還是你點的？」

那對父子哆嗦著身子相互看了看。

「都放心，我不會殺無辜。這家僕若不是要喚我也不會殺了他。若他不是年輕時還強姦過他自家女兒我也不會剮了他。」說著香奴又從那胳膊上切下一片肉，用刀尖挑著那肉在父子面前晃了晃，「是你點的火？還是你點的火？」

父親終於抬起了頭，上下牙齒敲得叮噹響。

「說了死一個，不說死兩個。」香奴盯著那為父的臉。

「是我帶人去點的火。」為父的最後看了一眼兒子說。

這時香奴把挑肉的刀尖揚一下，那塊肉飛到了半空屋牆上，像一隻蝴蝶貼牆落著樣。她把刀尖移過來，頂在了為父的臉上去，還想問什麼，這時兒子跪著朝前挪了挪，像看清了俠客是個女兒膽子變得大了，他開始一連聲地對香奴喚著道：「不是父親點的是我呀。是我仇恨嬰寧去巡撫大人那兒，告發父親賄賂考官、買了考題，被削了職，我才發憤讀書、隱姓埋名，在又考上舉人後，帶人到天台縣，燒了朱舉人一家老小啊！」喚著說著，公子還朝香奴以東山再起了，才去燒了朱舉人的家。」聽了他的話，香奴沒有把刀移到王進士的那邊去，易，他是要到山西任職拐到家裡來看我，要殺你就殺了我。是我見兒子中舉後，看到王家可士又忙慌慌地跪著朝前急速挪兩步，對著香奴大聲求著說：「讓他活著吧，他考上舉人不容候了。說著又一下把孔生推到一邊去，把刀又抵到了王家公子臉頰上。而這時，被削職的進了，剛好這隱姓埋名的新舉人，也回到鎮上家裡來，正是她該弄清兇手為主人復仇白冤的時上，先是因為如母的女主人活著不讓她復仇，後來又因為她有身孕耽擱了。現在兩者都結因為那天外出僥倖脫逃了。說她背著夫人在路上走了整整三個月，也才找到王家在這鎮子子從砸開的窗縫推出去，可人也被燒成殘疾和聾啞，渾身沒有巴掌大的一塊好皮膚。說她是燒了。說朱舉人、朱公子、嬰寧和家僕四人連一根骨頭也沒留下來，雖然夫人被朱舉人和孩麼能對人這麼狠?!」香奴也就盯著他，怔一會說了王家一年前，把朱家堵在家裡全部澆油點你怎麼成了現在這樣兒。」接著又用半嘶啞的嗓子喚叫說，「你切剁的那是人肉啊——你怎屍，看看矮凳上蘿蔔片似的胳膊肉片兒，和跪著的那對父子一樣臉色蒼白著，「香奴啊——自己認出來。「你果真是香奴啊——我一直覺得你是香奴——」他喚著看看面前老家僕的死，盯著面前用力看了一眼睛，像要弄清她此前長得什麼樣，現在長得什麼樣，怎麼會沒讓子的面前去，正準備飛手落刀時，孔生不知從哪撲將過來了，一下跪在公子面前擋了公子的士那兒挪移過來了。「你倒是孝子，我就成全你為孝子吧！」這樣嘟囔著，她把刀又頂到公磕著頭，請香奴殺了他，把父親留下來，讓他老人有段好晚年。這時香奴就把刀從父親王進而是冷了一眼他，「爭著死那就都死吧！」從牙縫擠出這一句，她便把刀子朝新晉舉人的胸前刺過去。然讓香奴沒有想到的事情是，孔生又猛地朝著香奴面前撲過來，這一刀正刺在孔生的胸口上，孔生驚恐地瞪著眼睛跪在香奴前，看一眼刺進他胸口的刀，嘴角抖了抖，輕聲嘶啞地對著香奴說：

「人可以這樣對我們，可我們不能這樣對人啊！」

血從他的胸口流將出來了。

他像身上沒有了筋骨一樣倒下去。倒下時他望著香奴，臉上掛著蒼白色的笑，對她說了最後一句話：

「我去和阿松、嬌娜、嬰寧一家團聚了，你把我們的孩子和我母親照顧好。」

孔生也就倒下了。

香奴愣一下，閉著嘴瞟瞟屋裡跪著的和倒下的，忽然從孔生胸前抽出那把刀，低聲嘶啞道：

「不殺他們我對不起朱家啊！」

就把那血刀從手裡旋著扔出去，只見那刀月光一樣從王進士父子的脖前皮肉上劃一下，他們的脖子都有了書皮厚的刀口兒，血像水樣擠著流出來，而那劃過又飛走了的刀，在半空又飛出一個弧，閃電一樣掉過頭，朝著香奴自己飛過來。香奴沒有閃，而是用身子迎了那把刀，那刀就扎在她自己的胸口了。然後她在那屋裡怔著站一會，又慢慢無力地癱下去。最後倒下時，她伸手拉著孔生血泊裡的手，像她要讓他把她帶走樣，就在天亮之前離開人世去追孔生了。

屋裡留下的血氣是一片鮮花正開時的香味兒。

九、地府一家人

一整個盛夏過去了，皇上要從熱河草原回到宮廷了。準備完所有返都事務後，皇上想起這些時日聽了圓夢人幾個狐故事，像酷熱裡喝了涼茶般，覺得走前該要和他見一面。且昨夜在夢裡，皇上竟還夢到了圓夢師。在夢裡他對圓夢師有意無意說：「你的狐都死去了，你還活著幹啥呀。」想著這句奇怪模糊的話，皇上讓侍衛為圓夢師家再次送了白銀八十兩。

侍衛去後很快就回了。

回來稟告皇上說，圓夢師昨夜自殺了，死前他對他的家人、情人說，他不能不離開這個世界和家人了，因為他在夢中親眼看著每天都在他夢中出現的那一家書生和狐人，都一個個地離他而去了，而且皇上也在夢中令他死了去。所以死去是他唯一活著的路，是他唯一可以和夢一起長生不老的法兒了。

皇上不言不語站在那，過一會問了圓夢師死的準確時辰後，知道那時辰正是他在夢中令他死的那時辰，於是盯著侍衛的臉，又默了半晌自語道：「這圓夢師所有的現實都是夢，而朕我所有的夢境都是真的現實。」然後皇上又問圓夢師最後還和他的家人說了什麼話，侍衛便說了圓夢師最後給他的家人、親人說的是那家朱姓狐族在地府的生生和死死。

在地府如果有人壽不到，或因為某一季節死亡者眾，閻王忙不過來登記造冊時，會讓那死過的人先在地府門外的山野、河邊等一等，並不慌著派閻羅把他們領進地府的大門趕到地獄去。地府門外的山野、河邊非人間，可也不是地獄的煎熬和火煉。這兒是人世和地獄之間的一層兒，像從甲地到乙地去的一處荒寒驛站樣。朱舉人一家被王進士父子活活燒死後，閻羅去領他們入進地府時，看到了一棵老樹旁的一個墓洞兒，被倒滿了煉油點燒著，整個墓洞都被燒焦了，宛若一座鄉村的磚瓦燒窯樣。

那時候，閻羅在那洞口驚著了，才知道人世倘是狠起來，比地獄裡的刑罰酷惡許多。也緣於舉人一家雖為狐族非人類，又確真在人世無惡行，且還不停地採藥給周邊村民看病和診療，閻羅便向閻王說了一些朱家人的好，建議讓這戶人家先在地府門外的山野等些日子再真正進入死亡冊。閻王翻了他手裡的人壽冊，見這戶人家還有三人隨後也要到這邊，也就點頭答應了。

因此舉人、公子、阿松、嬰寧和老家僕，一家五口被帶到了地府外面不遠處的一片山野荒崗上。那兒沒有樹木和河湖，沒有白天和夜晚，也沒有日光和月亮，時間如同一團灰濛濛的糨糊般，可以拉得長一點，也可以團捏得更方更圓些。地府外到處都是鵝卵石和燒焦後的黑土和紅土。那紅土邊的一片砂石上，豎有兩間草屋子，他們一家就被領帶到那兒暫住暫等著。

閻羅走了不久嬌娜就來了，一家人見面免不了驚喜和痛哭。問嬌娜怎麼在這兒，嬌娜說她死後，閻羅讓她在一條乾涸得沒一滴水的河邊等著家裡人，沒想到真就在這兒等到家人了。又一陣的抱頭痛哭和告慰，問些生的長短和死後方圓間的事，就在這草屋荒崗上，等著母親和香奴，後來母親就來了。再後來孔生和香奴也都趕到了。好像只在這兒等了一會兒，又好像在這荒崗等了整十年。那個領帶過他們的閻羅帶著孔生、香奴出現在門口後，一邊說你們全家人都已經到齊了，該要一同到地府閻王那兒報到了，又一邊取出一頁通生帖，遞給朱舉人，說閻王從來公正無私、抑惡揚善，發現你們一家老少，加上老家僕和小香奴，除了懶散地享受人世間的好，沒有惡行和邪念，且孔生的陽壽還有二十年，是為了救自家的仇人反而提前到了這邊兒，所以閻王允許你們家裡有一人重返人世間，再享受人世的生活五十年，加上孔生提前省去的二十年，這個人可以回到人世再活七十年。最重要的不僅是這人可以重返人世七十年，而是這七十年，除了不可以選擇投胎到皇帝家裡去——誰投胎到京城宮裡去，做公主或太子，那是要玉帝才能決定的——重返陽世的人，是想投胎到北方人世的大臣、宰相家，還是到到南方水鄉的大商、大儒家，都由你們自家決定和選擇。

說完那個閻羅匆匆朝向別處走去了，那能決定自己輪迴人生的通生帖，他手裡拿了十幾個，每一個都是右上一角折起來。沒人明白那折起來的右角是啥意思。就都看著那長相怪異、走路飛快的閻羅走著和飛一樣，腳下帶起了許多塵土和沙粒。之後全家人都望著站在門口的孔生和香奴，誰也沒想到，一家人會在這兒重逢見上面。所有人的臉上都是驚愕和喜悅，都是笑著含著淚。阿松看到丈夫時，先是木呆在屋裡邊，後來被母親把她朝前推一把，她過去抱住丈夫孔生便又哭又笑如中邪痴傻樣，末了還怪罪孔生還有生壽二十年，怎麼就一時糊塗丟下人世過來了。孔生流淚笑著說：「不到這邊我怎麼見到你們啊！」說著過去拉起一旁嬌娜的手，放在自己的鼻下聞香味，嬌娜又一下把姐夫的手笑著打到一邊去。嬰寧看著在一邊歡笑時，孔生過去用指頭在她額門上狠狠點著搗一下：「都怪你惹出一連串的禍！」嬰寧便顯出「命中注定與我何相干」的委屈來。老家僕趕快去給大家沏茶去。香奴到朱舉人面前愧疚地說，那王進士一家還好好活著哪，都怪姐夫攔了她，使她沒有復上仇。朱舉人便說不是你沒復上仇，是人家壽限不到只能這樣兒。這時候，女主人含淚摸著香奴的臉，說一年前的人間磨難多虧香奴的照顧和辛勞。香奴便拉起女主人的衣袖看她胳膊上燒傷的疤，女主人也撩起整個的衣服給她看，見到所有的傷疤都沒了，皮膚依然光潔白嫩如玉般，也就如孩子一樣笑起來。

屋子裡地方小，裝不下的熱鬧朝著門外漫散著。

朱公子一直站在全家人的身後邊，反倒像一個女兒那樣靦腆地喜著不說話。孔生去和他把手時，他故意用手指在孔生的手心摳一下，孔生笑著用拳頭在他胸口輕輕捶了捶。這時候老家僕把沏茶端上了，說大家活著時，都活在南方水鄉裡，死後都被安頓在這沒有水的山野上，茶不好喝請都委屈些。

喝了茶，敘了陰陽兩隔間的舊事情，想起閻羅說的可以有一人重返陽世七十年的事，朱舉人便拿起那封通生帖，見是一種用羊皮和絹綢黏壓貼在一起的羊皮綢，右上角的折捲處，任你怎樣展撫都是疊捲著，你展平那個角，它又自動捲回來。綢帖上寫著「通生」兩個字。這字的下面是空白，要你自己去填寫通生人的姓名和願望。寫上後閻羅會到閻王那兒去簽字，之後他就拿上通生帖，領著通生人，帶你返世投胎到你滿意的人家裡。一家人如同中了彩，輪流地傳看那封通生帖，最後不知是誰問了句：

「由誰重新投胎返陽呢？」

全家人忽然怔住了，這才想到中彩雖然好，可那彩票只能交給一個人，那麼是誰才有資格擁有這返陽的重生彩票呢？就都互相看，每個人的眼裡都是困頓迷惑的光。屋子裡的時間是黏稠不動的，空氣像一根根的絲麻線，一家人喘著粗氣你看我，我又看看你，彼此誰也不說話，像家裡宅府被燒前煙火圍困那一刻。這時候，女主人把目光落到丈夫臉上去，兒女們也都把目光落到父親臉上去，如大家都渴求父親說出讓誰返陽重生的話。朱舉人就望著兒女們，拿著那封通生貼，最後把目光落到妻子臉上去，讓妻子說出該讓誰返陽重生的話。沒想到妻子這時把乾澀的嗓子咳一下，望著全家眾人說，我們一家能在人世這些年，都緣於你們的父親放棄了進士為官和我在一起，死後又同我受難修行二十年，也才有了後面我們全家幾十年的人世與人生，所以還是把這返陽七十年的人生還給你們父親好。全家人也就都覺得，還是讓父親重回人世為進士，做官做到京城官府裡，也才不冤枉地府這慷慨，讓一家人有一返陽之機緣，並有一次重新擇選人生的好緣遇。就都同意了，都說父親你返陽吧，返回去下輩子做官一定做至宰相或者二品和三品，不能低於那個王進士。父親想了一會兒，說讓我返陽好，但我有一個條件地府得答應。大家問啥條件？父親說，就是讓我把你們的母親重新帶到陽世裡，也再和我成為夫妻才可以。

一家人都把目光落到那只允許一人返陽的通生帖子上。

又都不再說話了，讓時間變得有物有形著，重得和鐵坨一模樣。過了一會兒，父親把目光落到了孔生臉上去。大家也都把目光落到孔生臉上去，加之那七十年裡本就還有孔生未盡的二十年，於是大家說，還是孔生你返吧，你返了就不是投胎輪迴了，而是你自己重又活回去，正好可以照顧新生的嬰兒和老人。於是孔生也學著朱舉人的樣：「我是想重新活回去，可我走了能把阿松帶走嗎？」阿松說：「帶不走我你能養活你的兒子和母親呀。」孔生也就瞪著眼：「我兒子和母親，王子服一定會比我照顧得還要好。」就都又說讓嬌娜回去吧，嬌娜在人世一場還沒真正有過相好哪。嬌娜就說道：「我不回，我沒有牽掛我返回幹啥啊。」又都望著一邊不說話的公子看。朱公子竟然大大方方道：「到那邊我是喜戀同性的人，可我去哪找那同性喜戀啊！」又都把目光落到嬰寧臉上去，嬰寧卻把目光落到別處去：「我人這麼傻，回去萬一遇上一個不喜我的男人咋辦啊！」

也就這樣兒，大家反倒為只有一個回去誰也不回了，開始推讓了。後來都說那就讓香奴回去吧，香奴說我回去要重新成為俠女去殺王家你們讓不讓？又都說既然這樣兒，還是請老家僕返陽吧，家僕為大家燒了一輩子飯，回去可以做個一輩子都有人為自己燒飯的人。老家僕便把頭一扭，「那是讓你們家的人返陽重生的，我又不是你們家的人。」

事情有些難著了，情勢如一桌飯菜不夠時，人人都放下筷子不吃那最後一碟一碗的飯菜了，都說自己早就吃飽了。然畢竟，是返陽重活七十年的事，畢竟是可以自己選擇輪迴投胎到哪兒哪一家的事，榮華富貴，權勢奢侈，一揚手就有幾個侍奉的下人跪過來，噓寒問暖，前呼後擁，那種日子可以相隨七十年，當然不能這麼廢了這一返陽的恩澤和機緣。最後朱舉人也就橫心決定了，既然只能有一人返回陽世去，那就將他和孔生等，有過人生婚嫁美滿生活的四人排在外，餘下的公子、嬌娜、嬰寧、香奴和一生未結婚成家的老家僕，五個人全都蒙著眼，分開站成一圈兒，他把這通生帖揚在半空中，由它落到誰的身上誰返去，如果誰的身上也沒落到，那就五個人都在地上蒙眼摸，誰摸到誰就返回人世好好再活七十年，好好享受人世的歡樂和恩愛。

也都覺得這個主意好。

屋裡地方小，人多圍不成圈，便到草屋外的焦土上。門口也正有半個打麥場似的平整地，地面燒焦似的褐土和紅沙，在非白天也非黑夜的模糊光亮中，顯出深沉濃重的赤色來，像赤狐在黃昏時的背光樣。大家對這光色都熟悉，在這光色裡，誰都能看清沙與沙間的隙縫在哪兒。五個人便出門圍成一圈兒，眼睛都用布帶和絹紗緊緊勒起來。父親拿著那封通生帖，站在人群正中間，妻子、孔生和阿松，站在人圍外邊盯著裡邊的人。誰的臉上都是期盼和不安。誰的耳朵都在細細捕捉著聲息和響動。說到底，誰接到了那封通生帖，誰就可以重回人間七十年，接不到就要在明天午時跟著閻羅到地府。而地府等待他們的，是為畜為鬼還是因為什麼入煉獄，沒人可有把握。人都聞到門口地上那燒焦的沙土碎石的味道了，且那味裡還有一種人在煉獄被燒後的骨質灰土味。也許門口的這種山峁和沙土，正是煉獄中被焚燒後的焦土不能用了才被運出地府堆撒在這兒，年深月久後，這兒就成一峁一片的乾焦之地了。這時朱舉人站到人圈中一塊焦石上，讓孔生去檢查大家的眼布和蒙帶，覺得都蒙結實了，誰也看不見通生帖會拋在哪兒、落在哪兒了——「聽天由命吧！」他這樣喚一句，用力把那羊皮綢帖朝著空中拋出去。

那綢帖一離開朱舉人的手，神奇得有如一股旋風吹著樣，翻著身子朝向高處飛，在半口兜著飄著浮了大半天，才開始朝著低處旋著身子落下。綢帖下的五個人，誰都看不見，卻都仰著脖子朝著半空瞅，又豎著耳朵聽。原先他們為狐時，在荒野有片落葉響一下，他們的耳裡就有嗡嗡嗡的風。可現在，兩個巴掌大的綢帖從空中落下來，竟連一絲聲音都沒有。明明那綢帖已經由高到低飄過他們眼前了，可他們五個人，都還把頭仰在半空中。

時間和呼吸一樣急促促地響著跑過去。

那片紅沙焦土上，卻靜得讓他們的呼吸如同拉鋸般。那個手掌似的通生帖，終於無聲無息地落在了他們最中間，如樹葉落在樹葉裡，沙粒落在焦土上，那和焦土差不多的綢黃帖子便混沒在了焦灰焦塵裡。他們都還看著天。都還豎著耳朵聽。這時嬰寧有些等急了，她跺了一下腳：「家父啊，你到底扔沒有？」朱舉人也就對著大家說：「落下了，你們都摸吧。」

五個人便都蹲下身子從自己腳邊開始摸起來。每個人的雙手都在地上爬著摸著找尋著，慢慢地移著腳步朝前挪，生怕漏過一點焦土也漏了那綢帖。他們圍成的圈子越發小起來。先是蹲在地上摸，後來又都跪著趴在地上摸。通生帖在他們中間那塊高石前，靜臥著一動不動等著誰。朱舉人夫婦和孔生與阿松，看著他們五人十手離那綢帖愈來愈近時，彼此的呼吸都頓住了。阿松還緊張得把手捂到嘴上去。為母的不知緣何臉色成了緊白色。彷彿他們五個能看見那封信就在人群中間的一塊石下邊，都方向一致地朝那塊石頭爬著圍過去。圍圈愈來愈小了。大家離那綢帖愈來愈近了。嬰寧似乎在地上摸得沒有那麼細，她爬得比人快一點，離那帖只有二尺遠，只要手朝前一伸就能抓到通生帖。可這時，香奴不知怎麼也爬快了，她們的肩膀忽然撞在一塊兒，彼此用手去摸了一下對方的臉，又都一怔不朝前摸了，又轉身朝左朝右摸過去。

通生帖如界碑一樣躺在原地上。

母親捂著嘴的嘆息如一條被風抽走的細線樣。

公子、嬌娜和老僕人，他們從另外的三個方向到那帖的近前了，明明公子的手離那綢帖只有幾寸遠，只要往前再一點，伸手就人命天定地摸到了，可這時，嬌娜在他身後摸到了他腳上，他便一扭身，回頭摸了摸嬌娜的手，兩個人都又轉頭朝著綢帖更遠的地方摸過去。

阿松在外面急得跺腳轉身子。

朱舉人一直都把目光盯在綢帖上，看到公子快到綢帖邊上時，他把呼吸提起來，看到公子又轉身離開時，他微微長長呼出一口氣。五個人這時已經摸亂了，綢帖在那石頭邊，他們卻朝離石頭更遠的地方摸過去。好在愈來愈遠的嬰寧不知摸著什麼了，忽然又掉回頭來摸。嬌娜摸著摸著撞著了香奴頭，兩個人這才又都轉身朝著離綢帖近的方向去。嬰寧摸到了嬌娜身子上，也又跟著嬌娜轉身朝著帖的方向來。似乎都意識到各自離帖更遠了，於是又都轉身朝綢帖摸找著。明明有人一伸手，就抓到了那封通生帖，就可以回到陽間榮華七十年，可偏偏手又從那帖邊滑過去。那綢帖如一個漩渦的中心樣，都在圍著中心轉，可卻沒有一滴水落在中心上。近了又遠了，遠了又近了。明明一片手都在帖邊上，那些手卻又都從帖邊過去了。閻王是在的，可人見的都是閻羅和小鬼。神明是在的，可你碰到的，都是去找神明的人。老家僕是唯一離那帖遠的人，可尾末，在時間過去有兩個時辰後，他摸著爬著間，一頭撞在了朱舉人站過的那塊石頭上。這一撞，不知發生了什麼事，他突然站起來，像能看到樣，怔一會朝前上一步，又蹲下身子摸，於是他成了離那綢帖最近最近的一個人。睜著眼的孔生和阿松，這時臉上都緊張的有汗冒出來。他們看見老僕人離那綢帖只還有一寸遠，只要右手往左一點兒，那封通生帖，就歸僕人了。女主人這時也看看朱舉人的臉，不知是希望老僕人趕快摸到那綢帖，還是不希望僕人摸到那綢帖。

朱舉人一直盯著老僕人的手。

老僕人的手三次都從那帖上過去又朝別處摸。這時朱公子從老僕人對面摸過來。如果公子不摸過來就好了，可他摸來了。他的頭撞在了老僕人的身子上。這一撞，老僕人把身子往回扭。這一扭，他的左手趴著落地時，終於祈天禱地地落在了通生帖子上。如雷擊一模樣，老僕人忽然僵著跪在那，把那綢帖抓在手裡邊。

舉人、孔生、阿松和母親，四個人誰都不再呼吸了。都在等著老僕人驚呼一聲「我摸到了！」可這時，老人卻抓住那帖跪在原地上，把帖子和手都捂在胸口前，有燭長的時間完全如他身邊的焦石一樣不動著。

其他的人都還在地上摸爬著，還彼此嘟囔說著什麼話。

老僕人聽聽他們說的話，終於從地上站將起來了。他要喚說什麼了。且一手拿著帖，一手去眼上要把眼帶扯開來，可就在一星塵的時間裡，他的手在眼帶上僵一下，忽然又把那帖朝著空中拋出去，自己又爬在地上摸起來，像剛才什麼也沒發生樣，且還大聲地問著朱舉人，你到底把綢帖扔到哪兒了？到底把綢帖扔在哪兒了？然後任憑那帖又落在他腿上，他也毫無知覺似地朝著別外摸爬著。這時那綢帖從他腿上落到香奴身邊了。香奴似乎聽到了綢帖落地的響聲樣，她也身子僵一下，順著那聲音朝前爬兩步，手在焦土沙灰中摸著抓爬著，待指尖轟隆一響碰到那帖子時，她身子震一下，右手彈起來，接著又如搶一樣，猛地伸手抓住那綢帖，快速立起來，同時撕著眼上的布，起腳莫名地朝著前面跑，跑了幾步後，地上有塊石頭絆了她一下，彷彿讓她一下從夢中醒了來，忽然收住腳，慢慢轉過身，看見朱家其他人，都還在摸著爬著時，她朝大家望了望，臉上凝著先喜後憂那一瞬間的情緒和毅然，輕輕地朝前走幾步，把那綢帖輕輕放在了嬌娜手邊上。

嬌娜摸到了那綢帖，也還碰到了香奴的手。她扯掉眼布睜開來，看著香奴眼裡有了淚。香奴這時只是苦笑著，過去坐在地上和她抱在一塊兒。接下嬰寧也摸爬過來了，她雙手滿灰渣地摸到了嬌娜身子上，又摸到香奴身子上，知道她們都坐著不摸了，就也和她們一樣坐下來，把蒙眼的遮布扯開來，一下看到那綢帖就在自己衣服下。

朱公子摸著近過來。

嬰寧默笑著把那綢帖朝哥哥面前丟過去。

那綢帖打在公子胸前邊，又飄轉一下落在他面前。公子突然直起身子呆一會，也把眼上的蒙布扯下來。他看看地上那綢帖，看看面前的二妹、三妹和香奴，再把目光扭到邊上去，見老家僕不知什麼時候都扯去眼布不摸了，正和父母們站在一塊兒，看著他們兄妹和香奴，像看著他的孩子們。公子彎腰拾起那帖子，上前兩步朝二妹、三妹和香奴走過去。她們也都從地上站將起來了，望著哥哥臉上掛著笑。朱公子過去遞著那帖給嬌娜、嬰寧和香奴，她們誰也不接，都朝父母和孔生、阿松走過去。這期間，時辰應該是陽世間的黃昏到來前，而這兒的黃昏前後沒落日，只是原來黃亮模糊的光色裡，有了更厚一些的暗紅和濁黃，如一池水中湧注了一股泥漿樣。遠處的小路上，正有閻羅領著亡人朝著地府門前去。閻羅好像到家了，不自覺地腳步快起來，而那亡人卻好奇地朝著四處看，發現閻羅把自己落下後，怕被丟下一樣又往前追著。

他們的腳步秋風落葉一模樣。

這邊的大家都在拍打著手上、身上的灰，聲音如流水拍在岸上樣。兩間草屋碼頭一般豎在那。打麥場似的一片焦渣地，湖水般靜在大家周圍間。所有的人都如經過泅游上了岸，有一種終於渡爬之後的輕鬆和舒展。嬌娜、嬰寧、香奴朝著大家走過來，大家見了如久別重逢樣抱了抱。公子走來了，大家又都望著他。他徑直走到父親面前去，把那通生帖遞給父親說：

「一家人要生生一起，要入地獄就都一起入地獄。」

父親也很平靜地接了那綢帖。也就這當兒，都聽到了身後不慌不急的腳步聲。那個腰上總繫著黃皮帳冊的閻羅過來了，他是如時來登記朱家由誰返陽的，看要返到哪個州省郡縣和誰家。彷彿剛才大家摸爬找尋通生帖的場景他都看到了，或早有所料樣。閻王過來後，大家轉過身，彼此望一望，朱舉人把那綢帖還給他。他瞟了一眼後，望著年齡最長的老家僕：

「你怎麼不願返陽呢？」

老家僕望著閻羅腰上的帳冊道，我就實說吧，我的前世其實是頭豬，在一棵老柳樹下拱地時，是女主人和舉人把我帶到人世幾十年。我由豬而人了幾十年，怎麼能再把分給主人家的唯一一個通生帖拿在我手裡。閻羅又問香奴為什麼不願再回人間七十年，香奴說我的前世是松鼠，父母不在了，遇到舉人一家我才有了家，我除了和大家在一起，別的哪兒也不去，就是下油鍋把我炸了我也要和大夥在一起。又問別的朱家人，也都說生要在一起，死要在一起，求閻羅到地府見了閻王說一聲，誰在人世有罪了，那人該受什麼刑罪就讓大家都受什麼刑罪去，哪怕所受的刑罪是刀山火海和油煎水煮的最酷刑，只要不把一家人分開就行了。

這時候，閻羅驚著立在大家面前說：

「你們都是這樣想的嗎？」

眾人點了頭。

閻羅接著道：

「七十年人間的榮華和富貴，不要了我就送給別的亡靈了。」

眾人又都點了頭。

有感於這是地府第一次有亡人不要七十年陽壽的上等通生貼，閻王緣此而感慨，最後不僅沒有讓朱舉人一家九口在地獄苦受任何的煎熬和罪罰，而且就在他們到閻王面前報到消名時，閻王在左手邊的名冊上除了他們的名，轉手又在右手的名冊上寫了九個名字劃了九個蝴蝶符，之後閻羅又到人世帶人時，也把他們帶出地府回到了人世間，讓他們一家九口都轉世成了蝴蝶群，成了人世通體燦黃、翅膀上有七個月牙紅斑的麝鳳蝶，和周身漆黑的美鳳蝶與碧鳳蝶。

補記——

某一天，讀者若能到耙耬山脈去，春天來臨時，花海如濤地蕩在山脈上，你就能看到各種各樣、一股一股的蝶群中，總有一群蝴蝶你只要見到就一定是九隻。九隻中有三隻麝鳳蝶、三隻美鳳蝶和三隻碧鳳蝶。只要牠們從你身邊飛過去，就有時濃時淡的麝香味和蘭花、桂花味。這也就是我們那兒傳說的朱舉人和他的妻子、子女、香奴、老僕等一家九口了。

又——

今天承德避暑山莊最早有康熙恩准建造的溥仁寺和溥善寺，二寺八十八扇窗中所有面南的二十二扇窗，都大於其他三向的六十六扇窗，也正是因為這些面南的窗子都對著南方天台縣。二寺的方位正和浙江天台的劉阮神山在同一地脈線軸上，推開窗子就能看到浙江天台縣和縣北城郊的神峰山。傳說溥仁和溥善二寺建成後，康熙每來避暑就會推開窗子面南望，望著有時會在臉上露出一絲啞然失笑的咯咯嘿嘿來，有時又會一臉沉默、一臉失落的樣，可沒人知道他為什麼會啞然失笑又一臉黯淡默然著。

叁

康蒲故事

十、康蒲故事

康熙四十九年，帝五十六歲聖壽後，沒有了邊疆之亂等大事情，也少有朝廷爭鬥的小事情，所有的朝臣之進言，都是平安富足、和諧安好，有時帝想聽到一些朝內的爭吵和京都的不安都很難。民族的變亂少有了，女人、狩獵、出遊也都厭煩了。往日想到宋時的宋徽宗，一國之君，竟可以通過地道去會名妓李師師，簡直荒唐到要把野菜當貢菜。可現在康熙忽然覺得可以理解那個皇帝了。青磚碧瓦、金脊檐角，出城是轔轔車隊，回城是唯唯諾諾，狩獵時以為一箭射中了鷹或豹，可後來知道那鷹豹是朝臣們在前一天都擺吊在林木和天空中間的，實在是可笑乏味到，猶如一杯好水泡了陳茶樣。入夜倒是換了新宮女，可脫下衣服後，一全又都是黑瀑的秀髮和豐潤光潔的玉身子，都是瑩眼櫻口和一身宮裡才有的桂油香，前胸後背連一個疤痕、黑痣都沒有，單調如滿眼碧天沒有一絲雲。在龍榻，她們每個都是一堆活屍肉，你叫她怎樣她怎樣，不叫她怎樣她便異想不來要怎樣。有一次，宮裡又選來一些新的玉女來，江南女子本來甚好著，肉身秀麗，眉眼動人，讓人想到她故鄉雷峰塔下壓了五百年的白蛇和青蛇。然在讓她把衣服褪下後，帝希望躺在龍榻上，歇著自己的身子讓她坐在帝的身上行那男女的事，可大帝這樣說了後，杭女的眼睛竟驚得鈴鐺樣，額門上嚇出了一層汗。

帝在那少女的臀上拍了拍：「來——你到朕的上邊來。」說著皇上從她身上下來仰躺在了龍床上，可沒想到這已年滿十六的她，會赤裸著身子在床上跪下來。

「皇上，你是讓民女去死嗎？」

「朕讓你到上邊你就到上邊，」皇上說，「男歡女樂你要聽朕的。」

少女便跪在床榻把頭磕得如搗蒜般：

「民女有哪兒侍奉不到皇上了，請皇上原諒我，民女哪敢坐在皇上的身子上。」

「你是初夜你不懂，朕讓你到上邊你就到上邊。」

「民女不敢，民女連這樣想都不敢想。」少女便把額門在床上磕得嘭嘭響，嘴唇哆嗦得成了紫青色，額門上的汗如同水澆般，且磕頭說著時，還忽然在龍榻上嚇得昏厥過去了，害得皇上要赤裸著龍身用手去拍床板，讓人趕快把她抬到寢宮外的門口讓太醫來掐人中。三宮六院，粉黛三千，竟沒有一個嬪妃可以大膽如春宮冊中畫的樣，皇帝坐在椅子上，她就坐到皇帝大腿上；皇帝躺在床鋪上，她就挺直身子坐在皇帝身子上。那些床上的事，竟然沒有一個女子身上帶有狐妖鬼惡的野味兒。

邊關無戰、內陸無患、朝臣無爭、後宮無鬥，夜睡時是一模一樣的美女子，起床後是萬變不離其宗的宮食和味道。乾清宮外的柳和槐，該綠時綠，該枯時枯；慈寧宮門前磚縫間的草，你說怎麼有草了，第二天就有人拔得一根不剩，使殿前曠得如同蒙族那邊的沙野樣。如你覺得哪塊磚地太寥太空了，說句什麼話，第二或者第三天，磚縫的縫隙裡，就種下了小菊和紅花，一場雨後的磚縫間，便又長出一片網格狀的小黃花和小紅花。

很想有一次自己下旨讓這樣，臣們偏就不這樣，惹得他如當年自己怒鎮鼇拜、平定三藩樣地拍桌子，把茶碗甩在朝桌下。很想端起杯子喝口茶，結果茶師忘放茶葉了，或放錯茶葉了，惹得自己瞪起眼，不得不輕聲說一句：「把茶師叫過來！」茶師就慌慌過來跪著求饒著，結果自己卻對茶師說，「味道到底不再一樣了，下次還這樣。」很想在龍榻上碰到一個妖女來，朕自己的龍袍還未脫下來，那女子就急慌慌地把朕當成一個嫖客推翻在床鋪上，不管三七二十一地撲到朕的身上去，劈里啪啦做起男女間的事。

可是總沒有。

沒有和不會發生的，讓皇帝想得血都癢起來，總想伸手從自己骨髓裡抓出一把東西揉揉甩到哪，可誰又有能力從自己脈管抓出那把東西呢。日子明透如從外國進貢來的洋玻璃，除了平透餘其什麼都沒有。這年的五月康熙又覺得人生無味了，會常常懶得吃飯，懶得說話，懶得看誰一眼睛。明明是自己讓宮廚燒了蜂蜜蓮子木耳湯，自己又端起湯碗忽然豁倒在地上。明明是自己讓哪個宮妃夜到乾清宮，可妃子寬衣解帶時，他又忽然招手讓宮妃退出去，說自己想寧靜一夜想想國家的事。說是想想天下國家的事，又半宿整宿地腦子空白著，整夜無聊到睡不著。御醫去給皇上把脈看病後，說皇上龍脈有力，氣血旺盛，一切都甚好，連身上的血流脈跳都精旺到如日剛出或風剛起，可皇上就是覺得天下太平，歲無動盪，日子太過空虛了，會常在宮裡的窗口朝著天空望半天，最後自言自語地問著身邊的朝臣公公們：

「邊疆真的沒有一點動亂嗎？」

朝臣們就都跪下來：

「皇上英明豪聖，已經把中國的四方八疆都整治得安如鐵桶了。」

皇上問：

「國內也沒旱災水災嗎？」

臣們跪著人人臉上放著光：

「吾國吾民，千年動盪不絕，到了大清開吾聖世，降吾太平，如今天下百姓，房屋寬敞，路道寬廣，豐衣足食，無慮無憂，請皇上放心靜寧，安享聖明大世之好！」

帝便望著窗外不言不語了，把目光蕩在一絲遊雲上，看了半天吸上一口氣，又慢慢微微吐出來，跟著是一無來由的長嘆聲，如萬里無雲的陽光後，被皇上捕捉到了天翻地覆的雷雨樣。這時候，所有的下臣和太監，就都看到皇上因為盛世太平反而無聊了，如大將軍在和平歲月無所事事樣，於是有人建議皇上到紫禁城外走一走，近至郊遊去狩獵，遠至泰山或嵩山，拜佛敬香散散心。有人建議皇上索性把江南的戲班調進宮裡來，聽聽南方戲的軟腔和北方戲的吼音有何不一樣。還有人建議說，如果皇上覺得遠水不解近渴了，可以微服私訪，再到京城街巷裡，看看胡同裡的鬥雞和促織。這時皇上從窗口轉過身，看著那讓他看鬥雞、促織的太監的臉，既無不悅，又無笑意，一臉都是水洗過的木板色，只是眼角上有一絲什麼跳動在掛著。也就這一刻，這一絲跳動被濟仁公公瞄到了，公公便躬身上前進一步，說自己老家山東淄川有位叫蒲松齡的人，少年聰穎，滿腹狐鬼，後來應試接連考取縣、府、道的三個第一名，之後科舉，卻數考數落，傷了元心，於是遊走民間，收集寫作狐鬼故事，並將故事抄講給百姓和書生，在齊地及中原，甚為傳播和揚名，有的故事不脛而走，還會傳到蒙地和藏區。如果皇上好奇這故事，倒不妨讓這個蒲生據吾皇之志趣，每天都給皇上寫一至二則狐鬼故事來，閒暇閱讀，解悶取樂，說不定也是一番趣事和雅致，既打發了日子和時辰，又從那故事中體會了百姓和民情。

皇上把目光落在濟仁公公身上去，想起自己登基前，年幼尚小，公公作為自己的伴陪曾帶著自己在紫禁城的花園裡跑來跑去，跑累了就坐在花園的青石條凳上，給自己講那些狐狸變仙、鬼回人間的奇故事；想起十年前，他在熱河上營相遇的圓夢人和圓夢人的狐故事，於是望著年長自己三歲的公公問：

「是狐到人間、魂鬼返鄉的故事嗎？」

濟仁道：

「那蒲生只要不讓他講人生世間的實在事，離開人世他什麼故事都能講。」

皇上問：

「相比熱河圓夢人的狐故事，他們誰的故事好？」

濟仁道：

「那圓夢人是這蒲生的叔伯弟，經商從山東到了草原留在那兒做了圓夢人。他的故事都是他這個堂哥的。」

皇帝一怔問：

「先帝在時你給朕講的狐鬼故事也是從他這兒聽到的？」

濟仁公公點了頭。

「那就把這蒲生請到宮裡來，每天給朕講幾個狐鬼故事吧。」

皇帝說著嘴角起了笑意，臉上顯出了紅潤開朗的光。這是他許久以來臉上露出的第一抹笑，如成年累月的霾天突然露出來的晨曦樣。然在御臣和公公都心裡舒了一口長氣時，濟仁又跪著朝前上一步，說吾皇在上，實不可瞞，那蒲生松齡是自家的一門表親戚，是自己姑姑家的二兒子，人雖才華橫溢，詩文雄佳，但生性古怪，又長相醜陋，個頭高武，卻滿臉麻子，實在看上去有辱這宮裡的樓閣和玉人，倒不如把他請到京城來，讓他住在宮外邊，每天給皇上寫完故事把故事送進宮，皇上有閒了自己看，沒閒心了也可以讓臣們誦給皇上聽。濟仁公公說完後，皇上略略閉著眼睛想一會，忽然昂頭望著哪——「一騎紅塵妃子笑，無人知是荔枝來。」吟了詩後皇上接著道：「楊貴妃能千里吃荔枝，那就讓朕來千里聽故事吧。」如此便吩咐濟仁根據皇上的情緒和喜好，命那蒲生在山東老家為皇上編寫鬼狐故事集，一天一則，或三天兩則，可長可短，要奇巧輕鬆，雅致有味，寫在紙上，裝訂成冊，再由每天從京城趕到淄川的軍馬兵士們，將故事封入御袋，連夜換馬返回，快馬厲鞭，到宮內再由濟仁親手將御袋呈送給皇上，使皇上每天無聊時，都有一則兩則奇巧輕鬆的故事看，使得皇上自一七一七年的五月始，有了一整年的輕鬆故事日，這也就是史家與民間傳說的「康蒲故事」了，很有些貴妃千里品荔的意趣和隱含。

十一、鴝鵒——康蒲故事之一

鴝鵒的俗稱為八哥。中原有個養八哥的人，和他的八哥感情好到如兄弟或父子。因為人到中年還沒考上秀才很傷心，就到山西沁陽散心訪友，回時路上把盤纏行李弄丟了，離家路途遠，食宿無著落，主人愁起來，不知如何是好了，這時八哥對他開口道：「你把我賣了吧。」主人說：「我怎麼忍心賣你呀。」八哥說：「我又不是人，到底只是一隻鳥。你把我賣到王府去，你回家就有盤纏了。」主人便盯著八哥的臉和眼，自己的臉上露出感傷來：「你雖是隻鳥，可我自小無父無母，無家無室，你其實就是我的兄弟兒女呀。」

八哥的眼圈濕潤了。

主人這時把八哥輕輕抱在懷裡邊。

過了一會兒，八哥從他懷裡跳出飛到他的肩膀上：「既然你把我當成人，那我就真的和人一樣吧。」然後把頭勾著去自己胸前理理毛，像去心裡掏出一樣東西捧著道：「如此我去借些錢，你拿了錢到城西二十里的大柳樹下等著我。」說完還又爬到主人的耳朵眼裡嘀咕一陣子，教了主人一些話，主人就將八哥帶到沁陽城內的十字街。十字街那兒有戶大院子，是從山東濟南府的那邊因為什麼遷到這兒退隱的老王爺的家。那時王爺的家門口，正在演著皮影戲，門前街心圍了很多人。他們到那兒，主人就問一個看戲的人，「演的什麼戲？」八哥搭腔也問道：「演的什麼戲？」看戲的人說：「龍虎鬥。」八哥也說：「龍虎鬥。」主人便有些生氣地吼：

「你學什麼嘴！」

八哥也跟著大聲吼：

「你學什麼嘴！」

看皮影戲的人都圍過來，看這八哥和牠主人吵架鬥嘴兒，主人說一句，牠也說一句，主人大聲牠大聲，主人小聲牠小聲，如鄉野學堂的先生和學生。最後主人徹底氣怒了，撕著嗓子大聲吼：「你再和我鬥嘴我就殺了你！」八哥也撕著嗓子回話道：「我就是死了也不想和你在一起！」主人說：「我真的要把你摔死啊！」八哥便在籠裡撲稜著翅膀將頭撞在籠條上：「有能耐你讓我出去把我摔死吧！」主人果真把鳥籠打開來，一把抓住八哥舉在半空要朝地上摔，這時從人群走出一個穿冠服的王爺來——皮影戲是他為他孫子生日點的戲，擺在門口也順便讓城裡百姓看一看。戲到高潮時，八哥和牠主人的鬥嘴把他的戲給贏走了，王爺便很驚奇地盯著那八哥。他從來沒見過天下有這麼利嘴慧舌的八哥鳥，就在主人舉起八哥要將牠摔死時，王爺上前一把攔住了：

「不要摔死牠，把牠賣給我。」

主人將舉著八哥的手僵在半空裡。

那八哥掙著身子親著王爺叫：

「就給他十兩銀子吧，不要多給他。」

主人又把手從半空收回來，盯著他的八哥嘆口氣：

「我那麼盡心養了你，像先生那樣教你說話兒，你就這樣對我吃裡扒外嗎？」

八哥也嘆氣搖搖頭：

「能養我的身，你養不了我的心。」

叫說著八哥突然從牠主人的手裡掙出來，飛到王爺身後一個穿了一身綢緞的男童身子上：「進士呀！進士呀！」那三歲男童正是王爺的孫，今天是他生日王爺才請演皮影戲。八哥就這麼「進士！進士！」不停嘴地叫，於是王爺更為驚喜了。取出三十兩銀子不由分說塞到八哥主人的手裡去，接過他的鳥籠讓那八哥飛進後，立刻提著八哥回府了。

望著王爺和王爺提的八哥鳥，主人站在那兒很傷感地喚：

「你就這麼無情嗎？」

八哥就在王爺的手裡喚：

「你走吧——！你走吧——！」

人群散盡了。

主人傷心無奈地離開了。王爺喜不自勝地回到家，八哥看王爺家殿宇樓閣，一院花草，室內室外無纖塵埃灰，便又叫喚著：「到家了，吃飯了——到家了，吃飯了！」王爺很快讓廚師弄些鮮肉來，切碎放到籠裡餵了牠，然後讓夫人出來看著鳥，又朝另外一間屋子喚公子：「子服——快出來看一看。」那叫王子服的公子和母親，便都出來看這鴿鴒鳥。鳥便望著夫人叫：「宰相夫人！宰相夫人！」望著王爺家的兒子叫：「大將軍！大將軍！」又和王爺一嘴接一嘴，一愛升一愛，說了很多親熱話，問問答答，喋喋不休，每一句話都說到王爺心裡去，讓王爺喜得如要進朝見到皇上樣。當喜不自勝時，王爺忽然問：

「你安心在這嗎？」

八哥叫：

「是我家——是我家——」

王爺說：

「你還有什麼事？」

八哥道：

「要洗澡——要洗澡——！」

王爺便令家人端出金盆來，裝入清溫水，親自給八哥洗了澡。洗完後牠飛到堂庭桌子上，抖了一桌水珠兒，接著跳到門前的太陽地，理理毛又抖抖翅，飛到太陽下的一棵花樹上，張開翅膀，晒著日光，待渾身的羽毛淨乾了，王爺招手讓牠下來時，牠對王爺說：

「臣告辭了——臣告辭了！」

八哥叫著突然飛起來，在王爺家樓屋的上空盤旋一圈兒，朝著城西的方向飛過去。那時候，天空碧藍，連一絲雲汙都沒有，被俗稱八哥的鴝鵒鳥，在空中如一隻灰色鴿子樣，後來成為一個藍天上的小點兒，再後來很快無影無蹤了。王爺一家人，這時都怔在院落裡，先還不明白發生了什麼事，繼而明白過來後，派人滿城去找鴝鵒的主人在哪兒，可城裡的街巷旅店找遍了，連他的人影也沒有。

再後來，這個城裡有個看皮影戲的人，說在陝西的咸陽見到了這個鴝鵒和牠的主人在城街的一家酒館喝小酒，牠的主人喝一口，牠也隨著主人喝一口。後來又有人在金陵見到他們倆，主人在大考揭榜的人群裡看揭榜，牠落在主人的肩上看著榜單在叫著：

「快走吧——沒有你！快走吧——沒有你！」

補記——

康熙讀到這篇〈鴝鵒〉的故事時，是在龍寢邊的書房裡。那時他正在想著一年舉國大考的事，要不要在科舉中有些新變改，自己親自出題讓考生都附做一首七言詩，便有人輕悦悦進來稟報說，濟仁公公親自從山東帶著蒲松齡的第一則故事回來了，在外等著要向皇上進獻故事來。皇上想了想，從濟仁帶著差使離開宮，到返回也才剛七天，不覺也就喜起來，旨言讓公公快到陛下的書房來。濟仁便一臉喜興地躬著腰，很快從敬事房趕到帝的書房內，朝通天的書架看了看，稟說自皇上遣派自己到山東令蒲生寫故事，自己便帶了人馬，日夜兼程，用三天時間快馬加鞭地到濟南以西的淄川找到蒲松齡，令他用一天的時間寫出一篇有趣、奇異的故事來，又用三天時間快馬加鞭地把這故事封好帶到宮裡來。說著濟仁便把有封條的御袋取出來，彎腰奉上鼓囊囊的綢封袋，帝便接過那封袋，當即坐下讀起來。

讀著讀著便笑了。

因為笑還打翻了書桌上的御茶杯，及至看完了，又連說三句「太短啦、太短啦！」皇帝在看那故事時，濟仁公公緊緊提著心，待到皇帝笑著說出太短啦，公公便把高提的心放下來：「下次讓蒲生寫出長的故事來。」皇帝又抬頭瞟了濟仁一眼睛，把話潤滑潤滑轉彎道：「故事如建築，自有它的高，自有它的低，自有它的長，自有它的短。」說著愛不釋手地把那幾頁小楷正書的故事放在書桌上，站起來在書房很輕鬆地走幾步。

「明天還有嗎？」

「有。」濟仁喜著道：「已令蒲生每天都寫出一則能讓皇上輕鬆的故事來，每天都從宮內派一隊兵馬從京城出發到山東，每天都有人從山東淄川取回蒲生的故事朝著宮裡送。」

皇帝便又回到桌前把那寫在宮紙上的〈鴝鵒〉重又翻著看了看，再慢慢放回書桌上，抬頭朝書房窗外的日光瞟一眼，問了中午御膳房的食譜後，過去拍了一下濟仁的肩：

「中午賜你到御膳房裡陪朕用餐膳。」

濟仁便驚得朝著皇上跪下了。

十二、酒蟲——康蒲故事之二

長山縣劉某，自小長相可愛，身子肥碩，如年畫上的娃娃樣。因為家境好，田多肥沃，不缺吃喝，父親每天喝酒時，都會讓他喝幾口。後來父親壽終了，家裡的田地、生意全都留給他。他不在生意、田地上發力做文章，日子倒還依舊地有利有豐盈，於是更加隨性和放任，在酒上比父親有過之而無不及，早上喝，中午喝，晚上依然喝，每天一大罈酒常常不夠還要再加一小罈，於是人便越發胖起來，到夏天脫光衣服白滾滾如一渾圓大肉球，走路都如橫著般，快幾步會如哮喘病人樣。然他人雖這樣子，卻還是每天離不開酒，且怎樣喝都不曾暈醉過。如此越喝越胖，越胖家裡的田地越豐收，染房生意也越好。生意好就買更多的地，風調雨順年年倉屯不夠用，到了三十歲，他就把他家裡的五百畝地變成了三千畝，十三個染房變成了遍及周邊城鎮的三十家，連僱請的長工也從十幾變成了上百個，成了長山縣遠近聞名的豪闊大戶了。

這年近秋時，劉某因為胖，騎馬總是把馬累得走不了幾里就要歇一息，因此他開始改坐雙駕馬車到城鎮各個染店去收帳，回來到村頭立在馬車上，看著自家一望無際的玉米地，想今年家裡的糧倉又該增加了，便忍不住從馬車上倒出一些純釀喝起來。這時候，有一個來自京都潭柘寺的老和尚，法號為德清，年歲七十幾，身著舊黃老袈裟，手拿黑紅色的光亮念佛珠，從他身邊過去一直盯著他滾胖肥圓的身子看——

「你身上有病啊。」

劉某因見對方是僧人，很有禮節地從車上爬下來，朝著和尚點了一個頭。

「我身上沒有一點病。」

和尚問：

「你是不是每天都喝一罈酒，又從來沒醉過？」

劉某又點了一下頭。

那和尚：

「你是不是走路快了就哮喘，如山裡的老人在寒冬臘月呼吸困難樣？」

劉某怔著「嗯」一聲。

「這就是內患大病了。」僧人告訴劉某說，你的體內從出生就有一條酒蟲在，這酒蟲讓你愛喝酒，讓你永遠不會醉，讓你不醉卻又止不住的胖，這胖會讓你患上更嚴重的心慌、心悸症，可能過不了今年就得死。劉某聽了真的慌起來，將信將疑問該怎麼辦。和尚說，事情不難辦，你碰到我也就有救了。又問劉某每天什麼時候最愛喝，劉某說每天的黃昏到來前，那時候饞酒如愛去花柳巷的男人饞著女人樣。僧人抬頭朝天空的落日看了看，和劉某一道坐車回到村子裡，很快來到劉某家。劉某依著僧人之吩咐，請來村裡的四個年輕人，在落日泛紅時，把酒桌擺在往日他總在那喝酒的院中央，在酒桌上擺了他喝酒時最愛吃的幾樣小碟菜，再將他家深藏十餘年的上好老酒搬出來，在酒桌前擺了凳子和架木。在架木上擺了兩塊板，又在板上鋪了席。和尚讓劉某脫了衣服趴在那席上，用繩子捆了他的胳膊腿，並讓四個年輕人，分別抓住他的兩條胳膊兩條腿，由僧人親自將那封罈的老酒蓋子打開來，倒進往日劉某喝酒最愛用的酒碗裡，僧人就對劉某說：

「這酒太好了，你過來喝酒吧！」

說完僧人把酒碗朝劉某近前的桌邊動了動，還故意把那老酒弄灑在桌上和地上。

一院子都是陳年老酒的香味兒。能看見酒香呈著銀白粉紅的彩線從那碗裡、桌上、地下一股一股地飄起來，夕陽中的雲絲一樣朝著天空擺動著。劉某聞到那酒香，先是鼻子揪著動了動，跟著臉就因為饞酒漲紅起來了。他掙著身子想朝那酒桌爬過去，可身子被捆著，又有四個壯漢摁著他的胳膊腿，於是整個身子就像巨大的一條鵬蟲扭動樣，使身下的木架發出一片呯砰呯砰聲。這時僧人又把酒碗端起來，從劉某的鼻前過一下，灑水樣把酒潑在半空中，讓酒如雨樣落下來。繼著又倒酒，又把碗裡的酒一股腦兒潑在劉某鼻子下，再搬起酒罈朝著碗裡倒，明明滿了也不停，一點也不可惜酒的好和酒的貴，倒得滿地如倒井水樣。酒香不再是一線一股了，而成了一團一坨兒，從碗裡、罈裡、桌上、地下升起來，線和片結成團兒在劉某的眼前和半空飛。落日從劉家的瓦屋脊上照過來，空中地上都是粉酒色。院裡有一棵老椿樹，原是一棵家椿笨樹木，長陽人叫這椿樹為臭椿，每年仲春綠盛時，會從那樹上散落一股股的腐敗汙臭味。可現在，那樹上沒有腐敗氣息了，每片葉子都掛著夕陽色，透亮如玉，能從葉的這邊看到葉的那邊去。和尚每朝地上或空中倒灑一次酒，都會說「這酒太好啦，我這一生都沒見過這麼香的酒。」或者是「這酒太好了，佛神不讓我喝酒，要讓我喝這就是我這輩子最美福的一天了。」說著很惋惜地把酒倒在地上或朝半空的椿葉灑過去，又把酒罈裡的酒半傾半注地倒進酒碗裡。劉某聞著那酒香，看著滿地雨水似的滿地酒，在木板上急得掙著身子叫：「不能這樣啊！不能這樣啊！」而那四個年輕人，摁著他的胳膊腿，讓他一點動不得。一世界都是酒香味。一世界都是要掙散床架的哢砰聲。椿樹上的酒香一團一坨在掛著，重得如磚頭瓦片樣，葉子掛不動，就從半空劈里啪啦掉下來。明明掉下是一團，到地上又碎成一片一片兒，又一絲一線地再次升到空中結成金色毛毯狀，讓這院裡的天上和地下，裡裡和外外，到處都是方形圓形、厚厚鼓鼓的酒香味。

一村一市都是酒香了。

劉某先是在那酒香裡說著和喚著，把身子掙擰得如豬被殺前那樣兒，繼而喚累了，掙累了，趴在板架上張著大嘴喘粗氣，兩眼盯著面前的酒罈和酒碗，眼睛瞪得和銅鈴一樣大。且在眼珠正中間，還有兩滴晶火似的光。他的嘴角在不停地哆嗦叮噹著，鼻息一張一合扇著風，渾身的汗如落雨水煮樣。饞火已經從他的內臟飛躍燃燒起來了，在這秋天的涼爽裡，他像酷夏一樣口乾口渴著。也就那麼張著嘴，喘著氣，身子除了不能停地喘息抖動外，緣於耗盡了氣力又不得不讓自己歇下安寧一會兒。四個摁他身子的年輕人，也都喘著大氣歇下來，站在一邊等望著。

人們都在盯著劉某看。

劉某在這安靜中，開始覺得自己的胃裡有蟲如爬如抓了。他哈哈張大嘴，哇哇地朝外嘔吐著，這時和尚又打開一罈酒，把酒罈放在他的鼻下搖晃著。如此劉某的嘔吐越發嚴重了，臉成漲紅色，眼睛裡多是眼白和模糊，喉嚨裡彷彿有幾十條蚯蚓在擠著身子朝外爬。就這樣過了一會兒，和尚端著那罈酒，把罈口送到劉某嘴前邊，稍停片刻又將酒罈捧著朝後拉；放到他嘴邊，又朝後邊拉。如此反覆三四次，像要讓酒罈從劉某的嘴鼻裡邊拉出東西來。這樣拉到第五次，劉某的上身猛地擰一下，頭朝上一揚，張嘴「啊哇！」一聲喚，竟從他嘴裡跳出一個東西落進了僧人端的酒罈裡。

「出來了。」和尚說著把酒罈放下來。

眾人都過去伏在酒罈上看，原來是條五寸長、大拇指粗的青亮黑蟲子，中間大，兩頭小，頭上的一端大過尾一端，尾一端長過頭一端，額上有兩粒豆似的晶亮眼，在那酒裡游得如魚在水裡游著樣。

人都愕然驚在酒罈邊上了。

和尚親自去給劉某鬆開綁繩後，讓他過來看他肚裡的晶黑酒蟲兒。他看了一眼又蹲到地上哇哇地吐起來，把他中午在鎮上染房吃的喝的全都吐在院落裡。讓一院子的酒香裡，又有一股極難聞的酸腐臭味兒。待他吐完了，又回到院中央，和尚問他說：

「這酒蟲你要嗎？」

劉某搖搖頭。

和尚又問道：

「真的不要嗎？」

劉某很奇怪地反問道：

「我要這幹啥呢？」

「這是你身上的一條酒種子。」和尚說你若要了你留下，你不要了我帶走。劉某擦著嘴，連連擺著手：「快拿去，快拿去。我看見牠就要吐出來。」和尚便從他的褡褳袋中取出一張不知何時寫好的字據單，上寫著如此兩行字：

長山縣劉家莊劉某自動放棄他的酒蟲兒一條，為此永不反悔，永不追討。

下面是日期和劉某的名。同時取出一個印盒讓劉某在他的名上捺手印，劉某便毫不猶豫地在那張紙的右下他的名上捺了手印兒。

事情過去了。

黃昏前那和尚抱著酒罈和那酒蟲離開村子不知去了哪。劉某把和尚送到大門外，他們分手時，和尚對他說，希望我們十年之內別見面。劉某不明僧人的話，在門口立站一會就回了。回來聞到滿天滿院酒味兒，想到酒蟲魚樣在自己胃裡肚裡浮游兜轉多少年，於是又想哇哇地吐，也便從此不能喝酒見酒了。見了酒就要翻胃把腸子吐出來。他把家裡滿窯的藏酒賣了一部分，送人一部分。自然是要送給當時他吐出酒蟲摁捺他身子的四人更多些。如此沒多久，劉某的身子日漸瘦下來，便和常人一樣了。

又過沒多久，他竟比常人還瘦了。

再過幾個月，他瘦得宛若多年的臥床病人樣，身子輕得走路都可飄起來。緣於先前的胖，皮肉多於人，現在瘦下來，那肉皮掛在身子上，如一個怕冷的孩子冬天裹著拖著一床髒單子。加之突然間，山東長山這一帶，連續三年，非旱即澇，糧食欠收後，他家的染房和江浙商人又做一樁布生意，顏料無端變了色，所有的染黑成了黃，所有的染黃成了藍。連續幾樁生意賠下來，染房也一連串地垮倒了。先前每天任性地喝，莊稼生意無來由地好，現在滴酒不沾、視酒如仇了，生意、田地不僅不多反而快速少起來，三年五年間，劉某家便沒有幾處染房，沒有多少土地了。七年八年間，他就成了要到處討荒要飯的窮人了。

有一天，他討飯到了燕趙邯鄲的地界上，看到有一座寺院占地數十畝，樓瓦鱗櫛，香火旺到人腳絡繹，捐贈不絕，而他在口乾舌燥、饑腸轆轆時，想要走進寺院喝口水，討碗飯，便朝那正嚴闊大的寺院走過去。可剛到那寺院大門口，竟看到一個和尚在門前豎著望著他，然後又突然朝他走過來，黃袈裟，紅念珠，臉上閃著愧疚而欣慰的笑，到他面前立下來。劉某朝僧人走過去，認出他是七、八年前幫自己治病的德清老和尚。這時太陽正頂照在寺院門前的石鋪場地上，兩邊田野上的小麥一望無際地朝著遠處鋪過去。他們就在那寺院門口和田地邊，老和尚說你到底來了呢，我在這兒等了你七、八年。這些年我用那條酒蟲把一罈酒變成十罈酒，把十罈酒變成百罈酒，說現在那酒蟲已經從小魚一樣的五寸長，長大到如蟒蛇一樣一丈多長了，粗如房梁一模樣，被他養在寺廟後院的一個大酒池子裡。寺廟裡的小僧和尚們，每天都要從那酒池挑走幾十擔的酒，再往那酒池倒上幾十擔的水，然後把那幾十擔酒分裝在二百個罐裡賣到全國各地去。「這寺院就是用那賣酒的收項蓋起來的，」德清和尚說，「我原是京都潭柘寺的守寺僧，主責是在寺裡守著香火和鎮寺之寶的畫壁牆。可後來，那畫壁被盜賊挖走了，整塊牆被挖下賣給從西域來的船商後，還又為了滅贓，一把火燒了潭柘寺。那千年古寺就這樣成了瓦礫了。說他四海雲遊就是為了化緣重蓋一個不在京都的潭柘寺，也就在山東遇到天生酒蟲的你。僧人問：「你聽沒說過近年聞名天下的『百里香』？」說百里香酒就是你身上的神體酒蟲生釀的酒。說現在這寺院所有的工程都完工了，那酒蟲和百里香酒池也該還你了，但有兩個事情需要你要選一下，一是你這一生聞到酒，胃裡會翻江倒海地吐，如果那酒蟲酒池歸了你，你雖然可以成為擁有百里香的大富翁，但不出三年你會因為天天嘔吐最終死了去；可若你不要這酒蟲酒池子，你這輩子就只能如現在一樣兒窮困潦倒，四處逃荒，幾十年沒有一天可以吃飽飯。

「兩樁事兒你選一樁。」僧人說，「這是你命中注定的兩條路，現在就請你選上一條吧。」一說完僧人立在他面前，像科舉場上的考臣立在考生面前樣。

劉某站那座寺院前的大門口，望著德清和尚不急不慌、不躁不緩的臉，如一個在海裡孤島上的人，望著島邊漂來的一艘修不好的漏水船。望了一會他走了。走了幾步他又回頭望著一直坐落在那兒的寺院和在院前一直立在那兒的德清老和尚，慢慢又朝和尚和寺院走回來，再一次不說話地立在和尚和寺院前，待時間過去了一丈長或者一寸短，他再次離開僧人和寺院，朝著正午豔陽的路上走。走了卻又再次轉身走回來。就那麼反反覆覆著，寺院和和尚，像是大海又像海裡的島，而他反覆猶豫著，像在海裡兜轉著的漏水船，又像擱淺在島岸邊上離開船的一隻完好的槳。

天上的太陽黃亮和金子樣。

寺院前的他，熱得如三年無雨的枯樹枯草樣。

補記——

皇上：「潭柘寺真的被盜被燒了？」

濟仁：「回皇上——蒲生只是這樣寫故事。」

皇上默了一陣後：

「為什麼劉某瘦了家就敗落了？」

濟仁：「這……公公我也覺得故事到這兒有些不圓了。」

皇上：「如果你是那劉某，你選三年富貴而死去，還是選長壽百歲卻潦倒？」

濟仁：「皇上，公公真的不知道該如何是好呢。」

皇上：「這蒲生，是想給朕我出道難題兒。」

濟仁：「……」

皇上：「如果讓朕選，朕就先選收回酒蟲富起來，之後再收回那座潭拓寺，抓了那主持德清僧，讓那俗僧告訴朕，如何才能既獲大富貴，又有百歲壽。我想那僧人一定知道魚和熊掌兼得的事，如果他不說出富貴和百年兼得來，朕就把刀放在他的脖子上，賜他一死看他說不說！」

十三、許某與王六郎——康蒲故事之三

山東淄川的城北有條河，名為北江溪，江為大，溪為小，至於這條寬有十丈餘的河，緣何叫江溪也就無人知曉了。住在江溪邊的許某人，捕魚為生，又生性愛酒，所以每天到江溪捕魚時，都帶一壺酒，至河邊樹下，撒網飲酒，日子很是自得悠閒。且每次取壺飲酒前，都會打開壺鈕兒，朝河邊沙地灑去一些酒，說：「河裡的淹死鬼們，我在這兒敬酒了。」然後開始飲酒撒網，邊飲邊捕，每天都能捕上幾條一尺多長的大魚來，留一條兩條自家吃，餘皆到集市售賣掉，就這樣日出日落，月月年年，日子過得流水歲月，平靜和緩，很有陶淵明悠悠南山、菊花落日之味道。

有一天，秋時陽暖，河面上波光粼粼，他又在河邊飲酒捕魚，忽然走來一青年，在他揚手往沙地倒酒時，那青年上前一步說：「別倒了，不如我們坐下喝。」兩個人也就彼此看一眼，坐下飲酒閒談，說東道西，你一口，我一言，把帶來的醃花生和泡酸菜，擺在沙地上的小碟小碗裡，邊喝邊說，邊說邊喝。許某知道了這青年是河對岸的人，姓王無字，在家排行為老六，村人都隨口叫他王六郎。種種地，喝些酒，王六郎的日子就這樣過來了。許某與六郎，兩個人話緣投機，情趣相合，不覺間就喝完了一壺酒。可酒盡下網捕魚時，許某三網下去沒有捕到一條魚，於是臉上顯出一些不解來，這時王六郎便對他淡淡道：

「讓我去下游為你趕魚吧。」

六郎說著朝下游走過去，過一會又從下游走回來，對許某說魚群馬上就來了，你現在做好準備捕魚吧。許某便依著六郎說的樣，又一次站在河邊挽著網，嘩地一聲在河面把網撒開來，過一會收網上拉著，看見網裡有七八條一尺長的白條魚，條條肥碩，蹦蹦跳跳，他高興地收網把這些魚摘到魚簍裡，把指長的小魚重又放生河裡去，之後就收網不再捕撒了，準備回家了。「河裡還有很多你不捕了嗎？」六郎問。「捕多了我就沒有理由明天來這河邊捕魚飲酒了。」許某說。然後彼此道謝著分手，許某還要把魚簍裡的魚拿出幾條謝著分給王六郎。六郎謙謙遜遜道，總喝你的酒，為你趕趟魚，哪值得你這樣謝我呀。許某說，也就今天喝這一次酒，哪能稱得上總是喝酒呢。並說如果六郎有閒暇，望明天日落之前二人還到這地方，飲酒捕魚，捕魚飲酒，彼此有個伴兒有個話緣投機的人。

也就約定了。

第二天，許某在日將西去時，又帶著酒菜漁具到了老地方——河邊的老柳樹，樹下的沙地和鋪草。昨天的魚好，賣了大價錢，也就在酒市買了烈香杜康酒，又炸了魚肉、炒了豆角、秋瓜幾樣菜，兩個人悠哉在河邊老樹下，慢飲細說，投情合意，至一壺酒終於淨盡後，六郎又到下游去給許某趕魚了。

許某一網落下去，又捕上來滿滿一簍白條魚。

這樣過了半年後，下年開春時，他們又在那樹下喝著酒，三巡後六郎把酒碗端起來，含了感傷道：「許兄，我們分手的時候到了呢，這是我倆這一生的最後一次酒，請你也把酒碗端起來。」許某便愕然。六郎繼續說，世界上能天天在這對飲的只有你和我，下雨天，下雪天，一年來我倆一次沒少過。這情誼勝過親生兄弟了，緣於勝了親兄弟，我也就對你直說吧——你這位六郎兄弟他不是人，而是河裡的淹死鬼。只因我少時喜飲酒，後來長大喝多了，路過這兒掉進河裡淹死了。而我自掉進河裡的半月後，你到這河邊來捕魚，還每天帶酒往這河邊倒，使我自此再沒斷過酒。說著六郎臉上掛著笑，眼裡流了淚，說世界上萬事都有限，就是時間也終有最後要和人類告別那一刻，而我活著時，罪孽並不大，只是酒癮上來拾了人家東西昧下賣了打過酒，所以閻王要讓我做一年淹死鬼，明天就是我罪期的最後一天了，是我們情誼的最後一天了。我就要返回陽世托生了，所以讓我們兄弟最後飲這一次酒，後面我會托生到哪兒，到了誰家我也不知道。所以說，茫茫人世，你我陰陽相隔時，我們還可以借酒在這河邊每天約飲一會兒，可當我們同在人間時，你我倒天各一方，誰也不再認識誰，誰也見不到誰，就是彼此見了誰也不知道誰是誰。

許某聽著有些感傷了，臉上一樣掛著淚，說自家是洛陽龍門佛窟的世代守窟人，之所以會每天到這來捕魚，每天都帶酒往這江溪河邊灑些酒，是因為自己自小父親不在了，母親體弱無法種地和紡織，無法養活母子二人就把自己留在佛窟邊的家，獨自又遠嫁山東謀生了。說在淄川這村野房戶的哪一家，母親又為自己生了一個弟弟，可那同母異父的弟弟姓甚和名誰，長相又如何，自己一點不知道，只是忽然有一天，在夢裡有一個婦人站在他床邊，告訴他說他的弟弟因為醉酒掉在淄川江溪河裡淹死了，想見弟弟了，可到山東淄川的江溪河邊來捕魚。他也就從中原洛陽的佛窟邊，找到山東淄川的江溪邊，租房住下來，開始捕魚開始每天等弟弟，也為淹死在河裡的弟弟備些酒。說著兩個人都睜大眼睛望對方，誰都沒有從對方的身上、臉上看出彼此長有兄弟相。又都把自己的十指伸出來，看彼此手上的籮圈紋和簸箕紋兒有幾個，只要彼此相同的手指肚上有三個相同的籮圈紋或者簸箕紋，就能認定彼此是同母異父的兄弟了，有五個同指同紋就是親生兄弟了。然他們彼此伸出手，發現許某十個手指肚上都是簸箕紋，而六郎十個手指肚上又全是籮圈紋，而手掌心的手紋兒，六郎的都是斷手紋，許某的都是鳳網紋。他們沒有找到彼此是親生兄弟的手紋兒，就都遺憾地把目光從對方手上移到對方臉上去，各自苦笑一下後，又端起了放在沙地上的酒。

「你要輪迴了，明天誰來替你呢？」許某舉著酒碗問。

「是一個總被她男人打的少婦來替我。」六郎把碗裡的酒一口喝下去。「你要明天中午不回老家還來這河邊，你就能看到那跳河的少婦是誰了。」

到這兒，落日又是一片豔紅色，遠處收工的農人開始扛著鋤頭朝著村裡走。王六郎起身要到下游最後去給許某趕一趟魚，兩個人也就傷心地擁抱一會兒，分手後一個朝著下游走，一個開始盤網捕最後一天的魚。這時候，夕陽像美豔女子的粉盒一樣撒在河面上，每一浪的波光都像文火火焰。許某站在河邊上，看著那光紋在河面忽然大起來，還有許多紅亮的紋波會從水裡跳起來，金粼粼地閃著像河面上有層薄綢的紅水飛在半空間。魚腥魚鮮味，海潮一樣捲過來。許某知道魚群從下游湧將上來了，且魚群會比往日稠密和擁擠，會把水面鼓遊出一個接一個的水堆兒，也就目光緊緊盯在河面上，果然很快看到河水裡由下而上逆水游著一群鋪天蓋地的魚，帶頭的是一條三尺長的大鯉魚，如羊群的頭羊游在最前邊，隨後跟的是前擠後擁的魚群們，每條都有尺半長，在河水中間歡歡愉愉，左擠右扛地奮力朝上游過去。

許某站在河邊的一個踏腳石上邊，看著那一大群魚從他前邊過去了，像一場閃電過去樣。他沒有把網撒到河裡去，直到魚群後的尾魚游過來，他的網還是在他的胳膊上。

太陽沉西了。

河水慢慢靜下來。

這天許某沒捕魚，只是望著河水連連嘆著氣。

第二天，中午時許某沒有帶上魚簍和下酒菜，只是提著他的那個老酒壺，背著他的行囊來到河邊上，將行囊放在樹根下，習慣地把酒壺裡的酒，朝河邊的沙地灑了一半後，站在樹下獨自仰頭飲著酒，這時看到上游半箭遠的路口上，匆匆走出一個抱著嬰兒的少婦來。她到河邊左右看了看，將嬰兒在河邊放下後，很快跳水朝河心的急流走過去。而河岸上的嬰兒這時突然「哇哇哇」地哭起來，聲音尖利如箭在空中響著樣。那快到河中間的少婦聽到哭聲回頭望一下，大聲朝嬰兒喚了一句什麼話，一個浪子撲來把她捲進水裡了。

許某知道王六郎托生輪迴轉世了，而那個少婦成了這條河裡新的淹死鬼。一切都告下段落了。他要離開淄川回往中原的伊河邊上了，猶豫著轉身背起行囊要走時，又聽見嬰兒哇哇哇地哭。遲疑著要不要把那嬰兒抱回洛陽去，卻忽然又看見那淹進河水的少婦從水面站出來，朝著嬰兒喚了一嗓子，頭又沉進水裡去。那嬰兒又開始扯著嗓子哭。少婦的頭又頂著水花冒出來。就這樣那嬰兒一直在哭著，那少婦在水裡屢沉屢浮著，如是嬰兒的哭聲在水外拽著少婦朝上拉，而水下還有人把少婦朝下拽，於是她沉沉浮浮，一上一下，一會頭從水裡鑽出來，一會頭又沉進水裡去。然而到末了，少婦終於還是挺起腰，在水裡直直立起身，怔一會拖著身子又回到岸邊上，快步朝嬰兒走過去，一把將孩子抱在懷裡邊，欲走時又扭頭朝著許某走過來。到近前，她冷眼盯著許某看，突然一耳光打在許某臉上去，罵著吼：

「看見有人跳河你都不去救，你還是人嗎！」

罵了又把嘴裡吞的一口河水吐在許某臉上和身上，這才氣鼓鼓地抱著嬰兒朝著村裡回。

許某怔怔地站在那樹下。

六郎有些沮喪地出現在了他面前，朝走遠的母子望了望，臉上顯出一種灰顏色。

「是你撒手讓她出來了？」許某問。

「孩子哇哇哭，」六郎說：「實在不忍心。」

許某把手裡的酒壺遞給王六郎。王六郎接過酒壺仰頭喝起來。喝著問昨日那麼多魚你怎麼不撒一網呢？許某說沒有了兄弟我捕魚幹啥呀。兩個人就彼此很傷感地對望著，彼此眼裡都又有了淚。到落日又至時，許某背著行囊又回了原初租屋裡，又拿著魚網魚簍到河邊。六郎又從下游朝上游趕了一群魚，他又那麼一網打了一簍魚。之後就天天日日都這樣，月月季季都這樣，飲酒說話，無結無休。到無話可說時，許某就給他講洛陽的故事〈洛神賦〉，六郎給他講地獄中的〈地府一家人〉及閻王和小鬼。一天一天，緣著什麼每每有人要到河裡跳水淹死時，六郎就會告訴許某人，許某便傳話給那要跳河的家裡人。家裡人會將信將疑地藏在河岸上，見那傷心生氣的親人果然來跳河，也就有備無患地把他或她給搭救了。如此又幾年，這河裡沒人跳河淹死過。許某和六郎，便月月年年地在這河岸上飲酒、說話、趕魚和捕魚。後來有一天，他們又在飲酒時，身邊忽然出現了一個長相有點怪的人。說是長相怪，可又說不清是鼻子還是眼睛哪兒和凡人不一樣。他木木地立在六郎和許某身邊，看他們喝著酒，聽他們說著話，見他們酒盡話完時，六郎又要到下游去趕魚，許某又準備站在河邊去捕魚，怪人一下攔著許某說：「你的限到了，該要和我一道走了呢。」許某忽然盯著那個怪人問：「我是生病還是出災禍？」那人說：「看在你和六郎一往情深的緣份上，閻王同意由你自己選個死法兒。」許某也就很感激地朝著怪人點點頭，放下手裡的網，喚了六郎立住不要再趕魚，過去和六郎如兄弟一般抱了抱，自己朝著河水走過去，到河心一個浪子把他捲進去，他就再也沒有從水裡冒出來。

王六郎就這樣看著許某淹死了。

然後那個長相有點怪的人，過來和六郎說了幾句話，六郎就過去到樹下，拿起許某的魚網、魚簍、酒壺等一應物什朝著村裡去。

在村裡，這一年的科舉揭榜日，有個書生連年鄉試都不中，加之家徒四壁，一貧如洗，這一天進城看榜後，回來喝了砒霜自殺了。自殺又因為喝的砒霜量不夠，被村人救活過來後，如同變了一個人，把他此前的所有記憶都給忘記了。村人問他叫什麼？他說王六郎。問他你家是哪裡的？他說河邊上。問你從前是讀書還是種地的？他說我是捕魚為生的。村人們就都知道他瘋了，也都只好嘆口氣，無奈地由著他脫開村裡的耕種日子活著了。他也便在後來的春秋歲月裡，不讀書，不種地，日日愛喝酒。為了弄些下酒菜，就每天去捕魚。日日、月月、年年地日出時提一壺釀酒到河邊，在樹下鋪上一個草蓆子，在兩個碗裡倒上酒，自言自語地說著話，把自己手裡的酒碗朝著那個酒碗碰一下，然後酒完了，天色暮黑了，一網下去總能捕上十幾條的魚。自己吃上一條或兩條，餘皆拿到集上去售賣。

書生就這樣神仙一般過了一輩子，有時路過那兒的人，明明看見河邊樹下只有書生一個人，可他端著酒碗朝草蓆上的酒碗碰一下，那個酒碗會慢慢升到半空裡，一仄一歪那碗裡的酒沒灑出來，卻不知流到哪裡了。而且有時候，有孩子好奇藏到大樹後，不僅看到那沒手端的碗會升起來，還能聽到兄弟長、兄弟短的兩個人的說話聲。

補記——

為了考證〈許某與王六郎〉，我在秋時的一天坐車走了三百數十里，到了山東淄川城北岸河邊，見江溪河流了八百二十年，終於乾涸得只有筷子般的一股細流荒在河灘上。鵝卵石、野草和垃圾堆，在河床上宛若物雜塞在盲腸裡。而那刻著康熙聖字的「一凜流水百千年，不及許王兄弟情」的碑，被鐵欄圍在河岸如被固定在哨位上的一個時間看守樣。日光是灰色，秋草樹木上，落滿了塵灰和塑膠袋。那聖碑是一塊新贗碑，真的石碑作為國家一級文物被運載到了山東省的博物館。趕著時間的腳，到了山東博物館，我不僅見了那塊完整斑駁如一鋪席大的碑，還讀到了故宮博物院捐贈給山東博物館的，康熙讀完〈許某與王六郎〉後，順手寫在宮箋紙上的兩句詩和一句真跡話：

一凜流水百千年，不及許王兄弟情。

據說康熙的這個便箋紙條兒，是山東省捐助給北京故宮一億人民幣的修繕費，才換回了康熙和蒲生在「康蒲故事」過程中，因為〈許某與王六郎〉，寫給濟仁公公的這則聖條兒。

十四、田農莊——康蒲故事之九

皇上：「怎麼三天都沒那蒲生的故事了？」

濟仁：「回皇上——那蒲生每寫一個故事都要思想好多天，也許這幾天是他的故事卡在哪兒了。」

皇上：「不是說這蒲生出口成章、才華橫溢，怎麼會卡住寫將不出呢？」

濟仁：「……」

皇上：「既然他更擅長狐鬼就讓他多講狐狸再講鬼，告訴他最好不要讓朕等他的故事而讓故事等著朕。」

濟仁：「嗻！」

嵩州耙耬山脈的深皺間，有個地方叫田農莊。那兒的空氣是彩色的。天是藍的空氣是藍的，天是日色紅，空氣也是日色紅。有時候，天上有彩虹，田農莊的房屋、田地、樹木就都成了赤橙黃綠青藍紫，連河裡的魚和地面上的小動物，都是藍藍綠綠、紅紅黃黃色，豔得如染房裡的彩缸樣。那兒的莊稼會說話，花草會跳舞，房檐在雨天能發出奇妙婉轉的音樂聲。

甚至你外出有東西掉在路邊了，會有松鼠、兔子銜著你的東西送到你家門口上。你身子的哪兒有恙不適了，會有小雀、鸝鳥銜著治你病的草藥落在你家窗臺上。

田農莊只有一戶人。這戶人家只有兩口人。奶奶九十多歲了，孫子只有十八、九，雖然一莊只有兩個人，可他們的日子如魚在水樣，該種地了孫子去種地，該縫衣做飯了，奶奶在家縫衣和做飯。日子就這麼一天一天著，宛若季去季來、落花再開著。然而有一天，孫子走出耙耬山脈去買油鹽和針線，頭天天不亮時去，來日落日時分回，就在這趟集買購的時辰裡，他看到有個獵人槍杆上挑著一隻活的狐狸賣。那隻狐狸的腿上還流著血，眼裡的淚嘩啦嘩啦流，於是心不忍，用買油鹽的錢高價買走了那隻活狐狸，又用奶奶買針線的錢去藥堂買了麝香去痛止血粉，給那狐狸止血包了腿，抱著牠離開集市朝著耙耬山脈的深處去。

走離集市時，天已擦邊黑，因為是秋末，夜裡涼到石頭都要躲到草裡去取暖。身上沒了錢，自然不能住旅店，這一夜他就抱著受傷的狐狸在一個村邊人家打麥場的小屋過了夜。來日日出時，他看那狐狸腿上不再流血了，取出自己的乾糧給那狐狸吃，又見那狐狸嘴裡都已沒了牙，便把乾糧嚼碎餵到狐狸嘴裡去。待狐狸吃飽後，又找一眼碧水泉，讓那狐狸喝了水，也就把那狐狸放生了。

「你走吧，以後見人躲遠些。」這姓田的後生交代狐狸說。

如此狐狸朝他點點頭，思思戀戀地朝著秋野深處走去了。

後生又開始朝著離集鎮、人群、世界愈來愈遠的山裡去，從日上三竿到日正頂，又從日頂到日沉西，飢腸轆轆了，看見有鵪鶉在他面前生了一窩蛋，生出的蛋竟是煮熟了的蛋；看見路邊的老樹窩裡存有一窩水，水清得在日光裡發出金顏色，喝下去有濃烈烈的蜜汁味。還有他累時，石頭會滾到他的屁股下，出汗時會有一股細風吹過來，且那風裡還有仲春天的草木香。橫豎是離開人多的地方什麼好事都發生，回到世界外的世界裡，麻團萬事的頭緒都有一拉即開的頭兒在等著。田後生對這些都已見怪不怪了，也就兩手空空回到田農莊。到了家門口，忽然看到有一包東西擺在門前石頭上。打開來，竟是他要去集鎮買的油鹽和針線，四處找著看，除了晚陽、秋風和落葉外，房前屋後什麼都沒有。

便拿著那包東西回家了。

從此不光田農莊的天氣、四季和植物與外面世界不一樣，而且連田家細碎庸常的日子也不再一樣了。秋天逝走著，冬天到來了，田生要去林裡砍柴禾，往日都是一晌砍一捆，可這之後他只要到林裡，把捆柴的繩子拉開來，自己去樹上尋砍柴枝後，轉身回來就會有許多枯杆的樹枝堆在他的繩邊上。往日冬天睡覺時，他要先給奶奶暖被窩，可是這年冬，他只要一掀被，被裡的熱暖會呈著炭紅飛出來。冬天將盡時，為了來春之種植，後生要起早到田裡翻地為下種做準備，然在冬末間，他只要想翻那塊地，人在天色濛亮時，扛著鎬鍬剛到田頭上，就看見那塊田地已經被人翻過了，新土的光亮在田裡是種深褐色，土香味濃得如老磨坊的油香樣，且地裡的草根、碎石都還被撿出扔在田頭或溝壑裡。

為了弄清是誰替他翻了地，有一次，後生吃過夜飯後，踏著月光扛著鎬，到離家最遠的一塊田裡去，在月光下一鎬一鎬翻著地，及至翻累了，在田頭坐下歇一息，然後扛著鎬具往家走。可這次他沒有真的回家去。他到半途放下鎬，又悄悄朝最遠的田頭走回去。路是一曲一彎的。路邊的樹有粗有細著。月光亮得如萬千燭光照著樣。快到那塊田頭時，他聽到那塊大有幾畝的田裡響著一片吱嚓聲，還有模模糊糊的說話聲，和翻地時鐵鍬、鎬頭撞著田石的叮噹聲，於是閃到一棵老樹後，仔細朝著田裡瞅，看見田裡有二男三女五個年輕人，男的舉著鎬，女的使著鍬，並肩齊身地翻著地，還聽見有個姑娘說，這塊地畝有些大，怕天亮之前翻不完，讓誰回家再叫幾個人。接著就有個姑娘從那田裡走出來，把她手裡的鍬具紮在田頭上，踏著小路朝著後生這個方向來。後生慌忙把身子閃到老樹另一邊，看見那姑娘約有十六歲，走路像小溪在谷崖上的跌宕樣，一路都是從她嘴裡呢喃出的曼妙歌聲，及至到了樹邊上，還從她身上散發出一股帶有汗味的熱香味，彷彿誰家煮飯時，把一瓶桂油弄撒到了米鍋裡，使那滿鍋滿屋都是白米飯和桂花油精的混合味。後生怕自己驚出聲音來，慌忙將手捂在自己嘴鼻上，看著那女子到前邊一轉身，消失在了月光小路的草地間。就這樣過了一會兒，時間短得如月色和夜色拉了一下手，從少女消失的草地裡，忽然又走來幾個年輕人，有男也有女，全都扛著農具哼著歌，自成一隊地走在小路上，從他面前舞腳飛腿地到了田裡後，又都站成一排兒，開始和原先田裡的男女一塊翻著地。他們是從南朝北翻，身子一直一彎、一搖一閃的。月亮鋪在新翻過的土地上，讓新土的褐色宛若紅月光下一片蕩著波紋的水。土香帶著醞了一冬的熱暖漫漫飄過來。田裡被翻出來的草根和石頭，原來不是被人撿將出來的，而是有個胖些的姑娘站在溝壑邊，不停地跳舞唱著歌，那些地裡大大小小的沙礓石，就翻著身子朝她滾過去，到田頭落到溝崖下邊了。另一個有些苗瘦的姑娘站在田頭另一邊，唱著歌曲跳著舞，那些野草棵們就搖擺著身子朝她晃動著，到田邊積在一起成了堆。地裡那些持鎬持鍬的，也都是翻著田地扭著身，舞蹈得如楊柳遇了春日般。大家一齊舞著唱著歌，後生聽不清那歌的詞兒和字兒，然那曲調和節奏，如一場小雨不慌不忙落在石板上，音調和水珠一樣閃著光。田後生聽著看著痴呆了，連樹影從他身邊走開把他晾在曠野也都沒感覺。天上的雲是種青白色，地上的田土、小路、荒野也是青白色。過一會兒因為月亮成了紅月亮，結果山脈間的田地、小路、荒野也都成了粉豔豔的紅，連夜風都成了透亮的粉淡從他面前吹過去。而他身邊的那棵老槐樹，這時的黑影碎枝椏，在紅亮裡成了鵝黃色，而樹身則是含著褐紅色的藍。世界變成彩色了。他的人影在月光裡是鵝黃、淺藍混在一起的黑紅色。遠處天邊的光色和山脈，則成了日出未出、日落未落時的水紅了。那些翻著田地的人，從這頭翻到田那頭，又錯開身子從那頭朝著這頭翻，一排背影就成五顏六色的月影了。

這時有個姑娘提著一桶水，從後生的一側走出來，人還未到田頭她就大聲喚：「喝水啦——喝水啦——」聲音如一串珠子落在玉盤上，脆得不是如落下的珠子碎了就是盤碎了，驚得田生一個激靈醒過來，慌忙又閃到樹後去。

翻地的就都一拉線地從田裡走出來，一個一個爬到路邊的桶上去喝水。也便有了清水味和他們帶出來的熱汗味，在紅月亮裡絲線樣朝著四野擴散著。田生想朝他們走過去，可又怕驚了他們而猶豫著。沒有去那邊，他朝著那一群人走來的方向走去了。他想去看看他們家在哪。腳下的小路纏在荒草間，因為是冬末，那荒枯和乾草又終是蓋不住路，使那小路如一條草繩亮在月光下。路面上的草葉、枯枝厚有二、三寸，踩上去鬆軟得宛若踩在棉絮上。他不敢弄出大的聲響來，小小心心朝前走了幾十米，忽然那草路卻在腳下不見了，如一絲雲線在雲天裡邊不見了。於是立下來，朝著曠野深處瞅，這時那送水的姑娘又從田邊走回來，哼歌的聲音依然如珠落跳盤般。

田生朝野荒裡的一蓬荊棵後邊鑽過去，想待那送水的姑娘近了突然出來攔下她，問個水落石出的究竟來。可他沒想到，他剛把身子閃到荊棵後，那送水的姑娘便從路上拐到這邊荒野裡，對著他藏的荊叢大聲喚：

「出來吧——藏什麼藏！」

後生只好從荊後站將起來了。

「田農莊在這兒只有我們兩戶人，你怕我們把你吃了嗎？」她的聲音朝他飛濺著，像雨簾被風吹著樣。跟著那雨簾的聲音姑娘來到他面前，收腳立下時，如一株丰姿的花棵立在他面前，說胖並不胖，說瘦又不瘦，在月光中她的臉彷佛一盤鏡子樣，閃著被月色映出來的光，兩眼晶玉一樣明透而圓潤，看人時眼裡能發出聲音來。他如賊樣從那荊後出來站在她面前，本該是他疑問她，結果卻成她在責怪他。

「你叫田明成？」

他怔了一下點點頭。

「過了十九周歲了。」

他有些驚地望著她。

「吃不完的糧食，你翻這麼多田地幹啥呀——你不怕把我們一家累死嗎？」亮聲責怪著，像他欠了她什麼。

他就有些內疚地瞟著她，又看見她滿嘴抱怨，臉上卻有一層掩不住的笑，於是他問她：

「你們是誰呀？」

「你連你是誰都不知道，你管我們是誰哪。」姑娘似乎越發伶牙俐齒了，盯住他像是當真在抱怨：「我們一家人替你去翻地，你明明聞到大家都一身汗味了，也不知道回家提桶止渴水。」說著姑娘在月光裡把眼皮朝上翻了翻，從鼻子裡哼出一個冷怨道：「你以為大家翻地是在唱歌跳舞啊，那是累得哼哈在甩胳膊甩腿哪。」

田後生無話可說了，在姑娘面前再又低了頭。

姑娘便擦著他的身子走過去，走過去又回過身子來：

「還愣著幹啥哪，自家的地還不趕快過去和大家一起翻翻啊。」

田生開始慌慌無趣地朝著荒野那邊走，像賊被抓後又被放了樣。可往前走了剛幾步，姑娘又大喚一聲讓他立下來。她提著水桶重又朝他走過去，在他面前放下水桶起手把他的衣領衣襟拉了拉，還取出個手帕去他臉上擦了他額門上緊張出的汗，告訴他到那田裡和她的兄弟姐妹一起翻地後，她的姐妹有誰和他說話送秋波，他都不要動心和那些姑娘姐妹多說一句話，說他只要和哪個姐妹勾搭好上了，他的奶奶就要壽終離開這個世界了。「至今你奶奶九十幾歲還活著，就是因為她沒有看到你結婚，心有牽掛不忍離開這世界。你若和我哪個姐妹好上了，你奶奶就該人生圓滿離開這個世界了。」

說完這些她還拿手在他臉上輕輕拍一下，像先生拍打弟子、姐姐拍打弟弟樣，之後她提著水桶徹底走掉了。這時剛好天空有團烏雲飄過來，他的眼前有了夜黑色，待那烏雲走過去，夜黑又成明亮了，她的身影卻在那黑裡明裡不見了，只留下爽朗清白的一個聲音響在他面前：「別忘了，我的名字叫蘭香啊——」然後他就看見遠處的一片荒草動了動，如有魚躍進水裡起的波紋樣。

後生知道耙耬深處這兒有兩戶人家了。那一戶胡族是因為他在集鎮救了那隻狐，而那隻狐是這胡族大家長，於是在他將牠買下醫護放生後，他們家就從耙耬的哪兒搬到田農莊的這兒了，和他一起翻地、種植、鋤草、施肥、劈柴了。他們除了不在他奶奶面前顯身露影外，他在戶外所有的活兒和事情，都有這族人家幫著他。於是他知道，他的奶奶是在明末戰亂中，逃難到了耙耬深皺裡，而他是在一場戰亂裡，奶奶從死人堆中撿的一個嬰孩兒，如此奶孫就在這曠荒無人的地方久住下來了。養他成人成了奶奶活著的本根了。讓他成家立業成了奶奶的最後一樁心願了。之所以奶奶九十多歲還活著，就是為了能看到孫子有了情好結婚那一天。如此為了奶奶還活著，胡家人一般都不到田家來，讓奶奶覺得這田農莊依然只有她和孫子兩個人，孫子結婚還是一樁遙遠的事，也就只能好好活著等著某戶人家搬過來，有女兒嫁給他孫子，她才可以心安理得地上路到另外一個世界去。

就這樣又過幾年後，到了奶奶百歲生日時，孫子給奶奶做了一桌菜，炒有雞蛋、竹筍、木耳和溪水裡的魚。時是冬天臘月間，山脈裡冷得所有的樹木都凍裂了皮，很多石頭都冷成碎粉了。為了讓奶奶的生日有烈烈的暖趣和熱意，田後生把奶奶的生日宴桌擺在臘月初九的屋子裡，一下在屋裡生了九盆火，還弄來了九罐開口即香的稻米酒。因為酒香菜也香，奶奶又是整整一百歲，在他扶著奶奶坐在桌前時，那九盆火就在屋裡舞起來。由此臘月初九的寒陽也被染得無意寒涼了。從門口落進屋裡的太陽光，原來是種冬土色，可現在，卻成了金明掛藍紅亮著。原來的冬日樹木都枯了，山脈裡連一株花草都沒有，可現在，宴桌上和土坯屋子裡，充溢著四月仲春濃郁的花味植物味。就在這香味暖意裡，奶奶拿起筷子夾菜時，忽然從一盤菜裡夾出了一個珠翠耳環來。她把耳環拿在手裡看，看著看著忽然就笑了，大聲對著屋門口的天空說：

「我家有了女子啦，是我的孫媳你就出來吧——」

孫子倒酒的手木在半空裡，臉上飄了喜悅悅的笑。

奶奶又把那耳環在半空晃了晃，再次對著桌子周圍和院裡喚：

「——出來吧，我都活了百歲啦，你想讓我含憾離開這個世界嗎？」

接著是一片天籟有音的靜，靜得如飄起來的菜香有了霧騰騰的響。就在這靜裡，猛地從哪傳出一聲壓住嗓子的咳，還有院裡的腳步吱喳聲和從廚房傳來的炒菜聲。這些聲響如一個季節和另一個季節在夜半換身交接時的相互囑託樣，先是悄音和嘀咕，後來就在空曠裡把聲音擴散開來了，連一棵草的搖擺也要讓人聽見了。奶奶一直在笑著，兩隻早已昏花的眼睛這時彷彿能看見陽光裡的飛塵了，能看見寒冬的涼氣和日光熱暖的爭吵拉扯了。她的臉上放著光，嘴角上的笑，花瓣一樣掛開著。手裡的耳環有銅錢那麼大，被她舉搖得如天上掉下來的一個女子的銀扣兒。「誰的呀！誰的呀！」她大聲笑喊著，這時就有個翁聲翁氣的男音在屋門外面揚開來：

「出來吧——都出來讓奶奶看一看。」

果然就從哪兒絡繹走出了七個人，三個男子四秀女，最大的和她孫子年齡相仿著，最小的少女十四歲，他們站在屋裡和屋外，有的手裡端著剛炒好的菜，做飯的腰布都還繫在腰際間，有的手裡拿著酒罐和小酒碗，似乎是正要倒酒分酒樣。男的小夥子，都氣宇軒昂、挺挺拔拔著，站在那兒如同士兵樣，女的都一臉緋紅、半羞又半歡，如終要開屏的孔雀般。

冬陽亮暖如春日午時了。

院裡的落葉越冬樹，每個枝椏上都有了綠葉和五彩小碎花。遠處山脈間的積雪上，盛開著的雲蓮比一鋪鋪的席子還要大。

七個子女的父母也從哪兒出來了，他們都是中年人的樣。為父的笑著像他自己生日樣，為母的挽著丈夫的胳膊站在邊旁上。空氣是雲綿的顏色透著春草味，天空中所有的白雲不是帶有鵝黃，就是含著嫣紅如絮似地飄飛著。喜鵲、鴿子落得滿房滿院子，連只在傳說中才有的身上有十二種羽毛顏色的錦彩雞，也有幾隻夾在那鴿群和鵲群裡。孫子立在奶奶的身旁一直紅著臉，而奶奶在這一個大家族的人前像神在人的面前樣。家族的掌櫃這時從他七個子女的邊上走來，他端起一杯酒，敬到老人面前去，說了祝福老人千歲的話，然後就讓老人在他的四個女兒中挑選一個孫媳婦。接著他還朝他的四個女兒擺擺手，讓那四個女兒朝老人面前站一站。見四個女兒都笑著紅著臉，都想上前近一步，又看其餘的姐妹彼此望著沒有動，便都站著微笑著，沒有誰首先朝前走一點。然在這時，有個女子朝前傾著身子偷看時，不知誰把她朝前推一把，她就站在奶奶面前了。緊跟著，見一個站將出來了，那三個也心恐落後地朝前站了站，把那率先站出來的風頭朝下壓了壓。於是大家笑起來，一片噗哧哧的笑聲如九盆火的火苗一樣熱著響亮著，連為父為母的，看見自家排成一隊任奶奶挑選孫媳的四個女兒都笑得合不攏嘴，如此屋裡便滿塞了笑聲、火光和人世間的暖。四個女子一排兒，人人的長相、穿戴都一樣，都是粉潤如水的秀月臉，都是苗條如仙、又身子透熟豐滿著，個子全都一樣高，都是鳳眼挺鼻掛著笑的粉唇兒。明明最大的年齡不過十八九，最小的也才十四歲，可就是看不出十四歲的哪像十四歲，十九的哪兒熟有十九歲。奶奶把目光從她們身上掃過去。掃過去重又掃回來。為父的這時告訴奶奶說，他們家的前世有的是蝴蝶，有的是麋鹿，還有的是松鼠、孔雀和獾麝。大家各自修世幾十、上百年，終於都成狐狸又都成了人。緣著山外世界的惡汙、征戰和混亂，他們寧願為狐也不願到人世去和人生活，所以就經年累月在這人煙稀少的耙耬山。後來就遇見後生了，發現這山的深處不僅有人家，連日光和雲和空氣，都是清明寂靜彩色的，比傳說中的桃花源還要桃花源，他們一家也就搬來與奶奶為鄰了。有男有女，要成婚立家也為天之安排了。現在奶奶終於一百歲，到了由奶奶為自己挑選孫子媳婦的一日了，就請奶奶在他的的四個女兒中選一個——就今天——在奶奶百歲生日的這一天，讓他的女兒和後生，成婚結為這田農莊的一家人。也算是大家為奶奶的百歲獻上最好最厚的一份禮。奶奶就笑著把目光掃來掃去著。因為她們四個像是四胞胎，看不出四個女子彼此的不同來，奶奶就把耳環捏在手裡在四個女子的耳朵上瞅，就瞅見四個女子都載著雙唇珠耳環，只有中間最先被誰推了一把站出來的戴著單耳環。奶奶便把目光落在她臉上，上下端詳一陣說，我三年前做過一個夢，夢見有個女子走路耳環丟了被我撿到了。她來找我要耳環，我說你叫啥？她跟我說了她叫啥。我問她你可以做我們田家的媳婦嗎，她說三年後你還記住我的名字我就做你家媳婦吧。現在我想起了那場姻緣夢，有些記起三年前夢裡她給我說的名字了。說著奶奶回憶著，像在用力確認她模模糊糊記起的那個名字樣，臉上顯出了嚴肅和莊正，顯出了害怕記錯的恍惚和不安。她緊緊地把耳環捏在手心裡，又一次把目光從四個女子的臉上過一遍，再一次把目光落在戴單耳環的女子臉上去，在一屋子都是寧靜的歡愉裡，奶奶臉上的莊重慢慢鬆馳下來了，笑著用很緩很輕的聲音問：

「你叫蘭香嗎？」

戴單耳環的瞟了一眼奶奶身邊的田後生，笑著朝奶奶點個頭。這一問一瞟一點頭，另外三個女子似乎悟開什麼了，突然大笑著朝站在她們中間的女子撲過去，把她的頭和身子按在凳上用拳頭捶起來。笑罵著你個狐狸精，不要我們對任何人說出自己的名字來，原來你個精妖把自己的名字在夢裡告訴奶奶去，還故意把耳環摘下炒到菜鍋裡。打鬧得一世界都是風和雲彩的扯拉聲，連錦雞、喜鵲和鴿子，都在院裡笑得飛起一院的鳴叫和羽毛。便都要罰那蘭香姑娘的酒，讓她在奶奶、父母面前磕頭跪拜時，必須在她額頭下撒上一捧碎石渣，必須在跪拜的嘴下放有臭鞋子，必須讓她當著大家的面，去和新郎喝那交杯酒，把一個松子吊在半空中，讓她和後生嘴對嘴的去咬松子兒。

是奶奶的百歲生日宴，也是後生和蘭香姑娘的洞房日。一整天的酒飲和打鬧，一整天的歡愉和取笑，待到日落了，鳥雀們都飛著回家了，太陽也不得不轉為寒涼後，所有的事情都告有一段了，大家最後罰了在胡家姑娘中排行為三的蘭香親自去給奶奶暖被窩，大家又都在後生忙著別的時，每個人找來一把藜蒺、針刺撒在洞房裡的婚床上，才都笑著離開洞房和奶奶家，朝著村外的荒野攙扶著父母走回去。

月亮大得如盛裝糧食的簸籮般。

山野上的月光、星光不僅是火紅色，而且在臘月的夜裡還到處都是春暖和四處不絕的蟋蟀、蟈蟈的夜叫聲。這一夜就這樣過去了。來日不是太陽率先升起的，而是鳥雀們開始先率飛鳴的。這一天天剛濛濛亮，田家的房頂、樹上和籬笆院牆上，到處滿落著耙樓的百鳥和鳴歡，不絕於耳的叫，如急急緩緩的雨滴落在一湖水面上。田後生和他的愛妻在洞房裡，一夜都沒有夫妻間的歡樂事，他們一夜都不停地去床上找著藜蒺、刺針摘扔著，大聲地罵著他們的姐妹，往彼此身上抹藥塗那刺扎的傷。然後天亮了，該起床去給奶奶燒飯了。把早飯端到奶奶的屋裡去，才發現奶奶在他們新婚這一夜，在她整百歲的子夜時，躺在床上笑著仙逝了。

仙逝的奶奶臉上呈著潤紅色，笑在她百歲的臉上如盛開在水裡的一朵巨大巨大的紅蓮般。安葬奶奶時，山脈裡的空氣是七彩色，所有的刺蝟、松鼠、獾狐和野兔，及不知從哪來的家貓和雞狗，都隊伍著跟著葬隊朝著墳上送。世界上充滿著各種異香和鳥雀的歌。樹林裡所有的樹木都掛著各種顏色的樹葉和各樣的花。安葬了奶奶後，胡族一家住在了奶奶家的宅院裡，又擴建了房屋和院落，把這草屋泥院蓋成瓦屋大院落。再後來，後生和蘭香生了自家的男孩和女孩，耙耬外的世界上，聽說耙耬深處裡的空氣明透是彩色，月亮一年四季都是紅顏色。太陽夏天是爽涼的，冬天溫暖有著炭火似的光。到了秋天臨至了，林裡的果實掉得滿地吃不完，春天又到處是鮮花、野蜂和蝴蝶，說蜜蜂在樹上釀的蜜，會順著樹身流下來，在山野草地上，一攤一攤如水色湖光樣。於是山外的人們開始從外面朝著山裡搬遷了。

一個院落便成了一個村莊了。

一個村莊便成了一個城鎮了。

一個城鎮便成了一個世界外的世界了。

補記——

「——告訴那蒲生，這個故事是朕讀到的最好、讓朕最喜歡的故事了。如果後邊都是這故事，朕允許他寫得慢一些，可以三天寫出一個來。」

「——嗻！」

「——還有朕問你，嵩州到底有沒有這個田農莊？」

「——回皇上。蒲生說他並不熟悉中原和嵩州，只是寫故事時不想讓故事都發生在山東和江南，就編出了中原嵩州的耙耬山脈和田農莊。但公公我派人到中原去查了，中原嵩州確實有耙耬山脈在。耙耬山脈的深處確實有處村野叫田農莊，而田農莊距宋時大理學家程穎、程頤弟兄家的程莊不太遠。」

「——朕問你，田農莊是比桃花源還靜遠的桃源世界嗎？」

「——回皇上。嵩州使已經派人去尋查那山脈深皺裡的田農莊，會在一月之內寫成文書呈到宮裡來。」

「——通知敬事房，再過一個月，天氣涼爽時，朕準備秋天離開京都到中原少林寺、龍門佛窟和白居易、范仲淹的墓園及嵩州耙耬山脈的田農莊。你們現在就開始為朕準備出行走遊的所有行車和馬匹。有可能朕要在雲是彩色、地上流蜜的田農莊裡住下來。朕要會會那些蝴蝶樣的狐狸女。」

濟仁有些驚地看皇上。

皇帝很不屑地冷了一眼濟仁道：

「朕讓你幹什麼你就幹什麼，萬不要對朕的出行說出半個不字來。」

濟仁便慌慌點著頭，躬腰退步地從清寧宮的書房移步出來了。

十五、妮鴉人家——康蒲故事之十六

楚地六河縣，城裡巷子的僻靜處，有一處靜雅小妓院，名聲大不如城內繁華處的「春怡樓」和「留心閣」，凡來楚地六河的商人、書生和出官差的衙庭差役們，都會到春怡樓或留心閣裡喝酒過夜，把心留繫在那兩處的名妓身子上。這處名淺的妓院叫「妮鴉屋」，是普通的一處瓦房小院落，在城北郊巷的盡頭上。小院的一端連著城巷子，一端是城北的荒野水塘和莊稼地。因為偏僻房東搬到城裡去住了，院子就租給來自中原哪兒的三口人。三口人是老媽和兩個秀丫頭。老大叫妮頭，老二叫鴉頭，她們先在這兒住下來，後來就把這宅院營商開為妓院了，名子取之這兩個姐妹名字中的前一個字，很自然叫了「妮鴉屋」——簡樸又素雅，既有鄉野的質樸氣，又有迷人的詩韻和誘惑。雖然為妓院，而實質上，接客的主要是老大妮頭，忙不過時客人不介意，母親也偶爾出面應對一下飢不擇食的客人們。老二鴉頭是一向不接客人的。先是因為她的年歲小，母親、姐姐也就答應了讓她不接，後來她長到十五歲，身子開始熟潤如四月洛陽的牡丹般，高䠷、豐滿而水靈，彷若河邊透綠溢春的枝條樣，很多客人一進這院子，瞟她一眼腳便樁在地上了，眼睛會在眼眶僵起來，說和她住一夜，付多少銀兩都可以。可是這丫頭，卻是寧死不接客，就是姐姐把男女的事情描繪為魚在水裡歡游的樣，母親罵著要把棍棒杖在她身上，她也誓死不和一個男人有來往。如此鴉頭就常常躲在屋裡不出門，可以十天半月不見一個人。實在想到外面換換空氣了，才在夜深人靜時，借著月光到後院無人的荒野水塘邊上站一會。

趙東樓是山東聊城人，正本是去漢口做生意，路過六河縣，在妮鴉屋租店住一夜，和妮頭有了床事後，就再也不去漢口了，完全住在妮鴉的勾欄不走了。他說他是經過許多風流的人，連六河城內的怡春樓和留心閣，都不知去過多少次，卻從來沒有過和妮頭在床上舒心和酥骨，讓人有一次就會日日夜夜想，於是便和妮頭長住在一起，整整一年不回鄉、也不思謀漢口生意了。後來他又包了妮頭一月一結帳，比別人出手更大方，所以妮頭也一般不接他客了。趙東樓在妮鴉屋彷若上門女婿般，墮落風流，閒散自在，每天都是微酒半醉和妮頭膩在一塊兒，只有實在覺得味乏寡趣了，才會到城街上走走和看看。然而剛到大街走上一會兒，又會覺得還是妮鴉屋的院子好，和妮頭膩在一起好，尤其是和她們母女三人熟如一家後，許多時候鴉頭也會從屋裡走出來，和他在酒桌上坐望一會兒。這時候他看見鴉頭靜靜坐著不說話，臉上連一點俗意都沒有，眼如觀音聖罐裡的聖水般，就想這輩子若能和鴉頭在床上相歡一夜晚，死了也是一樁圓滿人生呢。於是有次身不由己著，在酒桌上拿手去鴉頭的身上摸，沒想到鴉頭憤然抓去一杯酒，猛地潑在了他的臉上和身上，又抓起桌上的一盤菜，反扣在母親和姐姐面前後，旋風般刮著回到自己屋裡了。

趙東樓尷尬地不知所措著。

可母親和姐姐，臉上卻是一臉習常不怪的笑，彷彿鴉頭經常這樣般。待趙東樓收拾了臉上、衣服上的酒，去看姐姐妮頭時，沒想到妮頭在桌下踩了一下趙東樓的腳，又用手在他臉上擰一把，說：「你要能讓我妹妹知道男歡女樂的好，我可以半月不收你的錢。」趙東樓扭頭去看母親，那做母親的，卻也和妮頭一樣笑著道：「如果鴉頭因為你以後開始接客了，那你趙生也是我們家的恩人了。」如此趙東樓就在鴉頭面前放肆大膽著，常常只要鴉頭出屋幹什麼，他會突然攔在她面前：「給你十兩銀子行不行？」鴉頭不理他，把身子轉到別處去，他便一跳又橫到她面前：「你知道怡春樓的價格嗎？一次不足一兩銀，可我給你十兩不行十五兩，十五兩不行二十兩——你知道二十兩能做多大一筆生意嗎？」

鴉頭盯著他，把一口痰吐在他臉上。

趙東樓沒有去擦臉上的痰，而是從牙縫擠出了幾個字：

「五十兩銀子好不好？」

鴉頭朝別處看了看，想想又扭回頭來冷冷道：

「你該回家了。你在這住了一年多，一年多你把妻子、孩子留在聊城不回去，你的心叫狗獾吃了嗎？你不怕天打五雷轟你老家祖墳嗎？」

說完鴉頭從他面前橫過去，一轉眼人就不在了。那時他立在妮鴉屋的小院裡，呆有半晌沒有動。也就那一夜，他和妮頭睡著沒有肉身的事。後來有半月，他幾次收拾了行李要離開妮鴉屋，可行李捆好了，終是重又打開留下來。他已經離不開妮頭的身子和這小院了。忍住半月沒有和妮頭發生床上的好，也還是如往日一樣按月付了錢。這樣過了二十天，有次夜裡他和妮頭喝了一陣酒，又讓妮頭離開了，妮頭還笑他不到三十歲身子就糠了，沒有力氣了。她對他說如果想讓她留下來，她還有男女新的花技沒有使出來，使出來怕他會神魂顛倒昏在床鋪上。「願不願意試一試？」她把酒杯放在嘴唇上，眼裡放著雨天雷電似的光。而他只是猛地喝口酒，說：「你走吧，讓我獨自歇一宿，我想我的妻子、孩子了。」妮頭也就很溫潤地站起來：「能想你妻子、孩子了好，就怕你不是想他們，而是想著我妹鴉頭了。」嘲諷著臉上掛著嫣紅色的笑，妮頭讓女僕們進屋收拾了桌上的殘杯和剩菜，有些失落地朝著屋外走。出門時她又回頭對和她同居一年半的趙生說：

「我妹過一會會去後院透夜風，睡不著了你去那找她。你若能把她拿下來，也算我客人中的一位英雄了。」

她也就走了。

他便睡下了。

果然睡不著。月光帶著粉彩從窗口透進來，如胭粉撒在他屋裡的地上和床上。趙東樓把手伸在月光裡看，竟能看清手心手指上的手紋兒。六河縣的夏夜又有些悶熱和潮濕，不似北方那樣乾燥和清爽。從長江和四周的湖塘過來的水氣帶著魚腥味，讓趙東樓聞起來胃裡有微微的翻倒和鬧騰，也就半夜從床上爬起來，不自覺地從院子的後門到了巷院後盡的荒野上。天空如海著，深重的藍色如塗抹上去的顏料般。月亮在那藍裡明明清白著，可自六河城的東邊升起時，彷彿被怡春樓和留心閣的燈籠照著了，慢慢掛有紅色了。成一盤金紅冷月了。天上的墨藍也成一片綢紅了。妮鴉屋外水塘邊的莊稼地，玉米棵剛有齊腰深，在夜裡披著暗紅朝著遠處蕩過去，讓那莊稼裡掖藏著很多未知和祕密。有細碎不絕的聲音從水塘和田野裡邊響過來。夜蟈蟈和夜蟋蟀的爭吵聲，沙地流水一樣朝著夜野浸漫著。趙東樓立在後院門外邊，看著天上的紅月亮，聽著這楚地夏夜的寂鳴聲，忽然看到前邊莊稼地和水塘邊的銜接處，有個人影動了動，又伸手朝著天空的紅色一把一把捧接著，像要把月光捧進自己手裡托著樣。

他朝那個人影走過去。

那人影忽然把手從空中收回來，緊緊地捂在自己胸脯上。

「鴉頭妹，是我呀——是你的兄長趙東樓。」

「你別過來，」鴉頭的聲音冷得和北方冬夜結的冰：「我早對你有防了。」

趙東樓又試著往前走一步。

鴉頭猛地從衣內抽出一柄短刀來，幾寸長，二指寬，光亮上有股寒氣從刀上濺落在地上。荒野間靜得月光落地有吱吱吱的響，而從天空流過來的怡春樓和留心閣的酒唱聲，乘浮在星輝月光上，如叮叮噹噹跑路趕夜的馬車樣。四周的蟈蟈忽然不叫了。蟋蟀從這棵草上蹦到那棵草上去，彷彿猴子從這棵樹上躍到那棵樹上去，吊在枝椏上盪著鞦韆晃動著。趙東樓僵著身子在那，盯著鴉頭手裡的短刀不進也不退。他看見她的臉色在月光裡憋成血漿白。而那半血半白裡，還有夜青在裡邊，整個兒的一張臉，彷彿剛熟的蘋果不知如何又退到青果期，有暴氣漲在那將熟未熟的蘋果裡。這時候，他聽到身後隱約有了腳步聲，他猜想是他的情人妮頭跟著他。他沒有扭頭朝後看，而是緩著聲音對鴉頭說，你誤會我了鴉頭妹，我來這兒是想告訴你，我今天在六河街上碰到我的一個同鄉書生叫王文，文章寫得比綢緞馬匹都要好，誰都知道他是要金榜題名的人，可今年的會考他沒中，出來遊歷也到了六河城。我想說——你和他才是天作之合的一對兒。你要同意見他了，我明天可以把他帶到妮鴉屋。

鴉頭對著趙東樓的刀尖朝下垂落了。

「你收起刀子來。」趙東樓緩著語氣說：「我已經不可救藥了，心在老家可肉身離不開你姐了。你如果還信我的話，就讓王文變得如我離不開你姐樣離不開你，然後二、三年間，他中了舉人和進士，成了朝官御職的人，你們夫妻不要忘了我趙東樓的好心就行了。」

妮頭把拿在手裡的短刀收起來。這時月亮已經靠近了城東的巷子和小院，彷彿就在他們頭頂上。鴉頭站在草地間的一條小路上，如一隻小鹿把頭探在林子邊上樣。

「能走你也離開吧，」鴉頭對他說，「妓院和賭場是一樣，是讓人上癮離不開的地方呢，何況和你好上的是我姐。」

趙東樓便盯著鴉頭不說話，而鴉頭卻對他接著道：

「妮鴉屋不比怡春樓，它是會讓男人失心丟魂的，是情和錢的無底洞，你有多少人情銀子都填不滿。」

最後說了這一句，鴉頭便從紅月亮的草地離開了，擦著趙東樓的身邊朝妮鴉屋的院子走，過去時留下一路一地的植物花香味，像一盒香粉撒落在了荒野上。

第二天，午將飯時候，趙東樓果然從六河繁華的旅店裡，將書生王文領來了。他人剛二十歲，北方人的高身材和寬肩膀，臉上有些木訥又朗朗的乾淨和亮堂，身上除了簡淺的換洗衣物外，就是手提行囊裡被他翻讀爛了的四書和五經。進到院子裡，王文抬頭朝四周看了看，對迎他的主人和僕人說，城裡的房租太貴了，讀書也不夠安靜和舒適，就借著同鄉趙東樓說的價格到這做租客。

也就住下來。

在和趙東樓一起收拾屋子時，忽然有個女子探頭朝屋裡看了看，趙東樓大聲喝斥著：「妮頭，你走開，你忘了咱倆說的話！」那女子就留下一笑走開了。這時王文痴痴立在屋子裡，驚驚詫詫道：「天，這荒巷裡還有這等好女子！」趙東樓也就告訴他，說這是哥的情人你別動心，等一會見了她妹妹，你才明白什麼叫做仙人什麼叫做美人兒。很快就把屋子收拾停當了。書碼在床頭和桌角，將用慣的墨硯擺在桌子上，把帶來的衣物裝進櫃箱裡，最後打水洗臉時，鴉頭竟然毫不避諱地出現在門口，像一枝楊柳豎著冷冷地盯著季節樣。這時趙東樓怔了怔，慌慌地笑著對向鴉頭說，這是我說的王秀才。又轉頭對向王文說，這就是妮頭的妹妹叫鴉頭。

說完也就藉故離開了。

小院裡有午時做飯的切菜炒菜聲。有喜鵲烏鴉混在院裡樹上的叫。王文成年後，這是第一次見到有女子如此膽壯橫野地不經許可就站在男人前，臉上連一絲羞紅都沒有。這反而讓他有些不安了，不知該怎樣和她過禮說話了。她就那麼直直硬硬盯著王文看，像盯著一棵樹，或盯著一隻鳥，待他手裡端的洗臉瓦盆差一點掉落地上時，她竟直切切問他說：

「你叫王文嗎？」

他點了一下頭。

「十三歲就考中鄉里秀才了？」

他又點了一下頭。

「是連續考舉不中才出門遊歷尋妓的？」她問著，不等他回答，又用乜斜的目光看著他：「也好吧，先準備十兩銀子再說別的事。」

說完一轉身子走掉了，如衙門為保全屍體專門為屍房送冰的人，把冰送到屍房門口一扔就走了。直到她走了，王文才想起他未敢抬頭端詳她的身子和她的臉，並未看到她長得到底有多好，和她姐姐比，她又好在哪。正在那兒痴痴後悔想著時，趙東樓又適時進來了，臉上的笑如飄飛著的綢，「漂亮嗎？比仙女還好吧。」他問著，拿手在王文身上搗搗和捶捶，讓王文趕快準備十兩銀，說有人給鴉頭第一夜是二十兩；還有大商人，說鴉頭肯開苞，第一夜願出五十兩，可鴉頭不是嫌他們年齡大，就是嫌他們不是讀書人。說這十兩的價，是因為瞧起你是讀書人，因為他和鴉頭的姐姐情好這一年多，是看在他的面上才談妥答應的。王文聽了嘆口氣，坐在床頭道：「我渾身上下只有五兩啊。」趙東樓也默一會嘆口氣：「那我替你墊上吧，有一天你中舉人進士了，別忘了我這個哥。」就回自己屋裡取出一個小袋子，噹啷一響丟在王文身邊上：

「今夜你就知道仙女和凡人的好歹在哪了。」

老媽是不同意十兩銀子就把鴉頭的第一夜送將出去的。可是為姐的妮頭勸她說：「妹妹好不容易同意接客了，有這一次你還愁後面沒有大戶客人嗎？」母女三個在妮鴉屋母親住的一間大房裡，燭臺放在屋內條桌上，三個人的臉是三種情緒和顏色。姐姐的臉是妹妹終於同意接客的喜悅和興奮，母親的臉上是終為損虧的無奈和遺憾，而鴉頭的臉，冰冷平靜，如豁出去又無所謂的樣。她坐在那兒不說一句話，兩隻手在膝頭不停地讓十個指頭相互撥動著。這當兒，母親把目光落在她臉上：「十兩銀子你去嗎？」鴉頭把十個撥動的指頭停下來，「一兩我也去！」說完就起身出門了。母親和姐姐都以為她是要回屋換衣撲香粉，可是沒想到，她竟鬥氣直接去找了王秀才。姐姐追出來，到門口告訴她：「你穿那件錦裙更好看。」不見妹妹立下腳，又追說你隨便穿哪件都比姐姐好。然後追上拿手輕拽一下妹的衣襟兒，待她立下來，爬在她的耳朵上：「第一夜不要讓那秀才吃足都滿意，讓他半飽餓著他才會日日想著你。」並告訴了妹妹一些床上該要注意的事，用怎樣的花招才可以享受這人間的歡樂不枉修行為人生。

又催妹妹回屋換衣打扮去。

鴉頭不說話，也沒回屋去，她徑直朝著王文住的客房走去了。

院子是楚地風俗中的二進院。這母女三人都在前院正樓屋，兩側是廚房和雜物間。後院是客房和一間閒置房。從前院到後院，要穿過天井和一洞雙扇門。開門時的聲響如滾石從月光上邊碾過樣，沉沉朝著一院的靜寂軋壓著。在那聲音裡，趙東樓從一間屋子走出來，笑著拉起他的情人妮頭的手，用手指摳著妮頭的手心兒，看著鴉頭去敲了王文的門，身子閃著擠進屋裡去，又把屋門關起來。

他們親暱著朝自己的床屋走去了。

說好了吃過夜飯鴉頭就到王文租的客屋裡，王文吃飯時，就有些急切和不安，用筷子夾菜時，手抖得夾起重又掉下去。匆匆吃了飯，回屋這兒擦一擦，那兒抹一抹，把書擺在床頭上，覺出不合適，又擺在桌子上。先把《論語》放在一堆書的最上邊，又翻倒一陣把《易經》擺到最上邊。最後是把《春秋》擺在最上才覺合適了。至於為什麼《春秋》擺在最上才覺合適著，秀才自己也說不清。他開始坐在床上等著鴉頭來。月亮爬上外面窗臺時，他的心撲哐撲哐跳；月亮爬到半窗時，他的心還是撲哐撲哐跳。這季節六河本來有些熱，他在不安等待中，手心裡的汗一汪一汪出，要不停地去盆裡洗洗手，洗把臉，或把手汗擦在床鋪上。一會把門縫開得大一些，一會把門縫關得小一些，反覆著，六神無主著。覺得她應該到來了，卻是遲遲沒有來。從門縫抬頭看見月亮還在城東那一邊，才知道這時候許多人家的夜飯還不到收碗時，人家母女這時還正在吃著飯，也許再飲一些酒，自然不會因為給了十兩銀，人家就迫不及待地見到月光就往你的屋裡身上撲。

心裡緩妥一些了。

身上手上的汗也不一汪一汪雨湧了。

然剛緩心坐下來，門卻輕砰砰地響，驚著直起身，還未及去開門，鴉頭卻自己推門進來了。進來自己又把門關上，直直地立在門後邊，雙手背著把肩膀靠在門板上。她冷冷凝凝盯著王文看，雙唇閉成一條線，臉上既沒有白天見他時的冰青和怨怒，也沒有姐姐見了男人臉上自生熱烈的誘惑和喜興。「你來了？」他這樣問，好像是嘴一張這話就從嘴裡跑了出來樣。「你坐吧。」他又這樣說。說著去給她泡茶喝。杯子、燒水都是準備好了的。茶葉也是早就撮進杯裡的，可去端那杯子時，因為手抖杯蓋掉在地上了，恰巧滾到她的面前去。他去拾杯蓋，她也彎腰拾杯蓋，他們的手碰在一起了。

他慌忙朝後退著站在桌邊上。

她拾起杯蓋望著他，一剛進門臉上冰涼的木然也竟減著了，透著的氣色像日間見了同村鄰人樣。這麼緩著靜一會，依然誰也不說話，彼此看著又是王文的臉上有了羞紅色。她竟真的和仙人一模樣。天下竟真的有人如同仙人樣，不是胖，也不是瘦；不是高，也不是矮。皮膚如月光後面還有燈光樣，有一股香味從哪散發著，可那香味卻又帶著冰寒氣。他退一步坐到床沿上，又一次把頭低下去。屋子裡明明有股冰寒氣，可卻又燥熱如人在罐裡沒了空氣樣。在這燥熱冰悶裡，鴉頭倒更像見過男女歡樂大場面的人，她率先從冰悶寂困走出來，瞟一眼面前的王文輕輕咳一下，問了一句驚天動地的話：

「剛剛我們碰手了，你怎麼沒有一把將我拉進你懷裡？」

這次王文很認真地抬起頭，很認真地看著她：

「你真有十六歲？」

她說道：

「不碰我你的十兩銀子就白花了。」

他從床上站起來，如下決心要一把將她拉到自己懷裡拉到床上去。然他站起後，只是頂真仔細地看她一會兒，又氣餒地坐退回去嘟嘟囔囔說：

「你走吧，那十兩銀子我不要了。」

說了這一句，王文還長長舒了一口氣，彷彿終於下了決心、拿定了主意樣。他不再心慌了，身上、手上也不再不安哆嗦了。他已經決定讓她離開了，不再碰她了，除了對那十兩銀子有些惋惜外，心裡倒覺得平靜下來了，如一團旋風終於從湖的水面離開後，那湖水又歸著平靜了。實實在在說，他不是第一次踏進妓院門，見過不是一個兩個驚為天人的風塵女，可無論怎樣的風塵和風流，二人進了帳帷、褪盡衣服後，天歡地樂結束了，也都有不過爾爾的懊悔在心裡。都覺得倒還不如不進帳帷、不褪錦裙，那種不得、不意和不盡，反更讓人思念和牽掛。進了帳帷做了男女間的事，事後總會有一種我是書生又是嫖客的懊悔感。他不信同鄉趙東樓說的「肉身離不開肉身」那樣的話。她的眼睛和雨水剛生的水泡樣。臉色也和雨水剛生的水泡樣。連脖頸、手腕和耳唇，都如剛從雨中生出來的水泡兒。他看見她和她姐姐妮頭的哪兒不同了。她姐姐是人間透白明亮的蒸氣水，而她是從天上落下的雨水和水泡。是落在荷葉上玲瓏剔透的水珠子。那眼裡的素潔如沒有離開過鳥窩的雛鳥望著世界樣，卻又像那鳥被人從鳥窩掏出來，在人世的屋檐下面吃著、喝著、長大著，長大了更渴望回到樹和天空間的鳥窩裡。綢裙子、滾邊蓮花青繡鞋，緞綢裙上還有脫開的線頭在掛著；繡鞋上還有泥點和一兩根草毛。臉是沒有經過化妝的，像蘋果、石榴剛從樹上下來還帶著未經隔夜的儲存期，嫩雖為嫩，可青澀的曝氣都還在。皮膚確確是和月光玉晶樣，可這月光玉晶終還是被雲霧裹久了，有褪不去的一絲憂愁在裡邊。那眉毛，那雨泡似的眼珠和眼眶，讓她一整的人兒站在他面前，彷佛一棵柳樹綠在河邊斷崖上，隨時都準備那崖岸被河水沖塌樹被捲了去。

屋裡似乎是越發悶熱起來了。

有蚊子在屋裡歡天喜地地飛。

放在桌角的燭臺上，燭油流出一嶙來，滿屋子的光都在搖晃著，且還有搖晃的影子和聲音。鴉頭一直站在屋子最中央。不知為何現在王文平靜了，她倒又開始有些虛慌著。原來身上破釜沉舟的勇力忽然沒有了，如剛才一切都用力過猛了，現在把力氣耗盡了。他讓她離開他，並說那十兩銀子不要了，這話像她身上的怨怒一下被人卸掉了，還把她腿上、腳上最能支撐走路的大筋挑斷了。「我真走了啊。」她對他這樣說。「你走吧。」他這樣回著話。她有些坦坦然然瞟著他：「銀子我想還給你，可我料定母親不答應。因為是你讓我走的，不是我不接客侍奉自己要走的。」說著的樣子如同她必要把許多醜話說出來，以免後面再生枝節樣。

他便又一次抬頭看看她，點了頭臉上掛著笑：

「我是秀才讀書人，怎麼會說了又去反悔呢。」

她果然轉身朝門口走去了。

離開他時還把綢裙朝上提一下。開門。出屋。又把門關上。屋子裡只還有秀才一個人。他看她走開了，目光送著她，等屋門像落葉觸在地上關合後，那輕碰的響聲寂下來，他又舒口長氣躺在床上望著帷幔頂，眼裡的空洞彷若熄了燈後一屋子的黑。然就著樣過了一會兒，也許過了天長地久大半天，在他的空茫虛寂裡，門又響起來。她又返身回來了，依然站在她剛才站過的地方上，用很冷很怪地聲音問他道：

「你敢不敢和我一道今夜逃開這地方？」

他從床上折身坐起來，目光痴怔驚異著，盯著她像她渾身上下沒穿一件衣服樣。「你要敢，咱倆今夜就離開。」她用很硬很肯定的聲音對他說：「告訴你，我渾身上下、裡裡外外都比我姐妮頭好。你若有膽跟我走，我這輩子就是你的人。」把話說得媚誘又穩妥，宛若她的話是從微寒躍入大熱樣。他聽著，朝門口看一下，又在她臉上尋找一些啥，就找到她臉上斬釘截鐵的毅然了。人便忽地從床沿站起來，過去到門外瞅了瞅，回身關上門，並又閂了栓，搶上一步過去抓起她的兩隻手：

「我是嫖客你不怕我髒你？」

「你對我說了你就已經乾淨了。」

他一把將她拉到自己懷裡去，瘋了一樣吻著她，挪著身子吹了燭，讓屋裡一下黑成嬰兒在娘的子宮裡的黑熱樣。一陣瘋躁的響動後，妮鴉屋和整個樓宅院落便都一片安靜了。

整個六河與世界，也都沉沒在秋夜裡邊了。

她果然是個要風得風、要雨得雨的人。議好了連夜逃離六河縣，她就和他在屋裡的床上弄出真真假假的一床聲音來，且她還有了歡歡刺刺的叫床聲。然後安靜下來了。然後她說他累了，要出門親自到灶廚給他做消夜吃。姐姐妮頭和趙東樓，從他們屋裡出來笑著立在院子裡。「知道人世好了吧。」看見鴉頭從王文屋裡走出來，妮頭爬到鴉頭的臉上說。妹妹給了姐姐一個很妖氣的笑。過一會鴉頭端著消夜從灶廚出來時，母親也站在月光地。「他說明晚還可以再給二十兩。」鴉頭這樣對一臉都是明月色的母親說，母親不僅笑著回她話：「你到底長大了，懂得人事了。」而且還拿手獎賞樣在她臉上摸了摸。

各自都回了自己屋子去。

過了子夜人靜時，鴉頭和王文輕腳踏在人靜上，提著行囊、衣物從後院屋裡逃走了。兩匹馬就在大門口，到來日中午走了將近二百里，他們到了漢江鎮的漢水口。她說要住在一邊是寂靜、一邊是繁華的漢江郊邊上，也就依岸找尋，慢慢行走，落日時分在江南找到了一所閒置院，談租價、寫文書、簽字和畫押，這些拋頭露面的，都由王文去行做。鴉頭開始在那屋院打掃和擺置，很快用身上的銀兩買了鍋碗和瓢勺，置辦了最簡單的日子必須物，然後就在那一夜，月亮正圓滿天紅潤時，他們在江邊對著月亮拜了天地、江河與樹木，也便山盟海誓結為夫妻了。

拜天地時她問他：

「這世間一夫多妻制，我要你這輩子只對我好你能答應嗎？」

他跪在她的左側用右手拉著她的手：

「前世修福，今世才有你。有了你我至死都不會再碰第二個女人了。」

她問他：

「一個是離開我進京趕考做舉人，一個是守著我過清淡貧寂的日子你要哪一樣？」

他說道：

「人世有賢妻，我還要那舉人朝官做什麼。」

她又說：

「我若死了你會厚葬我並在墳前哭泣嗎？」

他很用力地捏緊她的手。

「你要真愛我，這輩子你要讓我死在你前邊。由你把我埋了，你再說你後面是生是死的事。」

信誓旦旦，情真意切；情真意切，又遊遊戲戲。月光在漢水的上游呈著田農莊的璀璨色，紅起來如同剛下織機的綢緞般。綢緞上又泛著一薄透亮的碧綠來。這個院落的座落和妮鴉屋的座落一致著，院落的大門開在胡同尾街上，院落的後邊沒有院牆連著江。沙灘柔白像人的皮膚樣。兩邊的院牆把這兒和世界隔開著，面前的房屋又和街道胡同斷開來。開闊蕩動的漢江水，叮啷啷地響著流過去，於是這兒就成又一處的世外了。他們把行囊打開來，將帶來的床單鋪在沙地上，彼此拜了天地後，兩個人就躺在鋪單上。那沙灘、鋪單便成了他們新婚第一夜的床，天下江水就成洞房了。他替她脫了她的裙。她替他脫了他的衫。兩個人就那麼赤裸在夏夜天底下，沐著月光、枕著水聲行著夫妻間的事，說著夫妻間的話。沙灘高處的後院裡，不知是楚地盛開的什麼花，白的藍的和紅的，有的有碗口那麼大，有的只有指甲殼兒樣，一律都是齊膝那麼高，在月光中蕩出一股濃烈烈的香。還有蟋蟀、蟈蟈和別的夜鳴蟲，先對他兩個的到來驚著安靜一陣子，過一會彷彿默認了他們也是同類樣，於是隨意隨性地歌嗓唱起來，把厚極亮極的聲音鋪在江邊、撒在天底下，有時還會有什麼蝶兒從那草間飛來落在沙地看他們。

他們就在那兒行著夫妻間的事，有時他在她身上歇著了，因為說話專心，忘了什麼他會一不留神從她身上滑下來，像一個孩子立在冰上翻了身子樣。然後他就用手去她溜淨的身上摸，用舌頭去她身上舔，才知道是她的身子太滑把他滑倒下來了。他開始坐在她的身邊盯著她的皮膚看，發現原來月光在她身邊是粗糙的，雖紅雖亮卻有一絲一層的淡暗色。她半曲著身子側著身，含情脈脈地拉著他的一隻手，臉上的笑比紅月亮的光色還要粉淡一點兒，潤紅一點兒。她笑他的笨，一個男人竟會從一個女人身上滑下來。他不停地驚著用手去撫摸她身上的這兒和那兒，輕得像一個孩子去摸水泡樣。而且在那水泡上，還有月色似的光，像月光在她身上的反射樣。他摸著那光痴痴傻傻反覆嘟囔著：「我的天……我的天……」這樣嘟囔到月亮將盡時，她將他撫摸著的手拉到面前問：

「我們明天的日子怎麼過？」

他痴痴從那滑潤裡邊走將不出來：

「我就想現在死在你邊上，哪管明天幹什麼。」

「明天把那兩匹馬賣了，你用那錢做生意，我做披肩和繡荷包，這樣我們就可以把日子維持下去了。」

他聽著又開始伏在她的身上嗚嗚哭起來，心裡連一點苦痛悲傷都沒有，只是因為太過歡樂、太過美滿意外就哭將起來了，淚如珠子落在她身上：「你讓我幹什麼我就幹什麼，你是我們家的主人我是你的奴僕啊。」哭著又莫名笑起來，去她身上輕輕地揉著拍打著，自己明明比人家大幾歲，卻像是人家的一個孩子樣。有江風從水面吹了過來了，半薄半厚的涼意浮在他們身上和沙灘上。她說我們回屋吧。他孩子一樣說，我要和你在這外面睡到大天亮。她從沙地的布單上坐起來，他又把她拉倒在了沙地上。她也就由他推拉並又順勢躺下去。他們再次有了男歡女樂很持久的好，直到都感到身子真的乏累了，瞌睡被子樣蓋在眼皮上，月光、星星也都暗下去，漢水上的夜捕船，不知何時熄燈靠在了對岸碼頭上。

天亮時，日光文火那樣燒起來。

王文醒來舒展了一下胳膊腿，感覺到有細芒的光亮扎在眼睛上，揉揉眼，睜開來，見自己赤裸著身子睡在漢水邊，腦裡轟一下，所有的情景重又回到腦子裡。他慌忙折身坐起來，看到鴉頭的錦裙蓋在他的身上和私處，又一扭頭見身邊空得除了幾枝野草和一片沙地外，餘其什麼都沒有。慌忙穿好衣服往租屋裡邊跑，穿過屋子的後門進到屋廳內，看見鴉頭已經穿了楚地南人愛穿的染色上衣和褲子，圍著腰布正把做好的早餐朝著桌上擺。

他又揉著眼睛看著她，很大聲地憨呆著：

「都是真的嗎？」

鴉頭對他很甜潤地笑了笑。

他們的日子就這樣開始了。

賣了馬匹做本錢，在漢江鎮的繁華地段開了小鋪子，賣酒販漿和零售鴉頭手繡的披肩和荷包。賣酒販漿也不全是售賣米酒和漿水，有時還賣菌菇類的乾菜和特產。總之是根據季節時令的變化該賣什麼賣什麼。鴉頭讓賣什麼賣什麼。物貨都是坐船過江到漢口鎮的那邊去進取。漢口那邊更為繁華人口更稠密，物品的價格反為低廉有賺項。有時王文不聽鴉頭的，覺得那邊鎮上的油鹽辣料更便宜，進了貨到了漢江這一邊，卻是無論如何賣不掉。原來漢江鎮和漢口鎮，一江之隔卻是兩個世界著，習俗趣味多都不一樣，連油汁辣料漢江人都只吃漢江製的。又一次，王文覺得漢口人從蘇杭運來的絲綢好，製作衣裙要比當地的衣服絲滑和光亮，就自作主張把所有的積蓄全部拿來到漢口買了蘇杭綢，以為可以大賺一筆讓日子從地屋過到半天上，可一船的絲綢運到漢江後，卻是沒有賣出去一尺和一寸。問漢江人為什麼會不買他的綢，漢江人說漢江鎮的四周都是江河與湖塘，空氣裡邊水氣重，蘇杭的絲綢雖然好，可穿在身上容易吸水，衣服總是貼在皮膚上，遠不如當地自己的絲織中夾有綿線的織品好。如此那傾其所有一船貨，全都砸在自己手裡了。王文氣得想要哭，回家不知該怎樣去和鴉頭說，因為他是不聽她的把錢偷拿出去進了這批貨。沒想到黃昏低頭回家時，她又給他做了一桌好吃的，還陪他喝了半罐酒，待月亮升起潤紅時，她主動回屋把床上的被單拿出來，鋪在他們新婚夜裡鋪睡過的沙灘上，待紅月亮又一次升到天頂時，她拉他到漢水邊的沙婚床上睡。待她解了她身上的布結裸在他的面前時，他說我把我們這一年的儲蓄賠光了。她對他笑笑說聲我知道。他問她：「你怎麼不罵我幾句吼喚我幾聲呢？」她像姐姐去弟弟的臉上摸了摸，「賠了就說明我們貧瘠的日子還沒完，完了自然就該賺了就該過富足日子了。」

後邊的日子半絲一節他都聽她的，像她是丈夫他是女人樣。她讓買什麼他就坐船去漢口買什麼。她讓賣什麼，他就在漢江鎮的店裡賣什麼。很快便又有賺項了，又有本錢了。聽她的又從漢口買了一船的杭州綢，加上原來砸在手裡的，租了三輛馬車在下年春天運到中州安陽城。安陽那兒過了江就屬北方了，沒有南方的水氣和潮濕，又兼有南方武漢的大夏熱，蘇杭綢在那兒價格猛然翻一翻，一下子銀兩賺翻了，一趟生意便讓王文和鴉頭成了富商戶。店裡開始請店員，家裡開始請僕人，日子迅速好得和黑夜有月、冬日有陽般。這時王文決定要乘船去蘇州大進一批綢，想直接運到北方中州賣，鴉頭便瞪著眼睛問他道：

「一個是舉人，一個是我鴉頭，二挑一你會選哪個？」

「這都說過了，」王文道：「沒有你給我個宰相我也不要呢。」

「一個是白銀黃金上千兩，一個是我鴉頭你要哪個？」

「沒有你我要那千兩金銀有什麼用。」

他們很認真地重複著往日反覆地問，重複著往日反覆地答。重複過去了，便不再提離開鴉頭去蘇杭進貨賺大金大銀的事情了。彼此日日地守著宅屋、院落、店鋪和漢水邊的沙灘與花園，每一天分開一會像彼此像分了一月一年樣，如膠似漆，靜靜好好，歡愛宛若他們每一天的日子都是過節都是新婚樣。結婚一年多，他們從來沒有分開過。多虧楚地那邊氣溫好，只要天氣不是大風和雨天，他們總把床褥鋪扯到江邊，夜夜睡到沙灘上的天底下，直到第二年的一天夏夜間，因為有蚊蟲，他們在江邊沙地點了艾繩子，待那艾繩的火燼到了天將亮了時，有一隻花斑蝴蝶在那艾火光裡飛一會，突然撲入艾火死去了，鴉頭看著驚呆在了被褥邊，過一會慌忙把王文從夢裡叫出來，對他清清楚楚說：

「王生哦，有件事情我想我該對你直說了。」

王文看著她。

「說了我怕會嚇著你。」

王文依然看著她。

「就是嚇著你我也必須要說了，」然後停了一會兒，她用不高不低的聲音道：「我要對你說我們一家不是人族而是狐狸你會怎麼樣？」

王生不動不說話，忽然把她的手抓到自己手裡緊握著，像擔心她突然從自己身邊跑了樣。

「因為是狐狸，」她嘆了一口氣，「再不該發生的也要發生了。」

他猛地把她抱在懷裡用胳膊箍著她的肩膀不讓她動不讓她說話。

鴉頭就把下顎擱在他的肩頭上，壓著嗓子平靜道：

「母親和姐姐知道你我在這了。」

王文又一下鬆開她的肩膀看著她，猛地抓著她的雙手從地上站起來：

「走——我們立馬收拾東西離開這。」

鴉頭站著想了一會兒，說這次若是姐姐一個人來了事情還有救，若母親也來了，我們怕就凶多吉少了。王文不接她的話，看看頭頂的朦朧和星月，立刻捲了沙地的被單、拉著鴉頭就往屋裡去。他們很快收拾了屋裡的細軟和銀兩，匆匆捲了幾件換洗的衣服就往門外走。然要走出屋門時，姐姐妮頭已經豎在門前邊，頭上、肩上都頂著夜潮和晨曦光，臉上在那光亮裡，露出一層很奇怪的笑：「這兒果然是比六河好。」鴉頭用哀求的目光望著妮頭說：「姐——你讓我們走。」妮頭便盯著妹妹用手搗了一下她的額門道：「你這兒被老鼠咬了吧，有那麼多的男人和銀子你不要，偏守著又窮又弱的這王生。」然後鴉頭拉著丈夫往屋外去，妮頭把身子擺正橫一下：「姐願意讓你走，可娘會答應嗎？」說著回頭望一眼，娘便領著兩個年輕人，旋風一樣到了院落裡，看見鴉頭先是一頓「白養你了，白白為你修行了」的罵，然後撲過來，把妮頭推到一邊去，一腳跨進門裡將一口痰吐在王文身子上，說：「你一個連會試都榜上無名的人，十兩銀子還要借那姓趙的，怎麼也敢想把我女兒拐走的事。」然後就拉著鴉頭往屋外去。而鴉頭，扯著身子往後墜。彼此哭喚扯拉幾下後，姐姐幫著母親拉妹妹，王文幫助鴉頭朝後拽身子，景況和拔河一模樣，河界就是門檻兒。一會鴉頭的身子到這邊，一會又回到屋裡那一邊，到實在撕扯不過了，母親鬆了手，盯著鴉頭和王文，用刺破天的嗓子大聲吼：

「不走了也好——你們倆給我二百兩的銀子來！」

鴉頭和王文不說話。

母親又看著王文問：

「你有二百兩的銀子嗎？」

王文囁嚅著嘴。

「沒有就別扯拽我女兒。」有了這一句，王文果然站在那兒不動了。母親和妮頭便跳進屋裡一個朝外拉，一個從鴉頭後面朝外推。母親喚罵著女兒沒良心，姐姐不歇嘴地說著「沒有見過你這麼傻的人，竟然連二三四要比一大、要比一多都不明白。」扯扯拽拽就把鴉頭弄到門外院子裡。鴉頭看見大門口停著一輛三匹馬的大馬車，她知道只要把她拖到馬車上，那馬車會一飛沖天將她拉到天邊去，於是忽然把身子掙一下，扭頭從院裡窗臺上，抓起一把她剪裁披肩荷包的剪子來，用剪子對在自己胸口上。「是讓我活著和王文在一起，還是讓我死了你們把我的屍體拉回去？」她逼問著母親和姐姐。院子裡立刻安靜下來了，晨起晶黃的日光裡，鴉頭在胸口倒插著剪子一連聲地問，聲音青紫條條綳直擱在院落間。

胡同的鄰人也都起早圍在院落內，十幾個看著沒人敢說一句話。每個人的目光都是驚愕和不解。門外的馬車因為轅馬在晃動，車架發出想要離開的吱嘮聲。不安的馬蹄敲在地面上，像敲在鼓上一樣響。

妮頭問：

「鴉頭，你難道能傻到要去死？」

鴉頭瞟了一眼姐，聲音大到和中箭的鷹在天空叫一樣：

「讓我回去我就死給你們看！」

剪子的銳端已經頂在她的胸口了。空氣中原來的潮濕滯重這時都已結成冰。所有的人都不說話。門外的三匹棗紅馬，每一匹鼻子都噴著不耐煩的響鼻兒。母親是被女兒的烈性驚著了，先看到鴉頭抓起剪子頂在胸前時，她心裡閃過「你別這樣嚇唬娘」的念想，繼而見到鴉頭把剪尖頂在自己的胸口皮肉上，身上的衣服都在那剪下哆嗦時，她意識到女兒當真了，她若不放了女兒和王文一道走，就只能拉著女兒的屍體回家了。這時她在一片慌亂中怔了怔，起腳從邊上過去慢慢跪在女兒面前說：「鴉頭，你讓娘去死，娘已經嘗過這人世間的各種好，你才剛過十八歲，這人世還有許多事味你不知道。」說著她跪著朝前挪一步，都看見她跪下時雙膝把明亮的日光砸碎了，又往前邊挪動時，雙膝踏著日光的碎片像踏著奈何橋下的水。「你忘了我們一家離開田農莊時說過的話？你忘了我們修世時一家人的苦了嗎？我們來這人世不是為了這些啊——」問著喚著母親臉上有了淚，且那淚在臉上和晶瑩的血珠一模樣。那淚讓鴉頭的心裡動一下。在這一動間，母親在她面前一伸手，鴉頭手裡的剪子就握在母親手裡了。

剪子頂在母親的咽喉寸前了。

「你和那王生走了吧。」母親說：「現在就讓你娘死在你們逃走的院落裡。」

剪子又過了寸地頂在了母親的咽喉上，有一股血線從那剪尖流出來。人群裡有了一片噓聲、哦聲和感嘆聲，像醞釀在雷前的烏雲風流聲音樣。接著母親又把剪子朝喉肉裡邊再用一點力，更大的一股血，半噴半濺地飛流出來後，一院子漫滿了血氣和驚叫聲。

「鴉頭——你就這樣看著娘死嗎？」姐姐的驚呼終於雷聲一樣響炸起來了。

鴉頭便隨著姐姐的驚炸聲，如被誰從背後推了一把樣，突然跪在母親的面前抓住母親的手，「娘——我跟你走！」隨著她的這聲喚，妮頭瞟了一眼跟著她們來的兩個年輕人。那兩個年輕人，便上前一大步，一人架著鴉頭的一隻胳膊朝著門外飛著腳。

一場生死的浩劫過去了，像人生的幕布突然拉合閉了樣。

王文一直都木呆呆地立在房檐下，當他看見鴉頭被架走時，朝著大門外邊追過去。而從那飛馳離開的馬車上，鴉頭最後留給他的一句哭喚是：

「王生啊——我在六河等著你！」

匆匆收拾轉賣了漢水邊的家財和物貨，將所有的東西都十文不當一文地賣給鄰居和漢江鎮民們，兩天後王文就背著行囊朝六河縣裡去。又兩天就趕到了六河縣城裡。在那個黃昏的落日間，他急急地趕到城郊那個妮鴉屋，看見門上的鎖比拳頭還要大，問人們院裡的主人去了哪，才知道是在他離開漢江的同一時辰裡，妮鴉屋的母女也離開六河了。

沒有人知道她們去了哪。

王文先在六河的怡春樓和留心閣裡打聽妮鴉屋的母女會去哪，又到有騾馬營運的人家去打聽，結果都是風和塵樣無去向。甚至那些做騾馬營運的人，說一戶人家搬走怎麼能離開我們呢？我們沒有幫著她們怎麼搬家呢？

可這戶人家就這樣在六河消失了，如蒲公英被風捲走了。六河城，六河城周圍的街巷和集鎮，接著是與六河縣相鄰的幾個縣城和街區，再是楚地外的中州和燕趙，王生像荒莽野外的一個鬼魂樣，四處的遊蕩和找著，整整三年時間他都在楚、燕、豫和江浙一帶尋找鴉頭一家人。最後身上的盤纏花光了，不得不從金陵經過徐州討飯回到老家東昌府。大考落第，一走幾年，回到村裡父母都已經謝世不在了。家裡的房屋不僅塌漏出幾個雨洞來，連院裡的塵埃荒草間，也都有了野貓和野狗，而且還成了獾兔刺蝟們的世界了。他重新在這個家裡苟活著，為把刺蝟獾兔趕走他用了三天才把院裡的荒草拔乾淨，才把那獾兔的窩洞堵埋上。

親戚鄰人給他送來了一些糧食和鍋碗，勸他把詩書重新揀起來，來年運好考個舉人也就又有前程了。可他只是對著人家搖搖頭，不接話也不讀書。有先生把四書、五經重新擺到他的床頭上，先生走了後，他拿起書像丟掉柴草一樣丟在門外柴堆上。不種地，不買賣，不讀書，也不和村裡人來往說笑和談論，每日間飢一頓、飽一頓地從家裡朝著東昌府裡去，西街走一走，東街看一看，蹲在東昌府的幾家妓院前，看誰走進去、逮誰走出來，聽那妓院的女子和僕人們，說院裡這個紅顏好、那個紅顏俏，窩在闊嫖客們的身後邊，聽人家身子滿足後，議論這家妓院的女子強、那家妓院的女子弱。如此終於有一天，有一個姓高的翰林從燕地調任到安徽去任職，路過東昌府，被朝廷因何貶到東昌府的同窗趙巡撫，陪他到府裡的一號妓院散了心。他們從妓院出來時，趙巡撫問他一號院裡的女子是否可心和柔美，翰林笑著說了聲名不虛傳後，又頓一會感嘆到，從世南到世北，從天東到地西，如果說妓院的女子讓人忘不掉，還當屬京都西城外雙鳳院的姐妹讓人忘不掉。

趙巡撫便有幾分疑懷地望著高翰林：

「雙鳳院，真有那麼好？」

高翰林吟了兩句詩：「湖光秋月兩相和，潭面無風鏡未磨。」

趙巡撫跟著笑一笑：

「不就是處女嘛，只要高翰林在東昌再留一天就有了。」

翰林說：

「人家是每次都和處女樣，身上夜夜有香味。」

說這話時同窗和翰林是立在妓院門前三岔路口的栓馬處，他們低聲議論說笑著，又說了一些別的啥，彼此就在路口分手了。一個東，一個往西南，這時王文從哪走出來，跪在西南正要上馬的翰林面前問：「大人，是不是那二姐妹大的叫妮頭，老二叫鴉頭？」高翰林驚異地望著面前的書生年輕人，有些厭煩也有些尷尬著。畢竟是他聽到了自己說的最私家也最酒席上的話，目光裡便帶著厭棄和冷漠，沒有答話就去解著馬轠繩。王文便轉著身子又跪到馬樁下，問老二妹妹的身子是不是滑得和魚皮樣？胸前雙乳間，有一個發光的黑痣如豆粒一樣大？

高翰林的手停在栓馬樁的上邊了。

「她是我的妻子呀——」王文哭喚道，「請大人告訴我她在哪？」

高翰林又詳細問了王文幾句話，王文也都一一做了答，翰林便滿臉疑惑著，說那二位女子和她們的母親在京都西門外的一潭湖邊上，妓院不叫妓院而叫二鳳院，姐姐大名叫大鳳，妹妹大名叫二鳳，母親的名字他不知道。說完翰林上馬朝向西南走去了。這時候，正置春夏之交的節季裡，落日掛在東昌府的西天上。身後莊稼地的小麥棵，綠汪汪鋪在路邊和落日間，一世界的紅亮裡，泛著青棵的味道和花草氣。王文怔怔地立在路口上，東昌府的房屋、街巷忽然朝著悠遠退去了，使他面前變得開闊而遼遠。高翰林騎著馬，身後是一串節節奏奏的得得聲。王文等那馬和人都走遠後，快步地離開這兒往家走回去。回到家王文連夜把自家的宅院、田地、樹木和家財，能賣的全都賣掉後，拿上銀兩盤纏和一袋乾糧及衣物，第二天天不亮時出了村，穿過東昌府的大街和巷路，朝著京都人們都趕考赴去的方向走過去。

一個半月後，王文到了京都西門外。在一家馬車店的旅館住下來，夜裡打聽到了西城門外的一潭湖，來日一早就去西城外找那一湖水。找那水邊上的二鳳院。結果那所謂的一潭湖，並不是漢江、漢口那兒的湖和連天扯地碧清的水，只是城外運河分流過來的一河渠水在這打結繞出一個彎，積起一處野荒塘，圍繞這一塘荒水住了幾十戶的人，人們就稱這兒叫了一潭湖。有條馬道圍塘而行著，在這馬道的兩側上，有人家的草房和瓦屋。從西口朝北再向東，當一塘荒水盡了時，那一彎馬道又朝盡處伸過去，至不遠的塘端路盡處，翻過一座橋，在村落隔開的一片空靜裡，隱臥著一座四合院。塘邊的人家說那兒就是二鳳院，每天都有官府的貴人和書生乘馬到那兒。

這天日上三竿時，王生到了那兒去，他沿著塘道朝著前邊走，荒水中長有半高的蘆葦的蒲草，野蓮在水面上錯錯落落鋪開著。鴨子、鴛鴦和白色鳥，迎著日光歡得和過節一模樣，撲稜著飛起來，又撲稜著落下去，帶起的水珠在水面閃著碎碎亮亮的光。木橋架在荒塘的窄處兩岸上，過去橋才看出那兩進四合院，原來是建在塘中心的一個小島上。灰磚牆、琉璃瓦和房頂的起龍挑鳳脊，大門是紅漆描金王府家的門樣兒，門上邊果然寫著「二鳳院」的三個招牌字。門前的一片闊整平地上，豎著客人來時的青石馬樁和落轎處，還有餵馬的石槽和乾草，再就是幾棵依水而生的石榴樹。石榴花開得如女子們的唇口樣。有一個五十幾歲的男僕這時在那門前掃著地，把餵馬的剩草朝著塘裡扔，把新的穀草從哪抱過來，等著騎馬或坐馬車的貴人們。王生就從橋上過來了。男僕老遠奇怪地望著他，見他沒有騎馬坐車又來得這麼早，就笑著問他你不懂二鳳院的規矩吧，大小姐和二小姐從來都是不到午飯之後不接客。他也就朝著男僕走過去，問了大鳳是不是原名叫妮頭，二風是不是原名叫鴉頭。那男僕便驚得把嘴張起來，認出了王生是在六河縣妮鴉屋只住了一夜就把鴉頭帶走了的那書生。王生也認出了男僕是始終都跟著妮鴉一家的老僕人。他喜得想要叫起來，而男僕慌忙朝著二鳳院的大門瞅。於是二人又都閉了嘴。僕人很快拉著王文朝院牆的一角走過去。到了僻靜處，他告訴王文說，他這幾天一早都在門口打掃和收拾，正是因為二小姐告訴他說這幾天王生你會來這二鳳院，才讓他候在門口上，攔住王生千萬不要進了那院子。進了人就沒命了。說著老僕人又朝四周瞅了瞅，讓王生在這等著不要動，他去把鴉頭叫出來，說完便丟下手裡的掃帚朝二鳳院裡快腳走去了。

王生在二鳳院一側屋後等鴉頭，等得時間和路道年月一樣長，連太陽都將正頂了，鴉頭到底沒出來，只是老僕人急慌慌地出來對他說：「二小姐讓你留下地址趕快離開這，她娘和姐都知道你到京都了。」王生問她們怎麼會知道呢？僕人說你別問怎麼知道的，現在你趕快走，慢一步不知會出什麼事，怕你這輩子都見不到你的鴉頭了。王生只是怔在那兒不動彈，一再問她們怎麼知道他到京都來找鴉頭了。老僕人就只是問著你住哪兒，讓他趕快離開二鳳院。說他進院去找鴉頭時，鴉頭一家剛起床，正在吵架哪，母親硬說王生來了京都城，鴉頭硬說沒有來，還說你王生在老家早就結婚了，孩子都有已經兩歲了，而姐姐大鳳只是在邊上不出聲地笑，像看一場拙笨拙笨的演出樣。僕人說著催王生起腳快離開，急得滿額門上都是汗。而這時，二鳳院的大門忽然響起來，老僕人驚怔一下子，將王生朝一棵樹後推一把，從地上抱起一捆乾馬草，就朝門前的馬槽那邊走過去。

王生便躲在樹後草地間，看見鴉頭的母親急火火地從家裡走出來，快步過了門前的橋，到繞塘道上朝著串連那幾十戶人家的路上瞅，似乎沒有瞅見啥，不得不轉身走回來。而妮頭和鴉頭，也跟在母親的身後站在橋頭上，等娘回來了，都還一臉笑著去攙娘，然後回家來，到門口又把老僕人叫過去，交代了幾句進了院，關了紅漆描金門。

事態也就如此了。

終歸是找到了二鳳院和鴉頭一家人。終歸是說好鴉頭得空就到馬車旅店來找王生的。從二鳳院那邊走回來，王生心裡喜著擔憂著，踏實著又不安忐忑著。車店是在城西門內的路邊上，名叫「四通天下」店。為了使鴉頭來了後不發現王生的人生太酸苦，王生還特意多交了二十文錢從一個小房換了大房間，住進了正向東的一間大窗主客房。他在客房坐著等，站著等，沒事就到店外馬路上，朝著西城外的方向瞅。為了見鴉頭，他把自己的衣著也換了，專門穿上他們在漢江時她總讓他穿的儒生服。京都這兒的春夏之交裡，天氣已經熱得近著夏天了，可王生還是一出門，就把鴉頭為他織縫的一條長巾提在手裡邊，樣子是因為早上天涼他圍了那長巾，後來天熱他把長巾解下提在手裡樣。如此地坐臥不安著，從午飯後到落日前的黃昏裡，一直站在「四通天下」的大門前，使店裡的同客進進出出都很奇怪地望著他。

就這樣他在店裡店外苦苦等了整三天。

第三天午時他上街吃了一碗京都麵，提著長巾又站在店外路邊上。店主問他你等誰？他苦笑一下說：「不等誰。」「不等誰你怎麼整整三天都站在這兒呢？」事情似乎有些情理不容了，讓人胸塞怨悶了。他決定要再去一潭湖的二鳳院，要不顧一切地闖進鴉頭的那套客臥房。急步地回到店裡去取盤纏要雇一輛馬車時，一推租屋門，竟看見鴉頭、妮頭和母親，都正坐在他的屋中央。見他回來鴉頭從椅上彈起來，似乎是想朝他撲過去，可又忽然僵住不動了。妮頭和母親，這時都坐著沒有動，看見王文只是把身子欠了欠。屋子裡的空氣一下涼薄了。從門口窗口過來的光，又熱得和著了火一樣。看見她們母女三個人，王文一下呆在門口上，人像木樁一樣杵在那。他們已經分開將近四年了。將近四年他二十幾歲像了三十歲。而她們，都還個個和當年樣。母親還是那麼一臉少婦似的青顏色。姐姐還是那麼一臉新季蘋果熟後的燦紅、光亮和很奇怪的笑。而鴉頭，居然看上去還是十六七歲的嫩樣兒。她的盤頭上，插了一枝金簪兒，耳上是兩個金珠吊墜環，手指和手腕，也都箍有金銀手鐲和寶物，倒像是果實不熟生生被日陽晒著樣。她臉上沒有笑，也沒有對他的意外和冷熱，像她知道他會這樣他就不出所料果然這樣兒。

午後的熱暖半濃半烈著。王文總覺得屋裡屋外都在燃著火。同店的旅客從他門口走過去，朝屋裡看一看，目光像板條打在他的肩上和後腦上。王文忽然覺得自己手裡這時提著長巾如提著一條蛇，他扭頭朝邊上瞅一眼，門後是專掛衣服用的牆楔兒，可他沒有把長巾朝那楔上掛，而是很隨意地扔在了門口凳子上，且那長巾從凳上滑落地下也不撿。鴉頭盯著那落在地上的長巾看，臉上飄過一層淡白色，將目光落到娘和姐的臉上去：

「你倆出去一會兒，我單獨和王生說幾句話。」

母親不動彈，嘴上冷笑笑：

「有話當著人面說。」

「那好吧，」鴉頭看著妮頭道，「我姐留下來。有姐在這你該放心了。」

母親終是退讓了，從鼻裡哼一下，又朝四周看了看，起身朝著門外走。從王生身邊擦過時，她立下來用眼剜挖王生一眼睛：「今天京都的二鳳院，可不是當年六河縣的妮鴉屋，它是連皇宮貴人都常去的地方了。要說什麼做什麼，你自己為自己掂量著。」說了這幾句，她從王生身邊過去了，留下一股寒氣如大夏裡刮過一股來自深潭裡的風。屋子裡又一次靜下來，如同那潭水中最深處的那種靜。鴉頭看母親出去了，跟腳到門外瞅了瞅，回來把屋門關合上，拉一把王生朝著窗下的亮光裡邊站，然後在那光裡瞟瞟王生道：「半兩銀子，老僕人把什麼都給娘說了。」接著停一會，又用很輕的聲音說了山高水長幾句話，「你的孩子已經三歲啦。今天你就到東城牆下的水仙胡同去找你的同鄉趙東樓。這三年孩子都是他在替你帶。把孩子接回你老家東昌府，你可以再娶。孩子可以好好攻考舉人和進士。你命裡是有舉人、進士安排的，考中了，你和孩子這兩輩子，就都過上人世最好最好的日子了。」說著鴉頭從哪摸出一個錦袋來，把錦袋擺在窗口桌子上，打開來露出大半袋的銀子和首飾。說這錢物你帶回去蓋房和置地，用不完的留下過日子。說著又把那錦袋口兒繫上朝王生面前推了推，用緩平緩平的語氣接著道：

「以後二鳳院分給我的錢，我都會托人帶給你和孩子去。」

似乎該要說的都說了，該要囑託的，也都囑託交代了。說完後，鴉頭眼裡露出「我走了」的光。她用那光看看王生，又打量一眼妮頭，也就起腳朝門口那兒挪過去。

王生忽然一把拉住了鴉頭的胳膊袖，抓起桌上的錦袋丟到鴉頭面前桌角上。「我不要這！」他用很硬很冷的語氣說：「我要人！我要你回東昌和我一塊過日子！」說著又用雙手抓住鴉頭的兩隻手，臉上呈著青白色，淚像兩注溪流沖下來。這時候，鴉頭的臉也青白了，淚也那樣橫流了。自窗口過來的光，明透裡舞著許多塵埃花點兒。窗外響起了母親的催促咳嗽聲。那咳聲震得屋裡的光亮和塵點，都在半空抖動著，像有人在日光下抖甩綢布樣。鴉頭朝姐姐妮頭望過去。那望著的目光不知是告訴姐姐她要和王生一塊走，還是求姐姐來幫個什麼忙。早就從凳上站起立在邊上的姐姐過來了，她把一隻手搭在妹妹手腕上，一隻手搭在王生手腕上，輕輕一用力，便將他們的雙手分開來。

「你已經值了呢。」妮頭對王生說，「你有了孩子還有這一兜金銀和首飾，妹妹還說把以後掙的都給你，你還能讓她怎樣呢？」

王生擰著脖梗兒：

「我要人。我不要這！」

「你要人？」姐姐忽然就笑了，「鴉頭，你給他直直切切說。」

「你要人，可我已經不是你要的那個人了呀。」鴉頭猶豫一陣後，也竟果然道：「在二鳳院這三、四年，我每天都接待王公、貴族和浪書生。少說一天接三個，一月就是一百個。一年就是一千二百個。三年少說有三千六百個。我都接過三四千個男人了，你要的人哪兒還是三年前的那個鴉頭啊！」

王生驚著盯著鴉頭的臉，如同要求證這件事，求解她說的數字對不對。他不再掉淚了，目光變得凌厲又迷沌，眼前起有一片白茫茫的霧。他似乎看不清鴉頭的臉是啥樣兒，於是又轉身看妮頭，彷彿希望妮頭將他眼前的迷霧撥開來，把他的目光拉到一片清澈裡。可他沒想到，這時妮頭不僅朝他點了頭，還又重重加了一句話：

「每天接三個客人還是少說哪！」

王文便把目光重又扭到鴉頭身子上，眼裡有了恨的光。

「去找你的同鄉和孩子吧，娘在外面等我哪。」鴉頭淡著說。說著撤著身子走，王文便徹底木在那兒了。他看著鴉頭要伸手開門那一瞬，彷彿猛地意識到了什麼了，又上前一步橫在鴉頭面前大聲問：

「我不在乎這些呢？」問著更大聲地說：「你不是說人再髒再醜陋，說道出來人就淨了嗎？」

鴉頭又一次立下盯著王文看，如語塞樣不知該要說什麼。這時姐姐又站在他們面前來，笑笑看著王文道：「這麼痴情你拿五百兩的銀子來。五百兩銀子我當家讓我妹妹跟你走。」說著把鴉頭朝離王文遠的地方推一把，嘴角又起了很奇怪的一層笑，「你知道我和妹妹是和人不一樣的人，就是你給了這五百兩，鴉頭她這輩子跟著你會有快活日子嗎？」頓一下，收起臉上的笑，妮頭又滿臉都是正經和嚴肅，「我就實話對你說了吧，京都這兒到處都是蒙古人。蒙古人每天都吃牛羊肉，他們和你們漢人是不一樣的人。他們身上力氣大，口袋裡銀兩多，床上的功夫特別好，他們才是我和妹妹要的那種人。」

王文用冰白冰白的目光冷看著她們姐妹倆，臉上成了青紫色，過一會他又把目光全都挪到鴉頭臉上去，沒想到鴉頭看看他把目光朝下落了落，隨著姐姐附和道：

「是這樣，和蒙古人在床上人就成了神仙了。」

王文的目光也成青紫顏色了，他把嘴唇咬一下，突然揚起手，在鴉頭臉上冷猛摑了一耳光。這一摑，鴉頭身子晃一下，妮頭竟不急不慌地把身子朝後退半步，臉上掛著一層如了願的笑。屋子裡成了結著冰的湖。在這悶熱、寒涼的奇靜裡，都以為門外的母親會衝進來，可誰也沒料到，母親這時不知去了哪。於是鴉頭瞟了一眼姐，用手摸著左側白血血的臉，和姐一樣臉上掛著淚和冷呵呵的笑，朝王生面前上了一步說：

「你會打我了。你到底動手打我了。你會打我我就放心了。會打我你就成這人世上的男人了。成了男人你就可以擔當、可以養活咱們的孩子和苦讀功名了。」她哭著笑著又動手把自己的耳環、金簪和手指、手腕上的金銀首飾全都摘下來，捧著放到木呆在那兒的王生手裡去，「你把這個交給趙東樓——這是他替我們養這三年孩子的謝，也勸他和你一塊回到東昌老家裡——告訴他姐姐除了可憐他，除了他給姐姐的銀兩外，姐姐從來都沒有真的愛過他。」說著看了一眼豎在一邊的妮頭姐，「對他說人到妓院來尋愛，就像到水裡撈月樣，妓院是除了銀兩別的什麼都不認的地方啊。」說完拉開屋門就朝租屋外面走，風一樣很快捲過牆角不見了。

這時姐姐妮頭也摘著身上的簪子和首飾，也塞到王文手裡道：「妹妹說的對，你把這些都給那姓趙的——讓他死心回家去，告訴他說人到妓院尋情就是把冰當成火。」說著起腳跟著妹妹追過去。出了屋，走過客棧院，看見妹妹和母親正立在客棧外，有一輛四馬描金的宮貴馬車等在路邊上。母女三人很快上了那馬車，一陣風樣離開客棧上路了。

王文這時瘋了一樣從後面衝出去，追著馬車到西城牆下對坐在車後的鴉頭喚：

「告訴我田農莊在中原的哪一邊——」

「告訴我田農莊在中原哪一邊——」

可是那馬車，已經出了西城門。鴉頭望著追來的王生沒說話，從眼裡流出來的兩行淚，那淚不是青白色，而是紅粼粼的兩行血。那血淚落在車上又流在京都皇家的馬道上，有很多的鳥雀和蝴蝶，像蜜蜂圍著花樣在那血珠滴上飛舞著。

補記——

康熙看了〈妮鴉人家〉後，曾和濟仁公公感嘆說：「這才情——我大清有蒲生這樣的書生還怕國之文脈不旺嗎？」還曾想日後將蒲生招至御院為自己每天寫〈妮鴉人家〉這樣的故事看。可在第二天，皇帝本來是要微服到京城巷裡走一走，看看民情和初夏的景，然御駕剛出紫禁城，皇上心裡動一下，嘴角掛了一絲笑，忽然讓前呼後擁的車隊人馬回去了，只帶了幾個侍衛和公公，要私下到城西去找一潭湖和一潭湖裡的二鳳院，結果幾輛御車繞著城牆外的田野、馬道走了半邊城，既沒有見到一潭湖，也沒找到二鳳院和二鳳院中的鴉頭和妮頭，於是一片沮喪漫在心裡了。西城牆外滿是曠野、荒地和莊稼，再有就是幾片蕪雜的墳地和烏鴉群。皇上沒有告訴誰他在西城牆外找什麼，就那麼在幾條馬路上兜來轉去著。他們是午飯以後出的宮，日偏西時從西城牆外的郊野回的城。御車進了西城門，還專門讓人去城門裡的兩側問，「四通天下」的客棧在哪兒，那城牆下的百姓說：「沒聽說過哪兒有四通客棧啊。」皇上就和他的人馬回宮了。御駕人馬是從長安右門轉入承天門，過了端門、午門入的紫禁城，當到太和大殿一側時，皇上一招手，讓所有的隨從、侍衛、車馬都離開，只把濟仁公公留在身邊上。這時太和殿在落日中的影子倒在車道上，兩邊磚牆上散著磚潮味。兩天前的一場雨，還有潮澤隱在牆下的磚縫、花草裡。就在那大殿影子中，皇上朝著四周看了看，用很隨和的聲音問濟仁：「蒲松齡說西城外有個一潭湖，湖裡有座小木橋，過去橋是二鳳院，二鳳院裡有鴉頭、妮頭二姐妹。可現在朕信這些了，去找這些又沒有。你告訴朕——這蒲生是不是犯了欺君罪？」

濟仁公公的心被「果然！」驚一下，明白這一個下午皇上都在西城外邊轉著找尋什麼了。他是每次接到侍衛從山東送來蒲生的故事後，皇上允許他首先看一遍，掂量了皇上的喜好才可以呈給皇上閱讀和消遣。三天前他給皇上呈送〈妮鴉人家〉時，皇上曾問他，為什麼整整十天才有新故事？濟仁跪在皇帝前，說吾皇在上，您飽讀詩書，文采天下，明白寫故事也如種地樣，季季年年會有旺收和欠收，也許那蒲生寫了二十個故事腦子空了有些欠收了。濟仁替蒲生解釋著，最後對皇上笑笑說，這故事又長又好看，想比皇上你會諒解那蒲生故事來得晚。

這麼說著濟仁把故事呈上了。

沒想到這故事不僅皇上迷上了，還全都信了真，竟會出城去找二鳳院和妮鴉二姐妹。到這兒濟仁公公心裡有了一絲喜，對皇上躬身笑著道：「故事和戲裡的事情都是書生的閒夢，皇上哪能把它們當成真的看。」

康熙便把目光朝天上望了望，又將目光落在太和殿的脊頂瞅了瞅。那殿脊頂上這時正有一對喜鵲落在上邊嘰喳喳地叫，皇上也便順著那叫聲問：

「故事是這鳥鳴嗎？」

「是，」濟仁想想說，「皇上您聽聽也就過去了。」

「那就告訴那蒲生，以後都把他的故事寫成喜鵲叫，不要讓朕看到故事裡頭有烏鴉聲。」

濟仁想著皇上的話，朝皇上很鄭重地點了頭。皇上便不悅地起身朝大殿後邊走。可走了幾步後，又忽然立下來，臉上掛了一層笑，朝濟仁擺擺手，待濟仁再到面前後，他用很小的聲音問濟仁：「朕問你如果故事是真的，城外也有二鳳院，你喜歡妹妹鴉頭還是喜歡姐姐妮頭呢？」

濟仁的臉上便起了一層尷尬惶惶的笑，他望著康熙道：「皇上，你忘了濟仁是什麼身子了？」皇上突然大聲笑起來：「朕喜歡姐姐妮頭那樣的人！」笑著朝前走，走著又交代濟仁說：「告訴那蒲生，讓他好好構思放開寫，朕倒要看看他到底能把狐狸們寫得有多妖。」

濟仁聽著皇上的話，立在太和殿的落日裡，人像漂在一湖水裡輕快著。就這時，皇上朝前再走幾步後，又一次回頭大聲喚——

「讓蒲生在故事裡寫狐狸就說是狐狸，不要讓朕在讀他的故事時，每讀到女子出場都要費半天心思來猜她是狐狸還是人。」

十六、四鳳——康蒲故事之三十

四鳳終於從高翰林家裡夜逃出來了。

她決計要回嵩州耙耬山脈的田農莊。她無法忍受高翰林夜夜都把她捆在床頭抽打、做愛和讓她裸著身子立在燈下沒完沒了地賞看她的光身子。夜深得如不見底的枯井般。她每一夜都像從井口朝著井底墜。她想趕快墜到井底摔死倒也好。可是天一亮，她發現自己還活著，墜落了一夜還沒有甩在井底石頭、泥漿上那「砰啪！」的巨響和崩裂。

她自心裡的根處對人和人世絕望了。

她以為來人世一遭和去地獄走了一遭樣。今年一剛十八歲，可心卻老得如同八十歲。她都忘了她是怎麼跟著一群姐妹在一個月夜離開田農莊，走出耙耬山，過山過水地到了湘地又到粵界裡。粵界離中原實在太遠了，可夜路、草地和季節，還是把她送到了這粵地番禺縣。她沒有想到粵人原來有什麼動物都要吃的口味和習慣，老鼠、林蛇、蟲蛹和鳥雀，甚至連很少下山的穿山甲，他們都要捉了、殺了蘸醬吃。她是有一夜走得太遠太累在路邊睡癱了，醒來已經被高翰林提在手裡到了翰林家。天熱得和水煮一模樣。翰林家的老宅瓦屋和廟宇一模樣。牠被栓在入門處一片竹林裡，明明家裡有廚頭、傭人和奴僕，可翰林卻要親自動手殺了牠。那一天是陰鬱無日的潮沉天，竹林邊上有專門屠宰的板架、刀具和洗肉池。牠像一隻貓狗樣，被高翰林用力在地上甩一下：「趙巡撫，對不起你了啊！」這樣說著他就把牠抓起丟在板架上，然後看一眼邊上的家奴們，讓他們都回到自己房屋裡，待院裡只還有他和牠，他對著牠吟了幾句詩，「不忠之人曰可殺。不孝之人曰可殺。不仁之人曰可殺。不義之人曰可殺。不禮不智不信人，大西王曰殺殺殺！」接著他把袖子捲了捲，在竹林邊上磨著屠宰刀，嘴裡不停地念叨著趙巡撫，你個欺君謊世的賊，身為朝庭命官竟敢貪贓枉法，妄顧事實，把我高翰林送到監獄裡。說著刀便磨好了，他用手在刀鋒上試了試，又在狐狸身上拍了拍，「今天你和我的冤仇也就兩清啦——你看我如何剝了你的皮，挖了你的心，煮吃你的肉。」從牙縫擠著這些話，再用左手按住小狐狸的頭，右手將刀尖朝牠的心窩戳去時，牠哆嗦著身子對他說了一句話：

「你若留我一條命，我願侍奉你到一百歲。」

翰林的手僵在半空了。他沿著聲音朝四周望著找尋著。見身邊除了他沒有另外一個人，以為是自己走神心裡有了臆想聲，於是又回頭把刀舉在半空裡，然就這時候，那個聲音又從哪兒傳來了：

「大人——你六十三歲啦，後邊的日子是要有人照顧啊！」

聲音細嫩而輕柔，如從哪兒飄過來的一絲風。高翰林挪開按在狐頭上的手，把刀丟在殺架上，又轉著身子找尋時，殺架上的狐狸不在了。他的面前跪著一個名叫四鳳的小姑娘。四鳳的頭髮有些亂，衣服這兒破道口，那兒掛著一條兒，臉上有幾條新的舊的血痕兒。她跪在他面前，淚如兩汪汩汩的泉。她就這樣活了下來了。和他一家了。他整整比她大著四十五周歲。他該是她爺。可她說他讓她活將下來了，在人世有落腳之處了，他讓她做他的妾小、丫環、家奴她都願意。她便以翰林買來的家奴的名譽侍奉在了他身邊。和他第一夜在一張床上時，她知道他幾年前從京城翰林院被調任到安徽去任職，上任第二年，因為修整運河水道和朝廷命官有了爭吵吃上官司了，被投進大獄三年後，重病將要死在監獄時，被仁慈的朝廷放出來，他才知道他進監不是運河水道官司的事，而是他的同僚趙巡撫，為了立功上奏朝廷害了他。現在趙巡撫已經是三品大臣了，而他卻只能回到老家養殘度晚了。可是到了家，他身體日漸好起來，情狀好起來，便開始在這幾年裡，凡遇到可以殺戮的動物和鳥類，他都要親自在殺架上動刀子，都是念念碎碎說著復仇挖心的話。她想有她侍奉他，他會變成一個和別的頤養天年的老人、官人一樣兒，溫和而開朗，愛庸常日子中的天倫和草物、貓狗們，所以她第一次走進他的書房前，她去洗了澡，換了錦綢衣服羞澀澀地笑著出現在他面前。他被她的天姿驚得張大了嘴，看著她將熟未熟的嫩身子，臉上半羞的表情和水汪透亮的眼，鼻梁挺得如他在朝時見到的異域姑娘樣。那時他痴痴木一會，過去拉著她的手，讓她坐在他的大腿上，忽然失聲哭起來：「你是我這些年的補償啊。你是我這些年的補償啊！」尤其第一夜，她光著身子偎在他懷裡，她又讓他像年輕時候一樣有了男女的快活和仙味，他竟在事後如嬰兒樣光著身子跪在她面前——

「你會陪我到死嗎？你說過你要陪我到死呀！」

她又一次鄭重地朝他點了頭，應允說你活著我就永遠陪在你邊上。你活到一百歲，我就陪你到百歲。如此他要她她就和他的妻妾樣，他不要了她就和他的奴僕樣，給他端水、泡茶、搧扇、脫衣和按摩。偶爾他要看書寫字了，她像書僮一樣去給他取書和研墨。在整整的半年時間裡，他一步也不讓她離開。夜裡沒有男女間的事，也要在床上和她緊緊依偎在一起。可是半年後，男歡女樂不再鮮味了，有一天坐在院落裡，樓屋檐下有滴燕屎落在他肩上，他受了奇恥大辱樣，從凳上站起來，找來竹子當著她的面，把檐下的燕窩捅下來。有兩隻不會飛的小燕落在他面前，他不顧她的阻攔把大腳踩在那兩隻小燕身子上，擰一下腳尖朝她瞪一眼，罵罵咧咧朝著府屋走去了。

那一夜，他又要和她行做床上的事，她沒有了往日的柔熱和迎合。他要她用外人不知的身式歡樂時，她僵著身子沒有動。他一個耳光摑打在了她臉上。摑打了她還不肯行做那姿勢，他用繩子把她捆在床頭上。從此他發現，他只要把她捆起來，像貓狗一樣虐著她，他的塵根就會莫名地堅硬和長久，尤其剝光她的衣服後，緊緊捆綁著，在她嘴裡塞上綿團或衣物，在她身上拳腳和鞭子，把她打得嗚嗚嗚地哭，淚像雨一樣橫三豎四流，然後他的塵根就會和他當年三四十歲樣如棒如鐵了。有了這一次，他就夜夜這樣對她了。就是她還裝出和先前一樣的溫柔和熱情，他也還要把她捆在床頭抽打以後再歡樂。而且歡樂著，他還要在她身前身後一邊抽動一邊說：

「你是趙巡撫家的姑娘吧，你爹冤了我，活該你來侍奉我！」他將一把刀擱在床邊上，讓她用嘴含著他的塵根兒，「你是趙巡撫的母親吧，你兒子把我送進監獄了，你這樣是為你兒子贖罪啊！」屠宰、吃肉、蓄精、捆綁、極歡和飲酒，然後嘴裡不停地說著各種仇嫉冤恨的話，到了崩洩後，他怕他睡後她跑了，就將她捆著綁在床腿上。

整整三個月，他沒有讓她離開過他的臥房和書房。他用一根繩子捆著她，將繩子繞出一個機巧活扣兒，有如機關在那繩扣上。她一縮身子，那扣兒會在她的胳膊和腿上收得更加緊，使她即便縮回身子回到狐身裡，那繩子也還依然緊緊栓在狐的脖子上，讓她如何都無法逃開他和他的屋。就這樣過了一百天，在又一次他想和她歡愛時，她主動把衣服脫光跪下來，露出滿身的鞭痕和血跡說：「我不是趙巡撫的母親、妻子和女兒，我是趙巡撫家剛剛三歲的小孫女。趙巡撫對你的冤屈三輩女人哪能還得完。我是他家的第四輩，現在該我還你了。」說著她跪下去親他的身子和塵根，去解他的衣褲和扣子，還把鞭子從床頭遞到他手裡：「我是替我爺爺來還債務的，你就盡情盡意地抽我打我吧。」他果然和以往一樣抽她和打她，除了不把鞭子朝她的臉上抽，其它任何地方都一鞭一鞭著，那怕是她的私處兩腿間。抽夠了，打夠了，他硬將起來了，他讓她像貓像狗一樣躺在或爬在床上去，和她極歡著，又不停地一句一句問著她，

「你是誰？」

「我是趙巡撫家的小孫女。」

「你為什麼要這樣？」

「我爺爺有罪冤了你，我該當這樣侍奉你。」

然後由他瘋了一樣快樂到大汗淋漓他想緩著身子歇下了，他就又問她：

「你是誰？」

「我是趙巡撫的奶奶。」

「你為什麼要這樣？」

「我孫子害你住了幾年監，我理應來還你侍奉你。」

就這樣復仇、歡極和往返，終於到高翰林的身子又一次地崩洩了，像一棵枯樹一樣倒下去，她起身穿好衣服把他扶到床上後，自己在月將落時從高府逃出來了。

來到高府時，是在一個秋夜裡，走的時候仍在一個秋夜裡。這一年她幾乎沒有離開過翰林家的府第大宅院。從那銅釘大門悄悄出來時，城街上連一個人影都沒有。月光落在青石鋪地上，有很響很寂闊的聲音傳出來。幾件衣服和零碎物，被一個包袱兜裹著，她就這麼提在手裡在高府門口朝著天空望了望，風是月白色，月是黃白色，城街上的房屋、店鋪和樹木，一律都呈著灰白色。她朝著月落的方向急切切地走，想月光多照她一會兒，她就能在天亮之前離開番禺更遠一程子。

在離開城街的最後一道街巷時，她看見還有一家夜餐店，有男人光著膀子在街邊吃著海物喝著酒，划拳的聲音如同鑼鼓樣。她背著那聲音、燈光朝另外一個方向去，不久離開了街道、房屋、人聲到了城外面。看到城郊月光下的荒野時，像看到了中原的耙耬山脈和家的門口樣。她終歸是從狐世過了人生了。知道人世的許多物事了。現在她想回家。回家隔山隔水的遙遠對她不是事，從中原到粵地，兩千多里她不是也踩著季節、荒野和月光，到底從深不見底的時間裡邊走將出來了。來時用了多少時光回去還用多少時光就行了，只要她不把回去的道向弄錯就行了。

可站在城郊的一條荒道上，她不知道是該迎著月光走，還是該背著月光走，或是沿著野荒大地的側角朝前走。將熟未熟的穀子地，東一片西一片地鋪在路邊上。穀子地和穀子地間是她叫不出名的各種秋棵和野草，有藍有白還有紅黃色的野花兒。不知從哪個方向漫過來的海腥味，和穀味、植味、花味混和著，成為只有粵地的月夜才有的腥甜和潤氣，使她吸一口覺得渾身通透和舒泰。若不是高翰林這三個月不停地對她捆綁和抽打，使她身上到處都是血紅的鞭痕和傷痕，她很想在那氣味裡莫名地喚叫、跑跳和舞蹈。可是她不能。渾身的筋肉關節都在痛。她知道一個女子在夜半的路上碰到走夜路的男人會是啥結果。她朝著四周的遼闊瞟了瞟，痛又輕快地舒展了身子後，背對月亮沿著一條野道朝前走去了。

終歸是離城街、村莊和人越遠越遠了。

終歸是離人世越遠越為好。

路邊的曠寂荒蕪裡，有各種細微神祕的聲音傳過來。好像那聲音不是人世的聲音和氣息。那聲音氣息是屬於另外一個世界的。或是屬於兩個世界交叉地界的。她熟悉這聲息，就像熟悉自己穿了什麼、長相何如樣。一直往前走，除了擔心回中原的道向錯了外，別的都是輕快、舒展、愜意的。彷彿一到這個遠離人世的世界上，身上皮開肉綻的痛疼輕緩起來了，沒有剛出番寓時的揪心揪肺了。要能碰到什麼人，問一下從粵地去中原應朝那個方向走了該多好。可在這個下夜裡，連雞啼的聲音都沒有，哪兒會有行夜路的人。

不停地背對著月光走。

眼前是茫茫的粵地夜世界。

可走著，到一個三岔路口時，她將腳步收住了。一邊是大海，另一邊是兀自突起的一道山。她徹底不知道該往哪兒走去了，即便是選一個錯的方向去，她也不知道哪個方向是錯的。她像一個夜鳴蟲樣在那路口自語著：「去哪兒？去哪兒？」自言自語著，隱隱聽到哪個方向有了說話聲，心裡驚一下，忙把身子蹲下去，果然聽見從山坡上傳來了吱嚓吱嚓的腳步聲，接著就有燈籠的光亮從坡上亮著下來了。她慌忙朝路邊的野地躲過去，將身子埋在一蓬雜草裡。那黃亮的燈光愈來愈近了。是兩個男人一前一後朝她走過來。他們也到了三岔路口上，和她一樣立在她立過的地方不動了。前邊打著燈籠的，等著後邊的人走了過來問：「往哪去？」後邊的立下四處打量著：「往左是海邊漁戶人，往右就是番寓城。」接著那後邊的，取出一個簿冊在燈下翻開看了看，又朝天上望了望。「天快亮了呢，」他說道，「我們放了一個必須再帶走一個人，你說把誰帶走好？」前邊的也在那名冊薄上翻著看了看，「今夜那狐女四鳳離開了番寓城的高翰林，他們的緣分盡了呢。」前邊的說著合上那名冊，「我看那翰林活著滿心仇冤又真的報不了仇，還不如讓他死了他也放下了。」後面的聽著想了想，「倒也是，」他說道，「走——就去把這翰林帶走吧。」

兩個人就往四鳳來時的番寓方向走去了。

四鳳驚得在那蓬草後一動不動著，直到那燈籠人影走了很遠才慢慢直起身。他們原來是閻羅。是走地府差的人。她從草地出來站回原處望著前面愈來愈小的人影和愈來愈暗的光，想到因為她今夜離開了翰林府，他們便順道去把高翰林的命壽縮短帶走時，心裡有一種竊喜彷彿走路摔倒拾了一錠銀子般。可是竊喜著，卻又不知為什麼，又有一股說不清的東西在心裡蠕動著，如一隻鳥在窩裡睜眼爬在黎明邊上樣。她忽然起腳又朝著來的方向走回去，去追那要招走翰林魂魄的兩個人，且在他們身後腳步和飛一樣，直到重又看見前邊的燈光和人影，才把腳步慢下來。

她追上他們了。

她跟著他們走。

不一會回到番寓城邊上，那二人又在路口辨認路向時，她從他們身邊輕腳繞著進了城裡邊。到了城街她不顧一切地朝著高府跑。幸好她離開高府時，那打開的大門還開著，於是氣喘吁吁地回到府院裡，閂上大門在門樓下邊坐著喘息和等待。一切都如安排好了樣，在她剛剛把喘息緩下來，外面的腳步就近到門前了。接著是一陣安靜和耳語，便有人朝大門上不輕不重地拍了三四下。四鳳不說話。又有了更重連續的拍門聲。四鳳問：「誰？」外面的男人喚：「你把門開開。」四鳳果真嘩地一下把大門打開來。因為這時月亮不在了，他們提的燈籠亮得和日將出的時候樣。四鳳很吃驚似地立在門口上，「你們是……」兩個閻羅也都驚住了，一直在盯著四鳳看：「你不是……已經離開高府了？」「我是想走的，」四鳳說，「可後來我覺得我和翰林的緣分還沒盡，且我說過我要陪他到百歲。」那兩個閻羅便相互看了看，前邊的一個用很奇怪的聲音問：

「他不是每天都把你當作畜生打你虐你嗎？」

四鳳低頭不說話。

後邊的上前一步道：

「我們把他帶走你們的緣分就盡了，你也兌現了你說的陪他百歲了。」

說著兩個把四鳳朝一邊推著就朝院內走，而且嘴裡還嘟嘟囔囔說著別的啥，到竹林邊上看了看高家的殺架和磨刀石，及地上因為屠殺丟下的毛皮和骨頭，用很低沉的聲音說了句：「這樣的人怎麼能讓他如如意意活在世上哪。」他們很快到了兩進院的第二道門，又很快要到翰林的臥房門前了。這時四鳳又從後邊跟上去，到他兩個前邊攔住去路說：

「他打我虐我是沒錯，可我也在他的捆綁打罵裡，又得了人的快活呢。」

那兩個人都不解地在燈光下面望著她。

「你們倆生前也都是有過家世兒女的人，我說的你們不懂嗎？」問著四鳳從哪摸出兩把碎銀子，還又把頭上的鳳簪摘下來，一併塞到二位的手裡去，說你們走了一夜了，拿上這個在回去的路上喝碗茶，吃上一頓夜消。那二位就拿著四鳳給的銀兩首飾木在院落裡，彼此看著不說話。四鳳又過去拉著他們的手，問他們兩個家在哪，生前是不是番寓人，是了請告訴她他們家在哪，他們死後回不到自己家裡去，說自己能在這兩個世界裡邊穿梭著，她可以代他們去看看他們的父母和妻小。兩個閻羅臉上便有感傷了，都說了自己家在哪，家裡還有誰，並把四鳳給的東西又還到四鳳手裡去，讓四鳳去看他們家人時，把這些銀兩首飾帶給他們的兒女和母親。

四鳳點了頭。

那兩個閻羅從高翰林家退將出去了。她去送他們，他們對她說過一年他們再來帶走高翰林，再給他倆一整年的恩愛緣分期。這時大街上傳來了日出般刺亮刺亮的雞叫聲。人的世界和白晝，慢慢朝番寓城裡鋪將過來了，那兩個男人便朝城外走去了。

她把他們說的過一年的日子時間劃寫在了高府沒人注意的牆壁上。

天亮時高翰林從夢中醒過來。他在夢裡夢到四鳳收拾了東西要離開他，他想抓住她，把她重新捆起來，可不知為什麼他的手腳不能動，嘴也喚將不出來。就那麼眼睜睜地看著四鳳拿了包裹、開了大門走去了。可現在睜開眼，他看見四鳳坐在他的床邊上，正在為他補織他出門總要穿的翰林服，於是他對她說了他的夢。她對他說了她確是逃著走掉了，只是在城外碰到兩個閻羅要帶他去往地府她不得不重又返回來。說到這兒高翰林從床上坐起來，「我在夢裡也夢到你返身走回來，有兩個男人跟進院落裡，你們在院裡說了很長時間的話。」高翰林問他們在院裡說了啥，四鳳說那二位閻羅在告訴她他們家在哪，希望她把一些碎銀送到他們家裡去，交給他們的老父老母和家小。說著還把她給他們、他們又給她的銀子給翰林看，高翰林從那碎銀中看到四鳳的那個鑲有三顆珠子的簪子了。他用他的大手把四鳳的頭緊緊抓住扭過來，見四鳳頭上的簪子不在了，而是用一個臨時的木簪插在髮際上，他便忽然冷臉笑了笑。

「你以為我高翰林真的相信你們狐女的貞潔嗎？」翰林說，「以後再發現你和別的男人有來往——那怕是和地府的小鬼男人有來往，我都會把你放在殺架上，剝皮割肉將你的一絲一縷都晒成肉乾兒。」

四鳳不說話。

她沒有告訴他他只還有一年歲限期，臉上顯出一種三個月來沒有過的平靜和柔順，像天上的雲掛在了她的臉上樣。她把縫好落線的翰林服掛在牆楔上，出門去給高翰林盛端洗臉水。把洗臉的葛巾拿來放在盆水裡，又把臉盆端到高翰林的面前去。「洗臉吧，」她說著頓了頓，後邊的話如從牙縫擠出來的聲音樣，「水是趙巡撫的血水兒，葛巾是趙巡撫的人皮做成的。」她這樣輕聲說著朝後退一步，又去給高翰林端盛早茶的糕點、小菜了。

早茶的糕點、小菜十幾樣，都擺在一個托盤裡。四鳳把這些從廚房端到高翰林的書房時，老翰林那時已經坐在他書房的茶桌上。她開始如家僕一樣朝著桌上擺著小菜和點心。每拿起擺放一個小碟兒，她都望一眼高翰林的臉，「這個發糕是趙巡撫的臀肉做成的。」「這塊粉蒸肉，是趙巡撫的大腿肉。」「這碗紅棗骨頭湯，是趙巡撫身上的排骨、銀耳熬了一夜燉好的。」每個碟菜、小點和湯汁，四鳳都說是趙巡撫被打死殺了後，活剝了皮肉做了這頓早點飯，甚至在高翰林面前擺放那雙雪白的象牙筷子時，四鳳還對翰林說：「這筷子是趙巡撫的兩個臂骨刮磨成的筷，你用起來會胃口特別好。」說著把托盤上的碟碗全都擺完了，要轉身出去時，高翰林盯著四鳳看一眼，一把拉住四鳳的一隻手，讓她把手裡的托盤放下來，坐下和他一塊吃早茶。

她自他開始捆綁抽打她，已有半年沒有和他一同坐下吃飯了。這天早上她又坐下和他一同吃著早茶時，日光從窗裡進來落在高翰林的額門上。她看見他的額門上，原來是有紅色潤光的，現在那額門、眼睛裡，都已經沒有光亮和精神，且他原來的眉毛上，左右各有兩根一寸的長壽眉，這時那兩根銀色的壽眉長鬚不見了。她盯著他沒了長壽鬚的死色臉，眼角忽然掛了兩滴淚：

「以後你想讓我幹什麼，我都會好好幹什麼。」

他們就這樣又如最初時候好著了。

在以後的日子裡，他想和她有那事，她就主動把放在床頭的繩子、鞭子遞到他手裡，自己脫了衣服跪在他面前，任他捆綁、抽打讓他盡興男歡與女樂。這樣一天一天地過去了，他的日子順心遂意如皇上享受太平盛世樣。在這要情有情、要愛有愛的日子一年後，有一天從早到晚她都給他吃鹿肉，還喝鹿茸酒，說那肉是趙巡撫的腦髓肉，酒是趙巡撫的骨髓酒，就是配以青菜那青菜也都是男人壯陽的青蔥、韭菜和水芹。吃了一整天，他身上的血液到夜裡旺得和雨季河流樣。他又要和她有那事，她就把鞭子遞給他，讓他盡情盡意抽打她。他接過鞭子站在床前邊：「今夜不用抽你了。」「是我求你抽我打我啊，」她說道，「今夜你抽我鞭我的越是厲害越是對我好。」她跪在他面前，求他舉起鞭子朝她身上的任何地方抽，臉上、乳上和腿間，想抽哪兒抽哪兒，想用什麼方式抽打就用什麼方式抽打她。

他果然又用鞭子朝她渾身抽打起來了。

為了不讓別人聽見這抽打聲，他們這一夜把家僕們都趕到前院睡，離家近的還讓他們回到自己家裡去。後院裡靜得如深夜裡的曠野樣。如曠野裡的墳墓樣。閂上院落門。閂上屋子門。又將從書房拐進去的臥門關起來。三四道門把他們和世界隔絕起來了。她赤身裸體地躺在地面的一張蒲草蓆子上。他的鞭子從半空落下去，抽在她的臉上也抽在她的乳房上。血像雨水、泥漿一樣流在她的身上和蒲蓆上。鞭梢上的血，從她身上甩到床上、牆壁上。每抽一鞭子，他都如往日一樣問她道：

「你是誰？」

她便在地上滾著喚：

「我是趙巡撫的母親啊！」

他又抽：

「你是趙巡撫的的女兒嗎？」

她又答：

「我是他的女兒啊。」

他抽著接著問：

「我抽你打你應該嗎？」

她就跪著或團著血身子：

「活該你抽我打我啊，誰讓那該死的巡撫冤了你三年大牢哪。」

他有些累了想要喝水歇息了，丟下鞭子去喝了水。她看他坐下歇著了，便拿起準備好的生白布擦著身上的血。「你不抽我打我了？」她問他，「你不抽我打我你不怕我突然起身打你嗎？你忘了說到底我是趙家人，說到底趙巡撫現在不是巡撫已經回到朝裡成了三品大臣了。」高翰林便忽然愣一下，想起什麼了，放下杯水又抓起鞭子朝她身上抽起來，「我打死你個正三品。」「一鞭下去我抽死你！現在你就給我跪下來！」她就哭喚著，跪在他面前直到她粉嫩的身子終於沒有一寸好皮膚，沒有一處不是流著血，且有的血口有二指那麼深，從外面望過去，連血口裡邊的腸肚都能看得清。

這時候已是半夜了，他的情欲火燼燃將起來了，他便像抱一條遍鱗傷痕的魚一樣，將她血淋淋的身子抱起來，一把丟到床上去，然後也將自己脫得一絲一線都不掛，伏到她的身上去行那男女間的事。瘋狂著，嘴裡如往日一句一句辱罵著，到了高潮時，他在她的身上低聲喚一句：「趙巡撫，我這輩子比你活得好，謝謝你讓我蹲了三年監。」之後在一動不動地靜著崩射那一刻，四鳳勾著頭，爬在他的耳朵眼上輕聲說：「皇上明察秋毫，發現三品大人趙巡撫，才是真正貪贓枉法的人，剛才皇上已經把他判為死刑丟進大牢了。已經下了聖旨為你平反昭雪，讓你到朝裡去接任趙巡撫的三品要職了。」

高翰林聽著四鳳的話，眼睛亮一下，忽然用最大的力氣抱緊她，然後笑著慢慢鬆開手，從她的身上翻倒下去了。

他死了。

死後臉上放著滿足的光，笑得和孩子吃了聖上賜的蜜酒樣。這一年，高翰林剛好六十五周歲。

高翰林死的這一夜，正是一年前二位陰差來召他走的那一夜。四鳳看翰林從她身上翻倒下去了，轉身把手放在他的鼻前試了試，趁他的身子軟熱給他穿好衣服蓋了布單子，放下帳帷朝翰府後花園的一間小屋走過去。那小屋原是收拾花園的鋤具屋，現在成了四鳳被翰林歡合後的洗浴房。在這整整一年裡，她每次與翰林有了床事後，等他睡著了，她都是來到這房裡，從花園一角的井裡提來井水洗身子。然在翰林死後這一夜，她又在這小屋點上蠟燭，提來井水，把一整個的浴盆倒滿水，關門把她的腸肚脾胃一一從她身上的鞭裂口中取出來，一掛掛、一串串地放在那盆裡。洗了又用清水沖。沖了又將這些內臟腸肚掛在一條絲線繩上滴著水。花園裡的月光晶白而透亮，連一星的塵埃都沒有。夏秋相交裡的花香在花園裡飄著如看不見的霧絲般。水不夠了她到井裡汲著水。將洗髒了的汙水倒進花園裡的樹木草地間。在她將她的腸肚脾胃洗到第三遍，聽見小屋的門吱呀響一下，扭頭看見月光裡站著三個人。前邊的是她侍奉了整整二年的高翰林，後邊是一年前的這一夜、這個時辰她見的閻羅二差人。他們還是提著黃燈籠，手裡拿著一簿花名冊。三個人在燈光月光裡，影影綽綽像三個和人同等比例的剪紙樣。他們看到她在這月光屋裡洗著自己所有的內臟和腸胃，都有些吃驚地望著不動彈。

「都來了？」她提著自己洗淨了的一掛腸，將目光從翰林的身邊繞過去，瞟著他後邊的兩個陰差說。

那兩個陰差朝她點了頭。

她看見他們和去年的穿戴打扮一模樣，像一整年沒有換洗過衣服也沒有一點變化般。

「你在洗什麼？」高翰林有些吃驚地望著她。

「不洗什麼呢。」她答著，赤身裸體地轉過身，背對著他們把那些洗淨晾至沒有滴水的內臟先心後肺、最後腸肚地一件一件從絲線繩上取下來，自鞭裂的皮肉縫裡朝著體內裝，不慌也不忙，像剪裁之後又動手縫製一件衣服樣。當高翰林終於明白她在幹著什麼時，臉上顯出蒼白色，用輕淺訝異的聲音問她到：

「你是嫌我髒？」

她說道：

「不是你髒，是人和人世髒。」

他想了一會兒：

「那還是嫌我髒。」

她又瞟瞟他，很固執地重複著那話那意思，

「不是你——是人和人世髒！」

他們反覆重複著這幾句話，待她把洗潔沖淨的所有內臟都又裝回身子去，取了牆楔上的衣服穿起來。兩位出陰差的人，也就在高翰林的身後朝他的肩上拍一下，「我們該要上路了。」說著又把目光投到四鳳的身上去，謝了她這一年多次夜裡去他們家門前偷偷送銀兩。說她半夜放在他們大門前的銀兩家人第二天起床全都收到了，也都知道他們在冥界異鄉過得都還好，然後就帶著翰林朝花園、院落門外走。

高翰林離開四鳳時，臉上是笑的，可笑著眼上還是有了淚。四鳳把他們送到番寓城外的路口上，分手時那路口和四野，漫滿了花草的氣息和海腥味。高翰林這時問四鳳，我們以後還會見面嗎？四鳳說，不會了，我知道人和人世怎樣了，我要回中原嵩州田農莊我的老家了。高翰林不知道田農莊在哪兒，是怎麼的一處隅地和美好，也就迷惘不解地立在路口上。而那兩位差人是知道嵩州在哪的，也就站在路口正中央，指著海的那邊說，你要去中原最好乘船到海那邊，然後離開粵地到了湘界裡。說到湘界沿著洞庭湖的西岸走，過了洞庭湖，就是鄂地了。過了鄂地的長江便從南方到了北方、到了中原了。然後把指著海的手指收回來，感嘆了一句很悠長的話：

「好遠的路！」

四鳳笑了笑：

「一夜一夜慢慢走。」

也就分手了。陰差帶著高翰林，朝山地那邊走過去。四鳳到海邊朝對岸望了望，回到番寓又七天，看著高府的家人將翰林厚葬後，在第七天的月夜月又起升時，離開番寓朝海邊有船和碼頭的地方走去了。

補記——

康熙：「朕我記得三品中沒有姓趙的，難道是我記錯了？」

濟仁：「回皇上——奴才已經查過了。近五年朝裡的各職沒有趙姓的人，更沒有三品大臣是趙姓人。」

康熙：「七年前朕有沒有派過高姓的翰林去安徽？」

濟仁：「回皇上——七年前是帝即位的第二十一年，那時你沒有派過翰林去安徽，更沒有在安徽整修大運河。」

皇上僵著臉，把手裡的〈四鳳〉故事輕輕地丟在書桌上，嘴裡嘟囔出了「這蒲生……」的半句話，從龍椅上站起來，在書房走了半圈又坐下，看著跪在面前的公公濟仁道：「你起來，朕問你幾句閒話兒。」

濟仁沒有起，只是跪著看著皇上道：

「跪著好——皇上要問什麼請明言。」

康熙：「朕看過的故事你都看過了？」

濟仁：「遵旨奴才都看了。」

康熙：「這三個多月朕已經讀了蒲生二十一個故事了。你覺沒覺出來在這些故事裡，狐狸都要比人好，鄉野都比朝廷好？」

濟仁驚著不說話，呆呆地望著帝的臉。

康熙這時又從龍椅上站起來，慢慢在書房踱了一圈，到書架上抽出一本書，翻了一下又放回書架去，「不過每個故事都好看，都讓朕在看故事時覺得新奇又愉快。」說著臉上掛著笑，把聲音抬高一點兒，「朕要謝你找蒲生為朕寫故事，讓朕無聊時有故事打發時光了。現在朕已經約略知道了狐狸女是什麼模樣了——你傳話到淄川，告訴那蒲生，朕不要再看狐仙故事了。不要再看狐界都比我們人界好，都比我們大清世界好。現在朕要看看他寫的鬼界什麼樣。看看鬼界是比人界和我大清好，還是鬼界到底是鬼界，我大清才是鬼界、仙界們嚮往的天堂和人世。」

濟仁從地上站將起來了，躬著身把袖子捽了捽：

「嗻！」

皇上又慢慢補充道：

「不要讓那蒲生知道朕對他的故事怎麼說，由著他的性子寫，朕要看看天下書生們到底對我大清盛世怎麼看。」

濟仁也便應允著，從皇上的書房退將出去了。

十七、耿十八——康蒲故事之三十七

耿十八是新城人，肺病多年，到冬天咳嗽不止。又一場大雪後，他在咳到連心肺都要吐將出來時，看著每天都為他燒飯洗衣、種地打理的妻子流了淚。那時妻子正把擦痰的樹葉、布片包起來，從家裡出門朝著荒野裡扔。外面已經飄有雪花了，村落、世界都沉在一片茫白中。耿十八因為整整十年都躺在病床上，這時他從床上爬起來，想到院裡透透氣，可扶牆走到門口時，看著一世漫天的飄雪裡，總有一個聲音說：「你該走了耿十八，你該走了耿十八。」那聲音輕如雪花，不知來向，四處瞅瞅又不見哪兒有人影，於是耿十八知道自己生限已盡，將要離開人世了，也就對著門外長嘆一口氣，回屋重又躺在了病床上。

過一會妻子從外回來了，耿十八便把她拉在床邊坐下來，告訴她說自己將不久於人世，你還不到三十歲，嫁到耿家沒有過上一天好日子，十幾年的春節都沒吃過饅頭和餃子，勸她自己死後一定要改嫁——嫁一戶殷實的人家，嘗嘗吃飽穿暖到底啥滋味。妻子也便拉著耿十八的手，說你走我嫁婆母誰照顧？她年歲大、身體弱，我能不管母親嫁人嗎？

說著夫妻抱頭哭起來，窮情厚烈，恩愛不捨。因為情深哭得太傷心，耿十八的肺病這時重起來，連連咳痰，又吐將不出，臉色憋出青漲的紫色和浮汗，終於倒在床上昏死過去了。

耿十八並不知道自己已經昏死過去了，他只覺得自己忽然咳著咳著不咳了，原來胸口憋得呼吸上不來，現在呼吸通暢得如四月春日田野裡的風。他從自己家裡走出來，明明剛才是大雪天，可現在他站在大門口，看見陽光燦爛，榆青槐翠，荒枝野草都開著花，空氣中到處都是甜味和清新。他怔怔地立在這春暖花開的季節邊，天氣不冷也不熱，深深地吸了兩口氣，身子輕得想要飄起來。「你去哪？你不能把我丟下啊！」他聽見妻子在他身後大聲焦急地說，於是回頭道：「這十年我都躺在病床上，現在好不容易病輕些，你就讓我到村頭站站看看嘛！」說著朝村頭望了望，看見有輛馬車從村胡同裡走出來，車上坐了一車人，都是歡歡愉愉，興高采烈，像出門踏春一模樣。於是他招手讓那馬車停一下，希望帶他一程路，讓他到春野田裡走一走。

那趕車的也就停下來，問他要去哪，他說他有十年都在病床上，現在好不容易病輕了，很想到空氣新鮮的野外去一趟，出門換換空氣呼吸一些新鮮的。趕車的也就停下來，到車架邊上一一找著看，原來那車架的邊上貼有十個小紙條，每個紙條上都寫著一個人名字。趕車人見那十個紙條上沒有耿十八的名，就很認真地又問他：「你確真要去嗎？」

耿十八：「我確真。」

趕車人：「你不後悔嗎？」

耿十八：「我都十年沒有去過村頭了，連死都在心裡想了幾百遍，你說我有什麼事情好後悔？」

趕車人也就不再說什麼，從身上摸出一張黃色紙條來，把耿十八的名字寫在黃紙上，將那紙條貼在那十個名字的最後邊，扶他一把上了車。他上車坐在大家中間的一個空位上，那車又吱啞嘰咕地朝著村外田野去。季節正是小麥從冬日醒來後，借著春勢的甦醒生長期，陽光亮得讓人一下能看十幾里的遠。天上的雲白得如棉田開在頭頂樣，小麥噌噌噌的生長聲，和路邊的花草樹木泛綠的嘰喳歡笑聲，彷佛一條溪流淌進耿十八的耳朵裡。身邊有人在說悄悄話，耿十八靜著耳朵聽，聽到有個人說我們村裡的某某也快了，另一個說明天城頭的刑場上，又要砍鍘幾個人。還有的問我們到那邊，大家會不會被分散打亂以後再也彼此見不上？耿十八從那些話中聽出疑惑了。懷疑這是朝另外一個世界去的車，車上的人都是今天剛剛壽終死過的。他心裡驚一下，又朝所有人的臉上望了望，看見有人一言不發望著哪，原來歡笑的臉上因為什麼有了淚。他明白這輛車是接人到地府去的馬車了。想喚那車夫停車讓他再下去，可又想起那躺了十年的病床和昏昏暗暗的小屋子，還有媳婦十幾年的辛苦和操勞；母親為了他，每天都靠納鞋縫襪到集上賣，才能為他換回幾副藥線和油鹽錢，於是喚停車的嘴，慢慢又合攏起來了。

馬車沿著土道朝莊稼地和山脈嶺梁的深處去。

有好幾個村莊和散落在路邊的莊戶人家都被馬車追上又丟在身後邊。那些在春田鋤草、施肥的農人們，不斷地從馬車的邊上走過去。耿十八就那麼望著莊稼地裡的人和從路上走過的行人們，他恍恍惚惚猶豫著，到了一個人跡罕至的山坡下，看見路上有一花草藤蔓編織的大牌樓，呈著拱形架在路中央。過了那拱形花牌樓，面前是一片開闊地。闊地上花草繁盛，蝶飛蜂舞，鳥雀的鳴叫宛若戲園唱戲樣。這時有人感嘆說：「這麼好的地方啊！」趕車人便扭回頭來道：「這是思鄉地，你們這時閉上眼，心裡想什麼，什麼就活靈活現來到你們眼前了。」

於是車上的人，誰也不說話，全都閉眼冥想著，把雙手疊起伏在胸口上。有人的臉上顯出微紅來，有的臉上顯出笑意像見了寶物和山珍海味般。還有的，不知為何想著想著竟咯咯咯地笑出聲，聲音脆得如是鳥鳴樣。

如此耿十八也把眼睛閉起來。他想現在我娘會不會是在集鎮上為了我的兩副藥，正在寒冬賣她納的幾雙千層底鞋和她縫的布襪子？就果然看見熙熙攘攘的大街上，母親正在擺著鞋襪地攤兒，忽然來了一陣風，將母親一攤的鞋襪捲走了。連擺鞋襪的那張草蓆也在空中飄飛著。耿十八驚慌地想要衝到天空去搶鞋襪，卻看見母親望著天空的旋風臉上掛了一層笑。她對著旋風說：「謝了你們啊，你們把這些東西捲走了，我就不用在這天寒地凍裡擺賣又無一人來買了。被你們捲走了，我就可以回家告訴兒子說，沒錢抓藥了，怕是天老爺不想讓你治病了。」這樣說著母親竟真的從路邊站起來，拍拍身上的灰，一步步朝著集鎮外面走，且還走著嘟囔著，「病了十年啦，他真是走了倒也不用受這人世之苦啦。」耿十八有些愕然地聽著母親的話，有了驚訝又有些解脫感，就那麼遠遠看著母親走了後，又想現在我死了，搭上一輛去地府的馬車離開了，這時我妻子在家會幹些什麼呢？會哭得死去活來，還是會默不作聲，只是忙著再給我做最後離別的壽衣和棺材？想著想著便看見妻子從家裡走出來，到鄰居家用她嫁來時的新襖去換一鋪新草蓆。鄰居家是葦匠，每年每天都在河塘邊上種葦草，然後秋天收割蘆葦後，開始破開蘆葦編葦蓆，專賣葦蓆過日子。現在妻子沒錢給他買棺材，就用自己十幾年前出嫁的棉襖去給自己換葦蓆，也好把自己的死屍捲起來。她到鄰居家，將她結婚後再沒捨得穿的綢襖遞給人家看，鄰居來回翻了那綢襖，忽然對她說：

「病了整十年，他死了才是真心對你好。」

妻子問：「你總是賣葦蓆捲那死過的人，聽沒聽說過從陰府來的馬車每月什麼時候到我們這兒接人？」

葦匠說：「幹什麼？」

妻子說：「耿十八說那邊一路上都是花草和果物，一年四季裡沒有酷冬和酷暑，天氣總是不冷也不熱。我和我婆婆都想搭了那輛馬車去追耿十八。」

葦匠便站著想了一會道，聽說過人若活著受了太多苦，去那邊的路上不是閻羅來領人，而是閻王會派馬車來接你，但那馬車什麼時候來，到哪個村莊去接誰，卻是誰也不知呢。說著兩個人感嘆一會兒，他收了她的新嫁襖，給了她一條又大又密實的好葦蓆。她扛著葦蓆轉身要走時，葦匠忽然對他妻子說，他記起如何才能找到哪輛馬車了，說他小時候，跟著師傅學藝時，師傅曾經告訴他，誰家有人剛死時，你去哪家的大門口，一腳踩在那戶人家的大門裡，一家踩在那戶人家大門外，這樣你就能看到朝那門前走來的鬼差是徒步在夜間提著燈籠的人，還是白天趕著馬車的人。並說見了夜間提燈籠的人，你把伸到門外的腿腳收回來，見是大白天趕著馬車且那馬車上貼有黃紙條，紙條上都寫有名字的，你就可以把門裡的腳也挪到門外邊，和那趕車人搭訕說上話，請他拉你去花海之地了。聽了葦匠這番話，妻子臉上顯出了輕鬆潤紅色，朝葦匠深深鞠了躬，謝著回家了。

耿十八怔怔地驚著呆在那，慌忙把疊著的雙手從胸前拿回來，同時睜開眼，母親和妻子的影子便在眼前消失了。集市、旋風、葦匠及妻子，還有那一圍又白又密實的蘆葦蓆，也都轉眼不在了。思鄉地裡的花草樹木在四周蔥籠著，並沒有太多和別的地方不一樣，只是人們閉目念想時，眼睛必須對著那道路上的拱形牌樓門，如果不瞅著那拱門，便什麼也念想不到了，腦子一片空白模糊著。就都在思鄉地閉目想了一會兒，全都睜開眼，彼此詢問著，你剛才想到什麼了，他剛才看到什麼了。有人說我剛才想到我家人在看一臺戲。有人說我看到我家的草屋成一片宮殿了。還有人說我想讓我的父母能活一百歲，頭腦中就出現了滿城官人和百姓都去為他父母慶生百歲宴的大場面。一車都是輕鬆愉快的說笑聲。一車人都為在思鄉地的想念感到安慰和踏實，就有人去問那趕車的人，聽說過去思鄉地，就到了望鄉臺，問望鄉臺離這有多遠？趕車人便抬頭看著面前的一道野山坡，說這個坡就是望鄉坡，上去坡就是望鄉臺。眾人都抬頭朝著坡上看，見那道野坡的石子沙路盤盤繞繞纏在山腰上，路像一盤繩子、腸子樣，且隨著那路的盤繞和爬高，山低處還依然一片花紅蔥綠色，到了半山花便少起來，只剩下那些適宜在山腰長的荊蒿和茅草。再往上邊走，連蒿草、茅草也沒了，只還有石頭、荊棵和野刺棗棵兒。路變得又窄又陡峭，那匹高大的白馬拉著車，呼哧呼哧走得越發慢，喘息聲粗得樹皮草繩樣。為了使那白馬不至於累到拉不動，趕車人從車前跳下去，用力拉著馬的籠套繩，使那馬把頭仰在半空裡，不息不歇地把車朝著山頂拉。

耿十八看了一會累馬後，和趕車人一樣也從車上跳下來，到車後推著馬車朝著山上爬。因為那車上少了兩個人，又有人在後面推著車，馬車就輕鬆快起來，馬的喘息也勻稱順暢了。趕車人這時朝後看了看，也到後邊和耿十八一道推著車，將肩膀和耿十八的肩膀並在一塊兒，悄聲對他說，他每天都要到人世拉車，已經拉了十幾年，這是第一次遇到有人從車上下來朝著山上幫馬出力推馬車。「這有什麼呢，」耿十八也悄聲問那趕車人，「難道此前沒有人幫著推車嗎？」「誰幫呢？」趕車人說，「過去這道山，大家到望鄉臺上最後看看故鄉和家人，就誰也回不到從前的家裡了，見不到先前日日相守的親人了，所以大家坐在車上覺得這車能慢一步還是慢上一步好。」

耿十八便往車上瞅，果然看見大家都不再說話了。都在沉默著。都把目光盯著山下邊，先前臉上的輕鬆都沒了，都是一臉的蒼色和木然，都是依依不捨的表情和無奈。而且那坐在車前左邊的，有一個中年還把雙手捂到臉上去，淚水汩汩地從他的手縫擠出來。

快到山的高處了，荊棘叢中到處都是烏鴉和禿鷲，牠們飛在天上的叫，嘎嘎嘎像青白布的垂條掛在半空和山坡上。人都朝著天空看著時，趕車人悄聲去問耿十八，「你真的不為這死後悔嗎？」「我們去的地方多好啊。」耿十八想了一會感嘆道，「你說我十年都躺在病床上，連累母親和妻子，我死了不是她們也都好了嗎？」趕車人也就看著耿十八，想了一會「嗯」一聲，說：「那倒是。」可又朝哪看看接著低聲悄語道，如果後悔了，你到望鄉臺那兒大家都站到臺上望鄉時，你不要朝那臺上去，趁大家都專注在望鄉，自己到馬車上把寫著自己名兒的紙條撕下來，藏到望鄉臺的後面去，等馬車又拉著大家離開了，你就可以慢慢下山朝家回去了。說著還兄弟一樣朝耿十八的肩上拍了拍，拍完又到馬車前邊去牽著馬的套繩拐彎上山了。

也就到了望鄉臺。

望鄉臺沒有什麼異樣處，只是用石頭在山頂疊出高檯子，通往檯子的上邊有臺階。山頂上很少有草有植物。偶爾有一叢野草泛著灰白色，像是耿十八少年時在荒野見過的一種白毛叢。那一叢一叢的草中間，偶爾會有一種拳頭大的鳥，脖子像鵪鶉脖子又比鵪鶉脖子長一些，腿又比鵪鶉的腿短些。空氣中好像少些什麼了，人們呼吸著總有一種急促感，如空氣不夠用了那樣兒。馬車停在那石臺前的一塊緩地上。趕車人讓大家都到望鄉臺上最後看看家鄉和親人，說等離開望鄉臺，就再也別想看到家和家鄉了。人們就都急著朝那比房子還高的臺上去，也才發現朝著來的方向望時候，山下是白天，所有的村落、房屋和在田裡勞作的農人都能看得清，而朝去的方向望著時，山下是黑夜，一片茫茫的暗黑模糊中，有影影晃動的燈光如同螢火樣。

原來望鄉臺是兩個世界的分界臺。

耿十八是搭著人家的便車到了這兒的，他不好像別人一樣為了爭個好位置，從車上跳下就跑著去望鄉臺上爭那看得清的臺位和角度。他想等別人都上了檯子以後再往臺上去，可那望鄉臺上站不了多少人，後來就沒有他的位置了，於是只能站在臺階上，拉長脖子朝著家的方向望，也就模模糊糊看見妻子和母親，因為請不起幫工安葬他，只好婆媳兩個自己動手做那善後的事。她們把他的屍體從屋裡床上抬出來，放在門口的一鋪靈床上，彼此說了幾句什麼話，妻子扛著一張鐵鍬出門了。母親開始把他從前穿過的衣服洗淨晾乾後，將破的地方重新補起來，當作終老的壽衣穿到他身上，然後翻著他的身子把草蓆捲好用麻繩捆幾圈，最後在他面前燃了三柱香，不言不語也扛著一張鐵鍬出門了。

村頭上妻子正在一個荒坡下面給他挖著墓。所謂墓地也就是一道槽坑兒。那時候，落日還在頭頂上，到處都是明亮和靜謐。耿十八站在望鄉臺臺階的正中間，能看到妻子給自己挖墓那麼辛苦，頭髮在那坑裡起伏飄動著，汗像水珠樣掛在她的額門上，每從墓道朝外撂出一鍬土，都要停下喘息歇一會。這時母親走來了，她讓妻子從墓裡出來歇一歇，由她下到墓裡挖。妻子不肯她們還爭了幾句嘴，然後妻子從墓裡爬出來，娘下到墓裡去挖土，嘴裡不停地說著什麼話。為了聽清娘和媳婦在說啥兒，耿十八又往上走了一個石臺階，把耳朵對著風口這一邊，便聽清是娘說了白髮人來葬黑髮人的話，勸媳婦趁年輕再嫁一戶人，後半輩子也好有吃飽穿暖的日子過。媳婦說自己死也不再嫁人了，餓死也要和婆婆餓死在一起。於是婆媳兩個說著再次吵起來，吵著吵著母親從墓裡爬出來，和兒媳瞪了一會眼，二人忽然又抱在一起在墓邊痛哭起來了。

耿十八也坐在臺階上嗚嗚掉著淚。

這時也就聽到望鄉臺的頂上所有的人都在望著他們的家和家鄉的方向哭，哭聲匯在一起像山洪時候的水聲樣，有嗚嗚咽咽聲，也有放大悲聲的痛哭欲絕聲。可是也還有人，哭著哭著便忽然咯咯咯地笑起來，沒有人知道他是看到了什麼喜悅才要哭著笑出來。

耿十八哭著朝那望鄉臺的頂上望，這時他看見在他頭頂高處裡，原來坐在馬車上一路不說話的那個中年人，蹲在望鄉臺的一角上，一會把目光朝他家的方向看，一會收回目光看著面前的哪。他依然不哭不說一句話，只是把嘴閉成一條線，將臉憋出紫青色。耿十八抬頭望著他。他從臺上下來讓耿十八站到他站過的地方朝著家裡望。耿十八猶豫一下搖了頭。那人不解地看著耿十八：「是好是壞都是最後一眼了，上邊看得清。」「愈看愈傷心，還是不看好。」耿十八低下頭來說。這樣兩個人並肩坐在了臺階上，像兩塊石頭架在半空樣。山頂上有風呼呼在吹著，落日的光亮呈著昏紅掛在山頭上。遠處又有幾輛馬車從山下朝著山上趕。在望鄉臺邊上趁機餵馬補草的趕車人，抬頭朝著望鄉臺上喚，讓大家差不多了就下來，把望鄉臺讓給後面來的人。「人終歸都得離開那邊到這邊，何況又是我去接你們。」趕車人說了這句話，一臉都是生死無所謂的樣。可是他說著，卻也過來站到臺階上，朝自己家和家鄉的方向看了看，給身邊的耿十八遞個眼色後，把目光朝望鄉臺的後邊瞅了瞅。

耿十八明白他的意思了，很感激地朝他點了頭。

趕車人這時下了臺階又去哪兒抱了一捆草，朝著他的白馬走過去。望鄉臺上仍然是一片哀嚎的哭喚和叫聲，有人在那上邊看著哭著叫著他親人兒女的名，有的哭著自語著，說一些自己生前該做而沒做的後悔事。山下又來的馬車愈來愈近了，馬車的吱啞嘰咕聲，很清晰地傳過來。都知道那幾輛馬車到來後，他們這批人要下了檯子朝山的那邊、那個世界去，於是都爭著要看最後幾眼睛。這時為了把家裡的事情看得更清楚，就有人騎到別人的脖子上，那個被騎的，慢慢在望鄉臺上站起來，讓騎的拉長脖子看，然後那騎的，從人家脖肩爬下來，自己蹲著讓人家騎到自己脖子上。耿十八和那中年都扭頭看那相互騎著朝家望的人，回過頭來兩人對望一下子，耿十八就對中年說，你想看得更清楚，也可以騎到我的脖子上。中年很感激地看著耿十八瘦骨嶙峋的弱身子，用低微不忍的聲音說：「不用了，你想讓我架著你看嗎？」耿十八也朝那人搖了頭。這麼靜了一會兒，耿十八忽然問那人，「你怎麼到了這邊呢？」那人看著耿十八，用三言兩語告訴他，說自己是木匠，結婚過了三年好日子，忽然一天妻子去種地，從崖頭摔到崖下了，從此癱倒在床鋪上，十年時間他都給妻子端吃端喝，端屎端尿。說幾天前妻子為了不再連累他，乘他不備就自縊在了床頭上，而自己現在是乘著這輛馬車去找妻子。他說得輕描又淡寫，像妻子日間做好飯，往鍋裡多放少放鹽一樣。然而耿十八聽了這話呆在那兒了，因為他說的正是耿十八生前的人生和世事，於是耿十八愣愣地望著那個人，突然從嘴裡衝出一句話：

「你都快要見到你的妻子了，你還有什麼傷心的。」

那人也怔怔望著耿十八，長長嘆口氣。

「我是見我妻子自縊上吊了，一時想不開，也就跟著上吊了。可在我蹬倒腳下凳子那一刻，我又猛地後悔了。我想起我的兒子才七歲，他不會燒飯，不會洗衣服，我應該再養他幾年再來找妻子。」說著流著淚，那人又用右手掐著自己的左手手指說：「什麼都來不及了呢，剛才在臺上看見我兒子在家給自己燒飯時，把菜刀切在了自己手指上，血流得到處都是一直在哭著喚著爹和娘。」說到這兒他又朝山下望了望，依然用右手掐在自己左手的中指上，好像是替兒子捏著流血的手指樣，捏著又把目光朝著遠處望，看山下來的馬車已經拐過山頂的最後一道彎，長長吸口氣，慢慢吐出來，起身下了臺階朝自己坐的馬車走過去。

趕車人餵了馬後正將白馬套在車轅裡。

耿十八追下臺階一把拉住那個人。

「你想活著回去照看你兒子再長幾年嗎？」

那人怔怔地看著耿十八。

「我讓你活回去，除了照看你兒子，你能替我照看我的妻子和母親嗎？」

那人有些不解地盯著耿十八。耿十八就往山下看了看，又朝望鄉臺上瞅了瞅，見望鄉臺上的人，已經開始戀著捨著朝望鄉臺下走，他便又快又疾地拉著木匠朝望鄉臺的後面去，邊走邊急急告訴他，自己也是十年病床上的人，活回去除了拖累別人實在了無生趣了。而自己的妻子剛剛三十歲，溫潤又賢慧，母親勤懇又溫和，說木匠你若活回去，願意和自己妻子再婚成家了，請他一定讓自己的妻子和母親，在後半生能過上吃飽穿暖的好日子；如果不願再結婚，也請他憑著自己的手藝照顧幾年自己的妻子和母親，讓她們知道人活著是有溫暖美好日子的。說著就到了望鄉臺的頭端了。望鄉臺上的人，都已開始朝下走著到了臺階前。趕車人也在那邊大喚著，讓大家趕快上車都到那邊界地去。這時耿十八就在望鄉臺的頭端猛地一把將那人推到望鄉臺的後邊黑影裡，讓他等大家都走了，再朝來的方向去，然後大高聲地咳一下，從那臺下影裡走出來，像去那兒小解之後回來樣。

耿十八急腳快步地朝著自己的馬車走過去，到那兒先一步跳到馬車上，一把將寫著自己名字的紙條扯下來，塞到嘴裡吞下去，然後過去坐在張木匠的位置上。趕車人很驚訝地望著他。他朝趕車人悄悄點個頭。從山下又來的幾輛馬車都到望鄉臺前的車場了。從臺上下來的人，也都又坐回到了自己的馬車上。來的那邊山下這時正是午時候，春天的溫暖依然亮在山下面，可這邊這時正是子夜間，從山頂的中線走過去，就從那邊正午跨入這邊的子夜了。

又有一批人朝望鄉臺上跑過去。

他們這輛車，在趕車人查著人頭點了人數後，開始離開望鄉臺，朝著夜黑的另外一邊下山了。馬車嘰嘰咕咕駛過能看見燈光的地界線，如樹葉從日光下飄進樹影裡邊樣，耿十八和這一車人，便最終進到了另外一個世界裡。

日子在二、三年後，耿十八也成了另一世的一個趕車人。他每每從山下趕著馬車到山頂的望鄉臺，在一車人都到臺上望鄉看家時，他也會藉機到臺上看一眼，就看見自己的母親、妻子和張木匠，在另外一個村莊的瓦屋院落裡，張木匠在做著木匠活，母親在給張木匠家那個不到十歲的兒子縫衣服，妻子在給一家人摘菜燒著飯。而張木匠家的兒子這時提著一條魚或者一塊肉，從門外回來大聲地叫著「娘——奶奶！娘——奶奶！」臉上的笑，和耿十八病了十年第一次從家裡走出來，在村頭看見的春野日光樣。

這時候，耿十八便坐在望鄉臺的臺階上，臉上笑著流著淚。

補記——

康熙看完〈耿十八〉，在宮箋紙上隨手寫了這樣一句話：

原來通往地府的路，果然比我大清盛世還要好。好你個蒲書生！

十八、邊地妻妾——康蒲故事之四十

祝妻不到五十生病死掉了。

死前有一天，她精神好得如太陽從冬雲後面出來樣。這時她拉著祝翁的手，說：「我死了你成孤苦一人了，趁家裡日子還富裕，有合適的你再找一個年輕賢慧的妻子吧。」祝翁也就苦笑道：「我都也已五十歲，是再找一個年輕的來做我的女兒嗎？」以為是說笑，可祝妻聽了忽然緊緊抓住祝翁的手，將頭朝床裡一歪側，人便再也不言不動了。她人已經死了去，可臉上的兩行淚，卻活在她臉上不止不息地又流了半個多時辰。過了半個時辰後，祝翁覺得妻子抓他的手慢慢鬆開了，於是領悟到了什麼樣，反過來又快速抓住妻的手，拉著不讓她走她死樣，且越抓越緊死也不鬆開，還一直在嘴裡大聲喚著「你回來——你回來！」一直到鄰人和兒女們，都來把他的手從她的手上掰開來，他死過的妻子臉上那流著的兩行淚，才戛然止住斷了流。看妻不再流淚了，祝翁從妻子的屍體身邊急急跑到村頭路口上，直直跪在那，說他跪在那兒等閻羅領著妻子過來了，他看不見閻羅在哪兒，但妻子和閻羅能在路口看見他，興許閻羅會放他妻子回來和他再過幾年。

這時祝妻跟著閻羅從另外一個胡同插進一塊田地裡，他們是走了近道離開村子的。他們沒有從跪著祝翁的十字路口過。就這麼繞過丈夫和村口，走了一整天，終於到了世界這邊的奈何橋頭上。

奈何橋這兒是個晴朗天，雖不見太陽在天上，可四處空曠的遼遠裡，亮得如陽世的某個春日般，連路面上人來人往留下的腳印深淺都清晰。遠處有山脈，近處有炊煙，人與物都在靜靜忙著各自的事。除了走近別人的身邊能聽到他們嘰嘰咕咕的說話聲，別的聲息無論在哪都是模糊不清的。

祝妻小時聽說過奈何橋，是兩世間相隔相連的一座老木橋，架在嘩嘩喘急的奈河上，狹窄而搖晃，橋頭有閻羅守著點名讓人依序手把手地走過去，過去就到另外一個世界了。就開始了人在另一個世界的鬼生鬼世了。而在橋這邊，人雖死了可世界還多少算是陽界著，只不過是陽界和陰界邊地的混合接壤處，所以白天雖亮卻是沒日光，夜晚到來也沒有星星和月亮，人在奈何橋頭的模糊裡，像墜落在一道深淵裡邊的光色深處樣。

大家到這邊世界的邊地間，不消說絕多都是第一次，誰都陌生誰也不敢多問多說什麼話。人們二人一行地排著隊，如同活著時排隊去戲園看戲樣，一個挨著一個往前走。隊伍裡不時有人扭頭悄聲去問前後身邊的：

「你怎麼到了這邊了？」

「活著沒意思，上吊過來了。」

答的望著問者的臉，輕鬆地笑笑又悄聲反問道：

「你為啥？」

「不知為啥兒，年年心絞疼。」或者說：「我在井上打水不慎掉到井裡了。」再或者：「我和人爭水澆地被人砍殺了。」說著還扭過頭來脫衣服，讓人看他胸口和肩上紅腫腫的傷口兒。那傷口的形狀像幾條鼓囊囊的蟲蛇樣，看的人忍不住吸口涼氣「哦」一下，又輕輕動手摸一摸。那被摸的，會突然彎腰笑著嗔怪道：「你的手好涼呀，和冰一模樣！」大家竟都沒有多少悲傷和悽楚，如終於離開冬日到了春日般。祝妻就那麼被閻羅領來站在人群隊伍裡，心裡有些惶惑地東瞅瞅，西看看，見身邊是一個小她十幾歲的新媳婦，因為丈夫是貴族大戶人，娶了一妻五妾，她在那五個妾中排為小，在丈夫要娶第六個妾小時，她斗膽勸了他幾句，他就起身連連打她幾耳光，又在她身上罵著踹幾腳。並沒多打她，也就幾腳幾耳光，她竟一時想不開，喝了砒霜過到這邊了。緣於死前喝了砒霜肚子疼，到現在還只能彎腰半伏著，有時腸子如被扯拽一樣疼得還要蹲下去。

「你不恨你男人嗎？」祝妻扶著她。

「恨有啥用呀，」那妾提高嗓門道：「誰叫人家是男人，咱們生來是女人。」說著她扭頭看祝妻。祝妻便望著她那一身綢服和白白淨淨的臉，漂亮得如同一朵玉蘭花，且手裡還拿著一本巴掌大的泛黃小書不時地看，看看又抬頭朝著前邊人群瞅一瞅，如同急要到橋頭過到橋的那邊樣。

她們就這麼熟下了。一邊隨著隊伍朝前走，一邊說著各自一些生前的事。祝妻告訴這妾說，自己嫁給祝翁時十八歲，他種地下田是個好把式，又是村裡蓋房起屋的泥瓦匠，日子從來沒有大富過，可也沒有饑餓貧窮過，結婚三十年，三十年二人沒有吵過嘴，更不用說動手打架了。於是這妾怔怔望著她，像她少女時候聽父親給她講的神話故事樣。「真的沒有吵過打過嗎？」她問祝妻道。「村裡人家不都這樣嗎？」祝妻又問她，可不等她回答，祝妻又把自己的左手袖子擼開來，說自己死前要來這邊時，他死死拉著不放手，手腕肉都給他掐疼了。說著把手腕伸給這妾看，妾見那手腕的背面果然有四個青紫凹痕坑，正面有一個大拇指的青紫凹痕坑。於是這妾盯著那生離死別的扯拽印痕兒，臉上有了兩行淚。

「倒是你的人生好。」妾這樣感嘆一句後，告訴祝妻說，自己父親是舉人，做了一方縣衙太守的官，以為出人頭地了，再也不願自己的兒女淪為貧賤人，到她長到十八歲，寧可女兒做妾也要把自己嫁到城裡嫁到貴戶人家裡，結果是自己嫁去做了小，沒幾天丈夫就不再新鮮自己了，厭棄又要納妾了，如此自己年齡剛過二十一，就到了這邊到了奈何橋頭上。說著苦笑著，又朝前邊挪動的隊伍看一看，很釋然地補充一句道：「不過到了這邊好，聽說在人世為人善好、死時冤枉的兩類人，會從陰陽邊地的一號橋上過。」說到陰界其實有很多奈何橋，其餘所有的橋都是朽枯獨木搖晃著，橋下的汙水又髒又臭，湍急湍急地流，水裡有很多死人的腐骨和爛肉，只有一號橋寬寬大大鋪滿黃金與鮮花，橋下的水清澈得如春日從雪山借化來的流水樣。說從這一號橋上過去的人，不是到地獄，而是到陰界的另一個歡樂國裡去活著。說到這兒妾還把手裡的那本小書拿出來，翻到最中間的一頁給祝妻看。祝妻便看到那一頁上畫了城牆、樓屋、花園和一片片的宴席和鳥雀，人都在花園和宴席邊上唱歌和跳舞。

「這是哪？」祝妻問。

「陰界歡樂國。」妾說著把那小書合起來，迅速藏到口袋裡，又左右前後看了看，趴在祝妻的耳上小聲說，她的爺爺是死過七天又活回來的人，爺爺從陰界回到陽界什麼都沒帶，因為在陰界七日，做了七天陰界書庫帳冊的管理員，回來就帶了這本叫《生死祕道》的竹草書。說這草書的神奇是，一到陽界，書上的字和圖全都消失不見了，沒人知道那是一本啥兒書；可到了陰界邊地後，那些字圖會慢慢顯出來，所以她知道奈何橋其實有成百上千座，但只有一號橋是鋪滿黃金鮮花通往歡樂國的橋，所以她希望，她們能幸運地從一號橋上走過去。正這麼悄悄說著時，有兩個閻羅提著因為天色尚亮還未點亮的陰陽燈，嚷著喊著朝著她倆走過來，讓她們安靜少說話，跟上隊伍別拉這麼遠，妾便很柔聲地問一個閻羅道：

「前邊的奈何橋是啥樣兒？」

「到了你就知道了。」

閻羅很快活地說著瞟了妾一眼，又往隊伍後邊去嚷嚷維持秩序了。妾看閻羅走去後，扭頭盯著閻羅提在手裡的紙燈籠，和陽世的冬瓜燈籠無二樣，用竹筋撐起來，外面糊了紙，只不過一邊寫著一個「陰」字兒，一邊寫著一個「陽」字兒。這燈籠在陽世的鬼節那一天，南北方的大城小鎮都能看得到，誰見了都不會驚奇有異樣。可這時，妾看著那燈籠，像看到了丟失多年的鑰匙樣，待那二位閻羅走遠後，她慌忙又翻出口袋裡的竹草書，匆匆翻到哪一頁，看一眼臉上立刻泛出紅光來，像剛成婚走入洞房那一刻，微微怔一下，朝左右的遠處打量一下子，收了書快走幾步追上祝妻把祝妻拉到隊伍邊，立在沒人的地方很急切地問祝妻：

「你想回到陽世再和你男人過上幾年嗎？」

祝妻驚著了。

妾便告訴她，原來這裡的陰陽燈，雖然和陽世的燈籠是一樣，但往陽世去時那個陽字必須在前邊，往陰世來時陰字必須在前邊，這麼簡單的一個祕密，在陰間誰都知道，可在陽世誰都不知道。且說那燈籠的陰陽兩個字，是有機關會變的，在陽世那陽字必須在前必須是紅色，而陰字必須在後必須是黑色，但到陰世後，這陰陽兩個字，就必須都是黑色了。說現在趁大家還沒踏上奈何橋，可以去哪找個燈籠提在手裡邊，把陽字弄成黑色在前邊，提著燈籠朝回走，到了望鄉臺，再把前邊黑色的陽字變成紅色，就可以回到陽世重新活著了。聽了這話，祝妻和這妾臉上一樣有了紅顏色，在黃昏色的明亮裡，祝妻慌忙朝著四周看，就看見路邊的一棵樹上掛著一個陰陽燈，那燈籠的閻羅主人不知去哪了，留那燈籠像誰丟的東西被掛在樹人等人認領樣。

「我們一塊走。」祝妻突然說。

妾卻笑笑搖了一下頭。

「你不想再活回陽世了？」祝妻問。

「我不想回到那個大戶、那個男人身邊了。」妾答道。

這時去後邊嚷著維持隊形的兩個閻羅又返身回來了。她們看到閻羅慌忙又站回隊伍裡，姐妹樣手把手地跟著隊伍走，待那兩個閻羅從她們身邊再次走過後，祝妻又問這妾真的不想往回走？妾很肯定地點了頭。祝妻便走著想了一會兒，說謝謝你告訴我這個返陽的祕密，說著還有些遺憾地朝身邊樹上的那個陰陽燈籠望一眼，猶豫一陣子，說我知道我的生限不到五十歲，可我已經活了將近五十歲，已經把我的生限活完了，且結婚三十年，三十年裡我都勸我男人可以納個妾，而他為了對我好，從來沒有動過這念想。說現在你不返陽我也不返了，倒不如在陰世我和你在一起，趁還沒有走過奈何橋，找一個溫順、年輕、漂亮的女子把活回去的祕密告訴她，換她回到陽世陪我男人過幾年，也算我這輩子對我男人祝翁的一種報答吧。說著很感激地拉起妾的手，緊緊握一會，然後鬆開來，朝隊伍的前後看了看，見身前身後多是年老的男人和老婆，偶爾有幾個年輕的女子，不是長得不太好，就是哪兒看著沒有那麼順眼，也就丟下妾妹朝著隊伍前邊走去了，去找那年輕漂亮，為人溫順的返陽女子了。

隊伍仍在慢慢移動著。

遠處的山脈從原來的清晰變得模糊了。空曠的荒野裡，有一片一片的鳥兒從哪飛回來，鳥的身體都是黑顏色，像烏鴉可又比烏鴉小著一圈一層兒，且烏鴉的脖下都有白，這種鳥的脖下一全都是黑，黑中還閃著一層光，像世間窯煤裡的煤核光。妾知道這鳥叫做奈何鳥，白天飛出去在陽世的山野找食兒，傍晚飛回來，住在奈何橋接壤陽世這一邊。在《生死祕道》的前幾頁，畫有這種奈何鳥，說這種鳥如果死限到了後，牠會自己飛過奈河水，消失在奈橋那邊世界裡。鳥已經飛到橋的這邊落下回窩了。一天有光亮的時間將要過去了。黃昏將要結束黑夜就要到來了。時間忽然快得和奈何橋下的急流樣。不斷有閻羅將手裡的燈籠點起來，提著燈籠催趕大家快一點，讓大家都趕快過了奈何橋，他們一天間的事情也便結束了，大家該幹什麼幹什麼，彼此也都安閒該要歇著了。

又到了一棵黃楝樹下邊，妾朝那桶粗的黃楝樹上望一眼，忽然看見又有個閻羅順手把自己手裡的燈籠掛在那樹上，朝邊旁的一片小樹林裡走過去，像要去樹林小解大解樣。妾到那樹下，莫名地立住看燈籠，又不自覺地跟著隊伍朝前走。她在找著祝妻在哪兒。她看見祝妻和一個年輕女子在前面隊伍邊上悄聲說著話，那女子朝祝妻搖了一下頭，還鞠了一個躬，又回到了朝奈何橋挪移著的隊伍裡。祝妻很失落地在那站一會，又從隊伍中急急拉出一個穿紅花裙子的年輕女子來。妾一邊望著祝妻和那穿紅花裙的女子說著話，一邊不時地扭頭去樹上望著那盞陰陽燈，似乎是想去把那樹上的燈籠取下來。於是遲疑一會兒，她果然又從隊伍走出來，左右看一看，最後朝樹林那邊打量一陣子。那樹上的燈籠是亮的，光像日出以後被薄雲罩了樣，模糊、柔和而紅潤，有一種莫名的溫暖藏在那光裡。身邊隊伍裡的人，不斷有人扭頭瞅著她。不知是為了避嫌她才又把口袋裡的小書取出在那燈下看，還是本來就希望借了那光再看幾頁書。從樹腰照下來的燈光微微搖晃著，像是有風在吹那燈籠。這裡的天氣不冷也不熱，只是有些慌張像熱一樣在妾的身上流動著。身邊的腳步聲和細語喊喳聲，如薄風吹過密匝匝的樹林般。祝妻還在前邊和那穿紅花裙子的女子說著悄聲話。樹林裡那個閻羅小解完了後，正起身提著衣服繫腰帶。妾很快很快地翻著手裡的書。神奇的事情在她手裡再次出現了。這本大過巴掌、厚過手指的竹草書，書頁上畫滿了各種花圖案，圖案的邊上配的文字有時在圖上，有時在圖下，每幅圖和文字都如過了千百年的淡墨殘畫樣。在陽世那畫和文字消失得每頁書上只有腐薄腐薄的草葉味，一絲一點的字跡圖畫都沒有，只有過了望鄉臺，那書上的字畫才慢慢一絲一筆顯出來，而且有許多地方還都模糊著，如被水浸後又被日陽狠狠晒了樣。可這時，在這陰陽燈下看這陰世書，妾忽然發現書上的圖畫和每一個字，都清晰如剛剛寫上剛剛畫將上去的，連左右上下的蠅頭小字都清清白白著。她迅速地翻著這本陰世書。在將翻到最後一頁時，她的手和眼，都在這一頁上僵住了。這一頁的圖是一個女子纖嫩柔潤的手腕兒。手腕的這邊有四個男人的手指緊緊抓過留下的手痕兒。那邊是男人緊緊抓過留下的大拇指的手痕兒。這指痕和腕脖，和她看過的祝妻給她看的手腕幾乎一模樣，而在這手腕圖的一邊上，寫著一行楷書墨字兒：

值得女子返陽的人

妾盯著那圖和圖側的字，臉上略顯蒼白的肌肉抽動幾下後，手和書都在燈光下面抖起來。那個閻羅已經從樹林裡邊走將出來了。祝妻還在前邊和穿紅花裙子的女子說著話，好像求著人家一樣不停地拉著人家的手。能看見黃昏尾末的光，如界地最後消失時的細微吱喳聲，也還隱隱能看清最後從陽世飛到這裡的奈何鳥，找到窩後喜悅地扇著翅膀撲稜著，而留在半空的羽毛在旋轉和下落。從樹林走回來的閻羅愈來愈近了。他一定在生前死後都是一個粗心暴氣的人，回來時腳下絆著一個石頭差點摔倒在地上，因此氣得彎腰把那石頭抱起來，舉過頭頂狠狠地砸在地面上。遠處原來的山脈徹底不見了。隊伍最前的人群那兒又慢慢起了一層夜亮色，像奈何橋頭那兒點亮了許多燈光讓人依序過橋樣。

妾迅速收起手裡的書，飛快地從樹上摘下那盞陰陽燈，把陰字轉到燈前邊，快步地朝著隊伍的前邊追過去，很快到了祝妻和穿紅花裙的女子身邊上，不管她們在說啥兒，她猛拉一把祝妻道：

「我想返陽回去了。」

祝妻望著她。

「我回去和你男人過上半輩子，」妾說著朝身前身後急急望一眼，「我會把祝翁養老送終的，會對他像對我父親也像對我丈夫樣。」然後又朝身後急急看了看，看見那個在找燈籠的閻羅嘴裡嘟嘟囔囔到了近前時，她猛地將祝妻和那穿紅花裙的女子推一把，將她們推到奔著奈何橋的隊伍裡，再用身子擋著手裡提的陰陽燈，小聲地問了祝妻家的住址在哪兒，很快將燈籠上的黑色陽字轉到燈前邊，就在隊伍另一側，逆著隊伍朝來的方向快步走回去。

祝妻和那穿紅花裙的女子一直愣在隊伍裡，待那女子臉上顯出懊悔時，祝妻對她說：「你早一點打定主意就好了。」然後那丟了燈籠的閻羅很沮喪地從她們身邊走過去，嘴裡的嘟囔和罵聲，如從一個袋裡朝外擠冒著的水泡樣。

她們就朝奈何橋的橋頭走去了。

身後妾的燈籠和影子，愈來愈小成了黃昏中的一個點，待她走過隊伍的隊尾時，她又快步地提著燈籠朝著人世的方向跑起來。而這邊，祝妻跟在人群裡，又走了半個時辰就到橋頭了。這座橋果然是妾對她說的一號橋，橋寬得能並排過去兩輛大馬車。轎兩邊的欄杆上，每一柱子的頂端都擺著一盞又明又亮的陰陽燈，把橋上橋下照得通體透明如同白晝般。果然橋上都鋪滿了各種鮮花和金箔，讓整個木橋和橋下清澈明亮的水，都閃著金光日黃色。橋頭那兒堆滿了人，如集會或者散會樣，原來這隊伍裡的人，都擔心自己到陰世會遭受各種的酷刑和責問，不想到這兒，才明白自己要去的地方是陰世裡的歡樂國，於是人人都喜出望外了，都蹲在橋頭歡喜哇哇地哭起來，哭聲裡又夾雜著各種歡喜的笑。祝妻和那穿紅裙的女子這時也都高興了，手把手地隔著一片人頭朝著橋頭望。然在專心望著時，又聽見有人在喚著祝妻的名，以為是點名該她去過奈何橋，可是答應著，卻聽到叫聲是從身後傳來的。慌忙轉過身，竟然看到是一個十幾歲的男孩提著一盞陰陽燈，手裡拉著她汗水淋淋的丈夫祝翁在找她。她很驚異地從人群快步走出來，驚著呆著厲聲說：

「你怎麼到了這邊呢？」

祝翁笑一下：「我為了追你跳河了。」

祝妻這時急急朝隊伍的尾末張望著，問祝翁路上見沒見一個白淨漂亮，穿綠底素花綢緞衣服的女子提著燈籠趕路的人。祝翁說見到了，她在路那邊，我在路這邊，因為彼此都是急慌慌地走，沒有說話就又分開了。「怎麼呢？」祝翁擦著臉上的汗水問妻子。祝妻嘆口氣，說句沒啥兒，就把祝翁拽到身邊拉到到人群裡。而那提著陰陽燈的小男孩，一臉燦笑地望著祝翁和祝妻，說他得去給他父親說一聲，說這邊今天多來了一個人，得把祝翁的名字加進名冊內。他說他父親是一號橋頭的點名人，誰要過橋都得他父親點了名字才能過。說著那孩子朝橋頭的燈光人群望望跑過去，如一個光點朝著一片光亮匯著跑著樣。

補記——

這是在故宮四號庫中找到的宮箋紙，和〈邊地妻妾〉的墨稿同在一個封袋裡。箋紙上有康熙寥寥的豎排幾行字：

原來世間還有《生死祕道》書！原來通往地府竟還有鋪滿黃金、鮮花的奈何橋，竟還有比我大清人世更好的歡樂國！倒是可以先讓這蒲生從黃金橋上過一下，到歡樂國替我弄清楚那個國家到底怎麼樣！

又——

皇上：「後面地府的故事不要再給朕看了。」

濟仁：「……」

皇上：「告訴那蒲生，說朕給他三個月的時間由他想，想好了把歡樂國好好描繪一番給朕看。」

濟仁：「……」

十九、歡樂國——康蒲故事之四十八

中州西部的耙耬山脈上，地勢遼遠，又偏僻開闊，千百年來那兒都空荒無人，除了樹木、花草、鳥雀和狐獾，加之一些野狼和虎豹，很少有人出現在那兒。但至明末時，中原人聽說那兒有了一片片的房屋和人煙，且房屋都是瓦屋大宅院，青磚鋪地、飛檐掛畫、窗木雕刻，一家一院落、一人一房舍，種有地、食有糧，老人有膳養、兒童有學堂。於是山脈外的人，多都一家一村地趕著牛馬朝聖般，百百千千從大城小鎮朝著耙耬山脈裡邊去，遷徙到那兒過日月。進去的永遠不見走出來。外面的又都永遠在聽說。沒有人真正知道山脈裡被說成桃花源的世界到底怎麼樣，但山外人世的各縣、各城郡的人，卻是群群股股地朝著裡邊湧。於是間，山外的人口銳減了，路田荒蕪了，最後連徵兵、交糧也都沒人了。如此官府急起來，連續派人到耙耬山脈沿著傳說去找尋，可結果，去找尋的官府人員也都進了山脈不願走出來。那山裡像桃源吸著魏晉的人，人都一批批地進，一批批地離了州、縣不回著。最後從京城來的修撰史官聽說這件事，便以京城朝臣之名譽，親自派管轄耙耬山脈的嵩州太守進到山裡看一看，去探尋一下那個歡樂國。

嵩州太守也就聽命進去了，去了三天他從山脈裡傳出一封書信來，說天下竟有這樣的人世好地方，竟還在我嵩州的地盤上，連百姓的日子都過得和天堂樣，我何苦還在嵩州每天為一匹布帳、一案事例、一場旱澇奔波和操勞，所以決定不回那邊為官了，請洛陽府或汴梁巡撫往嵩州再派一個新的太守來。縣衙的官差拿著這封信，趕往洛陽去見府裡的人，把書信轉給修撰大人後，修撰覺得太荒唐，氣得把案桌上的茶杯都拍得震落在了地上去，最後又派了從四品知府的弟弟親自前往嵩界地上的歡樂國，結果半月後，修撰大人在洛陽府的客房剛睡醒，看見床頭上一樣擺著一封信，信上的意思和太守寫的信件內容一模樣。不知道是誰把信送到床頭的，問守衛又說昨兒夜沒有任何人進到客房院。修撰覺得蹊蹺，迅速派人到知府的弟弟家裡去探望，想你願到那神仙荒唐的歡樂國，那你的家人妻小呢？難道這些人都願意丟掉家小去那子虛烏有的國度嗎？派人去後修撰開始整洗和用膳。膳間剛拿起筷子在手上，去的人回來稟報說，昨天半夜知府弟弟的家眷男女七口人，被兩輛馬車接走了，連夜趕往嵩州去和他們的官人在耙耬山脈的歡樂國裡遷徙會面了。

修撰啞然地站在飯桌旁，看著滿桌早膳的美食笑一下，又莫名地抬起胳膊把桌上的碗盤碟子掃到桌下面。就這樣，他決定要親自去嵩州耙耬山脈歡樂國裡看一看，便給京都的皇上修寫一封信，說到中原巡查的時間要推遲回京一個月，因為這兒有太奇怪、神祕的事情他必須替皇上查個水落石出弄明白。修撰寫完了信，備了鞍馬和常用物，因為不是戰事匪亂和災難，是去人世的天堂美地也就沒有多帶人馬和物用，七、八個隨從跟著便在第二天的晨曉時，離開洛陽前往西南的嵩州進發了。

修撰姓周名其任，祖籍是甘肅天水人，家在天水黃河岸邊的一個村落裡，祖輩幾代都是讀書人，而真正考舉中榜的只有他一個。官至正三品修撰一職時，在京都已經努力了三十年，年齡已近六十歲，知道這一生將老死在筆墨翰林院，又一直想有一天皇上開恩把他派到哪個省裡做二品巡撫去，也不枉這一生的科舉夜讀和為官之努力。不說做如同省長的巡撫能到南方江浙富地裡，就是到大西北的金城或寧夏，也是人生一夙願，所以這次因修史之差到中原，他是懷著一份別願他想的，希望能在中州發現、解決一些什麼回到京城後，也好在朝廷上朝時，上書說明並被皇上點名去奏報，使皇上在一片朝臣中，唯一對他的奏報心悅而恩准他，由三品升至正二品，從周修撰變為周巡撫。他是懷著這份念願奔赴洛陽西向嵩州的，過龍門時還順便到龍門石窟拜了佛，燒了許多香，到了途中的白居易墓和范仲淹的墳，還以讀書人的身分行了跪拜禮，許了心願燒了紙，就是路過杜康造酒的紀念地，在那杜康酒家吃了飯，還在酒神杜康面前低吟了曹操的「人生幾何，對酒當歌」的詩，這就到於嵩地上，縣衙的人都紛紛在路口跪迎來自京城的車馬和行物，希望修撰可以在縣衙住下歇息兩日再到耙耬山脈裡邊去，而這周修撰，在路口只是下車和相迎的人馬禮節後，輕輕淡淡問了兩句話：

「那歡樂國真的存在嗎？」

縣衙的迎人跪著點了頭。

「真的存在真的那麼好，你們怎麼不去哪？」

迎的人便面面相覷無語了。

修撰也就在臉上掛了異笑招招手，讓迎人從地上起來都回縣衙去，留下一個路熟道清的，牽馬領帶便從路口朝正西通往耙耬山裡的黃土道上奔去了。時候是午後日正西斜時，盛夏的烈日在偏西頭頂上，火燼樣滿天熱亮照得像人是朝著太陽深處走，馬匹都累得見了井泉必要歇息長飲一陣子。村野、莊稼、路邊樹和將熟蕩蕩的麥田和草曠，路兩邊齊腰深的茅蒿和山雞，還有時不時亮在路中央草地裡一窩一片的鵪鶉蛋，這些都是周巡撫少年在老家天水讀書時，經常的相遇和熟知。現在這景況，除了勾起他一些早年的回憶外，並無特殊的觸動和感懷。然而就這樣，沿著半陡半緩的車道慢慢往前嘰咕著，猛又遇了一個陡峭的山嶺如房坡一樣懸置著，數十丈的高遠立在人馬前，抬頭朝上望，像仰著脖子朝著天上望。在陡峭的坡嶺這一邊，天上的雲空是種灰燼色，而山頂上的天是隱隱純藍的水潤色，如同湖和陸岸在頭頂分明著。

緣於山坡和峭道，是突然徒立在了面前的，人到那兒如突然遇了一堵直立著的牆，都會收腳立下抬頭朝上望一會，嘆口氣，醞釀一下情緒力道再朝山上爬。周巡撫一行自然也這樣，到這陡峭的山下立了腳，抬頭嘆口氣，隨從正想停車撩簾去報告巡撫要不要歇息一會兒，然那帶路的，剛到巡撫車的廂窗口，那兩匹馬一紅一白竟忽然又拉著馬車朝山上起蹄攀爬了。

在坡道上拉車行走竟然似乎毫不費力。

隨從見馬車開始上山了，也跟著開始起腳上著路，竟然覺得陡峭的坡道拐來拐去，並不像想的那麼吃力和喘息，朝山上走著覺得身後像有人在推著，而且似乎前邊還有力量吸著牽引著，走路除了膝蓋的曲彎是上坡蹬著山，身上的筋力卻是下坡一樣輕鬆和舒展。這時大家全都驚著了，不僅覺得自己上山如下山，還看見修撰的馬車得得得地爬著山，如馬車是在陽關道上跑著般，輕鬆快捷將隨從們拉落在後面很遠一程子。

所有人的臉上都是驚愕和喜悅。

上山的道上一路都是大家相互的尋問和歡愉。官差們這時人人變得和孩童樣，哈哈嗷嗷地笑著說著問著話，跑著追著修撰大人的車。

「這就是坊間說的歡樂國的山道嗎？」

「原來天下果然有這怪山、怪坡的奇道啊！」

因為朝山上走著跑著一點不費力，便有官差孩子樣從路邊揀起一個圓石頭，輕輕朝路坡的前邊扔過去，發現那石頭雖不是愈來愈快地加著速，卻是隨便一滾就能爬出兩丈遠，直到那路拐彎了，石頭直行滾到了路崖下，或者被路上的另一個石頭擋著停下來。大家發現路中央和路邊上，扔有許多捆成胳膊、大腿似的乾草捆，和一截截的圓木竹筒兒，似乎是專門讓人試著朝山上滾動的，也就紛紛拿起那些草捆、圓木和竹筒，輕輕擺在路中央，那些草捆、圓木和竹筒，便開始不費力地朝著山上滾走著，留下一路滾行的叮噹吱喳聲。路是荒野間的沙石馬車道，這一段光光滑滑鋪滿了沙粒和石子，那一段的沙土道裡又長出一片的野草和碎枝。那些滾動的圓物碰到路上的草枝慢慢停下來，碰不到的便一直不息地朝上滾走著。

人都相信坊間說的奇山怪坡了。

開始有人瘋跑一樣追著馬車，喚著大人——大人——讓周修撰和馬車停下來。周修撰在官府的塗漆篷車上，也已經覺到馬車上山和下山樣，因為快而搖搖顛顛，使他不得不緊緊抓住車篷的立柱才能穩住身。這時聽到身後追著的腳步和喚聲，他讓趕車的勒馬停下來，推開廂門望出去，看到正有圓木和竹筒在車後追著滾動著，直到碰了馬車輪子那圓木、竹筒才轉向停下來。

周修撰的眼睛瞪大了。

從車上走下來，他立在車旁愣了愣，也撿起地上的一截竹筒輕輕朝上滾，那竹筒就嘩嘩啦啦自己朝著山上滾走著，直到走出幾丈遠，碰到一塊路石停下來。又接過隨從遞給他的一截圓木頭，輕輕放在坡道上，看那木頭身子微微晃幾下，開始朝山上沿路滾走著，直到車道拐了彎，而那圓木直行落在路邊上。

「《史記補》中記的奇山怪坡竟然真的有，竟然在這兒。」周修撰嘟嘟囔囔自語著，看見路上有一個雞蛋似的圓石頭，他用腳尖輕輕碰一下，那石頭就滾滾轉轉沿路朝上走了三丈遠，最後落在了路中央的一個坑窩裡。

從那坑窩過去時，修撰朝那窩裡看了大半天。

大家開始跟在修撰身後朝著山上走。因為修撰臉上不再是驚奇和喜悅，而是一種神祕和思默，大家也都不再說話了，都把目光落在他的臉上和身上，便都看見山頂上落日的輝亮和日出一模樣，明透璀璨彷若大家不是朝著黃昏走，而是朝著黎明去。

走過奇山怪坡後，周修撰多少想到了景況會是這樣兒，可沒想果然這樣兒。山上是寬闊的嶺粱平緩地，不朝著左右兩邊的的崖谷去，還以為上了山是一馬平川的世界呢。黃昏的落日自然也是褐紅色，可從那紅裡透出的亮白卻又比山下的黃昏厚得多。最為少見要緊的，是黃昏和夜晚交接時，沒有過渡時候那一瞬間的昏黑和模糊，只是你不經意地眨了一下眼，再睜開時眼前的落日沒有了，頭上換成了大如巨盆似的紅月亮。一剛面前還是落日紅，轉眼就成了夜月的紅亮和涼爽。

風像雲霧樣從人的面前吹過去。

紅月亮的光，用手一摸像摸了一張嬰兒臉。

他們是在過了奇山怪坡不久後，見一家名為「夢客棧」的客棧歇馬住下的。客棧的圍牆和院落，馬廄的圍欄和馬槽，木屋的樓上和樓下，與外面世界哪都一模樣。客棧自然是設在馬道邊，背後是一處村落和房屋。院落裡有幾棵玉蘭和桂花。這季節正是玉蘭歇香、桂花初開時。他們一行到這客棧門口後，並不覺得一定要在這家客棧住下來，因為前邊還有更富麗的客棧和酒家，只是到客棧門前馬車慢下時，周修撰在車上一看這客棧迎客門額的橫匾上——夢客棧——的三個匾額字，陰凹刻在門眉上，橫都微微細一些，很像周修撰自己的毫跡和墨痕，因此也就在這夢客棧裡停車住下了。到了入進迎客正堂時，看到堂門兩側掛的對聯木刻字，周修撰一下僵在那兒了。字跡是和大門外的夢客棧三個匾字一樣的字跡和筆體，因為門聯距離近，細看細品越發像了他自己的字，去讀那對聯，又見左邊是「迎天下客人入夢裡」，右邊是「你園家本在歡樂國」。看著那字跡和聯句，周修撰完全僵呆在了門口上，臉上的驚詫宛若出門遠行時，歇腳的地方正是自己離開多年的家。他想到了他在三十年前考舉時，文章中也有過這樣的詩句和意味，皇帝宴賞中榜進士時，還特意到他面前背了這句子，誇過他的字法和書寫。如此周修撰的臉上有了一種漲紅色。然那漲紅裡，不是血脈汩汩潺潺流，而是驚異的滾燙和不安。隨從們這時正將馬車上的行李、物用朝著客棧裡搬。五十幾歲的店主人，過來迎接周修撰，弓著身子笑著臉，那熱情像他在這等他已經等了整天、整年、半輩子，終於把修撰大人等來了，渾身都透著喜悅和輕快。

「——請問店家，前面門額和這門匾上的字是誰題的？」

店主人說是他祖上在這開的店，門匾字額都是祖上爺爺留下的。如此修撰的身上、心裡如被一層薄雨澆了樣，有些寒涼和遺憾，卻也只好入堂入屋住下了。夜膳是店裡為他準備的宮菜和粥湯，炒菜有枝竹炆班翅，參魚扣鵝掌，湯裡的粥米不是日常間的大米或小米，而是比小米略大、比大米略小的一種當地耙耬麥，麥粒都是圓球狀，煮熟閃著晶晶瑩瑩的光，吃到嘴裡軟彈有嚼力，還有一股蜂蜜味，使得那粥湯又黏又甜如皇上賜的蓮子膠湯樣。且那湯裡除了純粹的甜，還有一種沒有聞到過的植物香。喝了那粥湯，渾身的乏氣少了一大半，又洗了一個當地特有的熱泉浴，浴後習慣地要喝一杯茶，見那茶葉明明是中州綠尖茶，可味裡卻飽含只有皇帝和后妃才能喝到的龍井味。喝茶是在客棧後院的茶室裡，周修撰到了茶室裡，其他的客人都退到了屋裡去，把一整方圓的茶室全都留給周修撰。

修撰便在這茶室品著杯茶朝著四周張望著，忽然看見牆上掛的幾幅小畫都在青竹做的畫框內，有一幅畫上畫了浩渺的湖水和一個老釣翁，畫白處的題詩是唐時柳宗元的〈江雪〉詩。而那四句「千山鳥飛絕」的字，竟然完全是他自己的字，且那釣翁的後背又極像他自己的一個後影兒。周修撰第一眼看見那幅畫，怔一下急腳朝那畫下走過去。果然看見落款是自己的名字周其仁，小紅的欽印果然也是自己寫字畫畫時，最愛用的那枚玉刻小欽印。

周修撰又一次呆在那兒了。

呆過良久後，他又朝另外一幅畫下走過去。這幅畫畫的是一個寺廟和上香人。上香人依是周修撰的後影身，落款也一樣是他周修撰，欽印一樣是自己那枚小玉印。再朝著第三、第四幅小畫走過去，他發現這些畫都是他早年從朝上回到書房苦悶時，隨手畫的小畫作。這些畫有的原本夾在經卷書籍中，有的他隨手當作小禮送給了下人和僕從，然這時這些卻都跑到這兒被掛將起來了。重要的不僅是它們被掛在這茶室，而是他當初畫時都是一時情緒並不覺得如何好，然如今掛在這兒看，用筆和著墨，卻都充滿天合之巧韻，似乎每一幅畫都能換來幾匹馬或者百畝地。

他就一直立在那畫下舉著蠟燭看。從門窗外落進來的月光如同流進來的奶。空氣中充滿客棧院裡的桂香味。傍晚走入客棧時，明明那幾棵玉蘭和桂花，玉蘭已經花落了，只還有滿樹的烏綠空舉著，而桂花只是有一些零碎小朵兒，很少有桂香從那朵裡透出來。然而這時候，如同桂花全都開了樣，香味濃濃郁郁飄進來，讓他感到從未有過的來自心脾的輕鬆和舒展。

身後有了腳步聲，是店主人親自進來給他續倒熱茶水。

「這畫哪來的？」修撰轉身問。

「家父通過各種關係從宮裡收來的。」店主倒著茶水笑著答。

「知道是誰畫的嗎？」

店主搖了一下頭，又朝修撰很神祕地笑一笑，說幾天前有人來住店，見了這畫願用十匹馬或二百畝耕地來換兩幅畫，但被老家主婉著絕謝了。說著店主又朝修撰大人走近些，朝門口看了看，見門口沒有店客和僕人，便很神祕地問修撰，夜裡要不要他喚一個兩個女子來陪夜。說來的女子都是州府甚至京城少見少有的美人兒，個個都比州府、京城那些女子養人可人心。巡撫也便怔一下，「這山野還有這樣可人心的人？」店主笑著點了頭。修撰問到底怎樣養人可人心，店主輕聲說，大人如果聽說過坊間故事裡的狐狸美女有多好，這裡的女子就會有多好；如果聽說過花仙女子和男人過夜能夠多養男人身，這裡的女子就有多養男人身。

周修撰便用疑疑的目光盯著店主的臉，像看他到底是不是人世間的人，是人了是開店欺客的騙頭還是誠懇實在的營店人。他就那麼死死盯著看了很大一會兒，店主竟也不亢不卑任著修撰看，並也用差不多的目光瞟著周修撰，直至從茶室外傳來樹葉落地的聲響驚了屋裡的靜，周修撰才把目光朝別處望了望，說了一聲謝，又用很冷傲的語氣對那店主道：

「我周修撰終生無成，唯一好的就是這輩子沒有進過妓院和窯子。」

店主把目光從修撰大人的臉上收回來，顯出了少見的輕鬆和意外，說那就請修撰大人早些歇息吧，你是我家店裡百年來住店的官人、商人中，唯一一位夜裡不要女子陪的人。說著行了拜別禮，走時嘴裡嘟囔著，說天下真還有清正的男人和官差，夢客棧一定會從今夜始，好事如衣服鞋子樣，換了這件是那件，掉了這隻有那隻。

修撰也就在茶室又歇飲一會上樓去睡了。

一進客屋子，見床上的被褥、帳幔都已鋪好掛好在燭光裡，且床頭的桌上還燃了香料盒兒，擺了筆墨和幾本書。走近桌邊一看那香盒，香是天下最稀有的來自南江貢國的群芳髓，香盒是只有馬來國才有的龍木骨，而桌上擺的書，一本是誰的文章集，名為《堂書選》；一本是《絕句集》，收錄都是七言絕句詩。再看那書名下的著者名，竟然都是他的名字周其仁。慌忙翻開《堂書選》，裡邊收入的文章竟果真都是他閒在書房時，寫的篇章和感言。翻開《絕句集》，收錄的又都是他情緒起時寫的絕句詩。且有的詩他隨寫之後也就扔掉了，有的留在書房幾經搬家也都不知去了哪。現在他發現，自己的文章、詩詞竟都被人收著線釘成了集，手指厚的兩本擺在面前桌子上，似乎那裝釘的膠味和線影，都還掛在書頁上，而那抄寫詩文的墨味正伴著群芳髓的燃香和來自窗外的桂花味，烈烈散散在他的桌邊和床頭上。

周修撰是翻著這些書頁、聞著貢國的香味躺在床上的。這時夜已深得如從月光的這頭要到光的那頭樣。窗口的亮色上，掛著紅月亮和藍星星的明透落在窗口和他的床檐上。因為過度的清亮和夜味，他似乎一夜沒睡著。他似乎躺在床上翻著書，將那兩本集存的文章、詩歌打開來，扣在胸口一會也就睡著了。睡著了又滿腦子都是好事情。他看見夫人穿的衣裙上，綴的珠石落下來，撿起一看那珠石，竟是來自疆地的河田玉和南洋海的白珍珠。看到自己剛上早朝皇上就從龍椅上下來拉住他的手，說滿朝文武只有你最有才華又對皇上最忠誠，朕一定會再賜你封號晉品級。除了這些好事情，還有家在京城偏巷的周府裡，養的鐵樹忽然開了紅花和紫花，而同自己已經成婚三年的第三個妾，本是普通人家的姑娘只是因為長得好，他就將她納下了。可現在，陰差陽錯著，發現她真正的父親是當朝劉宰相。如此等等的，好事如落線的珠子一個一個在他面前滾動著，然就在他被這一堆一串的好事纏著時，客棧院裡有了一片腳步聲和吵嚷聲，他被從夢中喚醒了。睜開眼，看看窗口又一天銀白金黃的太陽光，第一個動作是看看那兩本書還在不在自己胸口上。

見那兩本書不在胸口而落在床下邊，他慌忙光著身子跳下床，把書合到封面頁，看了書名和作者名，見書名仍是《堂書選》和《絕句集》，著人仍是自己周其仁，心裡也就踏實了。放下書去靜聽樓下的吵鬧和動靜，卻聽見有一串的腳步朝著樓上響過來。朝著他的套屋客房跑將過來了。

慌忙去穿衣袍和靴子，又聽見客房屋門吱啞響一下，有人進來跪到臥房外的門口上，大聲地朝他報告說，請修撰大人快出門，有皇上的聖旨追到這裡了。

周修撰冷驚一下了。

「什麼事？」

門外跪著的，又緊張不安大聲道：

「大人，聖旨傳到這兒了。」

周修撰再也不敢慢怠倦意了，穿好衣服洗把臉，跟著隨從自樓上的客房奔下去，一出客棧的迎客堂，便見滿客棧院落都是人。客棧的主人和僕人們，及客棧後村莊裡的農人們，還有這村鎮街上的鋪商們，加上他的七、八個隨從全都怔著跪在院落裡。院裡的陽光是上午時辰裡的金白色，雖是正夏卻不覺得熱，只是透亮刺眼如太陽就在眼前觸手可及發著光，讓人的眼睛睜不開。桂花樹果然在昨兒夜裡大開了，每棵樹上都綴滿豆料似的碎白和豔紅，在日光裡像結著一樹樹的水晶鑽石樣。香味在人群的縫裡隨風纏繞著。周修撰揉了眼後把手從眼上拿下來，首先看到一股五彩的香味在他面前繞了繞，隨後那線香朝客棧的院外飛去了。不一會那香味又從院外飄回來，後邊跟著一族一股朝廷的人，有人騎了馬，有人坐了馬車和著幾個州府、縣衙的差，有的他見過，有的他從沒見過壓根不認識。他們一隊人馬到客棧院落外，都下馬下車朝客棧的院裡湧過來。周修撰見此慌忙快步地朝著院外走，剛出夢客棧的迎客門，就聽到他在京城宮裡最常碰面的朝臣公公朝他大聲喚：「聖旨到——請接旨——」於是他慌忙撩起衣袍跪下來，把雙手拱在頭頂上，將頭勾著看著面前舉著聖旨的同朝臣僚的腿和腳。

也便聽到帶著啞嗓誦念聖旨的有節奏喚道聲：

奉天承運，皇帝詔曰：

翰林院史官周其仁，至中州嵩地查巡歡樂國，正為吾大明聖事，又為朕心頭之疑，待其果言明，解朕多年之疑，特冊封其正三品，為中州巡撫，可擇時直留赴任，欽此——

自接到聖旨冊封周修撰為中州巡撫後，周修撰恨不得立刻啟程去奔赴正三品。然而聖旨說：「待其果言明，解朕多年之疑」，才可以擇時升任到中州汴梁去，這就讓周修撰恨不得三朝兩日就弄明歡樂國到底是怎麼一回事。在朝臣和公公們離開前，周修撰已經讓他們帶回去了一些他到嵩地的見聞和查詢，之後半個月，他和隨從離開夢客棧，一直微服沿著耙樓山脈的梁道朝著耙耬深處去，見村落棧，遇街入店，相遇了奇異便跟著蛛絲馬跡追到水落石出止。一路上他們明白了山外的農人為什麼都要離開家鄉到這山地重新來安家，因為在這兒的土地上種小麥，風調雨順，顆粒和花生一樣大；崖頭上的野生南瓜如磨盤一樣得滾著抬著朝家回。之所以商家都要棄了鬧市到這來經營，是因為這山脈裡的人口雖然少，可買貨購物的，從來不與商家搞價錢，你說一件鋤頭多少錢，買的人就笑著付你多少錢；你說一罐酒和十斤麵應有多高價，路人就欣然付你多少錢。而那些為官府做差行事的，之所以願意脫掉官服到這來當差，是因為當差的到商家的店鋪去收稅，又從來都是你說要交多少稅，商家便自願交你多少稅。天藍得一星灰塵飛起後，能看見那灰塵內裡的五臟和六腑。任何一處的井泉和流溪，水裡都有甘甜味。季節裡很少有天災和疾病。村落間從來沒有農人為田地的邊界而爭吵。沒有買賣為斤兩和價格不和睦。且還尤其是，在這山脈裡，隨便見個女子無論她穿戴怎麼樣，仔細看都無法用文人所知的好言去形表。那皮膚、那眼睛、鼻臉和身子，明明都已是十八、二十歲的成熟女，卻又嫩白得和幾歲、十幾的女嬰樣；明明已是農人家的婦人和田女，該胖到渾圓無腰身，可她們卻依然如十六七歲沒有出嫁樣，若不是頭上的髮簪區別著她們出嫁未出嫁，你看不出誰是婦人誰是待嫁女。

已經有兩個隨從在十天前留下幾行墨字便在半夜離開了。一個到一家店裡做了招婿郎，一個僅是去一戶商家替周修撰買了紙筆和硯墨，回來就告訴周修撰，他留下不走了，要到那紙墨文店去做造紙人。說他雖是翰林院的九品吏，可家裡是紙商，到了他這兒，那世代造紙的技藝無續了。而這歡樂國，眼下最缺造紙商，他留下就可讓這世代的技藝在這國裡傳下去。當然也不僅是為了這造紙的技藝傳下去，還有那紙墨店的店主是女的，二十五周歲，實在長得讓男人抗不住她的目光和笑意，從山外進來的任何一個人，只要進了那紙墨店，沒有人不為她的容顏和臉上的柔笑而動心。

眼下七、八個隨從只剩下四、五個了。即便周修撰許願他到汴梁任職後，會給每個隨從更高的職位和奉薪，隨從們也都一邊點著頭，又一邊總想留下來。更為要緊的，是周修撰知道隨從離他留下不走了，他對他們沒有絲毫的不解和怨意。他想倘若不是在夢客棧接到了皇上的聖旨冊封他為正三品，擇時赴中州汴梁做巡撫，說不定他也會在哪個城或哪個鎮，為著哪椿、哪些好極的事情和女子留下來。

留下來的閃念是在三天前的一個小城產生的。那小城裡有個大學堂和讀書院，周圍所有男兒、女兒都被送到學堂、書院去讀書。送孩童去讀的父母都一手拿著課本、一手拿著銀兩給先生，讓先生覺得應該收多少銀兩自己取。更為異奇特別的，是學生的課本不是三字經、百家姓和四書與五經，而是周修撰的文集和詩集，所以那兒的先生、學生見了周修撰，便都如見了神明聖人樣。學堂的房屋、牆磚都是碧綠瓦青色，新磚新瓦的味線呈出絲黃來。在比春暖、比夏涼的天氣裡，小城所有的樹木、花草都滲著柔亮和明透。站在樹下能看見頭頂樹葉脈管內汁水的流動和彎轉。鳥叫聲在孩子們讀書時，全都飛走啞默著，當孩子們停歇不讀了，各種鳥雀才又飛回來，又落在院堂裡的房和樹上叫著舞蹈著。

先生和學生們，見了周修撰，都滿臉喜著朝他跪下來。聽說修撰不願留在小城常住後，在他和隨從離開時，先生帶著上百學生給他來送行，一路上哭得淚如潑雨樣。

就是那時候，周修撰心裡也有留下不走的暗念了。這個暗念一經生出來，驚得他臉上浮出一層汗。為巡撫一職他是用了三十年對皇上的忠誠才獲冊封的，哪能因為一場淚水和那課本是自己的詩文就這麼輕易留下來。也就在這一念一閃間，周修撰決定不朝山脈深處再走了。儘管再走三幾天，前邊過去一個女兒城，再過一個男人城，也就到了由田農莊生長起來的田農郡，但他擔心他一到女兒城，他所有的隨從都會棄他留下來。擔心自己也留下的暗念愈來愈大，而最後自己也果真棄了正三品的巡撫留在歡樂國。

在離小城又七天的一個路口上，他令隨從們打馬調頭朝左拐。隨從們都說前面就是大家朝思暮想的女兒城了啊。他說我們不去了，明天我們就離開歡樂國，赴汴梁走馬上任去。隨從們都臉上僵著不解和啞然，立在路口不動彈，目光一直注視著已經清晰出現在想像中的女兒城。然周修撰不管這些事，只管自己調轉馬車朝南走，把那些隨從就都孤孤地留在了茫茫一片的梁道上。

至末後，隨從們看修撰已經走遠了，只好無奈地起步追著周修撰。一路上大家彼此無話都是沉默著。沉默中修撰有時能隱隱聽到他們的抱怨和嘀咕。他猜他們是在他身後，商量留下走不走的事。他想他們若真要留下也就留下吧，但那跟著他到汴梁的，他將讓他們人人連升兩職並任選自己在省府的職位和營生。也就這麼思思謀謀地朝南走。南邊的梁道竟然不比主梁道上的路窄和凸凹。這是從耙耬山脈延伸出來的一道支山脈。支山脈的梁頂主山脈一樣寬闊和平緩，莊稼地裡的熟麥味，如酒店廚房裡的油炸香，呈著褐紅濃黃在山道兩邊蕩溢著。幾天前這兒落過一場雨，路兩邊樹上的蔭葉濃綠得顏色一層層地掉下來。麥穗和穀子地的穀穗一樣大，杆棵為了撐住那穗兒，都長得比一般杆棵粗出兩倍多，和四五月間的柳條楊枝一樣兒。

過了午時又翻過一道山梁子，看到梁下有一處巨大的盆地在眼前。在那盆地裡，先見一座城郡的大輪廓，再就是青色的磚牆豎在梁下面，城門闊大能並排進出兩輛大馬車。城門口沒有哨兵和哨樓，只有一片靜安鋪展在城裡和城外。從城牆上和城門裡蕩過來的新磚硫磺味，讓人連打幾個噴嚏才適宜。天氣並不熱，可知了的叫聲卻明顯要比別的地方稠密和尖利。看見城下的樹木和花草了。樹木中有北方最常見的榆樹、楝樹和槐樹，可這北方樹中還夾雜只有南方才有的三角梅和鳳凰樹。那碩大如火的鳳凰花，燒在天空似乎還有火燒似的劈啪聲。

有一群鴿子從城裡飛出來，從他們頭頂飛過去，又繞回來在他們頭頂盤盤旋旋著。

忽然從對面城郡那邊傳來了一片陣雨似的腳步聲。聲音中夾著「來了！來了！是他們——」的喚。追著聲音抬起頭，便看見城牆和城門樓上有人把雙手棚在額門前，朝著他們打量一陣子，隨後那打量的，又朝著城牆下面喚著快步跑起來。

離那城門愈來愈近了。

到了近前便見從城門湧出來了數百人，分站在城門前的兩邊上，每個人都穿著錦織掛銀的彩衣服，脖上繫著各種銀製的項飾和鈴花，有的敲著鑼，有的打著鼓，有的舉著尖號和竹排簫，在路中央幾個年長的男人帶領下，突然吹奏響起了歡迎的鑼鼓和音樂聲。在那五彩紅綠的音樂裡，所有的人都向他們一一行著雙手盤胸的躬身禮，舉著老遠就散著香味的糯米酒，齊聲大喚著「歡迎南香國國主——」的有節奏的口號聲。然後周修撰一行就不知發生了什麼事，慌忙出車下馬，迎著謝著問最前領帶的年長者，這兒到底發生了什麼事，有了什麼誤會和曲折。那最前高瘦的長者便向修撰躬著禮身解釋道，沒有任何的誤會和曲折，是在這耙耬山脈的深處裡，幾十年前喜歡男子獨處的人群在一起，立有一個男兒城，喜歡獨處的女子在一起，立下一個女子城。而現在，喜歡北方生活的人群在一起，自立北郡為北國，而喜歡南方氣候和生活習俗的，也都聚在這氣候偏熱的盆地裡，立了這個南香郡。可隨著郡城裡的人口繁衍和遷徙，現在郡城裡的人口已經翻倍了，郡城已經不是城，而是了一個南香國。然這南郡雖然可以立國在天下，可南香國裡的人，連一個國家之下究竟是省大於府，還是府大於省城和州縣都還不知道，更別說一個國家立下後，該有怎樣的律法、稅收、管理和教讀。說他們就是這樣聽說周修撰入了耙耬山脈來，在夢客棧又被冊封為大明國的三品中州大巡撫，想周巡撫一定深明外面世界的律法、稅收、管理和教讀，所以一路派人跟著周巡撫，若巡撫到那個三國分岔的路口上，調頭朝南香國裡來，那就是上天派到南香國的國王和皇帝。若不朝著這邊來，那就還是外面大明的巡撫和朝官，沒想到周巡撫果然到那三叉路口上，猶豫後朝南香國這邊走來了。

南香國也就終於有了自己的國王和皇帝，從此南香國也就真的成了國家而不是一個城邦城郡了。

說著長者學著外面世界的躬身禮，帶頭在周巡撫面前跪下來，大喚著「迎皇上——送上來——」跟著這聲喚，數百的人群便都齊齊跪下來，而隨著這齊刷刷的跪，便有統一穿了五彩禮服的人群從城門一行行地排著隊伍走出來，最前的抬著兩塊雕刻有細圍欄的方木板，一個板圍裡，擺著和外面世界相仿一致的黃錦繡織的龍袍和綴有無數珍珠玉墜的帝王帽；另一塊方圍木盤裡，擺著皇帝的玉璽和璽盒。他們緩緩從城門走出來，到周巡撫一行面前跟著跪在那長者身後邊，請巡撫穿上這龍袍，懷抱那玉璽，入城進到宮殿為皇上。

太陽光中一片金顏色，城門樓和所有的人群都被金光撫著籠罩著。

鴿群在頭頂盤旋著，投下的薄影一會晃到這邊來，一會晃到那邊去。影雲罩到人們頭頂時，有一股涼爽落在大家身子上。影雲不在時，炎熱便又白白亮亮、黃辣辣落在大家的身上和臉上。周巡撫臉上出了一層汗，頭腦裡的躁熱、興奮像有歡迎的隊伍在他腦裡起舞踏步樣。他不知道自己該不該接過龍袍穿在身上把玉璽抱在懷裡邊。南香國的人，一直在他面前跪著等待著，且那跪著的人群愈來愈多，從城門洞裡望過去，城郡大街上，黑黑鴉鴉，無頭無尾都是跪著請他入城為皇的人。時間如太陽不落而月亮早早升上來，一方不肯去，一方卻早已到來同輝僵持著。人們就這麼一分一秒地過著等待著，他不接那龍袍、玉璽為皇上，人們就那麼跪著不起來。也就這時侯，周巡撫的幾個隨從從惘然中醒悟過來了，他們突然從後面小跑到了巡撫身邊上，和他人一樣跪下大聲喚：

「——陛下，請換上龍袍入城吧！」

說著有隨從替巡撫把那龍袍接過來，舉過頭頂敬到周巡撫的面前去。周巡撫不知道是自己脫了袍服換上龍袍的，還是隨從們一起動手幫他脫了衣服換了龍袍的。也就這麼換上正可身的龍袍和皇帽，由隨從宰相樣抱著玉璽起身跟在後邊入了南香國的城門樓，在震耳欲聾的「萬歲！萬歲！萬萬歲！」的歡呼中，在城內能並排四輛馬車的石鋪主道上，最少走有八百米，進了和紫禁城一樣大小，卻是風格相異的宮殿裡。

起於這一天，周巡撫便為南香國的皇帝了。

補記——

這是蒲生為帝書寫故事的第十二個月，皇上為閱讀寫下的第九、也是最後閱一道便箋諭。研究者認為，大帝再讀〈歡樂國〉的黃粱故事時，可能是品著茗茶讀著微笑著，沒有讀完就寫了第一段的便諭令：

把地府的歡樂國挪到地上了。挪到大明了。好故事。好才華。朕也想有一天到那但凡美夢都可成真的中州耙耬山裡走一走，去看看那上坡如下坡樣的怪坡啥樣兒。

之後皇帝接著再讀〈歡樂國〉，心裡開始五味雜陳了，及至讀後的當時或者第二天，終於又在便箋的綢絲宮紙上，空了距離如我們今天的印刷排版中，上一段與下一段空了兩行樣，又寫了與上段文字意思完全相反的幾行字：

此乃用上朝影射我大清。明可美夢成真，而我大清卻不如腐明。難道這兒沒有書生們的復明之嫌嗎？竟敢在我大清中州腹地的內土上，公然確立郡中郡和國中國。若非念及這蒲生的才華和故事，曾給朕帶來一年的遐想和歡樂，朕只能賜他一死了。

二十、濟仁公公

從京都到山東淄川要經過保定府下轄的一段地界到天津，然後從天津府再過滄州、德州才到濟南府下的淄川界。蒲生給皇上書寫第一個故事〈鴝鵒〉是去年入夏時，而到了又一個的夏時候，濟仁公公拿著皇上的詔書又急急趕往淄川讓蒲生停下筆。皇上說，自蒲生接到詔書始，他若敢再在故事中明的暗的寫大清的不潔那就是斬，然念及蒲生的故事曾給皇上帶來過愉悅和歡樂，也就賜他死筆思過而人還活在大清現實裡。

原來為了皇上能「一騎紅塵妃子笑，無人知是荔枝來」，時時都讀到蒲生的故事一解皇上的閒愁和鬱悶，一路都是如從南方往北方西京飛送荔枝樣設有驛站的，每次蒲生寫完一個新故事，就有快馬從蒲生的書房接過送往德州驛站去，然後在德州換馬換人拿上故事快馬到滄州，在滄州換馬換人到天津，然後穿過保定界，最後在第二天的正午間，將故事送到宮裡交給濟仁公公，由公公閱後覺得皇上會喜歡，才呈到皇上的寢殿書房去。可現在，事情不用如此了。皇上從蒲生的故事裡，品味不出荔枝的味道了，不僅不願再讀這故事，而且也不允許蒲生再寫了。皇恩浩蕩沒有賜那蒲生死，而是賜他筆死了。濟仁公公是拿著皇帝的詔書乘著馬車離開京城的，到保定界的驛站上，向驛站的兵士宣布了驛站撤銷，往日養馬接送故事的人各自回家時，驛站馬廄養馬的人，朝公公看了一眼後，說這就撤了嗎？我剛找到這官差，因為這官差，也才討到了秀才家的女兒做媳婦，沒有這差秀才家毀了婚約怎麼辦？

公公不理這些話，只管領著人朝下個天津府的驛站去。到第二天午時也便到了天津城郊路口的驛站上，看見驛站院落大門的門額上，新掛有刻了「故事驛」三個字的匾，正要將馬車趕進去，便見有一兵士騎著上好的紅馬從故事驛裡走出來，且那馬前還坐著一個描眉畫眼、穿著豔麗的妓女子。他們見了來自宮裡的馬車和濟仁公公，兵士和女子都慌忙從馬上下來跪拜著，之後公公問了話，知道兵士是正要把一個新的故事朝著下個驛站送，怕路上寂寞便帶了一個妓女隨同著。也就把那新的故事要過來，從一個舊錦袋裡取出蒲松齡的新故事，看第一頁的天頭上，寫著「郭生」兩個的題頭字，朝下翻幾頁，似乎是說狐狸女替丈夫教導四書和五經，並替他到考場做題而最終金榜題名的情節和意味，也就合上那蠅頭小楷的故事紙，對那兵士和妓女道：「以後不用再勞煩去送故事了，皇上已經不愛念讀這些了。」然後在兵士和妓女的愕怔中，朝故事驛裡走進去。

走進去濟仁公公驚著了。

天津故事驛的院落並不大，一畝地，幾棵樹，三間房屋和一個馬廄棚。三間房的正堂屋，還有兩個輪流遞送故事的兵士和馬夫，三個人正在堂屋摟著三個城內的妓女喝花酒。他們因為軍紀不往城裡的妓院去，而是把城內的姑娘接到故事驛裡來。且喝著花酒還由一個識字的士兵把偷看了蒲生專為皇上寫的故事講給大家聽，說那蒲生以為他是為皇上寫故事，其實是在為我們寫故事；說皇上以為他是第一個看到那故事的人，其實我們才是最先看到故事的人。說皇上不過是在吃我們的剩菜喝著我們喝剩下的酒。這時候，濟仁公公站在門口邊，用半冷半嘲的口氣厲聲道：

「不想活了嗎？」

便都從門口的宮服上認出公公了，沒喝醉的都跪了下來，喝醉的愣著坐在那，一隻手還放在撩開衣服的妓女胸脯上。屋子裡滿是酒味和肉腥味。筷子、碗盤亂在一張小桌上。三個妓女滿臉滿身都是胭脂香，從公公的正面撲過來，和著肉香黏稠烈烈著，讓公公朝後退了小半步。然後那妓女，也便把醉兵士的手從自己的胸口拿下來，朝著公公跪下磕著頭，說請公公饒命，自己是為了營生才到這故事驛裡來，偷聽皇上的故事不是自己的事。人都知道這生死厲害了，連那醉的這時也都醒過來，連連地磕頭求公公，說自己偷看皇上的故事不是故意的，只是在送故事的路上實在單調和寂寥，跑累歇息時，忍不住會把那故事拿出來看一眼。

而公公，這時立在門口說了一句話——

「你們的好日子今天是最後一天了，以後再沒有讓你們吃著花酒、講著皇帝才能看到、聽到的故事的機會了。」說完也就差人去替他卸了馬，換上驛站的新馬準備朝滄州的故事驛裡趕。

就這麼一天又一天，黃昏歇息，日出起行，從京城到濟南，從濟南淄川馬不停蹄地返回再往京城送故事，一則故事路上要換四次馬匹和四個騎馬人，也才可以把一道故事從淄川送到京城裡。而從京城趕車逆著驛站去淄州，公公卻整整用了一週的黃昏和晨早，路上遇了四個騎手轉換驛站遞故事的人，收要了蒲生新寫的〈郭生〉、〈三生〉和兩篇〈王子安〉，待他在第七天的落日時分趕到淄州河邊上，看到一條河，想這河一定是〈許某與王六郎〉故事中的那條河，看到蒲莊前的一片花草和樹木，想到了皇上喜歡的那個故事〈田農莊〉。然後就在那村口的路頭上，停車張望一陣兒，在村人男女的圍望裡，被鄉間的熱鬧湧著朝蒲生家裡走去了。

宮裡馬車的嘰咕聲，一直都響在蒲莊的過去和今天，連那時追著馬車看奇罕的蒲莊人，都老老少少在喚著：「快看呀！快看呀！宮裡的馬車來給蒲生加封啦——」這喚聲引著村人的腳步聲，先一步到了蒲松齡的家。那時候蒲生剛寫出一個關於仙府、酷吏和科舉的故事〈賈奉雉〉，正為故事的奇妙感動著，想這一組關於科舉的狐狸鬼故事，也許皇上看了會一笑，於是早朝時，向朝臣、公公們問起他蒲生科舉的艱辛來，為他蒲生曾經在鄉試中連中三元而感慨，末了便因為這些故事給皇上帶來的愉悅和快活，表弟濟仁會在這時請求皇上為他賜官或封爵，讓他到朝裡禮部或者翰林院，專門為皇上書寫故事或整編史冊什麼的，哪怕是從九品最小的冊員做起來，他也就終於成了朝裡的一員文官了，光宗耀宗不枉此生的博覽群書和寒窗苦讀了。現今一年來，半個山東、多半濟南府和整個淄川都知道，他每天在家關門為皇上寫故事，都相信他終會有一天，被皇上加封官爵提任到宮裡。故事已經整整寫了五十零幾個，減去還在朝往宮裡驛道遞著的，皇上應該最少讀了他四十八個鬼狐仙妖故事了。他想皇上應該對他的才華和故事，有許多喜悅感慨了，應該會在某一天興致到來時，對他加封彰顯了。尤其幾天前續著皇上愛的〈田農莊〉，寫完那則美中美的〈歡樂國〉，不知緣何他總覺得這則故事皇上會更喜愛，會對〈歡樂國〉有更多感慨和喜悅。為了閱讀的起伏和意外，這些天他換了故事的味道又寫了一組科舉奇故事，以提醒皇上該要對他有所賞識和加封，說些什麼旨意一些什麼了。

他是在寫完〈賈奉雉〉後回看修改時，聽見門外有了大喚聲。舉著手中的筆，聽到有人在門外瘋跑著，推門進了他家後，大喚著讓他趕快出門去，說京城宮裡來人了，要接他到京城封爵為官了。那喚的，是莊裡的另外一個少年郎，平素為了鄉試常到蒲生家裡來討教。現在他喚著，衝進蒲家院落裡，站在做了蒲生書齋的廂房門口上，臉上、手上和身子上，都是這夏時落日的紅燦和興奮，嘴唇、鼻子和舞蹈著的手，都因為激動而結巴抖動著。

蒲松齡手中的毫筆掉在地上了，墨汁沾在長衫上，像幾朵黑花開在他的衫襬上。

「——先生，快去呀，慢一步就大不敬了呢！」

聽了學生這提醒，蒲松齡便慌慌從書齋走出來，連落在地上的毫筆都未顧了撿。院子裡那時一片靜安一片秋夏日時的光。父母妻小為了使蒲生在那些日子給皇上寫故事，都從家裡搬到別處去住了，把一整的院落和寂靜，留給蒲生獨自一人用，只在一日三餐的飯時候，來這院裡給他送飯或燒炒。也就從那靜裡趁著喜悅朝著門外去，到門口看見在一村百人的圍擁下，有馬車停在路口上，有人把朝親的表弟從那車上扶下來，接著從表弟身邊傳來的，不是叫「表哥——」的喜悅聲，而是一聲有腔有調、嘹嘹亮亮的喚：

「聖——旨——到——」

蒲生僵怔一下慌忙上前幾步跪下來。

村裡讀過書見過世面的，也都跟著蒲生跪下來。只還有沒有讀書和一些村野孩童們，在跪著的人群後面還站著。便有人用眼瞪那未跪的，未跪的也就慌慌跪下來。雀鳥在一片跪著的村人頭上嘰喳喳地叫。落日的顏色裡，除了黃亮還有暗紅色。莊稼向熟的味道沿著村街撲進來，所有的地方都散著一股熱暖味。公公把聖旨從他的寬服袖筒取出來，朝蒲生看一眼，又朝人群瞅了瞅，開始公事公辦地用捏著嗓子有節奏地背誦一樣誦讀道：

奉天承運，皇帝詔曰：

濟南府淄州書生蒲松齡，奉旨為皇上撰寫故事二十餘則，而大清江河，天地山川，歲月四季，皆為皇上所有，而你卻在故事中寥寥數筆，竊據名下，使大清的山河與溪流，房屋與田野，及至傳說和寓言，都借了仙妖鬼狐的諷喻和荒唐，和你永遠在一起。朕念你的故事曾給朕帶來過愉悅和快樂，不治你盜竊國家山河罪，但賜你筆死而名亡。始自今日起，你所有的故事不得印製和流傳。而日後，不得提筆新寫和編撰。就是在民間口傳故事時，也不得在你口傳的故事裡，出現大清的臣民、官差、山水、樓宇、季節和萬物。違者將治你以死罪。而當你不用我大清的歲月、食飯、筆墨、紙張、人物、山水、風俗和妖異而寫出故事時，朕將為你加封和晉爵。欽此——

念完詔書後，濟仁公公直直立在那，蒲生去跪接聖旨時，抬頭看著公公輕聲問：「表弟，到底出了什麼事？船在哪兒彎著了？」

濟仁遞著聖旨輕聲道：

「接了聖旨回家說。」

蒲生便接過聖旨跪舉著，像舉著一捲石柱一架山。

補記——

〈郭生〉、〈三生〉、〈王子安〉（上）及赴仙小說〈賈奉雉〉，最初並不收集在蒲松齡自編的《聊齋志異》中，而是《聊齋》的抄本和印本被廣泛傳閱後，從濟仁公公的後人獻出的蒲松齡的手稿裡，才又發現補輯在了《聊齋志異》裡。而〈王子安〉（下），是幾年前在濟南一戶人家發現的新手稿，到底是不是蒲松齡的原作還在爭執和考證中，所以在今天流行新版的《聊齋志異》內，只有狐為人而無人為狐的故事和書寫。

肆

書生路

二十一、郭生

東山人郭生，愛書如愛命樣，連書冊捲了一角都要用一塊小石壓在捲角上。在鄉試範文中，遇到好文好句子，畫下記住都是用尺子比在句下再用炭黑去描畫。然真要他去書寫文章時，又很難弄寫出一行好句來，且每句話裡還常有一個半個錯字醒著目，如此景況每年的鄉試結果便可想而知，人沒到考場，落榜單就貼在人前了。

世間事有人生來就是讀書人，有人生來就是種田或商人，天賦之欠缺，不是後天盡力可以彌補的，因此從他九歲鄉試始，到二十歲文章還常有錯字後，父親勸他放下書卷種田或做些小生意，結婚生崽過日子。可郭生，卻執拗地不肯就是要讀書，就是要去考秀才。

這一年鄉考的時間又到了，他每天在村頭靜處租房背誦寫文章，把別家科舉的好文好句背下來，然後自己再照著那文章的式樣去試寫。寫累了趴在書桌上打個盹，餓了隨便吃些糊糊口。可是這一天，他又寫文思句打盹後，醒來一看他的文章被人用粗線墨筆亂塗胡畫成了一團黑，氣得恨不得抓起硯臺砸到哪兒去，可又不知道是誰塗誰畫的。於是再寫文章又背文，一轉身回家吃了飯，回來一看那文章，又被塗畫一大片，甚至連考試的八股範文都被塗抹得這兒少一段，那兒多一句。

郭生為此愕然了。

他提筆拿了紙，迅速把能背誦的文章抄寫一篇擺在桌子上，合了窗，鎖上門，連初春的細風進屋都找不到縫隙和門路，然回家吃了午時飯，回到租院門屋前，先在院裡定腳四處瞅了瞅，見遍地淨潔後，才開門走進書房去，再一看，書桌上的抄文全部被墨塗胡畫得連一條整句都沒有。且在文章的最後一頁上，那塗畫文章的，似乎著急了，索性把硯臺裡的墨汁全都倒在紙頁上。這時候，郭生待在書屋不再急切生氣了，只是為事情的蹊蹺驚怔在那兒。反覆去抄寫，反覆是如此，除非自己藏在屋裡盯著書桌子，那文章才不會被人修改塗抹和潑墨。至此不解後，郭生到鄰村找了每年同考同落榜的趙生說了這蹊蹺。趙生覺得不可能，便同郭生一同來到郭生的租院裡，把自己準備的試文拿出來，一模一樣擺在書桌上，拉下郭生到村頭的林地走了一圈兒，回來一看自己的文章也一樣這兒被改七八字，那兒被塗抹三、五行。然在那一片塗改亂抹中，按照留下的字詞、句子往下念，卻發現那字句流暢而簡潔，趣濃意清晰，許多地方比八股文的範文還要好，還要彰顯文采和光華。趙生慌忙讓郭生把他以前被塗抹的文章全部拿出來，二人沿著留下的字句讀下去，果然是句子有光彩，段落有日月，雖然文章變短了，但才華和意蘊，卻突出得一塊璞玉上的石皮被生生剝掉般，留在紙上的每個字和每句話，都如鑽石珍珠了。

二人喜起來。

彼此笑一陣很長時間擁抱在一起，直至忽然想到二人都是男生才慌忙分開來。這樣也就正午時，他們喝了幾杯酒，說好彼此安心去做應試文，寫好後都擺在郭生書桌上，有意去哪轉一轉，吃頓飯，再徐徐慢慢走回來。回來便見彼此的文章又被塗抹刪改了，章節的繁瑣和枝蔓，都不在行文裡邊了，且某些地方不連貫的還會有字詞、句子添進去，使得整篇的文章清純而流蕩，思想韻味足得如仲春半夜清冽冽的花香般。

就這樣，他們把準備應試的所有文章都寫出來，放在桌上關門離開走出去，留很多時間給那幫他們塗改文章的人。然後走回來，再把被塗改過的文章重新抄一篇，重要的還要背下來，很快便在作文詩賦上，有了罕進和才情，也便在這年三月的鄉試中，雙雙中榜，都成秀才了。

為了感謝那幫他們刪改文章的人，他們買了很多香和供品擺在神像前。擺在院裡的樹下和石桌上。趙生本是比郭生更聰慧的人，悟性高一點，記性好一些，自然精進得更快、更滿足，才華更為豐沛和顯露。成為秀才後，趙生漸漸少來郭生這兒了，相信自己的作文詩詞並不比被人改得差。而郭生，知道自己的愚笨和木訥，還是每月文章都放在那兒自己走出去，等著神來幫他改。

光陰荏苒，年月若水後，三年一大考的京試又來了，郭生、趙生都要朝著京城去。而郭生緣於對應試之慌恐，背了的文章常常一緊張，忘得腦子裡除了空白什麼都沒有，便不斷在屋裡的神像前和院裡天地間，跪著拜著說天神呀，你能一路陪我進京嗎？為了試試神是否聽到他的話，在要離家進京的前一天，郭生又買了更多上好的焚香和供品，擺好祈禱一陣子，然後把寫好的文章借了月光和夜靜，擺在桌上又把桌子在半夜擺到沒人的院裡屋門口，試試神會不會離開屋子應願幫他改文章，結果過了一夜天亮時，那文章原封不動在院裡，連一個字、一滴墨汁都沒有改動和滴落。於是郭生心急了，越發緊張不安了，一邊準備著上路的行囊和書籍，一邊又試著背誦自己準備好的文章和段落，竟然原來會背的，又忽然背得差三落四了；原來記住的詩賦和句子，會忽然想不起其中的字詞和筆畫。他徹底慌神了，擔心進京應試的無望和落空。可是這時候，父母、妹妹和趙生，都已經在村頭等著他上路。馱運行李的毛驢也都在門口叫得咯咯呵呵了。

不能不出門上路了。

催逼的叫聲腳步聲，不停歇地從門外響進院落裡。

最終還是出了門。

出了門郭生心裡的恐慌和膽氣，雲霧石塊樣，罩著憋在胸口上，到門口又折回身子進到書房屋，提起筆在一張紙上寫了一句話：「早知今日，你何必當初啊！」然後把那張紙拍在書桌上，拿上不用的硯臺往紙上一扣壓，憤憤怨怨地鎖了書屋和院落門，一路上邊讀邊寫邊背誦，同趙生同吃同行朝著京都的方向去。緣著怯弱和慌亂，有時他把寫完的文章給趙生看，確實沒有趙生文章的意足和韻味，便也請趙生把自己的文章改一改。開始趙生還謙虛不肯改，後來也就不斷幫助郭生修改引導了，還常常能把文章只能這樣不能那樣說出很多道理來。說我們寫文不僅是為了文章好，更重要的是要讓考官覺得好。考官喜歡簡潔你就寫簡潔，喜歡冗長你就讓句子纏繞和囉嗦，並拿出往年狀元們的文章給郭生看，指出這一段的句子緣了冗長才纏繞出一種重重疊疊的詩意來，那一篇囉嗦可因為囉嗦使文章變得含蓄了，如流雲繞月了，說得郭生雲裡又霧裡，不知道文章是有所進改精刪好，還是完全和往年的八股相仿一致好。

也就到了京城了。

終於到了大考這一日。

考場自然還是京城國子監的考房裡，一人一考桌，二桌三尺距，筆墨紙張都在桌角上，從上午日出到落日前的時辰裡，午飯在考場裡邊吃，有人上廁所，得有考官陪到廁所門口上，給你時間必須得在那個時間尿完拉盡走出來。考生的座位是根據地域編排的，同域鄉黨常常排在一塊兒，如此郭生、趙生就坐在一塊了。入場前趙生還對郭生說，你依著我說的方法寫文章，這次咱們兩個一定能中舉成官人。也就這麼進入考場了，得了試題開始作文時，趙生嘿嘿一笑便提筆落墨了，而郭生腦子裡，一片麻亂連適宜的句子都沒有。他一會想起在家被人塗改的文句和精練，一會又覺得這樣精練歸精練，確實意韻過於簡單不明晰，有時還有上意下意的脫節感，直到大家都把文章寫過一頁紙，他的腦子才有「寫吧，快寫吧」的聲音響出來。

終究蘸墨起筆了。

然他剛寫了開篇第一句，「江山風月，異域同輝」幾個字，要將這句話進一步細述明闡時，好像有什麼碰了他的手，使他的筆毫一下停在半空裡，接著腦子裡的一句「歲時寒冷，大地冰凍猶如山脈之石結」的句子如同被刪了，忽然換成「人心明潔，萬物澈清」幾個字。於是他就順著腦子裡被刪換的句子往下寫，慢慢開始心神靜下來，人變得專注如巧婦對著日光認針樣，能聽到耳邊總有一個細微的聲音響出來，有時似乎沒聽清，頓著筆那文句的聲音還會在耳眼裡邊重新響一遍。有時聽錯了，落筆去寫時，筆沒到紙上手會被再又碰一下，提醒他這個字寫上句便不暢了，意思走偏了。也就這麼靜聽著耳眼內的聲音往下寫，文思和有先生在念著一篇文章讓他聽寫樣，錯字錯句了，總會有什麼碰碰他的手。如此作文雖比別人慢，但也不比別人慢多少，最後終是在落日到來前，將文章寫完謄抄了。在趙生微笑著檢查自己的文章後，郭生擱下筆，也開始默念檢查起自己的文章來。待郭生檢查完文章交卷走出去，趙生正春風得意地在考場外面等郭生。

這時候的考場外，書生們在相互打聽彼此文章的優劣來。趙生問郭生文章寫得怎麼樣，郭生便想起考試時，總有聲音在他耳邊念著文句讓他寫的事，想把景況說給趙生聽，又忽然有誰在他腿上碰一下，郭生機靈一下朝地上看了看，也就默著怔在那，臉上起了一層暈紅色。趙生以為是郭生考得不好不便說，上前拍拍郭生的肩，安慰著他朝住處回走了。

一連三天大考景況都如此。考前郭生腦子一片空白呆在考場裡，待周圍人的文章都寫過一頁半頁時，他的腦子裡有了「寫吧、快寫吧」的說話聲，接著便一聲一聲有念文章的耳音響出來，他便聽著那聲音，把文章的字句完全抄寫出來就行了。這樣大考結束後，所有的書生秀才們，人人都如釋重負輕快著，等著張榜的時間裡，都在京城走逛和玩耍，喝花酒，看商鋪，記憶力好的考生還會把自己文章的佳句段落重新寫出來，讓別的考生欣賞和切磋。也就在這大考完的當夜裡，趙生也寫了一些章節過來讓郭生念讀和欣賞。結果郭生接過那段落一念讀，一下驚在那兒了。原來自己的文章竟有段落和趙生的段落一模樣，只是有的字句被改了，比趙生的更為精準詩意了。郭生驚得不敢多言豎在屋子裡，敷衍著誇了趙生的文采後，待趙生又拿著文章去和別人切磋時，郭生從屋裡出來跟著他，發現自己的文章裡，還有別人的字句和段落，但自己的無論如何都比別人的更為精簡、準確和詩意。

郭生知道了自己的考文是集多家之長寫將出來的，就一日日地等著四月八日放榜這一天。放榜是在京城西的放榜牆上公布中榜生。這一天幾乎所有的考生都去看榜了，郭生竟然中榜在前三甲，而趙生雖然是榜上最後一名也終是考上了，心裡憂鬱一會還是過來對郭生笑一笑，什麼也沒說，只是狠狠朝郭生的胸上打了一拳頭。然後二人就等著皇上冊封以後光宗耀祖返回山東了。

郭生回到山東東山縣自己家裡時，大肆宴慶了整三日。三日後他再來到村頭他的租院書房裡，開了門，走進去，看見一隻狐狸端端地坐在他的那張書桌上。那狐狸的右前腿彷彿斷瘸一樣吊在半空間，而這斷瘸的蹄爪上，皮毛都是墨黑色，如人的手被燙傷後的結痂一模樣。郭生盯著狐狸在那怔一會，過去拉住狐狸的墨蹄看了看，又看看另外三隻都是白毛色的蹄，在準備放下那蹄時，好像那狐狸因為疼痛抖了一下身，他忙又翻著那狐狸的蹄爪底部看，見那狐狸蹄爪的底腳上，有走了許多路的血泡兒。再看另外幾隻狐蹄爪，也都是血泡和刺傷。如此郭生明白什麼了，一把將那狐狸抱在懷裡邊，喃喃地對那狐狸說，你能否一輩子都幫我照顧我？那狐狸也把頭靠在郭生肩膀上，跟著彼此的眼裡都流了淚。

再後郭生被冊封為濟南府的正七品，趙生為一個偏遠縣的九品官。走馬上任的前幾天，郭生舉行了大婚和一個女子結婚了，那女子美若仙人，只是右手有些燙傷似的殘。她總是將右手藏在袖筒裡，有人問她這麼一個仙人是如何燙傷的，她說是報應起火將她燙傷的。問郭生你舉榜前三甲，前程似錦為何要娶這樣一個殘人呢？郭生說，她是為了救我傷了手，我怎能不娶她為妻呢；沒有她我怎能前程似錦呢。

再後來，郭生為官，大事小事，朝政事務，多都要和妻子商量請妻拿主意。但凡聽了妻子的，事情都處理得得體而明瞭，成績斐然深得朝上之賞識，也便一路官運亨通，直至從三品的巡撫都督職，且他官升之後調動時，也都不忘提攜趙生和他同道同升榮。

二十二、三生

京城報國寺，是每年科舉秀才們最常住的地方了。日用讀書和出行，都相當便捷和實惠。

平陽人王平子在康熙二十一年時，連年會試不可中，半生勞苦又不甘，就在這年早早趕到京城報國寺，租房住下學習寫文章。他的租房在東二街的第二戶，間半老瓦屋，一個破院落，屋裡的書桌、床鋪、擺設都一應的粗淺和簡陋。鄰居餘杭生，租住的是一座大院落，臥室、書房和院裡的槐樹、海棠花，還有在樹下朗讀的竹椅和茶具，與王生的相當不同和考究。住在這院裡的餘杭生，自持才華超群很少和人說話打交道。倒是王平子很想和人家有所交往相熟悉，想謀個有才華的同生為朋友。

這一天，日剛近午時，王平子覺得人家該要出門了，早早候在門口上，裝做有什麼事情等在那。不一會果見餘杭生依時出門去散步，他朝人家笑著點了頭，把自己的名片遞上去，說：「能否請先生喝杯酒？」說著還把自己手裡上好的黃酒舉起來，請餘杭生看那酒的品相和醇厚。

餘杭生朝那酒和王平子身上看了看，搖了一下頭，沒說話徑直朝報國寺外走去了。王平子只好無趣地站在門口上，直看到餘杭生在胡同口兒拐了彎，才嘟囔抱怨著，無趣地朝向自己的租屋去。就是這時候，身後忽然傳來一個聲音道：

「人家不喝能否請我喝？」

王平子應聲回過頭，見從餘杭生走去的方向走來一個人，中等身材，肩背微駝，頭戴儒帽，半是僧裝，且那僧服似的衣服上，還沾有泥土和草枝，彷彿是從地下鑽出來的一個人，身上多少散著一股潮腐和汗味，走近了那潮味汗味就成了多日不浴的酸腐味。

「請問你貴姓？」王生順口問。

來人就把手裡的名片遞過去。王平子接過名片看一下，原來那名片不是來人的，而是他剛給餘杭生的那一張。是餘杭生離開王生後，把他的名片丟在路邊上，被這來人撿將起來了。就這麼尷尷尬尬站在那，來人笑著說：「人不可見人就去交。貧窮貴賤中間有推不倒的牆。」於是二人也就在門口攀談一陣子，王生問了客人的名和姓，來人說自己是南方天台人，姓孟你就叫我孟人吧。便邀進租屋喝酒聊起來，發現孟人長相一般，但出口成章，才華過人，天上地下，無所不知。王生頓時對孟人生出一股敬重來，不停地向孟人敬酒和夾菜。

問：「孟兄如此才華，為何出家不科考？」

答：「有的門不是為才華才開的。」

問：「難道孟兄以前考過了？」

答：「走過的路回頭一看全部是斷橋。」

這時到報國寺外的餘杭生，提著一兜東西回來了，到王平子門前乜著眼睛朝裡看了看。天台人看見餘杭生，便舉著酒杯朝著門外喚：「進來喝一杯？」餘杭生不言擺了一下手，孟人就把聲音提高了：

「讀書人如此瞧不起讀書人，你怎麼會是讀書人。」

餘杭生也便收腳站下來，天台的孟人繼續道：

「讀書人可比的是看誰讀書多，悟性高，不該是看誰家門第不可攀，家境有多好。」

餘杭生直直立在門口上，冷眼看著屋裡的孟人道：「敢問你到底是僧人還是書生啊？也參加今年大考嗎？」孟人便笑著朗聲道：「我本平庸之輩，早就甘願泥土而不思進取了。」餘杭生也便哈哈笑了笑，「看長相就知道你是北方人，北方人文墨難通，考了也是徒費功夫和精力，不考才是明智和悟得。」說完就要起腳朝家走，不料孟人聽了這話一點不生氣，端著一杯酒，從王平子的屋裡走出來，到門口聲音不高不低說：「北方人通文墨的少，但不通的未必就是我；南方人通文墨的多，但通的未必就是你。」餘杭生的雙腳再又停下了，僵在那兒臉上泛著紅顏色。這時是初春正午間，溫暖的日陽並不怎麼熱，而餘杭生的臉上卻如夏天一樣泛著紅和漲，且那漲紅裡，還有青筋圓滾滾地鼓起來。

「你敢和我當場作文比試嗎？」餘杭生的聲音彷彿是從牙縫擠將出來的。

孟人笑著攤了一下手：「你請進來吧。」

也就在王平子的租屋裡，把酒菜桌子收拾一番後，將王平子的四書五經擺在桌子上，由餘杭生隨手在一本書裡翻，指著書中的一句「闕黨童子將命」道：「就以此為題好不好？」孟人也就笑著點了頭。餘杭人令王平子把他的筆墨端上來。然在王平子去拿筆墨時，孟人卻又笑笑說：「我文章的破題已有了，咱們口述怎麼樣？」說著把他的破題句子大聲念出來：「於賓客往來之地，而見一無所知之人焉（在賓客多有往來的地方，忽見一位一無所知的人）。」念完了破題這一句，屋裡稍稍靜了片刻後，王平子便閉嘴微笑著，把目光落到餘杭生的臉上去。這時餘杭生臉上掛著青正厲斥孟人道：「作文比賽，並非指桑罵槐。如你果是好的讀書人，也不用以謾罵為文章，以弄巧為輸贏。」如此便又靜下一會兒，由王生公平地隨手在經典中翻書選題目，二人再次當場提筆做文章。王生也便裁判先生樣，把自己備考的書卷擺到桌中央，將一個硯臺放在正中間，在桌子的兩端分開擺了紙和筆，讓餘杭生和孟人分坐在桌子兩頭上，之後自己閉著眼，隨手在桌上抽出一本書，隨手翻到某一頁，指著書中的一句話，然後讓他們睜開眼，三人都去看那用手指著的，原來是「殷有三仁焉」的五個字。餘杭生便盯著看看那五字笑一下，胸有成竹地握起筆，要蘸墨坐下寫文章，然在他剛把毫筆落入硯池時，孟人便把他要寫的文章從他嘴裡大聲朗讀出來了：

「三子者不同道，其趨一也。夫一者何也。曰：仁也。君子亦仁而已矣，何比同（三位賢人走的道路不同，目標卻是一致的。那是什麼目標呢？就是仁。君子達到仁就行了，又何必要走相同的道路呢）？」

孟人朗誦了這段隨口道出的文章後，直直地立在門口光亮裡，臉上平靜如無風無皺的湖面樣，顯出純淨和素潔，沒有絲毫地傲慢和不屑。餘杭生和王平子聽後都驚得呆在那兒了。原來天下果真有出言即詩的人；果真有開口即文的人。也就都瞅著瞟看著，讓屋子裡一片靜謐一片明透著，如日光下結了冰的一湖水。為了破這冰和靜，餘杭生自己去給自己倒了一杯酒，過來和孟人碰一下：「你果然有些才情呀！」這麼說一句，仰頭一飲而去了。

之後三人常到一起來，有時在王平子的陋室裡，有時天氣好，也到餘杭生的院子裡，喝酒談詩賦，切磋論文章，聽孟人說經過的科舉和教訓。此間王生經常把自己寫的文章交給孟人看，請孟人指點和修正，從不錯過見面求教之機會，因此有所精進和飛躍，常能在幾篇文中生出一篇兩篇好文來。餘杭生有時也把自己滿意的文章拿出來，讓孟人評說和指點，孟人也就把餘杭生的文章批得體無完膚，似乎不值一讀樣。

又一次，到了大考前三天，在王平子的租屋裡，他置辦了一桌好菜打了兩罈酒，約好孟人來給他指點文章論優劣，卻因為下雨來遲了。而餘杭人得知孟人今天要過來，也把自己最得意的文章早早拿來等著他，結果雨水下得大，滿院滿街都積雨，待孟人在王平子門口出現時，已經過了午飯時，餘杭人便不客氣地先自動了筷子吃起來。而主人王平子，卻不斷到門口去張望，還打著雨傘到路口去迎接。結果等王平子和孟人從外回來時，餘杭生把那一桌菜的每一盤都吃出缺口兒，且還坐在迎門主座上，見了他們只是欠欠身，並未把主座讓給客生孟人坐，還說孟人既為客人卻來這麼遲，是對主人王平子的大不敬。孟人也就在門口抖著身上的水，向王平子和餘杭生道了歉，說了許多對不起。王平子也就不停地打著圓場說，下雨天，路難走，能來也就不錯了，還把自己的衣服取出來，再三催促孟人換上身。

一頓豐盛的席宴吃得不冷也不熱。

飯後王生又把自己的一篇文章拿給孟人看，孟人一字一句地念讀著，大誇王生這篇文章好。說王生如果能持之以恆地保持這才情，寫文章時沒有大起落，三日後大考只要考官能公正，王生定會榜掛姓名的。而餘杭生這時從袖中取出自己的文章給孟人看，孟人卻只在那文章上掀著瞟幾行，就把文章丟在了桌子上。

「怎麼了？」餘杭生問。

「不值得看。」孟人說。

「你沒看怎麼就說不值得？」

孟人便開始從文章的第一句，一字不落地背到最後一句裡，滾瓜爛熟，宛如還可倒背如流樣。餘杭生也便再次驚呆在了屋子裡，問孟人是如何背下的，說自己的文章到底哪裡不夠好，並告訴孟人說，自己把這文章也給別人念讀了，那看的念的無不稱頌這文章好，說他的文章必在科場得到好評中大榜。孟人聽著把嘴角撇了撇，說天下都是庸才能有幾個真才哦，所有的庸才讀到這種念了上句便知下句的八股文，自然一定會說好，因為文章中的每一句，每個字，都楔子相遇牆壁裂縫樣，合著八股文的要求和框束。說王平子的文章好，就是讀了上句不明下一句，下一句總是上一句的意外和猜測，可卻讀了再一想，上下句又剛好連繫在一起，每一句都暗示著另外一句話。還把文章喻為一個家，說好文章是個大家族，意蘊是父母，段落是兒女，字句是子孫，彼此間不僅有血緣和輩分，還有遺傳的異同和差別。有差別又終歸被血緣連繫在一起。說王平子的文章已經快到這血緣家族境界了，許多地方都有血緣的內脈和父母兒女的層次和情感，而餘杭生的文，別人之所以要說好，就是一群南方人和北方人，彼此相像在一起，貌似兄弟姐妹樣，可又到底還是南方人和北方人。

餘杭人憤憤不平地立在屋子裡：

「你以為我這次大考不能中舉嗎？」

孟人盯著餘杭人看了一會兒：

「中舉的就一定有才嗎？」

被噎了一下後，餘杭人憤然地拿著自己的文章朝著門外走。這時雨水小起來，房檐下的積水裡，漂著一層白水泡。餘杭人出來站在水汪裡，許多水泡漂到他的腳邊破起來。還有青蛙在那水裡朝他腳邊遊，他看了一下那青蛙，回頭盯著孟人問：「你說天下最為家族血緣境界的文章是什麼？」「〈洛神賦〉和〈岳陽樓記〉皆為家族血緣境界文。」說完孟人看著雨水裡的餘杭生，「難道你連這個也不知嗎？」餘杭人沉默著想了一會兒，忽然把腳邊的青蛙猛地踩在腳下邊，在水裡擰了一下腳，對著屋裡的王生和孟人喚：

「王平子我們考場見——我會寫出〈岳陽樓記〉那樣的文章來，會讓和這青蛙一樣的聒噪全都淹到水裡去。」

餘杭生也就梗著身子走了去。

那死了的青蛙漂在水面上。

王平子立在屋門口，一言不發和木樁一個樣。孟人看著那到門外右拐的餘杭生，依然不驚不詫臉上掛著笑：「喝酒、喝酒。誰能寫出好文章，都是天下之大幸。」然後自己倒酒自己喝，自己不停地拿著筷子夾菜吃。到酒足肚圓時，又把桌上的剩菜和沒有喝完的酒，用盤子收拾在一起，把兩個罈裡的黃酒合在一個罈子裡，再將這些兜在一個包袱袋，說大考臨近，自己也不往這兒吃喝了，讓王生安心著文備考試，他把這剩酒剩菜帶回去。

也就離開了。

走前孟人讓王生取來一張紙，在那紙上寫出三個題目來，說王生只要把這三篇文章用心寫出來，大考中便能寫出上佳文章來，半月後的舉人榜單上，有一名之地應該不是難事情。說王生中榜時，要好好請他吃一頓，要花大價錢請名廚來燒一頓南方菜，要到朝陽門的南方客棧買杭州紹興的米黃酒，讓他和自己都一醉方休在這兒。

又一年的大考結束了。

安靜了幾日的報國寺，重又熱鬧起來了。三月初八的日光裡，無處不透有金黃色。從考場出來的書生們，考得好的不好的，都一身輕鬆在報國寺的街上和周圍酒家席宴上。王平子這一日考卷交得早，萬萬沒有料到孟人幾天前給他留的三個題目裡，竟然有一題果真是考題。考題的文章又是早有備寫的，自然在考場上放鬆快捷寫將出來了。也就首先交了卷，在考場外等著餘杭生交了卷子一道回往報國寺。可沒想到剛至報國寺的胡同口，看見有很多秀才圍在那，人群裡端坐著一個穿了新僧服的人，身形不高，但乾淨素潔，器宇不凡，飄飄如同仙人般。而圍著他的人，都紛紛拿著他們考場文章的底稿給他看，或者當面給他背出文章的前幾句，他就能沿著你的背誦將你的文章後文背出來，然後告訴你，你的文章是甲等還是乙等文，是甲中的上，還是甲中的下。而那給他看文章的考生們，一個個地站在他面前，將卷文呈上去，而他並不當真看，只是半閉著眼睛把文章的墨蹟放在鼻下嗅一嗅，就告訴你那文章等級的甲乙丙，甲乙丙中的上中下，如若不信他再一嗅，也就把你文章的結構、開篇、結尾全都道出來。如果嗅三次，就能把你文章的全部內容背出來。只是這嗅卷和聽文，回答你幾個關於文章的問題後，你得付些銀兩放在他面前的一個緣缽裡，且一定要他說出你考中或者不中時，銀兩是要翻倍的。

人都圍著他，如圍著一個禪師樣，尤其他說出一個人的文章結構背出段落後，大家更是爭先去讓他嗅自己的文章或自己讀了考文的上句讓他背下句。他身邊的緣缽是個陶罐兒，往裡投入銀兩的聲響宛若下雨般，很快罐子就滿堆起來了。滿了他把缽裡的銀元銅錢倒進一個褡袋裡，又把缽罐放在路邊上。

這時王平子和餘杭生就到了，從人群縫裡看一眼，一下認出那人是孟人。而且孟人也在人群裡邊看了他們倆，那眼神的一瞟似乎是和他倆說了什麼話。他們就立在人群外，裝出和孟人不認識的樣，一直在瞧著孟人用鼻子和耳朵給人判卷子。瞧著往缽罐丟錢的熱鬧如珠子瑪瑙落在盤裡樣。

日陽的光亮漸著從正頂轉到斜西偏，明透裡帶有珠沙的殷紅在裡邊。人群多了又少了，一會少了又多了，人們圍著孟人如放榜日圍著榜牆樣。王平子和餘杭生，就這麼在人群外面站一會，餘杭生忽然笑一下，快步地朝自己的小院回去又回來，把兩個不相熟的考生叫到一邊去，將一篇名文給了第一個人，將自己當日的考文給了第二個，還給每人塞了銀兩讓他倆擠進人群裡，自己躲在人群堆裡聽看著。就看見第一個高個的書生把那篇紙包的名文遞給孟人往缽裡丟了雙倍的錢，讓孟人閉眼去嗅文章。而孟人也果然完全閉了眼，盲人樣用手去那文章上摸了摸，又拿到鼻前聞一聞，如嗅著香精桂油樣，立刻興奮地說：「妙哉！妙哉！這是古人的一篇絕文啊！」然後又摸又一嗅，喜得站起來，突然取火把文章點燒掉，把鼻子湊到紙灰上，像要把文章吃到肚裡去：「這文是幾天前誰抄寫的絕世文章〈洛神賦〉，味道浸得我的心都醉了呀！」眾人都扭頭去看餘杭生。餘杭生朝眾人點了頭，人群裡便起了掌聲和嘖嘖一片的讚嘆聲。

在這讚嘆裡，餘杭生委託的第二個人過去將一把銅錢丟在缽罐裡，把另外一篇文章呈上去，喚了一聲師傅說，請您也點火燒了來判判我的文章吧。孟人便把呈上的文章笑著點了火，將紙灰放在鼻子下，未極細聞就又把紙灰朝著遠處推過去，被嗆了鼻子一樣咳幾下：

「這文章的味道我實在受不了，愚腐的酸味剛到膈膜我就要吐出來，再嗅就要從我的下部出來了。」

那第二個書生便又硬著頭皮問：

「難道不能中榜嗎？」

禪師樣的孟人說：

「黑白顛倒的事情也常有。」

人群裡便發出一陣哄堂大笑聲。第二個書生很無趣地紅著臉，從人群裡邊朝著外面走，孟人又從那鉢裡取出他丟進去的錢，塞到書生的手裡道：「這錢會把別的銀兩染黑我就不要了。」說完又退回坐下去，接了別人的卷文點火嗅判著，依然讓往鉢裡丟錢的聲音珠落玉盤地響著滾動著。

那兩個不相熟的書生從人群擠出來，把退回來的錢塞給餘杭生，快快地朝著住屋走去了。餘杭生在王平子面前站一會，起腳猛地朝一塊石上踢一下，看著那石頭飛起砸在面前一面寺壁上，落下又朝東邊滾了幾步遠，氣哼哼地嘟囔出了「走著瞧！」的三個字，也便大跨步地回去了。

王平子一直在人群外面站到黃昏時，待所有的考生都離開孟人後，街口上有了燈光和寂靜，他才過去站在孟人面前一步遠，未及把自己的文章拿給孟人看，孟人也就對他說：「我嗅到味道了，你初學大家，很有大家文章的血緣氣，今年不出意外你不僅會中榜，皇上也會親自看讀你的文章呢。」說完笑一笑，收起鉢罐裡的錢，又提起大半袋錢搭舉著看了看，拉著王平子去一戶酒家慶賀了。

放榜那一天，自然所有的秀才都爭先去看榜。結果榜上的舉人名單裡，有著餘杭生的名，卻沒有王平子的名。

王平子還是落榜了。

他從榜牆下很沮喪地回到租屋裡，以為這一天孟人一定會在家裡等著他，可屋裡連個人影都沒有。然在他的書桌上，卻擺著一袋子的銀兩和一封信。信是他熟悉的孟人留下的，那袋兒銀兩是孟人在街口聽問嗅卷化緣來的一筆錢，少說也有五十兩。王平子看看錢褡袋兒拿起信，信上說他要回家種地就用這些銀兩買上百畝地，如果還要考，就留在京城用這些銀兩租房買糧物，而他將再也不會和他見面了。且在那裝信的封袋裡，還裝著一本新抄寫的冊頁書。拿書出來看，冊頁上竟寫有「餘杭墓品」幾個字。王生不明孟人給這墓品是何意，慌忙打開來，卻是餘杭姓的一本家譜書。再仔細翻下去，看到了餘杭生的名，也看到了當年判卷大臣餘杭江的名。原來判卷和複卷大人餘杭江，竟是餘杭生的親伯父。餘杭生的父親是餘杭河，是餘杭江的親弟弟。而那本家譜冊，是埋到墳墓裡的陪葬品。王平子看著這冊家譜發呆時，房東因為科舉完結了，考生都該返鄉回走了，來問王平子什麼時候返回什麼時候結帳交房租。王平子便問說這租屋他住之前都住過什麼人？房東也便實不相瞞說，這房裡十多年前住過一個姓孟的天台人，名叫孟龍潭，其人出口成章，過目不忘，後來不知為何出家去了潭柘寺；不知為何幾年後，化名孟人又來租房又來考，結果高中第一皇上要宴請前三甲，他揚手扔了皇上的宴請帖，哈哈哈地大笑一聲突然倒地死去了。說這孟生是灑脫地狂笑而死的，同考的書生們敬他，就集銀把他厚葬在來趕考卻因為各種原因而死在京城的書生墓園裡。房東說看王生是個老實人，才把實情告訴他。說你若下年再來考，介意此事可以租住鄰居那院子。說那院租金雖昂貴，可一般租的都能金榜題名兒，而他這邊租屋雖便宜，卻很少有能考上舉人為官為臣的。

王平子終於明白孟人原是死過的人，而那「餘杭墓品」是因為他已經不在人世才可以從餘杭家的墓裡看到和得到。手裡捏著那墓品餘杭家譜書，想一會他告訴房東說，他不會再考了。一輩子也不打算再考了。說他打算回鄉買地種地過日子。也便當場和房東感嘆了一陣人生與科舉，付了租金收拾行李準備離開了。不日他在離開前，餘杭生站在門外路邊上，一臉春風潤雨地喚著王平子，說他要先離開返鄉了。說他在大考那幾日，家裡有個同族長輩死去了，他要回去報喜也奔喪。王平子便提著行李出來和他作了別，之後一個朝南行，一個向北回。王平子在北回故鄉前，先到郊外的那片書生墓園裡，留下能買地的銀兩後，將其餘的銀兩全都又埋在了孟人孟龍潭的墓前邊，並跪下三拜後，說我雖沒有金榜題名留在京城為朝臣，可我遇你後會寫文章了，這是我半生進京趕考最大最大的收穫呢，待我回家種地寫出一篇〈桃花源記〉那樣的田園詩，我會燒了文章讓文章的味道飄到你這兒。

也便別了孟人離開了。

二十三、王子安（上）

咸陽人氏王子安，十二歲開始考秀才，十八歲結婚有妻小，三十九歲時，他的孩子都已結了婚，前面二十七年裡，從咸陽的王村到西京，考試路上他的腳印密得和落地麥子樣。然他三十九歲這一年，他的妻子、兒子、兒媳都勸他不要再考了，人都要奔著四十歲，大半生不知考了多少次，都空手而歸如水中撈月樣。且家裡的糧物、積蓄全都用在他請師學習的費用上，每年的落榜又都風調雨順、如期而至著，從來沒有過意外和欠收，考秀才都把自己考成了笑話和諺語。當地人如果形容什麼事情連年落敗時，都會說「王子安考秀才——連年不成啊！」然而到了四十歲，又總是有些心不甘，就在兒子結婚後，和兒媳商量說，把她的陪嫁賣了讓他到府裡請名師指點半年最後考一次，也不枉這人生一世的奮鬥和讀書。

兒媳為了盡孝答應了。

這一年，果真考上了。

入考前幾天，從咸陽的鄉下到西京的同村生意人，帶消息說他離開王村半年不回去，他的兒媳給他生了孫子還是雙胞胎，如此他一面為剛過四十就做了爺爺而高興，又一面，為做了爺爺還和未婚少年們同考而羞愧，所以考試那兩天，腦子裡恍恍惚惚，從考場出來在卷子上寫了什麼都已記不得。到了放榜那一天，他連去看榜的勇氣都沒有，生怕遇到熟人叫他「爺爺」臉上掛不住。

他是到放榜的熱鬧過去至夜間，才踏著月色提了罩燈去看的榜。他知道榜上一定沒有他的名。如果有了一整天的榜日怎麼會沒人把喜訊告訴他？他去看榜不是為了看榜上有沒有他的名，而是為了看榜上都有誰的名。然在榜牆下，看那黃紙上一排一串的名字時，最前最上的，因為月夜看不清，就舉著罩燈擎著光，從中間開始念那中榜的名號和字跡。盯著那柳公體的黑墨字，半牆的名字多半他都熟，然一個個念到倒數第三個名字時，他的眼睛、嘴唇和燈光，全都一振僵住了。

他看到「王子安」三個字出現在了榜單上。

腦裡轟一下，生怕看錯或重名，便走得更近把罩燈的燈芯扭得更大些，將光亮燒到榜紙上，看見王子安後邊的「咸陽東郡王村人」一行字兒時，罩燈從他手裡掉下來，油火燒了罩子差點燒在他身上。他在地上跳著一邊躲著火，一邊喜攻腦地覺得頭暈坐在地上了。

後來就瘋了。

被人從西京府里拉回王村後，他經常犯病在村裡高喚「我中啦——我中啦！」甚至有時候，還喚著笑著會把自己衣服脫下來，裸著身子揚著布衫或褲子，在村裡走來喚去相當的不堪和笑柄，直至方圓百把里，都把「王子安考秀才——年年不成」的諺語改為「王子安考秀才——你是瘋了吧！」

再後來，安徽大家吳敬梓，就把這件事情寫入《儒林外史》成為名篇〈范進中舉〉了。

〈范進中舉〉中吳敬梓是這樣寫：

胡屠夫來到集上，只見范進正在一個廟門口站著，散著頭髮，滿臉汙泥，鞋都跑掉了一隻，兀自拍著掌，口裡叫道：「中了！中了！」胡屠戶凶神似的走到跟著，說道：「該死的畜生！你中了甚麼！」一個嘴巴打將去。眾人和鄰居見這模樣，忍不住的笑。不想胡屠戶雖然大著膽子打一下，心裡到底還是怕的，那手早顫起來，不敢打到第二下。范進因這一嘴巴，卻也打暈了，昏倒在地。眾鄰居一齊上前，替他抹胸口，捶背心，舞了半日，漸漸喘息過來，眼睛明亮，不瘋了。

真真實實的王子安，沒有范進那麼幸運的時來運轉命，被胡屠夫一個耳光就從一個瘋人打成了貨真價實的真舉人，後來成了人中人。咸陽王莊的王子安，瘋掉後整日在村裡晃來晃去著，見誰都說「我中啦——有我的名字我中啦！」先說時人們也就笑一笑，後來人們聽厭了，尤其他當眾脫下衣服旗幟一樣舞著喚著時，會有人把痰吐在他身上。有孩子把石子、瓦片擲在他身上。

家裡的妻子、兒子、兒媳們，先還攙他扶他訓斥他，請郎中給他看病熬草藥，半年一年後，藥無力效，病不見輕，且還越發瘋癲到端碗吃飯時，見碗裡多是粗糧便把碗摔在地上吼著道：「我都是秀才了，你們還讓我吃這個！」於是家人也都日漸厭煩不再管他吃飯和睡覺。飯時他在家了就給他吃一碗，不在家裡隨他在哪兒，也不出門找他、喚他回家去。夜裡回到家，見屋門都關了，他就獨自睡在後院一間屋子裡。有時半夜不回家，家人也就隨他在哪過夜住下來。

這年夏天天氣熱，王子安覺得村外有片墳地荒草厚實又密集，夜裡星空朗朗亮得很，又總是晚風習習涼快著，如此他常是白天在周圍村裡旗著衣服喚著搖晃著，夜裡回到這荒野墳地住下來。有一夜，白天走的路多了，他回來在兩個墳的縫間睡得早，月光明透水樣灑在他身上，呼嚕聲響得和初春時的遠雷樣。也就這時候，有人敲著鑼鼓、騎著大馬到了他面前，大喚著「王子安、王子安，你快醒醒到村頭看看吧，你赴京趕考中舉了，皇宮翰林院派人把喜報送來了。」王子安聽了驚得一下從荒草墳裡坐起來，跑到和村頭一樣的墳頭上，站在一塊將熟麥田的路口前，果然看見一隊人馬和圍著人馬的村人和家人，到他面前把寫著他中舉的喜報黃書遞給他，並通知他說念你做了爺爺不棄考路和仕途，皇上感慨你的志勇和信義，決定如果你在明年初春時，願意在大考中為進士努把力，一應的盤纏和資用，都有政府承擔和支付，如果不想再考就加封你為九品縣令明日就到鄰縣去赴任。

王子安問：「如果我考上進士會怎樣？」

來人答：「那你一下可能就從九品晉到六品裡，會留在宮裡做事情。」

王子安想了一會兒，「那我還是趁下年剛好大考年，赴京去趕考一次吧。」

然後讓家人給來人各賞了白銀十五兩，人就散了回去了。他重新回到原來那地方，那地方已經不再是草叢和土堆，而是一座雕梁畫棟、清靜無比的瓦房院，有書房、住屋、僕人和一院子的花草和樹木。也就在這院裡開始重新讀經典、背文章，準備著赴京趕考上路去。結果剛躺下，門前又有了鑼鼓聲和吵嚷聲。又有人驚著跑來大聲報喜到：「王子安！王子安！你的名字也在榜單牆上啊，不是在舉人名單裡，而是在進士名單裡。排在最前第四名，再進一名就是前三甲。」

王子安驚得一下折身子坐起來：

「真是這樣嗎？」

來人說：

「宮裡報喜的人馬立馬就到了。」

如此趕快給來人賞了白銀二十兩，更了衣服便跟著來人從書房跑出去，一段路程後，到了榜單大牆下，果然看到自己雖然不是前三甲，但也是僅差一位的第四名。驚著大喜一會兒，想趕快修書回到老家報個喜，便快步地從看榜的人群退出來，手裡捏著喜出來的汗，臉上掛著通紅和興奮，心跳得砰砰想要從胸腔衝出來。他邊走邊跑著，路兩邊的人一個個地看著他，目光裡都是喜悅和羨慕，不斷有人問他道：「你就是做了爺爺的考生王子安？」說：「皇上還看了你的文章知道嗎？還在你的文章天頭上，起筆批了『好文』兩個字，這些你都不知道？」不等他回答，又有人不斷地拉著要和他耳語啥兒話。那拉他的就伏在他的耳朵上，悄悄給他塞著銀兩說：「把你書房練習抄寫的文章草稿給我紀念吧，這些銀兩不夠我再加給你。」這時又有人橫著插進來，把討買抄文的人推到一邊去，聲音高大公開道：「把你所有練寫過的舊文舊稿全給我，想要多少錢你就說個數。」人多得你推我一把，我扯你一下，都要買他的舊稿、舊文和用過了的經典老冊做紀念，讓他想回到書屋給家人修封捷報帶回咸陽的王村都不行，急得滿頭大汗也掙不出人群和攔著他的人。就在這慌亂熱鬧的裡，忽然有更大更亮的聲音傳過來：

「聖——旨——到——」

這被拉長抬高的聲音裡，有一股京腔和陝西咸陽人士的土語完全不一樣。王子安這時有些惶惑立住不動彈，有人在邊上悄悄拉了他一把，說：「快跪下，皇上冊封任命你的聖旨到了呢。」於是他慌忙提起衣袍跪下來，又聽見身後有兩個聲音一問一答說：「會任命王子安什麼職位呢？」「宮裡早就傳開了，說王子安雖然大考是第四名，可皇上喜歡他的文章和書法，又念他是做了爺爺考上的，半生都是百姓的疾苦和日子，所以直接任命他為正四品的巡撫到西北省份去上任。」

王子安聽著這話驚呆了。

原來只想著能榜上有名有俸祿，讓自己和家人後半生的日子好過就行了。沒想到皇上竟直接任命自己為相當於省長的北巡撫。如此手裡的喜汗越發把捏不住會從手縫流出來，渾身都激動得有哆哆嗦嗦的顫抖聲。為了讓自己不要慌亂失去分寸感，他用手在自己大腿上狠狠擰一把，讓疼痛止了身上的顫動和哆嗦，直到自己變得鎮靜一些了，才敢慢慢抬起頭，瞟一下京城路上兩側的樓屋和高牆，偷看一眼面前跪著的人群和同他一樣去看榜的書生們，就見有宮臣坐著馬車在前呼後擁中，朝著這邊不急不緩地走過來。牽馬的穿了一身黑色起光又鑲著黃邊的宮庭服，馬嘴前的鈴鐺全是鍍金響出器樂般的叮噹聲。跟著馬車兩側走著跑著的，都是發光的紅色臉膛掛著汗。

馬車到王子安面前停下了，立刻有人將馬車後的隨梯抽出來，扶著車上穿著一襲滾繡黑袍的公公下了車。公公不慌不忙從車後到了車前來，抬頭朝人群瞟一眼，大聲叫了「王子安——接旨——」看王子安又起身上前一步依著朝禮重新跪下來，那瘦高的公公便從一個軸柱上展開聖旨念讀著：

陝西咸陽人士王子安：

一生愚笨，讀書無力而悟性欠缺，本應在鄉試的一試二試後，明白自己非為讀書者，順天安排，依運而行，務農耕種，睦和家人和田土。然你卻執迷而不悟，一考再考，終生落第，既是做了爺爺還迷霧不開，為此朕深為感念，特冊封你為京城榜牆護牆人。

欽此——

念讀完了聖旨後，公公將聖旨遞手時，擔心王子安不懂榜牆護牆人是何樣的朝職和責事，便又特意向他解釋說，榜牆護牆人是一年四季，專門在京城榜牆下每日裡打掃衛生，守著榜牆不要有人去塗鴉亂畫撕了榜，到每年一度的鄉試或三年一次的殿試大考張榜時，護牆人便要端著漿糊，協助宮人把榜單貼到牆上去。「你從此就是朝臣之外每屆榜單那個最早讀到金榜的人，且每天、每月、每年都可以不停地去看念和讀榜。」解釋完了公公冷笑一聲後，將聖旨在王子安面前一丟轉身走去了。

眼前很快又成了一處空曠和荒涼，再看周圍和自己一起跪著聽聆聖旨的閒人們，竟然除了幾個老墳和已經秋枯葉落的一片草，其餘什麼也沒有。

王子安就這麼從瘋癲中醒轉過來了。

他從兩個墳的中間站起身，看看手中剛才接過的聖旨現在還在他手裡，又看一遍聖旨的字，和夢裡公公讀的聖文一模樣。之後就四下瞅瞅說：「我這是在哪呀。」說著像在夢中一樣困頓著，這時就有幾隻狐狸在他面前出現了。那些狐狸的臉上都持著熟果裂口似的笑，由最老的一隻灰毛狐狸對他說：「你醒了？為治你的瘋病可讓我們辛苦了，你該擺幾桌宴席好好謝我們。」王子安便站在草地的墳前看著那大大小小八九隻的狐狸群，見又有隻偏大的狐狸上前對他解釋說，他們是如何讓他從秀才考上舉人的，又如何讓他從舉人成為進士、成為四品北巡撫，然後讓他從喜極的高處突然跌下來，成為一個最使書生和人們瞧不起的榜牆護牆人，然後他的瘋病不吃藥，也不用民間治癒瘋病的猛摑耳光就好了。

王子安便立在那兒回憶著如夢一樣考取舉人、進士和跪領聖旨的事，每一個細節都和狐狸們說的一個樣，也便忽然朝那群狐狸跪下來，磕著頭說著謝話兒：

「你們是世界上的好人啊——」

「你們才是世界上的好人啊——」

二十四、王子安（下）

王子安是在一個落日時候從村頭墳地回家的，進村時村裡許多人都端著飯碗在村街上吃飯和聊天。他看見那些村人們，有些難為情地乾乾笑著和人們打招呼，「都在吃飯呀。」他這樣一說竟把村人嚇住了。這是三年來人們第一次看到王子安走路不搖身子不把衣服旗在手裡邊，第一次把扣子扣得齊齊整整並把衣領正在脖子下，且說話時聲音不高也不低，還像對不起村人一樣把身子朝大家躬禮一下子。「以前我有失禮的事情請大家原諒啊。」離開村人時，他還很內疚地說。

就這樣回到家裡了。

一家人正在為又新生的一個女兒過滿月，他一進門，看到已經三歲的雙胞胎的孫子正在一張桌上對坐吃著兩碗菜，過去抱其中的一個孫子時，雙胞胎嚇得哇哇哭起來，都丟下筷子朝著院裡跑。過去抱老三孫女時，兒媳嚇得抱著女兒朝後退。「我病好了呀。」他笑著立在院落裡，連妻子、兒子都驚得差點把手裡的菜盤碗碟掉地上。這時落日又亮又紅潤，把王子安家的院落照得恬靜若是一幅畫。原來的草屋現在被蓋成瓦屋了。原來院裡碗粗的一棵桐樹現在比桶還粗了。三年前的院角上，他為了讓自己更像讀書人，學著古人的「寧可食無肉，不能院無竹」，栽下的幾株青竹子，現在在院門口竟引染成了兩鋪席大的一片幾十株。在這落日秋時裡，竹子過了歲的杆上泛著青光色，當年新生的泛著青黃色。竹葉一地被掃在牆根下。那堆竹葉上，有隻貓臥在那兒望著王子安，臉上有和狐狸治好他的病樣的熟果裂口似的笑，還喵喵喵地叫著過來去他腿上蹭。王子安很親暱地把貓抱起來，親了一下貓，問：「這是家裡養的貓？」那從灶房炒菜朝外端著的妻子驚在那兒了，看見那隻貓和王子安親得如見了久別而歸的主人樣，便越發驚著把身子朝後退了小半步。

「你病真好了？」妻子問。

王子安朝妻子點了一個頭。又問怎麼好了的，他便說在村頭荒墳遇到一群好狐狸，狐狸們如何演戲讓他相信自己中了舉，又相信中了進士成了北巡撫，最後接到的聖旨是讓他成為最低微的榜牆護牆人。然後因這命事的大起和大落，人從低處一步一步走到命事最頂端，又突然從高處摔下來，他的瘋被摔醒了。不是呼嘩一下醒了的，而是如手指放在嘴上那樣噓著靜靜慢慢醒來的。說著還把那假的聖旨從袖中取出來，遞給妻子看時妻子又朝後退一步。遞給邊上的兒子時，兒子接過那假的聖旨看一眼，用雙眼冷著王子安：「你到底是人還是鬼？」這樣問一句，兒子把那聖旨像丟一張鬼燒紙樣扔在身邊窗臺上，順手操起房檐下的一根扁擔握在手裡邊，朝王子安逼近一步把那扁擔橫到面前來。

王子安這時什麼也沒說，從一邊的一個針線笸中拿過一根針，猛一下扎在自己左手食指上，讓血滴噗嗒噗嗒落在院子裡。

家人看王子安身上的血在院裡滴了一大片，漸漸信著他是人，是原來的父親、丈夫和孩子們的爺爺了。讓他坐下吃飯又怕他嚇著孩子們，就給他盛了一碗湯和一碗菜，在菜碗邊上放了一個饃，讓他端著飯菜到一邊吃，沒有和大家一道坐在孫女慶生滿月的席宴上。到了晚間時，他去原來自己的臥房同妻子睡，有三年多沒有和妻子親熱了，可他走進正房東端原來自己的睡屋時，妻子正在鋪著床。他朝妻子走過去，妻子卻朝屋子的一邊躲過去。他坐在床沿上，妻子卻轉著身子閃到對面窗口下。

他說：「你咋了？我們有三年不在一起了。」

她說：「你咋說回就回了，不說嚇著我，你不怕嚇著孩子、孫子們？」

他說：「這是我的家。我瘋病好了呀。」

她立在燈光裡想了一會兒，又忽然朝著別處看看說：

「家裡那隻貓是隻野貓在那臥了幾天啦，家人誰去抱牠牠都跑，怎麼一見你就親成那個樣？」

王子安朝四處去瞅著，彷彿找貓樣。可屋裡除了和三年前一模一樣的箱子、櫃子、床鋪和地上用方磚鋪的地——且三年前屋子中間那塊方磚裂出一條縫，現在那裂縫還彎彎斜斜在磚面上。放在窗臺上的罩油燈，昏黃搖搖像他科舉時，夜讀至油將盡時的燈光樣。在那燈光裡，妻子一直盯著他，臉上沒有一點夫妻久別重逢那喜色，宛若家裡突然來了一個要借錢的遠房親戚樣。就這樣怔著木呆至半夜，他又輕聲問妻子：

「是我不該回來嗎？」

「家人都已經習慣你瘋著不在家裡了。我也習慣一個人睡在一張床上了。」然後妻子笑一下，朝門口望了望，又問丈夫王子安，「後院的柴屋我已經收拾了，要麼我去睡在你先前睡的那間小屋裡？」

王子安默了一會兒，從主房的臥室退出來，藉著月色從上房山牆下的通道來到後院裡。後院那間小屋原來是每年入冬前，排放劈柴的柴禾屋。後來王子安瘋了由他住在這，現在他病好了，還由他住在這。四鋪蓆大的柴屋果真提前收拾了，床上鋪了新褥新被單，地上掃得乾淨還灑了一層水。屋裡清水蕩塵的家味也倒濃烈和清新，如一桶井水從井裡出來還是井水樣。不過到底不是井水了，而是一桶家水要燒飯、洗鍋、洗碗了。三年前柴屋牆角的蛛網還在牆角上，那時有顆蜘蛛和小麥一樣大，現在有顆蜘蛛像指甲殼兒一樣了。大得有些嚇人著。王子安盯著那顆蜘蛛看。這時那隻妻子說的野貓進來了，花狸貓，走著一點聲音都沒有，到王子安的腳邊背一弓，輕輕巧巧上了床，過來趴在了王子安的身子上。

王子安把貓抱在懷裡邊。

靜了一會兒，柴屋外有兒子的腳步聲，到門口那腳步停下來。「爹——秋涼了，怕你冷我把這床被子放在門外啊。」說著有些響動傳進來，又聽見腳步聲朝著前院走去了。

一夜沒睡好，第二天王子安醒得有點遲，睜開眼時太陽已經從窗口照進來。剛想起床又聽到了兒媳在外面窗前叫：「爹——把你的早飯放在了窗臺上。」他慌忙答應著，有些感動地應聲起床穿衣服，走出屋門一看外面果然放著湯、菜和饃。感念著兒媳的孝順與善和，王子安覺得一家人自然是坐在一起吃飯好，便又端著飯菜朝著前院去。到前後院的隔牆見那扇原來永遠開著單扇門，現在關著了，伸手拉了幾下門，拉不開便把手裡的飯碗放下來，將手指從門縫伸出去，摸到了一把鎖了門的鎖。心裡冷一下，朝後退兩步，對著前院大聲喚：「開門呀！開門呀！」不見有回應，便又哐哐哐地去拍門，把門拉到哐嘩哐嘩響，到響聲震得鄰居都被驚了時，兒子出現在了門外邊，大聲對著裡邊喚：

「你別拍門了，是你孫子玩耍把門鎖了。我現在去找鑰匙，你就先在後院把飯吃了吧。」

喚完兒子退去了。說去找鑰匙，卻再也沒有走回來。那門就日日時時地鎖在那兒了。永遠鎖在那兒了。門是很結實的榆木門，後院的院牆是很高很高的坯砌牆，牆外是一條馬路和一塊莊稼地。要說王子安倘要走掉他可以翻過那牆走到村街上，可以到村人們面前和田地裡，然他怕一但翻牆走出去，就再也回不到這個院落裡，再也不會有人悄悄開門把早、中、晚的一日三餐放在門後邊。不會有了好吃的，妻子、兒子、兒媳都那麼好地包著從隔牆那邊扔過來。怕他獨自在這後院裡急，兒子還把他早年攻讀的四書五經都捆著抱過來。「沒事了讀些閒書吧。」兒子把那些書很惜愛地放在他面前，「哪也不要去，有我們吃的就有你吃的，娘和你兒媳會每天燒好後按時給你送過來。你要出去嚇著孩子和村人了，你就再也沒了這個家，再也別想讓家人對你這麼好。」

說這些是在入冬前的一場霜降裡，後院裡的地上、樹上都掛著寒白色。貓從那霜地走過去，留下一串的腳印歪歪斜斜著。原來入秋天不冷不熱時，白天和夜裡，後院都一地一樹的灰麻雀。可是冬天到來了，那些雀子不知去了哪，一院光光禿禿連一點綠色都沒有。落雪後在一地刺眼的茫白中，只有那隻貓和王子安在這寂靜裡。偶爾從院牆那邊傳來的腳步聲和牛車、驢車過去的嘰咕聲，像一片冰湖上緣於過冷凍出的結冰聲，冷寒而悠長，一條一條黑泥車轍樣。

後來為了送飯遞物更方便，兒子把一根繩子繫在院牆頂的一根樹枝上，繩上捆綁一個竹籃子，把吃的用的都放在籃裡去，拉過院牆高，又讓籃子降到院牆這一邊。如此就方便太多了，他要什麼就朝院牆那邊喚。那邊定會有人把東西繫著遞過來。一家人對他好到像他對貓樣，有求必應從來沒有短缺過。冬天過去了，兒子還把鋤鎬從牆的那邊扔過來，讓他閒了把後院的空地翻一翻。把一些豆種、菜種扔過來，讓他在這邊種豆種菜不著急。當一些青菜在兩個月間長成了，他把青菜捆成捆兒裝在籃子裡，兒子把青菜拉著提到院子那邊炒了吃。

有一天，地裡的韭菜旺到呈出烏黑時，兒子喚著讓父親割一捆韭菜扔過去，喚了半天不見有回應，便搬一架梯子靠在牆那邊，爬到牆上朝著裡邊望，看見父親王子安，在後院把空地翻出許多田畦來，在那一畦畦的菜地種了菠菜、韭菜和芥菜，每一樣菜都嫩綠脆脆泛著仲春的光。而在這片菜地和那些屋中間的一塊空地上，王子安還種了濃密一片野蒿草，每棵蒿草都拇指手腕一樣粗，超過一人高，大小三間房樣如同一片蒿樹林。在那蒿林裡，王子安在地上鋪了一領蓆，蓆上是他捲扔著的被褥、碗筷和偶爾會翻開看看的《論語》、《中庸》、《詩經》什麼的。這時候，他正坐在蓆頭上，一身的柴草和爛衣服，頭髮、鬍子長有一拃一筷子，還有許多草棒、樹葉夾在他的頭髮裡。兒子動了惻隱之心了，打開後院門，進來站在父親面前望著他，看著父親手裡拿著一把生菜正動物一樣嚼吃著。

「你不怕吃生的生病嗎？」兒子問。

父親望著別處一直吃著不停嘴。

「你如果想離開這兒了，我在前院給你蓋間房。」

父親瞟了一眼兒子依然沒說話。這時那隻野貓從外面跳牆回來了，嘴裡銜著一塊不知從哪弄來的新鮮肉，肉上還有剛殺過流出來的血。貓回來把那肉放在王子安面前的一蓬乾草上，王子安從一蓬草後端出半碗白米飯，將那米飯放在貓的嘴前讓貓吃。那米飯是午時兒媳燒好專門給他盛了一碗繫遞過來的。原來他沒吃卻把米飯留給貓，而貓卻去哪叨了生肉回來換這白米飯。兒子僵在那兒不動彈，飛起一腳踢在那碗白米上。王子安看著兒子眼睛閃一下，嘴角牽牽動動對兒子有些交代、有些哀求似地說：

「孫子都要五歲了，該送他到學堂認字讀書了。」

兒子厲聲問：

「認字讀書幹什麼？和你一樣嗎？」

王子安：

「秀才、舉人、進士我都考過了，皇帝加封我為四品北巡撫，過幾天我就要赴任走掉了。」

兒子不再想著讓父親去住在前院和家人一道過日子的事情了。他在那兒站著沉著臉，看見父親一邊說著一邊把手裡的生肉朝著身後藏著時，一臉都是驚慌和不安。這樣他朝後退了一小步，王子安往身後藏肉的手慢慢停下來，臉上的不安淡了些。他又退了一小步，父親眼裡有了光。於是他又後退幾步立下來，站著看著父親的臉，便看見父親臉上的笑，孩子樣單純和愉悅。他知道父親不想生而為人了，他想過別的生命日子了。「你覺得家人對你不好嗎？」兒子問。父親搖了一下頭：「妻賢兒孝，我也算上輩積了德。」兒子便問父親為什麼想要丟掉家和家人這日子，去過那不是人的日子去，父親便對兒子說了一句人們世代最常說的話：

「人往高處走，水往低處流。」

再後來，兒子、媳婦和一家人，都不再從那樹上、籃裡繫著東西遞往這邊了。父親已經很少再跟他們要什麼吃穿日用了。他們隔三錯五都會打開後院門，過來看看父親和那貓。過來時從來沒有忘記給那貓帶半碗米飯或者半碗水。而父親，對熟食也越吃越少了，饅頭、米飯、粗雜糧食和熬湯，他反而吃不出太多的味道和喜悅，倒是一些生菜、生米和生肉，他越吃越多越香了。

再後來，父親的身上長出一些毛，由少到多的灰白色，先從腿上到了胳膊上，再從胳膊到了臉上和全身。他就終於如願進化成為一隻狐狸了。是那種灰白色的狐，在狐群裡樣子不是最好的，但走路，行事確是最為沉穩良善的。且他成了狐，因為妻子、兒子和兒媳們的好，還允許他把別的狐狸從野外引到家，先是村頭墳地那些狐，後是不知從哪來了更多狐狸群。為了盡孝兒子專門在後院種了各種雜草和雜樹，在柴屋鋪了滿地穀杆和麥秸，讓狐狸們有個人世樂園樣，幾十上百隻，都集聚在他家後院內，天冷了都睡在那間柴屋裡。

而他們想念父親了，也會到後院站一會，這時就會有一隻灰白色的狐狸過來臥在他們身邊上，把前爪和頭枕在他們腳上去。

二十五、賈奉雉

明末年間的事。

甘肅平涼人氏賈奉雉，才學名聲在當地大得很。村人出門有人問家在哪兒都不說村名，都說「我和賈奉雉是一個村。」或說「我是賈奉雉那個村的人。」都以為賈奉雉是一定會科舉中榜的，可以光宗耀祖，讓整個賈莊都跟著揚名和富貴，所以他這年離開賈莊赴試時，整個賈莊人都到村頭去送行，戶戶都為他備了盤纏和路物，有一半人送行還到了十里橋頭上。

可是這年賈奉雉沒考上。

平涼府大日揭榜時，他的名字不在榜單上，如路邊的一枚落果不在樹上樣。離開放榜後的平涼府，賈奉雉提著行囊回家了，一路上思忖著回家如何見村人。到村人、家人給他送別的十里河橋時，他坐在橋頭待了一會兒，臉上沒有怨恨和悔氣，也沒有什麼想不開的傷哀和眼淚，平靜得像莊稼有些風伏雨黴樣。就這麼平素日常著，最後吃了帶的乾糧喝了水，將行李放在路邊拍拍身上的灰，待一切素潔妥停後，取來一根行囊繩，搭在橋頭的一棵棗樹上，賈奉雉把脖子伸到了那個繩扣裡。

他上吊自殺了。

先把雙手抓在繩扣上，後把腳下墊的三層石頭蹬倒去。一切都似春暖花開、有序有章著，彷彿大旱三年後的及時雨。然就在他鬆了雙手、繩子勒著脖子那一刻，那繩子在樹上的繞扣一滑解開了，人如一袋麵樣蹲倒在了樹下面。於是又去疊石頭，又踏上石堆結繩子。這次結完還拿雙手用力拉拉繩扣兒，覺得結實了，才又把頭伸進去，把腳下的石頭蹬塌墜身子。然事情的結果卻和上次一模樣，身子剛剛搖晃在半空，脖子的呼吸一剛有些急促和不安，樹上的繞繩又開了。

人又像一袋糧樣蹲倒在了石頭旁。

這次賈奉雉覺得有些蹊蹺了，他從地上站起來，朝四周看了看，發現周圍連一個人影都沒有，除了頭頂有幾隻圍著棗花飛鳴的蜂翁兒，天上地下都是日光、雲白、花草和流水。為了弄明事情的蹊蹺和彎繞，他第三次把石頭疊好後，又把吊繩捆在棗枝上，沒有立刻把脖子伸進去，而是雙手拉著吊繩把身子吊起來，直到繩子把他的雙手勒疼了，吊繩還依舊繫著結實著，才又最後看看四周和流水，把脖子伸進吊繩扣，猛一下蹬了墊腳石，雙手一鬆垂，感到脖子呼吸成了呼嚕時，腦子裡生出了一句話：

「這次可以了。」

之後就是在樹上晃身子，聽著喉嚨的呼嚕聲，心滿意足地想終於可以死了時，身子又從半空墜下來，落地的聲音悶笨和此前兩次樣。再一次地睜開眼，看見有個繩頭從地上朝著半空伸過去。他讓目光追著繩頭看，看見那個繩頭捏在一個人手裡。那人穿了漿藍色的儒袍服，高身朗俊，臉上是和這季晨一樣的光暖和燦燦，微笑著牙齒白得和玉樣。「看你倒是真想死，再一、再二還再三，且死前連一絲驚慌都沒有。」那人說著坐在賈奉雉的身邊上，像兄長一樣拉起賈奉雉的手，問你不留戀你的妻小和一村莊的賈姓族親了？賈奉雉不言不語朝他苦笑一下子。那人又說你不留戀這世界上的花草、物食和酒香了？賈奉雉這次沒有笑，從鼻子有音無音地哼一下，之後很不屑地冷瞟一下面前的人。面前的人沉默一會兒，從口袋摸出幾頁卷文紙，笑笑遞給賈奉雉，說這樣的文章你寫不出來嗎？明年你照著這樣的文風寫文章，你也能金榜題名也能前三甲，聽我的你能考中第一名。

賈奉雉從那人手裡接過卷文看，讀了前幾句，又匆匆掀著瞟一眼，他知道這是金榜第一名的卷試文，前言不搭後語，文風做作像兒童學著長者說話樣，又像一個老人賣弄他的童真取人一悅樣。

「你覺得這是好文章？」賈生問。

「當然不是好文章。」面前的朗生挪著身子朝賈奉雉的身邊坐了坐，說因為不是好文也才可以中金榜，可以得賞識，可以官運亨通不枉人世這一生，難道這麼淺顯的道理你賈生不懂嗎？賈奉雉便把手裡的卷文塞到面前的書生手裡去，說這等文章也就是金榜上的一坨屎，他曾在考前就讀到了，說這金榜第一的，在平涼是和他住在一個院落裡，彼此交換習文閱讀時，他就指出過這文章的平庸、做作和虛情，沒想到竟是這樣的文章、這樣的考生才中榜。賈生說他即寫不出這樣的文章去中榜，也無臉回到賈莊去見妻小和族親，說他思前想後後，在這個世道活著倒不如死了好。死了倒滿眼滿心都是素潔了。

「——是你不要這個世界了，還是這個世界不要你了呢？」

「——是我噁心這個世界了。」

賈奉雉很決絕地說。說著還又從牙縫擠出一句話：「這世界黑白顛倒我毋寧死！」聽到賈奉雉從牙縫擠出這句後，身邊的朗俊書生默沉一會兒想了想，說既然你這麼決絕就跟我去一個地方吧，那裡的潔淨隔著衣服、肚皮能看見人的心。在這兒就是天氣朗晴沒有一絲雲，你也至多是從這個村莊看到那個村頭上，從這個山頭看到那個山巔上，可你要跟著我到了那地方，就是下雨起霧你睜開眼，也能看透人心和人世幾十、上百里；有時候天氣透亮你還能隔著幾道山脈看見山那邊的村落、房屋和在山坡上放羊的孩童和老人，都樸素如神是裸體樣；能聽見山那邊牛羊在山坡、草地的嚼聲和遇了豐草的歡叫和鳴悅，如同天宮的歌聲、戲聲樣，甚至在夜深人靜時，能聽到看到京都皇宮裡的事，就像皮影在你眼前演著樣。

賈奉雉跟著這朗俊飄逸的書生走去了。

朗書生在前走著和飄著樣，開始賈奉雉覺得他的腳步輕盈自己跟不上，不小跑便會落下來，可後來進了一架山，從一道峽谷小路入去時，他覺得自己的腳下也飄將起來了，像有風在托著他的雙腳和身子。接著那峽谷愈來愈窄，彷佛他們是飄在一管喉道裡。過了幾里狹窄處，忽然山谷闊起來，峰巒疊嶂，又嶂嶂遠退彼此牽扯著。樹林的茂密如是天際的烏雲落在山脈間，花草郁香使人身上、喉嚨會發癢。到一面青色立徒的壁崖下，有一座洞府來到眼前邊。洞府裡明亮且寬敞，不見燭日卻到處都是金燦燦的光。就在那洞府的正中央，有一位老者閉目端坐著，朗生讓賈奉雉上前去參拜，並稱老者為師父，然不等賈奉雉躬身叫出師父兩個字，老者就問道：「你為什麼來得這麼早？」朗生也就替賈生上前稟告說：「師父，他心裡已經乾淨了，修道的意念比死都直切。」老者也就說：「既然來了，那就試試吧。」

朗生也就將賈奉雉引到後院的一間房屋裡。那房屋門無板木，窗無木欞，似洞又似房，似房又似洞。屋子裡的簡單如天上除了寡藍什麼都沒有。一張床，一張小桌子，桌上擺了幾本修道成仙的經典書。這時候，天已經黑將下來了，屋裡沒有燭蠟沒有油燈光，卻亮得和早晨天剛起白樣。月亮的輝光從無門無窗的洞口洩進來，連屋子牆壁上夜蟋蟀翼翅的光斑、紋絡都可看得清。朗生進來給賈奉雉安頓以後就走了，留下他獨自在那屋子裡，先還覺得有些餓，然到門口對著月光呼吸了兩口也就不餓了。後來覺得想喝水，剛張一下嘴，有清涼的氣息流到嘴裡去，就又覺得不渴了。夜漸漸深著走過來，月光落在床上的聲音彷彿他在少年聽到田野隱隱約約的莊稼生長聲。接著想躺下休息時，又清晰地看到有幾株非菊非芍的什麼花，粉濃殷紅著，在屋子中央慢慢生出來，漸漸盤子那麼大，花香在他鼻子下，走繞著像有指頭在他臉上、鼻前撫摸樣。他很想打個噴嚏用手去臉上摸一下，然最終還是忍著沒動手。繼而門口有什麼響起來，睜眼看了看，竟然看到一隻花斑老虎站在他門前，於是慌忙又把眼睛閉起來，聽見那老虎踢踏踢踏走進他的屋子裡，這裡嗅一嗅，那兒聞一聞，最後到了他床前，把鼻子放在他的小腿、大腿和肚皮上，一直嗅到他臉前的鼻尖和唇上。從老虎嘴裡呼出的溽熱氣，又腥又臭熏得他要屏息憋著喉，僵著身子一動不敢動，綳住喉嚨像堵住河道預防決堤樣。這時院裡忽然有撲嗒一聲響，似乎有隻兔子被捆著從哪扔進了院子裡。接著那兔子還在地上翻滾著身子嘰嘰叫，老虎聽到那聲音，便調頭離開賈奉雉，朝著屋外走去了。

長長舒口氣，賈奉雉明白那鮮花和老虎，都是老者對他的一次入場試考了。想幸虧自己沒有對那花香多聞一鼻子；沒有對那老虎驚恐喚一聲。也還想，一般聖者對凡人的試考都是過三關。第三關對男人的試驗多是美人關，用燦若天仙的女子來勾引，過了也就得道成仙了，如果和那美人有了眉來眼去上了床，也就前功盡棄，一切都回原地了。想到了這一層，賈奉雉胸有成竹了，心平氣定地睜著眼，等著第三關的美人來，卻又總是等不來，直到月光從屋裡退出去，瞌睡終於把他的眼皮合關上，以為今夜就這樣過去了，要閉著眼睛睡去時，有股香風吹進他的床鋪上，隨著香風又有一個細小和潤的聲音對他說：「對不起，我來晚了呢。」待這話音剛一落，他的被子被輕輕掀開來，有個身姿豐饒的美人兒，皮膚潤柔如月般，生涼生暖地貼著他，依偎著蜷在他身邊，且那身上的香味濃得和一剛盛開的似菊又芍的花一樣。賈奉雉知道這是道仙老人對他又一次的試考和實驗，知道這一關只要一過去，他就可以和朗生一樣在這世外的山野洞府為仙了，可以徹底離開凡塵世界了。然這麼想著時，穩妥著心裡的素念淨潔時，那美人又慢慢把她的隆胸朝他擠過去，雙唇在他的臉上湊壓著。且她唇上特意塗抹的胭脂香，烈烈濃濃襲擾著。為了不被她身上的柔嫩香味俘了去，賈奉雉把身子朝床裡翻個身，將後背留給了朝他依偎著的人。

他知道她已經對他無奈了。

他相信任她無論如何自己對她都不會動心慌然了。可就在他破解了這一切都是師父用幻術對他進行試考時，那美人又在他的耳邊問了一句話，「你真睡著了？」他聽出這話如同妻子一樣的聲音了，於是心裡動一下，忙又警告自己說：「千萬別接她的話，她已經對你沒有辦法了。」於是閉著眼，故意從鼻子響出睡著後的呼嚕聲。接著那美人又把雙乳壓在他的側身肩頭上，雙唇貼在他的耳旁邊，用她的舌尖舔一下他的耳窩兒，笑著用微弱嘰喳似的細語說：

「小老鼠從窩裡出來了！」

聽了這句話，賈奉雉不覺將背過去的身子重又轉過來，把閉起的雙眼睜開後，一看眼前的美人果然是妻子。那張平日有些素白色的臉，只要夜裡在床上說出「小老鼠從窩裡出來了，」就一定會因為羞怯和熱烈，在鼻尖掛著一層香潤潤的汗，臉頰上紅出桃芍色。天下沒人知道賈奉雉和他妻子的這祕密。因為連年科舉家裡準備蓋房的銀兩都用在了他一年四季的攻讀上，想擴蓋房子一直沒能蓋起來，於是從結婚那天起，夫妻就一直和丫環住在一間屋子裡。夫妻行做房事時，怕丫環聽到和看到，一般都在下半夜，待丫環睡著了，一個人爬到另一個人的耳朵上，小聲說句「小老鼠從窩裡出來了。」然後二人就可以悄悄地男歡女愛行做房事了。「小老鼠從窩裡出來了」，是他們夫妻的私約和祕密，他們無論誰爬在誰的耳朵上說一句，另一個都會應邀興奮著，慌忙把對方抱在懷裡去。往日夜裡邊，這句話賈奉雉比他妻子說得多。待妻子從嘴裡說將出來時，那就是她到了難熬恩愛的時候了。不得不說了。說了鼻尖上必會羞出一層汗。為了確證身邊的美人是妻子，賈奉雉把身子轉過來，首先拿右手食指去她的鼻尖摸了摸。鼻尖上果然有層汗，滑得像有層花油塗在鼻子上。於是他一下把她抱在懷裡邊。她又掙著身子想要從他懷裡掙出來，嘖怪抱怨道：「你還不信是我呀？是不是除了我你還有別的人？」然後又連連斥責賈奉雉，說你怎麼能不回家說一聲，就獨自離家出走到這兒，這些年的夫妻恩情你都忘記了？你難道胸裡沒有良心嗎？賈奉雉便越發緊緊地把妻子朝著懷裡擁，問她你怎麼到了這裡來，妻子說是朗秀才派一個婦人把她引到這兒的。說朗秀才怕你在這太孤單，也就乘了夜色派人把自己引了來。這時從哪隱隱傳來了雞啼聲，知道天將亮明了，夫妻便抓緊行著床上的事。雲捲雲舒著，天地歡樂著，待他們剛剛結束歡愛時，聽見外面有了老者斥責朗秀才的怒罵聲，罵著腳步朝著這邊走過來。妻子這時臉上又有了慘白色，見屋裡沒處躲身子，便抓起衣服，搶著腳步朝門口跑過去，迅速越過短牆不見了。

老者沒有去追那從屋裡跑出去的人。

他進屋在賈奉雉的床前默站一會兒——

「你走吧。」

冷冷說了這三個字，老者又回身盯著身邊的朗生看一眼，突然拿起拐仗在弟子頭上「砰砰」敲幾下，氣呼呼地出去了。

「我操之過急了。」朗秀才對呆在床上的賈奉雉有些歉疚似地說：「你塵緣未盡，心裡還裝著不少塵世間的事，等以後不僅是你不要那人世，而且人世也不要你了你再來吧。」這就拉著賈奉雉的手，從那短牆的一個豁口走出去，然後和賈奉雉揚了一下手，他人就不見影兒了。

賈奉雉幾乎沒有覺得自己起腳走多少路，忽然立下來，發現自己是站在一片荒野裡。前面不遠處，是一座似曾相識的橋，橋木已經朽腐斷少了幾根老梁板。橋前有棵老棗樹，似乎在哪見過那棵樹，見過卻又沒有那麼二人抱不住的粗。也就恍恍惚惚問著去賈莊的路，到了村口明明覺得這個村莊是賈莊，卻又覺得家家都房屋破爛、河渠枯乾不是賈莊樣。原來賈莊村頭那棵上百年的皂角樹，樹枝分出三杈朝著三個方向伸，可現在，賈莊的村頭上，不知何時沒了那棵樹，只有一柱從腰身折斷了的皂角老樹樁，大得有三人抱不住的粗。賈奉雉立在那棵樹樁旁，問人這是賈莊嗎？村人說這是賈莊呀。賈奉雉望著走過來的老少十幾人，竟然沒有認識的。便怔在人群面前道，我是賈莊的賈奉雉，你們不知道我是賈奉雉？有人好奇地把村裡最老的一個老漢叫出來。老漢在賈奉雉面前立站一會兒，一下認出他是當年去平涼赴試了的賈奉雉，驚呼道「你是奉雉啊，你怎麼那年赴試落榜不回村裡了？去哪了一走幾十年？幾十年還和當年一樣年輕、一點變化都沒有？」賈奉雉也就想起書中記載的東漢有個叫劉晨的人，行至浙江天台山，相遇神仙後，在仙一日如人間百年的事情了。原來以為這些都是傳說和故事，現在這故事、傳說竟都應驗在了自己身子上。他想起昨夜和妻子慌張歡愛被仙者發現了的事，慌忙問他的妻了怎麼樣？家人怎麼樣？眼前的老人就拉著賈奉雉的手，一邊領著他往家走，一邊問著賈奉雉，你不認識我了嗎？我是村裡的某某某，你那年去平涼赴試我給你送到十里橋頭上，把我家僅有的幾串銅錢給你讓你作為考資你都忘了嗎？賈奉雉也便想起那些了，感謝感慨著，跟著這同村同族他應稱人家為弟的老人回了家。原來家還在老村老宅上，但房屋已經不再是了那兩間老屋子。一個院落又多出幾間草屋來，而每間草屋都和當年一樣歪斜和漏雨。他的兩個當年七、八歲的兒子都已經年過半百了，孩子們的孩子都和當年他的孩子一樣大小了。而自己昨夜還和她在山洞歡愛了的妻，這時已經七十幾歲了，一臉黃皺，滿頭白髮，她看見賈奉雉，先是木呆著，後就突然蹲在地上嗚嗚哭起來。

全村人都來圍看這過了幾十年還依然俊朗朝氣的賈奉雉。

外村人也來圍看賈奉雉。方圓數十、上百里，原來不信有仙有道的，這時也都信了天地間有仙有道的事情了。後來經常有人請他說說他在十里橋頭上吊相遇朗秀才的事。請他說他在那個洞府過了一夜間的事。也就漸漸習慣這些了，不再為此驚奇了。人世的日子也還要一天天地過，一日三餐也還是有糧才能煮，煮了才能吃。賈奉雉自然是要和自己年邁的妻子在一起，要讓兒子、兒媳們接濟一些糧食才能過日子。這樣過了半年幾個月，兩個兒子家裡不富裕，冬天輪到大兒子要給爹娘送去半袋養老麵，他們夫妻在屋裡等了三天也沒送過去。賈奉雉去找大兒子要麵食，兒媳婦什麼也沒說，把一個空的麵罐搬來擺在他面前。那時兒子只是蹲在地上低著頭，一臉都是晦喪烏青氣。他去二兒子家要糧食，剛到門口就聽見二兒媳在打偷吃了東西的小孫子，打著罵著說：「死吃活埋你是啥東西！死吃活埋你是啥東西！」不知是她在罵兒子，還是在罵公公賈奉雉。

賈奉雉在那門口站了一會回去了。

回去和妻子一商量，決定到鄰村重新去教書，掙些銀兩換些糧食免得給兒子家裡添累贅。後來又通過考試進了縣學去，縣令看重他的口才和文章，贈給他不少錢財和物品，還鼓勵他重新作文去科舉。拿著縣令的贈品回到家，賈莊人就都知道縣令賞識他，又鼓勵他參加鄉試、參加大考了。待他到家裡院子內，看見全村人都在院裡屋裡等著他，這一家提了一兜紅雞蛋，那一家送些紅棗熟白麵，都說賈莊、賈族出個才子不容易，都願意捐供賈奉雉拾起筆墨寫文章，重新參加科舉去應試，說不為狀元和榜眼，哪怕成了舉人是末名，也證明賈莊、賈族是佳姓和旺族，讓後輩晚生有個傲念和榜樣。

賈奉雉望著一院子的人，很無奈地感嘆一聲道：

「我的文風太清奇，怕打死我也寫不出那應試文章啊！」

全村賈姓的，都在那院裡沉默起來了。這時是剛入冬的霜降後，晨間的落霜至黃昏都還有著淺白色。村裡院裡冷得很。就在這冷裡，不知是誰先朝賈生跪下來。「寫不出來你也試試嘛。」就這一句話，他的兩個兒子和兒媳，還有幾個孫子和孫女，一家十幾口，都朝他跪下來，都喚著「爹啊——爺啊——為了賈家、賈姓、賈莊你就再去赴試吧。」接著全村滿院的賈族賈姓人，都朝賈生跪下來，求他為了家族、為了大家和兒孫的榮耀再去試一次，連村裡比他年長的老人也都跪在冷裡求著他，齊齊跪了一大片，像跪在一個神靈面前祈求禱告樣。院子裡跪不下，還水流一樣灘到院外跪到大街上。

賈奉雉便含著眼淚答應來春去平涼府裡參加鄉試再考了。

萬也難想到，鄉試時賈奉雉因為數十年裡不讀詩書不作文，卷文答寫得時好時錯差，有些句子段落間，在上下文裡一個意思在東山，一個意思在西山，中間隔有幾十、上百里，可結果，秀才榜上卻有他的名。接著又在全村人的捐供裡，抱著僥倖到京都去大考。大考數日共是七篇文，做那七篇文章時，賈奉雉想起朗秀才早年給他看的裝腔拿調的那篇金榜文章了，也就一橫心，依著那篇文章、思路寫，說榆樹好時偏說成槐樹好，說江南美時偏說大西北的黃土比江南水鄉美著一萬倍。寫河論江山，畫湖偏畫大沙漠，其字句誇張做作，用詞錯差疊疊。這樣寫時開始是有著幾分遊戲心，可若當真這樣遊戲了，腦子裡再無什麼順暢的思路和情動魂魄的句子來，一腦子的混亂如一坡秋草樣。然人在考場裡，落日西去在逼著，也就以亂為亂寫出來。可結果，賈奉雉不僅中了進士還在前三甲。皇上感念盛世為前三甲恩賞了很多金銀、綢布和茶葉。並在朝裡派專人專車將賞品用馬車拉著送到前三甲的家裡去，以其光宗耀祖，鼓勵後人，便把這一年大考的封賞辦得比往年都更為隆重和盛況。因為這一年，江域南北，風調雨順，無災無亂，皇上又有閒情和閒心，不僅要在張榜後的第三天，賞請前三甲的進士到宮裡去吃封賞宴，還要在封賞之前把前三甲的考文各選一篇讀一讀。這一讀，賈奉雉的一篇〈江域論〉，被皇上一眼喜上了，其中的文句「黃土滔滔，林木野野，吾嶺梁如山脈，山脈如河流，河流如江海，江海如洋水，洋水如天宇，天宇似聖心……」的一段話，讓皇上喜歡得用手在案桌上連拍好幾下，直說「好！好！好！」。因為喜歡就想再讀幾篇賈奉雉的文，然看到第三篇，皇上的喜悅沒有了。他從書櫃中取出翰林院在大考前為他呈遞的考題和樣文，發現賈奉雉的文章和翰林院為皇上專門用那考題寫出的樣文大同小異，許多段落的文句一字都不差。且其中的一篇〈禮儀書〉，幾乎一模一樣，通篇文章找不到有幾處字詞有差別。

皇帝震怒了。

懷疑是翰林院在大考前洩了考題並把為皇上準備的七篇樣文也洩將出去了，便把翰林院負責這年大考的三品考臣叫來問。考臣拿著自己為皇上準備的樣文和賈奉雉的考文比對著讀，發現文章的立意、段落、行文和重要字句的用字用詞確實一樣時，考臣的臉色成了蒼白色，跪在皇帝面前連連磕著頭，反覆向皇上訴說自己確實沒有洩過題，更不敢把寫給皇上的考題樣文說給、寫給哪個考生看，且說這個賈奉雉，是何許人也臣都不知道。

為了弄清事由還考臣一清白，皇上推遲了進士們的封賞宴，自己親自出了一道題，將翰林院的三品考臣和賈奉雉在紫禁城裡各關一間屋，限時都寫這文章，結果文章做完後，皇上看二人的兩篇文章時，又是大同小異，立意一致，許多段落的字詞句子都一樣。皇上不再震怒而是好奇了。傳旨將賈奉雉喚到朝堂上，讓他當著文武百官講清這是為什麼。時是這年四月上旬的第三天，早朝的百官都禮後躬身站在朝堂內，皇上坐在有九個臺階的龍椅上，讓跪在下面的賈奉雉，說清他為什麼能把考文寫得和翰林院考臣們的文章一模樣，幾乎不錯出幾個字和幾句話。

皇上說：「答得好你就是今年進士中的兩江大巡撫，答不好朕就不知是該賜你一死還是讓你活著了。」

賈奉雉渾身哆嗦著，一臉慌汗地抬頭看皇上。

皇上問：「告訴朕，你是如何看見考臣文章中的段落字句的？」

賈奉雉：「回皇上——貧生真的看不到考臣在另一個屋裡的文章和句子。」

皇上問：「那你為什麼寫得文章和他的文章一模樣？」

賈奉雉環顧了朝堂百官如實道：

「不是我寫得和考臣的文章一模樣，是我模仿這些年大考的文風和思路，在文章中說榆樹好時偏偏寫成槐樹好，說江南美時一定要寫大西北的黃土比江南水鄉美著上百倍，然後就寫成那樣一篇篇的文章了。」

這樣說完賈奉雉又偷偷去看皇上的臉，見皇上聽著不說話，臉上掠過淺淺一層雲烏色，又用自己的上牙刮咬自己下唇兒，像悔恨著一樁什麼事情樣。朝堂這時有了很厚一層的驚靜和默然，在這默然驚靜中，忽然有一朝臣上前向皇上進言道，一個乳臭未乾的考生還未獲封就敢這樣議論當朝的考制也未免太過大膽了，一旦獲封有了一片疆土和百姓，那他不就會把自己當成封疆大御肆意妄為嗎？接著是所有翰林院的朝臣們，和其他各院各部的臣子和百官，都上來請求皇上去除賈奉雉的進士榜，要麼賜他一死以戒天下，要麼讓他流放到邊疆，永遠不能以任何方式講學、再考和寫文章。

皇上根據百官之深意，除卻他的進士榜，到刑事司裡接受鞭仗一百後，流放他到西北與俄地邊界的戈壁去戍邊。然皇上到底還是對他包容寵愛的，並沒有收回幾天前賜給他一車金銀和財物，還同意他在流放途中路過甘肅時，可以回家把妻子帶到邊境上。

賈奉雉是拖著鞭刑踏上流放路途的，刑夾在肩，鎖鏈在腳，幾個月後從京都到了甘肅平涼府，押赴他的兵士接了賄賂讓他回家時，把他身上的刑板鎖鏈取下來。然他像常人一樣在一個黃昏進了村，正趕上封賞他的一車銀物先他一步送到了家。賈奉雉一到村頭上，看見全村老少的賈姓人，這個快步地朝著他家去，那個急腳從他家裡走出來。進去的都是空著手，出來的手裡懷裡都抓著抱著一捲一團兒。吵嚷和謾罵，洪水樣在他家門裡和門外。二兒子和大兒媳，似乎是為了和村人爭東西，在門口你扯著皇上賜的一匹布，他抱著皇上給的一罐酒和一筒茶。還有人在院裡為爭一捲黃綢撕扯著，正用剪子從黃綢中間剪開時，因為剪子偏移了哪邊一點彼此吵起來，差一點抄起鋤頭打起來。這時賈奉雉踏進院裡了，看見大兒子蹲在地上抱著頭，木呆呆地看著一院子的人。到處都是丟在地上的宮用空箱空盒子。一筒北方少見的貢茶黑穀殼樣撒在院落裡。黃昏將要入窩的雞，在人腿的縫間咕咕地叫著鑽跑著。賈奉雉進來立在院中央，大喚了一聲「都別爭了！」人群便立時靜下來。便有個該給他叫伯的中年人，上前半步說：「幾十年前你去平涼赴試時，我娘給你家送過一隻雞，這次你進京赴考我送給你了五吊銅錢為盤纏，你說我現在要你半匹黃綢算多嗎？」

賈奉雉便拿起剪子從一匹綢上剪了半匹給了他。

又有一個年輕的媳婦走上來，看上去比賈奉雉還年長有幾歲，可她叫著「奉雉叔」，說全村姓賈的都分到東西了，只有她家什麼也沒拿到，然畢竟你去赴試時，我們家也是給你捐了一籠蒸饃讓你路上吃。賈奉雉便瞅瞅那媳婦，又把目光掃到院子裡，看見自家孫女正躲在一個牆角哆嗦著，懷裡抱著皇上賜的宮女們多餘的一個銀簪子，他便去把那個簪子要過來，一把塞到那個媳婦手裡去。

那媳婦便謝著賈奉雉，很滿意地走去了。

院子裡的村人終於全都離開了。賈奉雉一家這時都朝他圍過來，也就忽然發現妻子不在院子裡，晚輩們便都慌忙喚著婆婆、母親四處裡找。很快找到老人屋裡去，見她倒在屋裡床下邊，人已死了過去了，但手裡還抓著一個空的御筆盒，裡邊皇上賜的宮用毫筆已經沒有了。也都明白她是從那賜物中給丈夫留了這宮毫，然抱著宮毫到屋時，她人倒下了。倒下時還死死抱著宮毫盒，盒裡的宮筆卻被人拿走了，空盒裡金黃色的絲綢也被撒掛在了盒子上。也許她為了那毫筆還和人有過一番爭奪著，不然不會臨死還抱著盒子掰不開手。

急要做的事情是，把已經七十多歲的老伴安葬掉。也就立趕立急地搭靈棚，做壽衣。在夜裡一家人守著靈棚悲傷時，大兒子忽然從屋裡取出了六根金條來，說皇上的賜物和去掉賈奉雉榜名的聖旨是前後腳地到了家裡的，當全村人剛得知他中了進士前三甲，還未及高興起來時，後面官府的人馬就來了，宣讀去掉他榜名的聲音一落下，人們便把目光盯在了搬進院裡的賜物上。官府和朝上的人員對村人說了皇上開明又大恩，收了榜名不收賜物後，一村人先還都跪著感著聖上的恩，及至人馬一離開，就都朝賜物哄搶起來了。

「幸虧那時我手快，」大兒子說：「不然我們家什麼都沒有。」說著大兒子把那六根金條朝著父親遞過去，還跟著說了一句：「也算父親沒有白中一次進士榜。」

賈奉雉便把這六根金條一分為二給了大兒子和二兒子，然後從靈棚離開回屋時，聽見兩個兒子在靈棚低聲吵起來。二兒子說一盒金條是十根，為什麼現在只有六根呢？那四根去了哪兒了？大兒子便厲聲斥責弟弟說，我哪知道去哪了，分你一半三根你還懷疑我，我若不把這六根拿出來，你連一根也得不到。於是兄弟兩個吵鬧起來了，動手在靈棚母親屍體的旁邊打起來。你給我一拳，我給你一拳，彼此臉上都出了血。這時賈奉雉又返身回到靈棚裡，先朝大兒子臉上打了一耳光，再朝二兒子臉上一耳光，咬牙罵著讓兩個兒子滾出靈棚去。兩個兒子彼此恨著果然回到了各自屋裡去。

靈棚裡只還有賈奉雉一個人。天空的星月發出瑩藍色的光，溽熱裡彷彿有股寒熱氣。妻子的屍體被兩個兒子打架時，把身子從靈鋪撞歪了，多半個肩背從壽袍露出來。賈奉雉想把妻子重新擺正在靈鋪上，要去搬動妻子的屍體時，卻看見朗秀才站在那靈鋪邊，還是那樣俊朗和飄逸，還是那樣超脫平和著。

「還好吧？」朗生問。

賈奉雉怔著不說話。

朗生笑一下：

「現在知道榮華是什麼樣兒了？」

賈奉雉把目光擱在朗生臉上去：

「一場富貴，不如一夢之好；今始知世間榮華，皆地獄而已。」

然後他們站在靈棚的屍體邊上說了很多話。朗生說：「現在你還有什麼留戀嗎？」他說道：「現在是世界不要我了，不是我不要這個世界了。」接著兩個人抬著他妻子的屍體把屍體重新擺平整，將壽衣拉拉蓋好死者的臉，感慨了人世的虛無無意義，又說了一遍所謂人世之富貴，皆是地獄境界的話，在來日葬了老妻後，沒有去和押他的兵士道個別，他就從墳地直接和朗秀才一道離開了。

兩個人走著如有風托著腳，很快看到了一片海。很快飄過一片海水到了一個翠島上，到了另外一個世界的洞府裡。

伍

第三門

二十六、行巡

一七二二年，康熙大病了。

在病裡他決定還是要往中原的歡樂國裡去一次。那時的滿朝文武，一片反對之聲，親誠的諫言如京城三月新發的樹芽般。然而那時候，皇帝的任性如刀要去割草、寒冬要吃冰，御廚只能從草尖掬來水珠、聚成冰凌再把冰凌加溫到不冷也不熱。六十八歲了，病中皇帝的拗執堅如紫禁城，誰能不對那宮殿樓闕敬畏呢，何況那時大清盛世到帝讓槐樹結出榆花來，宮內所有的槐樹就會開出榆花來。冬天紫禁城滿天飄著雪，純白的單調讓帝總是想到死的青白色，也就到窗口對著殿外的飄雪說：「我是天下大帝——我要這雪都成為紅色、藍色或紫絳。」說完他朝天空瞟了瞟，滿天的白雪就成了紅綠黃藍紫絳了，落在宮裡的房上、道上、院裡和枯草上，豔麗柔和，宛若彩綢的碎片從天空依依朝著宮裡飄。來日太陽出來時，積雪一融化，所有房檐都流著五彩水，嬪妃們紛紛掬來那水裝在香瓶香罐裡，要當作日後自己的化妝水。因為那水一抹臉，她們的皮膚會嫩到如雨天裡的水泡樣，一碰即破的擔憂使人看著都害怕目光帶有刺，因此除了皇帝去摸那些臉，再也沒人敢動手去摸那臉了。然那時，帝已有四位皇后，四十八位嬪妃，她們一共為他生了三十五個兒子、二十個女兒，共計五十五個皇子和公主。緣於三十五個皇子裡，有十一個是剛一生出生就薨逝的，二十個女兒只有七個活到成年間，享受了公主的富貴卻為了避免征戰而嫁入族與國的聯姻裡，悲苦和喜悅，如糖醋黃蓮一鍋煮，年歲和味道，讓皇帝對什麼都沒興趣了。唯一興趣想念的，就是要到中原的歡樂國裡去一次。這是皇上一生的最後一樁心願了。甚至在一七二二年的春節後，過了正月十五鬧花燈，朝臣嬪妃在宮裡的任何地方都掛了紅燈籠，連假山的縫洞和通往宮廁的路上及皇帝、臣爵、皇后、嬪妃及太子、公主們，都從未曾去過的角落裡，也都掛了燈籠和寫了謎面的紅紙條。都指望這個正月十五元宵節，皇上能從他的病榻爬起來，在宮裡走一走，到處看一看，然而誰也沒想到，皇帝從床上起來後，被濟仁公公和侍女攙扶著，從寢殿走出來，朝滿宮和滿道的燈籠瞅了瞅：

「今兒是什麼日子呀？」

「是壬寅年的正月十五啊。」濟仁公公答說：「皇上——你看這燈籠。」

皇上也就朝那到處都掛著的燈籠瞟了瞟，扭回頭來厲聲道：

「傳朕旨——朕一開春要到中原的歡樂國裡去一趟，誰若再敢奏諫反對朕，朕就賜他死！」

濟仁公公僵在皇帝身邊了，臉上驚出的慌汗如晨光下的水珠樣。扶著皇上的侍女這時看著公公蒼白色的臉，又慌忙去攙整整三個月沒有從病榻起床走路的康熙帝，見帝說完這些後，自己直了身，竟然大踏步地朝著太和殿裡去，不要轎也不要人去扶，腳步的堅實如他從來沒有生過病，不是六十八歲而是四十八歲或者三十八，咚咚的腳音宛若大朝前的錘鼓般。隨著這腳音，隨著皇上硬朗的身子和朝太和殿甩起來的胳膊腿，掛在宮檐、樹上和宮道兩邊的花燈紛紛落下來，如秋風中的花瓣、落葉及這年碩大無比、突然變成絳紅色的白雪花。

就是這次早朝後，在宮燈落下如車輪和球在宮裡滾著跑著時，皇上決定開春要去中原的歡樂國裡巡訪了，再也沒有一臣一爵和一醫一嬪妃，敢對皇上諫言勸阻了。早朝的時間只用了一個瓦片拋起又落下的一會兒，皇帝也只說了一句話：

「朕要去中原歡樂國裡看一看，反對者——斬！」

然後就宣布退朝了，吩咐內務府和十三衙門各自回去準備開春行巡中原了。

二十七、第三門

三月十三是天象學家算的好日子，宜遠行，多吉慶，且路上沿著最意外的路道走，見岔去岔道，遇河過獨轎，定能看到、遇到人世最意外的驚喜和吉兆。隊伍排開來有幾里長，單是為皇上準備的各種食物材料就有三十車，更不要說每到一處當地官僚為皇上和臣爵、宮女、嬪妃們準備的宴品、禮物了。走河北，過安陽，在邯鄲息馬遊覽趙國城，到汴京遊覽了龍亭、相國寺，還去看了當年宋徽宗私會名妓李師師的老樊樓，四月初就到洛陽了。在洛陽住在龍門山下專為皇上準備的行宮裡，到了四月十五日，精簡了隨從和人馬，只帶了不足百人的侍衛、御醫和公公，啟程前往嵩州的耙耬山脈去。四月十八日，日正懸頂那一刻，皇上的車隊到了耙耬山脈下，及至行到山脈拐彎的一個爬坡處，忽然那些馬在上坡時，如下坡一樣跑起來，使得馭夫不得不勒住馬韁繩，才讓那上坡的馬車輪子慢下來。皇上知道耙耬山脈的關口抵到了，上去不高不低的怪山坡，就到歡樂國的門口了。想著蒲生曾給自己寫個的那個怪山坡，看看四月的陽光在這山坡上，金光雖還是金光，但那金光卻柔得一點不刺眼。盯著金光看，如眼前都是宮中金黃色的龍綢樣，明亮裡有水藍、草綠在伴著柔潤著。看那崖邊的野花和野果，每一樣宮裡的花房、果園都沒有，如金菊的花裡有著木蘭花的瓣，玉蘭白喇叭似的花口上，有一穗花舌在垂著。迎春在崖頭，散著枝條卻掛著透亮發光的黑色碎花兒。路邊偶或生果的一棵樹，誰都可以看出它是杏樹來，可卻果實長成桃的樣。摘下一枚果子嘗了嘗，不到季月那生味不是酸澀卻是一種草藥苦味兒。皇上站在那棵果樹前。大家也都圍著那樹看。公公嘗了又摘下一枚給皇上。皇上看著公公咧開「呸呸呸」的嘴，對著那果樹連續三聲道：「我乃大清皇上，我令你果實香甜立刻進入熟季裡——」說完又去摘那果實給侍衛嘗，那桃形的果實依然不是香甜，沒有酸澀，只有滿嘴雞苦膽樣的苦味兒。都以為這時皇上會震怒，可皇上卻望著那吐著舌頭的一等侍衛笑了笑，把手裡的那枚桃形果實扔掉了。

那果實落在沙地路面上，開始由慢到快、從坡下朝著坡上滾起來。

所有人的臉上都有了一層詫異色。一行人馬開始尋找著圓形石頭和路邊的圓木和竹筒，遞給皇上讓他滾著朝著坡上走。上坡和下坡一模樣，人人都輕鬆又自如，身子朝著前面傾，每一腳落下雖是腳掌先著地，又總覺得是腳跟先觸了地面腳掌才跟著落下去。皇帝從來沒有如今天一樣覺得渾身都是力氣似乎想要跑起來。他果真跑起來，六十八歲和他當年盛時的中年樣。他想我是不是變得年輕了？拾起一塊拳大的石頭朝著山谷擲，竟擲得有從宮裡的太和殿到午門那麼遠，又試著胳膊在空中甩了甩，發現胳膊上的力氣彷彿能把路邊的一棵樹給拔下來。

皇帝果真去路邊試著要拔掉一株野榆樹。

雖然試了三次沒能拔下來，然那株柿子粗的野榆到底根部的沙土鬆動了。帝讓侍衛去拔著試一試。侍衛望著皇帝說：「奴才不敢。」皇帝笑著道：「去——你若拔不下來，朕就把你的一等侍衛降至二等上。」侍衛就去輕輕鬆鬆拔下了。

「你多大？」皇上問。

侍衛躬身答著道：「奴才今年正好三十歲。」

康熙便笑著告訴大家說，朕在三十歲時已經平定三藩之亂，安穩了蒙古風波，並準備和沙俄大動干戈了。於是大家都慌忙跪在皇帝面前恭迎道：「吾皇聖明，英傑天下，開我大清盛世之門扉，賜我疆土千年萬年之泰平！」並都又呼了一聲「萬歲！萬歲！萬萬歲！」皇帝便笑著：「都起來吧，朕不是這意思。朕是說江山天下，千秋功業，什麼好都沒有年輕好。年輕有力氣，生命像永不乾涸的泉水樣，可到了老了年歲一疊一疊長到六十、六十五，萬世功業都力不從心了。」感嘆著又有些惆悵著，皇帝把自己的雙手背在袍衫後，輕鬆慢慢地朝著山上走去了，看見山頂上的光，宛若彩虹聖光一樣飄掛著，也便迎著那光走過去。

很快到了山頂上。

以為會有歡樂國的官僚、臣子們在山上迎接皇上和人們，可到了山頂上，除卻花草、郁香和各種鳥雀們的叫，其餘什麼都沒有。有野兔胖得和宮裡的貓一樣。有一種鴿子般的紅身白唇鳥，竟大膽地從哪飛來落在御駕馬頭上，大聲咕咕地叫著去馬頭和馬的耳根毛裡啄食著，御馬竟也泰然舒服地站在那兒讓鳥啄。問馭夫那鳥是種什麼鳥？馭夫說是傳說中人世稀有的紅背鴿，是專門為俊馬力牛啄虱止癢的鳥，傳說哪匹馬、哪頭牛遇到了紅背鴿，那馬和牠的主人就要有擋不住的好運了。

這時太陽已經偏了西，遠處有城廓的樣子顯出來，約約隱隱若一幅巨大的宮畫掛在夕陽下。皇帝朝著遠處的城廓瞭望著，把眼睇起來，將手棚架在額門上。「還是該早些通知一聲歡樂國的人。」濟仁公公小聲說。皇上便把目光從城廓的方向收回來，「是朕有旨不讓歡樂國裡知道朕來的，知道也就沒有意外了。」這麼說著時，從城廓那兒又飛來一群又一群的紅鴿和白鴿。紅得在天空如同火苗般，白的如同棉花白雲樣。牠們飛過來，在皇帝和車隊人馬頭上盤旋三圈後，待馬頭上的紅背白嘴鴿，起翅又朝著城廓的方向飛去時，天空的鴿群也都跟著飛走了。於是人們便明曉，城廓裡沒人知道大清的皇上在這年農曆四月十八的日降時分到了歡樂國，但天空的鴿雀、地上的花草是知道皇上到來了。忽然在那鴿群飛走後，訊息傳給了這山頭上的荊棵、蒿草和所有所有的鮮花、植物了。轉眼間，所有的花草都開了花，連因為什麼死枯了的草棵、乾葉也都綠起來。路兩邊都是簇錦的花團和綠植。草香花甜的味道如絲線一般在皇帝的面前纏著湖海著。皇帝從來沒有嗅過這麼濃烈的甘草味和花香味，即便在京城這個季節踏春賞綠時，專門和皇后、宮妃、嬪女們，一同到圓明園和頤和園裡去，也還沒有見到過這樣百草千花盛開的樣。

蜜蜂飛著如同會發光的金沙粒。

蝴蝶來來去去竟敢落在馬頭、車轅和帝的車窗口。皇上掀開窗幔兒，有一隻蝴蝶大如喜鵲般，卻又輕盈得像是一片兒紙。他忍不住伸手去捏那蝴蝶翅，明明那蝶翅已經落在他手上，可把蝴蝶朝著皇車裡邊拿著時，那蝴蝶卻又如光如風樣飛走了。飛走了還有蝶翅拍打著空氣如夜香碰了月光的觸動聲。手上留的蝶翅粉，豔麗呈著桃紅色。能看見夕陽裡的光和風，一種是鵝黃，一種是丹茶，混合在一起是種玄金色。城廓愈來愈近了。原來這歡樂國的城池和大清任何一個城市的城牆都一樣，方青磚，白灰線，只是這裡的青磚新得如前一天才從地上生出來的草，碧藍碧綠裡，會有飛累的鳥雀和到城外遊蕩的肥貓、狐狸爬上去。雀鳥落著如同畫了上去一樣貼在磚牆上。花貓爬上去，像害怕掉下一樣驚嬌嬌地嗲叫著。只有狐狸從城牆上爬著朝城裡回去時，像回家一樣自如著。迎著從山外走來的車道這一邊，有一排大小不一的城門都開著，然那城門不是如大清各處城池的城門樣，一律都是中間洞有能過馬車的主門道，兩邊是小著一倍的側門洞。大清所有的城門都厚有六到八寸，用最結實的榆木或者山李木，遇到戰爭攻城拔寨時，任你用戰車和一人、兩人抱不住戰車柱，飛奔著車柱去砸那門，也不能輕易就把城門夯砸開。然這兒的城門最多只有二、三寸厚，城門上雖然也有金黃色的大銅釘，可那銅釘也就是為了美目才鑲在紅漆木門上。好像城門上還有一屋紅漆香。好像城門是昨天才安裝在了城牆上。城牆上沒有哨兵和槍砲，只有黃昏前站在牆頭回憶白天的鳥雀和狐獾。城門前也沒有哨兵和穿戴兵服、盔甲的戰士或侍衛，只有一個女子在那門前走來走去張望著，像等她的家人回家樣，及至看見皇上的車隊和人馬，她迎著車隊跑過來，朝車隊人馬招著手，張著嘴喚著什麼時，車隊人馬在她面前沒有停車就朝城門那兒過去了。

她又返身跟著車隊追回來。

車隊就停在城門前。公公扶著皇上從龍車御駕走下來，這才都看見，主城門的上方果然鑲有金黃錚亮的「夢城」兩個字。主城門兩側依次各有四道側門兒，四道側門從大到小列排著，最大的主城門剛好能過一輛或一輛半的大馬車，最靠主門道的第二門，能並肩過去四個人，再次第三門，能並肩過三人，到最後第五道的一個小門也就最多能彎腰擠過一個人，而這九個城門全都敞開著。

因為人進出都會從主門道裡走，主門地上的鋪磚被踩出了許多破裂和腳痕。緊挨主門的二門走得人少了，右二裡的地上只破有幾塊磚，左二裡的地上不知為何連一塊破磚都沒有。到了左三門和右三門，不僅沒有腳痕在地上，竟連門洞的磚縫地上都還潮濕生了草，還有蛛網從草上結在門上和門洞磚牆上，顯見從來沒人從那門洞進出過。皇上和一干人馬都在那城牆的門外朝著城裡看，看見城牆也就大清各城池的四分之一厚。城門不像別的城門打開後，門還立在門洞裡，這兒的主門一打開，門都閃在城牆外，只有側四側五的小門打開門扇是立在門洞內。從城門外朝著城裡看，看不出有更多的特別和異樣，只不過大清各地的百姓住戶多是磚牆或者土坯房，而這城內多是木結構的平房、瓦屋或閣樓，充滿著異族異域的情調和習俗。落日從城的西邊投過來，城街上顯出的安靜如流水進了湖海樣。有人穿著和城外一樣的長袍和衫子，有人穿著異族的華彩綿織服，脖子和頭上戴滿首飾和雕刻。一律的男人留長辮，女人盤簪髮，說不忙他們好像都在走動和說話，為落日打烊準備著。說忙了他們又沒有誰的腳步慌忙跑起來，似乎連急切的快步都沒有。一切都是閒適按部就班的。一切都是可快可慢的。悠然像城裡的空氣和飄風漫在大街上。

皇上站在主門洞前朝著門裡瞅，其餘的侍衛、公公和侍女，還有宮裡最好最好的唐太醫，一干人馬都依序站在皇帝身後邊。這時那去迎了皇上又返身回來的城門女子繞著人群到了皇帝面前來，距皇帝還有兩步遠，當侍衛要上前攔那女子時，皇帝瞪了一眼睛，侍衛又站到皇帝身後了。在皇帝面前城門女輕輕做了一個袖手躬膝禮，說你們是今天最後一波入城的人，你們入了城，太陽就要落山了。我就該關了城門回家了。然後她就攤手對皇帝介紹說，你們進城可以從這城門的主道走，也可以從這城門的其它側門走進去，但從主門、側門進到城裡的，每個人見到、遇到的事情全都不一樣。各自的命運也都不一樣。說完她做出一個「請」的手勢來，朝著城裡看了看，又瞟著皇上、公公和侍女，宛若一個路人朝另一個路人問路望了望。到這兒，人們也才看清這個城門女，約有三十歲的樣，一臉的溫和與平靜，見了皇上如見了她的鄰家樣，半點兒都沒有驚訝和不安。皇上用很奇怪的目光打量城門女。城門女卻問皇上道：「這些人都是跟著你來的？那你先選進夢城的門洞吧。」

「你知道朕我是誰嗎？」皇上問。

城門女子很茫然地搖了一下頭。

「你知道大清嗎？」

「聽說過，」女子說，「聽說到山那邊下了怪坡就是大清世界了。」

「你知道大清皇帝嗎？」康熙又問道。

女子再次搖了頭，又朝城西的落日看了看，見太陽距西山的一個崖口還有一杆高，臉上顯出一些急顏色，如催促皇上趕快選主門、次門進去樣，眉頭皺了皺，又追著一句說：

「一般入城的人，都是從這主門洞裡走。」

皇帝也朝著城西的落日看了看，對城門女子說，你是在落日之前必須要關城門嗎？女子點了一下頭，說我的營生就是日出時候來把這九個城門都打開，落日時候全關上，然後一白天就在這城門前，對所有要穿過夢城走進歡樂國的人，交代明白這九個門由他隨便選，從哪個門洞進去都是歡樂國，但每個門進去看見遇到的，會大不相同，有時完全不一樣。說完這些話，那女子又用目光催著皇上選門進城去。公公和侍衛們，也都做出請皇上入城的禮式來。就在這時候，皇帝臉上顯出了很和善的一層笑。他沒有如往日離開皇宮到京城巡查樣，出宮和入宮，自然都是由龍駕走在最前邊。這次皇帝把目光落在侍衛身子上。侍衛是深明皇帝心意的，他拉了拉衛衣和佩刀，便率先從主城門裡過去了。過去後侍衛立在城門那一邊，等著皇上走過去。可皇上這時依然立著沒有動，他用目光看了看公公笑了笑，公公也便從那門洞走過去。皇上又用目光去看太醫和侍女們，讓御醫、侍女朝那主門洞裡走，直到最後人馬都從主門洞裡過去了，連馬車和馭夫，也都趕著龍駕一輛輛地穿過主門洞，到那邊如在這邊樣依著等級和列序，等著皇帝走過去。而這時，城門外只還有皇上和城門女，落日又離山的崖口近了一截兒，似乎隨時會如一滾石頭沉下樣，皇帝卻不慌不忙朝著落日看了看，扭頭很鄭重地望著女子問：

「你真的不知道朕我是大清皇帝嗎？」

女子很愧疚地點了一下頭。

「真的不知道大清世界嗎？」

「聽說過，」女子望著皇帝道，說她是祖爺爺一輩把全家從元朝帶到這個夢城的。說爺爺、奶奶和父親、母親們，自她一出生，就囑託全家好不容易從那邊到了這邊來，萬不可踏回到那邊大明、大清的世界裡，所以也就沒有回去過，也不想回往那邊世界裡。說著她又朝落日看了看，滿臉都是讓皇上趕快進城的表情。

皇上最後用懷疑的目光盯著城門女。

城門女用一樣不解的目光盯著皇上看，到日陽終是要落時，皇上從她臉上看出了一層焦急來，便對她用半冷半熱、將信將疑的鼻音哼一下，看見城門裡的公公、侍衛、御醫和宮女們，都在那邊朝皇上急急招著手，歡喜又急切地指著夢城的大街和落日，讓皇上趕快走過去，趕快到夢城裡遊覽和安頓。然皇上朝那主門洞口走去時，彷彿想到什麼了，又猶猶豫豫站下來。

「從別的門洞走過會是什麼樣？」皇帝問那守門女。

「你看到遇到的，會和他們看的遇的完全不一樣。」

「誰遇到的會更好一些呢？」

「每個門洞都不一樣，」女子說，「我祖爺爺是領著爺爺們過的主門洞，所以大家不知道從那些側門過去到底會遇到什麼見到什麼事。」

皇帝便立在主門洞的門前猶豫了。最後的一抹落日在城裡大街上懸著飄掛著，這時的天空有著琥珀色的光，落在街上是種駝紅色。所有的朝臣人馬都在那邊急急地喚著皇上向他招著手。昨夜還在床上侍奉皇上的兩個剛進宮的答應把手搭在嘴上，還雙腳一跳一跳蹦起來。皇上忽然決定不從這主門洞裡過去了。他想從側門過去試一試。離開紫禁城時天象學家說，在岔道路口要選那走人少的小路行，見了河橋一定要走獨木橋。皇帝終於從主門朝著右邊的側門挪了幾步腳，從那能並肩過去四人的側門望到夢城裡，看不見城門那邊他的隨臣人馬了，只有遠處那十幾架馬車停在城路邊，那些馬都貪婪地吃著路邊的花草和樹枝，而路過的人沒誰制止牠們吃花草，像那花草長著是專門等著馬匹牛羊吃一樣。好奇心彷若孩子看見了小貓小狗般，皇帝又朝更右邊的第三門洞挪了兩步腳。從第三側門朝著城裡望，連那馬車和馬也都不見了。這邊的城街也和那邊的城街不一樣，這邊的城街兩邊全部都是閣樓房，閣樓的吊角翹在落日裡，全都泛著黎明色的光。明明是黃昏，然那落日中，卻透著日出時分的金紅和亮堂。在那彤亮品紅裡，似乎什麼都是朝氣和新生，回巢的鳥雀鶯燕叫得嚶嚶歌歌戲鳴樣。走過去的街上人，一律都是年輕人。都是十幾、二十幾，幾乎沒有老人在那大街上。他想再往右邊移去一兩步，看看從第四門和第五門洞望出去，還能看見什麼景色不一樣，這時那城門女子就在他身邊大喚了，「再慢一步太陽落山了，落山了你怕再也進不到城裡了。」

於是皇帝又一次把心思目光收回來，有一種來不及的急，像他少年時心猿意馬在夢裡想要尿在床上樣。他又朝後退了一步腳，要扭頭再問守門女子一些啥，可目光再次落到第三門洞時，他的目光、身子全都僵在那兒了。

他看到第三門洞的那邊上，有個和他一模一樣的皇帝在那邊的光裡朝他招著手，先是用右手朝他招擺著，後來又用雙手舉在臉前朝他快速擺著喚，嘴唇急急切切、一張一合，卻不知他在喚些啥。一樣的龍袍胖身子，一樣的額上、臉頰都有些暗紅和皺紋，一樣的鼻梁那兒有塌微。皇上慌忙朝自己身上看了看，他看見自己一身素服在這邊，如在寢宮脫了龍袍將要上床睡覺那一刻。他有些心慌起來了，又抬頭朝著裡邊望，依然看到城裡的那個穿龍服的自己在又喚又叫地朝他招著手，急切得想要雙腳蹦起來。

皇上釘在第三門洞前邊不動了。

落日的陰影這時爬到了他的小腿上，有一股涼意從他起翹的鞋尖朝著他的腳脖和身上漫浸著。感到寒涼從腳脖爬過小腿漫過膝蓋時，他猛地一抬腿，從落日的影裡跳到了日光裡，追著那抽去的落日光，從第三門洞朝著門洞那邊的自己跑將過去了。

二十八、青鳳棧

城門果然是在落日的最後一抹裡邊關上的。

回頭望的時候才看見那關上的九道門，像一排大小不一的九個胡同口。而第三門的這一邊，物景和從城門外面望時完全不一樣。寬寬敞敞的大街上，鋪滿了帶花紋的青石板。石板縫裡是素潔的沙子和石粒。雙層的磚樓和純木閣樓及這樓屋中間加的草苫房，還有在打烊中關門的商店和酒鋪，正回窩到檐下的鳥雀和家禽。沒有人和康熙多說一句話，像他是個路人樣。像他是這夢城裡的人。他有些好奇地四處找尋著，看見那城門女子從主城門到著邊旁門，一道道地關著門，用胳膊粗的門楔子，把那城門都從門後門起來，然後一轉身，沿著城牆下的胡同道，朝著城裡的側深走去了。他很想再去問她一些啥，可她卻背對著他越走越遠了。城門落在那，對著近臨城門的幾家樓閣和店鋪，街景似乎在哪見過又似乎沒見過。仔細把目光搭送過去，樓屋錯錯落落全是陌生的樣。原來從主門朝著城裡望，那幢臨街的二層木閣樓，明明豎在街南邊，可現在它卻在街北，而且是三層。豎在街南時，它的樓角吊的是紅燈籠，現在在北街卻成了深藍暗紅的燈。尤其跟隨皇上來的嬪妃、公公、侍衛、太醫和一應人馬們，原來都在主道街角等皇上，可現在，他們都已不在那兒了。那裡空得除了樓影連個鳥影、樹影都沒有。事情竟和那城門女子說的一模樣，從每一個門洞入城見到的世界、光景都全全完完不一樣。他有些慶幸自己沒有同他們一道從主門道裡走進城，可看不到他們又有些心裡慌，彷彿出行冒險的人，身上少了銀兩、保鏢和劍鞘。少年時和翰林院的先生及宮女額娘在紫禁城裡捉迷藏，他曾獨自一人到過宮裡的假山石縫裡，至今過去了六十年，這時皇上忽然覺得時間又回了那時候，又一次沒有侍衛、公公、額娘陪伴，自己獨自到了一個恍惚陌生的世界裡。他如被人偷了東西又不敢聲張樣，可又有些暗喜輕鬆感，宛若初懂男女時，第一次在沒人的地方拉了赫舍里氏的手。他四處打量著，落日很快在城街和房頂一盡薄涼了。從城街傳來了閉門關窗的響聲和愈來愈稀落的腳步聲。有一層冷涼從身上升上來，本能地朝身上衫袍的厚薄摸了摸，想晚上住到那兒呢？想著朝著四周看了看，又在恍惚中看到那個穿龍服的皇帝在前邊，朝著街的那頭指了指，皇上也就朝大街的那端走去了。

黃昏到來了，有幾家開夜店的飯鋪正挑著燈籠朝門外的街上掛，店侍們在忙著把酒桌朝那燈籠下面擺。從街上望過去，店鋪裡的酒罈罐子大大小小都貼著紅格紙。紙上都寫些著「福」和「囍」的吉祥字。有菜香肉香從那店鋪飄出來。有幾個吃酒說閒的男人和女子，正在那店裡吃著滷肉喝著酒。皇上並不覺得餓，只是覺得要儘快到哪一家相當於行宮樣的客棧住下來。也並不一定要和行宮樣，有龍床、溫泉和前呼後擁的人，但乾淨、安全還是必須的。

也就急急地瞅著找尋著，往前走有幾十步，在大街的右手見寫有「夢客棧」三個招牌字的棧店坐落著，想要走進去，卻在門口聞到有股馬糞草的味，知道這店多是騾馬車的旅人店，也就猶豫了。朝著「夢客棧」的對街這邊望，又見一架木門樓的燈籠紅光裡，寫有「水柔店」的三個字。他朝著水柔店那邊走過去，到了那架木門樓的下邊時，有個醉漢晃著身子朝著裡邊去，到門口又回頭大聲喚：「阿許，你們走快些！」然後那醉漢就撲到店門口的一個女子懷裡了。

皇上盯著水柔店的大門看，這時店門前又出現一個豔到像光一樣的女子朝他招著手：「你是剛到夢城吧？剛到夢城來住到我們店裡吧，保你進來像進了天堂樣。」皇帝朝那女子擺著手，想身邊有幾個帶刀侍衛就好了，就可以進到店裡看一看。哪怕只有一個身手好一些，他也可以到這水柔店的門前和那光一樣的女子聊一聊。可身邊一個侍衛都沒有。他只好從那門前走將過去了。走過去他又朝那向他招手的女子瞟望著，這時後邊的幾個年輕人，說著什麼朝他走過來。整整這一生，都是皇上到哪兒，那兒的人要給皇上跪下來，讓路請皇上和他的龍車御馬首先走過去。可到了這夢城，迎面過來的，看見皇上如見了不相識的人，他們朝皇上點著頭，擦著皇上的肩膀從他身邊過去了。那後邊名為阿許的中年人，應著喚聲去追前邊的，竟一下撞在了皇帝肩膀上。撞到了不僅沒有跪下來，還超前跑著大大咧咧回頭朝著皇上笑了笑。

皇帝很震驚地追著目光朝著他們望，看見那撞他的，臉上有幾顆年輕人才會有的紅痘兒。待他們大大咧咧走遠後，皇帝又朝自己身上的長衫看一下。這一看，他有些釋然了。昨夜在耙耬山下安營歇息時，他脫了龍服來日沒有穿，如微服私訪一樣將龍服放在御車內，穿了這套密針繡織的深色長衫子。之所以那過去的幾個年輕人，沒有給他讓路還又和他碰了肩，就是因為他沒穿著龍服沒人認出他是大清皇帝來。想他們若是認出了他是皇帝時，那碰了他肩膀的子民們，不知得怎樣跪下罵著自己有眼無珠，罪該萬死，可又畢竟自己還是皇上的子民兒孫們，於是又請皇上免了他這死有餘辜的當殺之罪去。

他又想起那個穿了龍服和自己長得一模一樣的人，心裡莫名地揪著動一下，開始起腳朝著前邊去。路邊又有一家酒店和一家夜消店。夜消店在烤賣夜爐燒餅和肉醬饃。一排褪了色的黑漆門，一塊疊一塊地靠在店門口。四個光亮足滿的紅燈籠，掛在店外的兩棵樹杆上。皇上過去立在那片燈光裡，想那個肩膀碰著自己肩膀的人，身上碰巧沾著龍氣了，日後做生意該生意興隆、家財萬貫了；如果是種田，他家的田地該要風調雨順、年年豐收了；倘若他將來的子孫要讀書，這子孫就該榜上有名，成為舉人或者進士了。想著皇帝笑了笑，又朝自己的深色長衫看了看，聽見有個女子的聲音在朝他大喚著：「熱焦的燒餅你要不要？」皇上把頭朝燒餅店裡扭過去，這才看清那烤賣燒餅的，竟是母女三個人，母親五十幾歲像著三十歲，兩個女兒都是二十幾歲卻像十七、八，她們秀容豔麗，一身媚誘，如三棵熟籽滿盤的葵花在店裡。

皇帝盯著她們母女三個問：

「知道哪家客店乾淨安全嗎？」

那賣著燒餅的小女兒，用奇怪的目光打量著皇上道：

「你是剛到夢城來的吧？」

皇帝點了一下頭。

「夢城哪有不乾淨、不安全的店。」

「總有哪家更為豪華、更為舒服一些吧。」

「你往前邊走，」烤賣燒餅的姐姐把剛烤好的燒餅紮著掛在一杆竹枝上，像那竹枝上掛的不是燒餅而是十幾、二十幾個金黃色的漆盤樣，「最豪華奢侈的店，在夜街的那頭最末一個院落裡，店門前寫有『青鳳棧』的三個字。到那店裡住，你想要啥兒就會有啥兒。」

皇帝依著人家說的朝前走去了。

大街上這時所有的店門都開著，五彩的燈籠都掛在店裡店外的半空間。光亮在街上，像一流紅水蕩在被房屋、店鋪夾砌起來的街渠裡。那從正街岔開去的小胡同，燈光在正渠主道這邊是明亮的，往深處便漸漸黯淡模糊著。消失的光如是消失的一團氣，神祕在那黑暗的胡同像宮廷古畫中留下的一片又一片的空白樣。

米酒、白酒和果漿的香甜在街上飄著蕩動著。

人來人往的影，像樹葉落了又返身回到了樹上或者花草上。辨別不出空氣中的甜香是來自哪家夜店裡，還是城外的夜間田野上。皇上就那麼朝著前邊走，覺得身上走出了一層細微模糊的汗，又覺得那汗被風輕微一吹有著一絲涼薄意。天上的月色如熟麵和雪粉攪在一塊兒，明明是夜涼，卻又有一些曖昧的香味。看見一家大門是豔紅色的住家戶，有個磨房在邊上。住戶的院牆在月色攪揉的燈光裡，像一匹豎起展開剛染色的布。斜對面有家骨牌藝歡屋，洗牌聲流溪一樣傳過來。有兩棵樹朝皇帝身後過去了。有頭夜牛迎面踢著街道走過來，見了皇帝還一連打了三個響噴嚏。皇帝聞到了牛槽裡被水攪拌過的豆料味。有一家商鋪門前的燈光是種金顏色，和它相鄰的燈光是種櫻桃紅。金黃櫻紅揉在一塊兒，呈著中原黃河邊的泥亮色。又有一家客棧出現在面前來，店裡的主人還是帳先生，正在櫃上趴著算帳撥算珠。算盤珠子的響滑像宮裡的御車輪子在紫禁城的御磚道上滾著樣。

有一戶的閣樓屋子不知為何沒燈光，在人家的光裡月影裡，房子彷彿是漂在水面上。從左側撲過來了一陣田野氣，又從右面鋪過來一陣林木味。把目光從左右兩側集中到中間朝前望，看到燒餅店的女子說的青鳳客棧的房屋了。竟然是草房。竟然臥在夜裡像走累的牛馬臥在田頭上。門前有一柱老木杆。木杆上掛著三個南瓜燈，燈下吊著三個半圍布大的木牌子。木牌上果然寫有「青鳳棧」的三個字。皇上走來立在那字下，朝著客棧的裡邊探著頭。院牆、素門和穿過院落進去的一排客屋子，屋門口依然掛著三個南瓜燈。這兒已經到了城街外，寂靜厚如一層漆黑色的雪，能聽見黑雪中雪花串門走動的腳步聲。從那院子裡，飄出來一股夜冷味。浸了這冷皇上身上打了一個寒顫兒，就在他準備退身回到夢城主街時，那個和他長得一樣、穿著龍服的皇帝又突然出現在了他面前，站得距皇上只有幾步遠，臉上沒有迎賓入住那樣的笑，也沒有要為皇上解惑對答的國師樣。

「你來吧，這店就是為你留備的。」

他的聲音裡有一絲沙啞和疲倦，宛若一個人生病許久第一次從病榻坐起和人說話樣。皇上怔怔望著對面的自己驚得張著嘴，想要伸手過去拉一下，卻看見對面的自己還是站得離自己遠了些。「你怎麼在這兒？」皇帝放下伸出去的手，忍不住地問。「跟著我。」對面的自己像對著一個生人說話樣，這麼說了就轉身朝著青鳳棧裡去。望著他近有幾尺的後影兒，因為龍服上的各種鑲飾和繡綴，壓得他的肩膀有些駝，若不是袍上隆起的絲棉墊肩與皇帝的豎髮髻，康熙會覺得對面的自己要比自己矮許多。他拖著皇袍進到院裡了，留下來的皇上不想跟著他進去，可奔襲上來的好奇還是讓他跟著抬了腳。然而真的一抬腳，走進客棧的院子裡，前面的皇帝卻一到客屋門口一閃不見了。

客屋門是很一般的家宅雙扇門，門檻似乎過高，誰過都要一手扶著門框、一手把衣裙和長衫提起來。老木櫃的客棧臺，棧臺上放著罩子燈，燈邊有兩罐貼了紅格紙的酒罈子，罈子下放著兩個土燒小碗兒。再就是算盤、帳本和畫在布上彎彎曲曲、不知去哪才能用上的夢城道路圖，像一塊抹布一樣半團半開地扔在櫃桌上。皇上走到客屋門口兒，便從那客屋迎出一個侍女來，三十歲或者不到三十歲，一臉都是喜迎相，她出來做出一個袖手躬身禮，說聲「來了，客屋請——」便把自己的身子閃到一邊去。

皇上瞟著客棧女，覺得在哪見過她，又覺得自己怎麼會見過她，便看她一眼朝前邊邁了腿，提衫起腳進了客屋裡，朝著迎門櫃的兩邊打量著。屋裡沒有烤餅女子說的豪華和想什麼就有什麼的樣，只是陋陋簡簡三間沒有隔牆的大通房，左邊擺了家常的糧缸和糧箱，右一間擺了兩張吃飯桌，和一個專門收盤疊碗的廚櫃子。屋牆都是用黃泥糊的牆壁和牆壁上貼的年畫兒，且那年畫在有些灰暗的燈光下，掛了煙塵和蛛網，像是幾年、十幾年前的年畫樣。就那麼立在屋門口，皇上用很深的目光朝著屋裡探望著，先是臉上有了一層狐疑色，後來又把目光收回來，打量著身邊的侍女道：

「這屋裡沒有別的客人啊？」

「黃昏時候有人來這包房交代了，說今夜你來再也不讓別的客人住下來。」

皇上便有些驚地盯住侍女看：「誰交代？」「一個說是那邊大清皇的人。」侍女說，「那人穿了一身龍服還說他是康熙皇帝呢。」說了又請皇上朝著屋裡去，皇上也便看清這三間前房的後牆上，還開有一道門，又想起那個自己已經見了兩次的和自己長相一樣、穿了他的龍服的大清帝，心裡跟著有了幾分踏實和威氣，知道那個穿著龍服的自己終是伴在身邊上，原來的虛怯慢慢弱減了，對什麼都放心下來了。這當兒，時候好像近了半夜間，他看見了侍女臉上的疲倦和睡意。睡意傳染一樣到了皇上身子上，他也忽然覺得乏累了，有些膝軟和筋肉緊縮那感覺，就跟著侍女朝那後牆門口去。穿過那扇吱呀響的門，過了一段草房立柱廊，又到了一個小院子，被引到另外兩間屋子裡，侍女開了門，做了一個請皇上入房就寢的手勢後，像因為她是女子不便同皇上一道進屋去，只好獨自立在門口上。皇上也便進了那屋裡，隨後聽到侍女朝前院走去的腳步聲，一如兩個棉團在地面輪流碰著一樣走去了。

屋子是不大不小的兩間房，面積自然沒有紫禁城養心殿裡的房間大，幾樣傢俱的簡陋自然不像皇上原來寢屋那樣這兒是龍床，那兒是龍櫃，龍櫃邊上還要擺著皇上夜渴時的常溫水和起夜時的龍液壺，床頭上還有書架和奏章桌，單是筆墨紙硯就把書桌的桌面占去一大半，加之地上鋪的斯坦國的羊毛毯，毯子上的幾雙皇上起夜下床要穿的龍拖鞋，使得那麼大的屋子也滿滿當當著。這屋子裡除了一張床鋪和一張桌，加上牆角擺的供客人擺放行李的櫃箱子，其餘就是空氣、牆壁和地面上的磚。窗臺上的月光和桌角上的罩子燈，把屋子顯得空曠如夜空下的田野家屋了。皇上在那屋裡怔了怔，覺得那個穿了龍袍的自己這時該出來和自己說些啥，回身一看就果然看見穿了龍袍的自己出現在了屋門口，朝他點頭說了一聲「該睡了」，又退著到了屋門外，之後將客房的屋門關起來，把皇上一人留在了屋子裡。

皇上朝著屋門那兒望。他看見燈光的影兒照到屋門後，像月光下的一枝樹影在晃著。好像還聽到了那樹影在屋裡晃來晃去的走動聲。這聲音又引來了牆角還是床上的兩聲蟋蟀叫。是夜蟋蟀的叫聲讓皇上覺得想要躺下來。「來人——」皇上朝著門口喚：「我要睡覺啦！」皇上喚著把目光從門口朝著屋裡打量著，覺得總會從哪走出一個貴人或答應，來把他的衣服扣子解開來，幫他脫下衣服掛到龍衣架子上。然他這樣叫了兩聲後，見屋裡一點動靜都沒有，才想起現在他所有的隨從侍衛都已不在了，從夢城的第三門裡進來後，只有他和那穿了龍服的自己在一起，不免又在心裡塌陷出一個看不清的恍惚來，臉上露出要掩飾恍惚似的笑，開始自己去胳膊彎裡解著長衫布扣兒。竟然解了幾下沒有解開來。又想起自己這一生六十八年間，從出生的第一天起，一生都沒有自己解過扣，沒有自己繫過扣，一生的穿衣脫衣都是奶娘、貴人和側福晉，直到自己成為太子、成為皇帝後，那為自己脫衣、穿衣的貴人、答應或皇后，都覺得讓皇上動手穿衣繫扣是罪過，如此皇上也便不會穿衣繫扣了，也便笨著手指將手僵在自己的長衫扣兒上。

沒解開也就索性和衣躺下來。

被子倒是柔軟倒是還輕暖，只是有股黴潮味，像這被子已經十天半月沒晒過。像這被子昨兒夜還被別的客人蓋使過。他用力在被子頭上聞了聞，果然聞到一股別的男人還是女人的體味、髮味和汗垢味，猛地把被子從身上掀起來，朝著腳頭扔過去，如從那被上發現了蟲豸跳虱樣。「來人呀！」他又大聲地喚著從床上跳下來，又見沒有動靜就朝門口走過去，一把拉開門，重又朝著院裡大聲喚，跟著喚聲從屋裡跳到屋外去，又朝前院的屋子喚著「來人呀——」那個迎他送他到後院的客棧女終於出現了。她從後院慌慌跑過來，急急問著皇上怎麼了。皇上說你趕快給我換一床被，這被子是被人蓋過的。客棧女便怔在他面前，說這被子是今天剛剛特意為你縫做的，沒有一人蓋過呀。皇上說被子上有一股潮黴味，你過去聞聞那被子。客棧女也就很釋然地望著皇上解釋道，這季節天氣誰家的衣被都有這味道，這是這邊很正常的的衣被味道啊。

皇上怔在那兒看著那客棧女，聲音裡滿是怨憤和怒氣：

「你知道我是誰嗎你讓被子有這味？」

客棧女盯著皇上看。

「我才是大清的皇上康熙哪！」皇上的聲音由低到高去，後邊幾個字是從他嗓子吼將出來的。

客棧女立在那，沒有聽懂一樣瞟著皇上看。這時後院的月光呈著青白色，夢城街上的聲音從半空響著落下來，如樹葉在秋夜飄落在了誰家的院裡和地上。她就那麼一直一直地望著皇上的臉，望著皇上的長衫和垂著的手，如望著一個要假冒皇帝的人。如此靜著過了一會兒，皇上從牙縫擠著說了一句話：「你不信我是皇上嗎？」客棧女在臉上笑了笑，如教書的先生故意寫出一個錯字要讓學生認，而那學生認出那是錯字了，又不說破只是在臉上掛著一層笑。皇上的臉上起有紫色了，他盯著客棧女臉上的笑，突然輪起胳膊在客棧女臉上摑了一耳光，使那客棧女身子一趔趄，朝後退一步，把手捂在臉上不說話。

皇上又朝前逼著進一步。

「去把你家店主給我招進來！」

客棧女捂著臉，還是一動不動地瞟著皇上看。

皇上又起手給了她一耳光。這一耳光打在了她捂著臉的手掌上，聲音沒有第一耳光響，用的力氣卻比第一耳光大許多，使得客棧女的身子由左向右晃一下，差點側著身子倒下去。然待她身子立直了，除了驚驚恐恐地站在那兒看皇上，她依然是一言不發地直豎著，如同一段虛虛弱弱的木頭樣。到這兒，有一片雲影從後院的頭頂飄過來，院子裡悠忽暗下去，又悠悠忽忽亮起來，在一片漸若寒白的月光下，皇帝以為客棧女會朝他猛地跪下來，連連磕頭說著「我該死！我該死！恩請皇上讓我現在去換一床沒有味的鵝絨被子來。」可皇上看到的，卻是那依然立在那兒一言不發的客棧女，個不高，人也不碩肥，稍顯寬鬆的織衫和布裙，讓她顯出一些瘦小來。頭髮自然是最常見的豎盤朵團兒。朵團髮髻中，插著木簪子，臉上顯出挨打後也還依然那樣的半白半紅色，既沒有委屈冤枉掛在那臉上，也沒有不亢不卑僵在那臉上，看著皇上像一個女兒等著父親要把該給她的全都給她樣。皇上為客棧女這不張不李的表情震怒了，他借著越發明亮的月光咬牙盯著那張臉。

「你不怕我賜你一死嗎？」皇上問。

「那你就賜我一死吧。」客棧女說。

這使皇上成為皇上六十一年來，第一次竟有客棧女頂撞他。第一次有人竟敢在他面前既不下跪，又敢說「那你就賜我一死吧。」且還不在這句話後又加說了那句話：「請皇上賜我一死吧——」皇上被這客棧女的大膽驚著了，他大喚：「來人——」扯著嗓子扭著頭，「快把她拖出去杖刑三百、再賜她一碗黃藥酒！」然而喚完後，待寂靜和月光又撲到皇上面前時，皇上想起這兒沒有他的侍衛了。沒有他的隨從宮女了。不能不再次親自動手了。於是他怔了片刻後，上前一腳把客棧女踹倒在地上，一連腳地在她身上踢著和跺著，看著她縮著身子在地上滾著蜷曲著，一會拿手去抱著頭，一會用手去捂著肚子和下身，但卻始終沒有哭喚、沒有朝皇上說出一句「你饒了我吧」的求喚聲。

皇上踢打著，像踢打一個裝滿棉花的包袱團。

客棧女在地上滾著如繫了栓繩給武人用來練腳的棉布草團兒。

月光越發明亮了，那亮雪光一樣在這客棧的後院鋪疊著。皇上不知道一連朝客棧女的頭上、臉上、肚上踢了多少腳，當有一腳踢在她的腿骨上，皇上的腳被彈了回來時，他感到自己的額門有了汗，感到氣喘吁吁有些踢打不動了。於是皇上朝她狠罵了一句又粗又醜的話，最後用盡所有的力氣在她的小腹上狠狠跺幾下，看她像蛇蟲一樣身子蜷著不動後，才收腳喘息地朝著睡屋氣鼓鼓地走過去，一腳跨進門裡將門「啪！」地一聲關起來。

世界一片安靜了，像世界沒了世界樣。

來日皇上醒得非常晚，緣著昨兒半夜的暴怒讓他受累了，一回屋便和衣躺下來。原來對人親自動手踢打雖是體力活，可也是一樁舒筋愉悅的事。躺下皇上先還有一肚子的惱怒和怨恨，然舒了兩口長氣後，竟也很快睡著了。醒來時他覺得渾身筋骨疼，在床上翻個身，將胳膊腿用力伸了伸，聽見身上骨關節咯嘣嘣的響，於是想到年輕時，萬千人馬，前呼後擁，到承德和燕郊騎馬狩獵的威武和豪壯。想到昨夜好一陣對客棧女的拳打和腳踢，覺到自己是老了，連打人罵人都覺得費力勞神了。想到那個客棧女，那樣的暴打她竟沒有一句向他求饒的話，心裡不免生出一些疑問來，也便徹底沒了醒來後的惺忪和迷困。窗口那兒的日光裡，好像有著雪白色，似乎太陽是從冬日的雪白上泛光照在窗上的，於是揉了一下眼，慢慢從床上坐起來，又一次看見了那個自己立在床前邊。「你醒了？」那個自己問。皇上望著對面的自己沒說話。那個自己過去把倒好的半盤溫水端過來，放在他面前，回來朝著窗口望了望：「外面下雪了，天氣冷得很。」說著他又去取來一條方織巾，輕輕擺在洗臉盆的熱水裡，朝後退了一步立下來。

皇上怔在那：

「怎麼仲春會下雪？」

那個皇上道：

「客棧的女子說，從第三門走進夢城氣候和大清就不再一樣了，你沒注意昨兒一入城，所有的樹木花草都沒綠色嗎？」

皇上起身朝門口走過去，嘩地一聲拉開門，看見客棧後院的落雪有幾寸那麼厚，且天空中還飛飛揚揚飄著鵝毛大雪花。果真是冬天到來了，有一股寒氣朝著皇上襲過來，他身上哆嗦一下子，慌忙朝後退一步。「是因為我昨夜暴打了這客棧的女子春天才變成冬天了？」他問著對面的自己說，「那女子現在是活著還是死了呢？」對面的皇上有些驚異地望著皇上問：「你昨兒是親自拳腳嗎？」皇上瞟著對面的自己不說話，像他不該這樣問著自己樣。「我昨夜做了一個夢，」那個皇上說，「夢裡有人告訴我，說是我們到了夢城進了第三門，你暴怒會減你的壽。可那遭了你罵你打的夢城人，他們會增壽等於提前完成了修行多少年。」穿龍服的皇上對皇上說著嘆了一口氣，皇上聽著木呆在門口，想起昨夜他如何地耳光和拳腳，那客棧女都不動不還口，沒有一句求饒他的話，臉上飄過一層被羞辱的黃色和失落，像明白自己入了騙局樣，忽然有些有些後悔昨夜的事，有些恨那客棧女。又想到了該去把這客棧女叫來給她一耳光，可又迅速把這恨念壓下去，在屋裡沒有方向地走兩步，片刻後又蹲下撩水洗著臉，聽著門外有了腳步聲，回頭一看那個自己不在了，客棧女很快過來立在門口上。她換了一件新的棉襖棉裙子，臉上還有被人打過的腫脹和血紅，然見了皇上卻是一臉笑，且還充滿著感激和謝意。她來叫皇上到前房的廳間吃飯去，說特意給客人準備了蛋餅、小菜和豆漿，還有蜂蜜熬梨水，請客人去嘗嘗這邊的菜有沒有那邊的飯菜好。說倘若覺得不夠好，她可以去請更好的廚師給客人重新做。

皇上記起了那個自己剛才給自己說的話，望望她又把目光從她身邊瞟到院子裡，看見有喜鵲從雪地飛到門口柱子下，不住地點頭啄食兒，嘰喳嘰喳的叫，嬰兒歌樣響過來。「今天是初幾？」皇上自語著問。「臘月十九啊。」客棧女隨口答著說，「再過些日子就該秋天了。」見皇上有些不解地望著她，她便深進一步地解釋說，你們那邊的時序是由春到夏再秋冬，可這邊的時序是冬、秋、夏、春倒著來，一切都是顛倒的，你一路朝歡樂國的深處走，記住什麼都和你們那邊相反就行了。

皇上便把雙手僵在洗臉水面上。

客棧女說完朝客棧的前房走去了。皇上望著她，一臉都是怨疑色，想要立刻離開這夢城，儘快到歡樂國的他城他鎮看看會是什麼樣。

二十九、桑原

離開歡樂國第一城的夢城後，皇上開始朝著歡愉的深處走過去。

在夢城城郊的青鳳棧，他說走未走又安安閒閒住了整三天。後三天他不再為客棧女氣惱了，也不讓客棧女為自己做什麼。他知道他只要讓她為自己每做一件善好的事，她的生壽就會加上多少多少天。皇上是一個老人了，那生壽不能加到自己身上去，可也不能容忍加到別人身上去，於是能做的事情他都自己做。上街觀賞，在街邊的酒店、商鋪買飯或者買個小零物，皇上都溫潤和善地自己動手自己買，然後拿了這些去城二街的一家戲園看戲去。那戲園演的是一齣連臺家族戲，是一家的父母和兒女，日日在那一處高臺園子裡，唱著一種大清沒有的三弦梆子戲。在那戲中的故事裡，有女子的名字叫嬌娜、嬰寧和香奴，每段故事都是她們的烈烈情愛和曲折，這讓皇上想到當年在熱河遇到的那個圓夢人。想到圓夢人給他講的一家狐故事。皇帝被這夢城園子的演出迷著了，覺得戲裡的故事比他聽到、讀到的故事親切好多倍。可這戶人家唱完到別的城鎮出演了，皇上不得不離開夢城朝歡樂國的深處走去了。

離開青鳳棧時客棧女為他準備了乾糧和路上要用的一些必需物，比如洗臉的織巾和早晚要漱口的鹹鹽粉，還有一雙穿著更適腳舒服的千層鞋。皇上懷疑這些東西他若接了她又會加添多少壽，於是取出一張銀票遞給她。客棧女不接那銀票，皇上說她不接他便不要她為他準備的路物和乾糧，說著硬把那一張大額的銀票壓在前堂櫃桌上，然後掙著身子朝外走，客棧女便忽然朝皇上跪下來，舉著皇上給的大額銀票帶著哭腔道，我這客棧是專門為皇上你準備的，為了你來我在這等你幾年了，因為別人來住上一天我有一件善好只加一天壽，而你不是凡人是皇帝，你來住一天，我有一件善好便能加上一個月。更為重要的，因為你是皇上你加在我身上的生壽和年月，我還可以轉送我最親的人。說自己的姐姐紫鳳原是一個畫皮女，曾經在那邊的太原郊野和秀才王生有過很多恩怨和惡仇，曾把人皮剝了描畫一番穿在自己身上成為美人後，再和王生和別的男人同床去吸那些人的血。說現在，姐姐在第四道那邊世界裡，每天都托夢給她讓她轉給姐姐一百年的壽，讓姐姐用這百年大壽做抵押，姐姐便可以從第四道的世界來到第三道。說她來了她們姐妹就可團聚了，便可以一道修行再到第二道。說著客棧女在皇上面前哭起來。哭著肩膀哆嗦著，說皇上到這邊若親自動手打了誰，誰便可以挨打一下獲得一年壽。說皇上昨夜耳光加拳腳，一共打了賤女三十七耳光，踹踢她了六十腳，這每次暴打她都沒有怨皇上，都在心裡感念皇上的好，於是她換來了九十七年可轉移給姐姐的修行壽。說現在，如果皇上把這銀票放下來，那九十七年的修行壽，不知該要還回皇上多少年。客棧女便求皇上把這銀票收回去，求皇上能把她姐姐從第四道的世界救到第三道，讓她們能生在同道、死在同道的天地間。

皇上聽著身上冷了冷，哆嗦兩下又盯著跪在面前的客棧女問：

「你原來知道我是大清皇上啊？」

客棧女青鳳點了頭。

「知道你為什麼這三天都沒有朝朕我跪下磕個頭？」

青鳳說，她跪下擔心皇上就不再親自打她了。皇上親自動手打一下，她能換來一年壽，而她給皇上做一件善好只能換來一天或者一個月。所以她感謝皇上親自動手給了她六十腳和三十七耳光——有這九十七年的延長壽，再加上別的善好累加的一天天的修壽已有二年多，這樣今年她大約就可以和姐姐見面團聚了。說著磕著頭，把皇上給的銀票高高舉在頭頂請皇上收回去。皇上也就收了那銀票，朝青鳳客棧的正廳望了望，又回頭望了望夢城那邊大街上晃動的人影和店門前的冬日光，輕聲問了一句話：

「我打你一下真能換來你一整年的修行壽？」

客棧女應答著，眼裡放出晨亮似的光。

皇上問：

「若朕我也想要這壽限怎麼辦？」

青鳳瞪著眼，看看皇上搖了一下頭，說自己自來到第三道的首城夢城後，為了等皇上到來就再也沒有離開過，所以除了知道這夢城裡的事，其餘別的真的不知道，然後就眼巴巴地盯著皇上的臉。皇上看著面前跪著的使女不說話，朝著門口瞅了瞅，又把目光收回來，從嘴角露出一個很奇怪的笑，笑著突然掄起胳膊又朝使女的臉上摑了一耳光。那使女驚著「哎呀！」叫一聲，把手捂到臉上去，嘴角的鮮血帶著濃烈的腥味從她的手縫流出來。接著她連連向皇上磕著頭，大謝著皇上的恩典說，她們姐妹可以團聚了。終於可以把這百年的修壽轉給姐姐了。臉上的喜悅在嘴角血的映襯下，像一片溫暖的光火飄掛著，讓整個客棧都成了殷紅色的血美了。

皇上也就走去了，走去很遠聽見青鳳在他身後踮著腳尖喚：「你路上碰到一個叫耿去病的書生了，請告訴他我在夢城等他啊——」皇上一下想到少年時聽到的〈耿生與青鳳〉的故事了，然他再追著青鳳去看時，她已經轉身走掉了。

夢城外是一片白茫茫的雪顏色。從城郊沿路爬上坡，馬道上的積雪如被人掃了一樣乾淨著。而山坡上梁道邊的田野和溝壑，大都還覆蓋著有厚有薄的白。季節為冬日，卻並不覺得十分冷。日光在頭頂通透明亮如巨大的黃綢被單樣。遠處的村落在那桔黃蛋青的日光下，雪地裡顯出零零星星融雪後的疆土來。皇上是在城郊一片紅黃雪白的路上和青鳳分手的，在那路口上，皇帝問她說：「第四門的世界什麼樣？」青鳳說她也不知道，只是每天夜裡睡著後，都在夢裡聽到姐姐在那邊的哭喚尖叫聲，有時那哭聲像火燒一模樣，有時那叫聲像針刺在指甲縫裡樣。分手時皇上望著面前一寬一窄的兩個路口道：「我應該從哪條道口朝著歡樂國深處去？」青鳳告訴他，她是從那條寬道走來的。那條寬道連著第二門的世界裡，每天每年都是春天都是熱鬧和喜悅，皇帝便藏著狐疑最後朝青鳳看了看，猶豫半天說：

「第二門的世界是四季如春嗎？」

青鳳「哦」著點了頭。

「那第一門的世界呢？」

青鳳說，她在人世有太多的俗念所以不能進入第一門，不知道第一門的世界怎麼樣。皇上就立在那路口，像立在生死的門檻外邊思想樣，到最後他自語一句「那我還是從這邊過去吧。」說著便朝著窄道走過去，留下一臉的愕白驚在青鳳臉頰上。

也就這麼走，看見山是山，水是水，朝陽的地方都化著雪，背陰的地方雪都金白色。在背陰朝陽的接壤處，化雪的邊緣是種晨柳青，透亮裡裹著嫩綠和冰陽色的光。從那兒的冰渣雪面上，飄過來的清新伸手一抓能把清新捏在手裡邊，宛若一個乾皺的巴掌捏著一個嬰兒的小手小腳樣。能聞到冬末天氣中的冷暖味，也能聞到一種秋日和初寒相交相接那秋分、立冬中間那一天的濕潤和柔軟。在這空曠的梁道上，遠眺能看見右邊溝壑裡有著牧牛放羊的人，在一個滿是半黃半白的荒草山坡上，揚著鞭子的吆喝如同有人在秋天唱著歌。而目光擱到梁道左邊去，是慢慢伸下去的緩坡和一眼望不到邊的盆地和平原。緩坡上有著冬雪和從冬雪中泛出綠色的青麥苗，彷彿越過那盆地或平原，春天就在那邊了。那邊是青鳳說的第二門四季如春的世界嗎？皇帝想著問，嘴裡嘟囔出了輕飄飄的聲音來，「如果左手那邊連著第二門，是不是右手這邊翻過對面的山梁就是第四門的世界呢？」想著說著皇帝立下了，朝著左邊望，又朝著右邊望，目光水樣朝著這邊淹過去，又朝著那邊淹過去。天空、土地、梁子和空曠與寂靜，又都映在他目光汪洋的水裡邊。他聽到了他的目光流動聲，看見一群烏鴉在空中盤飛著，影子像黑色的樹葉在目光水裡漂浮蕩動著。而從天空雨滴樣落下的烏鴉叫，如鴿子咕咕咕的溫暖樣。也就一直朝著天空望，這時從背後傳來了一下「該走了」的提醒聲，回頭看見那個穿了龍袍的自己又出現在面前，皇上想路上有伴了，就朝那個自己點了頭，應允著朝前走過去，和那個自己並著肩。能聽到他們彼此走路的腳步聲，被丟在身後像丟掉累贅一樣舒適和輕快。

「你說我們走這第三門是不是走錯了門？」皇帝問。

「你選的都是對的呢。」那個皇帝說。

「左手第二門的世界到底怎麼樣？」

「怎麼樣都沒有這第三門的世界好。」那個皇帝望著皇帝答，「你選了第三門，一定是這第三個門的世界最最適合你。」

皇帝又朝著前邊的世界望過去，模模糊糊的影光裡，呈出山峁、峰嶺和峰嶺間的豁口兒。豁口中又堆著模糊的光色和氣流。有禿鷲在頭頂盤旋著。野鵪鶉在路兩邊的乾草堆裡臥著朝著他倆望。他們走過去，那鵪鶉還追著他們跳著走。實在是太為空曠了，荒寂漫無邊際宛若有神說你們把空氣吸完了，你們就走出這個世界了。「也許我們不該離開那夢城。」皇帝走著自語著。那個皇帝看著皇帝說：「那個夢城都是夢，不走出夢城我們一輩子都得在夢裡邊。」

皇帝又突然立下來。

「你怎麼知道我們現在不是在夢裡？」

穿龍服的皇帝便也收住腳：

「這兒沒人你可以重新穿上你的龍服試試是夢不是夢。」

皇帝又一次朝著四野看，看見了立在遠處的山脊和蹲在面前的山梁子。越冬草在這冬路上，荒黃乾白似枯似生著。枯腐草的黴香味，從每一踏腳的地上生出來，如從沼澤的氣泡生出來的煙。他開始脫著身上深藍透黑的綢織長衫子。那個皇帝解著身上龍袍的繞帶和扣子。龍袍肩頭綴的各種瑪瑙、金飾、珠子在這空曠裡叮哩噹啷響。脫掉各自的衣服時，他們都感到身上冷得打哆嗦。皇上覺得身上有雞皮疙瘩一粒粒地衝出來。「冷死了，快一點！」他去催著幫著那個自己脫龍服，很快就把彼此的衣服換過來，都聞到了對方的體溫和皮膚味。這個說，你有幾天沒洗澡？那個說，你以為這是在宮裡每天都可以洗澡呀。兩個人相互看著笑了笑，各自繫著扣子繫著帶，都又感到體溫衣暖重又回到身上來。寒顫沒有了，雞皮疙瘩退回到了皮肉裡，都舒口長氣朝著別處望，竟然看見有許多鳥雀不知從哪飛過來，落在路邊的荊槐樹上朝著穿了龍服的皇上望，黃鸝、白鷳、野孔雀、山石雞和叫鳳凰卻不是鳳凰的只有在春秋不冷不熱才會出現的白腹、紅腹雞，灰鶴和中杓鷸。還有一些皇帝不知道的鳥雀和動物，有鹿有兔有狐狸，還有獾獐和一身火紅色的狐，牠們都遠遠望著皇帝等著一些什麼事。所有所有的目光裡，都是歡快和期冀，發出令人奇怪也令人喜悅的叫。牠們都在吟叫說著什麼話。皇帝不懂牠們在說啥，但似乎明白牠們目光和聲音的意思了，也便最後朝著山野、空曠、鳥雀和野獸們，望了望不由自主地嘟囔出了一句話：

「你們都是我的子民啊，這天太冷了。」

然後四周的冬雪和寒涼，便如推開窗子走了樣，枯草褪著顏色有了秋黃色，路邊的野槐和荊棵，都又有了綠多黃少的仲秋或者初秋色，野草深得沒過他們的膝蓋至大腿間，草籽和黃的、紅的小果子，都結著舉在草頂花頂上。天氣變得不冷也不熱，曠野中漫著草香和野果味。那些鳥雀又都不在了，有的回到了天空上，有的回到了樹頂和樹杈間的枝草裡。

皇帝為到來的秋天驚著了。

他一臉都是驚喜和輕快，想到底還是穿著龍服好。穿著龍服想到什麼就會有什麼，想要什麼就有什麼在眼前，哪怕是要把冬季換成秋天也是一念間的一句話。皇上不停地低頭去看身上的龍袍和龍袍上用金銀絲線繡上去的九龍祥圖和鳳飛圖，雙手提著龍袍抖動著，像剛登基的第一天，穿上龍服時，自己在銅鏡面前反覆照著樣。

「我就穿著它在這歡樂國裡吧。」皇帝自語著，臉上掛著笑，起腳在梁上走動著，忽然覺得腳步重得很，腿上連一點力氣都沒有，剛來回走了幾步就氣喘吁吁呼哧著。他慌忙立下來，望著對面的自己問：

「我怎麼了？」

「你像八十、九十歲的老人了。」那個皇帝說。

「怎麼會！」皇帝瞪著眼。

「你忘了客棧女子從你這兒得了一百年的修行壽？」那個皇帝說：「她得了百年修行壽，你自然就得減去十歲生壽啊。」然後他們立在空曠裡，一個皇上告訴另一個皇上說，那邊的皇上你減去一歲生壽這邊的人就可得到十年修行壽，而人家得了百年修行壽，你自然就提前老了十歲去。說著二人立在那，再也無話像人是枯草木頭般。都朝著來路的夢城那邊望，彷彿要追著那叫青鳳的女子把百年修壽追回來，可眼前除了空曠什麼都沒有，只好又把目光收回來。一個問：「現在我老到七十八歲了，還能在這第三道裡走多遠？」另一個答：「七十八是你那邊的年齡和肉身，你把龍袍脫下來，你就還是我們入夢城時的年齡和樣兒。」

皇帝突然蹲坐在梁道邊，莫名地捂臉呆了一會兒，又呆一會兒，最後有些無奈地站起來，不悅地脫了龍服遞給對面的自己讓他重穿上，自己把他脫的深藍透黑的綢衫穿在自己身上去，然後試著在梁上走了幾步路，果然覺得身上輕鬆、腿上又有力氣了。這時候，他們看到遠處熟秋的季節裡，有農人在田裡收玉米和割豆子。他們看人家，人家也停下手裡的活兒朝著他倆望。因為有人望著他們倆，兩個皇帝就不再說道什麼了。那個重新穿上龍服的皇帝閃躲到了皇帝後，人形不再了，只留給皇上在秋陽下的一個人影兒，於是皇上就帶著自己的影兒朝著前邊田野、村舍走過去。

「——你從哪來的？」

「——前邊夢城啊。」

「天——這有多遠的路，從夢城到我們這邊要整整走上一個季節哪。」

問的感嘆的，是前面桑莊的一個有六十歲或者七十歲的老婆婆，她背有些駝，牙也掉了幾顆去。她是去田裡收芝麻回來在村口見到皇上的，這樣問著打量著，很驚訝皇上和她年歲差不多，竟能從一個季節走到另外一個季節裡。落日到來了，陽光是種朱砂紅，只有貼在樹上植物上，那紅才會被棕綠棕黃減成赤金色。皇上被婆婆邀著到家裡：「一季一季的路，你夜裡可以到我家裡住。」說著婆婆把肩上的芝麻捆兒換了肩。桑莊在眼前出現了，一片散開坐臥的草房和院落，每家院落都不相鄰都隔著山荒和草地。每家的門前院內又都有芍藥、菊棵和金錢花。門前屋後都是榆樹、槐樹、柳樹和桑葚，還有蘋果、梨杏和核桃，只是果樹過季了，除了一些青皮核桃還掛在樹枝上，其餘的都只有黃葉和紅葉。皇上跟著婆婆走，到了村口一家很普通的院落前，看到婆婆的男人正在家裡泥院牆，說前時秋雨塌了院落牆，怕動物夜半跳進來。見有客人來，男人放下手裡的鐵鍬暖笑著，在院落門口告訴客人說，自己姓祝你叫我祝翁就行了，叫他妻子祝妻或者祝婆婆。皇上總覺得在哪見過或聽說過這對老夫妻，可又一時想不起，只好怔怔地看著他們倆，說自己是從大清那邊過來的，選第三門進的九門城，進了城門沒覺得夢城有啥兒不一樣，只是覺得那城裡人都過得悠閒和自在，一天到晚都在喝酒、聽戲和編排各自前生的故事和經歷。祝翁的婆婆聽著就都臉上掛著異色了：「你們沒有看出夢城人的不一樣？」「沒有呀。」皇上瞪著眼。祝翁便又打量一下皇上的神色和衣著，說你一看就是那邊儒生的樣，讀書科考考呆了的人，竟然在夢城住了整三天，沒有發現夢城都是年輕人？年齡最大的不過是中年，一個城裡上萬人口難有幾個老人和孩子？祝翁告訴皇上說，夢城那個城，多半的居民前世都是狐狸修行到大明、大清住過的，他們有的還在大宋時，就到人世的汴梁城裡享樂過。享樂完了人世後，才到這邊的夢城聚在一塊兒，仿著明清過日子。祝翁和他的妻子一邊給皇上讓凳，沏茶剝著新花生，一邊把一張桌子搬到院中央的一棵桑樹下，讓他吃著、歇著，問在夢城都見了什麼人，為什麼會從第三門裡進到歡樂國，而不是從主門或者第二門。說你從主門、二門進到歡樂國，見到的夢城就不是你見的那樣了。皇上便告訴他們說，到了九門城太陽就要落息了，慢一步怕城門要關上，也就慌慌進了第三門。祝翁便替皇上抱怨那個守門女，說她原來在那邊是一個寺廟畫壁中的人，是隱在畫裡的一隻小狐狸，所以到了這邊被安排守在城門口，每天的事情就是關城門和開城門，像她入畫出畫樣，慢一步她怕進不去，快一步也許出不來。又問皇上還在夢城見了誰，皇上說了住在青鳳棧的事。說之所以住進青鳳棧，是因為看見一個夜消店裡有母女三個賣烤餅，便被介紹到了青鳳棧。祝妻便告訴皇上道，那烤餅店的母女三個是在大清最奇異和少見的狐狸，說母女三人在大清的世間開妓院，妓院還開在京都西郊城邊上，據說康熙皇帝還去過那妓院。說著給皇上續著桑茶水，看見皇上端著茶碗的手，一直僵在半空裡，臉上掛了一層驚異和薄紅。

「你怎麼知道皇上去過那妓院？」

「那邊的事情哪有這邊不知的。」

「你見過皇上、認識皇上嗎？」

「我在那邊時候沒見過，」祝翁自己說著喝著水，「可我們到這邊，每天都在說他如同見過樣，也好像和皇上熟得很。」放下茶碗時，他臉上蕩著一層笑，說歡樂國的這片梁原叫桑原，在桑原上過活的每一戶人家每一個人，都是離開人世又沒有到地府的人，那邊的人以為他們死了成了鬼，其實他們都還活在桑原上，只是從人世搬了一次家，從陽人成為陰人到歡樂國的這邊了。皇帝便記起了蒲生給自己寫的故事裡，似乎有過祝翁和祝婆婆，可又一時想不起是在哪個故事裡。想不起那個故事的來龍和去脈。畢竟請蒲生寫故事，也都是三十年前的事情了。他就那麼有些驚愕地望著祝翁和祝妻，想從他們的臉上看出一些什麼來，祝翁便順手從身邊的一枝柴草中，摘下長長一根刺，在左手食指尖上扎一下，滴出一點紅血讓皇上看了看，又甩著因為流血疼痛的手，說這下你信了桑原上的人都還活著吧？說人在桑原這兒吃不愁亦穿不憂，一年四季都是秋，都是收穫的季節都是金黃色，今天芝麻熟了你得收芝麻，明天豆子熟了你要收豆子。果樹是一個月長出一季果，每個月的月初生果子，月底熟果子。說在這兒每天每天都是收穫季，累得人每天都氣喘吁吁彎著腰。說著說著盯著皇帝的臉，又說你剛好是月初到桑原，雖說沒有看到熟果季，但也許明天你一睡醒，就能看到所有的果樹都開花。桃花紅得有顏色掉下來，把樹下的黃土染成殷烏紅，梨花雖然是白色，可也過白讓人站在樹下皮膚都像慘白缺血樣。說如果一棵桃樹和一棵梨樹在一起，那就有了意思了，白的紅的爭強要打架，半夜能聽到顏色和顏色的衝撞聲，像流水撞在河岸石上樣。祝翁就這麼不絕口地說著介紹著，可說著介紹著，又突然住了嘴，突然問皇上：

「你也對我們說說那邊的事情好不好？」

這時妻子端著做好的飯菜出來了，有果乾炒臘肉，杏仁煮豆湯，梨皮拌山蔥和烘烤乾的野雞香酥肉，還有幾樣時鮮菜蔬和菌菇，每一樣宮裡的御廚都未曾給皇上做過說叨過。盤子都是土窯燒的粗砂盤，盤釉的黑色青色也缺了光亮和色澤，且有的盤碗都還爛邊缺著口，筷子也都是桃木或者糙石磨竹筷，可那菜味卻鮮到一上桌，立刻有各種香味、甜味和酥嫩的氣息在桌上、院裡纏繞和撕扯。祝翁又從屋裡拿出一個罈子來，說是由桃汁和梨精調製出的果子酒，加上一些親戚從夢城和夏鎮帶過來的香精油及從海上漂過來的香料粉，這麼一發酵，埋在地下三、五年，扒出來也就有了這味道。說著祝翁去打開罈塞子，從罈裡倒出來的酒香是種杏粉紅，香甜的味道宛若蜂蜜的味道不甚染了辣油味，讓人說不清到底是含了薄辣的甜味還是被甜味稀釋了的辣油味。酒都倒在小碗裡，未等祝翁開口說句「來呀，喝一口」，皇上聞到那味怔了怔，先不覺得是那酒香進了嘴裡、喉嚨和胃裡，而是覺得那杏紅色的味道首先跑到了他的眼睛裡。皇上十年前都已開始乾澀老花的眼睛看見、碰到這味道，忽然覺得眼睛亮起來，彷彿眼睛潤進了一種神水樣，一下能看到天空中的游雲和烏線，能看到頭頂桑樹上的紅桑葚，由豆大朝著花生的樣子膨脹撐著長。皇上隱隱聽見了桑葚嗞嗞有味的生長聲，端起酒碗抿了一小口，先還只是覺得有股香辣的美味長了腿腳在他的舌尖孩子一樣跑跳著，讓舌頭不得不去唇上一下一下舔，到末了就感到那厚香薄辣的美味在他整個身上脈管裡的衝撞了。

為了讓舌頭抓住那味道，皇上突然站起來。

「——這是什麼酒？」

「——就是桑原上的土製果酒啊。」

皇上盯著祝翁夫妻看。

祝妻笑笑夾一支乾菜放在皇帝碗碟邊，讓他嘗嘗這石筍。說這種筍菜是專門由石縫生長的，石頭在雲裡，裂了縫口。那縫口常年掛雲積水，會生出像竹筍樣的石筍菜，挖了在太陽下面晒乾，再在房檐下掛上一年半載後，也就有了這味道。皇帝便把那呈著茶黑色的石筍放到嘴裡去，一嚼脆得和溫開水燙泡過的冰凌樣，迅速有一股天葉雲草的鮮味在他的牙縫流著蕩動著，和那還在嘴裡的酒味一混合，滿嘴的鮮美如同有光落在百年黑的屋裡了。皇上呆在那，眼睛盯著桌上的菜，筷子不停歇地動起來。他吃著喝著每夾一筷子菜，都要「天呀！天呀！」驚叫一下子，每喝一口酒，都要說句「皇帝也沒有吃過這菜、喝過這酒呀。」顧不上禮節斯文了，他像一個農人經了饑荒進了席宴樣，從細品細嚼很快到了狼吞虎嚥裡，惹得祝翁、祝妻在邊上一直笑，一直不停嘴地說：「喂——你慢些，千萬別噎著。你吃著喝著給我們說說陽世那邊的事情吧。」

「給我們說說那邊人的事情嘛。」

可是皇帝很快喝醉了，臉上迅速有了紅暈和汗熱，一桌菜吃了一半就醉得身子朝著凳下滑過去。

夜裡皇上是被祝翁夫妻安排在家裡東廂閒屋的。房子雖然是草屋，但一應都乾淨和簡樸。床上的被褥也沒有青鳳棧中被子褥子的冬潮味。除了床板有些硬，其餘都還舒適和貼切。睡到下半夜，似乎是床板的硬實把皇上硌醒了，翻了一個身，隱約聽見院裡有一片的嘰喳耳語聲，折身坐起來，覺得直到眼下還有一嘴酒菜香，回想晚飯時到底吃了什麼菜，喝了什麼酒，卻又一時想不起。頭不疼，然世事萬物都有些恍惚感，像人是走在夢裡樣。皇上有些奇怪自己模糊了的記憶力，想著朝著窗口望，看見月光彷彿黎明時的光影貼在窗口上。一窗子都是邊地進貢過來的玉亮色，讓人有些疑異天下怎麼會有這麼亮的明月和光輝。下床趿鞋朝著窗口走過去，看見祝家院裡跪滿了人，每個人都六十歲或者七十歲，甚或八十、九十歲。一片白色和月色溶在一塊兒，使皇上想到祝翁說的桑原多是老人世界了。他挪腳又朝窗口近了去，看清跪在最窗前的除了祝翁和祝妻，還有一個四十幾歲的中年人，短頭髮，寬肩膀，臉上長有幾粒紅痘兒。皇上覺得在哪見過這個人，用力想了想，腦子裡有了門縫似的一道光，想起剛入夢城時，有幾個年輕人從皇上迎面走過來，武武野野地走在路邊撞了皇上一肩膀。緣著這是皇上一生第一次有人不讓路，敢在皇上的肩上撞一下，且連下跪道歉的話兒都沒有，皇上因此記下了那個人和那張臉。「原來是他呀。」這樣想著皇上又看看滿院跪著的，見院裡跪不下，還有很多跪在大門外，多都拉長脖子朝著皇上睡的屋子這邊瞅，彷佛怕把皇上吵醒卻又怕皇上不醒樣，不時地有人耳語著，又用手指著天色和月光。

皇上從窗口回來坐在了床沿上，扭頭朝邊上的哪兒望一下，那個自己就從床頭的影裡站到皇上面前了。

「怎麼啦？」皇上問。

「那個被人喚名阿許的中年是王六郎的兄，」那個皇上答：「他因為那時想著他的兄弟王六郎，後來忽然一扭頭，就在哪看到了他的兄弟王六郎。如此他懷疑你是那邊大清皇上了，不是皇上不會碰一下，就想什麼能讓人有著什麼了。」

「王六郎……王六郎……」皇上嘟囔著這個人名兒，猛地想起蒲生給他寫的故事中的〈許某和王六郎〉，〈邊地妻妾〉中的祝翁和祝婆婆。他突然驚一下，沒想到這些竟然都是真的實在的，只是不在人世的那邊，都在這一邊。他想起幾年前濟仁公公似乎給他說過他的表哥蒲生死掉了，想如果能在桑原這兒遇到蒲松齡，那這邊的什麼都可知道了。從左五道到中主道，從中主道再到右五道，九門的世界如何別樣問那蒲生就行了。想著皇上看了對面的自己一會兒，問他我沒有穿龍服，難道想著許某他有什麼想念可以讓他實現什麼也可以聖旨一樣讓他實現嗎？對面的自己就說道：「你沒有穿龍服，可你用龍體碰他了，你身上的龍血龍氣給他了，他想什麼就可得有什麼了。」皇上聽著那個皇上的話，忽然笑一下，明白說到底皇上是自己，龍體在自己身上而不在對面那個人身上。皇上迅速釋然了，覺得有一股力量如從地心升上的熱流沿著他的雙腳湧到了自己身子上。皇上不說什麼話，他又朝窗口那兒看了看，看見窗口那兒的暗影朝裡移了移。門口這邊上，從門縫過來一束光，像一條洋人貢送的玻璃亮在地面上。在這條玻璃的光頭上，他看到自己的腳尖自得不停地朝上翘著晃動著，也就不自覺地笑一下：

「讓他們都知道我是皇上了好，我也想看看他們見了朕我到底會是什麼樣。」

天也就亮了。

窗口、門縫的月色改為朝陽了，白玉玻璃成了金黃色。「你出去，」皇上說，「穿好龍服出去讓朕看看他們在這邊對朕怎麼樣。讓朕我滿意了，還是朕的子民了，你就替朕摸摸他們每個人的頭，讓他們天門洞開和那邊的親人見會兒面。」皇帝邊的皇帝聽著皇帝的話，臉上有層猶豫站在那兒沒有動。「快去呀！」皇上突然把聲音抬高了，「難道你也想讓朕我生氣嗎？」那個皇上就朝邊上晃一下，又立刻閃出來：「你真讓我這樣嗎？」

皇上望著面前的自己去把他的一枚龍扣正了正。

「出去吧。」皇上說。

那個皇上就朝門口走過去。

屋門響一下。

那個皇上立刻出現在了祝翁家西宅廂屋的門口上。竟然果真是皇上。果真是大清盛世的康熙帝。帝雖然年高到了六十八歲上，然精神灼灼，目光銳亮，臉上顯出朝陽日出色。祝家院子立刻鴉靜起來了，彷佛神從廟裡走了出來樣。太陽光這時成了朱砂紅，落在樹上呈著藤黃色的亮。院裡桑樹上的桑葚果，昨兒還是半青色，眼下突然成了熟紅了。在樹葉和光亮間，混合出一種琥珀色的粉烏來。有鳥從檐下飛到枝頭上，叫了幾聲飛走後，又迅速從哪引來上百隻的喜鵲、花鸝、火雞、黃鶯和鴿子，有的落在房脊上，有的落在枝頭梢，有火雞竟敢落在人群裡。鳥叫聲如同節日歌舞一樣飛鳴著。立在屋門口的皇上朝院裡的人群望了望，不知是誰先叫了一聲「吾皇萬歲、萬歲、萬萬歲！」隨後那些所有跪著的，都把跪姿正了正，異口同聲、扯嗓擴音地對著皇上大喚了三聲「萬歲！萬歲！萬萬歲！」聲音齊整而震亮，鳳飛樣讓祝家院裡的桑樹和門外梨樹上的果，都在那萬歲聲中撲撲嗒嗒落下來。

皇上這時是站在屋裡窗前的，隔窗看見這一幕，聽到這喚聲，眼角有淚流下來。他已經很久沒有看見有人朝他跪下了。沒有聽到有人喚「吾皇萬歲」了。心裡蠕動著，有一股暖流在他的胸腔漫散飄舞起來了。「你去滿足他們的念願吧，」皇上這樣自語道，「他們是我的子民——都想知道、見見他們那邊的親人啊！」

站在屋門口的皇上這時順手把有些拖拽的龍袍向上提了提，從兩個臺階上走下去，朝跪在左側的祝翁、祝妻和許某的頭上摸了摸，「都是想見兩世相隔的親人嗎？那就找個高處去看看陽世那邊的親人吧。」這麼說著開始朝前挪動著，一個一個去摸那些跪著的人的頭頂或額門，邊摸邊在嘴裡不停地說，「去找那沒人的高處朝著你們家鄉望，每個人都能看見你們的家鄉和親人。」

開始有人用手捂著自己被皇上摸過的頭頂和額門，朝著祝家的院外走，一出大門突然立下來，「哎呦！」一聲睜大著眼，突然看見了什麼樣，又迅速用力撫著頭頂被皇上摸過那地方，朝著村外的高處跑起來。

這桑原的桑莊兩邊上，有一個村莊叫柳莊，另外一個叫為柏子谷。皇帝來為他的子民摸頂的消息迅速從桑莊傳出去，先是柳莊和柏子谷的村人急急朝著桑莊來，後來柳莊、柏子谷以外的村莊、鎮子上的百姓們，也都一傳十、十傳百地紛紛朝著桑莊湧。整個桑莊熱鬧起來了。從來沒有走過人的荒地也都有了路。連正秋熟的芝麻地、豆地和玉米地裡的莊稼也沒人管顧了。為了抄近路，人都從莊稼地裡走。緣著人太多，祝家院裡跪不下，皇上從院裡走到了院外一片空地上。再後來，那空地跪不下，皇上又離開那片空地挪到村頭上。那是一片樹林子，野槐、野荊和荒草，扯扯連連幾十上百畝。來的人都跪在那片樹林間，每個人臉上都流著淚，不停地喚著「吾皇萬歲、萬歲、萬萬歲！」如同信徒念的經言樣，自語嘟囔著，大喚小叫著，跪在那兒等著皇上去摸頂。摸完了行下三拜九叩的大清禮，退腳走幾步，又迅速轉身朝著曠荒遠處一個一個的山頭上跑。

每個山頭都擠滿了被摸過頂的人。他們家的方向是在那山頂東，他們就朝著東邊望，是在西就朝著西邊望。有人不知道自己的家鄉是在山的哪一邊，就繞著山腰找著尋望著。有人到桑原這邊太久了，都已忘了自己家鄉的樣子了，這時他們在人群中找著在這邊相遇了的鄰人、親戚或村人們，問說「你還記得我們村頭的那棵大樹是什麼樹？」或望著跺著腳，「咋辦啊？村前邊的哪個山梁剛好擋住視線啦！」也便有人道：「你去這個山頭對面的那個山頭上，說不定那兒可以繞過你家村頭那道山梁子。」

被擋了視線的人，就從這個山頭下來朝著遠處對面的一個山頭跑，腳步飛著讓他的身子如駕在風裡樣。所有的山頭上，都是黑黑壓壓一片一團兒。所有的人都把手棚在額門朝著遠方瞭望著。偶爾有高聳入雲的楊樹、松樹上，也都爬滿這邊的人，只不過能爬到樹上的，都是孩子或者年輕人。在一個山腰的中間有棵上千年銀杏樹，樹身幾人抱不住的粗，樹冠有二畝地的大，這時那蓬開的樹枝、樹椏上，站滿了朝著各處瞭望的，壓得樹枝一閃一閃想要斷開來。儘管這樣兒，還是有很多人朝著樹上爬，一棵樹結滿人葡萄。房坡上、院牆上、餵牛養馬的圈棚架子上，凡是高的地方都是人。到處都是哭喚聲。到處都是看見了父母、妻兒後，伸著胳膊手的哭喚和尖叫。

太陽已經從東山升至頭頂了，琥珀玉潤的顏色成了午間紅，可整個桑原上，都沒有炊煙升起來。都還在哭著喚著議論著。都在成群結隊地朝著桑莊去。還有人被摸頂看到了親人、家鄉後，過一會又模糊不清了，便重新從山上、樹上爬下來，朝著桑莊村東的那片空野裡，再次擠進人群中，等著皇上再摸一次頂。

蕩在村外梁上的說話聲，和雨聲落在田野一般。腳步聲如洪水滾捲著的流石聲。似乎整個山脈和歡樂國的人、鳥、動物都來了。凡是沒有站人的樹上都是鳥。凡是人少的地方都站著臥著牛馬、毛驢和騾子，還有家養的雞、鴨、鵝和貓狗們。牠們不說話，只是站著、臥著望著哪兒發出一片低沉嗚嗚的叫，沒有人知道牠們望著人們想要幹什麼，想要皇上給牠們賜恩做些什麼事。皇上自根沒想到會有這麼多的人。沒有想到這邊這麼好，他們還是如此想家想親人。他看著那個自己為了摸頂從祝家到了院外面，心裡充滿了喜悅和輕快，聽著不斷傳來的「萬歲！萬歲！萬萬歲！」的喚，身上的血液汩汩潺潺從腿部朝著頭上湧，及至有時那喚聲陣雨一樣響過來，他都想從屋裡走出去，親自替那個穿了龍袍的自己去摸頂。在他的欣悅猶豫中，又有幾百上千的柳莊和柏子谷及其他外村的百姓拉成不見頭尾的隊伍過來了。那個自己望著湧來的人群百姓們，又把摸頂的場地從村裡的空地挪搬到了村外曠野裡，讓祝家和桑莊漸漸虛起來。房子和村莊，慢慢從熱鬧鼎沸到了落寞靜寂裡，使得皇上想要親自摸頂的願念更為強烈了。「我怎樣才能當眾把那個自己身上的龍袍脫下穿在自己身子上？」這麼想著他從屋裡走出來，看見祝家院裡除了跪下的人們掉在地上的手帕、香袋、煙鍋和油膩黑髒的煙布袋，還有人隨身帶的讀爛了的四書、五經和手抄本的《狐仙傳》和《搜神記》，還有幾十隻的童鞋和襪子。一院子都是凌亂和很奇怪的人味兒。皇上隨手從地上撿起一本書，翻開看看見書名是《唐集存》，也就順手把那坊間的印書朝地上一扔朝著門外走過去。

村子徹底和他來時一樣空靜了。

面前的兩家院落裡，除了房子和樹和院牆，還有門口堆的柴草和樹枝，掛在樹上的農具及吃不完的上一季的玉米穗和辮子蒜及辣椒串，像那樹上結出的農家果實樣。沿著入村的來路朝外走，皇上在村口看見祝妻從村外提著一個水罐走回來。她是回村來給外村的人們提水喝，見了她皇上立下問：「那個皇上在哪給人摸頂啊？」祝妻看看他：「看你面熟你是哪村的？」問著又轉身朝村外的西邊指了指，「在那邊——排隊排有幾里長。」說著祝妻從皇上身邊走過去，皇上便怔怔喜喜立在那，追著祝妻的後影大聲問：「你忘了我昨夜就住在你們家裡嗎？」

祝妻再次立下來，他們在村頭對望著，一個人的目光是驚異，另一個人的目光也是驚異色。近了午後的日光在他們中間顯了秋天的熱暖和燥意。他們相互看著像兩個路人走著碰了肩，都在等著對方的解釋道歉樣，到末了倒是皇上自己首先開了口：

「你真的不認識我了嗎？」

祝妻有點尷尬地笑笑嘟囔著：「你長得還真有點像皇上。」

「我是真的皇帝康熙啊——我才是大清皇上哪！」

祝妻慌忙朝著四周望了望，見村口一片安靜沒有人，扭回頭來悄聲道：「皇上昨夜住在我家了，幸虧我們對他好。你亂講小心皇上賜你一死啊！」然後祝妻走掉了，留下皇上像留下一個痴呆樣。

就那麼在村口木然一會兒，康熙跟著一陣高、一陣低的吵雜朝著村西走過去。路上見了急匆匆的人，路過他時他都問：「你們是去讓皇上摸頂嗎？來——那兒人多讓我來給你摸一下。」可所有路過他的人，都用奇怪的目光看著他，又都匆匆著腳步前去了。朝村西一片一片的人群走去了。皇帝看著這些愚人直想笑，直想說句「我可憐的大清子民啊——」可又有一陣「萬歲！萬歲！萬萬歲！」的高喚從村西的遠處傳過來，這讓他心裡揪動一下子，腳下的腳步不自覺地加快了。

出了村，到了山梁頂的官道上，他看見太陽在前面的天空泛出純金色。鳥雀在那光裡向西飛著如一團團金箔鳥雀樣，又輕又亮堂，每一隻身上都帶著光，而落在他面前的，是一片片有著涼意的陰影兒。涼風吹進他的脖頸裡，讓他感到有汗想出來，卻又被風吹回進去了。像看見梁下烏烏泱泱的人群了，如二年前他在京城去京郊潭拓寺拜佛看到朝拜他的人們樣。像四年前他去泰山一路上追著他跪拜大喚萬歲的人們樣。他清晰地聽見人群中朝著那個自己大喚的「吾皇萬歲！萬歲！萬萬歲！」的喚，彷彿陣風裹著陣雨從天空和迎面撲將過來般。雖然知道這都是對他的衷祝和敬拜，可眼下聽到皇上沒有再如先前一樣愜意了。他心裡隱隱又有種憂慮在飄動，又不知道是在憂慮擔心什麼事。腳步再次加快了。臉上有了汗，不知是因為天熱快走出的汗，還是因為憂慮急促出的汗。那邊黑黑壓壓排隊摸頂的人，這時都又朝更西的地方挪過去，像躲著這邊的皇上朝著他們靠近樣。他相信只要他一到那兒，人群都會朝他跪下來，都會朝他喚「萬歲！」因為他才是那個大清真的龍身真皇上，是真的大清康熙帝。「把龍服脫下給我吧。」他只消這麼輕輕說一句，那個穿龍服的皇上就會把披金掛銀、由皇后與三十五個福晉、貴人和答應繡了整整三個月的龍袍脫下穿在他身上。那時候，這裡的子民就該朝他齊刷刷地跪下山呼萬歲了，讓他去為他們撫頂摸頭了。他已經想好了，為了和那個自己區別開，更顯出他的聖明和威力，他不再讓每一個被撫頂的子民能有一到兩個時辰看到自己的家和家人們。他將恩賜他們每個人都有一整天的時間可以看到自己的家人和親人；恩賜他們在這裡不光有秋天，還可以有春天、夏天和冬天，使桑原擁有一年四個季節二十四節氣，一天有十二個時辰的白天和黑夜。想著朝前走，腳步和年輕人在路上憋尿跑著樣，不時地能追上前邊去等待摸頂的路人們。

看見那個皇帝被人們前跪後拜地挽著朝更西的地方走過去，皇上沒有沿著通往那兒的路道走。他從梁上岔下來，自一塊黃豆地的中間跑過去，爬上一道小坡後，又到豆地中間的一個包巒立下來。他知道這兒沒有被摸過頂的人們擠站朝著家的方向望，是因為這兒滿是正秋的莊稼地，且地勢也到底不夠高。踩著豆棵過去時，他想這是誰家的地，我就在他家人的頭頂多摸一會兒，讓他們一連三天能望到家鄉和親人；讓他們家人想為舉人就中舉，想經商了為鹽商，想從軍了為將軍，這樣也就還了朕我踩倒了的豆棵了。也就到了豆地巒頂上，看見遠處的皇上不再是自己去摸那些人的頭頂或額門，而是坐在一把椅子上，等待摸頂的人全都站成隊，一個一個地從他面前走過去，慢慢跪下來，由他坐著抬手去摸一下頂。

皇上望著那個自己笑一下。

他從豆地的斜坡下去了，朝著很大一片凹陷的田野走過去。那凹地裡種有各種青菜和瓜果。碗大的甜瓜上布滿一道白一道黃的花紋兒，濃烈烈的甜瓜味，宛若這季節就是他在紫禁城的夜間獨自帶著一個貴人到桂園去聞夜香樣。過去瓜地是種在半沙地裡的花生壟。走在壟下會有水濕的泥沙沾在鞋底上，走在壟上又會把手肚兒大的花生從壟脊踩出來。白白胖胖的花生顆，瑪瑙樣掛著棵秧落在腳下邊，有時還有黃秧纏著他的腳脖被他帶著走。皇上不管這些壟地和花生，他已經在心裡恩准這地家的主人一整天、整三天地能看到自己那邊的親人了。恩准著從花生地裡踩過去，從最凹處來到慢慢高一些的田地間，穿過一片都是鵝卵石和茅草、狗尾及抓地龍草的荒野後，看見了一個三岔路口在前邊。

皇帝朝著那路口小跑一樣快走著。不一會就到了路口上，然正要朝著右邊的路口過去時，卻從迎面過來一個人，高個子，單瘦身，綢黑色的飛揚袍，年齡和他差不多，走路低頭一身都是力道和魂魄氣，彷佛一起腳，能帶起地上的灰塵和沙粒。皇上一看見這個人，眼睛彷佛被飛來的鳥雀搧了一翅膀，眨了一下眼，猛地收住腳步了。

他好像認識這個人。

他認出了這個人。原來迎面走來的，是四十二年前他正力壯氣盛時，在宮裡被勒令找去的那個為他畫夢裡銀狐的耿畫師。人都朝西去，而耿畫師這時卻朝東迎著皇上走過來。那一瞬間看見耿畫師，皇上身子緊縮一下子，彷佛要縮成團兒躲到哪兒樣。可這路口除了腳下的荒草連棵樹和一個牆角都沒有。皇上只好僵著身子豎在那，把臉扭到一邊去。算起來，耿畫師倘是活著該是一百多歲了，該是病入膏肓躺在床上不會動彈的人。然現在，他卻看上去比皇上還年輕，比皇上還爍爍有力、炯炯有神的，走路飛腳似乎連一點喘息都沒有。心裡恍惚著，皇上以為是自己認錯了人，於是他又抬頭看了他一下。

這一看，耿畫師也看見皇上了，他遲疑地盯著皇上淡下了腳。

皇上在他淡腳時，迅速轉身朝著左邊的路口拐過去，像一個路人在那認了一會兒路，認清了便朝前邊轉身走去了。

三十、元荒

朝前走著時，皇上覺得這邊的路和那邊的路並無不一樣，塵沙和黃土，路面上都是野蒿、狗尾和乾白了的蒲公英。蒲公英毛團上的絮毛一碰就朝天上飛，如同日光中的煙。而毛團上的針刺兒，黑黑灰灰扎到皇上的袍角上。偶爾有鵪鶉、野雞、野兔從那路上的草地竄出來。野雞、鵪鶉飛起後，會勾頭在天空看皇上。野兔一驚跑走了，跑幾步突然停下來，扭頭賊著眼，認出什麼似的更快更疾地朝著野荒奔過去。

皇帝一直在這野荒路上走，總是聽到身後有跟上來的腳步聲。他走得快，那個腳步也跟得快。他突然停下來，後面的腳步也突然停下來。他不敢扭頭朝後看。他害怕一扭頭，跟著的耿畫師會徹底認出他。他不知為何有些擔心耿畫師突然認出他，於是就不歇腳地朝前走，雙手提著袍衫兩邊兒，前腳沒有落下去，後腳已經提抬到了半空間。身上的汗如雨澆一樣，衣襯全都沾在身子上，呼呼哧哧的喘息像他隨時都會癱在路草上。

也就這麼急急地走，忽然一腳踩在了一窩剛孵出來雛鵪上，腳下猛一滑，響出兩聲嘰汪汪的叫，慌慌低頭看一眼，見了滿地的汗血和還在抽動的兩具小鵪屍。驚著胃裡翻一下，皇上反倒不慌不忙了。他想起每年秋天打獵時，打死的野兔、鵪鶉如桑原上收割回去的莊稼般。在邊境平叛時，殺死的叛軍坑墓埋不下，就索性拖進溝壑裡，派一支軍隊從溝壑的頂上朝著溝壑推土埋。想到這些皇帝把鞋上的腸血在地上擦了擦，慢慢轉過身，冷眼盯住一直跟在身後的人，大聲喝斥道：

「你是畫師吧，還不快快給朕跪下來！」

耿畫師站在他面前十幾步的遠：

「皇上，果然是你呀。」

皇上更大聲：

「快給朕跪下來！」

耿畫師沒有跪也沒有謙卑和怨氣：

「皇上啊——這兒不是那邊是這邊。你初從那邊來，把路走錯了。在路口那兒該走窄路你卻拐到這邊寬路了。」

聽了耿畫師的話，皇上不自覺地朝著面前腳下的路上瞅，也就果然看見腳下的荒路上，草地中間還有兩道馬車碾軋過去的車轍痕，路寬得完全如是那邊唯他和皇宮上下才能走的寬道樣。

皇上就那麼怔怔立在路中間，看見一路都是車轍軋倒了的草。且那倒伏裡，還有許多車輪軋死的野兔、獾狐和已經腐爛的動物骨頭和皮肉。有禿鷲正在那腐骨爛肉上吃啄著，看見皇上禿鷲用牠黑珠子似的眼睛警覺著，如皇上會去和他爭那腐肉樣。認出了自己是在寬道上，皇上有點慌神了，朝著原來耿畫師站著的地方瞅了瞅，見那兒除了荒草和鵝卵石，連一個人影都沒有。他想也許耿畫師剛才本就不在哪，只是幻覺讓他覺得耿畫師一直跟在他後邊。他把目光收回朝著寬路的兩邊瞅，見路兩邊的灘地上，沒草的地方堆著白鹼和一汪汪的死水坑。水坑裡是灼目晃眼的黃日光。他想起祝翁跟他說過的和桑原相鄰的夏荒地，擔心自己一腳會離開桑原到了夏荒地裡去，且那個自己還在桑原上，還穿著他的龍袍真皇帝樣朝著人們撫頂享受人們的朝拜，以及「萬歲、萬歲、萬萬歲」的呼喚和祈祝。他開始沿著走來的方向往回走。到處都是荒草、石頭和一汪汪的水，一望無際的悶熱、恐慌像看不見的牆樣圍著他。「我是真的到了夏荒地裡嗎？」問著看見一面小山坡，他慢慢爬上去，朝著四周看，又見到處都是荒草、石頭、水坑和寂靜。

在那小山頂上他朝著天空喚：

「我是皇上呀——我是大清皇上呀！」

喚著轉著身，到嗓子有些沙啞了，口也有些乾渴了，覺得疲累像身上筋短骨裂樣要他蹲下歇息時，也就蹲著坐下來，茫然地朝著面前望，希望從面前的路上走來一個人，或者飛出一隻鳥再或突然出現一隻動物來。只要是活物就可以。只要是有生命的東西就可以。可那四周除了死靜還是死靜著。靜得耳眼、腦根裡都有轟鳴聲。日光像泥黃的湖水一樣淹沒著他。明明聽到了蚊子、蒼蠅在哪飛，可又看不見牠們在哪飛。太陽到底沉西了，可這兒卻沒有半點風吹和傍晚間的涼爽來。皇上把他穿的儒衫脫下來，單穿著綢白的內衣坐在一塊石頭上，將衣擺上的刺針摘著扔出去，待歇緩過來了，走下山包到一汪水邊掬著喝了幾口水，覺得那水又熱又有一股魚腥氣，咽下去直想吐出來，也就從那一汪水邊走回來，到路上朝著來時的方向去，想在天黑前回到桑莊、回到祝翁家，好好睡一覺，好好吃頓飯，把自己的龍袍要回來，穿熱了疊裹在包袱裡自己親背著，涼爽了穿在自己身上再也不讓那個自己去穿了。這麼想著計畫著，一直一直地朝前走，看見落日西沉如一滾車輪轉著朝下墜，剛才它離地平線還有一山脈的高，轉眼就到一房高低了。

他擔心天黑之前回不到桑原上的桑莊裡，走急了索性把手裡的衫袍扔到路邊去，然空手往前走幾步，不知想到了哪，又回身把衫袍拾起掛在路邊枯乾了的一棵小樹上，才又徐徐急急往前走，還又不停地回頭看那樹椿上的黑衫袍，遠看著像他自己枯著立在路邊樣。

太陽終是落去了。

皇上聽到西邊哪兒有嘭的一聲響，如一個巨大的東西從天下掉下來，掉到了溝裡還是一片元荒上的塘水裡。因為遙遠那聲音傳來前，腳下的一大片土地似乎晃了晃。他是先覺得身子搖晃而後聽到聲音的，待立穩腳跟朝西望去時，看見大地的西沿太陽沒有了，在一片鵝黃杏紅的模糊裡，有火燼將息的塵煙騰起來，還有一層迷眼的光，如同紅月亮下的湖水樣，混合著落日最後的餘暉在遠處漫開鋪展著。「天要黑了嗎？」皇帝想著朝著頭頂望，看見黃昏前元荒高寂的天空穹頂上，白藍裡有個隱隱青青的圓。他知道月亮起升了。知道這一天就將過去了，心裡緊縮一下子，腳步快起來，走了一程看見前邊似乎隱隱有個人，他朝著那人喚起來：

「耿畫師——耿畫師——」

喚著小跑著，且還嘴裡不停地對著那人說：

「你的那張自畫像，朕我沒有撕毀和燒掉。我令宮裡最好的裱師裱好掛在愛新覺羅家族的珍品房，現在它價值連城了，和《洛神賦圖》及《河圖洛書》一樣成為大清最珍貴的寶物了。你若還想收回那張畫，我可以傳旨把那名為《耿畫師》的名畫重新還給你。」

就到面前立在路邊的人影前邊了。

那人影不是耿畫師，而是皇上自己不久前掛在路邊樹上自己那襲衫袍服。認出那枯樹和衫袍時，皇上先是怔在荒路上，後來就癱軟在了路中央。

夜就這麼窒息窒息到來了。

皇上從來沒有見過這樣明亮死寂的夜，悶熱像四周都是煮沸了的水。紅月亮火樣燃在頭頂上，那火裡有隱隱瑩瑩藍色的光。他知道他從岔路看見耿畫師的那一瞬，他應該迎著畫師徑直走過去，令畫師那時朝他跪下來。可自己沒有迎著畫師朝那窄路、朝那個皇上和摸頂的人群去，而是一轉身，朝著左拐了。朝著寬道走來了。他又一次想起離開宮殿前，天象學家跪在他面前，再三囑託他無論到哪兒，看見路口都要朝著窄路走的話。說從所有的窄路走出去，就都是寬敞、平坦和明亮。可眼下，到底還是踏入寬道了，到底還是從桑原到了夏時的元荒死地了。

明明是背著那棵枯樹和自己的袍衫走，可又回到了這棵枯樹和自己的袍衫前。緣此皇上的意志塌軟下來了，雖然有時還會對自己說「我是大清皇上啊，我是康熙大帝哦。」可到底這樣說時不再那樣氣勢威武了，也不指望這樣說後能讓涼風吹過來，會有一個新的路口到面前。

他已經陷入了第三門的元荒上。現在能做的，就是熬至天亮走回往桑原去的路，到桑莊讓那個皇上把龍衣脫下來，從此永遠把皇袍穿在自己身子上。遠處荒草裡的水窪地，月亮落上去，有一片片的光亮在閃爍，像一堆螢火飛在水面樣。近處路邊的枯草和荊棵，在月光下明明沒有風，卻總有風吹的聲音從哪響出來。好像還有青蛙朝著水裡跳進跳出的撲通聲。那聲音先還給他一些安慰和踏實，可尋著那聲音，到了那汪水邊上，明明是青蛙跳到了這池水裡去，可水面上卻沒有跳下去的波紋和漣漪。他從地上摸起一塊石頭來，想朝水裡拋下去，可舉起石頭時，又把石頭輕輕放下了。他擔心石頭下去會從那水裡跳出一個什麼東西來。

他不敢破了這夜寂。

從水邊到路上又朝頭頂看了看，看見雲在月下凝掛著，像山脈在頭頂起伏懸著樣。月亮在那雲裡走，一會像是在山頂滾動著，一會像是一圓巨輪滾著從山腰或者壑谷穿過去。能聽見月亮滾過穿過時，攔不住的雲繩游絲啪啦啪啦的掙斷聲。實在太熱了，一動不動也有一身汗。心跳得能聽咚咚的聲音衝出胸口又砸落在地上。這時若是在宮裡，會有侍女用繩拉著頭頂上的大擺扇，涼風在頭頂呼一下、呼一下地落下來。如果還是熱，還是心裡慌，他會令翻牌陪夜來的貴人或答應，把香精油灑在手上去給他揉捏按摩肩。如果是皇后或母后，他會讓她們去給他按摩陣陣發麻的頭。可現在，這兒是元荒，宮裡的什麼都沒了。一切的錯都是在夢城九門那兒自己進了第三門。在桑莊村外該走窄路時，又一腳踏在了寬道上。皇上想找個什麼當做扇子搧搧風，他在月光下朝著周圍瞅了瞅，什麼也沒找到只好立在那兒了。

他又看到下午見到的那個山包臥在不遠處。

他朝著這元荒夜裡的山包走過去，腳步聲空空響起又空空落下來。想起下午離開路口踏入這邊荒路時，有人跟在他後邊。他走他也走，他停他也停。那怕是假的，是虛幻的人影和腳步聲，也讓他覺得這元荒上不只他一人，還有另外一人和生命。他每走一步都停下聽聽身後有沒有腳步和走動，有時還孩子一樣急走幾步或小跑一段路，突然停下來，突然轉過身，對著月光和空蕩蕩的遠處喚：

「出來吧，是人是鬼你都出來吧！」

沒有什麼走出來，只有他的聲音在四荒八野響著蕩動著。

回聲漣漪一樣朝著遠處波過去。

「我是大清皇上啊——」他又大聲道，「你出來陪我說說話，等我回了大清你想要什麼有什麼！」

「——你想要考舉金榜題名嗎？」

「——你想做中書令還是尚書令？是想要三品還是二品啊？」

「——你只要出來在我面前站一會，我賞你白馬千匹、黃金萬兩、土地半國好不好？」

依然沒有一絲的動靜和聲音，只有他的喚聲朝著遠處蕩過去。月光被回聲推著像青白色的綢緞被風拂了拂。那風是朝遠處吹去的，不是朝著皇上這邊吹過來。他就那麼喚著立著在元荒的夜裡站了一會兒，又大喚了幾聲「我是皇上啊——我是皇上啊——」然後提著一身虛汗和無力的雙腳朝那包頭爬過去。

腳步聲像鬼在和鬼擊掌樣。

滿是沙石荒草的那個包頭在夜裡，宛若一個放久了的饅頭長了毛。皇帝朝著那包上喘著爬將幾步後，忽然有饑餓衝上來。肚子裡咕咕響著讓他感到腸子在肚裡被扯來又拽去。山包上除了鵝卵石和荒草、野荊棵，別的什麼都沒有。他一屁股坐下來，感到有一絲風好像在吹著，可伸手去試風摸著時，手指上除了燙熱連一絲涼意都沒有。身上出了很多汗，不知到底是怕還是累，出了汗又覺得乾渴上來了，喉嚨和嘴唇乾得似乎著了火。他拿手去自己唇上摸，果然摸到嘴唇上的裂皮如京城胡同老牆上的脫皮樣。饑餓、悶熱和乾渴，讓皇上一下癱在了包頂的一片荒草上。月亮已經從很遠的東邊到了他頭頂。好像一伸手，就能搆著月亮樣。他果然伸了一下手，抓了一把將手拉回來，看一下竟能在月光下看到自己的指甲長長了，長得如蒲生寫的鬼故事裡的指甲樣。

他又想起蒲生了。

他想現在如果蒲生和他的表弟濟仁一樣在我身邊會是什麼樣？想自己這一生都是濟仁陪

伴、照顧和侍奉，為什麼會在進入第三門時讓濟仁走了主門道？想著濟仁公公時，他又後悔離開宮時沒把指甲剪一剪。他摸著指甲朝著四周瞅了瞅，想沒有濟仁在，這時有個鬼來也好啊，便把手從半空垂下來，搭在一棵野草上，隨手撥出一棵放在鼻下聞了聞。沒有聞到草在沙土中蘊的鮮味和水味，想把那棵草放在嘴裡嚼一下，又想到我是皇上、我是康熙大帝了，就把那草扔到半空去。現在會有幾更呢？是前半夜還是後半夜？皇上躺下來，在包頂翻個身，把一個鵝卵石挪到頭下想要睡一會，覺得太硬又將鵝卵石推到一邊去。「把掛在那兒的袍衣帶來枕著該多好。」這樣想著他順手揪了幾把草，團團捏捏當作枕頭放在頭下邊。想睡覺，卻又一點瞌睡都沒有。睜著眼，又聽見肚子裡的咕嚕聲，滾山石樣響在腸子裡。朝著透亮空曠的天穹看，想既然每個人死後都會成為天上的一顆星，那我皇上死了也是和百姓一樣成為一顆星星嗎？為什麼我不能成為一個月亮或者太陽呢？為什麼天上只有一個月亮、一顆太陽，而不是幾百上千顆？有多少皇帝、皇后崩逝就該有多少太陽月亮啊，不然人死後，皇上和百姓一個樣，螻蟻和獅虎一個樣，這成何體統還有何樣規矩啊！朕我六十八歲了，在位六十一年將大清的江山治理得山高水長、天圓地滿，為什麼不能讓我長壽到七十八歲、八十八歲、一百零八歲？太醫說我是為了大清心力竭盡，肺癆染疾，可我帶著人馬到這歡樂國裡行巡時，為什麼一路顛簸勞頓，連一聲咳嗽都沒有？連一劑藥湯都沒喝？若不是我一腳踏進了第三門，而是和侍衛、公公、貴人，答應、侍女和太醫們，上百人馬都在中一門的世界上，我怎麼會落在這個境地哦。中一門的世界怎麼樣？中一和第二、第三門的世界有什麼不一樣？還有這邊的第四門和第五門，那邊的二、三、四、五門，彼此有什麼的不同和差別？想著皇上有些瞌睡上來了。眼皮硬起來，面前的星月成了寢宮裡絨簾布。為了能儘快進入夢裡去，他把雙手按在他的肚皮上，這樣饑餓的肚子就不會響出那麼大的咕嚕聲。而且在入睡前，他還喃喃祈願說，讓我做個好夢吧，在夢裡讓御廚給朕我做一套滿漢全席擺在這元荒包頭上，或者是有兩個答應在我睡著時，在我的身邊不停地給我搧著風，讓我睡個涼爽安穩覺。再或者，沒有席宴沒有風，就來個人在這和我聊聊天，讓我沒有這麼的孤獨可以踏踏實實回到桑原上。想著自語著，果然聽到有朝他走來的腳步聲。那聲音踩著他的眼皮走來說，吃好、涼爽和聊天，這三樣你到底要哪樣？他為這個聲音驚一下，睜開眼又見除了月光、荒草什麼都沒有，於是他就知道他要睡著了。

他要沉在夢裡了。

「三樣你選一樣啊。」那個聲音說。

「三樣我都要。」他對那個聲音道，「難道一個皇上要個扇子、要桌飯菜、要個人來聊天還不行？」

那個聲音不在了。

退去的聲音像風把幾株荒草吹走了。四周靜得如皇上出門幾天後，一回去整個宮殿都空著。龍椅上落滿灰塵和柴草，且那柴草下的龍椅縫隙裡，還生出野草爬有黑螞蟻。望著宮裡的空寂康熙慌起來，他大喚著「來人呀！來人呀！」然卻終是沒有一個人，只有一片的寂寥和慢慢結起來的蛛網群。整個紫禁城都是落葉、螞蟻和灰塵。竟然還有老鼠、蟑螂臥在他的書桌上，有狸兔睡在他的龍床上。書架上的書，掉在地上每一頁上都有一個大腳印。藏在書架後邊龍香木盒裡的玉璽和虎符，盒子空開著，玉璽和虎符不知去哪了。皇上知道他是在做夢。他知道把皇位傳給雍正的詔書在龍椅頂端「光明正大」的牌匾後，不到他最後崩逝時，沒有人會去那兒取詔書。可他還是忍不住要對人嘟囔說：「誰告訴朕紫禁城裡發生了什麼朕便下旨晉他三品好不好？」「誰給朕端上幾個炒菜來，朕給他一張可隨意填寫數字的銀票好不好？」「誰來陪朕坐一會，朕封他為一方侯王好不好？」說著翻個身，還在嘴裡哼一下，「沒人來也就沒人來，你們今夜不來等到天亮了，等朕回到桑原的桑莊你們什麼都沒有。」這樣說了剛想閉著眼，卻看見有個人當真朝他試腳走過來，長衫子、垂辮子，臉上硬毅失落的表情如同去哪報喪的人。他到皇上面前站有幾步遠，沒有下跪也沒有一個躬拜禮，站在那兒從口袋取出一張畫像來，借著月光看一會，又比對著皇上的臉型看了看，最後竟然抬腳在皇上的腿上輕輕踢一下：「果然是你呀！」說著他把手裡的畫像疊好收起來，上前一步接著道：「在那邊你病入膏肓了，在這邊你也不是那個行巡歡樂國的康熙了。」然後他把手裡的一個包袱放在腳邊上，又朝皇上身前去一點，定定地站在那兒像紫荊城裡的宮殿柱子樣。這時皇上用力睜開眼，盯著面前這個膽大妄為的人。「你是誰？」皇上問。「你不是等千盼萬要一個人來和你說些什麼嗎？」來人說：「我就是你要等的那個人。」皇上又急問：「你剛才說什麼？」「那個穿了龍服的你，已經在桑原的立國稱皇了。他永遠不會再到你身邊了。

你也永遠都拿不回你帶過來的龍袍了。」說完面前的人嘴角又起了涼薄一層笑，然後自己搬過一個石頭坐在皇上面前的不遠處。

皇上一下折身坐起來，他們就那麼對望著，月光水銀一樣洩在元荒上。山包下灘地裡的水窪、葦草、荊棵都在晃動著。似乎天氣沒有先早那麼悶熱了。流星從天空飛過去，劃下的火尾有幾繩那麼長。能隱約聽到流星雨在元荒的哪兒落在大地上的轟鳴碰撞聲。星火劃過後，大地上如閃著黎明晨光那一刻。在那光亮裡，皇上看見面前坐的人是張瘦長臉，身邊放了一個不太大的藍包袱。可剛想進一步認清那人時，又有雲影飄過來，讓那人和周圍一片模糊了。

「這是哪？」

「第三門的元荒地。」

「我天亮能順著來路回到桑原嗎？」

「去死呀。」那人忽然直了腰，抬抬肩膀聲音大起來，「那個穿著龍服的你，已經在桑原立國為皇了，你回去不是討死嗎！」

再也不說啥，就那麼在一片模糊中，看著對面坐的人。忘了饑餓也不再覺得渴，倒是覺得有什麼事情終於應驗了。身上有了一種料事如神的輕快感。他為這輕快怔了怔，覺得這時候，不該有這種感覺就故意長長嘆了一口氣。他以這嘆氣向來人表示了哀傷和大度，還又動動身子像準備好了有一天東山再起樣，便在嘴角掛了一層硬生生的笑：

「不能回桑原，你能幫我走出這元荒戈壁嗎？」

「能。」那人說，「我幫你你也要幫幫我。」

「你說吧，只要不是江山別的你要什麼都可以。」

那人反倒坐在那兒不說話，像事情太大不能向皇上開口樣。果然來了一陣風，讓皇上覺得渾身都輕鬆涼快了，萬事都有了轉機了。「是要晉爵還是黃金、白銀和土地？只要你告訴我怎麼走出這元荒，走出這第三門的世界讓我到第一門的主道世界裡，見了同我來的隨從、宮人和車隊，我什麼都可以答應你。」說著皇上從地上站起來，轉著身子朝四周看看又朝天上望了望：

「你有家人在宮裡為官嗎？」

那人搖了一下頭。

「是想要黃金、白銀和土地？」

那人也從地上站起來，朝皇上看了看，再朝天上瞅了瞅，彎腰打開面前的包袱袋，取出墨硯、紙張和一管筆，在月光下面擺放著。「我什麼都不要，」他用手擦著從硯池研好流出來的墨，把紙鋪在展開的包袱上，「事情小得很，只要皇上你給將繼位的太子寫封信，請太子賜恩讓在坤寧宮侍奉王貴人的奴僕菊子離開紫禁城，回老家過常人日子就行了。」說到這，那人頓了頓，最後又很鄭重地補充道：「皇上你寫了這封信，我就告訴你天亮時，你怎麼走出這沼澤戈壁的元荒路，穿過第二門的世界回到第一門的主道上，和你來時的隨從、宮人會合見上面。」

皇上有些不解地望著對面的人。

「到了第一門，」那人說，「你若回大清，你可以回到大清去，如果想留在這邊歡樂國，你可以到田農莊去過比在紫禁城裡更悠閒自得的好日子。」

皇上不再去想田農莊的事情了，他恨不得立刻離開這兒跳到第一門的第一道。他想隨他來的侍衛、公公和宮人們，見不到他不知他們該要急成什麼樣。他們一定在不停地四處找著皇上嘴裡念叨著：「皇上，你賜我們一死吧！我們弄丟了皇上當該千刀萬剮，你就賜我們刑杖一千，毒酒百碗，最後拋屍郊野到長城那邊吧。」會不會賜他們一死皇上沒去想，但他見了他們後，他會讓他們首先跪下整三天，除了磕頭其餘不得有半點別的動作和自由。皇上想現在、立馬就見到他的侍衛隨從們。想立刻回到京都紫禁城裡去。皇上盯著面前的人看了一會兒，又瞟瞟地面包袱布上的墨硯、紙張和那管筆。「你就只要我寫這一封信？」皇上問。

「只求皇上寫這一封信。」那人答。皇上也就蹲下拾起筆，借著月光將筆毫在墨池沾了沾。

「叫菊子的奴僕是你什麼人？」

「皇上你別問她是我什麼人。」

皇上便蹲在丘包的低處這一邊，把包布和紙挪到面前高平一點的地面上，略有一想便草書寫了兩行字，令太子見信後，賜王貴人身邊的奴僕菊子離開宮，並再給菊子綢緞、馬匹和銀兩，使她這一生都可過上富富貴貴的好日子。寫完了信，皇上藉著月光自己讀了一遍兒，遞給面前那個人，待那個人也讀了一遍後，皇上想他一定會感恩戴德跪下向皇上連跪幾個頭，然而沒想到，那人把信看完在手裡抖了抖，從口袋又取出那草紙上的像，看看皇帝的臉，說了一句「竟然沒有畫出你的靈魂來。」然後把那畫像丟在地上用腳踩一下，取出他的醜物在那像上灑了尿，又回頭朝皇上擰嘴笑一下，自胸口的衣縫取出一張畫在布上的地圖丟過去：

「這是我叔父給你畫的一張圖，你照這上邊的路道朝西走，見了所有的路口都走小路窄路就行了。到了一個叫府鎮的鎮門口，那兒會有你熟悉的一窩朝臣在接你。」

說完這些那人就走了。走時還又起腳在皇上的身上輕輕踢一下，又一腳踩在皇上的像上擰了擰，飄著腳步像風在夢裡走一樣，聲音隱約卻身影清晰著，之後那人消失在半明半暗的深夜一會兒，跟著黎明到來了。山包上又有一陣的靜謐中的劈啪聲，太陽的光芒刺刺嘩嘩落下來。

皇上徹底醒來了。

一夜的夢像書冊一頁一頁翻擺著，他試著去那書冊上伸了一下手，又收手回來要揉眼，卻看見自己手裡果真拿著一塊疊成方狀的老織布。皇上猛一從地上坐起來，抖開手裡的布，見那布上果真畫的是這元荒上的灘地和戈壁，山巒密布，石灘無垠，但在那戈壁的山卵灘地上，有著一條蛇路沒完沒了地伸縮著，夾在越靠右邊越密集的荒涼巒包間——

皇上盯著那布圖看一眼，迅速把目光從圖上抬起來，順著夢裡那人走去的方向朝著遠處望，見面前一張紙畫上果真畫著自己的像，那像和紙上還有尿濕和騷味。他盯著尿像看一會，突然對著前邊大喚道：「是你在逼我賜你們耿家九族滅門啊——賜你們九族滅門啊！」喚著追著自己的聲音看，看見自己掛在前面枯樹上的衣服還掛在那樹上，影子長得剛好伸在這巒包下。

三十一、府鎮

府鎮在去往第二門世界的中途上。

在遠離隔開府鎮的元荒戈壁上，皇上走得太長時間了。他好像走了一整年，至少也是一個季節一整天。有一片沙漠大得如從大清的長安到金陵，又有一片戈壁是條長狹形，而那圖上的路，正在山巒戈壁的邊沿上。左一邊戈壁上的日光像湖泊裡的水，有時泛出苔綠色，有時泛出芽青的一湖光芒來，讓人覺得有海浪湧來會把皇上捲進湖海裡。好在路的這一邊，又是黃沙野草與低矮矮的荊棵子。守邊的將軍曾向皇上說過大清的甘肅張掖那地方。唐詩裡也都寫過那地方。大漠風塵日色昏，愁雲慘澹萬里凝。回樂峰前沙似雪，一夜征人盡望鄉。還有肅肅秋風起，悠悠行萬里那樣的句子和詩言。皇上是背著這些句子穿過沙漠的。路上遇到了一十三個岔路口，每遇路口他都要拿出地圖比照一陣子，有時那寬路和窄路尺寸似乎一樣兒，他會用一根棍子去丈量哪條路寬哪條路窄些。行窄路，喝生水，吃野果，還有兩次在一窪水裡捉了生魚吃，腥味泛上來，讓皇上把吃的全又吐出來。有幾次皇上都想返身往回走，可扭回身子看，前也蕩蕩，後也茫茫，尾末還是沿著地圖上的小路朝西了。

終於看到有一片府房在前面影影晃晃坐落著，房子在遠處，像風裡走凝著的雲。期冀到來了，朝著那影城雲鎮走過去，到了卻是一片乾死在沙漠裡的胡楊林。以為自己必會死在這沙漠戈壁了，疑那半夜拿走一封信而留下這張圖的人，是穿了自己龍服的假皇在桑原立國稱帝後，派來的奸細要讓自己走進深漠死在元荒上，可卻這時候，絕望堆滿身子時，在腳下偏又看到了一片綠草和在草中落著的金黃色的蟬蟲兒。

沿著那草走，竟看見了一條濕線兒。

沿著濕線走，追上了一條河。

沿著蜿蜒清澈的河邊小路走，看見午陽下有一堵比城牆小的寨牆橫在一片稀落疏生的林後邊。以為是幻覺，拖著身子朝那寨牆下面去，到那林邊倒了下來了。迷迷糊糊中，聽到有人在一連聲地喚皇上，他閉著眼睛問了一句話：

「到了嗎？」

「到了呢，」有個聲音說，「皇上到了呢，你趕快喝口水。」

心裡像將死時見了太醫樣，不是去喝水，而是慌忙抓住太醫的手，用最後的力氣說，「為了大清，為了江山，你就最後給朕賭下一劑猛藥吧。」然後用力閉著眼，緊緊抓著太醫的四個手指頭，如把一個國家託付給了太醫般。可卻這時候，來到皇上面前的，卻不是國家和江山，是流在嘴邊的一口清水和涼氣。嗓子裡的煙火撲滅了，涼氣如同朝露降在烈塵上。身上有一股氣流從嗓子那兒浸到渾身上下的脈管裡。皇上睜開了眼，看見自己這時是坐在御臣高翰林的懷裡邊，邊上還站著周修撰、趙巡撫和曾經的金榜狀元們，還有十幾個文武朝臣和將帥。趙巡撫似乎對高翰林留著戒心和分寸，高翰林每對皇上說話和做事，他都要斜目去看他。皇上對這裡立站一片的下臣們，似乎個個都熟悉，全都在朝堂或宮裡見過都給他們下過旨，賜過爵位和銀兩，可卻又一時想不起來他們一一的名字來。太陽依舊熱辣辣地刺著眼，有兩棵被晒蜷葉的樹，薄涼的影兒鋪在皇上的臉上和身上。那道流過來的小河在樹的那一邊，水涼氣帶著些微的薄風在吹著。看見皇上睜開了眼，面前的人都驚喜地朝著皇上跪下來，齊聲大喚著：

「皇上吉祥！皇上吉祥！」

這喚這祈祝，讓皇上想到在元荒裡那人說的到府鎮會有臣子們在寨門外的迎接了。於是又扭頭朝身邊看一下，果然看到一牆古磚橫在日光裡，有一拱圓門能過去一輛馬車寬，和他進入夢城九門的第二門樣大小著，物形相似著。「這是府鎮嗎？」皇上打起精神問。跪著的十幾朝臣們，點頭說正是府鎮呢，皇上一路勞頓辛苦，臣們在這恭候多時了。皇上也便慢慢從虛慌無力中站起來，又看看寨門、樹木和那條河，見那條小河從寨牆下的一個拱洞流進府鎮去，便把目光收回來，說了句「快扶朕到鎮裡，最急要的事情是朕要吃些東西洗個澡。」說完見面前跪著的臣子們，都面面相覷不說話，彷彿有不便開口的事情要告訴皇上樣。「怎麼了？」皇上問著掃視面前的人。面前的人依舊不說話，都把目光落在了高翰林的臉上去。尤其趙巡撫的目光看著高翰林，好像眼裡總暗暗藏著笑。高翰林也就終於硬著頭皮跪著朝前上一步，深深叩了頭，讓額門碰在沙地上，抬頭時額門上還沾著一片沙，然後他用風沙樣的嗓音說，府鎮等皇上到來很久了——府鎮自上年就開始有瘟疫傳染著，整個府鎮裡，家家都有死傷都有每天發燒的人。說住在府鎮裡的人，世代都是在宮裡、州府和郡城為皇上做事為僚的，每一家的主人不是進士就是舉人呢，到這邊又都住在一起建了這府鎮。而這瘟疫不知是從哪傳染過來的，是想要毀了這府鎮。現在府鎮的人口已銳減三分有一去，死的都到第四、第五道的世界了，而今能拯救府鎮的，也只有皇上了。

皇上就又驚愕地朝著大家看，朝著府鎮的寨牆看，還朝著荒漠的遠處看了看。問說怎麼救府鎮？大家又都把目光再次落在高翰林的臉上去，等著高翰林來說出那句話——

「需要皇上的血。」

高翰林果然硬著頭皮說了這一句，又朝皇上響砰砰砰地連磕三個頭，抬起頭說皇上因為是皇上，只要皇上肯把自己的手指弄爛一個口，把流出來的血在幾個碗裡滴幾滴，讓眾臣們將這幾碗血水悄悄端進府鎮每家分幾口，也許這瘟疫就在病人身上去除了。說到這兒高翰林又偷偷瞟了皇上一眼睛，目光就硬在皇帝臉上了。這時別的三品、四品的朝臣們，也都大膽地盯著皇上看，目光裡有哀求也有硬冷冷的光。

寨門外的天地突然靜下來，像皇上在戈壁元荒最中心的那一天。流水在身後響得如宮裡謀反疾跑的腳步聲。皇上很清楚地聽到了高翰林對他說的話，可就是想要再去追問他一句，便用一樣冷硬的目光盯著高翰林：

「翰林，你把說的再說一遍來。」

高翰林：「府鎮要用幾滴皇上的血。」

皇上道：「你是想讓皇上賜你一死嗎？」

高翰林：「來這兒的都是在大明、大清死過的。地府也不是石板鐵板無隙無縫漏，官高爵貴的，哪怕用錢買，多都各有徑路沒有去地府，都又活在歡樂國的這一邊。」

高翰林說著不慌不忙從地上站起來，拍了拍膝蓋上的沙，撫掉額門上的一層顆粒兒，「皇上——你忘了，你也和我們大家都是一樣啊，只不過我們都在府鎮住下很久了，而你不過還在路上走著哪。」

這時候，在高翰林身後跪著的，都跟著翰林從沙地站起來，臉上也都不再有剛才跪著的敬拜和奴相。都看著皇上連聲說，皇上啊，當年我們每一個人都在大清為皇上賣命日夜操勞過，現在只是需要皇上幾滴血，就可以救了家人、親人的命，難道皇上連這幾滴也不捨嗎？難道皇上流這幾滴會要了皇上你的命？

沒有誰再說什麼話。

在一片過了午時的日光下，晒成熱燙的寧靜如堵在屋裡的蒸汽樣。有汗從皇上的額門滲出來。他又朝著周圍和面前的一片朝臣看了看。「難道你們不想我回到大清那邊會怎麼樣連坐你們那邊的家人、親人嗎？」問著皇帝臉上又掛了一層笑，彷彿突然從哪來了力氣樣，還讓自己的肩膀抖著動了動。這時在一片啞然中，從人群後面走上來一個穿了白色素服的正四品，到皇上面前將脖子伸出來，讓皇上看了看他脖裡的一條長疤痕，用很平靜的語氣道：

「皇上啊，那邊我家已經沒人了，已經被你的一道聖旨滿門抄斬了。」

輪到皇上啞然了。他看著面前的中年四品想不起來他是誰，像一個人看著一棵熟悉的樹卻叫不出樹的名字樣。

「你還記得十六年前大考出題的考官王昌嗎？那年在京城的大考洩了題，你知道是皇后的至親把考題賣了洩將出去的，在天下譁然時，你卻拿我出考題的王昌頂了罪，全家老少三十二口人，被你一道旨令殺了頭。我一家是因為冤枉才沒有去地府，才到了大清外的這個府鎮上。難道我一家三十二顆人頭還換不來你手指頭上的一滴血？」

皇帝不說什麼了，只是看著面前的王昌想著十六年前的事，嘴唇綳緊把十個手指捏起來，本能地將虛捏著的拳頭朝著身後背，又本能地把身子朝後慢慢退，然在退著時，又有兩個穿素服的朝臣從皇帝左右繞到皇帝身後了。

事情完全如同宮廷謀反樣，寓意不是那些人從皇上的手指上取走了幾滴血，而是他們可以公然把皇上按在寨門外，用準備好的銀針扎在皇帝的食指上，將備好的碗罐汲滿水，把皇帝食指上的手血擠進碗裡去，然後端著水碗、提著水罐快步進到府鎮去。先動手的是那家被殺了三十二個人頭王四品，他竟敢把皇帝按在沙地上，用膝蓋壓著皇帝的腰身和肚子，生生把一根針刺進皇帝的食指裡。有一個水罐在皇帝身下邊，血像珠子樣滴進水裡暈著化開來。然後那個水罐被人提走了，又有大碗公和水罐擺在皇帝的手指下。

被擠血滴血時，皇上幾乎一絲反抗都沒有。雖然覺得手指疼，但不是顫心動肝那樣受不了。狩獵時皇上曾經從馬上摔下流過血，事情沒有什麼了不得。二十八年前，在和蒙人的矛盾糾纏中，皇上親自率兵到了草原去，也有暗殺的箭從皇上的脖子擦過去，血如湧樣流在戰袍上。皇上不怕流血不怕皮肉傷，可受不了的是自己的朝臣竟敢用冷硬的目光看自己。被賜一死的人，竟敢上前一把抓住自己的手腕像抓住一個路人百姓的手腕樣。扎針擠血時，皇上半躺半坐在沙地上，用力掙扎一下身子說，「你們如此大膽，忘了我是皇上嗎！」王四品便從牙縫裡擠出了一句話：「你不是皇上我們何必這樣哪！」皇上不再說啥了。王四品的膝蓋跪在他的後背上，像跪壓著一個逃犯樣。皇上在那膝蓋下，如臥著待殺的一隻綿羊般。他聽到了自己因為掙扎各個骨關節的扭動聲響了，之後關節的酸痛便在骨縫裡竄著漫延著，就是那一刻，皇上心裡生出了一個念頭來——

「我老了，六十八歲了。」

老了的念頭一經在皇上頭腦生出來，他就再也沒有動一下，任由朝臣們在他的手指上擠著血，甚或食指擠不出來時，他還一動不動地任由他們在他的中指和無名指上扎血針。扎完擠完了，朝臣們端著碗罐的血水快步小跑地進了府鎮後，最後留在皇帝面前的，是高翰林和王四品。他們手裡每人提著一個滴過血的水罐兒，站在皇帝面前臉上顯著很奇怪的表情和意外，彷佛到現在，他們才發現半個時辰的擠血皇帝沒有掙動一下身子樣，臉上都顯出「皇帝為什麼會這樣聽話」的不解來。太陽沉西了。身邊的小河泛著石榴紅的光。沙地上到處都是腳印和濺出來的水印子。微微的血氣如老遠就能聞到的春草芽發味。而不慎擠滴在沙地上的血，把白色的沙粒凝在一塊兒，如幾個熟落下來的桑莊桑葚樣。望著表情奇怪的高翰林和那被滿門抄斬了的王四品，皇上蹲坐在沙地上，扭著肩膀問了一句話：

「我的血真的可以醫治瘟疫嗎？」

高翰林怔了一下說：「皇上，你忘了史書上記載的皇血可醫天下百病嗎？」

皇上想了一會兒：「你們是怎麼知道我今天會到府鎮的？」

高翰林：「幾天前耿畫師的侄子耿去病，要到第一門的世界找人把一封信帶給他的小女兒，他路過這兒時，把你要來的日子告訴我們了。」

聽了這些皇上從地上站起來，明白了在元荒用布圖換信那人是誰了。明白在宮裡做丫環的菊子是誰了。「那姓耿的書生還在嗎？」「回皇上——那書生去夢城找他的妻子青鳳了。」皇上在心裡「哦」一下，捏著流血的指頭抖抖身上的灰，要往府鎮走去時，看見高翰林和王四品，一直站在那兒不動彈，他反倒扭回頭來說，「你們不回府鎮嗎？」高翰林便大聲奇怪道：「皇上，我們在等你說『賜我們一死，在郊外把人頭和身子分開埋了』那句話。」一說著他們起腳追著皇上往府鎮的寨門走，皇上卻只是對著他們瞟一眼，便抬腳踏進了寨門裡。寨門的青磚拱洞下，人進去有風穿洞吹過來，讓皇上渾身的燥熱呼嘩一下減去一半多。走過這寨門，看到一條能錯行大馬車的街，街兩邊都是古槐樹，和紫禁城裡的槐樹長相一模樣。槐樹後都是一家一院落的磚牆四合院，也和京都官府家裡的院落樣。麻雀飛在天空裡。雞鴨走在街邊上。滿街道都落著碎槐花。有狗的吠叫突然從哪家的院落傳過來。大街上連個人影都沒有，而路邊焚燒過的冥紙灰，這兒一堆那兒一片兒。沒有燃盡的冥幣到處散落著。皇上繞著那些冥幣冥灰走，剛到一個路口上，忽然看見從前邊的胡同又急腳走來了一群十幾個人，多是老人和婦女，還有幾個十幾歲的孩子們，他們每個人手裡都端著一個水碗或提著一個水罐兒，有的穿著全身白袍服，有的上衣為白色，褲子卻是染青色；還有的在染色上衣的左襟腋下繫著一條白繩兒，或在衣袖上釘著半個巴掌大的生白布。穿全白的都穿滿白鞋，穿半白的只在鞋上包了白鞋頭。袖上釘白布的全都是男人，而腋襟繫綴白繩的，又一全是女人。他們看見皇上從寨門那邊走過來，開始朝著這邊跑，抬起落下的白鞋如飛起又落下的一群白鴿子。到皇上面前他們全都跪下來，舉著罐兒或水碗，大聲地喚著「皇上萬歲啊——你救救我們家人吧，我們也都是朝臣的家人都是你的子孫兒女啊。」之後皇上就木呆在街上，便又看見從另外一條胡同也湧出一堆人，和他們一樣的穿戴、一樣的手裡都端著水碗提著水罐兒，一樣地跑來跪在那兒求喚著。

皇上有些不知所措了，立在那兒看著一大片的人群猶豫著。這時高翰林走上來伏在皇的耳朵上，「你從寨牆下朝著東邊走，東邊住的都是二到四品的朝臣們，這些都是七品以下的朝臣和家人，多還都是大清滅明時，搬到府鎮住的明朝的人。」然後他拉著皇上往東拐，就突然有幾個人從人群出來往東箭兩步，攔著皇上跪下來，目光裡一樣透有冷硬硬的光，脖子裡也有和王四品一樣的長刀痕。看見那些被斬的刀痕後，皇上臉上又僵下白色了，重又瞟了一下身邊王四品的臉，似乎想讓王四品上前說些啥，王四品卻上來對皇上用不大不小的聲音道：「這些脖子有疤的，都是被前朝皇帝賜死的；嘴唇含青的，都是被前朝太后、皇后、貴妃賜了毒酒的。」王四品的這話聲音並不大，可他說了這些後，人群彷彿被提醒什麼了，有一半人的目光開始冷冷盯著皇上看。

高翰林扭頭斜了一眼王四品，王四品對高翰林拿鼻子用力哼一下。

皇上立在那兒什麼都沒說，他猶豫著上前一小步，抬著被扎的左手指頭看了看，試著朝最前的一個水碗擠了擠。那碗裡有多半碗的清水迅速暈開來，使那水裡開了一朵蓮花樣。然後那舉著蓮花水的一個老人大聲說了句「恩謝吾皇——吾皇萬歲！萬歲！萬萬歲！」便歡喜地端著水碗起身快步走掉了。接著皇上又往另外一個瓦罐水裡擠，又有了那樣一大聲的喚。人群便都把碗、罐舉在面前或頭頂，等著皇上往那水碗、水罐裡擠血滴。「吾皇萬歲！萬歲！萬萬歲！」的喚聲越發大起來，也越發齊整起來了。且那舉罐、舉碗的人，走了一波又來了一波兒，大街上密密麻麻跪著的人，像皇帝二十八時，和沙俄簽了《尼布楚條約》班師回到京城深受子民歡迎那一天，用血換來的「萬歲！」的聲音一浪一浪波捲著，彷彿皇上不再是大清國的皇上了，而是天下世界獨為一尊的天帝了。

三十二、二湖島

後來不知到底發生了什麼事，因為要皇上擠血的人太多，也便有了開始沒有尾末了。血像一注雨樣不斷滴地流出去。傷口並不痛，只是皇上的頭殼有些暈，流血如流著他的腦髓樣。瘟疫有救了的消息不脛而走迅速在府鎮傳開來。這時候，皇上才知道府鎮何止是一個鎮，還是一個城和比城鎮更大的一片域隅和界地。在府鎮寨牆內，住的都是明、清兩朝七品以上的朝臣和家人，來自清朝的都住在寨牆靠著戈荒這一邊，他們依著在朝時的官位、家財蓋成了各式的四合院和閣樓房。而過去兩條街，那邊住的多是早就搬過來的明時的朝臣和家人。然在明朝家眷和更那邊的寨牆外，戈荒退遠了，有了黃土和泥沙，可以種植和耕墾，竟也住了許許多多過來的秀才和在地方衙門有著官位的，如失勢的九品和在縣街、州府做著雜役事情的讀書人。緣於府鎮是讀書做官人的聚集地，他們也就都搬來住在府鎮的縫隙和街角。待縫隙街角住滿了，又蓋房住在府鎮外能種稼禾的土地上，待過了順治至康熙理政的百年後，府鎮外已有萬人聚集了，成了鎮外鎮和城外城。皇上明明是在戈壁這邊進入了府鎮寨門的，開始在那兒給他的朝臣、子民擠血驅瘟疫，後來他不知道是如何被擁哄著推到了府鎮中間十字街的廣場上。手指上的血，越擠越難擠，不得不用敲碎的碗瓷碎片把另外一個手指的肚頭割開來。就這樣血像雨滴一樣朝下落。「萬歲！萬歲！萬萬歲！」的喚，潮湧一樣捲起再捲起。皇上半點兒都不覺得手指疼，用瓷片割了這個手指再割那一個，割著時他還能從「萬歲！萬歲！」的喚聲縫兒裡，聽到瓷片從肉上劃過像從一片布上劃過的撕布聲。太陽終是西去了，府鎮的街上、房上、枝葉上，到處都是紅亮和溫暖，如被皇上的血暈染了樣。不僅手指不覺疼，且頭腦輕盈飄忽猶如宮裡新選了宮女和他過夜後，房事過多的那種飄忽和快活。皇上不再怨恨那個穿了自己龍服的人，原來在那邊，萬歲的喚聲聽得讓人厭，可是在這邊，聽起來都如新宮女的房事樣，是男人有誰能抵得了。皇上總是想起他每次離開紫禁城時千人萬人跪著的呼喚聲。那時他在呼喚中，總想逃開靜一靜，只是因為不能讓人看到他的厭煩才要做出戀戀親親的樣。可現在，想到那個穿了龍服稱了帝的人，把該給他的「萬歲！」搶了去，皇上便格外地疼惜這又到來的呼喚和萬歲聲。「皇上，你不敢再給百姓擠血了？」這個聲音是高翰林的聲音樣，可又覺得是哪個公公在他耳邊私語著。「為了天下，為了江山和百姓，我怎麼能不這樣啊。」他好像這樣大聲地對著人群說，又好像只是這樣想了想，接下來便又自己拿起一個瓷片兒，把自己僅剩下的一個完好的手指肚兒割開來。明明是把滴血的手指捏著朝一個孩子的水碗伸過去，可又覺得身子一歪倒在了誰的懷裡邊。

他想我是死了嗎？

想我死後到往哪兒了？

他想難道我從第三道的世界走不到第二、第一道的世界了？見不到我從宮裡帶出來的百來人馬隨從了？是不是這兒就是歡樂國的都城呢？還是我被誰一把從歡樂國的第三道推墜到了第四道？歡樂國的都城在哪兒？那個都城到底怎麼樣？都城裡的田農莊只是一個村莊嗎？還是田農郡的中心才叫田農莊？因為頭暈皇上又看見了夢城、桑原、田野、人群、穿龍服的自己和耿畫師，看見了戈壁洪荒中的沙漠、沼澤、山巒、石灘和府鎮，以及府鎮裡的四合院及王四品、高翰林、趙巡撫和周修撰。認識的和不認識的，房子、樹木和荒野，都在他眼前轉動和搖晃，然後就有目光似的月光照在他的眼上了。就有蒲扇在他面前呼呼搧著了。又有一股涼風和潤氣，柔柔習習地在他身上浸潤著，宛若雨前的細風吹著樣。皇上在呼喚聲中睜開了眼，看見了面前跪著一片又一片的人，全都穿著長袍布衫子，不是黑色就是染藍色，體面的還是綢緞或面人的一面是綢緞，而長衫的後面是織布。天色好像初亮一模樣，東邊的雲後透著黎明的陽氣和亮光。「我這是在哪兒？」他想這樣問一下身邊的誰，卻只是想想沒有問出來，然卻很清晰聽到有一聲裹著驚喜的喚：

「皇上醒來啦——皇上醒來啦——」

那喚聲帶著喜氣像皇后第一次懷孕生了太子後，他不能進入儲秀宮去看皇后生太子，又擔心皇后生的不是太子是公主，因為皇上和兩個貴人、兩個答應先後五孕都是女的，且五個公主有三個剛一出生就夭折，所以到第六孕皇后生產太子時，公公從儲秀宮門口到乾清宮來向皇上報喜時，「是太子——是太子——」的喚，驚天動地、鑼鼓喧天大地傳遍各個宮殿和宮廷裡的角角和落落。現在皇上又聽到那歡鑼喜鼓的喚聲了。「皇上醒來啦——」的一聲大喚後，那喚聲便被減縮為「醒來啦——醒來啦——」的一連串的喚，從一張一張嘴裡叫出來，朝很遠很遠的地方傳過去。

皇上掙著身子坐起來。

他面前出現的不是府鎮的廣場和落日，而是一個島上的一片草屋、院落、樹木和天亮前的光色和潮潤。四周都是水，汪汪洋洋看不到邊。而面前站著的人，個個都是書生讀書人。都是二十幾歲或者三十幾。他們在一棵巨大無比的樟樹下，都圍在皇上身邊兒，嘴裡都叫著「皇上、皇上」，叫皇上就像叫「張生、李生」樣。他們望著皇上喜悅著，還有位書生過來拉著兄弟的手樣拉著皇上的手：「你醒了？你到底醒來了！」然後自我介紹說，我叫王平子，是那邊平陽人，因為考舉不中，後來被好友孟生介紹到了這邊島上來，沒料到一到這島上，瘟疫蔓延了，只有這島上才是安全沒有疾染的。說皇上在府鎮血擠乾了暈倒了，那些家裡有病沒有得到驅疫血的人，乘機撲到皇上的身上抓住皇上的手指擠驅疫血，還敢有人索性把皇上的手指用刀割開來，趁皇上昏厥把刀尖扎在皇上的腿上、胳膊上，去搶奪皇上的血液驅疫症，直到皇上身體徹底沒血了，人都走散了，再也沒人理救皇上了，孟生才悄悄乘著夜黑把皇上背到這島上，使皇上有了新生重又活過來。說著王平子指著體態半胖的孟生道：「這位就是救駕皇上的孟生孟龍潭，老家在浙江天台縣。」皇上想起四年前，閒暇無聊時，又從濟仁公公手裡要過蒲生最後給他寫過的幾個故事看，似乎記得有個故事叫〈三生〉，有篇名為〈王子安〉。皇上把目光落到孟龍潭的臉上去，要問什麼時，王平子又指著孟龍潭邊上的秀才說：「這位是王文，山東東昌人；這位是賈生賈奉雉，甘肅平涼人。這位名叫王子安，考中秀才時自己都成爺爺了。」看王子安臉色漲紅笑著不說話，王平子便慌忙補充道：「皇上啊，來這島上的，都是在那邊年年科舉落榜一身悲傷的，才都聚到島上學著陶淵明，小國寡民，不聞魏晉，日日地在島上酌飲和對談，種菊、種豆或種瓜。」說著又向皇上介紹了十幾個一生都考、一生不第者，說大家為皇上醒來每人每天都守在皇帝身邊上，終於將皇上從死裡召喚回來了。皇上也便驚奇地瞪著眼睛看大家，又想起什麼慌忙伸開自己的雙手看，擼起袖子朝著胳膊看，驚驚慌慌地把身上的衫袍提起來，將目光落在腿肚和腳脖上，果然看到腿和胳膊手指上，到處都是傷疤和包紮著的生白布，有的白布上還染著黑乾了的血。皇上的心裡哆嗦著縮緊一下子，有一股怨怒升上來，可又想到現在不在府鎮而是在這島上，便繃緊臉色問：

「這裡離府鎮有多遠？」

天台人孟生看著皇上道：

「說遠並不遠，說近並不近。」

皇上冷眼盯著面前的一群書生們：

「朕我自己擠血驅瘟是一件事，子民們動刀來刺扎皇上是另外一件事。有誰能告訴朕，都是誰在朕的身上動了刀？」

書生們全都不言了，全都面面相覷著，最後都把目光落到了孟龍潭的身子上。這時孟龍潭看看大家朝前上一步，說皇上，那些在你身上動刀擠血的人，全都是你和你的父皇賜他們一死並株連九族被滿門抄斬的，你要了他和他們全家人的命，今天他們不過從你身上擠走幾滴血，難道皇上還要再賜他們一死嗎？孟生說，你看看你眼前的這些書生秀才們，他們個個在大清飽讀詩書、人才棟梁，而又年年落榜不第，最後不得不到這孤島上相抱取暖而自娛，可他們見了皇上也沒一人抱怨一句大清、抱怨一句皇上啊。說著還又朝所有的書生秀才們看一眼，這時太陽升將起來了。身邊的草屋上披著暖黃色，房坡上從枯竭的房草中間生出的新草們，有的開著小黃花，有的生出小紅花。有一身晶黑的燕子落在房檐下。面前飄渺無邊的湖上，停放著舟船和漁網，能看見有人一早就駕著小舟朝著湖心走。皇上聽著孟龍潭的話，看著孟龍潭的臉，彷彿想起了什麼樣，臉上飄過一層暗白色，慌忙把目光移到別處去。「這是什麼島？」皇上望著遠處問。「是南湖和洞庭中間的二湖島，」有個書生這時說，「皇上要去的第二門世界就在湖對岸。」

皇上便把目光朝著遙遙的對岸瞟望著。

「誰能把朕送到對岸去？」

沒有人說話。

「不把朕送到對岸，你們就不是救駕，而是劫駕了。」

說著皇上又掃視面前的人，直到這一刻，他才突然意識到，面前所有的書生們，沒有一個在他面前下跪下。沒有一個對皇上喚過萬歲的。皇上意識到什麼事情了，他把目光再次落在一身氣宇的孟龍潭的身子上。「是你把朕從府鎮救到這邊的？」皇上說，「朕回去可以補給你孟家後人五個進士前三甲，可以點名讓你家兩個後人為狀元，可以封賜他們到最富庶的兩江去為官。」孟生這時望著皇上笑了笑，拉過凳子坐到皇帝對面去，說孟生我從寫出絕世的文章而落第，到終於成為狀元被先帝因為「龍潭」二字取消後，就已經讓孟家人只讀書慧悟而不科考了。如果皇上念我孟生和眾人救駕有功的話，皇上不用賜我們銀兩、布匹、綢緞和官爵。我們在這個島上不用那東西。我們只要皇上賜我們一樣東西就夠了。

皇上瞟著孟生看。

「能賜我們一粒小麥落下可長出萬斤小麥的麥種嗎？能賜我們一粒穀稻種，在這島上種下去，生出十畝、二十畝不用鋤草、施肥的豐稻種子嗎？」

皇上把目光收將回去了。

孟生把凳子朝皇上面前拉了拉，坐得距皇上只有半步遠，把右腿翹到左腿上，聲音不高不低道：

「倘若要不能，那就請皇上對我們每人賜說一句微不足道的閒話吧。」

皇上看著孟生的嘴。

孟生說：

「請皇上對我們每人都說一句『對不起』！」

皇上的臉成青色了。他盯著孟生不停晃動的腿，突然從凳上站起來，舉起胳膊要摔東西樣揮一下，可胳膊起到半空時，又想起什麼來，青色的臉上呈著蒼白色，如同一瞬間，力氣被掏空耗盡了，有氣無力了，不得不慢慢把身子重又坐下來：

「朕我要不說呢？」

「不說就不說，」孟生笑一下，把翹腿收起來，「皇上若不說，皇上也還是皇上。這裡的書生會把皇上一輩子都供得和每個書生樣，每天除了採菊東籬下，就是每人每天要作一首詩，三天寫上一篇短文章，每月寫一篇長文章，之後大家輪流作為考官評詩判文章，詩文好的可以休息、飲酒聽音樂，詩文倒數的，那就要每天到廚房給大家燒飯、炒菜、洗碗筷。」

說到這兒孟生站起來，像考官到考生面前指點說了一會話，指點完了要走了，要考生開始自己答卷了。「今天的題目是『遇陌人』，」孟生對著大家喚：「都回去該寫詩的寫詩、該做文的做文。」說著把目光落在王子安的身上去，交代他去把為皇上準備的墨硯、紙張拿出來。這時太陽到了島頭上，水面上的波光呈著金銀色，有鴛鴦、鴨子和白色的水鳥在湖邊遊蕩著。天氣好到沒規矩，雲似乎會從天空掉下來。會掉下掛在枝頭上。有一種碩大無比、玫紅亮亮的喇叭狀的花，滿開在一片葉子也不生的樹枝上，在一排房後的天空著了火一般。還有一種樹，樹根不在土裡而在半空裡，從樹枝上生出垂下扎進土裡去。有兔在那樹下邊，狐獾在那枝椏上。鳥叫聲帶著水清氣，從湖邊和樹上疊疊翠翠傳過來。王子安就把一張桌子搬來了。另外一個書生把筆墨紙硯擺到了皇上面前的桌子上。其餘的書生都陸續離開這棵垂根樹，有的回了自己的草屋茅舍裡，有的把屋裡的桌子搬到門外風口樹蔭下，開始如在各省和京都設的考場那樣寫詩做文章。

皇上如墜夢裡樣，望著島上的一切和書生們，覺得事情像是一片樹葉輕輕落在身子上，拿起那葉一看葉子成了果；再一看，那枚果子在人的面前又成了一棵樹。再或者，是餐飯時候剛把筷子拿起來，卻看到用了多年的筷子發了綠芽兒，而桌上的鹿肉、兔肉和羊肉，明明煮熟了，擺在盤子裡，可盤裡的肉卻成了小鹿、肥兔和羔羊，從桌上跳下逃走了。

有一種嚴肅的可笑在面前。望著鋪在桌上的紙和筆，皇上連一點詩興都沒有。再看四周的門前、樹下和遠遠近近的島地上，書生們都正伏在那兒寫詩做文章，彷彿農人正在日下、風裡耕田般。他很想笑一下，想望著這些落第書生哈哈地仰天大笑著，便在臉上掛著譏諷要到最近的一個書生那兒看一眼，然而剛起腳，被邊上的王平子把他攔下了。

「皇上，今天我是考官你是考生了。」

皇上看著王平子：「你是平陽人？」

王平子朝皇上輕輕點著頭：「再過兩個時辰後，皇上你若還沒寫出一句詩或寫出半章文，今天給大家燒飯、洗碗的事情就落到你的頭上了。」

皇上真的笑出了聲：「我若不寫也不下廚燒飯洗碗呢？」

王平子有些啞然時，孟龍潭從一個考生的桌邊走到皇上面前來，「如果皇上不願過這書生生活時，可以把皇上重新送回府鎮去，那兒染了瘟疫的人，都在等著皇上哪。」這樣說著孟龍潭把桌上的紙筆朝皇上推了推，又把一個粗木條凳擺在皇上屁股下，「皇上不會是擔心自己是大清的皇上，文采沒有這島上書生們的文采好，才不敢坐在書桌面前吧？」

皇上最後看看孟龍潭，拿鼻子哼一下，也便默著坐在垂根榕樹下的桌前了。

三十三、鏡湖

離開島時所有的書生都將皇上送到碼頭上。

一段在湖邊砌起來的石壩頭，石壩上貼了腐木和草苫，以免船舟靠岸撞在石頭上。幾個石頭階，三尺木欄杆，皇上和孟生便扶著欄杆跳到舟上去。登舟前皇上在碼頭朝著所有送行的書生深深鞠了一個躬，大聲說了一聲「對不起！」便和大家招著手，一躍跳到了獨木小舟上。碼頭上都是書生依依不捨的笑，和向皇帝擺著手的喚：「同為一介書生，詩情文意悠長啊！」然後那小舟朝著湖心划去了，碼頭上的人影、喚聲便淡著消失了。

原來洞庭和南湖中間的一個邊湖也竟那麼浩渺和巨大，看起來無邊無際著。划船的是一個單瘦的秀才福建人，詩文不好，可燒飯、做菜和行舟，卻是頂級的好手。船槳是杉木，在水裡顯出染了時間的黑顏色，槳柄槳扇都無奇特和異樣，可在他手裡，卻像毛筆在孟龍潭的手裡樣，靈動快捷地擺著如飛在天空的燕一般。

大家的衣服都因為湖風鼓起來。皇上坐在船屋前的這一邊，孟龍潭坐在那一邊，平衡著讓船在湖上箭飛幾個時辰後，孟生讓船停在了湖心裡，突然正經嚴肅地向皇上問了一句驚天動地的話：

「湖那邊就鄰著第二門的錦繡繁華了，皇上——你願不願趁這兒沒人給我和船生跪下磕個頭？」

皇上驚得朝著孟生的臉上看，既沒有從孟生的臉上看出不恭和汙辱，也沒有看出有什麼輕佻和挑釁。湖心裡的水面上，平靜得連天空雲影的一絲一線都清晰，水下的烏黑和深藍色，到了水面上的陽光裡，呈出的是清白和透亮，讓他們一句一句的說話聲，落在水裡都能照出聲影來。遠遠近近的靜，連魚在水裡遊著都可以聽到魚鰓的呼吸和擺尾。

皇上問：

「你是還嫉恨先帝罷了你的狀元嗎？是想讓朕我替先帝落在你的龍潭嗎？」

孟生脫掉身上的一件舊衫一揚手，笑著將衫子扔到湖水裡：

「狀元就是這衫服。」

皇上也看著孟生笑一笑：

「你是不想讓朕到第二門的世界去？」

孟生又問道：

「皇上真的不想給我和船生在這跪下磕個頭？」

皇上的臉上先掛淺白後來又有慘白了，他把目光從水面的衫子收回來，在船邊上動動身子把上身挺起來，「讓朕像書生一樣去寫考文朕寫了，讓朕去給秀才們燒飯洗碗朕也去燒去洗了，讓朕給大家鞠躬說聲對不起，朕也都鞠躬說了對不起。現在孟生你得寸進尺，逼朕給你跪下來，難道孟生飽讀詩書，真的不懂一點仁義嗎？」

問著皇上臉上的慘白薄下來，漸漸被青色取代著，且問完了還用腳朝船板上狠狠踢一下，讓那靜著不動的船，在水裡搖著晃了晃。孟生不說話。船生也看著他們不說話，只是把船槳橫在船頭上，坐在那兒看著他們倆。時間如雲在頭上游著樣，待有一片白雲拖著黑影走過來，讓泛著亮光的水面在影裡成了碧清後，孟生擰了一下眉頭道：

「在這邊不言那邊書生們科舉的屈辱和兒戲。我最後問皇上，是我和船生把皇上從府鎮接到島上的，現在又是我和船生要把皇上送到第二門的世界裡，皇上真的就不願給我和船生跪下磕頭謝一下？」

皇上朝著孟生的臉上凝著看一會，又凝著目光朝船生的臉上看一會。那兩張臉板在那兒彷彿兩張嚴肅的舉試卷答題。雲從頭頂快要過去了，落在船和水上黑亮透明的雲影有了日錦黃。「你們把我送到府鎮吧，」皇上說：「那兒雖然人人都要朕的血，可擠了皇血他們都還會朝朕我跪下喚上一聲萬歲哪！」

皇上說完把臉仰到天上去，一臉都是軒昂的氣宇和傲然。到這兒，孟龍潭和船生相互看了看，船生又把船槳提在手裡邊。「皇上，你朝水裡看一下。」孟生有點遺憾地這樣說著起身走到皇上這一邊，首先把目光投到了皇上身後的水面上，端詳著看了一會兒，皇上也把目光從半空收回來，慢慢轉過身，將目光落到水面上。待那微搖的船身再次穩下來，水面在滑過去的雲影裡，鏡子一樣淨著透亮著。皇上看到水裡自己的影兒了。看到了自己的衣袍、項頸和臉龐，他微微驚著把身子和頭朝後仰一下，又跟著蹲下趴在船榜上，讓自己離水面僅有一尺遠。水上的波紋徹底緩平下來了。皇上的影子清晰不動地投在了水面上。他看見了水裡的自己竟是五十歲的樣，臉上原來七十歲的皺紋忽然不見了，額門上光潔亮堂如剛從刨下走出來的楸木板。原來臉上清晰突顯的老人斑，現在也淡得快要不見了。原來盤在頭上鮮明稀疏了的白頭髮，現在幾乎是一頭烏髮了，只有幾縷白根還在鬢角邊。

皇上驚著了。

他一直盯著水裡的自己不動彈，待忽然想起什麼扭頭要問孟生時，孟生卻對船生說：「划走吧。」那船生一動身，水裡的皇影被船給碎得不在了。這時有一隻巨大如篩的白色水鷗從天空的高處飛下來，到小船的前面溜著水面朝著湖的西邊飛過去。船又開始划行了，跟著水鷗像被那鷗鳥牽著樣，總是距離那水鳥十幾丈的遠。「這是怎麼啦？」皇上臉上掛著驚喜問，像地處偏僻的鄉下孩子終於熬到了一個可以吃好穿好的年節裡。「快到第二門的世界了。」孟龍潭在皇上的臉上看了看，說你是從第三門世界進的歡樂國。第三門進來的時間都是倒錯的，在大清一年的時間是春夏和秋冬，在這邊一年裡的時間是冬秋和夏春；在那邊一天的時間是從早晨始，然後是上午、正午、下午和傍晚，後邊是黃昏後的前半夜和後半夜，繼而恢復到又一天的早上始。然而你在這邊，時間顛倒過來了。一天間的時間是從子夜開始的，然後是淺夜、黃昏、落日、正午和上午，再從上午過到晨時和後夜，從後夜過到子夜和淺夜。「皇上忘了你從第三門進到夢城時，城外明明是春天，而夢城卻是冬天嗎？」孟生問著話裡帶了許多的遺憾和頓悟，說因為這邊時間是倒行的，所以皇上在夢城住在夢客棧，發怒打了那使女，那使女會感恩戴德謝著皇上請皇上多打她幾耳光。因為你在大清那邊打誰罵了誰，那邊大清的臣人和子民，必然是死或被賦滿門抄斬罪，而你在這邊，罵了打了誰，誰就會獲生一天、一月或一年，生命就會延長一天、一月或一年，而皇上你自己，也會減去你的生壽一天、一月或一年，讓你到不了第一門的主正道，回不到你們那邊去。「皇上在桑莊沒有罵誰、打誰吧？又沒有對誰說過『我賜你一死』的話？」孟生問著又看看一直在船頭飛著滑行的白色鳥，看看專心划船追著白鳥的梭船和船生，嘆了一口長氣接著道：「皇上要感謝在府鎮那樣對你的高翰林和王四品，他們對皇上動粗也是為了皇上好。是他們倆從皇上手指首先擠出了血，他們在這邊的修生壽，會被減去十歲二十歲，可皇上你每被擠出去一滴血，在那邊像你的生命被減去了一點樣，可是在這邊，你的生壽卻是被加了一天、幾天呢。」孟生說，在府鎮不知皇上你總共擠了多少血，一滴加一天，一盅血會有上百滴，這樣你大約被擠流走了兩碗血，生壽加了最少有十到十五年。說在這島上，皇上為秀才們燒過飯、洗過碗，讓秀才們作為考官為皇上出過考題為皇上改了卷，這樣皇上的生壽至少又加了五年到十年，所以現在皇上你成了五十歲的樣。孟生說，剛才讓皇上給我和船生磕頭致謝皇上不肯磕，如果皇上肯磕了，因為你貴為大清皇，每磕一個頭，你的生壽就會多加半年幾個月，磕上十個頭，你的生壽就會憑空多得幾年或著十幾年。「可惜時機過去了，我們已經從第三門的世界到第二門的世界了。第二門生壽的增減已經和我無關了。」說剛才那湖心正是第三門世界和第二門世界的分界線。現在到了第二門的世界裡，時間從夏春交界到了仲春裡，不知道皇上後邊還有沒有機會向人說聲對不起，你的生壽就能加一天；跪下向人磕個頭，你的生壽就能延長半年幾個月。說著孟生臉上掛著遺憾和無奈，也還終有所得地對皇上微笑著：

「好在你還是得了二十幾年的生壽限，從七十幾歲的樣子回到了五十歲的樣。」說皇上，你從夢城到桑原，從桑原到元荒，從元荒的戈壁又到府鎮、湖島和這第二門的界地上，沒有人知道你都說過什麼做過什麼事，但你的生壽有加還有減，到底還是加多而減少，現在成了五十歲上下剛過中年的樣。說到這兒孟生把目光從一臉驚怔的皇上臉上收回來，又朝前邊看了看，就看見有條水岸線，隱隱出現在遠處，像一幅畫上的一條可見可不見的墨線樣。天空中的那隻白鷗這時看見那岸線，飛著嘎嘎叫幾下，說了什麼樣，孟生聽著突然醒悟了什麼般，「我話多了。我說得太多了！」這樣突然收話自語著，一手捂著自己的嘴，又舉起另外一隻手，和頭頂的白鷗招呼著，那白鷗便在他們頭頂盤旋幾圈飛走了。

船生望著那鷗鳥，也和孟生一樣和牠招招手，將船朝岸線那邊劃過去。

皇上一直立在船上聽著孟生的話，快速地回憶著他從夢城第三門洞進來後，所有的相遇、作為和說過的話，待孟生收言不語後，他疑疑瞟著孟生的臉。

「朕我現在向二位跪下呢？」

「因為多言我的生壽可能要被減去一些了。」孟生自語一樣望著哪。

皇上道：「朕我真的應該向你跪下謝你對朕我說了這些話。」

孟生回頭看看湖岸那一邊：「快看皇上——我們就要靠岸了。」

皇上也把目光追到岸線上：「上去就是第二門的陸界嗎？」

孟生說：「不知道什麼時候才能再和皇上見面了。」

皇上說：「你們真的不回大清那邊了？你們回去每個人都會是舉人或進士，都是大清的重臣和謀士。」

孟生說：「上了岸有人在接你，如果你的造化好，應該三朝兩日就到田農郡的田農莊。」

湖岸就到了。

碼頭、船隻和裝船、卸船的人，忙得像一個集鎮上的集日或者廟會樣。吵鬧聲歡歡愉愉傳過來。船生看見了碼頭上的誰，站在船頭在朝他們招著手。很快皇上看到一個女子在碼頭上也朝船生招著手。於是皇上盯著碼頭上的女子眼睛大起來。見皇上在盯眼看那女子時，孟生趴在皇帝的耳朵上：「她是船生的情人叫蓮香，皇上在那邊宮女多得和蜂群蝶群樣，在這邊怕沒有這等造化了。」然後孟生一笑又把目光朝著碼頭尋望著，也朝另一個女子招著手，那船便由快到了慢，有搖到穩朝著碼頭靠過去。

三十四、走彩虹

上岸要和孟生、船生分手時，皇上最後盯眼看了碼頭上來接船生的女子後，和孟龍潭及船生說的最後兩句話，竟然是「我在哪兒見過她！」說得船生笑著拉上蓮香就走了。船是由孟生繫在碼頭的。繫好船，手扶皇上下船上了岸，看見還有兩個女子在朝他們笑著擺著手，其中一個渾圓偏高的，首先迎過來，將一個新繡的香袋繫在孟生身子上，說快去去你身上的島腥魚腥味。孟生便拉過那個女子對皇上介紹道，這是我這邊的家妻叫梅萍，你稱她梅女就行了。然後又指著梅女身邊略矮一些的女子道，這是四鳳來接皇上，皇上你跟著她就踏上第二門的錦繡路程了。

叫四鳳的就過來挽著皇上說：「天，你也增壽太多了，顯得這麼年輕啊。」便在碼頭的人群熱鬧裡，和孟生及他這邊的家妻梅女分了手，並約了下次見面的日子和地點，領著皇上朝碼頭街的街頭走過去。

彼此分手時，皇上總覺得在哪見過蓮香、梅女和四鳳，想不起是在哪兒見過那二位，可一下想起見到四鳳是在蒲生給他寫的〈四鳳〉故事裡，於是心裡像鳥出窩樣撲稜幾下子，慌忙跟在四鳳後邊起腳了。所謂碼頭街，就是從碼頭開始沿著湖岸蓋房立鋪的一條街，各種買的和賣的，酒家、商鋪和鹽局，還有賣字畫、印品的文鋪子。皇上很想到那文鋪看一看，四鳳說沒有什麼好看的，都是二湖島上那些書生的字畫和詩文，便又回身拉著皇上朝前走。這次再一拉，皇上把目光硬生生落在四鳳的臉上去，突然覺得自己不是在蒲生的故事裡面見過她，而是她像著宮裡的誰。大街上人來人往著，皇上立在街邊一直盯著四鳳看。「快走呀，」四鳳說，「碼頭街這兒是第二門世界的陸界邊，因為是水陸交接處，氣候亂得很，有時太陽照著會有大暴雨，有時正暖會遇冬冷風。」她說我們得儘快離開碼頭街，到第二門正正經經的春日裡。便拉著皇上的衣袖朝前走，皇上忽然想起她們像誰了。蓮香像咸福宮裡的戚貴人，梅女像儲秀宮裡的苗貴人。而這面前的，嬌嬌小小的四鳳像來自南方揚州的宮女劉答應，都是那麼圓潤泛紅的蘋果臉，都是一雙黑葡萄似的眼，挺直的鼻梁像三歲嬰兒的嬌俏手指頭，說話走路又像黃鸝蹦著跳著嘰喳著。皇上就那麼跟在四鳳身後走，他忍不住叫了一聲「哎——你原來是揚州城的答應吧。」四鳳頭也沒回大聲說：「什麼答應呀，我這輩子就沒進過宮。」就從一個路口朝一個胡同拐去了。從胡同裡走出來，踏上一條林地邊的小道兒，又快步急腳地走了一程子，覺得碼頭街落在身後了，有片樹林也落在身後了，前邊出現了一個梁子和山梁下一塊數百畝的油菜地。油菜花燦黃耀眼讓人不敢睜眼看。有一群群的蜂蟲和蝴蝶，從林地這邊朝著油菜花的那邊飛。到了油菜花地邊，四鳳的腳步慢下來，扭頭朝著跟在身後的皇上道：

「過去油菜地，我們就從這亂季碼頭到了正經仲春了。」

「不能坐下歇一會？」皇上想著什麼問。

「你不是剛從老人到了中年嗎？」四鳳說，「剛剛五十歲，還沒走多遠，怎麼就不行了呢。」

等著皇上從後邊趕上來，讓他坐下憩歇著，四鳳從自己的行李中取出一塊香餅兒，讓皇上吃了他們才又開始朝著油菜花地去。眼前的油菜花，一片片地鋪在山梁下，先是有一股不冷不熱的細風吹過來，接著是濃到刺鼻的花香味，再就看見成千上萬的蜜蜂和蝴蝶，在那油菜花的棵上落著翻飛著。落下去壓得油菜花棵不停地搖，飛起來像林子裡茂密的枝葉擋著人的去路和目光。

皇上立在油菜地邊上。

腳下的小路有一尺那麼寬，隱在油菜花棵裡，像一條繩子穿穿繞繞在花棵下。午時的陽光明亮如湖上的水光一模樣。蝶飛蜂起的嗡嗡聲，宛若幾十架樂弦不息地在拉著演奏著。四鳳從花地過去時，那蜂群蝶群給她讓著路，而皇上走過來，蜂蝶便飛在半空攔著他，等他動手去趕去甩打，不甩不打那蜂蝶就落在他的頭上、臉上、肩膀上，使他不得不在眼前舞著胳膊和手，只能一步一步慢慢朝前走。然走了幾步後，他看見有幾隻由他甩打開的蝴蝶斷著翅膀落在地上撲稜著，於是立下腳，對著前邊的四鳳大聲喚：

「我打死蝴蝶會減我生壽嗎？」

四鳳立下了，扭頭看著皇上和他前邊的蝶群蜜蜂群：

「是誰對你說了這些呢？」

皇帝不回她的話。

四鳳再又追著問：

「你是怎麼知道這些呢？」

皇上沒有說在湖上孟生跟他說了啥，而是把嗓門提得更高更大些：

「我是皇上我怎麼能不知道這些啊。」

四鳳又折身走回來，到皇上面前猶豫一陣子，一把拉起皇上的手。因為他們手連在一起了，那些攔路的蜂蝶便在皇上面前讓路飛開著，這樣走了一會兒，皇上把四鳳的手握在自己手裡去。她的手小小柔柔在皇帝的手裡彷彿還沒出窩的雀鳥樣，肉嘟嘟的那感覺，皇上自過了六十周歲後，多年再沒這種感覺了。每天夜裡睡覺都是公公給他拿上編號紅牌子，每一個宮女都是一個編號掛在寢板上，由他隨手去翻那編牌號，翻著幾號就是哪個貴人、答應或者福晉來侍寢。所謂侍寢來陪皇上睡，皇上也就是讓她們幫著自己脫衣和穿衣，很少和哪個女子再有真的男女之樂事。這一生經過的女子太多了，五十五歲左右就有些厭煩了。到了六十歲，看到國色天香的女子都是那樣兒。有時宮裡會專門派船走運河，從蘇杭運來懂琴棋書畫的女子到宮裡，哪怕她們性情如水、貌若天仙，皇上也很難從她們身上看出麗好來。忍著試床過一夜，又覺得今年的桃子和去年的桃子完全一個味，南方的紅杏和北方的黃杏都是一樣酸甜著，一樣吃上一口是新鮮，若是續吃第二口，酸味就勝過甜味了。

六十歲或是六十一歲後，皇上見到女子心裡再也沒有過暗喜和蠕動，沒有過夜裡要把女子擁到床上那感覺。可現在，大白天的日光在四周琉璃一樣透徹著，沒有邊際的油菜花，在他和周圍鋪開如金黃的白雲落在地上樣。四周除了他和四鳳沒有別的人。前邊山梁草地上，除了有幾棵樹在望著他和她，再也沒有別的目光眼睛了。四鳳扯著皇上從油菜花地朝前走，躲著四鳳的蝴蝶群，像水浪朝船的兩邊捲。皇上感覺到了水花打在胸膛上的那感覺。他突然立下來，把正走著的四鳳朝自己懷裡拉一下。「你就是延禧宮裡的劉答應，家是揚州城的人。」說著皇上要去抱四鳳，可四鳳又從皇上懷裡掙出來。

「皇上，你是想著你在宮裡一輩子沒在野荒嘗過野味吧。」

皇上紅臉盯著四鳳看。

「我已經厭著男人了。」四鳳青著嗓子道：「我一想到和男人那事就要吐，就想拿鞭子抽到男人身上去。」

皇上不說話，臉上的紅熱褪去了。

「我的前世是高翰林的妾，在高翰林老家廣東番寓侍奉過翰林七百天。」說著四鳳又朝遠處退一步，接著告訴皇上道，她今天之所以到碼頭接皇上，是因為高翰林和王四品，為了府鎮的瘟疫曾經取過皇上的血，緣此他們就要從府鎮被帶往第四門的世界了。第四門的世界就是地獄府，再有一步就到了煉獄了。說他們為了府鎮的瘟疫遭了地獄劫，但卻到底還沒到地獄，所以她想到那邊看一看，看看如何能幫翰林一把將他送到地獄裡，或者幫他一把將他留在地獄這邊的第三門。

皇上一動不動地盯著四鳳的臉。

「你到底是要幫他到地獄，還是不讓他去地獄裡？」

「去看了也就知道了。」四鳳說：「我自回到這邊再沒見過高翰林。今天去見了，如果他現在還是那邊男人的樣，我就推他一把到地獄；如果他現在成了這邊的人樣兒，我就拉他一把將他留在第三道。」

說到這兒四鳳停頓一會兒，又上前一小步，離皇上近了些，像皇上看她一樣直直地看了皇上一會兒，又回頭瞅瞅四野燦黃的油菜地，臉上有了一層不知什麼味兒的笑。收了笑，她尖了聲音說，皇上是真想嘗嘗大白天的男女野味嗎？想了我可以到油菜地裡侍奉你，可你得在我的左手心裡寫下三個字——到地獄；再在我右手心裡寫下三個字——三道門；然後皇上你想怎樣我就侍奉皇上你怎樣兒。

皇上問：「為什麼要讓我寫呢？」

四鳳說：「因為你是皇上啊。」

皇上笑著問：「我寫了，無論你推或拉高翰林，是不是就都不減你的生壽，只減著我的生壽了？」

四鳳不語只是站在那。

彼此也就無話了，都站著朝邊旁的哪兒望了望，收回目光來，皇上又自己起腳朝前走。

四鳳怔一會，追上去又拉著皇上的手，有些生分地將他從油菜花地這邊的小路帶到另外一條小路上，然後彼此默著走出油菜地，到山梁下滿是旺草野棵的田頭上，沿著這條小路朝著梁上爬。到了梁頂上，忽然看見面前的草和樹葉上，都掛著許多水珠兒，像這兒剛剛下了一場雨。樹是幾棵柿子樹，拳大的柿子紅得和火樣。梁上只幾棵，而對面梁下是一片柿樹林，且在那柿樹林的林頂上，正有彩虹生起來，弧著朝著天空伸過去，從低到高拱到天頂後，又弧彎落到天空那一邊。看見那柿林和彩虹，皇上又幾步站到梁脊的高處「啊！」一下，說我在夢裡夢到過這種彩虹啊，這邊端起一片柿樹林，那邊落在一段城牆下。四鳳也便過來朝著那一端的彩虹說，彩虹的那頭就是田農莊，現在田農莊已經是一個郡都了，皇上你就沿著這彩虹走，只要彩虹總是在你頭頂上，你很快就會到田農郡的郡都了。到了郡都就能到你離開歡樂國的出口了。說著四鳳轉身朝山梁伸過去的東邊看，看見山梁的那頭有一片烏雲罩在山頭上，她的臉色白一下，嘴角跟著跳了跳。

「怎麼了？」皇上問。

「我該去給他們送行了，那邊有雨就是翰林要和王四品出門上路了。」說著四鳳轉身朝著梁頂走，腳步在草間，快得如走在坦路上。「不能不去嗎？」皇上跟著喊：「最好把他倆都留在第三道的桑原上——」

那草地便搖著一行深草傳出一道聲音來：「那要看他高翰林現在是那邊的男人還是這邊的人——」

然後聲音消失了，草間急搖急擺的草波也都不在了。皇上便怔在那兒盯看了一陣子，回頭見彩虹在他面前鋪開來，眼前一片又厚又亮的光。

沿著彩虹朝著梁下走，一路上皇上都在想著原來高翰林還有二年四鳳侍奉的好日子，就覺得四鳳真的推他一把將他送到第四道的地獄裡，那也算是一種福報吧。想著又怕走錯路，不斷抬頭朝著天上看，時常看見有一團彩虹的顏色掉下來，是一片豔紅或藍綠，在彩虹橋上扯著牽連著，到牽扯不動了，那一片一股的顏色也就從空中落下了。落下時天空有著微微吹的風，到那落了堆顏砌色的地方上，便有一個攤滿顏色的水塘或湖窪。倘如落下是一股幾股成線的，落的地方必有河水或溪流。有水的地方就有人家住。這兒起一戶，那兒立兩家，很少有十戶八戶住在一起的。且這兒的房子是北方人家的磚坯房，那兒的房子又是南方式的木閣樓。還有的房子很奇怪地紮在水邊上，有木柱、石柱起在水裡邊，然後在那柱上蓋房子，流水嘩嘩從那房下淌過去。是北方房的門前都是香椿、榆樹或槐樹，院裡多栽蘋果、石榴和葡萄。而房為南域木閣樓的人，又都在門前院裡栽種桔樹、椰子和芭蕉，房前屋後都是三角梅和爬藤綠。而那水從房下流過的，人是異族人，水邊都有浮蓮、蒲草和蘆葦，且在那蘆葦和蒲草的縫間裡，落著蝦兜、魚網等著魚和蝦。他們是靠魚蝦河物過日子的人。皇上從那些房前屋後的路上走過去，常常會有狗吠的聲音迎過來。隨著狗吠聲，這時就有主人從那家裡出來了，是男的會問皇上渴不渴？餓不餓？趕路渴了餓了可以到家裡喝水吃些啥。如果是女主人，尤其是年輕女子了，出來看見是個男人走過來，她會迅速退回去，然後從家裡叫出一個年長、年邁的老婆婆，問客人渴不渴或者餓不餓，渴了、餓了可在門口坐下歇息一番再趕路，待她回家給客人端了水喝、拿些吃的再動身朝前走。

天色將要黯淡下來了。

天空的彩虹顏色有些模糊著。皇上想到應該在哪住下來，可又怕黃昏到來彩虹消失掉。現在人還在彩虹這邊的起端不遠處，還沒有走到彩虹拱橋的正頂正下方，於是心裡慌起來。路是一條寬而寂的大馬路，顯見路上的野草和沙土中，有過大車輾軋過的車轍痕，還有雨天留下的馬蹄和牛蹄。身邊的荒草野地裡，有黃昏中突然炸響的細小崩裂聲。也有鳥雀回窩在空中飛著的嘎嘎鳴叫和呢喃。抬頭去看時，以為彩虹將盡了，然而這一看，才發現彩虹還依然架在頭頂上，只不過白天的彩虹是七種染色濃得會從天上掉下來，且每種顏色都有琉璃光。而到了黃昏間，琉璃光的彩虹不在了，取而代之的是玉瑪瑙般柔潤的彩虹在天上。原來的玫紅成了瑪瑙紅。原來的湖藍碧綠成了玉潤白。原來的桔橙成了瑪瑙朱和瑪瑙赤的混合色。且在白天彩虹拱中的紫顏色，在月夜成了碧墨色。天象學家給皇上說過雨後之所以有彩虹，都是太陽照在雨後水上反射出的光。「太陽沒有了，彩虹也就消失了。」天象學家這樣說著結束了他在紫禁城的宣講傳道的天象學，從宮裡領走了他的俸賞和榮耀，可他從來沒說過月夜也會有彩虹。沒有太陽月光也能生出彩虹來。這就是這邊和那邊的不同了。皇上想，原來這邊的世界夜裡比白天還要美，美到讓人驚慌和不安，無法相信這邊會比那邊好。月光能生出彩虹來。草地上響著細微跳躍的砰啪聲，像田地豆莢開裂出的聲音樣。把手伸在月光下，接到一手窩的明亮裡，帶著桂花白的香味和靜謐。要再有一個人陪著走這夜路就好了，公公或侍衛——最好不是公公或侍衛，而是一個皇上心儀的女子陪在身邊，像皇上二十二歲血氣方剛、男力正旺時，有一夜拉著皇后在蒙古草原散步樣。這兒當然不會有皇后、福晉、貴人在這兒。這兒是這邊第二道世界的邊壞處。可在這邊壞上，應該有一個如同在碼頭上見的蓮香或梅女那樣的女子來陪皇上。應該不是四鳳去府鎮或推或拉高翰林和王四品，而是她來牽著朕的手，或讓朕牽著她的手，走在這寂夜曠野的彩虹下，不一定都說體己溫暖的私房話，四鳳不像是那樣溫雅嫻靜的柔女子，然只要一道走著說著東拉西扯也可以。月光不是那邊仲春時的潔青色，而是帶著秋豔色的粉光兒。路在彩虹下，像一匹染壞了的綢布搭在夜地上，這兒落著一塊風月黃，那兒掉著一條月柔白。地上的荒草有了夜柔後，踩上去如踩著寢宮新鋪上去的毛斯地毯樣。夜蟋蟀的叫聲愈來愈響了。路兩邊草間還是棗棵枝上的蟈蟈叫，像一股水流斷斷續續著。竟也不知餓。竟也不覺渴。竟也覺得走起路來渾身都是氣力和精物。想到自己是從六十八歲到了七十八歲的垂老又成五十歲的人，皇上走著忽然想要跑起來，如一個孩子走著走著突然跳著跑了起來樣。皇上果然跑將起來了，腳步聲細碎響亮朝著遠處蕩過去。如果黃昏前，答應四鳳在她的左右手上寫下那六個字會是什麼結果呢？在油菜地和她有了男歡女樂我的生壽會被減去幾年嗎？減了我現在跑起來還會這樣輕盈跳躍嗎？皇上想，幸虧沒有在她的手心寫那六個字；幸虧沒有和她有那場男歡女樂的事。想著皇上很安慰地笑一下。可在笑後他又想，我這一生經過了那麼多的風月事，每場風月都是在宮裡鋪緞枕綢的龍床上，一輩子沒有一次如民間說的最有趣的男女是偷情，是野合，是在不抓緊時間就來不及了或者不抓緊，就會被人發現的慌張裡。

一男一女在野地赤裸裸的會是什麼樣？

一男一女在荒野的田地鋪上草，然後把彼此的衣服鋪在地上野合又會什麼樣？

皇上想，也許應該寫下那六個字，應該和四鳳在油菜花地有場野合的男女之歡呢，錯過了那樣的事情生壽就是多了幾年又有什麼樂趣呢？

想著就在月光彩虹的下面爬上了一個坡，上去坡地忽然看見坡下有一戶人家亮起了燈。皇上朝著那燈光走過去。看見是一戶有院牆的人家住在那，門口有條溪河水，夜虹落在那溪河裡，使那溪河如從染房流出來的水。皇上聽著溪水、踏著彩虹走過去，看見那宅院的女人正在河邊月下浣洗著被單和衣物，而門前的地上堆攤著一地這季節收回來攤晒著的春草藥，有蓮翹、茉莉、白頭木和梔子花，還有去熱敗火的五味子和最常用的止血止疼草，都晒在葦蓆上和沙地上，夜來了也不收回去，等著來日的陽光再次走出來。皇上老遠就聞到了這些草藥味，和宮裡膳藥房的味道樣。他過去站到那些草藥邊。在河邊浣洗衣物的女子蹲著一起一伏著，後背腰間的皮膚從衣襯裡邊一下一下露出來，如柔白的宮畫箋紙掀了一頁又一頁。

皇上一直在岸上朝她望。

她就那麼一腰彎一腰直地洗。

最後皇上咳了一下子。

女子停了手，站起來，甩著手上的水珠扭回頭，看著皇上怔在水邊上。

「我是趕路路過這兒的。」皇上說，「我能在你家借宿一夜嗎？」

女子想了一會兒：

「我男人不在家，你到前邊一家借住吧。」

皇上也就立在水邊高處距離那女子幾尺遠，想走又不走地猶豫著，朝身邊的一地藥材看了看，「你家是醫戶？」皇上說：「醫戶都是最善最幫人的人，我已經走得筋疲力盡了，你隨便給我個地方讓我住一夜。」

那女子便朝著皇上定睛看一會，最後撩起衣服擦了手上的水，端著盆裡的衣物從河邊走上來，站得離皇上更近些，看一眼皇上忽然把聲音高到冷硬裡：

「你還是到前邊借住吧。」

皇上說：「不幫我你不怕你的生壽被減嗎？」

女子說：「我讓你住了我的生壽才會被減哪！」

然後她端著衣盆朝院落大門走過去，留下皇上如留下一個賊盜在那樣。看她進了院門要順手關門時，皇上突然快走幾步到門口，立下很大聲地說：「你長得怎麼和景陽宮的貴人一模一樣啊！」女子便立在門裡望著他，「人家說你可能是那邊的皇上，你果然是那邊書生們常說的大清皇上啊！」然後就把門給關上了。

門門的聲音像刑具司動刑使用夾具聲音樣。

「你真的不怕朕朝著天上大喊要減你的生壽嗎？」

院子裡便有更大的聲音從院牆那邊翻過來。

「我叫阿松，我的丈夫是孔生，你若要減我的生壽，你把我們的生壽都減了，也好讓我們一塊兒朝第四、第五道的那邊去。」

院子外面便靜了。

院子裡有朝著上房走過去的腳步聲，然後是上房屋門的關門聲和閂門聲。之後皇上便立在那門前呆一會，朝著頭頂望了望，看見自己正立在夜彩虹拱頂正下面，知道自己剛剛走了一半路，要再走一半才能到彩虹那頭上，到田農郡的都城裡。真的有點累了呢，也感到渴了餓了呢。繼續沿著彩虹朝前走，很快又看見一棟樓屋出現在了前邊彩虹下的光影裡。樓是磚石結構樓，窗子都嵌在很厚很厚的牆磚裡，從那兒湧擠出來的光，呈著黃亮落在彩虹的光影上，像方方正正的綢巾飄在一汪一片的水面上。皇上迎著燈光走過去，到了樓前看見不是石磚樓院子，卻是一戶泥牆籬笆院，有一個女子正提著一具罩燈出來關合籬笆門，像因為皇上到了才要關門樣。皇上慌忙加急走幾步，立到籬笆院牆這邊上。

「喂——能讓我借宿一夜嗎？」

那女子在院裡立下轉身不說話。

皇上又喊道：

「喂——我趕夜路又饑又餓哪。」

那女子便把手裡的罩燈隔著籬笆高高舉起看了看，什麼也沒說，又轉身回走了。然而這一看，皇上驚在那兒了，他借著燈光看見了籬笆那邊那張臉，白瓜子似的圓潤著，下唇厚了上唇一點點，剛巧在臉上永遠露出那麼向上翹彎的紅線來，像永遠見人都是笑著樣。「原來你是朕的側福晉！」皇上差一點這樣叫出聲，可這一驚一猶豫，那張臉轉扭過去了。身子飄葉一樣走去了，腳步輕得和沒有腳步樣，只是到了樓屋下，上臺階時才有了一點腳音傳過來。關門時才有了很短一聲扭著音響的吱啰來。就這樣又在那籬笆門前怔一會，又有些莫名無奈地離開去，繼續順著彩虹下的路道走，直到又看到有戶人家亮著燈，又猶豫著朝那戶人家走過去，人到了剛好趕上人家把門關死閉合上，想要喚門求宿時，未及張口就從那院裡傳出一聲喚，「你到前面求宿吧，那兒有人等你哪。」然後聲音沒有了，落下一滿世界的寂靜後，皇上才又離開朝著前邊去。也許這時已經時至正半夜，頭頂的彩虹落在月光上，像荒野裡有很長一段開著花的草帶朝著遠處鋪開著。有潮氣升上來，空氣新鮮得直讓皇帝打噴嚏。有一群狐狸從哪走出來，也沿著夜路朝著彩虹那端去。牠們看見皇上時，都躲到彩虹路邊的草地裡，躥走著把草地弄出一片吱喳聲。「出來一塊兒走，」皇帝對著那晃動著的草地喚，「大家好壞做個伴。」有八隻狐狸從草地出來了，卻只是在皇帝面前立下看了看，就在兩隻大狐狸的領帶下，六隻小的跟著父母不言不語地朝前快走著。

很快狐狸們的身影就在夜裡不見了，如一團彩墨沉化在了彩虹影兒裡。

月光亮得伸手能看見手紋兒。草長花開的聲音如羽毛在空中的飄飛聲。皇上聽著自己的腳步從腳下升上來，撞著開花的聲音和星光月光的落地聲，朝向遠處蕩將過去了。又看到路邊有戶人家燈亮著，可皇上來了那燈光剛好熄滅了。這是一個有十幾戶人家散散落落的小村莊，過去那一戶，又過了幾戶關門熄燈的人家後，前邊的路口有一盞罩燈掛在一個樹腰上，且那戶大門開著，彷彿在等皇上到來般。皇上朝那燈光走過去，看見開著的大門裡邊是一幢兩層木樓屋。一層的樓屋下，有柱子在水裡立起來，用力把木樓舉在半空間。可以看到樓屋下的水面上，閃著月色幽藍的光。樓屋門也是敞開的，正對著路邊這一方。皇上相信了上一戶關門女子說的有人在前邊等著他的那話了，可不知道為什麼，到這門前立一會，皇上卻又如孩子和人鬥氣樣，你等我我就偏不朝你的家裡去。這麼想著竟從那戶門前過去了，且把腳步高抬快落著，有意弄出很響亮的聲音來，似乎是告訴那等著皇上的，我從你家門前過去了。

那等的果然來追皇上了。

他聽見了身後急細細的腳音風吹一模樣。站下來，回過身，看到身後果然站著一個女子臉上掛著笑：「客人走夜路不害怕路上遇劫嗎？」皇上第一眼落在她臉上，想要看看她長得像是宮裡的誰，便藉著星光、月色、彩虹落在地上的明亮裡，看出她眼熟卻又想不起她像誰，似乎和宮裡的任何一個宮女長得都相像，卻又和誰都不一樣，說瘦卻是豐滿著，說豐滿卻又高高挑挑著。織裙子，繡錦衫，胸上隆得有東西要從衣裡掉出來。臉是瓜形臉，白潤得和這彩虹夜的月光一個樣。有股香味從她身上野野莽莽衝出來，如旋風從熟香的瓜田梨下刮過帶出來的味道樣。皇上就那麼一直盯著她，想著她到底像誰或者在哪見過她。

「我和宮裡的誰都不像呢，」她也盯著皇上的臉，「我是一個野女子，除了像我自己誰都不像呢。」然後收了臉上的笑，對皇上說我家那燈、那門是專門為你留著的，人家不讓你進你卻喚門敲門要借宿，而為你亮燈留門的，你竟又繞道走過去。「要走你走吧，」她忽然提高嗓門道，「出了村有個路口你一走錯路，怕你這輩子也走不到彩虹那一頭。」

「我從最窄最小的路上走去呢？」

「那兒是這邊的九岔口，所有的路口大小都一樣，你只要走進一個錯路口，回頭怕你連走進九岔口的路口都忘了。」

皇上怔了一會問：「你是誰？」

那女子輕淡笑一下。

「我們見過面。」之後女子就告訴皇上說，「你跟著我，到我家燈光下，你就認出我是誰了呢。」見皇上依然站在那兒不動彈，她就先自回身朝家走去了，走著嘟囔著：「你還是大清皇上吶，還在那邊一輩子打打和殺殺，有著一個盛世江山在，竟然到這邊見了一個弱女子，都膽怯害怕得不敢跟著她。」也就一轉身，拐進了門口院落裡，還順手把路邊樹腰上的罩燈摘下提走了。那門前迅速出現了一片黑，星光、月光、彩虹光，都剛好被樓屋擋在了樓那邊。黑光黑影像一間屋子熄了燈。末了皇上還是起腳朝著黑影走過去。他被那女子說的擊中了。他相信前邊會有一個九岔路口在。相信九岔路口上的九條路，讓他分不出哪條路寬哪條路窄來。他跟著她的腳步小心翼翼地走過門前的一片黑影兒，進到那院落，看見偌大院裡的院左、院右和房後，都是明晃晃地漂著月光和彩虹影的水，水上有著一片片的蓮葉和蓮花，紅的白的開得如碗口那麼大，只是在那彩水上，白的是白色，紅的成了殷黑色。整個一棟樓屋都是建在水上面。房後的流水聲，碎碎嘩嘩傳過來。有一股濕氣在院裡瀰漫醞釀著，讓人一進來，身上的燥熱轟地一下消退了。樓前是連著馬路的院落地，地上載有密密一院枇杷樹與合歡樹。合歡花開著，枇杷將熟未熟都是半黃色，在夜裡彷彿一團團的黃玉墜在枝頭上。樓屋連著院落的是四級木臺階，臺階兩邊斜豎著不知什麼木的滑欄杆，欄杆上爬有藤蔓物。上去臺階是寬闊的檐廊和對著院落、馬路的闊門和方窗。檐廊頂繫著幾盆朱槿吊燈花，吊燈花半垂半開有濃烈一股異香從它的粉苞流出來。

女子回來把罩燈放在了客廳上方的條桌上。

條桌上還亮著幾炷紅蠟燭。

整個的正房客廳有兩間屋子大，迎面牆上掛了彩描《飛天洛神圖》，兩邊擺了椅凳和幾桌，中間的一張鑲有象牙花的方桌上，擺了各種洗好的水果、瓜子和茶具。顯見她是早就等著皇上到來了。皇上從木槿吊燈花下走過來，抬腳提衫進了迎屋廳，看見屋子裡的光亮將角角落落都照出透明和影兒。她立在條桌前，胳膊纏著胳膊靠在條桌上。「我來了。」皇上一進門，昂昂說了這句話。然後話剛落，他認出他在哪兒見過了她。「在夢城，」皇上突然大聲道，「你不是一家三口在夢城賣燒餅的那、那……」那著皇上用手指著她，臉上有了一層多年不見的相遇和驚喜，說你家不是夢城的？原來你家在這呀。女子過來將一張椅子朝客廳中間擺了擺，示意皇上坐下來，而她自己卻立在方桌前：

「我們有緣你知道不知道？」

問著她瞟著皇上看，說有緣欠了情債的，是遲早都要還了的。說著把果盤裡的芒果朝皇上面前推了推，看皇上坐下來，自己坐在皇上對面這一邊，道說我叫大妮兒，皇上你就叫我妮子或者妮頭吧。說在那邊人們都叫我妮頭兒。說我妮頭兒今天從夢城那邊趕回來，收拾了一天屋子等著你，就是因為人無論活在那邊或這邊，緣債是躲不掉的一樁事。說我說的緣債不是我們在夢城見過面，而是我一家在大清那邊時，原來在京都西直門外的郊野河邊上，曾經開過一門營生叫二鳳院，房子也和這房子樣，院子也和這院子樣，只是京都在大清正北方，院裡不長枇杷、合歡和木槿，我們種了蘋果、桃樹和梨樹。那時候京城裡的朝臣、商人和書生，都會隔三錯五去我們二鳳院。後來皇上你也專門微服和公公、侍衛在一個黃道日子出了西直門，到郊外尋歡要找二鳳院，可惜在一個路口上，該走大路時，你卻走偏入了小路上，直到黃昏也沒有找到二鳳院。妮頭說著笑了笑，接著道我以為我這一生一輩子、兩生兩輩子，和你本就沒有兒女緣分呢，所以在夢城看見你，並沒什麼心動和你要還我、我要還你一夜情的事，然哪知你到這邊，這麼快就得了新的生壽變回到四十幾歲五十歲，又開始不停不息地一路想著男女之事了。如此這互欠的情份就到了當還要還的時候了。

皇上想到那篇〈妮鴉人家〉的故事了，他上上下下打量著妮頭的身子和臉。

「你知道你見的女子為啥都像你宮裡的貴人、福晉和答應嗎？」妮頭兒問著又把一個枇杷朝皇上的身邊推了推，「因為她們修行到了年月要到大清那邊時，是要選一個女子的樣兒成為自己的，這時剛好你們宮裡有姓耿的畫師善終到了這邊兒，就幫大家畫了很多宮裡的貴人、答應們的美人像。大家也就各選一個樣兒到大清那邊了，各自就有了不同的人世和命道。」

妮頭問：

「你知道我長得像你們那邊的誰？」

皇上不說話，只是盯著妮頭的臉。

「我像你們那邊宋時候的李師師，我妹鴉頭像你們那邊大明時候的陳圓圓。」說著又笑笑，臉上掛著夜彩虹的夜亮光，說我們選像前，不知道李師師和陳圓圓是誰是怎樣的人生和命道，只是覺得她們長得好，沒想到選了她們到那邊，也就和她們一樣做著那樣營生了。「現在想起來，選了李師師和陳圓圓，還是比選了宮女們的命運好，至少為人一場享盡了人的歡樂和吃穿，而選了宮裡女子模樣的，幾乎沒有一個在人世享盡為人歡樂的。」說到這兒妮頭還把盤裡的香糕、芒果皮給剝下來，將黃白的肉仁擺到皇上面前去，問皇上吃過這邊的芒果和香蕉沒？說你雖貴為大清皇，怕是沒有見過芒果、香蕉吧。並說了楊貴妃竟然為吃一顆荔枝得從千里之外的南方戰馬連營地送到北方西京去，可在這邊田農郡的地界上，一年四季都是春，只不過春天在一年四季的變化裡，分著初春、仲春、秋春和暮春。在這四春同年的季節裡，北方人想吃北方果，就種北方的梨樹和蘋果，南方人想吃南方的枇杷和芒果，就種枇杷和芒果。說我家的祖先是異族，一直都住在水邊上，所以無論在哪都要選水住下來。說到水又去給皇上倒了一杯水，泡了綠茶尖，道著我該說的都說了，該還的緣債也該還著了，彼此既然有李師師和宋皇那樣一段情債在欠著，那就在今夜了還這一段。說到這兒妮頭出門朝天上看了看，回來說時間不早了，夜彩虹都有些黯淡了，我們上樓吧，明天日出三竿之後我送你到那個九岔路口上，應該在午時你就可以到你最要去的田農郡。

皇上吃了水果喝了綠碧香的尖頭茶，這時從凳上站起來，望著面前的妮頭眼裡有種亮誘誘的光：「外面的彩虹真暗了？」妮頭道：「你放心，季節要從仲春到秋春，這季節彩虹會暗但通宵不會消失呢。」

皇上問：「你確定明天會把我送到九岔路口嗎？」

妮頭「嗯」著點了一下頭。

皇上身上多年不見的慾念又旺著朝腰間和頭上拱了拱，扭頭朝條桌頭上的樓梯望了望，起腳要走時，想起什麼又把抬起的腳給收回來。

「我們有了孽緣會減我一歲生壽嗎？」

妮頭端起條案上燃了一半的紅燭臺。

「你怕減了你的生壽啊？」

皇上也「嗯」著點了一下頭。

「那不難。」妮頭說，「今夜你都聽我的，我要你怎麼你就怎麼著，要什麼你就把什麼都給我，因為這妄念起於我，就只減我的生壽不減你的生壽了。」

說著妮頭舉著燭臺往樓梯拐角去，臉上起出一層暈染來，如幾滴染紅落在水面上。可她上到樓梯半高處，看見皇上立在原地沒有動，她便在樓梯中間住了腳，將上身和頭從樓梯欄上翻過來。

「怎麼了？」

「你要我什麼呢？」

「上來你就知道了。」

「你先告訴我再上樓去。」

在樓梯腰上默了一會兒，妮頭笑一下。

「今夜我要你像宮裡的女子侍奉你樣侍奉我，由你幫我寬衣解帶脫衣服，把我抱到床上去，然後在床上，我讓你怎樣你怎樣，再不是你讓我怎樣我怎樣。」

皇上盯著妮頭不動彈。

「今夜我要做男人。我要當皇上。我是男人、皇上，我到你的上邊去。你是女子，你到我的下邊去。我叫你幹什麼你不幹什麼了，我說句『賜你一死』——你就趕快朝我跪下來，趕快像你的那些侍奉你的女子一樣跪著侍奉我，然後天亮了，我給你一把銀兩你得像妓子一樣臉上掛笑謝著我。」說著妮頭臉上先自蕩了笑，二十幾歲像了十幾歲，笑著又忽然正經著，把笑收起來，「在那邊都是男人在床上讓我怎樣我怎樣，最後給我一把銀兩說走就走了。今夜我要有讓男人怎樣男人就怎樣的一晚上，要有女兒越規逾矩的一夜情。有了這一夜，會減去我修壽五年、八年或十年，可就是減去我十年、二十年，我也認了我也要做一夜男人和皇上。」

皇上愣著盯看妮頭看，忽然又直來直去說：

「你真的是妓女？」

妮頭臉上掛著很不屑的笑：

「若不是你會在那邊到了城郊去找我？」

皇上把目光從樓梯腰上收回來，慢慢轉身回去坐在凳子上，自語一樣道：「現在我不想了呢。我是皇上我怎麼能讓你騎在我的身子上，任由你怎樣歡樂我就怎樣侍奉你歡樂？」自語著又朝樓梯腰上瞟一眼，看見妮頭臉上依舊掛著輕蔑的笑，像一個兒子看見母親一臉輕佻的怒氣樣，也就嘟嘟囔囔著：「這成何體統啊，成何體統啊！傳出去不要說我大清皇上了，就是大清的子民也不會為了女子的歡樂讓女子騎到男人身子上。」

妮頭一直端著蠟燭在樓梯腰上瞟著皇上看，臉上既無怨氣也無惱羞的恨，始終掛著很不屑的笑，如她在大清營妓時，總掛在床前的那層幔帳樣。「你還想不想明天就到田農郡？」問著她朝樓梯下邊走了兩層兒，「想到九岔口不走錯路嗎？想了你就上來讓我做皇上和男人，由你做女人、下人和奴僕，不想了你就在那兒坐到天亮順著彩虹走，看你能找到彩虹的尾端在哪兒。」

說完妮頭轉身朝樓上走去了，腳步踏著樓梯板，在夜裡像木頭敲在月光上的響。隨後樓梯上的燭光不在了，只在二樓的梯口露出一層夢紅色的亮。整個閣樓開始安靜下來了。門外夜彩虹的光，從院落池水的一角泛上來，自門口照進屋子裡，像一個四方四正的彩綢被撕掉一角扔了進來樣。皇上朝著門口那兒望過去，又收回目光朝著樓上看了看，聽到了樓上拉帳鋪床的響，彷彿有人要把碎了的綢幔夢片對接縫補在一起。

三十五、第二道

一踏上九岔路口「回頭望」的小路上，沒有幾步就看見田農郡的城廓、樓屋和街道了。是妮頭把皇上帶往九岔路口的。夜彩虹在日亮時分再一次顯出柔亮絕豔的光彩來，所有的樹木、房屋都閃出眼花撩亂、晰晰明明的光。她在前邊走，他跟在她後邊。「做了一夜男人、皇上我值了，」她走著笑著說，「原來你是皇上也和別的男人一樣啊。」笑著說他在床上的笨拙和蠻力，時間短得一豆兒長，說他之所以體虛，是這輩子在宮裡和女人的事情太多了，又都是女子侍奉他，所以他不知道用怎樣的方法侍奉女子，才可讓女子快樂歡呼了。「你得學著點，」她說道，「在這邊和那邊不一樣，這邊女子侍奉男人，可男人也要一等一地侍奉女子呢。若男人侍奉女子好，女人才會天長地久地侍奉男人好。」說著九岔路口就到了。在一片荒野川平的闊地上，草和荊棵齊腰深。荒野裡的野雀、蝴蝶一層一團地鳴飛和跳落，常常有蝴蝶聞到皇帝身上染的女人香，落到他的肩頭衣袖上。而那二畝大的九岔路口兒，如一個巨大半圓的刺球扣在空曠裡。不規則的一片石荒沙土堆，圍著它有九條一模一樣的路口生出來，朝著不同的方向伸過去，像九根筷子插在發了霉的巨型饅頭上。為了記住自己來的那條路，皇上在腳下搬過一個石頭擺在路中央，然後他繞那二畝饅頭走了一圈兒，發現那岔出去的九個路口都是一模一樣的單行馬車道，都有車轍走過的痕跡和腳印，都分不出哪條路寬哪條窄。迷惘地轉著走了一圈兒，回來他望著一直站在那石頭邊的妮頭道：「我像奴僕一樣侍奉你的歡樂了，你該告訴我要走這九路口的哪條了。」妮頭便笑著抬頭朝天空上的彩虹看了看，收回目光望著皇上說：「你把身子轉過去，我讓你轉過來時你再轉過來。」皇上依著妮頭的吩咐把身子轉過去，面對著九岔路口中間堆起的半圓土沙堆，看見沙堆上的蒿草、茅草、荊棵和幾棵柿樹、棗樹間，樹上、樹下都臥著獾狐、麝鹿、獼猴、火雞，和一身都是彩虹羽的孔雀鳥，他把目光盯在一隻孔雀上，聽到妮頭說「回頭吧」，也就轉身回過了頭。

原來去往田農郡的路口不在那九岔路口上，而在來路口的「回頭望」。這麼一回頭，他看到前面不遠處，在來路的右邊草地裡，藏匿著一條只能走過一人的小道兒，只餘寬地隱在草棵間，處著像一條黑線躺在草下邊。

他在那回頭望的小路路口和妮頭分手了。他們分手時說的最後兩句話，是很日常的兩句話。他說：「你再到大清時候去找我。」她對他笑著招著手，「快走吧，田農郡有你的親人在等你哪。」然後他就朝那回頭望的小路深處走，和她招著手，都在臉上掛著依依不捨的笑。最後皇上忽然想起什麼來，對著遠處的妮頭大聲喚：「記住告訴你妹鴉頭啊——她丈夫王文也在二湖島上哪！」喚完皇上慢慢轉過身子去，看見那尺寬的小路在草荊棵裡漸著寬起來，像袖筒成了褲筒樣。再就又從褲筒成了胡同路。成了車道大路了。竟然從那路上看見了車轍和腳印。看見了田農郡的城廓、房屋和影影晃晃的人影兒。他在那路上沒有走幾步，想到蒲生最早寫的田農莊，又回頭向妮頭去招手，可剛把手舉在半空間，他看見他身後不再是剛剛過去的小路和草地，而是一片莽莽的荒野和村落，是豆地、麥茬和玉米地，還有稻田、果林和水塘。在通往遠處一片村落的路道上，有個人影像年輕的妮頭又像一個婆婆的身影兒，他就那麼恍惚地站著朝那個人影看一會，轉過身朝著前邊的城影房影走去了。

頭頂的彩虹愈來愈低愈來愈清晰，最後就看見彩虹像一排牆樣豎著插在前邊樓宇和房屋的縫隙間。他知道他從彩虹的那頭走到彩虹這頭了，看見了彩虹像一湖水樣灘在這邊田農郡的界地上。聽見了田農郡裡有影影綽綽的說話聲和腳步聲。看見遠處有馬隊和駱駝隊，馱著東西朝郡裡的一片房屋、街道走過去。跟著傳來的鳥叫聲，像一條哨音從水裡划過去樣。所有的樹木、草地和路兩邊的石頭上，都披染著彩虹的綠色、黃色和玫瑰色。有的槐樹、榆樹是紫絳色，有的槐樹、榆樹是石黃和桃紅。半乾半綠的槐角掛在彩枝彩葉上，有指甲殼大小的金玉昆蟲臥在槐角上。而和北方榆槐緊挨緊生長著的桔子、芒果和楊梅，果子是紅的、黃的和青白色，都有刺鼻的甜香從那樹下撲過來。皇上從那樹下走過去，他不再為看到的夢一樣物景驚奇了。他像是物景裡的人和物樣正常著。終於到了田農郡。終於看到彩虹根處田農郡裡最老最老的房舍屋頂了。所有的木閣樓上都生著野草和野花。所有的房檐下都有燕窩和金雀鳥。所有門前的大路和小路，又都是青花石板的石鋪路。鳥叫聲和山溪一樣在檐下、街上流淌著。誰家院牆上的花狸貓，看見皇上喵喵喵地叫幾聲，跳下來用頭和脖子在皇上的腳脖和腳邊蹭著轉動著，像要皇上留下一樣說著話。

那貓家的主人婆婆在門口淘洗著糧食對著皇上喚：

「客人啊——口渴了進來喝點水。」

皇上擺著手，做了謝意，從這一排閣樓房下的胡同朝前走去了。原來田農郡就是這樣兒。原來田農郡果真這樣兒。原來田農郡恬淡閒靜、溫暖柔和，像一個女子懷孕後的子宮樣。皇上如經歷一世風雨的男人帶著記憶又回到了皇太后的子宮裡。彩虹水樣從天上澆下來，樹葉和房檐上掛的彩虹滴，有的是藍綠，有的是紫絳，有的是烏紅，它們一律瑪瑙珍珠樣懸在樹葉上邊和房檐滴水的尖兒上。摘不及落在地上的荔枝有一股腐爛的香甜漫過來。有一家門口種的草莓透熟後都裂口流著紅汁液。麻雀在果樹上一起又一落，蹬落的一地果子鋪在樹下和路邊。香蕉大得和棒錘樣。杏子熟了後，能透過熟杏的皮肉看見杏裡邊的花紋紅核兒。田農郡的主街就到了。主街有點像初過第三門時的夢城主街樣，只是比那夢城主街寬許多。寬出幾倍來，能並排過去六或八輛大馬車，就是他的六馬御駕從這街上走過去，也能並行出五輛、六輛來。樹比夢城街上的樹要粗出一圍兩圍子，高出一房兩房子。所有的房屋、樓院都在街邊和樹之間。有一棵比二湖島上的百年榕樹還要粗的大榕樹，千百根的枝條從半空垂下來，紮進地裡將地面鼓出一片片的土包圓堆兒。又有一棵三千年的銀杏樹，九人抱不住的粗，伸在天空又把樹枝朝著榕樹那邊扯，終於在空中，銀杏和榕樹交錯牽在一塊兒，在地上留出二、三畝大的空場子。皇上從一個胡同走出來，胡同口正對著這片廣場地。他老遠就看見那兩棵老樹上的彩光了，像是彩虹這端的彩虹根，是從那兩棵老樹生出的。有一大股祥瑞的涼爽鋪在那樹下。皇上的腳步加快了，腳下輕得想要飛起來。街上的各種店鋪都在營著業。賣鹽的把鹽團擺在門板上。賣醬油醋的把油缸醋罐擺在店門口的大街上。酒店和燒餅鋪，相鄰著都在喚喝著，可又等客人吃了喝了後，並不收取客人的銅錢和銀元，只在門口放一個老舊的木製錢箱子，由客人自己想往那箱裡丟放多少錢，就自己丟放多少錢。你覺得自己大約吃了喝了多少錢，就朝那箱子交付多少錢。有老人在街邊圍著桌子打古牌，輸贏的不是銀兩而是葉兒或果子。古牌前每人發十片金黃色的銀杏葉，誰先輸完誰回家去給大家端來調製的蜜水讓大家喝了潤嗓子。

空氣中不是蜜味就是桂香味。

穿過空氣落下的彩虹帶著甜味澆在街上和人身上。從那千年銀杏和百年榕下走出來，皇上吸著鼻子沿著大街朝前走。可以真的看到彩虹起升的根處了，像一攤水躺在二、三里外的街頭上。整個彩虹的底根都如一掛瀑布的底根樣，只不過瀑布是從上朝下落，而彩虹是從下朝上升著。現在皇上是在彩虹瀑的底角赤色處，再往前就是彩虹瀑的橙色底角了。整個田農郡的街，是沿著彩虹的赤、橙、黃、綠、青、藍、紫的色序伸開的，街這頭從赤色開始朝著橙黃、青藍那邊的絳紫伸過去，像一軸畫了市井繁華、恬靜、溫宜的營生圖樣鋪開著。沒有人認出大清的皇上正從這柱軸街走過去。沒有人記起來他們在大清的世界過活時，一寸一片、半點半滴日子中的物事都和街上走著的這人有關係。可那時，他們的悲苦和歡樂，追根究柢都是從這人開始的。他們今天所有的過往都緣於這人和他的家族們。赤色在天空的高處是亮紅，追著顏色朝著遠處望，那亮紅裡閃著海棠、石榴和緋桃色，然這亮紅到了和田農郡大街的接壤處，樹葉的綠色讓亮紅成為水藍了，赤色裡含了烏金和玄墨。再到房上的老木舊瓦上，玄墨和烏金又成了墨灰色。灰色裡又有了石青和蒼藍，使整個的赤紅含了晶墨成了朱砂紅和石礦紅。及至落在街邊的石鋪地板上，那紅就成了丹草紅和日暮玫黃的混合色。起腳落腳蹚在彩虹的赤顏上，像踢在比綢還輕還縹緲的似有似無上。看見的顏色和掛在頭頂的果子一樣實在有著落，去摸時卻像抓了一把空氣般，明明手裡是空無的，可空無裡的水珠或潤涼，卻是留在手上的。明明那赤色是在眼前的，用手去抓摸，它卻從手心跳著跑到了手背上。皇上踩著赤色的大街走過去。也是他從街上赤色的下邊鑽過去，走得並不快，腳步起落如鳥飛在天上一張一合的翅膀樣。走得並不慢，卻又顯出不慌不忙的悠閒來。他朝前去像他沒有動，而是街兩邊的樓屋、樹木都朝他身後挪移著。有家磨坊朝他身後走去了。有家染房朝他身後走去了。在樓上舉著染杆挑移染布的姑娘趴在欄杆上，朝他嘻嘻望著笑。一座剛好壘起院牆的新房迎過來，又徐徐朝他的背後走過去。有個匠人在架木上舉著木錘砸著朝他望，像和他說了一句什麼話，又像只是望著什麼也沒說。有一隻孔雀飛來落在那家屋頂上，可當匠人的木錘落下時，牠又驚著飛走了。孔雀從他的頭頂過去時，有團彩虹被那孔雀銜走了。他聽到了有一片顏色從孔雀的嘴角掉下時，像一股水氣從河裡飄了上來樣。低頭去看那掉下來的彩虹色，拾起了一根孔雀的羽毛還帶著孔雀身上的體味兒。拿著那根羽毛往前走，像一個孩子拿著一根樹枝在地上掃著走著樣。又有一塊稻田在兩棟房子中間鋪開來，熟稻味如宮裡御膳房端上來的熟米味。又有一位女子在街邊的河裡洗衣服，她家的狗臥在她的盆邊上。有個男人一手拿著買來的熟肉從他身邊過去時，他去聞他的肉香味，卻聞到了他另一隻手裡的一罈酒香味。

有個從家裡跑出來的孩子摔倒了，皇上慌忙去把那個孩子扶起來，還替他拍了拍他膝蓋上的灰。

有個名叫耿十八的老漢和他的婆婆各背著收穫回來的一袋豇豆往家走，在路邊歇了腳，卻沒了力氣背起那一滿袋的豇豆來，他忙去抱起他們的豇豆放在他們肩膀上，還問老漢和婆婆用不用他背著送到老漢家裡去。

從赤色街走到橙色街上了。赤橙兩色的交匯處，是一片紅黃混合出來半金和榴紅，如一枚石榴和兩枚柳丁搗碎均勻拌在一起樣。過了一座橋。又過了一連幾戶人家的民屋和院落。先是當橙色在腳下薄淡時，純正的桔黃和金石的顏色鋪來了，一如從早窗透過來的朝陽般。先是刺眼的亮，後來揉揉眼，那金石的黃亮也就柔和了。這時有兩個女子從一片房後的菜園走過來，一個挎了竹籃子，籃子裡裝滿了各種青蔬菜，一個手裡提了一串魚，每條魚都有過尺長，都擺著尾巴、掙著身子要從穿魚鰓的柳條枝上掙下來。果然有條魚掙脫柳條後，落在石板上跳著身子翻動著，嚇得那女子叫著朝著路邊躲。皇上去替那女子拾起那條魚，替她將魚穿回到那根柳枝上，將魚串遞回到女子手裡時，他望著女子驚在那兒了。她竟然穿的是宮裡只有公主才穿的千針錦繡裙。竟然手上戴著只有皇后、福晉和公主們才有的瑪瑙套金鐲，且腳上的繡鞋也是只有公主才有的白底繡凰翹尖鞋。皇上盯著那個女子看，把目光從她的繡鞋、裙底一步步地移到她的臉上去。他看見她長得和十八年前因為瘟疫死去的貴妃有點像，都是那麼一枝柳條身，一圓蛋形臉，皮膚嫩白如雲般。

他一臉驚異地望著她。

她也一臉疑惑地望著他。

他說：「給你的魚。」

她說：「你不像田農郡的人氏啊，是新來的嗎？」

他便回答她：「你長得和紫禁城的溫僖貴妃樣。」

她便臉上驚出玫味緋紅色：

「我叫子櫻，貴妃溫僖是我的母親呀！」

皇上手裡遞提著的魚串在半空晃了晃，差點掉在石板上。他想起在九岔路口和妮頭分手時，妮頭對他喚著說：「快走吧，田農郡有你的親人在等你哪——」皇上望著子櫻嘴角被什麼牽著動了動，他想對她說：「你不認識我了嗎？我是大清的皇帝你的父皇啊。」可在轉念間，他想起了溫僖因為得了瘟疫被他遣送到了景陽宮，後來那瘟疫又從景陽宮傳染到了宮外面，他便思默片刻對太醫低聲說了一句：「凡有病的都賜他們一死吧。」宮裡有瘟疫發燒的，無論宮女、答應或公公，後來都被送到紫禁城外百餘里的長城那邊活埋了。再後來，瘟疫就在宮裡止住了。景陽宮永遠成了被賜死的皇后、福晉和貴妃、嬪妃們的冷宮了。再後來，他想冊封受寵的嬪妃為貴妃，太醫告訴他，貴妃在冷宮服毒死去時，已經有了身孕了，他就把頭從大殿龍椅上勾著看那龍椅腿上的龍鳳雕，再也沒有抬頭說句話，再也沒有冊封任何的嬪妃為貴妃。面前地上起橙掛黃的紅色已經成了正黃了，在秋春近午的陽光裡，呈著清清亮亮的純金色，耀眼得想要人把眼睛閉起來。走在前面的女子比面前的公主大幾歲，她立在不遠的正黃裡邊喚：「子櫻妹——快走呀，不要見了誰都要和人家說話兒。」子櫻便看看前面的，又看看面前的。

「你既然說你是那邊宮裡的，那你願意和我一塊到我家給我額娘過個生日嗎？」

想起溫僖貴妃的生日好像正是仲春後的哪一天，也便再一次想起妮頭最後對他說的話，「田農郡有你的家人在等你哪。」如此就順情走勢地跟著女子從黃色的虹街走到綠虹裡。又從綠虹走到青虹間。路上問了許多女子家裡的景況和人員，有幾次都想告訴她說我是皇上呀，我是你的父皇啊，可卻終是沒有說出來。石板路在腳下很快朝著身後退過去，在黃色虹的街道上，石板的縫裡都是沙粒和石子，有的地方會生出野草開出小花來，可到了青虹起處的街道上，不光頭頂的日光變得陰柔著，且所有的石板縫裡都生著青苔潮綠草，一腳踏上常會軟滑一下子。「這裡一年四季都有彩虹嗎？」他問她。「青虹下面的路上常有水潮滑，你走路慢一點。」她這樣回答他，還去扶了他一把。「你母親知道今天有紫禁城的人要到田農郡裡嗎？」他又這樣問著子櫻時，前邊的女子大高聲地回頭喚：「我先回家啦——你們在後面邊走邊說吧。」她便燕子一樣從青虹飛到藍虹街上了，一轉眼朝前街的一個虹口胡同拐過去，人就消失在了一汪藍光裡，像一串水珠濺落在了一片湖裡樣。

藍色的虹街就到了。

街兩邊的房子不再是想閣樓了就閣樓，想泥瓦了就泥瓦，甚或誰家想著草屋更為舒適就在石頭牆上起苫草，再或索性全部都苫淺紅色的含香草，讓屋子裡一年四季都彌著植香味。藍虹街的這一段，約有半里千尺長，每一家都是京城裡的宅府四合院，青磚砌牆圍，屋脊都挑著琉璃龍鳳麒麟瓦。院子的門裡都有影壁牆。影牆中間都鑲有一塊不知何意的透金石，景況和京城的府院完全一模樣。皇上便跟著子櫻朝著藍虹街上走，到一處純淨藍的胡同口，見那胡同路上不再鋪石板，而全部鋪蓋古青磚。所有的磚上都是青苔綠。所有的磚縫都生苔茸草。日光從頭頂滲著虹藍照下來，像那胡同湧滿藍汪汪的水。可人臉在半空，又是接著日陽日光的，反倒使那臉上都透著一股股的白淨純素了。也就朝那胡同裡邊拐過去，看到正迎著胡同口的高大門樓上，半空的兩邊掛滿紅燈籠，門樓前還擺了龍鬚草紮編的花籃和栽在大瓦盆裡正開著的牡丹、芍藥、茉莉和茶花。人來人往進出著。進去的手裡都抱著、捧著各種慶生禮。出來的手裡都捧著、端著這個季節很少有的回禮櫻桃果。

「到了呢。」子櫻在門樓前邊說。

皇上的腳步慢下了，他忽然想到自己該在街上買些禮品來。可是已經來不及了呢。前邊的女子已經到了家裡去，跟著她出來十幾個女子和少年，都是穿著新宮服，臉上凝著怨，沒有誰的臉上掛有笑意和喜悅，更沒有誰見了皇上如在宮裡樣，慌慌朝著皇上跪下來。雖說皇上已經習慣人們在這邊見他不再下跪了，不再有「萬歲！萬歲！萬萬歲！」那樣的大聲呼喚了，可見了面前這些先一步到了田農郡的女子們，沒有一人臉上有喜悅，沒有一人跪下他還是微微怔了怔，雙腳在胡同路上收住了。好在這樣凝怔只片刻，他又起腳迎著人群走過去。他看見人群中的溫僖貴妃了，還是三十初歲那樣兒，還是穿著在宮裡只有喜日才穿的粉墜錦繡裙，頭上紮著玉簪和金飾，手指上套著護甲筒。她看見皇上朝她走過來，臉上很平靜地望了望，聽見皇上叫了她一聲「貴妃」後，她將雙手疊在胸前躬出一個禮，迎著皇上小聲道：「不該到的時候你到了。」然後皇上站在門樓前的燈籠下，想從她嘴裡再聽到一些啥，卻是只在一片奇靜中，聽到從她嘴裡不冷不熱地吐了三個字：

「進來吧。」

人都給皇上閃開了一條路。

皇上進去了。他提袍抬腳從門檻跨過去，從影牆的右邊拐一下，不自覺地立在了影牆牆頭邊。院子裡竟然還有三十幾個人。三十幾個都是女子都是從冷宮過來的。都是被他打入冷宮或賜了一死的。她們沒有同貴妃到門外迎皇上，卻都在這影牆後的院裡等皇上。這裡是溫僖貴妃家的宅府四合院，因為今天是貴妃的慶生日，前院擺滿了宴桌、椅子、條凳和別人送來的各種慶生禮。慶生禮有她們自己釀的梅子酒、葡萄酒和桂花米黃酒，還有種在盆裡被剪出山水物形的盆栽樹。它們有的擺在桌子上，有的擺在四合院檐下的臺階上。慶生宴還未開始，但院裡已經漫滿了來自廚房的香味了。香味和藍虹光的玉色在院裡混合著，如青煙在晨時的光裡飄散著。幾十個女子都直直立在那光色裡，讓偌大的院落成了女子世界了，且她們臉上又都個個凝重都是怨青色，使這女世飄忽不定想要炸開來。皇上進來了，院裡的女子都朝影牆這邊閃了一點兒。皇上立下來，她們也都立下來。所有的目光都凝著皇上看。所有的眉頭都聚成烏青色。明明是春暖，院裡卻和冬天樣；明明說冬天，卻有人手裡捏著汗。年齡大的都是前世宮裡的嬪妃、常在、答應和侍奉嬪妃、貴妃、側福晉的宮女們。她們冷立著，有一半皇上是認識，都和她們在龍床上有過風月和恩愛，有的還和皇上有了皇子和公主，可還有一半女子們，明明認識卻是記不起她們到底是答應還是常在了，姓什麼叫著什麼了。他這一輩子，共有過四位皇后他是記得的，可那四十八位妃嬪，一百餘的常在、答應和數百近千的宮女們，他真的不再認識、不再記得了。記不起她們為何都被他打入冷宮而死了。從七歲親政始，在位六十一年間，每日裡江山社稷，金戈鐵馬，所有的女子都不過是社稷江山間的一株花草吧，這讓他如何能在山川大地上，戰馬飛奔而不踩不踏一株草和一朵花。他真的記不起了她們都是誰人了。他在宮裡時，有時會把連給他生過皇子的常在、答應的名字都忘了。在許多年月裡，他只和她們睡了一夜或兩夜，然後又換了別的嬪妃、貴人侍寢了，他自然把她們的名字忘記了。可忘了她們懷孕了，他又多了一個皇子或公主，他就冊封她們一個封號和多賜一些銀兩和綢緞。說起來，他這一生共有三十五個皇太子、二十個公主的數字還是六十五歲誕壽時，公公拿著皇子、公主的記冊趴在他的耳上告訴他：「皇上，你可千萬要記住你有多少兒女啊。」然後他才記住他生過多少皇子、多少公主了。更何況，三十五個皇子中，有十一個是一剛出生就薨逝的，二十個公主有十二個他還未及給他們一個名號她們就來這邊了。到現在，他真的記不起那先到這邊的皇子、公主們長的什麼樣，也自然記不起面前這幾十個從冷宮過來的嬪妃、常在、答應和宮女是怎麼進到冷宮的。他就那麼站在她們面前望著她們的臉。她們就那麼立在他的面前冷著他的臉。空氣裡有很厚一股冰雪味，可每個人的臉上、手上又都熱得很。能聽到半空裡午時的日光和彩虹的藍色碰到一起的磨搓聲。能看見藍虹光裡日光走動時，漏落下來飛著舞著晶粒亮光的星點兒。

「你們都在這兒啊。」皇上看著她們忽然笑著說了這句話。

沒有人應答，都只是那麼默著看皇上。

皇上臉上僵著笑，扭頭朝一邊瞅過去，求救似地把目光落在貴妃的臉上去。而貴妃，這時卻從邊旁走過來，站在皇上正前邊，又疊手躬出一個禮，說：「皇上，恕奴我直言了。奴我只想問你一句話，太醫去冷宮賜我藥酒時，說你說出賜我一死那句話，眼裡掉了淚。我只想知道你差太醫把賜我的毒酒送到景陽宮，眼裡真的掉淚了？」問著貴妃又朝前挪了半步腳，把目光由冬冷變成冰鐵的硬，死死盯著皇上要說話的嘴，在半空晃了一下手，止了欲言的皇上道，「皇上，你可千萬要說實話，在這邊說謊是要減壽的。你好不容易從第三門進來加歲有了五十歲的樣，萬千不能說了一句謊，又減了你幾歲讓你成了五十多歲了。」

皇上不語了，把要說話的嘴重又閉上來。

看皇上閉了嘴，貴妃似乎明白什麼了，默一會長長嘆口氣，臉上掛了「果然如此」的笑，慘笑著朝後面退過去。這時見貴妃有了這樣的問，貴妃邊上的一個常在從貴妃身後走過來，和貴妃一樣微微疊手有了禮，道：「皇上，你也恕我不跪吧。我在冷宮從十八歲活到三十二，整整十四年，沒有離開景陽宮的院子和屋子。現在在這邊見你了，我就想知道你讓我住進冷宮真的是因為我和你的初夜時，身下無紅你就讓我進了冷宮嗎？」問著她又瞟著皇上的臉，「初夜時我告訴過你我十四歲從秋千上摔下那兒出過血，你為什麼還要讓我一輩子住進冷宮、死在冷宮呢？你是懷疑我在宮裡有過別的男人嗎？」問著她剜了皇上一眼睛，拿腳在地上狠狠擰一下，見皇上不答不說話，便朝腳尖的地上吐一口，又剜了皇上一眼朝後退去了。跟著又有一個常在走上來：「皇上——我斗膽叫你玄燁皇上吧——我不怪你把我打入冷宮多少年。我在冷宮是我自己上吊的，不是你賜我一死是我自己賜我一死的。現在我沒有什麼要問你，我只想知道我曾經在你那兒得寵夜夜侍奉你連續三個月，現在你還記得我叫什麼名字嗎？」問著她期期艾艾看著皇上的臉，看見皇上想說話，卻又張嘴說不出，如明明知道她的名字卻又突然忘了樣，於是她又上進一步提醒他：

「你想想，我還給你生過一個皇子不到三天夭折了。」

說著她將邊上的一個少年拉到面前給皇上看，「看看他——看看他你就記得那三個月我是怎麼侍奉你皇上了，就不會連我的名字也忘了。」然任皇上把目光在那少年臉上如何地瞅，卻依然還是記不起面前夜夜侍奉他了三個月的常在叫什麼。

這個常在就急了：

「我是家在杭州城的常在啊。」

皇上依然盯著他們母子看，臉上苦笑著，末了只好朝著他們母子搖了一下頭。

常在不再替皇上著急了，把殷期殷盼的目光同別人一樣換成了冷。

「你還記得你每夜睡時一定要枕著我的胳膊嗎？」

皇上想著又搖了一下頭。

「你還記得你從沙俄邊境大勝回來那一夜，你說你累了，又不能讓我伏到龍體身上去，就從此讓我夜夜跪在龍床下邊用嘴侍奉你的快活嗎？」

皇上好像想起什麼了，臉上掛著愧惶的笑，擺著手制止了常在說下去，又扭頭去看這杭州常在邊上的女子們。看見有幾個臉上有著驚愕色，卻絲毫沒有在光亮下邊說私隱的羞怯和不安，像這邊的她們在一起，已經無數次說過她們在那邊都是如何侍奉皇上的事情了，於是又把目光收回來，重新落在杭州常在的臉上去。

常在重複著問：「記起我叫什麼名字沒？」

皇上說：「真的記不起來了。」

常在又追問：「是不是你想休息又要快樂了，也還有別的女子跪在龍床下面侍奉你？」

皇上瞪了一下眼：「要在那邊你這樣問我是要株連九族拋屍荒野的。」

常在閉著嘴，忽然上前一步在皇上臉上吐了一口痰，再又突然開口大聲道：「我叫劉子蓮，做宮女時你在大殿讓所有的人退下去，就在你的龍椅上，你讓我失了身，後來我成為答應、成為常在為你生了皇子後，就因為皇子感冒發燒你讓我進了冷宮你都忘了嗎？」

「——我叫子蓮你真的忘了嗎？」

「——我是從杭州被選秀進宮的劉子蓮，除了那三個月夜夜侍寢外，前後在宮裡一整年，你真的忘了我是杭州城的子蓮嗎？」

就這麼大喊大叫著，又突然不停手地去皇上身上抓撓著。皇上被這突然的吐痰抓撓懵住了，一邊慌亂地在臉上擦痰「啊、啊、啊」地尖叫著，一邊大喚著「反了嗎！你們反了嗎！」然後快速地把目光掃到貴妃臉上去。掃到他認識的幾個嬪妃臉上去。便有幾個嬪妃過來拉住常在子蓮把她拽到一邊說著「算了、算了」的話。然在子蓮被拖到一邊後，卻又有答應衝上來，和子蓮一樣問皇上：「你還記得我叫什麼嗎？」「你知道我在冷宮二十年是怎麼過來的？」又有幾個這時跟著吼喚起來了。「愛新覺羅．玄燁你告訴我，你那天賜我的毒酒到底是太醫院的酒，還是側福晉早就準備好的酒。」也便忽然起了一片的吵嚷、謾罵、質疑聲。有人要衝上去打皇上，有人隔著前面的人頭、肩膀要把惡痰吐到皇上的臉上、身子上。也就在這一片混亂、惡語裡，人群不知為何又忽然靜下來。打的罵的都住嘴收了手，後退著從人群中間讓出了一條路。從那人群的縫隙上，皇太后慢慢走來了。她還和十幾年前崩逝時是一個樣，銀白髮，黃金簪，蘇州城的起鳳繡凰袍，手指上指甲不再生長了，可凡要見人仍戴著鑲玉護甲筒。她慢慢從人縫走過來，見了皇上用慢穩穩的語調問了兩句話：

「——玄燁，你告訴你母后，母后我被你冷閉在景陽宮的三個月，到底是因為我不讓你把所有的公主都嫁到蒙藏聯姻你才冷閉我，還是我不讓你廢了皇后再娶蒙古公主以求天下太平你才冷閉我？」

「——玄燁，你告訴這兒所有被你打進冷宮的貴妃、嬪妃、常在、答應和宮女們，是不是直到今天在大清，都還沒人知道你在二十五年前，曾經將你的母后打入冷宮過？」

然後太后就朝著皇上走過來。

皇上朝後退著到影牆不能再退了，立下來，求著太后看，太后卻又突然撲上前，將耳光「啪！」的一聲摑在了皇帝臉上去：

「你給這兒所有被打進冷宮的女子跪下來！」

太后吼著見皇上猶豫著，哀哀地叫了一聲「母后」後，跟著還要哀口說什麼，皇太后便緊跟緊地又將一個耳光摑在皇帝臉上去。「叫你跪下你就跪下來——這兒從冷宮過來的，都是為了你的好！」說著皇帝就果真跪下了，像一棵樹在風中撐立著，最後還是攔腰折斷倒了樣。

這一跪，皇上剛要抬頭看太后和面前所有的人，卻忽然從人縫看見彩虹最邊的紫光朝著這邊移過來。在那弧在天空的彩虹紫光下，貴妃的府院和院裡所有的女子和少男、少女的臉上都有了潤色和亮堂。他看見她們人人都在望著他的臉，用手指著彼此竊竊地呢喃什麼話，臉上都沒了剛剛的暴怒和怨氣。他想問太后和貴妃到底出了什麼事，可把目光朝太后和貴妃的身上望過去，他看見溫僖貴妃家四合院後牆上開的後門了。讓目光從那後門走出去，正看到紫光下有一段城牆和城牆上開的九城門，如同他在四季之前的那個傍晚走進夢城的九門樣。中間是九門最大號的主城門，兩邊是依次縮小的二、三、四、五門。在那主門前的主街上，傍晚的落日和這彩虹的紫光混合在一起，讓人分不清哪是落日哪是彩虹光。有人群、車馬正沿著主街朝著主門外面走。在那熙熙嚷嚷的人群裡，好像是隨他到這邊的濟仁公公和侍衛，也急慌慌地瞅著找著什麼朝城門的外面去。

他認出公公和侍衛的身影了。

他突然從影牆下面站起來，把太后和貴妃的身子朝兩邊撥一下，飛快地朝著貴妃家後院的後門衝過去。彩虹的紫光在地上像一片秋黃草樣被他踢著踩踏著。一縱身飛著躍出那剛可容兩個瘦身的後門兒，便看到田農郡的城牆在後門外的路那邊。城牆和他來時進入夢城的城牆一模樣，高高大大，褐石青磚。他沿著城牆下的路道朝著城門那邊飛奔著，嘴裡「啊——啊——」地叫著公公和侍衛的名。耳邊有馬車從他迎面趕過來。城牆上也有臥著的猴子、狐狸、玃猿和雀鳥。他的喚聲驚得那些鳥雀飛起來。驚得所有的人和狐狸、玃猿都在看著他。他看見公公、侍衛從九城門的主門夾在人流朝著城外走去了。那走出去的人流裡，還有許多修煉到了歲月的狐狸和玃麝，也都跟著人群朝著城外走。皇上已經快疾地從城牆下的馬路到了第一道上的九城門。他想他終於從夢城那邊的第三門入城過了整一年的冬、秋、夏、春的倒時後，到了田農郡這邊的出城口。從夢城的第三門裡走進來，自田農郡的九門中間走出去，他就要回到大清了。他就要重新歸坐到大清皇的紫禁龍位了。他擔心他出錯門時回不到大清世界裡，到九門那兒他忍著不朝二、三、四、五的四個門外望，目光一直盯著主街上的正中一號門，甚至連城門裡的樓屋、商鋪和樹木都不多望一眼。他雙腳一踏上主街上的人流裡，目光穿過人群一眼就望到了主城門的門外邊。

他看見和他一道來這邊的公公、侍衛和一群的宮女及太醫，都在第一道城門周邊拉著馬車焦急地等著什麼人，不斷地去攔著從城裡出來人們問什麼。皇帝朝著第一道主城門的門洞跑過去。他看見烈烈厚厚紫色彩虹的光，在城門洞裡變得薄淡下來了。城門外正是春天落日時，城門裡也是春天落日時。時間在這兒一統相合了，剛好是從上年春天到了下年春。整整一年他都不在紫禁城。整整一年大清的皇位都空著。他有些擔心皇宮會發生什麼事，比如有了宮變什麼的。想到宮變他心裡揪一下，汗一下從身上轟出來。慌忙把目光朝著城門外面看，卻看到城門口的落日中，彩虹的光亮柔潤如千年老玉樣。而城門外的落日裡，落日的紅色在一天間的暖晒後，透著許多的乾滯如一片用髒了的紅綢舊布樣。皇上衝著城門外面喚：「喂——我在這兒哪！」外面立著的侍衛、公公都朝城門望過來，都突然踮著腳尖朝城裡招著手。

「皇上——這一整天你去往哪兒啦！」

皇上一下子衝進了主城門洞裡。就在他要從城門下的虹光踏進落日那一刻，他聽到從他身後傳來的貴妃和皇太后及一大片的常在、答應們的喚聲了：「皇上——玄燁——你只要出去城門你就會重新回到你的六十八歲、七十八歲上！」他突然在城門中間站下來，回過頭看到從他身後追過來的來自冷宮裡的所有女人們，都在城門裡邊不安地朝他蹦著跳著喚：「你還要回到大清那邊嗎？」「你還要回到你活不了幾天的紫禁城裡嗎？」「到這邊你還沒有見到已經過來的三個皇后、十一個皇子和十二個公主哪——他們都在田農郡那邊的田農莊裡等你哪。」就在太后和貴妃的一片叫聲裡，皇上忽然想到他從貴妃院裡衝出來，這一大程的路，竟是如同一個少年賽跑樣，大氣不喘地衝著跑了這一程。他已經不是那個病在膏肓的老皇帝了，也不是和妮頭一夜情的那個四十、五十歲中年了。他好像成了一個滿身天力的少年般。面前從城外照進城門洞的落日已經朝他的腳邊伸過來，而田農郡的紫虹因為日光的推搡也朝後面退著了。他的一半身子在落日裡，一半身子在那彩虹裡。這時他又扭頭朝著城門外面望。這一望，他看見隨他來的幾個宮女在外面尖著嗓子大喚著：

「呀——皇上，你怎麼變成了十八、二十歲的樣——一天不見你，你怎麼從老年回到少年了?!」

聽了城外宮女的尖叫聲，皇上忽然明白他如何能從貴妃院裡飛奔到城門這邊了。他明白那些常在、答應為什麼要朝他臉上、身上吐痰抓打了。皇太后為何要朝他臉上連摑兩耳光，要他朝從冷宮過來的她們跪下來。他把目光從城門外扭到城門裡，又從城門裡扭到城門外，就在他猶豫不決時，突然從城外進來一個風塵僕僕的人，那人把他的胳膊橫在皇上面前架起來，大聲說了一句「你千萬不能離開這兒啊！」皇上這時把雙腳收一下，看見面前的人鼻梁高起，容貌堂堂，穿著一身深藍儒生服。皇上一下認出他是在熱河與皇上相遇的那個圓夢人。圓夢人跟著又對皇上說了一句話：「離開這兒你就不在夢裡也不在夢外了。」圓夢人說著，還把目光翻過他的肩頭朝他的身後的人們招著手。皇上跟著他的招手又一次地扭回頭，看著他身後那一群奔來的女子最前邊的母后問：

「我回去見了這邊的皇后和皇子、公主們，我會變成一個孩子嗎？」

太后說：

「天知道——那要看在那兒一直等你的蒲生幫不幫你了。」

聽到說蒲生也在田農莊，皇上的眼睛亮一下，最後毅然從城門洞的日光裡，挪著身子朝著田農郡的這邊退回來。退著慢慢走進了彩虹光的紫色裡。回進城門時，他聽見城門外隨他來的侍衛、公公、太醫、宮女和馭車夫，都紛紛在城外朝他跪下求著喚：「皇上——你不要我們這些奴才了？你也不要大清和你的江山了？」他們呼喚著的聲音裡，帶著哭聲和嗚咽，而皇上只是又回身朝著他們笑著招招手。

招了手，便有一個守門的女子過去將城門吱呀呀地關上了。

三十六、補記

由田農郡的春天對應這邊的一七二二年十二月二十二日的大清冬日黃昏時，康熙駕崩了，終年六十九歲。《清史稿》副卷二一七頁記載道，皇上駕崩後，臉色安詳如在夢裡樣，嘴角和眼角的笑，至入棺入陵都掛著。那副卷的二一九頁說，皇上駕崩後的當夜申時至黎明，紫禁城各宮各殿的門前和屋後，都有狐獾出入和走動，有的狐狸還挑著夜燈籠。而有的燈籠沒有人打沒有狐狸挑，會自己亮著燈光在宮裡的院落和宮道上，來來去去地閃著走動著。而在康熙留下的由雍正繼任的詔書右下角，有一行小字的囑託是：「讀蒲生。讀蒲生。」可惜雍正遵著詔書繼位後，並沒有遵著詔書的囑託去讀蒲生，十三年後在雍正病重將去時，他想和先父一樣從夢城的第三門走到田農郡，要從蒲生的書裡找路時，蒲生留下的故事裡，已經遺失了關於夢城、田農郡和田農莊的書寫和章節，於是雍正和乾隆他們，駕崩後都只能到地府地獄那邊了。

二〇二〇年六月至二〇二一年七月一日　初稿於北京
二〇二一年八月至十月　改定於香港

當代名家
聯齋本紀

2023年1月初版　　定價：新臺幣520元
2024年8月初版第六刷

著者　閻連科
叢書編輯　杜芳琪
校對　吳欣怡
內文排版　菩薩蠻
封面設計　朱疋

出版者　聯經出版事業股份有限公司
地址　新北市汐止區大同路一段369號1樓
叢書編輯電話　(02)86925588轉5394
台北聯經書房　台北市新生南路三段94號
電話　(02)23620308
郵政劃撥帳戶第0100559-3號
郵撥電話　(02)23620308
印刷者　世和印製企業有限公司
總經銷　聯合發行股份有限公司
發行所　新北市新店區寶橋路235巷6弄6號2樓
電話　(02)29178022

副總編輯　陳逸華
總編輯　涂豐恩
總經理　陳芝宇
社長　羅國俊
發行人　林載爵

行政院新聞局出版事業登記證局版臺業字第0130號

本書如有缺頁，破損，倒裝請寄回台北聯經書房更換。　ISBN 978-957-08-6663-6 (平裝)
聯經網址：www.linkingbooks.com.tw
電子信箱：linking@udngroup.com

國家圖書館出版品預行編目資料

聊齋本紀 / 閻連科著 . 初版 . 新北市 . 聯經 . 2023.01 .
528面 . 14.8×21公分 . (當代名家)
ISBN　978-957-08-6663-6 (平裝)
[2024年8月初版第六刷]

857.7　　111019519